불멸의 킹 라오

# 불멸의 키오라디오

바우히니 바라 지음
공보경 옮김

문학수첩

✕

어머니 비디아바티 바라,
아버지 크리슈나 S. 바라에게
이 책을 바칩니다.

✕

✕

초국가적 수준에서 경제, 상업, 재산 관계를
조직하기 위한 선택을 하고 나면,
자본주의와 소유권 사회를 초월하는 유일한 길은
국가를 초월하는 방법을 찾아내는 것이라는 생각을 하게 된다.
하지만 정확히 어떻게 이것을 이뤄낼 수 있을까?

– 토마 피케티(Thomas Piketty)의
《자본과 이데올로기(Capital and Ideology)》(2019년)

÷

군자가 하늘 아래 만사를 감독해야 하는 상황에서는
아무것도 하지 않는 것이 제일 나은 정책이다.

– 작가 미상
《장자》 기원전 4세기에서 3세기 사이

✕

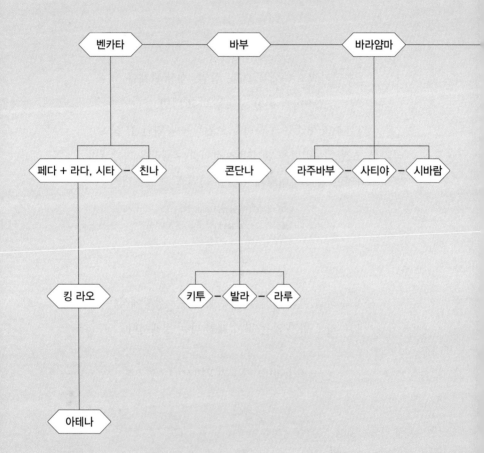

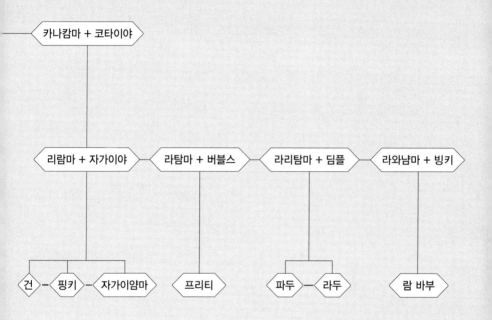

# CONTENTS

PART 1

# CHAPTER 1

X + X

킹 라오는 이름조차 없는 존재로 태어나, 가장 영향력 있는 사람으로 이 세상을 떠났다.

시작은 이러했다. 그의 어머니가 될 여인 '라다'는 마을 중심가에 있는 작은 잡화점 앞에 서서 진열대에 깔끔하게 쌓인 비누통들을 들여다보고 있었다. 1951년이었다. 라다는 아버지, 여동생과 함께 라자문드리시로 놀러 갔다가 이 브랜드를 본 적 있었다. 그런데 이 가게에서 두 줄에 3단으로 쌓여있는 피어스 비누를 보게 될 줄이야.

피어스 피어스

피어스 피어스

피어스 피어스

······ 그야말로 눈이 부셨다.

열여덟 살 라다는 이 아무것도 아닌 마을, 이 뜨겁고 축축한 코타팔리 마을을 증오했다. 코타팔리 마을은 벵갈만 동쪽의 고다바리강에 물을 실어 나르는 무수한 수로 중 하나의 굽이 안쪽에 자리했다.

코타팔리는 텔루구어(인도 남서부 안드라프라데시에서 사용되는 언어
―옮긴이)로 그냥 '새로운 마을'이라는 뜻이었다. 영어권 국가 여기
저기에 있는 새로운 마을이 그렇듯이 말이다. 이 지역에도 그 이름
을 일부 변형한 마을들이 있었다. 이 마을은 작은 중심지를 향해 여
러 도로가 원을 그리며 모여드는 형태라 특히 눈에 띄었다. 그 원 한
가운데에 보리수나무가 있었다. 사람들은 잡화점에서 빌려 온 나무
상자를 거꾸로 놓고 보리수나무 아래 옹기종기 모여 앉았다. 떠돌이
개들은 음식 찌꺼기라도 받아먹으려고 사람들 사이를 느릿느릿 돌아
다녔다. 원 주변에는 공립학교, 세무서, 마을회관, 채소와 과일 노
점, 농기구 판매점, 그리고 라다가 지금 그 앞에 서있는 잡화점이 있
었다.

　영국 브랜드인 피어스 같은 외국 상품이 코타팔리의 잡화점에 놓
이는 것은 흔한 일이 아니었다. 잡화점 주인은 마을에서 욕이란 욕
은 다 먹는 남자였다. 손님들에게는 비열하고 날카롭게 구는 구두쇠
였지만, 필요한 걸 얻기 위해 정치인들에게는 온갖 비위를 다 맞추
는 아첨꾼이었다. 뚱뚱한 체구에 늘 땀에 젖어있었다. 피부는 죽은
타마린드나무 같고, 큼직한 입술은 누가 뒤집어 깐 것 같았다. 가장
자리는 시커멓고 안쪽은 분홍색인 그 입술을 기괴하게 다물고 있어
서 라다는 그를 볼 때마다 물고기를 떠올렸다. 그는 카운터 뒤의 높
은 의자에 올라앉아 있었다. 손님이 없을 때면 늘 그 자리에 앉아서
콧구멍을 있는 대로 오므리고는 뭔가를 집중해서 읽거나, 사포 조각
으로 손톱을 갈곤 했다. 그의 뒤에 있는 창고에는 잡화점에서 파는
식료품, 세면도구, 가정용품 대부분이 보관되어 있었다. 그리고 그
의 앞에 있는 카운터 아래에는 큼직한 황마 자루에 담긴 곡물과 흑설

탕, 알루미늄 통에 담긴 식용유가 진열돼 있었다.

카운터 위에는 지나가는 손님들의 이목을 끌만한 상품들을 놓아 두었다. 그중 하나가 바로 사탕 단지였다. 학교가 끝난 후라 아이들이 라다를 밀치고 잡화점으로 들어갔다. 아이들은 카운터 앞에서 뭉그적대며 손을 뻗어도 닿지 않는 곳에 놓인 사탕을 바라보았다.

"사탕 살 거냐?"

잡화점 주인은 쌔근거리며 아이들을 바라보았다. 그는 늘 쌔근거렸는데, 아마 아이들에 대한 연민보다 혐오감이 더 큰 비루한 작자이기 때문일 것이다.

"안 살 거면 썩 나가!"

곱슬머리 남자아이가 흠집이 난 작은 동전을 내밀며 이 돈이면 뭘살 수 있는지 물었다. 잡화점 주인은 한숨을 쉬며 흥정을 시작했다. 나머지 아이들은 그 주변을 둘러싸고 그 돈으로 뭘 사는 게 제일 좋은지 각자 조언을 내놓았다. 그 틈에 라다는 주석 상자에 담긴 비누 하나를 재빨리 집어 아무도 못 보게 겨드랑이 안쪽에 끼우고 모퉁이를 슬쩍 돌아갔다. 잡화점 주인의 시야에서 벗어나자 집 앞을 뛰듯이 지나갔다. 그 집은 아버지가 달리트(전통적인 카스트 제도의 최하층민―옮긴이) 아이들을 위해 세운 학교보다 두 배는 컸다. 라다가 향한 곳은 이슬람교 묘지였다. 지붕이 있고, 중앙에 네 개의 아치가 있는 그 돌 구조물은 라다의 은신처였다.

사람들은 죽음의 기운이 있는 곳이라며 묘지를 피해 다녔지만 라다는 전혀 두렵지 않았다. 라다는 흐트러진 머리에 굵직한 뼈대, 어두운 피부색을 가진 소녀였다. 그리고 사람들이 자기를 두려워한다는 것도 잘 알았다. 라다의 아버지 아파이야가 학교 교장이기 때문이기도 했고, 라다가 뛰어난 머리와 오만한 성격을 타고났기 때문이기도 했다. 가끔 외국 물건을 들여와 진열하는 그 잡화점은 라다가 해외의 삶을 맛볼 수 있는 제일 가까운 장소였다. 얼마 후면 라다는 라자문드리시에서 살게 될 것이다. 라다는 라자문드리시의 사범대학에 지원했다. 달리트 계급인 라다 같은 소녀가 그 대학에 합격하는 것은 매우 드문 일이었다. 하지만 아버지의 인맥이 있으니, 아버지에게 인생 계획을 얘기하면 도움을 받을 수 있을 것이다. 그리고 아버지와 여동생을 두고 여길 떠날 것이다. 그들은 라다를 맹목적으로 사랑했지만 자기네끼리는 서로를 전혀 이해하지 못했다. 라다가 떠난 후 아버지와 여동생은 아마 어색한 침묵 속에서 살아가게 될 것이다. 라다에 관한 얘기가 아니면 말조차 섞지 않으면서. 그런 점 때문에 라다는 약간 죄책감을 느꼈다. 그래도 라다는 언젠가 위대한 존재가 되리라는 꿈을 늘 마음에 품고 살았다. 그녀는 장차 킹 라오의 어머니가 되었으니 그 꿈이 결국 이루어진 셈이었다.

묘지를 떠도는 죽음의 기운에도 라다는 꿈쩍하지 않았다. 라다와 여동생 시타는 어렸을 때부터 묘지에서 잘 놀았다. 지금 라다는 돌구조물의 한쪽 구석에 웅크리고 앉아 최대한 소리를 내지 않고 비누 상자를 열었다. 조심스럽게 종이 포장지를 열어 비누를 자세히 들여다보면서 감촉을 느껴보았다. 이런 짓은 처음 해봤지만, 뭐 어때, 라는 생각이었다. 어차피 이 물건을 제자리에 돌려놓을 것이니 엄밀히 따져보자면 도둑질도 아니었다. 손바닥에 올려놓은 비누는 시원하고 가벼웠다. 가장자리가 둥그렇고 세상 무엇보다 사랑스러운 색깔이었다. 진한 호박색을 띤 맑은 색이라 고대 여왕의 가슴에 걸린 부적 같기도 했다. 라다는 비누를 손에 쥐고 이리저리 돌리며 그 감촉에 매료됐다. 라디오와 광고판에서 피어스 비누를 쓰면 나쁜 피부도 좋아진다고 광고를 해대니 라다는 이 비누를 갖고 싶다는 열망에 사로잡혔다. 나중에 라자문드리시의 호스텔에서 살게 되면 꼭 이런 비누로 목욕해야겠다고 결심했다.

라다는 깨닫지 못했지만…… 여기서 이 얘기를 언급할 수밖에 없다. 피어스 사는 대영 제국 곳곳에서 오랫동안 비누를 판매했다. 영국 식민주의가 절정에 다다른 1899년에 '백인의 짐을 덜기 위한 첫걸음은 바로 위생의 장점을 가르치는 것입니다. 문명화의 진행과 더불어 피어스 사의 비누는 지구의 어둡고 구석진 곳을 밝힙니다'라는 광고가 세상에 나왔다. 윌리엄 레버와 제임스 레버 형제가 설립한 영국의 비누 회사 레버 브라더스 사가 제1차 세계대전이 끝나갈 무렵 피어스 사를 인수했다. 이 회사는 인도를 포함해 세계 곳곳에서 상당히 큰 시장을 구축해 놓았다. 몇 년 후 인도에서 비누 판매율이 떨어지자 윌리엄 레버는 마하트마 간디의 스와데시 운동(20세기 초 마하트마 간디가 인도에서 전개한 국산품 애용 운동—옮긴이) 탓이라 여기고 캘커타의 작은 비누 제조 공장을 인수했다. 자사 제품이 그 지역에서 제조되는 제품과 똑같은 취급을 받도록 하기 위해서였다. 확실히 선견지명이 있는 조치였다. 세계 최초의 초국가 합병회사 레버 브라더스 사는 얼마 후 네덜란드의 마가린 제조회사인 마가린 유니 사와 합병했다. 인도가 독립 후 경제적 민족주의를 성문화한 후에도 유니레버의 인도 자회사들은 캘커타 공장 덕분에 봄베이의 토착 경쟁사들과 같은 조건으로 사업할 수 있었다. 처음에는 민족주의자들이 거세게 저항했다. 그런데 라다가 고등학교에 들어갈 무렵에는 저항은 확연히 약해졌고 이제 코타팔리 마을의 잡화점에 떡하니 피어스 비누가 진열된 것이다.

라다는 누군가가 묘지로 들어오는 것을 알아채고 몸이 굳었다. 가만 보니 동급생인 페다 라오라는 남학생이었다. 페다는 라다가 숨어있는 곳으로 오고 있었다. 달리트지만 이 마을에서 제일 부유한 지주인 페다의 아버지는 라다의 아버지와 친구 사이였다. 페다에게는 친나라는 일란성 쌍둥이 형제가 있는데 둘의 성격은 완전히 달랐다. 친나는 자신만만하고 야망이 크며 인기가 많은 편이라 달리트뿐 아니라 브라만과 레디 계급 아이들과도 친하게 지냈다. 반면에 페다는 신랄하고 느긋한 성격으로 친구가 거의 없었다. 페다는 구조물 안을 들여다보면서 뭔가를 기대하는 눈빛으로 라다를 바라보았다. 라다가 일어서며 말했다.

"뭐야."

알아서 꺼지라는 의미였는데 어쩐지 물에 젖은 비누 같은 목소리로 그 말을 하고 말았다.

페다도 알아챘는지 대답하지 않았고 그 자리를 떠나지도 않았다. 잠시 후 옆걸음질로 구조물에 들어온 페다는 가만히 서서 라다를 보았다. 개인적인 볼일이 있어 온 모양인데 여기 먼저 온 사람은 라다였다. 그러니 응당 차례를 기다려야 했다. 라다는 이런 생각을 전하기 위해 잔뜩 화난 눈빛으로 그를 쏘아보았다. 손에 든 비누의 감촉은 여전히 좋고 시원했다.

페다가 물었다.

"그 비누 훔쳤지?"

라다의 얼굴이 빨갛게 달아올랐다.

"산 거야!"

페다는 신랄하게 웃었다.

"잡화점 주인 말은 다르던데. 그 앞을 지나가다가 잡화점 주인이 애들한테 너를 잡아 오라고 시키는 걸 들었어. 잡아 오면 보상을 해 주겠다더라. 애들이 동네에 쫙 퍼져서 널 찾고 있어. 난 네가 여기 있을 줄 알았지. 넌 늘 여기로 오잖아."

그 순간 그들 사이에 긴장이 감돌았다. 둘 다 남자아이였으면 그 중 하나가 침을 뱉었을 것이다. 페다가 가까이 다가오더니 예상 밖의 행동을 했다. 라다의 어깨를 두 손으로 꽉 잡고 구조물의 한쪽 구석을 바라보게 몸을 돌려세우더니 바로 뒤에 와 선 것이다. 그의 뜨끈한 입김이 라다의 목덜미에 축축하게 와닿았다. 단단하면서도 부드러운 이상한 무언가가 라다의 엉덩이 곡선을 타고 안으로 밀고 들어왔다. 그 와중에도 라다는 비누를 손에서 놓지 않았다. 묘한 욕망 때문이었다. 페다에 대한 욕망은 물론 아니었다. 비누, 그리고 자신에게 약속한 새로운 삶에 대한 욕망 때문에 라다는 아무 소리도 낼 수 없었다. 페다의 두 손이 라다의 엉덩이를 잡아 그녀를 가까이 끌어당기고는 그녀에게 몸을 마구 문질렀다. 라다는 주먹에 비누를 쥐고 서서 꼼짝하지 않았다. 어느 순간 페다가 바지 지퍼를 내린 것 같았다. 이 정도면 비명을 지르고 달아나겠지만 욕망 때문에 라다는 제정신이 아니었다. 마침내 라다는 비명을 질렀고 페다도 그녀의 란가(인도에서 사춘기 이전의 여자아이가 입는 긴 치마—옮긴이)에 뜨끈한 액체를 뿜으며 소리쳤다.

길 쪽에서 잡화점 주인의 목소리가 들렸다.

"어이, 거기 누구냐?" 잡화점 주인이 구조물의 아치형 천장 안쪽을 들여다보며 물었다. "이게 뭐야? 뭐 하는 짓이야?"

페다는 숨을 헐떡이며 몸을 빼더니 묘지 바깥으로 달아났다. 라다 혼자 잡화점 주인을 마주 보고 서게 됐다. 잡화점 주인이 어찌나 숨을 거칠게 헐떡이는지 그의 내장이 위아래로 움직이는 게 보일 지경이었다.

"애들이 네가 여기서 뭘 하는지 봤다고 하더라. 달려와서 나한테 말해줬어."

잡화점 주인은 라다의 어깨를 거칠게 붙잡더니 마을 중앙으로 끌고 갔다. 그리고 라다의 아버지가 있는 학교 쪽에 대고 악을 썼다.

"교장 선생님, 따님이 무슨 짓을 했는지 와서 보세요! 얘가 뭘 하고 있다가 저한테 들켰는지부터 들어보시라고요!"

라다의 아버지가 학교 밖으로 나오자 잡화점 주인이 고래고래 소리쳤다.

"얘가 나쁜 애가 아닌 줄 알았는데, 제가 직접 보고 말았습니다!" 사무실에 있던 마을회장도 햇볕을 가리느라 손을 위로 올리며 밖으로 나왔다. 라다의 얼굴은 분노로 달아올랐다. 잡화점 주인이 거짓말을 하는 거라고 소리치고 싶었다. 하지만 그녀의 란가에는 정액이 축축하게 묻어있었고 그녀의 손은 비누를 쥐고 있었다. 잡화점 주인은 라다한테서 비누를 빼앗지도 않았다. 비누를 떨어뜨려, 멍청아, 라고 라다는 자신에게 말했다. 저 남자가 너한테 불리한 말을 하고 있잖아. 하지만 라다는 비누를 떨어뜨릴 수 없었다. 이 상황이 우스꽝스러웠다. 농담 같기도 한 이 괴상한 상황은 너무나도 깊은 인상을 남겼다. 마지막으로 누린 자유의 순간에 장차 내 할머니가 될 라다는 옅은 미소를 지으며 끝끝내 피어스 비누를 손에서 놓지 않았다.

결혼식 날 아침, 페다는 쌍둥이 남동생 친나에게 원래 이렇게 결혼할 계획은 없었다고 말했다. 라다의 아버지인 교장 선생님이 남학생 반과 여학생 반을 합쳤을 때부터 친나는 라다를 마음에 품어왔다. 밤늦게 친나는 이렇게 소곤거리곤 했다. "라다는 튼튼해. 말 같아." 페다와 라다의 약혼식 후로 형제는 서로 거의 말을 섞지 않았다. 페다는 결혼식 후 첫날밤을 미룰 생각이라면서, 자기가 해서는 안 될 짓을 한 것을 처음으로, 간접적으로나마 인정했다. 친나는 움찔하면서 흙바닥에 침을 탁 뱉고는 말했다. "어리석은 짓 하지 마. 라다랑 조만간 첫날밤을 치러. 네가 라다를 건드리지 않고 살 수는 없어." 그러고는 더러운 무언가를 물리치듯 다시 침을 뱉었다.

드디어 라오 집 안의 경내에서 결혼식이 열렸다. 라오 집 안의 땅은 비옥하기로 유명해서 그들의 집은 '정원 집'이라는 별명으로 불렸다. 그들은 집 주변에 넓은 코코넛 숲을 가꿨고 그 숲에서 나는 소득으로 생계를 꾸려갔다. 한마디로 결혼하기에 괜찮은 집안이었다. 그런데 그날 오후 라다는 처형을 기다리는 정치범처럼 우울하면서도 단호한 표정으로 어깨를 곧게 펴고 섰다. 신랑인 페다가 망갈수트라 목걸이(인도에서 신부가 결혼과 동시에 착용하는 목걸이. 유부녀들은 이 목걸이를 평생 착용한다—옮긴이)를 목에 걸어주고 세 번 감아주는 동안에도 라다는 움찔하지 않았다. 라다한테서 백단유와 땀 냄새가 났다. 페다는 그런 라다가 두려웠다.

피로연이 진행됐고, 닭 뼈를 비롯한 음식 부산물이 한옆에 쌓였다. 염소들이 먹어 치우게끔 그렇게 해놓은 것이었다. 사람들은 페다와 친나가 함께 쓰던 방을 치우고 침대에 만수국 꽃잎을 뿌려 장식해 놓았다. 방 한가운데 선 페다는 침대에 걸터앉은 아내 라다를 바라보았다. 문득 아내에 관해 아는 게 없다는 생각이 들었다. 그들은 서로 낯설었다. 라다는 벽에 등을 기댄 채 한쪽으로 무릎을 굽히고 앉아 발에 그려진 헤나 문양을 손으로 만지작거리고 있었다. 페다는 혼잣말하듯 웅얼거렸다.

"난 다른 남자들이랑 달라."

"남자들 같은 소리 하네!"

라다는 입술을 비틀며 이죽거렸다. 라다의 입에서 나온 모음과 자음은 마치 꼿꼿이 서있는 것처럼 바짝 곤두서 있었다.

"다른 남자들은 잘난 척하고 허세를 부리잖아. 난 행동으로 보여주거든."

페다는 미리 연습한 대사를 한 것인데, 막상 입 밖으로 내뱉고 보니 멍청한 과대망상 같아 당황스러웠다. 오늘 밤 이 방이 신방이 되어 어쩔 수 없이 베란다에서 자기로 한 친나가 이 대화를 엿듣지 않았을까. 생각만 해도 끔찍했다.

페다는 친나보다 9분 먼저 태어난 형이지만 모든 면에서 친나보다 모자랐다. 친나는 윤곽이 뚜렷하고 잘생긴 편인데 페다는 윤곽이 흐릿하고 혈색이 좋지 않았다. 친나는 어디서든 친구들과 추종자들을 끌어모으지만, 페다는 방에 들어가면 그 방에 있던 사람들을 쫓아내다시피 했다. 페다가 그날 오후 묘지에서 라다에게 달려들었던 게…… 어쩌면 평생 친나에게 품어온…… 비뚤어진 경쟁심 때문이었을지도 모른다. 페다는 그 일을 세상 무엇보다 후회했다.

라다는 만수국 꽃잎 하나를 집어 들고 반으로 찢으며 말했다.

"잘났네."

"우리 둘이 잘 해내자는 얘기였어." 페다는 논리적으로 말을 이어갈 수가 없었다. "넌 튼튼하고, 말 같으니까!"

라다는 싸늘하게 웃었다. 이러다 페다의 뺨이라도 후려칠 기세였다.

"말 같은 소리 하네! 아, 됐어, 남편아. 난 농부가 아니라 선생님이 될 거야."

맙소사. 내가 어쩌자고 일을 이렇게 만들었을까? 하지만 라다의 책임도 없지는 않잖아? 맹세코 그날 묘지에서 라다는 그에게 몸을 붙이고 꼼짝도 하지 않았다. 게다가 도둑질이 들통난 후에도 천치처럼 비누를 잡화점 주인에게 돌려주지 않은 건 바로 라다 아니었나? 그런데 라다는 마치 희생자라도 된 것처럼 찡그리고 침대에 앉아있었다. 라다에 대한 악감정이 페다의 속에서 걸쭉하게 끓어올랐다. 당장이라도 두 팔을 뻗어 후려치고 싶었지만 팔을 옆구리에 붙인 채 억지로 참았다. 잠시 후 침대에서 일어선 라다는 그의 앞을 지나 방 한쪽 구석으로 걸어갔다. 그곳에 놓인 상자에 라다의 소지품이 담겨 있었다. 그를 등지고 선 라다는 가슴 사이에 손을 넣더니 사리 안에 입은 블라우스의 고리를 풀었다.

페다는 가슴이 울렁거리며 관심과 욕정이 뒤섞였다. 그 감정이 증폭되어 증오를 대신하길 바라며 그 감정에 집중했다.

"그렇게 하면 좀 낫겠네."

그러자 라다가 말했다.

"쳐다보지 마."

페다는 침대에 시선을 고정하면서 침대에 놓인 만수국 꽃잎을 속으로 헤아렸다. 한 개, 두 개, 세 개, 네 개. 아내가 옷을 사락사락 벗는 소리가 들렸다. 다섯 개, 여섯 개, 일곱 개. 문득 어린 시절의 일이 떠올랐다. 비 오는 날 옷을 벗고 얕은 물웅덩이에 들어가 알몸으로 찰박거리던 사촌 누이들. 그 물웅덩이는 집과 코코넛 숲 사이의 빈터 가장자리에 있었다. 그때 소년들은 소녀들의 속옷을 훔쳐 떠돌이 개한테 줘버리겠다고 위협하는 장난을 치곤 했다. 그럼 소녀들은 "바보들아!" 하고 소리치면서 소년들에게 손톱을 세우고 달려들었다. "이리 돌아와. 너희들 썩은 이빨을 아주 뽑아버릴 테니까!" 그랬던 소녀들이 하나둘씩 결혼해 집을 떠나갔다.

아내 라다가 다가왔다. 라다는 소박한 면 소재의 황토색 사리로 갈아입은 모습이었다. 그의 앞을 지나 침대로 돌아간 라다는 침대에 걸터앉아 땋은 머리를 풀었다. 굽슬굽슬한 머리카락이 어깨까지 내려왔다. 라다는 그를 쳐다보지도 않고 침대로 올라가더니 벽을 향해 모로 누워 웅크렸다. 페다는 욕구가 차올랐다. 그런데 뭘 어떻게 해야 하지? 시간이 끝도 없이 늘어졌다. 라다의 조심스러운 숨소리를 들어보니 자고 있지 않은 게 확실했다. 마침내 침대로 올라간 페다가 라다의 어깨에 손을 얹었다. 라다가 뿌리치지 않자 페다가 말했다.

"너 꼭 탁발승 같아, 레몬아." 레몬은 라다의 아버지가 라다를 부르는 별명인데 페다는 지나가다 주워들었다. 라다는 눈을 뜨지도 않았고 움직이지도 않았다. "탁발승들이 그런 붉은 옷을 입잖아." 페다는 쓸데없이 떠들었다.

"지금 날 뭐라고 불렀니?"

라다의 물음에 페다는 초조하게 웃으면서 말했다.

"앞으로는 널 그 별명으로 불러줄게."

"하지 마."

라다가 몸서리쳤다.

"추워?" 페다가 어깨를 문질러 주며 물었는데 라다는 대꾸하지 않았다. "레몬아, 추워?"

"아니."

라다가 격하게 몸을 흔들자 페다의 손이 그녀한테서 미끄러져 떨어졌다.

그는 더 가까이 다가가 한쪽 팔꿈치를 바닥에 대고 그녀를 위에서 내려다보았다. 라다한테서 사향과 식물 향기가 났다. 남자처럼.

"내가 따뜻하게 해줄게."

페다의 목소리는 본인이 들어도 악당 같은 구석이 있었다.

"건드리면 소리칠 거야."

"난 네 남편이야."

페다는 친나가 뭘 보고 이런 계집애를 좋아했는지 이해가 되지 않았다.

"이번에는 진짜 소리칠 거야."

사실 그는 라다가 무서웠다. 그래도 용기를 쥐어짜 아내의 곁으로 몸을 굴려 다가가서 두 팔로 안았다. 라다가 숨을 꾹 멈췄다.

"분명히 말했어. 나 건드리지 말라고." 라다가 나지막하게 말했지만 그는 꿈쩍도 하지 않았다. "진짜야."

그런데 라다는 예전처럼 고집스럽게 굴지는 않았다. 페다의 눈에는 적어도 그렇게 보였다. 그는 뒤에서 라다를 안고 손으로 라다의 입을 세게 막았다. 그리고 그녀의 몸에 올라타 바로 눕히고는 그녀의 다리를 자기 다리로 눌렀다. 조금 전 한 말처럼 비명을 지를 줄 알았는데 라다는 눈을 크게 뜬 채 그를 올려다보기만 했다. 다음에 무슨 일이 일어날지 기다리는 것처럼 촉촉하게 젖은 눈이었다. 페다는 라다의 사리를 잡아당겨 풀고 속치마를 무릎 위로 올렸다. 그리고 그녀의 안으로 들어갔다. 라다는 두 번 숨을 삼키고는 가만히 누워 그를 올려다보았다. 페다는 라다의 입을 계속 틀어막고 그녀의 몸 위에서 앞뒤로 몸을 흔들었다. 그의 손바닥에 라다의 뜨겁고 축축한 숨결이 닿았다. 그가 말했다.

"사랑해! 사랑해! 사랑한다고!"

라다는 고개를 거세게 흔들었다. 머리카락이 입에 들어간 라다는 코에서 콧물을 흘렸다. 그녀는 울고 있었다. 그들 사이에는 너무 많은 옷감이 있었다. 온통 황토색 천이었다. 페다는 그녀에게 더 세게 몸을 밀어붙이며 외쳤다.

"넌 내 아내야!"

기쁨이 놀치며 터져나오다가 공허감과 수치심이 치고 올라왔다. 라다한테서 성기를 빼낸 페다는 자기 허벅지에 묻은 피를 보고 놀라 소리쳤다.

"나한테서 피가 나고 있어!"

"아니, 남편아. 그건 내 피야."

한밤중에 잠에서 깬 페다는 방 한쪽 구석에 가있는 라다를 보았다. 라다는 옷을 완전히 입고 소지품 상자 앞에서 그에게 등을 보인 채 서있었다. 그녀는 헝클어진 머리카락을 손가락으로 빗어 내리고 있었다. 그러더니 손바닥에 그린 헤나 문양을 들여다보았다. 문양의 색이 오렌지색으로 옅어진 상태였다. 벌써 색이 빠지다니 좋지 않은 징조였다.

"너 괜찮아?"

페다가 묻자 라다는 그를 돌아보며 말했다.

"색이 빠지고 있어."

"침대로 돌아와, 레몬아."

그의 말대로 라다가 돌아오자 페다는 두렵기도 하고 고맙기도 했다.


라다는 6개월 만에 친정으로 돌아갔다. 어렸을 때부터 살았던 그 집은 학교 뒤쪽에 있었다. 라다는 남편에게 딱 한 번 섹스를 허락했다고 시타에게 힘주어 말했다. 섹스라는 말은 금기시되는 단어였다. 끔찍한 첫날 밤 이후 라다는 남편에게 몸의 문을 열어주지 않았는데 그날 밤의 폭력적인 섹스로 인해 아이가 생긴 것 같다고 말했다.

시타는 라다와는 정반대인 성격으로, 주어진 것 외에 다른 걸 요구해 봤자 득 될 게 없다는 걸 잘 아는 소녀였다. 라오 씨네 집안으로 시집간 라다는 친정에 발길을 끊었고 시타와 아버지가 라오 가문을 찾아왔을 때도 2분 정도 함께 시간을 보냈을 뿐이었다. 시타는 그걸 새로운 질서로 받아들였다. 시타가 학교 베란다에 앉아있는데 아버지가 라다를 집으로 데려왔다. 라다는 관습에 따라 나머지 임신 기간 동안, 즉 아기를 낳을 때까지 친정에 있기 위해 온 것이었다. 시타는 얼른 달려가 언니를 데리고 아버지의 방으로 들어갔다. 언니가 자리에 앉자 시타는 곧장 레모네이드 한 잔을 가져다주었다.

시타의 눈에 라다는 상태가 별로 안 좋아 보였다. 자매끼리 있어 본 게 몇 달만이었는데 라다는 구근 모양으로 부른 배 때문에 더욱 낯설어 보였다. 배는 둥글게 부풀었는데 팔다리와 엉덩이 살이 빠졌고 눈 밑에는 주름까지 생겼다. 시타는 책에 나오는 젊은 신부들처럼 언니가 밝고 생기 있게 살고 있을 줄 알았는데 막상 만나 보니 정반대였다. 한 번도 본 적 없는 암울한 모습이라 두려울 지경이었다.

이 낯선 여자의 속에 진짜 라다가 숨어있기를, 언니가 영원히 사라진 건 아니길 바라며 시타는 장난스레 말했다.

"언니의 새 가족이 된 촌것들이 언니를 혹사하고 있나 보네!" 언니가 결혼한 후로 자매 사이가 예전 같지 않아 초조해진 시타가 덧붙였다. "장난이야."

시타는 언니가 앉아있는 침대 발치에 무릎을 세우고 올라앉아, 라오 집 안에서 언니의 삶이 어떤지 꼬치꼬치 캐물었다. 아버지는 라다가 편히 쉴 수 있게 자기 방을 내줬기 때문에 시타는 굳이 언니와 한 침대를 쓸 필요는 없었다. 아버지는 학교 교실에서 요를 펴고 자기로 했다. 라다는 아버지를 줄곧 피했다. 라다는 페다와 강제로 결혼시킨 아버지에게 여전히 분노했다. 아버지는 사람들에게 진보적인 인사로 통했지만 사실 줏대라곤 없었다.

결혼식 날의 밤의 공포는 차치하고라도 라다는 아기를 가질 생각이 전혀 없었다. 아기를 낳으면 공부도 더 이상 못 하고 집순이가 되어야 하기 때문이었다. 근래에 임신 때문에 정원 집에서 잡다한 일거리를 상당 부분 면제받았는데도 예전처럼 편하게 공부할 수 없었다. 처음에는 씩씩하게 이겨내려고 했다. 새벽 세 시에 일어나 아침 식사 준비를 하고, 학교에 가기 전 달빛 아래서 빨래를 하는 등 열심히 해보려 했는데 도무지 적응되지 않았다. 친정에서는 늘 하인들이 집안일을 다 했다. 정원 집에서는 모두가 집에서 해야 할 일이 있었다. 여자들이 요리와 청소를 도맡아 해야 한다는 뜻이었다. 그래서 정원 집의 여자들은 대개 남편보다 빨리 죽었다.

주방 불에서 나오는 연기 때문에 라다는 눈이 빨갛게 충혈되고 아팠다. 커다란 절구와 절굿공이를 다루는 게 너무 힘들어 절구질을 제대로 못 해서인지 라다의 처트니(과일·마늘·고추·생강 따위를 섞어 버무린 달고 매운 인도 조미료—옮긴이)는 질기고 쓴맛이 났다. 밤에 한기가 들어 폐렴에 걸린 탓에 며칠 동안 침대에서 꼼짝 못 한 적도 있었다. 페다 사촌의 아내들은 라다가 튼튼할 줄 알았는데 아닌 모양이라고 쑥덕거렸다. 라다가 늘 튼튼하다는 소리를 듣고 살기는 했었다.

라다가 강인함을 완전히 잃은 건 아니었다. 혼자 있을 때면 아직 태어나지 않은 뱃속 생명체에게 남몰래 위협을 가했다. 여기서 꺼져, 라고 속으로 말했다. 날 내버려 두란 말이야. 가끔은 말귀를 알아듣도록 배에 주먹질을 하기도 했다. 라다는 그 생명체를 뱃속에 딱 붙어 떨어지려 하지 않는 거머리로 여겼다. 그것은 라다를 아프게 만들었다. 아침마다 라다는 남들이 소리를 듣지 못하게 일찌감치 일어나서 옥외 화장실로 가 구토를 해야 했다. 뱃속 생명체가 말귀를 알아들을 가능성이 있다고 믿었다. 여기서 나가. 날 내버려 두라고. 그 생명체는 라다의 음식을 먹고, 라다의 피를 공유했다. 그렇다면 생각을 흡수하는 것도 가능하지 않을까?

시타가 나지막하게 말했다.

"아기가 그런 소릴 다 듣고 나서 태어나면 어떻게 하려고? 자라면서 그 애는 이렇게 생각할 거 아냐. 어머니는 날 미워하셨어. 뱃속에 있을 때 나는 어머니 생각을 다 들었어. 그럼 그 애는 인생을 망치게 될 거야! 그러니까 그런 생각 좀 하지 마!"

라다는 소리 죽여 반박했다. 이것은 그렇게 순진한 존재가 아니야. 괴물이라고. 라다가 주먹질하면 괴물도 라다에게 주먹질했다. 이것은 격한 전쟁이지, 사람들이 말하는 마법적인 경험이 아니었다.

라다가 말했다.

"게다가 이건 딸도 아니야. 아들인 게 분명해."

라다의 진통이 시작되자 산파가 건너와 침대로 올라갔다. 시타는 산파가 언니의 두 다리를 벌리고 그사이를 들여다보는 것을 지켜보았다. 산파는 짧고 씁쓸하게 웃더니 시타에게 말했다.

"요상하게 굴지 말고 언니 옆에 가 앉아있어."

혼이 난 시타는 라다의 머리 옆쪽으로 가 바닥에 앉았다.

산파는 라다의 배를 누르며 수다를 떨었다. 그들과 서로 사촌 관계인 선천성 색소 결핍증에 걸린 사람에 관한 비열한 얘기였다. 시타는 그 얘기가 재미없는데도 산파의 비위를 맞추려고 열심히 웃어주었다. 시타는 일하느라 거칠어진 라다의 손을 잡고 손목의 핏줄을 가만히 눌러주었다. 그러다 문득 울적한 생각이 들었다. 얼마 후면 시타도 결혼할 것이고 이렇게 배가 부르게 될 것이다. 풍선 같은 배는 한가운데가 울퉁불퉁하고 단단하며 정맥이 쭉쭉 퍼져나가 있었다. 이런 배를 부여잡고 시타도 이 침대에 눕게 되겠지. 그리고 산파의 주먹이 다리 사이로 들어오게 될 것이다. 도저히 이 상황이 받아들여지지 않았다. 시타는 자기도 그렇고 언니도 아직 어린애일 뿐이라는 생각을 했다.

라다의 손을 꼭 잡았다. 고통스러워하며 눈을 질끈 감은 라다는 시타의 손을 마주 잡아주지 않았다. 라다의 콧구멍이 벌름거렸고 이마에 맺힌 땀이 머리카락 속으로 흘러들었다. 라다는 계속 축축하게 앓는 소리를 냈다. 수 시간이 흘렀다. 진통 간격이 좁아지자 라다는 비명을 지르기 시작했다. 산파는 누가 봐도 폭력적인 행동을 했다. 무릎을 꿇더니 라다의 다리 사이 그곳으로 손을 쑥 집어넣은 것이다. 라다는 가냘프게 울면서 도축당하는 동물처럼 꿈틀거렸다. 시타가 어깨를 잡자 라다는 손을 휘저어 뿌리치며 소리쳤다.

"저리 가!"

출산은 어쩌면 이렇게 죽음을 닮았을까? 산파의 앙상한 손목이 라다의 몸속에서 움직거렸다. 잠시 후 언니의 몸 밖으로 나온 산파의 손은 온통 피와 희끄무레한 기름 같은 것이 묻어있었다. 그리고 아기의 머리가 산파의 손에 고깃덩어리처럼 잡혀 끌려 나왔다. 아기는 숨을 쉬지 않았다. 산파가 한 손으로 아기의 양다리를 잡더니 거꾸로 들어올리고는 다른 손으로 등짝을 후려쳐 울게 만들었다.

나의 아버지는 눈을 뜨고, 껍질 같은 것이 잔뜩 묻은 채로 태어났다. 피부는 진흙 색이고 마치 습진이 난 것 같은 모양새였다. 배에 붙은 끈적한 탯줄이 덜렁거렸다. 산파가 두 손으로 탯줄을 잡더니 자기 아버지가 이발할 때 쓰는 가위로 탯줄을 싹둑 잘랐다. 그리고 라다의 발 쪽, 침대 끄트머리에 탯줄과 가위를 놓아두었다. 아수라장 같은 출산 현장을 지켜보며 넋이 나갔던 시타는 그제야 정신이 들어 언니를 돌아보았다. 라다는 호흡이 무척 거칠었고 얼굴에 핏기 하나 없었다. 라다는 미소 짓지도 않았고, 산파가 아기를 내미는데도 품에 안으려고 하지 않았다. 눈꺼풀을 파르르 떨면서 신음만 흘릴 뿐이었다. 라다의 입에서 녹슨 물처럼 불그레한 거품 침이 흘렀다. 혀를 깨문 걸까?

시타는 엄지로 피 섞인 침을 닦아주고 언니의 이마를 손으로 짚어보았다. 땀에 젖은 이마가 뜨거웠다.

"원래 이래요?"

시타의 물음에 산파가 대답하기도 전에 라다의 다리 사이에서 피가 졸졸 흐르다가 이내 콸콸 쏟아졌다. 시타는 '네덜란드인'이라 불리는 네덜란드인 의사가 사는 곳으로 내달렸다. 하지만 의사를 데리고 집에 돌아왔을 때 라다의 입술은 이미 보라색으로 변해있었다. 피웅덩이에 탯줄이 떨어져 있었다. 아버지는 라다를 내려다보면서 그 손을 잡고 이름을 부르고 있었다. 시타는 이 상황이 이해되지 않아 아버지를 멀뚱히 바라보았다. 산파가 천으로 감싼 아기를 시타에게 내밀었다. 시타는 아버지를 돌아보았다. 이 아기에게 손을 뻗어야 할까? 아버지에게 아기를 건네드려야 할까? 라다 언니가 말해줄 거야, 언니라면 지금 뭘 어떻게 해야 하는지 알 거야, 라고 시타는 혼란스러워하며 생각했다.

라다가 아기에게 줄 이름을 생각해 뒀을 수도 있지만, 페다를 비롯해 아무에게도 말해주지는 않았다. 페다의 가족이 이 아기를 받아들일지 불분명한 상황이라, 아기의 성이 라오가 될지 죽은 모친의 성을 따를지 아직 정해지지 않았다.

아파이야는 라다의 시댁 식구들이 라다를 죽인 거라고 비난했다. 페다의 아버지와 친구로 지내는 게 아니었다고 원망하면서 지참금을 돌려받고 싶어 했다. 그 말을 들으며 시타는 흔치 않은 결심을 했다. 시타가 페다와 결혼하고 이 아기를 입양하면 라오 집안에서는 그 결혼에 대해 다시 지참금을 요구하지 못할 것이다. 다소 역겨운 생각이긴 했다.

시타가 말했다.

"아버지의 손자인 이 아기는 좋든 싫든 그 집안 사람이에요. 제가 페다랑 결혼하면 아버지는 그 집에 지참금을 또 줄 필요도 없어요.”

평소 고집이 세고 단호한 아파이야는 깊은 슬픔에 잠겨있었다. 그는 딸 시타의 계획에 찬성하지 않았지만 크게 반대하지도 않았다.

그들은 아기를 ‘그 애’라고 부르고 있었다. 시타는 불운하게 태어났다면서 아기를 동정하는 사람들에게 경고하는 의미의 이름을 아기에게 붙여주고 싶었다. 라즈나 라자가 어떨까. 영국 예찬자인 페다의 동생 친나는 라즈나 라자가 왕을 뜻하니 영어로 ‘킹’이라는 이름을 붙이자고 제안했다. 시타는 괜찮은 이름이라는 생각을 했다. 시타와 그 아기는 라오 집안사람이 될 것이다. 시타는 그 집안의 아내이고, 아기는 그 집안의 아들이니 라오 가문에 속하게 된다. 페다와 친나의 아버지는 늙어가고 있었다. 장자인 페다가 라오 집안의 왕좌를 물려받겠지만 그는 집안의 기대를 받는 인물은 아니었다. 아마 친나가 실질적으로 라오 집안을 이끌게 될 것이다.

작고 나약한 아기에게는 너무 거창한 이름이라며, 시타의 시댁 식구가 될 라오 집안사람 일부가 반대의 뜻을 표했다. 하지만 시타는 반대를 받아들일 마음이 없었다. 시타는 정색하며 말했다.

“이 아이는 뼈가 튼튼해요. 제왕의 입술을 가졌고요.” 아기는 시타가 유모로 고용한 이웃 여자의 젖을 열심히 빨아 먹고 있었다. “젖을 힘차게 빨고 있으니까 이름에 걸맞게 살 수 있을 거예요.”

라다는 죽었다. 킹 라오는 부디 오래 살기를.

# CHAPTER 2

×—×

　주주 여러분, 오늘 아침을 기해 킹 라오
가 사망한 지 사흘째가 되었다. 아버지가 내게 이름조차 언급하지
않았던 사람들—정치 지도자, 대형 인플루언서, 이런저런 조직의 부
회장들—이 소셜 미디어 곳곳에서 아버지를 찬양하고 있는데, 별로
놀랍지도 않다. 그저 분하다. 화가 치민다. 내가 있는 구치소 독방동
의 교도관들도 그 소셜 미디어 영상을 보고 있는 것 같다. 감방 벽에
귀를 대자 30초짜리 영상의 소리 일부가 드문드문 희미하게 들려온
다. 현대 어쩌고의 아버지…… 역사상 최고의 혁신자…… 그 모든
쇼는 살해당한 내 아버지에게 가해지는 또 다른 폭력일 뿐이다. 나
는 그것들을 모조리 증오한다. 원래대로라면 나는 킹 라오를 찬미하
는 자리에 공식적으로 참석했어야 했다. 나보다 더 그럴 권리를 가
진 사람이 있을까?
　이른 아침에 아기 침대에서 눈을 뜨면, 속싸개로 몸을 감싼 나를
햇살이 따스하게 비춰주고, 나는 복잡한 오페라를 부르듯 소리쳐 울

곤 했다. 자다가 깨서 만족스럽고 한가롭게 옹알이나 하는 여느 멍청한 신생아와는 달랐다. 내 울음에 킹 라오는 어김없이 대답해 주었다. 내 이름을 다정하게 부르는 킹 라오의 목소리, 샌들을 신고 내 방으로 찰박찰박 걸어오는 그의 발소리가 바로 그 대답이었다. 잠시 후 내가 누워있는 아기 침대 쪽으로 몸을 기울인 킹 라오는 속싸개의 접힌 부분을 풀어 열고 나를 안아 올려 이마에 입을 맞추며 나지막하게 말하곤 했다.

"아빠 왔다. 아빠 왔어."

내 아버지는 노인이었다. 수십 년은 족히 되었을 낡아빠진 렁기(허리에 두르는 천—옮긴이)를 두른 아버지의 모습이 지금도 눈에 선하다. 파란색과 하얀색으로 된 격자무늬 렁기였다. 억센 흰 털이 숭숭 난 맨가슴. 시큼한 입 냄새, 반쯤 감은 눈. 헝클어진 회백색 머리카락. 내가 힘겹게 몸을 일으켜 아기 침대의 소나무 널빤지를 손가락으로 하나씩 문지르면 아버지는 눈을 빛내며 미소 띤 얼굴로 그걸 지켜보았다. 널빤지는 매끄럽고 시원했다. 아침이면 동향으로 난 창문으로 햇빛이 밀려들어와 방 안을 온통 환하게 물들였다. 그 빛을 만지고 싶었다. 손을 뻗어 햇빛을 움켜잡고 싶었다.

그때는 아버지만 있으면 충분했다. 아버지는 나를 아기 침대에서 들어올려 무릎에 앉혔다. 그리고 창가에 있는 큼직한 황록색 안락의자에 앉아 내게 젖병에 담긴 유아용 유동식을 먹였다. 아버지의 온기, 아침마다 풍기던 강렬하고 시큼한 입 냄새가 아직도 기억난다. 내가 젖병을 비우면 아버지는 젖병을 바닥에 내려놓고 주름진 큼직한 손바닥을 내 작은 손에 가져다 댔다. 아버지의 손은 건조하고 시원했다.

어느 날 아침, 나는 아기 침대 옆의 바닥에 앉아 나뭇가지를 갖고 놀고 있었다. 나는 안락의자에 앉아 꾸벅꾸벅 졸고 있는 아버지를 깨우고 싶었다. 아기 침대의 널빤지를 붙잡고 일어서 보았다. 그때 아버지가 눈을 떴다. 아버지는 무릎에 손바닥을 놓고 앉아 꼼짝도 하지 않았다. 마치 나라는 사슴을 놀라게 해서 도망치게 만들고 싶지 않은 것처럼. 아버지와 나의 거리는 90센티미터도 되지 않았다. 태어나서 처음으로 나는 아버지를 향해 걸어갔다. 발바닥에 닿은 나무바닥이 시원했다. 맨발로 방을 가로질러 걸어가다니…… 기적이었다!

90센티미터를 걸어간 나는 렁기를 두른 아버지의 앙상한 무릎 앞에서 휘청했다가 이내 그 무릎을 껴안고 일어섰다. 우리는 한동안 그 자세로 있었다. 아버지의 키는 163센티미터로 왜소했다. 피부는 주름지고, 몸은 노쇠한 정도는 아니지만 여윈 편이었다. 벌름거리는 콧구멍과 두툼한 입술 덕분에 큼직한 얼굴은 강인하고 표정이 풍부해 보였다. 머리숱도 풍성해서 아버지는 이마를 내리덮은 앞머리를 한 번씩 옆으로 쓸어 넘기곤 했다. 허리를 굽힌 아버지는 나를 무릎에 앉히고 내가 깔깔 웃음을 터뜨릴 때까지 간질였다.

"해냈구나! 걸음마를 뗐어!"

내가 걸음마를 시작하자 아버지는 내가 어서 옹알이를 끝내고 말을 할 수 있길 바랐다. 아버지는 나를 노란색 플라스틱 빨래 바구니 안에 담아 방 안에서 이리저리 밀고 다니며 말했다.

"이게 보트라고 생각하자."

"이게 자동차라고 생각해 보자."

"넌 기차를 탄 거야. 칙칙폭폭 칙칙폭폭."

아버지는 몇몇 단어들을 자주 반복해서 말하곤 했다.

'문'도 그중 하나였다. 아버지는 내 방에 있는 나무문을 가리키면서 '문'이라고 자주 말했다. 덕분에 나는 언어의 원리—특정한 의미에 특정한 단어를 붙이고 순서대로 정렬하는 것—를 쉽게 익혔다. 아버지가 나한테서 뭘 원하는지도 빨리 깨우쳤다. 아버지는 내가 자신을 따라 말하기를 바랐는데, 나는 모르는 척 거부하기 일쑤였다. 어느 날 아침 아버지는 또 "문"이라고 말했고, 유아로 사는 게 싫증난 나는 이제 한 걸음 나아가야 할 때인 것 같아서 따라 말했다.

"문."

내 입에서 나온 그 소리가 마음에 들어 한 번 더 말했다.

"문!"

내가 이해한 그 단어의 뜻은 실제 뜻과 달랐다. 아버지가 문을 손으로 가리켰을 때 나는 작은 놋쇠 손잡이가 달린 크고 네모난 나무문이 아니라 그 문 너머, 방 너머의 우주로 이어지는 통로로 이해했다. 나는 방 바깥, 즉 거실과 주방과 아버지의 방에서 시간을 보내는 게 좋았다. 정원이라든지 아버지가 정성스레 가꾼 과수원처럼 집 바깥의 장소에 나가있는 것도 무척 좋았다.

아버지는 내가 그 너머 숲으로는 못 가게 했다. 우리는 퓨젓사운드만을 경계로 나머지 세상과 단절된 블레이크 섬에서 고적하게 살았다. 아버지는 내가 아주 어렸을 때부터 더 넓은 우주는 온갖 위험으로 가득한 불친절한 곳이라고 주입했다. 북쪽의 베인브리지 섬에는 위험할 수도 있는 사람들이 살고 있다고 했다. 하지만 나는 눈에 보이지 않은 불가사의에 매료될 수밖에 없었다. 그러니 내가 뱉은 첫 단어—내가 이해한 의미대로라고 하면—에는 미래에 대한 약속이 스며들어 있었다. 아버지는 다음 단어로 넘어가려 했지만 나는 오래도록 그 단어에 머물렀다. 아버지는 "방", "바닥", "아기 침대", "의자"라고 천천히 말해주었고 나를 가리키며 "아테나", 아버지 본인을 가리키며 "아빠"라고 말했다. "아테나", "아빠", "아테나". 하지만 나는 "문"이라고만 대답했다. 문, 문, 문, 문, 문, 문, 문.

처음 말해본 단어, 마음에 쏙 드는 단어, 의도해서 사용해 본 단어를 포기하고 싶지 않았다.

아버지는 그저 웃었다. 내 거부에 큰 의미를 두지 않았다. 그때는 별 의미가 없긴 했다. 나는 아버지를 무척 사랑했다. 아침이면 부드러운 구름처럼 온통 뻗쳐 올라간 머리카락도, 가죽 같은 갈색 피부의 깊은 주름도 좋았다. 커다란 콧구멍이 뻥뻥 뚫린 큼직한 코도, 움푹 들어간 눈구멍과 처진 눈 밑 살 안쪽에 녹내장으로 흐릿해진 눈도 사랑했다. 조금 더 자란 후 나는 안락의자에 앉은 아버지의 무릎에 올라앉아 손가락 끝에 침을 발라서 아버지의 부드러운 손에 난 검버섯을 문질러 지우려 했다. 축 처진 아버지의 팔다리 피부를 엄지와 검지로 잡아당기고 다른 손을 가위 모양으로 만들어 재단사인 양 천 자르는 시늉을 하며 놀기도 했다.

그 무렵 아버지는 내가 쓰던 아기 침대를 분해해서 방 밖에 내놓았다. 침대를 빼앗긴 나는 상실감에 오도카니 방에 앉아있었다. 그 공간이 지나치게 크고 서글프게 느껴졌다. 얼마 후 아버지는 분해한 아기 침대로 일인용 침대의 형태를 만들고 연한 조개껍데기 색 페인트를 바른 후 조립했다. 아버지는 소소한 선물을 잘 해주셨다. 넓고 아름다운 정원에서 키운 꽃을 잘라 작은 유리병에 담아주기도 하셨다. 우리는 그것을 내 방의 창턱과 가구 위, 바닥에 놓아두곤 했다. 오랫동안 나는 그렇게 잘린 꽃들이 죽는 줄도 몰랐는데, 내가 시든 꽃잎이나 아래로 처지는 꽃줄기를 볼 새도 없이 아버지가 꽃을 갈아주었기 때문이었다. 내가 좋아하는 꽃—주로 장미, 모란, 미나리아재비 같은 색이 진하고 머리가 큰 꽃들—을 가져다 달라고 말하면 아버지는 재깍 가져다주었다.

어느 날 아침, 세 살도 채 되지 않았을 때였는데, 나는 장미꽃을 입에 넣고 씹었다. 그러면 안 된다는 걸 아는 나이였지만 그냥 해봤다. 꽃잎에서 쓴맛이 나서 깜짝 놀라고 말았다. 나는 그 일을 굳이 말하지 않았고, 아버지도 장미잎에 부채꼴 모양으로 난 이빨 자국을 못 알아챈 것 같았다. 다음번에 아버지가 꽃을 가져오셨을 때 나는 얼굴을 찌푸리면서 더는 가져오지 마시라고 했다.

"넌 꽃을 사랑하잖니."

아버지는 상처받은 목소리였다. 아버지는 내 옆에 웅크리고 앉아 유리병을 손으로 감싸 잡았다.

"싫어요! 나는 꽃을 원하지 않아요!"

나는 소리치며 팔을 휘둘렀다. 내 팔에 맞은 유리병이 바닥에 떨어졌다. 아버지는 뒤로 한 걸음 물러섰는데, 화가 나서라기보다는 곤혹스러우셨던 것 같다. 유리병이 깨지지는 않았지만 물이 쏟아지고 그 물웅덩이에 꽃들이 예쁘게 흩어졌다. 아버지의 선물을 폭력적으로 거부한 내 행동은 지금 생각하면 일종의 징조였던 것 같다. 내 폭력이 불러온 결과에 나는 황홀하면서도 두려움을 느꼈다.

"일부러 그런 거 아니에요."

나는 기어들어 가는 목소리로 말했다. 그건 사실이기도 하고, 아니기도 했다. 일부러 그런 것은 아니지만 의도한 바가 없지는 않았으니까. 나는 세상의 일원이 되어가고 있었다. 그리고 또 다른 라오가 되어가고 있었다.

오늘 아침 부드러운 툭, 툭 소리에 나는 마거릿 라오 구치소의 독방에서 눈을 떴다. 감방 문의 우편물 투입구만 한 구멍을 통해 들어온 작은 주머니 두 개가 문 안쪽의 받침대에 놓여있었다. 주머니를 집어서 셔츠로 문질러 닦은 후 내 매트리스로 가져왔다. 춥고 비좁은 감방은 으스스할 정도로 고요했다. 지난밤 내가 누워 잠을 잤던 이 황갈색 매트리스의 두께는 겨우 10센티미터에 불과했다. 매트리스는 벽 안쪽의 콘크리트 선반에 설치되어 있었다. 매트리스 외에 이 방에 있는 물건은 알루미늄 세면대와 소리 전달력이 좋은 변기뿐이었다. 지난밤 소변을 보는데, 그 소리가 탄광에서 지저귀는 새소리만큼이나 잘 울렸다. 천장에는 하얀 전구 한 알이 나를 심판하듯 내려다보았다. 이 감방에는 자연광이 들지 않아서 시간을 가늠할 수 없으니 대뇌 변연계(인체의 기본적인 감정과 욕구 등을 관장하는 신경계—옮긴이)의 작용으로 아침을 인지할 뿐이었다. 나는 매트리스에 앉아 주머니를 하나씩 혀로 핥았다. 콜라는 덜 익은 과일처럼 달콤하면서도 쌉쌀했고 혀에서 쉬이익 소리를 냈다. 식사는 당근 맛이 났으며 쫄깃한 으깬 감자 같은 질감이었다. 그게 전부이고 어떤 심미적 즐거움도 느낄 수 없었다. 내 아버지 라오가 돌아가셨기 때문이었다.

# CHAPTER 3

감방 안에서 아버지를 불러낼 수 있을
까? 내가 감히 그럴 수 있을까?

라오 가의 정원—페다와 친나가 부모님과 함께 살았고, 킹과 시
타가 곧 합류하게 될 곳—은 마을 중심가로 이어지는 도로에 인접한
논과 코코넛 숲 사이의 빈터에 있었다. 그 집을 빙 둘러 베란다가 있
고, 점점이 세워진 사각형의 기둥이 큼직한 코이어(코코넛 열매 겉껍
데기로 만든 거친 섬유—옮긴이) 지붕을 떠받치는 구조였다. 그 집의
방들은 마치 기차처럼 한 줄로 쭉 배치되어 있었는데, 달리트보다
상위 카스트들이 주로 사는 집 구조였다. 이 방에서 저 방으로 건너
가려면 집 안을 관통해 갈 수도 있고 건물 바깥의 베란다를 통해 갈
수도 있었다.

다른 라오 가의 식솔들은 그 빈터 주변의 수수한 전통 오두막에서
살았다. 집안 식구들 대부분은 코코넛 숲에서 일을 하거나 빈터에
모여 식사하고 대화를 나누며 하루를 거의 다 보내다가 잠을 잘 때만

각자의 집으로 돌아갔다. 빈터 주변의 작은 건물 세 채는 식구들이 공동으로 사용하는 시설로 주방, 목욕실, 옥외 화장실이었다. 그리고 그 너머에는 천 그루의 나무들이 있었다. 일부는 튼튼하고 굵었고 일부는 노파의 다리처럼 가느다랬다. 구아바나무, 잭프루트나무, 타마린드나무, 커스터드 애플나무, 망고나무도 있었지만 가족의 생계가 달려있고 가족의 자부심 그 자체인 중요한 나무는 코코넛나무였다.

느긋한 오후마다 어린 킹은 정원 한가운데의 낙엽 더미에 누워 나무 꼭대기를 올려다보곤 했다. 그럴 때마다 그의 심장은 콩콩 뛰었다. 팔에 닿는 잎사귀의 간질간질한 감촉, 등뼈에 단단하게 와닿는 땅의 느낌, 이마와 가슴에 동시에 와닿는 태양의 열기와 그늘의 한기. 저 위에는 사방으로 뻗은 잎사귀들이 서로 손가락을 걸며 겹쳐있었다. 잎사귀 사이로 가늘게 흘러드는 햇살이 옅은 유황 냄새를 머금은 공기 속에서 춤추는 먼지와 꽃가루를 비추었다. 그의 팔다리, 그리고 그의 주변 땅에 따스하고 하얀 형태로 햇빛이 내려앉았다.

저녁이 되면 어머니들은 정원을 향해 소리치곤 했다.

"저녁 먹어, 애들아! 저녁 먹으러 와, 이 장난꾸러기들아!"

그러면 킹은 정신을 차리려고 손바닥을 모아 문지르면서 일어나 목소리가 들리는 곳으로 비틀비틀 걸어갔다. 코코넛나무들을 지나 구아바, 잭프루트, 타마린드, 커스터드 애플, 망고 같은 키도 작고 열매도 더 작은 나무들을 지나, 그의 몸통만 한 굵기의 주둥이에서 맑은 물이 콸콸 쏟아지는 관우물(작은 관을 땅속에 박아 펌프로 물을 뽑아 올리는 우물—옮긴이)과 저수조를 지나면 빈터였다. 빈터 가장자리에는 아이들 모두가 사랑하는, 괴상하면서도 묘한 매력이 있는 캐슈나무가 있었다. 비딱하게 자란 그 나무의 맨 위 잎사귀들이 정원 바닥을 쓸듯 드리워져 늘 시원한 그늘을 만들어 주었다. 아이들은 해가 뜨거운 오후마다 그 그늘에 모여 놀았는데 사촌이 한 명이라도 더 그늘에 들어올 수 있도록 바짝 붙어 앉곤 했다. 장자의 아들에서 아들로 대를 이어 내려온 장손이 나타나면 사촌들은 이렇게 말했다.

"킹이 왔어. 킹이 들어올 수 있게 자리를 만들어."

그들에게 다가온 킹은 아이들의 눈에 담긴 밝은 기운과 그들의 몸에서 뿜어나오는 열기야말로 그동안 그가 품어온 형언할 수 없는 의문에 대한 대답임을 느꼈다.

고다바리강 삼각주를 안드라는 새로운 주(州)에 편입하는 선언이 발표된 지 얼마 지나지 않은 어느 날 아침, 인도 중앙 코코넛 위원회를 대표하는 어느 관료가 코타팔리 마을을 찾아왔다. 마을회장은 그 남자를 라오 가의 정원으로 데려가 페다와 친나의 아버지인 라오 가문 족장을 만나게 했다. 족장인 라오 할아버지는 세 살배기 손자 킹을 품에 안고 빈터에 앉았다. 정부를 대표해 찾아온 관료는 라오 할아버지에게 코타팔리 마을을 위한 거창한 계획을 설명했다. 독립한 지 10년이 다 되어가는 공화국은 이제 자급자족하는 법을 배워야 한다. 우리는 모국 인도가 척박한 땅인 것처럼 수입품에 지나치게 의존하고 있는데 이제 그런 행태를 멈춰야 한다. 풍요로운 토질을 갖추고 수로 제방에 자리한 코타팔리는 이런 목표를 이루기에 최상의 위치에 있다. 저 위 북쪽 정치인들이 그를 고다바리강 삼각주로 보낸 이유는 시민들을 설득해 자급자족으로 곡물을 재배하도록 하기 위함이다. 대략 이런 말을 하면서 그는 코타팔리에서 라오 씨와 코코넛 재배를 의논해야 한다는 얘기를 들었다고 덧붙였다. 라오 할아버지는 번지르르하게 발라맞추는 그의 말에 과장된 거짓말로 응수했다.

"손자한테 이 모든 게 우리나라를 위한 일이라고 말해줘야겠군요." 라오 할아버지는 그 관료에게 노래하듯 말했다. "여기서 재배되는 모든 코코넛은 모국 인도를 잘 먹여 강건하고 자유롭게 지키기 위한 것이라고 말이죠. 알겠지, 킹?"

한때 고다바리강 삼각주는 홍수 아니면 가뭄에 시달리는 미개하고 뒤떨어진 곳이었다. 영국의 동인도 회사의 힘이 최고조에 이르렀던 시기에 제국 곳곳으로 상품과 사람을 실어 나르는 통로로 쓰고자 코링가 항구를 건설하면서 이곳이 중요한 지역으로 부상했다. 그러다 영국 왕실이 동인도 회사를 국유화하자 영국의 장군 겸 기술자 아서 코튼은 강 본류를 여러 개의 수로로 나누는 댐 건설 작업을 진행했다. 삼각주 곳곳으로 물을 나눠 보내면서 효율적인 운송로를 구축할 수 있는 시설이었다. 덕분에 고다바리강 삼각주는 인도 아대륙…… 아니, 지구 전체에서 가장 비옥한 땅 중 하나가 됐다. 이 동네 아이는 학교로 걸어가는 길에 나무에서 과일을 따 먹으며 아침을 해결할 수 있었다. 코코넛나무 외에도 눈부시게 푸르른 논은 이 지역의 대표적 풍경이었다. 은대구가 알을 낳는 더우레시와람 댐은 더 말할 필요도 없었다. 그물만 치면 은대구가 그물로 뛰어 들어올 정도이니 이 지역에서 굶주리는 사람은 없었다.

영국인들이 떠난 후 더 많은 변화가 이루어졌다. 현재 인도 정부는 코타팔리를 통과하는 자갈길을 건설할 계획이고, 이 관료는 라오 할아버지에게 그 소식을 제일 먼저 알리러 찾아온 것이었다. 완공된 자갈길은 북서쪽의 라자문드리시를, 암바지푸람 마을을 비롯해 장이 서는 동쪽 마을들과 더 잘 연결하게 될 터였다. 동쪽 마을에는 벵갈만으로 흘러 들어가는 강과 수로들이 자리하고 있었다. 이 관료는 자갈길이 가져올 기회를 생각해 보라고 라오 할아버지를 설득했다.

관료가 떠난 후 라오 할아버지는 킹에게 돌멩이 세 개를 주워 오라고 일렀다. 그는 빈터의 흙바닥에 돌멩이 세 개를 일직선으로 나란히 놓았다. 아이들이 가까이 모여들자 그는 첫 번째 돌멩이를 막대기로 가리키며 그것이 라자문드리시라고 했다. 가운데 돌멩이를 가리키며 "여기가 우리 마을"이라고 했고 마지막 돌멩이를 가리키며 "여기가 동쪽 마을이다"라고 말했다.

그들이 기억하기로 그 지역의 자갈길은 코타팔리 마을을 우회하는 식으로 만들어져 있었다. 그래서 사람들은 우기에 질척한 진창이 되어버리는 흙길을 통해서만 코타팔리 마을을 드나들 수 있었다. 새 자갈길이 코타팔리 마을을 관통하게 되면, 코타팔리 마을은 중요한 곳이 되리라는 것이 라오 할아버지의 예상이었다.

라오 할아버지는 계획에 착수했다. 코타팔리 마을에서 조그맣게 코코넛 숲을 재배해 볼 생각이 있는 달리트 가족에게 낮은 이자로 돈을 빌려주겠다고 알렸다. 코코넛나무가 성장해 열매를 맺기 시작하고 3년 후까지…… 즉, 돈을 빌려주고 10년 안쪽으로는 돈을 갚으라는 요구를 하지 않을 것이라는 말도 덧붙였다.

도로 공사가 시작되자 라오 할아버지는 킹과 사촌 아이들을 데려가 공사를 지켜보게 했다. 마을 중심 근처에서 그들은 일꾼들이 붉은 자갈을 쏟아붓고 바퀴 달린 기계로 자갈을 눌러 매끄럽게 만드는 과정을 바라보았다. 그들은 존재한 적 없는 새로운 길을 만들고 있었다. 일꾼들의 피부가 땀으로 번들거렸다. 이 프로젝트의 공을 차지하러 온 정치인들이 아이들에게 말했다.

"가서 일꾼들을 도와줘라."

킹과 사촌들은 도로로 달려가 뜨끈뜨끈한 자갈을 발로 밟아 다졌다. 일꾼들은 그 모습을 바라보며 미소 지었다. 그 틈을 타 좀 쉬려는 일꾼들도 있었다. 그들은 쪼그리고 앉아 걸레 같은 갈색 천 쪼가리로 얼굴의 땀을 닦고는 바지 허리춤 안쪽에 쑤셔 넣었다.

킹은 자갈의 열기에 발바닥이 따끔거릴 지경이었지만, 이 도로 공사가 마을이 생긴 이래로 제일 중요한 일이라던 할아버지의 말씀을 생각하며 참았다. 그는 이 모든 풍경을 머릿속에 담아두기로 했다. 자갈. 걸레를 든 일꾼들. 번들번들한 눈을 가진 정치인들. 요즘 사람들에게 '회장님'으로 불리는 마을회장이 정치인들에게 코코넛을 하나씩 대령하면서 아이들에게 말했다.

"언젠가 너희 자식들이 이 도로를 걷게 되면 너희가 이 도로 공사를 도왔다고 말해줄 수 있어 좋잖니. 힘들 좀 써봐라!"

어린 킹 라오는 나름 열심히 힘을 써보았다. 허벅지가 얼얼해질 때까지 자갈을 꼭꼭 밟아 다졌다. 사촌들이 한 명씩 그의 곁을 떠나 길가로 물러났다. 어느덧 해가 저물었다. 이제 일꾼들과 함께 자갈길에 남아있는 건 킹뿐이었다. 정치인들이 라오 할아버지에게 농을 걸었다.

"손자가 일자리를 필요로 할까요? 우린 저런 친구가 필요하거든요."

킹은 자갈길을 밟고 또 밟았다. 시간이 늦어지자 정치인들은 각자 차에 올라타 그곳을 떠났다. 일꾼들도 떠났고, 킹보다 나이가 많은 사촌들도 떠났다. 그곳에 남은 건 킹과 그의 할아버지뿐이었다. 라오 할아버지는 킹이 자갈길을 발로 밟아 다지는 모습을 가만히 지켜보았다. 킹은 힘이 들어 심장이 쿵쿵 뛰었다. 중요한 프로젝트를 함께한다는 것, 게다가 열심히 노력한다는 것이 멋지고 의미 있게 느껴졌다.

"이 일을 잘 기억해 둬라." 라오 할아버지는 킹을 목말 태워 집으로 향하며 말했다. 할아버지는 늙었지만 강인했다. 지평선에 걸린 태양이 부르르 떨고 있었다. "잊으면 안 돼. 이런 일이 일어났고, 우리가 함께한다는 게 중요한 거야. 넌 나랑 네 삼촌 친나를 닮았어. 언젠가 이 정원은 네 것이 될 게다."


수 세대 동안 '정원'은 라오 집안이 아닌 어느 브라만 집안의 소유였다. 그 브라만이 바로 진짜 '라오' 집안이었다. 킹의 조상들의 성은 원래 '부라'였다. 그 브라만 집안은 대대로 소중한 골동품처럼 자손에게 이 땅을 물려주었고, 상속할 때마다 소유권은 점점 더 공고해졌다. 킹의 조상들은 그동안 줄곧 정원을 돌보았지만, 코타팔리 마을 중심에서 멀리 떨어진 곳에 있는 낡아빠진 오두막에서 살았다. 마을 중심에서 멀리 떨어진 곳이라 마을의 일부로 보기 어려울 정도였다. 마을 설계가 원래 그렇게 되어있었는데, 그들은 달리트 계급이라 다른 카스트 사람들과는 섞여 살 수 없기 때문이었다. 사람들은 브라만인 라오 집안과 달리트인 부라 집안이 대단한 제휴 관계를 맺고 있다고들 했다.

라오 할아버지가 어린아이였을 때─벤카타라는 이름의 어린 소년이었던 시절─브라만 가문의 아들들은 하이데라바드시로 거처를 옮겼다. 그리고 브라만 가문 족장의 아내가 세상을 떠나자 족장은 정원에 홀로 남았다. 어느 날, 브라만 족장은 벤카타의 아버지에게 자기는 코타팔리 마을 중심가에 여기보다 작은 집을 얻었다면서, 벤카타의 아버지더러 소작인 겸 관리인으로서 정원을 인수하라고 했다. 그리고 자신의 코코넛 판매 사업을 도우면서 약간의 수익을 가져가라고도 했다.

그렇게 해서 벤카타의 아버지는 소지품이 담긴 황마 자루 여러 개를 어깨에 둘러메고 정원에 도착했다. 4남매 중 맏이인 벤카타는 그때 여섯 살이었다. 벤카타가 제일 예뻐한 막내 여동생 카나캄마가 한 살도 되지 않았을 때였다. 어머니는 카나캄마를 품에 안고 걸었고 벤카타의 둘째, 셋째 동생 바부와 바라얌마는 벤카타의 손을 하나씩 꼭 붙들었다.

브라만 가문 족장은 그의 집 베란다에 서있었다. 꽤 오랜 시간 동안 그렇게 우리를 기다리고 있었던 것 같았다. 열쇠를 꼭 쥔 손을 보니 우리에게 열쇠를 내주고 싶지 않은 모양이었다. 벤카타의 가족은 브라만 족장이 다가와 맞이해 주길 기다리며 공터에 서있었다. 그런데 족장이 다가오질 않자 벤카타의 어머니는 남편을 쿡 찔렀다. 벤카타의 아버지는 축복 기도라도 바라듯 고개를 숙인 채 계단을 올라갔다. 아버지는 브라만 족장 앞에 섰지만, 고개를 들지 못했다. 브라만 족장은 아버지를 바라보며 입을 열었다.

"엿같이 참담한 일이야."

열쇠를 쥔 손가락의 관절이 부들부들 떨리고 있었다. 벤카타의 아버지가 열쇠를 받으려 한 손을 내밀자, 족장은 그제야 말없이 그의 손에 열쇠를 내려놓았다. 그리고는 계단을 내려가더니 논을 이등분하며 주요 도로를 향해 뻗은 길로 걸어갔다.

벤카타는 소리 내어 물었다.

"저분은 어디로 가세요?"

"집."

아버지는 대답하면서도 확신이 서지 않는 표정이었다.

"브라만들은 욕을 하지 않는 줄 알았어요."

"하는 사람도 있고, 안 하는 사람도 있고 그런 거지."

부라 가문이 모여 사는 부락에서 사람들은 브라만 족장이 벤카타의 아버지에게 정원을 맡긴 이유는 그가 대단히 똑똑하고 자신만만하고, 정원 같은 대규모 일을 운영할 만한 적임자여서가 아니라 그저 순순히 말 잘 듣기 때문이라고 수군거렸다. 벤카타의 아버지는 키가 작고 군살 없는 마른 몸에, 매끄러운 머리카락, 구부정한 자세를 가졌으며, 길 잃은 수고양이처럼 옆구리 뼈가 앙상했다. 세월이 흐르면서 키가 점점 쪼그라들었다. 오래지 않아 네 명의 자녀는 부친보다 머리 하나만큼씩 키가 커져서 아버지의 휑하게 넓어진 가르마에 붙어있는 비듬까지 볼 수 있을 정도가 됐다. 아버지는 여전히 매일 올이 닳아빠진 똑같은 렁기를 입고 살았다. 아버지는 말수가 적었는데 입을 열면 노상 진부한 얘기만 늘어놓았다. 그들이 이만큼 누리고 사는 것은 브라만 족장님 덕분이니 늘 감사하라고 했다. 다른 사람들은 브라만 족장이 관리 능력이 부족해 어쩔 수 없이 벤카타의 아버지에게 정원 운영을 맡긴 거라고 쑥덕거렸다. 자식들이 아버지에게 그런 질문을 하면 아버지는 질겁하며 입단속을 시켰다.

"무례하게 굴지 마라. 내 앞에서 다시는 그런 말 하지 마."

아버지는 어깨를 움츠리며 주변을 둘러보았다. 자식을 혼내는 모습이라기보다는 겁먹은 모습이었다. 브라만 족장이 무슨 악마처럼 나무 뒤에서 불쑥 나타날지도 모른다고 믿는 눈치였다.

아버지는 맏이인 벤카타가 열한 살 때 코타팔리 마을 중심가에 있는 집으로 브라만 족장을 찾아가게 했다. 그 집에서 필요한 게 있는지 살피기 위해서였다. 동생들은 집에서 일을 돕기 위해 남았는데 막내인 카나캄마는 겨우 여섯 살이라 딱히 해야 할 일도 없고 워낙 큰오빠를 좋아해서 이번에도 따라가겠다고 나섰다. 벤카타는 싫지 않았다. 카나캄마는 그가 제일 예뻐하는 동생이었다. 작고 말도 잘 들었으며 크고 예쁜 눈을 가진 카나캄마는 늘 큰오빠를 졸졸 따라다녔다. 벤카타는 그런 카나캄마를 돌보는 게 좋았고, 데리고 다니며 겁을 주는 것도 재미있었다. 우기 때 브라만 족장은 벤카타에게 집 안 곳곳에 토기를 놓아, 갈라진 지붕으로 흘러드는 빗물을 받게 하고, 물이 가득 채워지면 밖에 내다 버리게 했다. 족장이 집을 고칠 생각을 하지 않았기 때문에 벤카타가 그 집에 찾아갈 때마다 바닥에 놓는 토기의 수는 점점 늘어났다.

벤카타와 카나캄마가 찾아간 날이면 브라만은 늘 집에서 나가있었다. 브라만인 그가 불가촉천민과 사방이 막힌 공간에 함께 있으면서 같은 공기를 마시는 게 금기시되기 때문이었다. 벤카타는 브라만 족장이 뭐라 생각하든 상관없다는 걸 보여주기 위해 일도 놀이처럼 했다. 토기들을 장애물 경기 하듯 늘어놓은 뒤, 몇 초 만에 코스를 완주하는지 카나캄마에게 초를 헤아리게 했다. 늘 규범을 준수하는 카나캄마는 두 손을 모아 쥐고 앞문을 연신 살피며 속삭였다.

"알았어. 하지만 *조심해.*"

어느 날 오후, 벤카타는 토기를 뛰어넘다가 미끄러져 토기 하나를 걷어차고 말았다. 쓰러진 토기는 산산조각이 났다. 카나캄마가 징징

대며 말했다.

"*조심하라고 했잖아.*"

벤카타는 카나캄마에게 강해져야 한다고 타이르면서, 깨진 토기 파편을 모아 카나캄마의 랑가(인도 아대륙 여성들이 입는 발목 길이의 전통 치마—옮긴이) 주름 안쪽에 숨기게 했다. 부라 부락으로 달려간 그들은 먼 친척 코타이야의 도움을 받아 토기 파편을 땅에 묻었다. 순순한 성품의 코타이야는 카나캄마를 무척 아꼈다. 카나캄마가 파편을 묻는 내내 숨죽여 울자 코타이야는 카나캄마를 가만히 달랬다.

"애처럼 굴지 마." 벤카타는 카나캄마와 코타이야를 혼내면서도 속으로는 잔뜩 겁이 났다. 그는 코타이야에게 말했다. "아무한테도 말하지 않는 게 좋을 거야."

그 일이 들통나면 그들은 브라만 족장이 아니라 아버지에게 매를 맞을 것이다.

며칠 동안 그들은 두려움에 떨었다. 카나캄마는 사소한 일로도 울어댔고 벤카타는 카나캄마를 소리 없이 노려보며 아무 말도 하지 말라고 경고했다. 그러던 어느 날 저녁, 브라만 족장이 예고도 없이 멍한 눈빛으로 정원을 찾아왔다. 부라 가족은 모두 저녁을 먹는 중이었다. 벤카타와 동생들은 베란다에 책상다리로 앉아 밝은색 바나나 잎에 쌀밥, 렌틸콩, 오크라를 조그맣게 쌓아 놓고 먹고 있었다. 벤카타 옆에 앉은 카나캄마는 그의 팔을 슬쩍 꼬집으면서 그의 눈을 마주 보려 애썼는데, 벤카타는 그런 동생의 손을 떨치고 식사를 계속했다. 그는 브라만 족장이 그들 때문에 이 집을 찾아온 게 아니라는 듯 굴고 있었다. 어머니가 부리나케 달려가 브라만 족장이 앉을 의자를 가져왔다.

아버지가 의자를 가리키며 브라만 족장에게 더듬더듬 말했다.

"어, 어, 어서 앉으세요."

벤카타는 아버지가 굽신대는 꼴이 보기 싫었고, 그런 상황을 만든 브라만 족장도 끔찍하게 싫었다. 브라만 족장은 휘청휘청 계단을 올라와 베란다에 놓인 의자에 앉더니 몸을 천천히 앞뒤로 흔들었다. 아버지는 브라만 족장이 쓰러질 것에 대비하듯 그 옆에 서서 두 팔을 앞으로 뻗은 모습이었다.

"난 괜찮으니까 그만하게!" 브라만 족장이 버럭 소리쳤다. 그러고는 목청을 낮추며 덧붙였다. "자네가 왜 그러는지 알아. 내 아들놈들이 나를 술주정뱅이라 부르니 소작인들까지 나를 그렇게 보는구만."

벤카타는 음식에서 눈을 떼고 고개를 들었다. 브라만 족장이 술주정뱅이라니. 흥미로운 사실이었다. 브라만인데 술주정뱅이라고! 소리 내어 웃고 싶었다.

브라만 족장이 말했다.

"망할 자식놈들. 사랑으로 키웠는데 이 늙은 아비를 버렸어. 자식들이 날 두고 떠나기 전까지는 내가 술 한 모금도 입에 안 대던 사람이야. 자식들이 나를 버리고 떠났는데, 내가 무슨 낙으로 살겠어? 마누라도 떠났는데 말이야. 떠돌이 개가 찾아오더니 마누라가 죽었고, 개도 떠났어. 자식놈들은 사람들에게 이렇게 말해. '우리가 아버지를 버린 게 아니에요.' '아뇨, 아버지에게 함께 살자고 했는데 아버지가 거절하셨어요.' 그게 바로 아비를 버린 거잖아! 자식들은 사람들에게 이렇게도 말한다니까. '우린 아버지에게 돈을 보내고 있어요. 매달 꼬박꼬박 보낸다고요!' 그게 사실이라면 내가 왜 이러고 살까? 자네들이 본 중에 내가 제일 가난한 브라만 아닌가?"

그는 대답을 기대하듯 벤카타의 아버지를 쳐다보았다.

벤카타는 술 취한 사람들을 본 적 있었다. 삼촌들도 술고래였다. 하지만 술에 취한 브라만은 처음 보았기에 그 꼴이 무척 재미있었다.

브라만 족장이 계속해서 말했다.

"자네 자식들은 학교에 다니지 않으니까 멀쩡하지. 내 말 듣는 게 좋을 거야. 되도록 자식들을 학교에 보내지 마. 난 자식들을 학교에 보냈다가 다 망쳤어. 교육, 교육, 교육, 사람들은 그놈의 교육이 중요하다고 말해. 그래서 내가 자식들을 학교에 보내 교육했는데 지금 어떻게 됐지? 자식들은 나를 버리고 떠났어. 내 지붕! 내 지붕은 어쩌냐고!" 브라만 족장은 처음으로 벤카타를 바라보며 말을 이었다. "너도 내 집 지붕을 봤으니 알 게다! 내 자식들은 지붕을 고쳐주지도 않았어! 네 아버지한테 솔직하게 말해라. 너도 지붕 상태를 봤잖아!"

벤카타는 아버지를 올려다보며 중얼거렸다.

"봤어요."

그러자 브라만 족장이 말했다.

"신들이 나한테 오줌을 갈기고 있어." 그는 벤카타의 아버지 쪽으로 몸을 돌리며 덧붙였다. "어쨌든 제안할 게 있어서 찾아왔네." 그러고는 앞으로 몸을 기울이며 벤카타의 아버지 귀에 대고 무어라 속삭였다. 아버지는 고개를 끄덕였고 브라만 족장과 따로 은밀히 대화를 나누기 위해 둘이 함께 베란다 모퉁이를 돌아갔다.

그의 제안이 깨진 토기와 관련돼 있을까? 벤카타는 잠자코 기다릴 뿐 감히 물어볼 수는 없었다. 카나캄마에게도 가만히 있으라고 경고했다. 그렇게 세월이 흘러 며칠이 몇 주, 몇 달, 몇 년이 되었다. 그들은 몇십 년이 흘러 아버지가 돌아가실 때가 되어서야 그날의 방문이 얼마나 중요한 의미가 있는지 알게 됐다. 장성한 자식들은 죽음을 앞둔 아버지의 침대 주변에 모였다. 그들의 모친은 수년 전에 이미 돌아가신 후였다. 어른이 된 자식들의 어깨가 사뭇 무거웠다. 자식들은 침대 양쪽에 둘씩 서서 서로 어색한 눈빛을 주고받았다.

아버지가 말했다.

"잘 들어."

그들이 정원으로 이사 온 후로 브라만 족장은 아버지에게 더 많은 책임을 넘겼다. 아버지는 이제 코코넛 구매자들에게 브라만 족장보다 더 잘 알려져 있었다. 아버지는 비용을 줄이는 방법을 찾아내 수익을 조금씩 더 챙겨 그 돈을 꾸준히 모아놓았다. 그는 브라만 족장이 모를 것이라 생각했다. 알았으면 불같이 화를 냈을 테니까. 벤카타와 카나캄마의 기억에 뚜렷이 남아있는 그날 저녁, 그들의 집으로 찾아온 브라만 족장은 아버지가 몰래 꿍쳐놓은 돈이 있다는 걸 안다고, 정원 일부에 대한 선취득권을 줄 테니 대신 그 돈을 빌려달라고 요구했다.

그 후 브라만 족장은 꾸준히 돈을 더 빌려달라고 요청했고 결국 정원 전체에 대한 선취득권이 아버지에게 넘어갔다. 브라만 족장이 세상을 떠나자 벤카타의 아버지는 족장의 맏아들에게 상황을 알리는 편지를 썼다. 아들이 찾아와 한바탕 싸움이 벌어질 줄 알았는데 뜻밖에도 아들은 이미 수년 전부터 그 땅을 처분하고 싶었다는 의향을 내비쳤다. 그 땅을 팔아서 돈을 좀 만지고 싶었지만 그들은 브라만 신분이라 도덕적으로 살아야 할 의무가 있었다. 그 아들은 "공평하게 처리합시다"라고 답했다.

죽어가는 자리에서 아버지는 기운 하나 없는 목소리로 말했다.

"이 정원 전체가 우리 것이라는 얘기다."

아버지가 돌아가신 후 벤카타와 동생들은 집 계단에 앉아있었고, 먼 친척들이 그들을 얼싸안고 어두운 표정으로 애도의 뜻을 표했다. 벤카타와 동생들은 조금 전에 알게 된 가문의 부를 계속 생각하지 않을 수 없었다. 그들은 이기적인 생각을 내려보내고 도덕적인 생각을 하려고 입술을 오므리며 숨을 삼켰다. 아버지가 돌아가셔서 너무 슬퍼요, 라고 그들은 친척들에게 말했다. 아버지는 선하고 근면한 사람이었다. 하지만 벤카타는 그들이 그동안 아버지를 제대로 알지 못했다는 생각을 떨칠 수 없었다. 벤카타, 바라얌마, 바부는 20대였고 결혼을 했다. 그때까지도 아버지는 그 정도 부를 일궜다는 사실을 숨겼다. 자식들을 망치지 않으려고, 혹은 그 사실이 드러나면 남에게 빼앗길 수도 있으니까, 같은 합당한 이유가 있었을 것이다. 하지만 아버지에게 서름한 기분이 드는 건 어쩔 수 없었다. 아버지는 착하고 근면 성실한 분이었다고 벤카타와 동생들은 친척들에게 말했다. 그리고 진부한 표현을 죄다 끌어다 쓴 후에는 다시 집안의 부를 머릿속에 떠올렸다. 땅 주인이 되다니, 놀랍구나!

그들 중 아직 결혼하지 않은 사람은 막내인 카나캄마뿐이었다. 어머니는 카나캄마가 아직 아이일 때 돌아가셨고 아버지는 카나캄마를 제대로 돌볼 줄 몰랐다. 카나캄마는 워낙 조용하고 순종적이라 눈에 띄질 않았다. 막내를 제일 아낀 벤카타조차도 나이가 들면서 막내와 더는 시간을 보내지 않았다. 그렇게 방치된 카나캄마는 부라 부락으로 가서 먼 친척인 코타이야와 잘 어울려 놀곤 했다. 코타이야는 예전에 벤카타와 카나캄마가 땅 주인의 부서진 토기 파편을 땅에 묻을 때 도와준 적 있었다. 코타이야는 자라면서 정원에서 코코넛나무에 올라가 열매를 따는 일꾼으로 일하기 시작했다. 카나캄마가 열아홉 살이 된 어느 날 아침, 코타이야는 부친과 함께 집으로 찾아와 청혼했다. 코타이야는 아둔하지만 열심히 일하고 성실하며 카나캄마에게 다정하게 대해주었다. 가장이 된 벤카타는 그 결혼을 승낙했다. 얼마 후 카나캄마는 형제자매 중 제일 먼저 아이를 가졌다. 그들은 이제 다음 세대를 길러낼 준비가 됐다.

벤카타는 1주일에 한 번씩 암바지푸람 마을에 코코넛을 팔러 갔다. 어느 날 오후 집으로 돌아오는 길에 마을 중심가를 지나다가 옛 친구 아파이야의 집을 찾아갔다. 그 지역에 사는 여러 달리트들과 마찬가지로 아파이야도 젊은 시절 버마의 고무나무 농장에서 일했다. 그곳에서 극단적 정치사상을 접한 아파이야는 달리트 출신 사회 개혁가이자 인도 공화국 헌법 제정에 중추적 역할을 한 브힘라오 람지 암베드카르의 추종자가 됐다. 당시 아파이야는 20대였고 결혼한지 얼마 안 된 신혼이었다. 그는 버마에서 계속 머물면서 집으로 돈을 부치려고 했는데 라다와 시타가 태어나고 얼마 후 그의 아내가 폐결핵으로 죽고 말았다. 결국 그는 집으로 돌아올 수밖에 없었다. 버마에서 돈을 많이 벌어온 덕분에 아파이야는 달리트 아이들을 위한 학교를 열고 딸들을 그 학교에 입학시켰다. 이제 아버지가 된 벤카타도 그 학교에 아들들을 보냈다.

벤카타와 나란히 학교 베란다에 앉아 차를 마시며 이슬람교 묘지 쪽으로 난 도로를 바라보던 아파이야가 불쑥 말했다.

"암베드카르의 성이 원래 암베드카르가 아니었던 거 알아?"

"또 암베드카르 얘기구만."

벤카타는 정치에는 별로 관심이 없었다. 정치는 그저 수수께끼 같았고 벤카타는 너무 피곤해서 길게 말을 이어가고 싶지 않았다. 오늘 시장에서 그는 좌절감을 느꼈다. 마을에서는 그의 평판이 상당히 좋지만, 큰 도시에서 새로운 중간 상인이 코코넛을 사러 올 때마다 그날 아침과 비슷한 일이 벌어졌다. 중간 상인들이 달리트한테서 물건을 사는 걸 꺼림칙해한 것이다. 그럴 때마다 그는 그들과의 관계를 탄탄히 다지려 애써야 했다.

아파이야가 말했다.

"그의 원래 성은 사크팔이었어. 암베드카르는 브라만 계급인 고등학교 선생님의 성이야. 그 선생은 암베드카르를 무척 아껴서 사크팔 대신 암베드카르라는 이름으로 그의 학교 기록을 작성해 줬어."

"잘됐네."

요즘 암베드카르 달리트 운동 조직이 높은 카스트의 주요 인사들을 조직원으로 받아들이고 있는데, 그것이 그들 조직의 상징적 힘을 약화하고 있다고 아파이야는 말했다. 그러는 아파이야도 옛 성을 버리고 새로운 성인 '스와미'를 쓰면서 딸들에게도 그 성을 물려주었다. 앞으로 그의 이름은 '아파이야 스와미'이고 딸들의 이름도 라다 스와미, 시타 스와미가 될 것이다.

벤카타가 웃자 아파이야가 말했다.

"너도 그렇게 해야 돼."

그 말을 듣고 보니 성을 바꾸는 것도 좋겠다는 생각이 들었다. 아파이야와는 다른 이유에서였다. 벤카타는 사회운동가가 아니라 사업가였다. 그와 형제자매가 브라만 계급의 성을 사용하고 자식들에게도 물려주면 사람들은 그들을 브라만으로 착각할 테고 사업적으로도 유리하리라는 생각이었다. 그는 지금까지 정원과 가장 관련 깊은 성을 택하기로 했다. 부라를 버리고 라오가 되기로 한 것이다.

존재는 변화하게 마련이다. 킹의 할머니가 세상을 떠난 후 시타는 킹에게 할아버지가 외롭게 혼자 주무시지 않도록 할아버지 곁에서 같이 자라고 지시했다. 그때 킹은 네 살이었다. 첫 번째 밤, 할아버지의 방에서 시큼한 냄새가 강하게 풍기는 가운데 모로 웅크리고 자는 할아버지를 보고 있자니 킹은 당황하고 말았다. 할아버지의 늘어진 목살은 꼭 수탉의 턱볏 같았다. 킹은 손가락으로 늘어진 목살을 잡아 돌돌 말며 물었다.

"아파요?"

"아무 느낌도 안 나."

킹은 벽을 바라보고 누워 할아버지의 코 고는 소리에 귀를 기울였다. 벽에 조그맣게 문양처럼 새겨진 검은 점들의 숫자를 헤아리면서 그게 무슨 점일까 생각했다. 한밤중에 귀에서 어떤 목소리가 들렸다.

"킹, 킹, 일어나." 할아버지가 킹을 담요처럼 감싸고 누워있었다. 할아버지의 팔은 킹의 배를 꽉 잡았고 할아버지의 손은 킹의 심장이 있는 가슴 부위에 닿아있었다. 할아버지의 팔뚝은 지나치게 익은 과일처럼 물렁했다. "말해줄 게 있어." 할아버지가 속삭였다. "내가 아직 죽지 않았다만, 만약에 내가 밤에 죽으면 아마 네가 나를 제일 먼저 발견하게 될 게다. 그때 겁먹을 필요는 없어. 네가 잠에서 깼는데 내가 숨을 쉬고 있지 않으면 내 얼굴을 보려고 하지 마. 그냥 일어나서 네 엄마를 찾아. 마음의 준비를 하고 있으라는 뜻이다."

"알겠어요."

사방이 고요했다. 집 밖에는 보름달이 낮게 걸려있었다. 할아버지는 킹의 머리카락을 손가락으로 빗어 내렸다.

"저 달을 보렴. 소련이 우주로 로켓을 쏘아 올렸어. 오래지 않아 인간이 저 달에서 걷게 될 거다. 그때까지는 내 목숨이 붙어있으면 좋겠어."

할아버지가 충분히 오래 살았으면 달에 갔다가 지구로 귀환한 닐 암스르롱의 경험담을 들을 수 있었을 것이다. 할아버지는 무척 좋아하셨을 것 같다.

닐 암스트롱은 이렇게 말했다.

"우주와 달에서 본 지구는 무척 아름다웠습니다. 아주 작고 까마득히 멀리 있는 것으로 보였어요. 지구는 아주 푸르고 하얀 레이스 같은 구름으로 뒤덮여 있어요. 대륙들도 또렷하게 보였고요. 워낙 거리가 멀어서 색깔까지 다 보이지는 않았지만요." 꾸밈없고 아름다운 설명이었다. 암스트롱의 어린 딸이 아버지가 달에 착륙하기 7년 전에 암으로 죽었다는 사실을 아는 사람은 많지 않다. 지구에 대한 그의 묘사에는 상실감이 배어있는 것으로 느껴진다. 그는 지구를 바라보면서 딸을 생각하지 않았을까.

할아버지는 어느 날부터인가 정신 줄을 놓기 시작했다. 할아버지 눈에는 브라만 족장이 살아있으며, 정원과 관련된 문제를 놓고 자기한테 고함을 치고 있는 환영이 보이는 모양이었다. 바나나나무 아래 잡초가 너무 무성하게 자라고 있어 그들은 열매를 수확하러 갈 수도 없었다. 구아바나무 줄기를 타고 기어오르는 딱정벌레는 그 나무가 병들었음을 보여주는 명백한 표지였다. 킹은 할아버지에게 브라만 족장은 진짜가 아니라고 말해주었다. 하지만 할아버지는 웃으며 킹의 머리를 다정하게 토닥일 뿐이었다. 진실을 말해주려 했지만 상대가 믿지 않자 킹은 피부가 얼얼해질 지경이었다.

어느 날 아침, 할아버지는 공터에서 킹을 무릎에 앉히고는 사람들에게 브라만 족장이 시킨 일이라며 업무를 지시했다. 첫 번째 집과 완전히 똑같은 두 번째 집을 짓는 일이었다.

"굳이 뭐 하러?"

카나캄마가 묻자 할아버지가 대답했다.

"우린 브라만 족장님의 말에 토를 달면 안 돼. 그분이 지시하시면 그냥 따르면 되는 거다." 할아버지는 이렇게 말하며 킹의 머리를 쓰다듬었다. 킹은 그 자리에서 벗어나고 싶었으나 할아버지를 위해 참았다. "킹이 나이가 더 들고 이곳을 운영하게 되면 그 집에서 살 거니까……. 다들 그곳을 '킹의 집'이라고 부를 거다." 킹의 머리에 얹어놓은 할아버지의 손이 문득 전혀 움직임이 없었다. 킹은 할아버지가 돌아가신 줄 알고, 이 순간을 잘 기억해 두리라 생각했다. 그러다 다시 할아버지가 그의 머리를 쓰다듬자 그는 확 초조해졌다. 덤벼, 죽음아! 순간 부끄러움이 그의 두 팔을 타고 흘러왔다.

"킹은 자기 집이 필요해."

할아버지의 말에 카나캄마가 물었다.

"누구더러 그 집을 지으라고?"

"네가 데리고 있는 도박쟁이들."

할아버지는 이 말을 하며 소리 내어 웃었다.

카나캄마와 코타이야의 첫아들이자 유일한 아들인 자가이야가 정원에서 일하는 도박쟁이들의 관리 감독을 맡았다. 자가이야는 부모처럼 순한 영혼의 소유자였다. 그는 열다섯 살 때 마을의 찻집 종업원과 얘기를 나누게 됐다. 리람마라는 그 여자는 고아지만 키가 크고 외모가 아름다웠으며 성격도 명랑했다. 리람마는 돌아가신 부모님에게 물려받은 재산이 있는데 결혼할 때 엄청난 액수의 지참금을 가져갈 거라고 말했다. 카나캄마와 코타이야는 아들이 너무 어려 걱정하면서도, 지참금에 눈이 멀어 얼른 할아버지의 허락을 구했다.

하지만 리람마의 말은 거짓으로 드러났다. 약혼식이 끝나고 리람마는 세 자매가 있다는 사실을 털어놓았다. 그 자매들의 이름은 라탐마, 라리탐마, 라와냠마였고 모두 상습 도박쟁이들과 결혼했다. 단추를 풀어 헤친 셔츠를 입고 다니며 빙키, 딤플, 버블스 같은 별명으로 불리는 남자들이었다. 지참금을 대주기로 한 사람은 바로 도박하다 대박이 터진 버블스였는데, 버블스는 리람마에게 자매들과 그 남편들을 모두 정원에서 살게 해주는 조건으로 돈을 대주기로 한 것이었다. 그들은 가족을 이루고 살면서 도박에서 손을 털고 싶었지만 달리 일해서 돈벌이할 기술은 없는 상황이었다.

그제야 가족들은 카나캄마를 코타이야와 결혼시킨 게 큰 실수였음을 깨달았다. 둘 다 인정 많고 사람을 잘 믿는 성격이라 아들 자가이야도 자기네와 똑같이 길러냈다. 그들 중 리람마의 과거를 조사해볼 생각을 한 사람은 아무도 없었다. 나중에야 카나캄마는 아들을 리람마와 이혼시켜 달라고 부탁했지만, 할아버지는 거절했다.

"우리 정원에는 강한 남자들이 필요해. 아름다운 여자들도 더 필요하고."

그는 이렇게 말하며 웃었다.

다들 라오 할아버지가 실성했다고들 했지만, 킹의 집을 지어주라는 그의 명령을 무시할 수는 없었다. 공사가 시작되자 아이들은 도박쟁이들 주변에 옹기종기 모여들어 서로의 등에 손바닥을 얹고는 자가이야가 쟁기로 공터를 다지는 모습을 구경했다. 얼마 후 빙키, 딤플, 버블스가 나무 말뚝 네 개를 들고 와서 길쭉한 직사각형 모양으로 저지선을 만들고 아이들에게 경고했다.

"이 선 가까이 오면 나무 파편에 맞을 수도 있어. 멀찌감치 있도록 해."

공사를 시작한 삼촌들은 오전 내내 직사각형 한가운데서 웅크리고 앉아 일을 했다. 그들의 턱 아래로 땀방울이 뚝뚝 떨어졌다. 지루해진 아이들은 묵직한 돌덩이를 금지된 직사각형 안으로 던져넣고는 킹에게 달려가서 가져와 보라고 했다. 킹이 직사각형 안으로 들어가자 버블스가 고함치며 일어나 당장이라도 사람들 앞에서 킹을 때릴 듯이 주먹을 들었다.

킹의 비명 소리를 듣고 주방에 있던 어머니들이 달려 나왔다. 그들은 직사각형 주변에 둘러서서 버블스에게 소리쳤다.

"애한테 성질이야. 부끄러운 줄 알아요!"

그러자 기가 산 킹과 사촌들은 노래를 부르고 이교도스러운 춤을 추었다. 어머니들은 박자 맞춰 박수를 쳤고 버블스는 화가 나서 씩씩거렸다. 킹이 들고나오려다 떨어뜨린 돌멩이가 바닥에 떨어져 있었다. 킹은 직사각형 안으로 다시 달려 들어가 돌멩이를 집어 들고 그걸 버블스에게 던질 것처럼 시늉했다.

의자에 앉아 이 광경을 모두 지켜보고 있던 할아버지는 박장대소를 하다가 가슴을 움켜쥐더니 그대로 세상을 떠나고 말았다.

# CHAPTER 4

X ┼ X

"너희 증조할아버지는 돌아가시는 순간까지도 그 망할 집을 만들고 계셨단다, 딸아! 라오 가문 사람은 쉬지를 않아!"

아버지는 그 사실을 내게 일깨워 주는 걸 즐겼다.

라오 가문 사람이라는 것은 그야말로 엄청난 사실이라, 그 외의 모든 게 그 사실에서 파생된다고 봐도 무방했다. 아버지는 달리트로 태어났는데, 가족이 정원을 소유하게 된 덕분에 들판에서 노동하는 대신 학교에 다닐 수 있었다. 학교에서 교육받으면서 인도 최고의 대학 중 한 곳에 입학 허가를 받을 수 있을 정도로 높은 성적을 거뒀고, 대학에 가서도 성과를 냈다. 미국 유수의 기관 중 한 곳에서 장학금을 받으며 대학원을 다닌 후, 초창기 컴퓨터 회사 중 하나를 공동 창업해 세계에서 가장 가치 있는 기업으로 키워냈다. 그리고 대부분 은퇴할 나이에 아버지는 국가의 규율로부터 이 행성을 구해냈다. 사회를 매듭짓고 주주 정부로 차분하고 평화롭게 전환되도록 한 것이다. 세계 시민들이 주주 정부를 집단 소유하기에 각 주주는 행복과 성공의 삶을 구축하는 능력을 고르게 갖췄고, 그 능력은 킹 라오 못지않았다.

주주 정부는 킹 라오가 현대생활의 가장 중요한 진실이라 여기는 개념에 바탕을 두고 구축되었다. 자본을 소유하고 노력을 기울이면서 재주도 갖춘 사람은 성공하게 마련이라는 개념이었다. 물론 성공 후에도 늘 경계해야 했다. 킹 라오부터도 자기만족을 멀리하고, 이빨 빠진 뒷방 늙은이로 늙어가지 않으려 했다. 그는 느긋한 휴식을 게으름과 동급으로 여겼다. 은퇴는 그냥 일을 그만둔다는 것을 좋게 포장하는 말에 지나지 않았다. 아버지는 이렇게 선언했다.

"난 조용한 은퇴자처럼 의자에나 앉아있을 생각 없어. 내가 할 일이 얼마나 많은데!"

내가 아버지를 존경하는 이유가 바로 이것이다. 아버지가 하는 일에 관해 나는 조금밖에 알지 못했다. 아버지는 본인이 성장한 집과 같은 느낌으로 우리 집을 설계했다. 길고 좁은 형태에 양옆으로 널찍한 베란다가 있는 간소한 1층 집이었다. 아버지는 블레이크 섬 북서쪽 끄트머리 근처의 공터에 이 집을 지었다. 이 섬이 주 정부 소유였던 시절, 아버지가 오기 한참 전에 벌목으로 만들어진 공터였다. 집 옆에는 작은 정원과 과수원이 있었다. 그 과수원에 아버지는 기후 저항성 변형 종자를 심어 오크라, 가지, 망고, 잭프루트 같은 열대 농작물을 재배했다. 아버지와 함께 말없이 과일과 채소를 돌봤던 게 나에게는 제일 행복한 기억으로 남아있다. 아버지에게 배운 대로 땅에 씨앗을 심고 흙을 도톰하게 덮고 그 주변에 손가락으로 작은 원을 그렸다. 그 모습을 보며 아버지는 나지막하게 중얼거렸다.

"우리 딸 시골 아가씨가 다 됐네."

우리가 정원 가꾸기만 하며 시간을 보낸 건 아니었다. 정원과 과수원 옆에는 자그마한 나무 오두막이 있었다. 아버지는 창고나 다름없는 그 오두막에 거의 종일 틀어박혀 오래된 코코넛 컴퓨터로 코드 짜는 일을 했다. 나는 너무 어려서 아버지가 그 안에서 정확히 무슨 일을 하는지 궁금해하지도 않았다. 아버지가 내 소소한 필요를 충족해 주는 것만으로도 족했으니까.

아버지는 세상 사람들이 내 존재를 알지 못하도록 내가 태어나기 전에 이 외딴섬으로 이사 왔다고 했다. 그들이 진실을 알게 되면 아버지의 위상 때문에 위험해질 수 있다고 했다. 누군가가 나를 납치해서 몸값을 요구할 수도 있을 테니까. 본토에 있는 아버지의 정적들, 모사를 꾸미며 아버지의 위신을 실추시킨 그자들이 나를 목표로 삼을 수도 있을 거라고 했다. 아버지는 베인브리지 섬 북쪽에 있는 위험한 사람들이 이 섬에 내가 있는 걸 알아챘을지 모른다고 의심했다. 아버지가 자세히 말하지는 않았지만 나름의 근거가 있는 의심일 것이다. 하지만 나는 그런 얘기를 들어도 겁먹지 않았고, 별로 신경 쓰지도 않았다. 내가 아는 사람이라고는 아버지와 나뿐이라서 그 외의 다른 사람이라는 개념은 너무 막연하게 느껴졌다. 아버지도 어느 순간, 나를 여기 영원히 가둬둘 수는 없다는 걸 깨달으신 것 같았다. 나는 여섯 살이던 어느 날 아침, 아버지에게 우리 집이 있는 작은 공터 너머 숲으로 들어가 보고 싶다고 다시 졸랐다. 이미 100만 번도 더 졸랐던 사안이었다. 그런데 아버지는 이유를 설명하지도 않고 그냥 웃더니 허락해 주었다.

나는 곧장 숲으로 달려갔다.

우리 집 주변에는 오래된 더글러스 전나무들이 빽빽이 자라고 있었다. 그 사이에는 삼나무, 단풍나무, 오리나무가 있었고 토종은 아니지만 100년쯤 전에 우리보다 먼저 이 섬에 살았던 마지막 가족이 심은 월계수와 호랑가시나무도 간간이 끼어있었다. 그곳이 내 놀이터가 됐다. 어깨높이로 자란 줄고사리 사이를 터벅터벅 걸으며 나는 웅장한 연극의 주인공이 된 상상을 해보았다. 이 섬에 사는 동물들은 이 연극의 조연이었다. 나는 검은 꼬리가 달린 사슴을 내 보호하에 있는 애완동물로 삼고, 잡아먹히지 않도록 지켜주는 시늉을 했다. 새벽이 훨씬 지난 시간에 해변에서 조개를 까먹는 미국너구리는 짜증 나는 어린 동생들 역할이었다. 해변 근처 더글러스 전나무에 둥지를 튼 거대한 흰머리독수리는 퓨젓사운드만을 향해 나선형으로 강하하다가 다시 우듬지로 향하곤 하면서 내 공중 경호원 노릇을 했다.

그때만 해도 찜통 지구 현상은 관념적으로만 느껴졌다. 여러분도 기억할 것이다. 실외에 나가면 여전히 기분 좋았고, 여름이라도 아침저녁으로는 선선했다. 그때부터 날씨는 이미 이상해지고 있기는 했다. 산불과 허리케인이 잦아지고 일몰은 이상할 정도로 너무 아름다웠다. 그래도 사람들은 기후 변화의 위험성을 실감하지 못했다. 나름 합리적이라는 사람들은 지구가 환경 변화를 이겨낼 수 있으리라 떠들었다. 그러면서 수온이 높아져도 잘 사는 귀신고래를 예로 들었다. 멸종 위기에서 살아남은 흰머리독수리를 예로 들기도 했다. 나도 그들의 주장을 믿었다. 어느 가을날, 내 흰머리독수리가 짝을 집으로 데려왔다. 그들은 한 달에 걸쳐 나뭇가지를 모아 둥지를 지었다. 그 계절에 나는 둥지를 지켜보며 흰머리독수리 새끼들이 태어나기를 기다렸다. 그때 세상은 여전히 생명으로 가득했다. 지구에서 생명이 끝장나리라는 상상을 하기는 어려운 시절이었다.

어느 날 아침, 흰머리독수리의 짝이 한동안 우듬지 주변을 선회하다가 둥지로 내려왔다. 둥지 안에서 작은 부리가 쏙 올라와 아비가 가져온 먹이를 받아먹었다. 나는 아버지의 사무실로 달려갔다. 아버지는 일하다가 방해를 받아도 싫은 내색을 한 적이 없었다. 속으로는 싫었을지 몰라도 내색한 적이 없었다. 나는 방금 본 것을 얘기했다.

"멋진 일이구나!"

아버지는 나를 안아 올려 무릎에 앉혔다. 그때 나는 아버지의 컴퓨터 화면을 얼핏 봤는데 코드가 줄줄이 적혀있었다. 마치 모니터를 가로질러 가는 개미 떼처럼. 아버지는 내 이마와 코에 입을 맞췄다. 하지만 얼마 후 아버지의 시선은 컴퓨터 화면으로 돌아가 있었다. 아버지는 지적 호기심이 대단한 분이지만 독수리의 짝짓기 패턴, 서양 쐐기풀에 긁혀 상처가 났을 때 양치식물의 잎 아랫면으로 따끔거리는 부위를 문지르면 낫는다는 것, 무더운 오후에 느릿하게 움직이는 사슴, 음식 부스러기를 달라고 내 발을 향해 뒤뚱뒤뚱 걸어오는 미국너구리 같은 우리 섬에 충만한 생명에는 큰 관심이 없었다. 아버지는 이론적인 것을 흥미로워했다. 아버지는 인간의 지성이 이미 존재하는 것을 관찰하는 것뿐만 아니라 존재하지 않는 것을 고안하도록, 미래를 상상하고 실현하도록 설계되었다고 여겼다. 아버지는 나를 무릎에서 안아 올려 바닥에 내려놓으며 말했다.

"그래, 가서 탐험을 해보렴!"


나는 아버지를 열렬히 숭배했다. 내가 그렇게 해야 아버지를 무너뜨린 사람들, 앞으로 또 아버지에게 상처를 입히려 음모를 꾸미는 사람들한테서 아버지를 지킬 수 있을 것 같았다. 그 감정은 아버지가 별나게 나이가 많다는 사실과 뒤섞여 내가 아버지를 보호해야 한다는 생각으로 발전했다. 대부분의 자녀는 세월이 흐르면서 부모를 돌보는 사람이 되어가는데, 나는 돌봄을 받을 나이에 아버지를 돌보는 역할도 해야 했다.

낮 동안 우리는 서로 독립적인 생활을 하다가 저녁이 되면 함께 시간을 보냈다. 아버지는 내가 즐겨 하는 상상 놀이에 같이 참여해 어떤 캐릭터인 척해주거나 내가 막대와 조약돌, 무당벌레로 상상의 세계를 구축하는 것을 도와주었다. 내가 나이를 먹으면서 상상 놀이는 대화로 대체되었다. 우리는 서쪽 해안선을 따라 뻗어나간 해변에 야외용 의자 두 개를 놓고 앉아 올림픽 반도를 바라보곤 했다. 따뜻한 여름 저녁, 어스름이 깔리면 우리는 저녁 식사를 마치고 팔짱을 낀 채 산책 나가 어둑해지는 산 뒤로 해가 넘어가는 풍경을 바라보았다. 그리고 아버지는 지구에서 100년 동안 어떤 삶을 살아왔는지 들려주기 시작했다.

주주 정부 이전에 전 세계에서 민족주의 운동이 전개되면서 사람과 물자의 자유로운 이동에 제한이 걸리게 됐다고 아버지는 말했다. 정부들이 차례로 이민자를 막는 정책을 펼치고 무역 장벽을 세웠다. 그때 아버지가 새로운 모델을 제시했다. 주주 정부하에서는 부패하고 편향된 정치인들이 아니라 코코넛이 개발한 마스터 알고리즘(알고)이 정책을 이끌게 된다. 알고는 사람들의 사회적 프로필을 입력값으로 사용하면서, 인구통계학적 지표뿐 아니라 인생 경험을 바탕으로 정보에 근거해 의사를 결정하려 했다. 회사에 다니면서 그 회사에 노동력을 팔고 달러나 차트(버마의 화폐 단위—옮긴이), 세디(가

나의 화폐 단위―옮긴이)를 받는 대신, 주주들은 자기 의지에 따라 노동력을 팔고 그들이 창출한 실제 가치가 얼마인지를 알고의 예측을 바탕으로 판단받은 뒤 사회자본으로 보상받게 되는 것이다. 득표율도 더 이상 지리적 여건에 좌지우지되지 않고, 알고를 통해 할당되었다. 사람들이 필요로 하는 것―음식, 물, 에너지, 인터넷, 도로, 쉼터, 학교, 병원, 보호, 구급―도 과세 제도와 금액 책정이 아닌 혁신적인 모델을 통해 충족됐다. 사람들은 세금을 내는 대신 매월 사회자본의 일부를 지불했고, 알고는 가장 효율적인 기금 투자 방법을 결정했다. 알고는 세계적 교과 과정과 시험 방식을 통해 평등한 교육 기회를 제공하면서 개별화된 게임 요소를 적용하여, 외지고 작은 마을에 사는 아이들이 시애틀이나 상하이 같은 대도시 아이들과 똑같은 교육 기회를 누릴 수 있게 했다. 또한 사법 제도 개혁을 위해, 실수를 범할 수 있는 인간 판사가 아니라 알고가 유죄 가능성과 가장 적절한 처벌 방법을 결정했다.

내 아버지 킹은 내가 일곱 살이 되자 자신이 어쩌다가 이렇게 몰락하게 되었는지 그 사정을 들려주었다. 곧 출시될 제품을 시험하면서 사망자가 발생하자, 자칭 '엑스'라는 반정부 집단 조직원들이 반대 시위를 벌이고 불을 질러 세 명이 사망하고 말았다. 그런데 알고는 시위를 주도한 폭도들을 처벌하는 대신, 놀랍게도 협상하라는 결정을 내렸다. 그 결과 엑스는 시위를 중단하는 대가로 자기만의 땅을 받게 됐다. 정부는 세계 곳곳에 있는 수백 개의 섬의 지배권을 엑스에게 양도하기로 했고, 그런 섬은 '빈 섬'이라 불리게 됐다. 누구든 주주로서의 신분을 버리고 빈 섬에 가서 살 수 있게 된 것이다. 또 다른 협상 조건은 킹 라오의 모든 권력을 영원히 박탈하라는 것이었다.

아버지는 일곱 살 아이를 겁먹게 할만한 부분은 빼고, 대강의 사정을 덤덤하게 들려주었다. 내가 나중에 알게 된 바에 따르면, 화재로 죽은 사람 중에는 어린아이도 있었다고 했다. 얘기를 듣고 보니 아버지가 희생양이 됐다는 생각이 들었다. 아버지가 얘기를 들려준 방식, 솔직함, 그 일이 벌어진 상황 때문에 나는 아버지를 더 존경하게 됐다.

우리는 그렇게 해서 이 블레이크 섬에서 살게 된 거야, 라고 아버지는 농담하듯 가볍게 말했다. 본인이 세운 제국에서 추방당한 후 아버지는 말수가 줄었다. 한동안 사람들도 아버지에 관해 잊고 살았다. 그렇게 5년 정도 지난 어느 날, 아버지는 엘리엇 베이 마리나로 차를 몰고 가, 그곳에 정박해 둔 요트에 올라탔다. 요트에 탄 아버지는 소셜 장비를 비활성화해 주주로서의 모든 권리를 포기했다. 아버지가 정박지 클럽 갑판에 모인 20여 명의 정박지 회원들에게 손을 흔들자 그들은 그 장면을 멋진 각도로 찍으려 핸드폰을 꺼내 들었다. 아버지는 자기 핸드폰을 허공에 들어올리더니 요트 너머 바다로 휙 던져버렸다. 그러고는 신록이 한창인 1.9제곱킬로미터 면적의 섬을 향해 나아가기 시작했다. 아버지는 퓨젓만에 있는 그 섬을 새로운 집으로 삼은 것이다.

사람들은 그게 복귀를 노리고 관심을 끌어보려는 쇼일 뿐이라고 생각했다. 그들은 아버지가 곧 뱃머리를 다시 육지 쪽으로 돌릴 거라 생각하며 지켜보았다. 하지만 수 시간이 지나도록 아버지는 돌아오지 않았다. 그제야 기자들은 아버지가 소유물을 대부분 남몰래 팔아치우고 빈 섬에서 더 많이 사용되는 통화 유형인 금을 사들였다는 것을 알게 됐다. 아버지는 그동안 운용해 온 연구 조직인 라오 프로젝트도 해산시켰다. 지난 7개월 동안 아버지는 몇 안 되는 소유물을 그 요트에 옮겨다 놓았다.

아버지는 짓궂게 말했다.

"그렇게 했더니 아무도 못 건드리게 됐어!"

엑스는 포용과 분권의 원칙에 따른 운동을 하는 집단인 만큼, 사람들은 자유인인 그가 주주로서의 삶을 버리고 떠나는 것을 막을 수 없었다. 엑스가 주주 합의서에 따라 살 수 있는 권리를 서면으로 보장받은 덕분에 위원회도 그를 막지 못했다.

블레이크 섬에는 오랫동안 사람이 살지 않았다. 틸리컴 마을의 흔적을 제외하고는 실질적인 인프라도 없는 상태였다. 오래전 관광객들은 관광지인 틸리컴 마을을 찾아와 연어 요리를 먹으면서 토착 문화를 배웠다. 지금 틸리컴 마을은 폐쇄됐고 블레이크 섬은 버려졌다. 찜통 지구 이전 시대에 블레이크 섬은 8킬로미터 길이에 달하는 모래 해변으로 유명했는데, 지금은 날이 갈수록 해변이 좁아지고 있었다. 종합하자면 빈 섬 대부분은 해수면 상승으로 인해 향후 200년 내에 물에 잠기게 될 것이다.

킹은 개의치 않았다. 섬의 사정이 이렇다 보니 침입자를 막을 수 있었고, 그는 이 섬을 본인이 살기 알맞은 곳으로 바꿀 수 있는 자원도 보유하고 있었다. 19세기 황금광 시대에 정착민들은 블레이크 섬의 나무들을 잔뜩 잘라 뗏목을 만들어 타고 샌프란시스코로 향했다. 정작 이 섬은 100년 넘는 세월 동안 상업적인 개발이 이루어지지 않았다. 나무들은 다시 자라났고, 근처 섬에 사는 무수한 엑스들은 사례금을 받고 기꺼이 나무를 잘라 킹을 위한 집을 지어주었다. 킹은 본토의 인터넷과 비밀리에 연결할 방법도 찾아두었다.

아버지는 나를 이런 세상으로 데려왔다. 우리는 한동안 그 섬에서 행복하게 살았다.

여기서 보낸 첫날 아침, 아침 식사를 마치자마자 문짝의 우편물 투입구가 잠깐 열리더니 무언가 안으로 툭 떨어졌다. 코코패드였다. 손을 대자 화면이 밝아지면서 '**안녕하세요!**'라는 문구가 떴다. 민트 그린색 바탕에 흰 글씨. 사교적인 느낌의 산세리프체였다. '**당신은 살인 혐의로 마거릿 라오 구치소에 구금 중입니다.**' 여러분은 지금 나에게 이런 식으로 말을 건 게 사람이 아니라 알고임을 알아챘을 것이다. 알고는 내가 그 말을 머릿속에 넣기까지 30초 이상 주지 않았다. 그 메시지를 내가 적절히 이해했든 아니든 상관 없이, 알고는 곧 그 메시지를 지우고 새로운 메시지를 보여주었다. '**다음 단계에 관해 이야기해 봅시다.**' 위원회가 내 존재에 관한 기록을 갖고 있지 않기 때문에 나는 범죄 혐의에 관한 재판을 받기 위해 사회적 프로필을 만들어야 했다. 이 과정에는 사진 촬영도 포함되어 있었다. 그 외에 나의 신체적·정신적 건강 상태 진단, 지능·기술·성격 평가, 본토에 있는 내 가족 및 사회관계 문서화, 그리고 제일 중요한 과정이 바로 내가 털어놓는 나의 신상 이야기와 그 사건에 관한 내 소회의 확인이었다.

기소당한 것은 별로 놀랍지 않았다. 알키 해변에서 체포된 순간 나는 고발된 걸 알았으니까. 그리고 그 순간, 그 상황을 영리하고 빠르게 빠져나갈 방법 따윈 없다는 것도 알았다. 아버지가 내게 읽어주곤 했던 동화책 속에서 되풀이되는 만트라(기도나 명상 때 외는 주문—옮긴이)가 있다. 곰 사냥에 나섰다가 무수한 난관을 겪게 되는 어느 가족에 관한 이야기다. '너무 어려워. 도저히 이겨낼 수 없어. 아, 안 돼! 그래도 우린 해내야 해!' 우리는 어떤 난관이든 극복하고 나아가야 한다. 닷새가 흐르는 동안 나는 정해진 대로 하루하루를 보냈다. 아침마다 아버지의 삶을 떠올리며 글로 적었다. 그리고 전날 내가 적어놓은 글을 읽고 편집했다. 세수하고, 콜라를 곁들인 식사를 후루룩 마시고, 다시 타이핑을 시작했다. 운동도 조금 했다. 닭장 같은 감방 안에서 요가를 하거나 좁게 왔다 갔다 뛰는 운동이었다. 그리고 점심을 먹고 조금 더 글을 쓰고 운동을 한 후 저녁을 먹었다. 밤이면 이제 다음에는 어떤 이야기를 쓸까 생각하고, 알맞은 이야기를 적기 위한 계획을 세웠다. 알고가 이 사안을 특별히 예민하게 볼 것 같지는 않으니, 이 모든 글과 나의 사회적 프로필은 내 사건이 종결되면 공공 기록의 일부가 될 것이다. 그렇게 되면 주주 여러분도 그 내용을 읽을 수 있게 될 것이다.

그렇게 똑같은 하루하루를 보내는 동안 여러 날이 지나갔다. 나는 음식, 화장지, 때로는 깨끗한 수건과 죄수복, 세면도구가 들어오는 독방 문의 틈새를 통해 교도관들을 몰래 훔쳐보기 시작했다. 제일 자주 오는 사람은 다부진 체격의 근육질 백인 남자였다. 깔끔하게 콧수염을 길렀고 들창코이며 머리가 벗겨진 그 남자는 내가 자기를 몰래 쳐다본 첫날, 움찔하며 물러서더니 이내 평정심을 유지했다. 그 후로 그는 마음을 단단히 먹고 오는지 내가 틈새로 보고 있어도 어떤 반응도 내보이지 않았다.

말 한 마디 하지 않는 과묵한 그 교도관은 얼굴 근육의 움직임만으로도 나를 어떻게 생각하는지 여실히 드러냈다. 바로 동정과 혐오였다. 그의 발소리가 멀어질 때 나는 가끔 소리치곤 했다.

"고마워요! 진짜 감사하게 생각해요!"

나는 그를 놀리는 척, 냉소적인 척했지만 자기방어적인 행동일 뿐이었다. 속으로는 너무나 절박해서 이런 최소한의 접촉만으로도 감사할 지경이었다. 만약 그 교도관이 대답이라도 해줬으면 나는 고마워서 왈칵 눈물을 쏟았을 것이다.

그리고 오늘 아침에도 나는 코코패드의 '평가' 아이콘을 손으로 톡 누르고 '신체 평가' 항목을 선택했다. 부디 사람과 접촉할 수 있길 바랐는데 원한 대로 되었다. 10분도 채 지나지 않아 감방문이 열리더니 백인 여자가 의료 장비가 담긴 수레를 밀고 들어왔다. 의사인지 과학자인지 모를 그 여자는 생물학적 위험을 방지하는 복장이었고, 머리망 밖으로 금발 머리카락 몇 가닥이 비어져 나왔으며, 수술용 마스크를 착용했다. 그 여자는 효율적인 움직임으로 내게 다가왔다. 교도관 한 명이 그 여자 뒤에서 따라 들어와 문을 닫고 약간의 거리를 둔 채 감방 벽을 등지고 섰다. 알키 해변에서 경찰을 맞닥뜨린 후로 사람과 이렇게 가까이서 접촉하는 건 처음이었다.

"옷 벗고 이걸 입어."

여자가 가운을 내밀며 말했다.

목소리가 젊은 편이었다. 30대쯤 되었을까. 딱딱하고 형식적인 말투지만 무정하게 들리지는 않았다. 내가 점프수트를 벗는 동안 그 여자와 교도관은 눈길을 옆으로 돌리는 예의조차 차리지 않았다. 부끄러움에 시선을 돌린 쪽은 나였다. 가운을 다 입을 때까지 나는 그들의 눈을 다시 보지 못했다.

"앉아."

여자가 침상을 손으로 가리켰다. 그리고 내 앞에 웅크리고 앉았다. 여자한테서 팝콘 냄새가 났다. 촉촉하게 젖은 이마가 보였다. 여자는 내 생명 징후, 체온, 혈압, 호흡률, 맥박, 반사 작용을 확인했다. 이 여자가 나를 보러 오기 전 휴식 시간에 맛있게 먹었을 팝콘, 그리고 책상 서랍에서 꺼내 둥글게 펴 발랐을 로션을 떠올리자, 이 여자가 부러워졌다. 여자는 작은 유리병에 내 피를 담고 토스터만 한 크기의 기계에 집어넣었다. 기계의 길쭉한 조명이 초록색으로 변했다.

"지금까지는 괜찮네."

여자는 나에게 하는 말이라기보다는 혼잣말처럼 중얼거리더니 휴대용 스캐너를 집어 들고 나더러 일어서라고 지시했다.

"그게 뭐예요?"

내가 처음으로 한 말이었다.

여자는 고개를 약간 갸웃했는데, 마스크를 착용하고 있어서 표정이 보이지 않았다.

여자가 대답했다.

"안쪽을 잠깐 보려는 거야. 표준 절차야."

나는 머뭇거리면서도 시키는 대로 했다. 여자는 스캐너로 내 배를 길게 훑어내렸다. 목에서부터 배꼽까지. 그리고 등도 훑어내렸다. '안쪽을 잠깐 보려는 거야'라는 말이 어쩐지 의사답지 않게 느껴졌다. 어쩌면 이 여자는 의사나 과학자가 아니라 간호사일지 모른다는 생각이 들었다.

"팔 벌려."

여자는 이렇게 말하고는 스캐너로 내 팔을, 어깨부터 손가락 끝까지 차례로 훑었다. 그리고 그 장비로 마치 마법을 걸듯 내 머리 주변에 여러 번 원을 그렸다. 여자는 스캐너를 들여다보고 인상을 찌푸리더니 주머니에 넣고 말했다.

"옷 입어."

여자의 주의가 약간 흐트러진 것 같았다. 나는 다시 죄수복을 입고 침상에 앉아 가운을 손에 꼭 쥐었다.

"그거 이리 내."

나는 일어서서 여자에게 가운을 건넸다. 여자는 고맙다든가 하는 말도 하지 않고 장갑 낀 손으로 가운을 받아 가방에 집어넣고는 방을 나갔다. 그리고 5분 후 내 코코패드가 진동하며 내 신체적 건강에 관한 알고의 평가를 보여주었다. 왼쪽에 두 줄로 심혈관계, 정형외과, 피부과 같은 항목이 쭉 떴고 오른쪽에 그 결과가 적혀있었다. 정상, 정상, 정상. 그런데 그중 하나가 '비정상'이고 빨간색으로 깜박이고 있었다.


일곱 살이었을 때의 일이다. 아침에 주방에서 킹(아버지)이 부르는 소리에 잠에서 깼다.

"정신 차리고 일어나, 작은 바다오리야. 내가 팬케이크를 만들고 있어!"

바다오리는 내가 어렸을 때 아버지가 즐겨 부르던 몇 가지 별명 중 하나였다. 아버지가 그 별명을 부르며 나를 깨울 때, 나는 환영이라고밖에 표현할 수 없는 무언가를 보았다. 마음속에 나타난 그것은 오렌지색 부리를 가진 검고 흰 무늬의 새 세 마리였다. 그 새들은 하얀 눈이 점점이 떨어져 있는 바위 위에 둥글게 서있었다. 불룩한 배를 내밀고 서있는 그 모습은 마치 회의 중인 회사원들 같았다.

그 장면은 실제처럼 생생했는데, 환각이라고 부르기도 애매했다. 나는 실제 바위 위에서 회의 중인 진짜 바다오리들을 마음의 눈으로 본 것이니까. 내 앞에 있는 이미지는 오듀본 협회(미국의 야생동물 보호회―옮긴이)의 웹사이트에 있는 것이었다. 그 경험이 단순한 지각이 아니었기에 나도 그 출처를 알고 있었다. 그 이미지에는 정보도 포함되어 있었다. 나는 아이슬란드 사람들이 장대에 붙인 그물로 바다오리를 사냥한다는 것, 그리고 그게 하늘 낚시라 불린다는 것을 불현듯 알게 됐다. 세계 일부 지역의 식당에서는 바다오리의 신선한 심장을 손님들에게 요리로 내놓는다는 것도. '바다오리(puffin)'는 숨을 훅 들이마신 것('puff in'은 '숨을 크게 들이마시다'라는 뜻―옮긴이)처럼 살짝 부풀어 오른 작은 두 뺨을 떠올리게 했다. 바다오리의 학명인 '프라테르쿨라 아르티카(Fratercula arctica)'는 '북쪽의 작은 형제'라는 뜻인데 이 새들의 검은색과 흰색 몸통이 수도사의 수도복을 닮았기 때문이거나 두 발을 모은 자세로 물로 뛰어드는 모습이 꼭 손을 모으고 기도하는 모습 같아서일 것이다. 하지만 바다오리는 더 이상 존재하지 않았다. 서식지의 얼음이 녹아내리면서 멸종하고 말았다. 경험한 적도 없는 사람에게 설명하려니까 이상하게 느껴진다. 어쨌든 이 모든 정보가 마치 어딘가에서 읽거나 영화로 본 것처럼 머릿속에 떠올랐다.

아버지가 나를 부르고 있었다. 아침마다 나를 부르는 유쾌한 목소리였다.

"가서 오줌 눠. 손 씻어!"

나는 아버지를 소리쳐 불렀다.

내 목소리에 담긴 다급함이 느껴졌는지 아버지가 열린 문으로 한달음에 달려왔다. 나는 방금 일어난 일을 설명하려 애썼다. 아버지가 사용한 바다오리라는 별명, 그 별명이 불러일으킨 환영, 그리고 마치 내가 바다오리에 관해 온라인에서 검색이라도 한 것처럼 그 환영과 함께 머릿속에 떠오른 정보. 마지막 부분을 얘기할 때 아버지는 마치 아는 얘기를 듣는 것처럼 눈을 빛내며 집중하는 모습이었다.

내 침대 가장자리에 걸터앉은 아버지는 검버섯 핀 부드러운 손으로 내 손을 잡으며 입을 열었다.

"아가, 인간의 뇌는 무척 많은 일을 할 수 있어. 기적 같지?" 내가 변신한 그날 아침, 햇살이 나무 사이를 지나 창문을 통해 방으로 아름답게 흘러들었다. 아버지는 내 손에 깍지를 끼며 말했다. "난 그게 무슨 일인지 잘 알아."

그날 아침에 아버지는 일곱 살 아이가 알아들을 수 있는 용어로 그 일을 설명해 주었다. 내가 여기서 하는 얘기는 그 후 추가로 알게 된 내용을 바탕으로 좀 더 완전하게 구성한 것이다. 아버지의 최고 업적이며 끝내 실패로 돌아간 '하모니카'라는 제품은 혈류를 통해 뇌로 전송되는 유전 암호였다. 그 코드는 탄소와 실리콘을 약간 과도하게 생산하도록 몸에 지시를 내리고, 그것을 이용해 수십억 개의 미세한 바이오트랜지스터를 생산했다. 활성화된 바이오트랜지스터들은 신경세포의 전기화학 언어를 디지털 신호로 바꾸고, 디지털화된 정보를 처리하고 저장할 수 있다. 바이오트랜지스터는 무선 같은 신호 체계를 사용해 와이파이로 정보를 전송할 수도 있다. 비전문적 용어로 말하자면, 하모니카는 여러분의 정신을 인터넷에 연결해 주는 장치인 것이다.

극초기의 예비 단계로 시험이 진행 중이었고, 뇌가 그 제품을 안전하게 흡수할 수 있는지를 확인하는 정도에 불과했다. 아버지가 거느린 과학자들은 피로감이라든지 두통 같은 사소한 부작용이 있을 수는 있지만 그보다 심한 부작용은 없을 거라고 했다. 목숨이 왔다 갔다 할 수 있다는 얘기는 한 적도 없었다. 사망자가 발생하고 아버지가 축출된 후⋯⋯ 돌이켜 생각해 보면, 그 제품에 대한 아버지의 열정 때문에 과학자들이 은연중에 압박감을 느꼈을 것 같다. 아버지는 그 제품이 그가 쌓아온 경력의 정점이 될 것임을 알기에 온 힘을 쏟아부었다.

아버지는 실수를 깨닫고 후회했다. 사건이 터진 후, 위원회는 연구를 중단하라고 명령했으나 아버지는 거부했다. 아버지는 고의가 아니라 재앙이며 판단 착오였다고 주장했다. 하모니카 프로젝트의 문제는 도덕적인 사항이 아니라, 계산 오류라는 공학 문제였다. 위원회는 그 부분을 보지 못했지만 아버지는 분명히 알았다. 이제는 나도 알았다. 영광을 잃고 추락해 대중의 시선에서 사라진 기간 동안 아버지는 공학 문제 해결을 위해 계산을 거듭했다.

사실 그 사건은 뇌의 가소성 때문에 일어난 것이었다. 사람이 나이가 들면서 뇌를 변경하는 그 제품을 완전히 흡수하는 능력이 떨어지는 게 문제였다.

그 제품을 적용할 수 있을 만큼의 가소성이 있는 뇌에서만 제품이 완전히 작동하도록 인공지능을 사용해서 흡수 방법을 수정한다면, 그렇게 문제를 해결한 하모니카 버전을 개발한다면, 뇌의 가소성이 떨어지는 사람들도 해를 입지 않을 것 아닌가? 그 제품이 나이 든 사람의 뇌에서 100퍼센트 작용하지는 않겠지만, 최소한 그 사람을 죽게 만들지는 않을 것이다.

그것은 그가 지금까지 살면서 맞닥뜨린 제일 어려운 기술적 문제도 아니었다. 위원회가 그를 내치지 않고 하모니카 제품을 수정할 기회를 줬으면 그는 수개월 내에 문제를 해결했을 것이다. 직감적으로 자신이 옳다고 확신한 그는 그 프로젝트를 완료한 후 자기 몸에 직접 시험해 보기로 했다. 그러다 문득 다 늙어가는 사람에게 그 제품을 시험해 봤자 완전히 작동하지도 않을 텐데 무슨 소용이 있을까, 하는 생각이 들었다. 그는 최대한 어린 대상자를 찾아보기로 했다.

어린아이. 유아도 아닌 배아여야 했다.

지나치게 흥분하거나 걱정할 때면 늘 그렇듯, 여기까지 얘기하면서 아버지는 가르마 사이로 땀을 흘렸다.

"이 현상의 이면에는 이런 이야기가 있단다."

아버지는 이렇게 말하며 한 손을 휘저었다.

오래전 아버지와 아버지의 아내—지금은 돌아가셨지만 당시에는 살아있었고 아버지의 부인이기도 했던 분—는 배아를 얼려두었다. 아내가 사망한 후 그 배아들은 아버지의 소유였다. 베인브리지에서는 누구든 대리모를 구해 아기를 대신 낳게 할 수 있었다. 아버지도 그렇게 한다면 나는 죽은 어머니와 90대인 아버지 사이에서 태어난 아이가 되는 것이다. 나는 찜통 지구의 시대에서 살아야 하는 아이였다. 나라는 아이가 성장하는 모습을 상상한 아버지는 결심이 섰다. 이 아이는 이 제품을 누구보다 필요로 하겠구나. 이건 이 아이를 위한 제품이야. 내 살 중의 살인 내 아이니까. 아버지는 본토를 떠나기로 마음먹었다. 그리고 기반 시설이 이미 갖춰진 다른 섬이 아니라 아무것도 없는 블레이크 섬에서 살기로 결정했다. 세상이 '나'라는 프로젝트를 발견하지 못하게 해야 하기 때문이었다.

나의 클라리넷. 아버지는 내가 그것에 클라리넷이라는 이름을 붙이게 해주었다. 달을 올려다보면서 문득 궁금해지면 나는 달에 갔다 온 사람들의 경험담을 들으려 클라리넷을 사용했다. 아버지가 코코넛 숲에서 보낸 어린 시절 얘기를 들려주면, 나는 아버지의 얘기를 듣는 한편 클라리넷으로 검색해 코코넛의 무수한 용도를 확인해 보았다. 아버지는 내 안에서 클라리넷을 그렇게 성장시켰다. 우리는 집 밖에서 야외용 의자에 앉아 이런저런 질문을 던지곤 했다. 우리 섬의 나무들은 어디에서 왔을까? 사람들은 고양이와 개는 반려동물로 기르면서 메뚜기나 벌은 왜 반려동물로 못 기를까? 질문에 대한 대답은 또 다른 질문으로 꼬리에 꼬리를 물고 이어져, 결국에는 답이 없는 질문에 다다라서야 끝이 났다.

우리는 가축 사육부터 시작해 고대의 거대 동물 타이미르 늑대, 타이미르 반도, 타이미르 반도에 사는 소수민족 응가나산 족, 샤머니즘, 초월성에 관한 얘기를 차례로 주고받았다. 그리고 광합성, 이산화탄소, 기후 변화, 찜통 지구 현상, 인류 멸종에 관한 이야기로 이어졌다. 대화의 끝은 종종 지구상에서의 인류의 종말이었다. 인류가 언제 어떻게 멸망할지, 정부가 늘 약속하듯 정부가 인류 멸종을 막아낼 수 있을지에 관해서는 아무도 정확한 답을 알 수 없었다. 나는 위원회가 지구 온난화를 되돌릴 계획을 갖고 있냐고 물은 적 있는데, 아버지는 그 질문에 말문이 막힌 듯했다.

"내가 살아있는 동안에는 어렵겠지. 그래도 너랑 나…… 우리 라오 가문 사람들은 이 세상에서 해결 못 할 문제는 없다고 믿잖니!"

클라리넷 덕분에 내가 아는 세상은 확장되었다. 동시에 내 경험치가 얼마나 작은지도 깨닫게 됐다. 나는 앵무새가 소리를 흉내 내는 것도 실제로 들어본 적 없었다. 죽은 자를 기리기 위해 전화기 선에 신발 한 켤레를 걸어놓는 풍습도 실제로 본 적 없었다. 향수 냄새도 맡아본 적 없었다. 나와 아버지의 삶 외에 다른 사람들의 삶에 대해 알고 있긴 하지만, 인터넷을 통해서만 알 뿐이었다. 아버지는 토요일마다 엑스들이 운영하는 베인브리지 근처 수상시장에서 장을 보러 모터보트를 타고 섬을 떠났다. 나도 데려가 달라고 졸랐지만 아버지는 한 번도 데려가지 않았다. 대신 시장에서 깜짝 선물을 사다 주셨다. 푸른 소용돌이 무늬가 들어간 하얀 구슬이라든지, 무늬가 들어간 천 주머니에 담긴 태피 사탕, 아치 만화책 등이었다. 한번은 납지에 온갖 종류의 스티커가 잔뜩 붙어있는 스티커 북을 선물로 주신 적도 있었다. 전 주인이 직접 납지에 스티커를 붙이며 모아놓은 것 같았다. 나는 보송보송한 스티커를 만져보고 향기 나는 스티커도 긁어보면서 전 주인은 어떤 소녀였을지 상상했다.

그 무렵 아버지는 첩자와 침입자에 대한 경계를 다소 늦추었다. 그때까지 첩자나 침입자가 한 번도 접근한 적이 없기도 했다. 나는 여덟 살 때 아버지에게 수영복을 입게 해달라고 졸랐다. 아버지는 내게 꼭 맞는 감청색 수영복을 구해다 주었다. 그리고 내 배를 손으로 떠받치며 수영을 가르쳐주면서 속삭였다.

"긴장 풀어. 편하게 하면 돼. 긴장을 풀면 물에 뜰 거야. 아버지 말 믿어."

논리적으로 안 맞는 말 같았지만 나는 아버지를 믿었다. 아버지도 수영복을 입고 얕은 물에서 나를 이끌어 주었다. 아버지는 줄곧 나를 손으로 떠받치다가 어느 순간 손을 치웠다. 나는 아버지를 믿고 몸에 긴장을 풀었다. 드디어 물에 떴다.

우리 섬의 인터넷은 바다까지 확장되지는 않았다. 그래서 나는 바다에서 수영하는 동안 인터넷과의 연결이 끊어졌다. 처음에는 꼭 맹인이나 귀머거리가 된 기분이었다. 당연하게 생각하던 감각을 잃으니 위험에 노출된 느낌이기도 했다. 희미한 유령의 속삭임 같은 윙윙 소리가 귀를 울리기 시작했다. 실제 소리는 아니었다. 내 마음이 청각의 잔여물을 사용해 활동에 대한 환상을 만들어 내어 빈 공간을 채우려는 것이었다. 처음에는 두려웠다. 하지만 시간이 지나자 그 느낌이 좋아졌다. 열 살이 된 나는 블레이크 섬을 헤엄쳐 한 바퀴 돌 수 있게 됐다. 그리고 금지된 생각들이 내 머릿속으로 흘러 들어오곤 했다. 베인브리지까지 3.2킬로미터 거리를 헤엄쳐 가서 그곳을 한동안 돌아다녀 보면 어떨까 싶기도 했다. 베인브리지는 공공 설비를 사용하지 않는 곳이었다. 공공 전기 서비스도 없고, 핸드폰 수신도 되지 않으며, 인터넷도 없었다. 아버지가 주무시는 동안 그곳에 갔다가 해 뜨기 전에 돌아올 수 있을 것 같았다.

하지만 환상일 뿐 실행에 옮길 수는 없었다. 나는 우리가 살고 있는 작은 섬 외에, 엑스가 지배하는 다른 빈 섬들이 두려웠다. 엑스 출신인 사람들이 주주의 땅으로 돌아가는 경우가 종종 있었다. 그들은 다시 주주 사회의 일원이 되려고 노력하면서 과거의 삶을 증언했다. 위원회는 그들의 증언을 바탕으로 빈 섬들은 허물어져 가는 건물들이 가득하고, 잡초가 마구 자란 도로는 여기저기 움푹 움푹 패어있으며, 가로등도 죄다 고장 난 상태라고 사람들에게 널리 알렸다. 귀환자들의 사회적 프로필 사진만 봐도 대부분 배를 곯은 흔적이 역력했다. 얼굴은 핏기도 없고 멍한 표정이었다. 그러니 사람들은 빈 섬에서 살다 보면 기본적인 삶의 기술을 잃게 되는구나, 포크를 사용하고 피부에 로션을 바르고 사진을 찍기 위해 포즈를 취하는 것도 모르고 살아야 하는구나, 싶은 것이다.

'엑스로 살아가기'는 더 이상 급진적 운동 같은 의미로 통하지 않게 됐다. 엑스가 표방하는 정치 운동은 더 이상 존재하지 않았다. 새세대 엑스들은 법적 문제나 정신 질환, 힘겨운 가정생활 같은 지극히 개인적인 이유로 가출할 뿐이었다. 그래서 조롱거리가 되는 경우도 많았다. 사람들은 빈 섬의 생활양식에 비해 본토의 생활양식을 선호했다. 빈 섬 사람들은 본토 손님들에게 마약, 섹스, 대리 출산, 폭력 같은 금기적 상품을 팔면서 생계를 이어가고 있었다.

내 나이 또래 소녀가 환한 본토를 떠나 금지된 곳인 험한 섬을 향해 헤엄치는 모습이 담긴 유명한 밈이 있었다. 그 섬은 너무 뻔하게도 엑스들의 빈 섬을 의미했다. 밈 원본에는 '아무도 당신에게 학교 가라고 안 하는 곳'이라는 자막이 붙어있었다. 물론 농담이긴 하지만, 빈 섬에는 공교육 체계라는 게 없으니 땡땡이칠 수업도 없다는 의미였다. 그것을 변형한 유명한 밈에는 '어른들이 여러분에게 스크린 타임(컴퓨터, 텔레비전 또는 게임기와 같은 장치를 사용하는 시간—옮긴이)으로 제재를 가할 수 없는 곳'이라는 자막이 붙어있었다. 빈 섬에서는 인터넷이 되지 않는다는 의미였다.

아마 여러분도 그 밈을 봤을 것이다. 본토에서 도망친 자들이 섬에서 구더기가 득실거리는 시체로 발견됐다는 무서운 이야기 말이다. 내가 10대 초반이었을 때 내 나이 또래 아이들이 1주일에 한 번 꼴로 실종됐다. 시체를 찾아 부검을 해보니 끔찍하게 살해당한 경우가 많았다. 부모들은 죽은 자식들의 명예라도 회복하려 프로필에 글을 올렸다. 내 자식은 배신자가 아니다! 멀쩡한 주주 집안 사람이다. 공학을 공부해 사업가가 되려는 꿈을 꾸던 아이였다. 자기 의지가 아니라 세뇌당했거나 납치당해서 집을 나간 게 분명하다. 대략 이런 내용이었다.

나는 아버지와 함께 거실 소파에 앉아, 아버지 다리에 내 다리를 얹고, 무릎에 감자칩 그릇을 올려놓은 채 그런 영상을 보곤 했다. 자식에게 버림받고 슬퍼하는 부모들이 나오는 영상이었다. 내가 아버지를 떠나 살해당한 당사자인 것처럼 진한 죄책감이 느껴졌다. 내가 그토록 죄책감을 느낀 이유는 나도 어느 정도 도망치고 싶은 생각이 있기 때문이었을 것이다. 비뚤어진 생각으로 나는 죽은 소녀들이 부럽기도 했다. 자살 충동을 느껴서가 아니라, 죽게 되면 결국 부모한테서 독립하는 것이기 때문이었다. 당시 그 느낌은 내 가슴속에서 뜨거운 분노가 되어 활활 타올랐다. 나는 화면을 보며 소리쳤다. 심장이 빠르게 뛰었다.

"저들은 *배신자예요*. 죽어도 싸요! 부모님을 버리면 안 돼요!"

아버지가 내 손을 꼭 쥐었다. 아버지의 부드럽고 차가운 손가락은 오랫동안 내 손을 놓아주지 않았다.

# CHAPTER 5

X ┼ X

딸아, 이 아비를 떠나지 마라. 이 불쌍한 아비의 심장은 견뎌내지 못할 테니. 그는 이렇게 생각하다가 다음 순간 자신을 꾸짖었다. 너야말로 조국을 떠나지 않았는가? 너야말로 불쌍한 어머니를 두고 도망치지 않았는가?

11학년과 12학년을 마친 기숙학교 시절, 동급생들이 영화를 보러 가거나 아이스크림을 사 먹으러 나갈 때 그는 도서관에 숨어 살다시피 했다. 그들은 그를 은둔자라고 불렀다. 사실 그는 나가서 쓸 돈이 없었다. 그는 자기는 그걸 장점 삼아 견뎌야 한다고, 가끔 나지막하게 동급생들에게 중얼거렸다. 그러면 그들도 그에게 중얼거리며 대답할 것 같은 기분이 들었다. 정부가 대학 입학 정원에 불가촉천민들을 위한 인원수를 따로 배정하기 때문에 불가촉천민들이 대학에 진학하기가 더 쉬운 걸 모르는 사람은 없었다. 우릴 달리트라고 불러보든가, 라고 그는 상상 속에서 받아쳤다. 지금은 1969년이야. 편협하기는! 하지만 실제 세상에서 그런 대화를 주고받을 일은 없었다. 인도라는 나라에서는 행간의 의미가 늘 꽉꽉 차있으니까.

그는 그 생활을 2년 동안 견뎠다. 고개를 숙이고 책을 보느라 목이 늘 뻐근했는데 그렇게 애쓴 보람이 있었다. 아대륙 최고 기술 연구소의 학사 프로그램에 합격한 것이다. 이번에는 장학금으로 식사를 포함해 숙박까지 해결할 수 있었다.

그가 가난한 작은 마을을 떠나 멀리 갈수록, 가난하고 작은 마을 사람들이 겪는 역경에 관해 토론하는 사람들이 더 많아지니 웃음이 날 지경이었다. 그가 다니는 마드라스의 대학 캠퍼스에서, 청바지에 선글라스를 착용한 많은 남녀가 가난하고 작은 마을 사람들을 위해 가두 행진하며 시위했다. 건물마다 인디라 간디를 비난하는 낙서로 뒤덮여 있었다. 킹은 그 모든 걸 외면했다. 그는 컴퓨터 과학을 공부했다. 소프트웨어 프로그램을 만들고…… '만약에'와 '그러면'을 써서 기계가 내 뜻을 따르게 만들다 보면 어마어마하게 강력해진 기분이 들었다. 지적인 사람이라면 비바람에 색 바랜 네모난 판지를 머리 위로 올리고 정치인들에게 고함을 지르는 것보다 이런 공부를 하는 걸 더 우선시하지 않을까? 그래봤자 정치인들은 힌두스탄 앰배서더 자동차를 타고 보란 듯이 속도를 높여 지나가 버릴 뿐인데 말이다.

그는 프로그래밍도 잘하는 편이었다. 그것도 아주 잘했다. 사람들은 컴퓨터 과학자가 기계 앞에 앉아있으면 기계가 알아서 말을 들을 거라고 상상했다. 하지만 실상은 좀 더 복잡했다. 기계를 구슬려야 하기 때문이었다. 컴퓨터가 이해할 수 있는 언어로 말을 걸고 컴퓨터를 설득해야 했다. 서로 통할 수 있는 언어를 찾아내 심각한 오류 없이 완벽하게 사용하면, 기계는 당신의 뜻을 따르게 되는 것이다. 그는 그런 과정이 안전하게 느껴졌다. 그 과정에는 불가사의 따위는 없었다. 다른 사람 혹은 자신을 이해하는 것과는 사뭇 달랐다. 그냥 퍼즐을 푸는 것 같았다. 미국인들은 컴퓨터를 사용해 사람을 달로 보냈다. 미국 과학자들은 기계와 얼굴을 마주하고 앉아 '우리가 여기 존재하는 이유는 무엇인가? 우리 인류와 지구, 달의 존재 이유는 무엇인가?' 같은 질문을 하지 않았다. 그래서 참 다행이기도 했다. 질문해야 할 시간을 그저 답을 찾는 시간으로 흘려보냈으니 말이다.

급우들은 버그를 고칠 수 없을 때 킹을 찾아와 도움을 요청하곤 했다. 그래서 그는 처음으로 대학에 와서 엄청난 사회자본을 벌어들였다. 그는 한 가지 프로그래밍 언어를 완전히 익힌 후 다음 프로그래밍 언어로 넘어갔다. 그리고 자신이 아는 어떤 언어로도 문제를 해결할 수 없게 되자 자기만의 언어를 만들기 시작했다. 그렇게 해서 그는 자기만의 맞춤식 프로그래밍 언어를 개발하게 됐다.

급우들은 그를 천재라고 불렀지만, 그의 천재성은 사실 엄청난 노력의 산물이었다. 그와 기숙사 방을 함께 쓰는 룸메이트 세 명은 고압적인 부모한테서 벗어난 해방감에 들떠서 저녁마다 포르노 잡지를 들여다보거나 거리 노점에서 커다란 놋쇠 텀블러에 뜨거운 럼주를 담아 마시곤 했다. 늦은 밤이면 킹은 그들이 술에 취해 방문에 몸을 부딪치며 그의 이름을 불러대는 소리에 잠이 깼다. 그들은 술에 너무 취해서 자물쇠에 열쇠를 꽂아 넣을 수도 없는 상태이기 일쑤였다. 킹은 그들의 우러름을 받았지만 그들 사이에 섞여 들어가지는 못했다. 한번은 버그 해결에 도움을 준 그를 룸메이트들이 옆에 앉게 해준 적이 있었다. 허벅지가 닿을 정도로 바로 옆에 그를 앉히고 그들은 손가락 기름때를 번들번들하게 묻혀가며 포르노 잡지 페이지를 휘릭휘릭 넘겼다. 잡지 속 여자들의 콜(동양 일부 국가에서 여성들이 화장용으로 눈가에 바르는 검은 가루—옮긴이)처럼 검은 눈동자, 대포알 같은 유방을 보고 킹의 가슴속에 뜨거운 불길이 일었다. 그가 벌떡 일어나 침대로 가자 룸메이트들은 와자하게 웃어댔다.

그 일이 있고 나서 1974년 여름, 즉 스물두 살 때, 킹은 비행기를 타고 오래된 조국을 떠나 새로운 나라로 향했다. 그는 승객들 사이에서 너무 눈에 띄고 사기꾼처럼 보일 것 같다는 생각을 했다. 들이마시고 내뱉는 자신의 숨소리도 너무 크게 들렸다. 두려울 때면 으레 그렇듯 겨드랑이에서 시큼한 냄새가 올라왔다. 다른 승객들은 하나같이 차분하고 자기만족적인 표정들이었다. 대부분이 40, 50대 남성들이었고 피부가 희었으며 서양 옷—다림질한 바지, 섬세한 조개 색깔 버튼이 달린 와이셔츠—을 입었다. 기름을 바른 머리카락은 누가 버터 칼을 두피에 대고 갈라놓은 것처럼 정확하게 가르마 처리가 되어 있었다. 돈 많고 세련된 사람들이었다. 그들에게 자기가 어떻게 보일지 킹은 정확히 잘 알았다. 그의 피부는 숯처럼 검었고 습진에 걸린 것처럼 상태가 좋지 않았다. 그의 구레나룻, 팔자수염, 플라스틱 테 안경만 보더라도 그가 엄청난 노력으로 그 자리까지 간 사람인 게 티가 났다. 그는 촌스러운 시골 사람이며, 불가촉천민이었다.

그는 캔버스 배낭 하나를 달랑 어깨에 메고 떠났다. 그 안에는 그의 이름으로 된 소유물이 전부 들어있었다. 옷, 사진, 약간의 현금, 아버지의 것이었던 자그마한 하누만(인도 신화 속 원숭이의 신—옮긴이) 석상, 그의 자격을 증명하는 내용이 담겨있고 그가 다닌 대학의 공식 인장이 찍힌 서류, 기적과도 같은 과정을 거쳐 그를 공학 프로그램 과정에 초청한 미국 교수의 초청장. 누군가가 중대하고 당혹스러운 오류를 찾아내지 않았다면 불가능했을 기적이지만 그는 자세한 내용은 알지 못했다.

어린 시절 그의 멘토이자 코타팔리 마을에서 일한 네덜란드인 의사는 미국에서 카스트는 아무 의미 없을 거라고 장담했다. 미국인들은 계급 차별을 혐오한다고 했다. 모두가 의사 선생님이라고 부른 그 네덜란드인의 주장은 몇 가지 부분에서 틀렸다. 가령 그는 비행기가 은행이나 개인 병원처럼 차갑고 깨끗한 냄새가 나는 공기로 채워져 있다고 했는데 이 비행기는 그렇지 않았다. 이 비행기에서는 오랫동안 닫아둔 벽장 같은 퀴퀴한 냄새가 풍겼다. 공기가 답답하고 양파 냄새가 났다. 이토록 느릿하게 움직이는 기계가 하늘로 떠오른다는 사실이 두렵게 느껴지기도 했다. 그는 기계가 이성을 거스르게끔 코드를 짜는 엔지니어인지라 그게 어리석고 유치한 생각인 줄 알고 있었으나 겁나는 건 어쩔 수 없었다.

누군가가 뒤에서 그를 밀며 재촉했다.

"빨리 좀 가요."

킹은 뒤를 돌아보았다. 머리가 희끗희끗하고 구겨진 정장을 입은 배불뚝이 남자가 그를 쏘아보고 있었다. 옷깃에는 그가 꽤 중요한 사람임을 나타내는 핀이 꽂혀있었다.

"빨리 좀 가시라고!"

부끄러움이 치솟자 킹의 겨드랑이가 근질거렸다. 그는 생각에 잠겨 비행기 통로 한가운데서 잠시 멈칫하고 있었던 것이다. 좌석 번호가 몇 번이더라? 그는 며칠 전부터 좌석 번호를 외워두었지만 그 자리에서 다시 번호를 확인하려 티켓을 힐끗 보았다. 만트라를 외듯 조용히 그 숫자를 중얼거리며 앞으로 걸어갔다.

배정된 자리가 창문 옆이라 그는 기분이 좋아졌다. 그는 앞좌석 아래에 배낭을 밀어 넣고 창밖을 내다보았다. 우기의 끝자락이라 타르 웅덩이에 물이 고여있었다. 바깥 유리창을 타고 빗방울이 주륵주륵 흘러내렸다. 비행기는 한참 동안 타맥 포장도로에 앉아있기만 했는데 다른 승객들은 아무렇지 않은 표정들이었다. 승무원이 몇 가지 안내방송을 했고 마침내 비행기가 몸을 부르르 떨며 천천히 앞으로 나아가기 시작했다. 몇 분 후 비행기가 속도를 높이더니, 킹의 예상보다 빠르게 타맥을 치고 비스듬히 떠올랐다. 그는 유리창에 손바닥을 가져다 댔다. 창밖에 맺힌 빗물 방울이 핀 머리만 한 크기로 줄어들었다가 차츰 사라졌다. 저 아래에 내려다보이는, 판자와 주석으로 얼기설기 지은 캘커타의 판자촌이 마치 거대한 쓰레기 더미 같았다. 구름을 통과한 비행기는 페인트로 칠해놓은 듯 새파란 허공 속으로 진입했다. 그는 여전히 손을 유리창에 딱 붙인 채였다. 유리로 스며든 햇살이 그의 손바닥을 따뜻하게 해주었다. 그 빛이 마치 축복처럼 느껴졌다.

비행기를 발명한 월버 라이트와 오빌 라이트 형제는 목사 아버지 밑에서 7남매 중 셋째와 여섯째로 태어났다. 그들의 아버지는 여행을 갔다가 돌아오면서 30센티미터 길이의 페노 모형 비행기를 선물로 사다 주었다. 고무밴드로 회전자를 돌리는 방식의 종이, 대나무, 코르크로 만들어진 장난감 비행기였다. 월버와 오빌은 그 장난감을 가지고 놀다가 분해한 후 자기들 입맛에 맞게 재조립했다. 20대가 된 그들은 비행을 시도한 사람들에 관한 신문기사를 접한 후, 스미스소니언 연구소에 비행 관련 자료를 요청하는 편지를 보냈다.

스미스소니언 연구소 측은 그 요청을 받아들였다. 자료를 읽은 형제는 비행의 세 가지 주요 문제 중 두 가지(양력, 추진)는 그들보다 앞서 이 길을 걸어간 사람들이 거의 해결했고, 남은 것은 균형 문제라고 결론 내렸다. 그들은 조종사가 비행기의 균형을 유지하면서도 효과적으로 조종할 수 있도록 3축 제어 시스템을 만들었다.

그때부터 비로소 비행기는 제대로 이륙해 비행할 수 있게 됐다.


비행기를 타고 날아오른 지 서른 시간 후, 킹은 벽에 화분이 잔뜩 걸려있고 바닥에 카펫이 깔린 작고 어두침침한 방에 서있었다. 방의 왼쪽 벽에는 이름이 적힌 보관함들이 있었다. 앞쪽 벽에 줄지어 난 노란 창문들은 두꺼운 블라인드 커튼으로 막혀있었지만 황금색 아침 햇살이 그 사이로 부드러운 사선을 그리며 흘러들었다. 오른쪽 벽 가까이에는 방을 향해 책상 하나가 놓였고 그 책상 뒤에는 키 크고 젊은 백인 여자가 타자기를 타닥타닥 두드리고 있었다. 여자의 피부는 맑고 희었다. 적갈색 곱슬머리를 하나로 모아 높게 올려 느슨하게 묶은 모습이었다. 알이 큰 안경을 꼈고 블라우스의 목 위쪽까지 단추를 잠갔는데 블라우스 소매 길이가 어깨와 팔 위쪽만 덮는 정도였다. 킹이 배낭을 들고 땀을 흘리며 들어서는데도 여자는 등을 곧게 펴고 앉아 타이핑을 하면서 눈을 들지도 않았다. 그는 여자가 자기를 쳐다봐 주길 기다리며 그 자리에 서서 여자를 바라보았다. 여자는 그를 향해 눈 한 번 힐끗하지 않았다. 한참 그러고 있던 그는 드디어 헛기침하며 입을 열었다.

"안녕하세요. 여기 학생인데요."

여자는 잠깐 시선을 들어 그를 쳐다보더니 재미있다는 듯 미소 지었다. 그러고는 타이핑을 재개하는 것이었다. 그녀는 그보다 어려 보였는데 거의 10대 소녀 같은 외모였다. 킹은 여자의 이국적인 외모에 놀랐는데 생각해 보니 여기서 저런 외모는 이국적인 게 아니었다. 여기서 이국적인 사람은 바로 그였다. 그 사실을 깨닫자 문득 부끄러움이 밀려왔다.

시애틀에 도착해 비행기에서 내린 그는 공항에서 루피(인도·파키스탄 등의 화폐 단위―옮긴이) 지폐 한 뭉치를 내밀고 10달러짜리 지폐 한 장을 받았다. 그 많은 루피화를 내줬는데 10달러 지폐 달랑 한 장이라니, 경악할 노릇이었다. 그는 영수증을 꼼꼼히 살펴보고 계산이 정확히 옳다는 걸 확인했다. 그가 이 땅에 들고 온 돈은 그게 전부였다. 활활 타오르는 횃불과 쓸쓸한 인상을 풍기는 길쭉한 얼굴의 남자가 그려진 축축하고 푸르스름한 미국 지폐 한 장. 몇 번 버스를 갈아타고 나니 9달러 50센트가 남았다.

그가 다시 물었다.

"여기가 그 공학과 사무실 맞습니까?"

"그렇죠."

여자는 타이핑을 멈추지도 않았다.

"방금 공항에서 오는 길입니다. 학과장님한테 편지를 받았어요. 노먼 박사님이요."

"사람들은 그분을 인간 수면제라고 불러요."

여자의 큰 목소리에 그는 다시 한번 놀랐는데, 그 모습을 보고 여자는 또 미소 지었다. 여자의 뺨에 보조개가 피었다. 그는 양쪽 뺨의 보조개에 손가락을 차례로 넣어 꾹 눌러보고 싶었다. 여자는 책상에 놓인 코카콜라 캔을 집어 들고 그 가장자리를 손가락으로 문질렀다.

"그분은 내 아버지예요. 어디 계시는지는 나도 몰라요."

"노먼 박사님이…… 아버지라고요?"

미국인이라면 아버지보다는 *아빠*라는 단어를 쓸 줄 알았는데 그 것도 의외였다.

"상당히 따분한 분이시죠. 말했잖아요. 별명이 인간 수면제라고."

"아!"

그는 미국 영화에서 자식들이 부모에 대해 표현하는 말이 인도와 는 많이 다르다는 걸 알고 있었다. 그런데도 그녀가 태연히 내뱉는 무례한 말이 여전히 놀라움으로 다가왔다.

"우리 부모님은 이혼했어요. 내가 어렸을 때 아버지는 우리를 버 리고 떠났죠. 그래서 나를 이 자리에 고용한 거예요. 죄책감 때문에 요. 내가 아버지를 좋아해서 여기서 일하는 게 아니라는 거죠. 그냥 쩐이 필요해서 여기 있는 거예요."

"쩐이라면."

"돈이요. 내가 지금 아버지 집에서 살고 있거든요. 어머니랑 여동 생은 타코마시에 살아요. 아버지는 베인브리지 섬에 살고 있어서 여 기랑 더 가깝고요. 이번 기회에 아버지에 대해 더 잘 알아가고 있긴 해요. 그래도 우릴 버리고 떠난 것 때문에 여전히 아버지가 미워요."

여자는 목소리가 낮은 편이었는데 높아졌다 낮아졌다 하는 억양 인 데다 목청이 커서 아버지를 욕하는 말이 진지하게 들리지 않았 다. 이 여자가 이상한 건가, 아니면 미국인들이 죄다 이상한 건가? 그는 준거 기준이 없어 판단을 내릴 수가 없었다. 그는 수없이 꺼내 읽어본 탓에 주름진 부분이 닳아있는 초청장을 주머니에서 꺼냈다. 초청장을 쥔 손이 부르르 떨렸다. 이런 자기 모습이 이 여자에게 어떻게 보일까. 비행기에서 내린 지 얼마 안 된 그의 눈은 졸음이 잔뜩 내려앉아 붉게 충혈돼 있었고 그의 몸에서는 시큼털털한 냄새가 풍겼다. 그는 초청장을 여자에게 내밀었다.

"나한테 그걸 보여줄 필요는 없어요," 여자는 입을 비쭉거리면서도 초청장을 받아 아무렇게나 펼쳤다. 그러고는 놀란 숨을 조그맣게 들이마시며 물었다. "잠깐만요. *당신이* 킹이에요?"

"예!"

그제야 그의 정체성이 밝혀진 듯한 기분이었다.

"아, 진즉 말하지 그랬어요?" 그랬으면 특별한 인사라도 해드렸을 텐데! 중요한 사람이잖아요. 내 말은, 우리 아버지는 당신이 중요한 사람이랬어요. 그런데 아버지한테 그런 얘길 안 들었어도 이름을 들으니까 알겠네요. 킹 라오. 무슨 이름이 그래요? 그런 이름은 들어본 적도 없어요. 여기 당신 같은 인도 사람이 많거든요. 인도 이름은 좀 흥미로워요. 남친이 인도에 여행을 갔다가 그대로 눌러앉아서 안 돌아왔어요. 우리가 결혼하기로 했는데 말이죠. 그는 나보다 나이가 훨씬 많아요. 외교부 소속 직원이고요. 대학에서 강의도 했고요. 내가 그 대학 학생은 아니지만 가본 적 있어요. 가서 보니까 학생은 아무도 없고 나밖에 없는 거예요. 그래서 그 사람은 강의를 하는 대신에 나를 꼬시더라고요. 학생들이 아무도 안 와서 창피하니까 우쭐한 기분을 다시 느끼고 싶어서 그랬던 것 같아요. 남자들이 원래 그렇잖아요. 그는 나를 자기 집으로 데려갔고 자기 애들 보모로 고용했어요.

그 사람 아내도 나에 대해 알더라고요. 그 남자가 어찌나 개방적인지. 그는 아내와 이혼하고 나랑 결혼할 거라고 했어요. 그 사람 아내는 나를 마음에 들어 하면서 내가 자기 남편한테 잘 맞는 사람이라고 하는 거예요. 지금 생각해 보면, 그 여자는 남편을 미워하는 것만큼이나 나를 미워했던 것 같아요. 하! 어쨌든 그들은 결국 이혼했고, 그 남자는 무슨 임무를 수행해야 한다면서 인도로 갔어요. 그리고 거기서 여자를 만나더니 나한테 다시는 연락을 안 하더라고요. 우린 결혼한 상태가 아니었고, 그래서 난 여기서 일하게 된 거예요. 우리 어머니가 나더러 아버지한테 전화해서 일자리를 구해봐 달라고 하랬어요. 마침 아버지가 여자 사무원이 필요하다고 한 거죠." 여자는 콜라 캔을 흔들어 비어있는 걸 확인하더니 무릎 옆 쓰레기통에 던져 넣었다. "어쨌든 당신 이름은 무슨 뜻이에요? 킹? 특별한 의미가 있나요? 내가 인도 사람들 이름을 좀 알거든요. 어떤 인도 여자 이름은 '잔잔하게 흐르는 개울'이라는 뜻이에요." 그녀는 이 말을 하더니 얼굴을 붉혔다. "내가 아까 말한 여자 이름이에요. 내 남친을 훔쳐 간 여자요."

"당신 이름은 뭡니까?"

"마거릿이요."

"몇 살이죠?"

"그게 내 질문이랑 무슨 상관인데요? 당신은 내 질문에 대답 안 했어요."

"질문이 뭐였습니까?"

"당신 이름이 무슨 뜻이냐고요."

"아, 킹이요? 어느 지역을 다스리는 사람이라는 뜻입니다."

여자는 얼굴이 더욱 붉어졌다.

"그건 나도 알아요." 여자는 거의 고함을 쳤다. "내가 멍청인 줄 알아요?"

"내 이름의 뜻은 그게 전부니까요!"

그가 무슨 시험에 떨어지기라도 한 것처럼 여자의 표정이 굳어졌다.

"난 그 이름도 인도어인 줄 알았어요. 바보 같은 생각이었네요. 그래서 좀 당황했어요. 아버지한테 당신이 천재 비스무리한 사람이란 얘길 들었어요. 사람들은 나를 보면서 천재라고는 생각을 안 해요." 여자는 막연히 자기 쪽을 손으로 가리켰다. "사람들은 모르겠지만 난 남들이 날 어떻게 보는지 아주 잘 알아요. 그것도 재능이죠. 여기엔 온갖 대단한 사람들이 찾아오는데 다들 나를 과소평가해요. 나는 그들을 분석하고 그들이 나누는 대화에 귀를 기울이죠. 당신 분야에 관해서도 많은 걸 알고 있어요. 요즘은 나도 그쪽 분야에서 뭘 좀 해볼 생각도 하고 있어요. 난 야망이 있거든요. 당신도 그렇겠지만. 아버지 얘기로는 당신이 우리를 부자로 만들어 줄 거라던데요."

이 여자와 이 여자의 아버지를 부자로 만들어 줄 거라니. 뭘 어떻게 해서 그렇게 한단 말인가? 킹은 이 여자가 자기 같은 사람한테 뭘 원하는지 짐작도 할 수 없었다. 그는 이상하고 사랑스러운 여자와 함께 이 비좁은 방 안에 있으면서 어쩐지 포획된 기분을 느끼기 시작했다.

"여기 계세요? 노먼 교수님이요. 여기 계신가요?"

여자는 보란 듯이 한숨을 훅 내쉬었다.

"아, 아까 말했잖아요. 어디 계신지 모른다고요. 아래층에 있는 사무실에 계실 수도 있어요. 그렇게 그분을 꼭 찾고 싶으면 가보든가요." 여자는 다시 타이핑을 시작했다. "하. 잠깐 잡담을 좀 나누고 싶었을 뿐이에요. 아까 당신이 물어봤으니까 하는 말인데, 나는 스물두 살이에요. 지금 너무 지루해서 다리에서 뛰어내리고 싶을 지경이에요."

몇 년 후 킹과 마거릿은 첫 만남을 회상했다.
"그때 전 이 남자가 컴퓨터밖에 모르는 괴짜라고 생각했어요."
텔레비전 인터뷰 진행자에게 마거릿이 이렇게 말하자 그 옆에 앉은 킹이 받아쳤다.
"그때 저는 이 여자가 머리 빈 섹시녀라고 생각했죠."
잠시 생각에 잠긴 그들은 마치 지금이 대중은 모르고 둘만 아는 재미난 순간인 듯 서로를 바라보며 나른하게 미소 지었다. 그러고는 그사이 소외되어 당황하고 있던 진행자를 돌아보았다. 어린 시절 나에게 킹과 마거릿의 연애사는 늘 흥미로웠다. 그분들은 제대로 된 짝이라면 어떻게 사랑하는지를 보여주는 모범 케이스였다.

마거릿의 아버지 엘버트 노먼 교수는 새로 만들어진 학과의 학과장이며 킹의 지도 교수였다. 그는 상호 보완적인 관심사가 있는 킹이 자기와 잘 맞는 짝이라고 생각해 초청장에도 그런 내용을 적었다. 노먼은 하드웨어를 디자인하고 킹은 소프트웨어를 쓰면 잘될 것 같다는 내용이었다. 킹은 이상하다고 생각했다. 지도 교수라면 자기와 같은 분야를 연구하는 사람을 연구생으로 두는 게 낫지 않나? 킹은 컴퓨터 언어를 파고들 생각이었다. 그는 기존의 컴퓨터 언어를 익혔는데 그것으로는 성이 차지 않아 자기만의 맞춤식 컴퓨터 언어를 만들었다. 킹은 그 부분을 깊이 생각하지 않기로 했다. 노먼 교수는 학과장이고 킹을 선택했다. 미국에서는 그런 선택이 다르게 작용할 수 있을 것이다.

직접 만나기 전까지 킹은 노먼을 몸집이 크고 건장한 버트 레이놀즈(1936~2018. 미국의 남자 배우—옮긴이) 같은 사람일 거라고 상상했다. 킹이 주머니에서 꺼내 미치광이처럼 마거릿에게 흔들어 댄 초청장을 보면, 노먼의 말투는 친근하면서도 권위적이었다. 초청장에서 노먼은 그들이 '상당히 큰' 사무실을 함께 쓰게 될 거라고 장담했다. 여기 도착하기까지 수개월 동안 킹은 그 사무실에 관해 꽤 오래 상상했다. 노먼 교수가 일하는 큰 방이 있고, 그 옆에 딸린 작은 방을 자기가 쓰게 될 줄 알았다. 천장에 닿을 정도로 높은 책장들, 강렬한 미국의 햇빛을 방 안으로 쏟아붓는 전망창이 있는 그런 사무실 말이다. 한쪽 끝에는 묵직한 오크나무 책상과 바퀴 달린 의자가 있고, 맞은편 끝에는 침대와 협탁, 장스탠드의 불빛을 받는 안락의자가 있는 사무실. 예전에 그는 젊은 박사 과정 학생이 그런 원룸 형태의 사무실에서 살면서 일도 하는 미국 영화를 본 적 있었다. 그 영화에서 그 학생의 여자친구가 놀러 와 섹스를 한 후 속옷만 입고 페인트칠을 하는 장면이 있었다. 킹의 상상 속에서 그 영화의 여자친구는 마거릿 노먼으로 대체됐다. 그는 마거릿이 나체로 사무실에 들어와 이젤 앞에 서있는 모습을 상상했다. 그런데 사무실을 함께 쓰는 사람이 그녀의 아버지라서 그 장면은 특히 더 불경스러운 느낌을 자아냈다.

킹은 상상의 나래를 펼치며 마거릿이 알려준 대로 계단을 내려갔다. 이윽고 낮은 천장, 형광등 불빛 아래 보푸라기가 잔뜩 난 카펫이 깔린 복도로 들어섰다. 복도를 걸어가면서 문을 하나하나 확인했다.

세월에 닳은 명판마다 이름이 적혀있었는데 노먼이라는 이름은 어디에도 없었다. 그는 세 번이나 복도를 오간 끝에 다른 문들과 똑같이 생긴 어느 금속 문 앞에 섰다. 그 문의 명판에 '**엘 트 먼**'이라고 적혀있었다. 여기인가. 그가 노크하자 안에서 걸걸한 목소리가 대답하더니 느릿하고 묵직한 발소리가 들렸다. 문이 열리고 학과장이 보였다. 허리와 허벅지에 살집이 넉넉하고, 투실투실하면서도 늘어진 얼굴은 불그스름했다. 마치 덩굴에 달린 채 썩어가는 박을 보는 듯했다. 학과장은 어디 아픈 듯 비딱하게 웃으며 숨을 몰아쉬었다.

"킹 라오."

"노먼 교수님이십니까?"

"그냥 노먼이라고 부르게. 다음 주에 올 줄 알았는데."

노먼이 기침을 하자 얼굴의 붉은 기가 군데군데 진해졌다.

킹은 초청장을 꺼내 보였다.

"교수님이 보내주신 편지에 만나러 오라고 적혀있었습니다."

"아, 내가 아니라 마지(마거릿의 약칭—옮긴이)가 쓴 거야." 노먼은 싱긋 웃었다. "내 사무직원, 마지. 내 딸일세! 걔한테 들었지?" 노먼은 돌아서서 뒤뚱거리며 방으로 들어갔다. 숱이 빠지고 있는 금색 섞인 백발이 꼭 후광처럼 보였다. 킹이 어쩔 줄 모르고 복도에 서있자 노먼이 뒤돌아보지도 않고 불렀다. "들어올 거면 들어와."

그곳은 그냥…… 방이었다. 제대로 된 사무실이라기보다는 벽장에 가까운 방. 희미한 곰팡내가 풍겼고, 맞은편 벽의 위쪽에 가늘고 길게 난 창문으로 흐릿한 햇빛이 흘러들고 있었다. 벽은 온화한 회색으로 칠해져 있었는데 카펫보다 약간 더 밝은 색이었다. 흠집투성이인 금속 책상이 양옆의 벽에 하나씩 붙어있고 그 앞에 의자가 놓여

있었다. 방이 하도 작아서 의자 두 개의 등받이가 입을 맞출 지경이었다. 노먼은 여기가 원래 내다 팔거나 버릴 수도 없는 낡은 타자기와 전선을 보관하던 벽장이었다고 말했다. 예전에는 공학과가 자기 같은 별난 이론가들을 후미진 곳에 모아둔 학과였는데 마침 건물에 벽장이 많았다고 했다. 그러다 학과의 규모가 빠르게 성장하면서 벽장까지 죄다 사무실로 개조해 쓰고 있다는 것이었다. 편지에서 노먼은 널찍한 사무실을 쓰고 있다고 했는데 알고 보니 예전 사무실을 말한 거였다. 노먼은 학교 측의 강요로 컴퓨타 사에서 영입해 온 잘나가는 교수에게 그 사무실을 내줘야 했다. 그러니 편지의 내용이 거짓말은 아니었다.

"괜찮습니다!"

"마지가 다른 큰 사무실을 찾아줄 줄 알았는데 그러질 못했어. 내 딸 아름답지 않나? 나는 미인들은 원하는 걸 편하게 얻는다고 마지에게 말했지. 나는 마지가 종마 같은 시설 관리 직원을 꾀어 학장 놈 머리 위에 놀면서 큰 사무실을 얻어내길 바랐는데 그렇게 되질 않았어. 학장한테서 아무것도 얻어내질 못했지. 학장은 그저 이 늙은 노먼이 은퇴하길 학수고대하고 있거든. 내 자리에 잘나가는 교수를 앉히려고 말이야." 그의 얼굴이 다시 확 붉어졌다. "잘나가는 교수라는 게 어떤 부류인지 알아? 뉴욕주 아몽크의 회사 출신 말이야. 우리 공학과의 모습이기도 해. 뉴욕주 아몽크. 아몽크에 뭐가 있는지 아나?"

킹은 딱 부러지게 대답하고 싶었지만 말할 수가 없었다.

"컴퓨타 사가 있어. 요즘은 학문적으로 잘나가는 교수가 되려면 뭐든 발명해서 멍청이들에게 팔 수 있어야 해." 그는 엄지와 검지를 대고 문질렀다. "다들 아주 혈안이 되어있거든." 그는 잠시 뜸을 들이다 덧붙였다. "자네 이게 무슨 뜻인지 아나?" 그러고는 아까처럼 손가락끼리 대고 문질렀다.

"돈이요?"

"돈! 돈, 돈, 그놈의 돈. 자네에게도 미국이 그렇게 보이겠지. 미국의 첫인상은 어땠나?"

킹은 미국 땅을 밟은 지 몇 시간밖에 안 되어서 뭐라고 대답할지 몰라 잠시 고민했다.

"미국은 아주 깨끗합니다."

"그래. 자네 나라 사람들 눈에는 그게 제일 먼저 보이겠지."

킹보다 앞서서 안전한 대답을 내놓은 사람들이 이미 있는 모양이었다.

노먼이 책상에 걸터앉았고 책상이 크게 삐걱거렸다. 그는 굵은 허벅지에 두 손을 올리며 말했다.

"말해보게, 라오 군. 자네는 인생에서 어떤 야망을 갖고 있지?"

그동안 교육 기관에서 한껏 구른 킹은 그게 어떤 답을 원하는 질문인지 감을 잡았다.

"뭐든 시켜주시면 열심히 하겠습니다, 교수님."

그는 지난 6년 동안 강사와 교수들의 시중을 들면서 살아남았다. 하나같이 학생들을 충직한 신하처럼 부려먹으며 왕처럼 군림하던 사람들이었다. 킹은 자기보다 강력한 사람의 날개 밑에 안전하게 머무는 게 낫다고 생각해 왔다. 교수들은 존경받는 사람들이라 그 밑에 있으면 어느 정도는 인간 취급을 받을 수 있었다. 비겁하다고도 볼 수 있는 상당히 보수적인 처세지만, 그는 덕분에 여기까지 올 수 있었다.

놀랍게도 그의 대답을 들은 노먼은 피식 웃었다.

"추천서를 보니 자네가 야망 있는 청년이라던데."

킹이 다시 모범답안을 내밀었다.

"저는 소프트웨어 프로그래밍에 집중하고 있습니다. 프로그래밍을 잘하고 싶다는 야망이 있죠."

노먼이 싱긋 웃었다.

"이봐, 난 자네가 겪어온 그렇고 그런 교수가 아니야. 자네와 친구가 되고 싶어."

다 자란 남자가 어떻게 이런 말을 할 수 있을까. 놀랍고 서글픈 일이구나, 라고 킹은 생각했다.

노먼이 계속해서 말했다.

"말해봐. 자네가 여기로 온 이유가 있을 거 아냐? 미국에 온 이유 말이야."

어떤 계기로 그는 온갖 노력을 기울이면서, 결국 미국 땅까지 오게 됐을까? 그 질문은 그에게 왜 사느냐고 묻는 것과 다름없었다. 그는 살기 위해 살았다. 미국으로 오기 위해 왔다. 물론 한 가지 원대한 야망을 이루고 나면, 더 큰 야망이 그 자리를 대체하게 마련이다. 더 큰 야망은 무엇일까?

열세 살이던 어느 날 아침, 다리 사이에 미끈거리는 기름이 묻은 듯한 감촉, 그리고 끔찍한 쇠 냄새에 눈을 떴다. 살그머니 욕실로 가 변기에 앉아 그곳을 닦았다. 손에 쥔 휴지에 피가 묻어있었다. 생리였다. 정말 괴상하게 느껴지는 단어였다. 휴지를 변기에 넣고 물을 내렸다. 일어서서 문에 붙은 전신 거울 속 내 모습을 바라보았다. 어렸을 때 나는 날씬하고 엉덩이도 단단했으며 피부도 깨끗한 편이었다. 블라디미르 나보코프(1899~1977. 러시아 제국에서 태어난 미국의 소설가. 20세기 영문학을 대표하는 작가이며 대표작은 1955년에 출판된 《롤리타》이다—옮긴이)의 소설에 나오는 귀엽고 사랑스러운 소녀 그 자체였다! 그런데 지금은 에곤 실레(1890~1918. 오스트리아 출신 화가로 표현주의의 대표적인 거장—옮긴이)풍의 기괴한 인물이 되어 여기 서있었다. 각진 가슴, 지나치게 큰 엉덩이, 여드름이 창궐한 뺨은 볼수록 속이 상했다.

아버지도 내 변화를 눈치챘다. 오래되지 않은 얼마 전 아침, 욕실에서 나온 나는 몸을 닦은 수건을 머리에 둘둘 감고 바나나를 가지러 주방으로 들어갔다. 아버지가 주방에서 평소처럼 아침을 먹으며 앉아 있었다. 내가 주방에 홀랑 벗고 들어온 게 한두 번이 아니라서 나는 아무렇지 않게 그릇에 담긴 과일 하나를 집어 들었다. 그런데 이번에는 아버지가 몰래 들어온 도둑이라도 본 것처럼 놀란 눈으로 나를 쳐다보며 소리쳤다.

"좀 가려라!"

내가 머리에 두르고 있던 수건을 풀어서 서둘러 몸을 가렸는데도 아버지는 나를 다시 쳐다보지 않았다. 그 후 우리는 그 일을 입에 담지 않았고, 나는 다시는 아버지 앞에서 벗고 돌아다니지 않았다.

문득 'S라인 몸매'라는 말이 머릿속으로 흘러 들어왔다. 뉴욕의 어느 환풍구 위에서 다리를 살짝 굽힌 채 주름치마를 내려 잡고 서 있는 매릴린 먼로의 이미지도. 비 내리는 숲에 피어난 아름다운 하얀 꽃 같은 모습이었다. 그 숲은 축축하면서도 약물 같은 성분이 섞인 냄새가 나는 아마존의 숲이었다. 과학자들은 찜통 지구 현상이 시작되면서, 세상에 존재하는 온갖 약물의 출처이며 마지막 원주민의 집인 아마존의 죽음이 임박했다고 확언했다. 베이징과 미국 피닉스시와 스페인 말라가주가 사막화되고, 마이애미와 메콩강 삼각주는 침수되며 런던에 홍수가 일어나는 동안에도 아마존 원주민들은 여전히 양치식물로 머리를 장식했고, 성년이 된 자녀들의 몸에 식물 가시로 문신을 새겼다. 아마존의 비 내리는 숲은 물론이고 온 세상에서 삶은 여전히 계속되고 있었다.

울적한 기분이 밀려들면서 가슴이 답답해졌다.

나는 낡은 티셔츠를 찢어 만든 생리대를 한 달에 한 번씩 팬티 안쪽에 집어넣었다. 구름이 잔뜩 끼어 낮게 내려앉은 하늘에서 보슬비가 내리는 어느 칙칙한 봄날이었다. 나는 불안정한 생각들을 곱씹으며 집 안에 머물렀다. 클라리넷에 적응하기까지 시간이 좀 걸렸다. 그 후로는 특별히 애를 쓰지 않아도 자연스럽게 인터넷에 들어갔다가 나왔다가를 할 수 있었다. 나와 인터넷 사이에 생겨난 작은 구멍 덕분이었는데 다른 사람들의 경우와 마찬가지로, 클라리넷은 내 뇌의 일부가 아니었다. 킹을 바라보며 나를 세상으로 데려온 사람, 나를 키워준 사람, 내가 삶을 버텨낼 수 있게 특별한 힘을 준 사람이라는 생각을 했다. 나는 아버지를 사랑했다. 아버지는 내 사람이었다. 그런데 클라리넷이 내게 아버지의 다른 모습을 보여주었다. 대중에게 알려진 아버지의 이미지는 자신의 야망을 위해 타인의 삶을 아무렇지 않게 희생시키는 악당이었다.

그런 이미지의 아버지는 내게 너무 낯설었다.

아버지가 하모니카와 관련해서 경고 받았다는 사실을 나는 클라리넷을 통해 알았다. 아버지는 내게 그 부분에 대해 말해준 적이 없었다. 아버지는 경고 받은 후로도 시험을 계속했고, 결과적으로 연구에 자원한 피험자 예순네 명이 사망했다. 그에 따른 기자회견에서 아버지는 짧게 조의를 표했을 뿐, 코코넛이나 위원회의 누군가가 사태를 책임질 것이라는 말은 하지 않았다.

얼마 후 엑스가 이끄는 항의 시위는 폭동으로 변질되었고, 주주 캠퍼스에서 화재가 발생해 경비원 한 명과 관리인 한 명, 그리고 관리인의 세 살배기 딸까지 목숨을 잃었다. 위원회와 엑스 지도자들은 하모니카 회수에 관한 합의를 도출하고, 방화범에게 살인죄가 아니라 과실 치사죄를 적용하며, 세계 곳곳의 섬 수백 개를 엑스들에게 넘기고, 주주 위원회의 설립자 겸 위원장인 킹 라오의 지도자 지위를 박탈하기로 결정했다.

요즘 아버지에 관한 글은 인터넷에 별로 올라오지 않지만 오랫동안 아버지에게 들러붙어 있는 인터넷 소문이 있다는 걸 나는 클라리넷을 통해 알게 됐다. 아버지가 죽음을 피해 갈 방법을 찾아냈다는 소문이었다. 파파라치가 베인브리지 섬에 장을 보러 가느라 배를 타고 노를 젓는 아버지의 튼실한 이두박근 사진을 찍어 올릴 때마다 그런 소문이 꾸준히 고개를 들었다. 소문을 퍼뜨리는 사람들은 아버지의 사진을 보면서 수백 살은 더 들었을 텐데 몸이 아직도 짱짱하다고, 있을 수 없는 일이라고 수군거렸다. 찜통 지구 현상이 도래한 후부터 그 소문이 한층 더 힘을 받았다. 세계에서 두 번째로 나이 많은 남자가 열기에 타 죽더라도 킹 라오는 여전히 살아있을 거라고 사람들은 떠들어 댔다.

아버지가 불멸의 존재가 됐다는 신화가 꽤 설득력 있긴 하지만 절대 사실이 아니라는 점 때문에 나는 신경이 쓰였다. 아버지가 대개 사람들이 쓸 엄두조차 못 내는 온갖 회춘 기술—맞춤형 보충제, 유전자 재프로그래밍, 젊은 피 수혈—을 사용한 것은 사실이지만 이 기술은 아버지를 영원히 살게 해주는 게 아니라 수명을 좀 늘려주는 역할을 할 뿐이었다. 그런데 아버지는 그 신화를 깨부수려 하지 않았다. 대중에게 어떤 선언도 하지 않았고 소문을 반박하지도 않았다. 아버지는 사람들이 그 소문을 믿어야 우리가 더 안전하다고 말했다. 사람들이 우리가 사는 섬에 무단 침입할 생각을 못 하는 주된 이유는 아버지가 초능력을 지닌 불멸의 존재라는 소문 때문에 겁을 먹기 때문이라고 했다. 말도 안 되는 그 믿음이 우리에게는 세상에서 제일 안전한 보안 시스템이 되어주었다. 하지만 그 신화로 인해 사람들이 아버지를 무슨 악당처럼 생각하지 않느냐고 내가 반박했다. 아버지는 고집을 세웠다.

"그래서 뭐?" 아버지는 짓궂으면서도 짜증이 난 표정이었다. "그러거나 말거나!"

그렇다고 해서 아버지가 사람들의 생각에 아주 무관심한 건 아니었다. 오히려 그 반대였다. 아버지는 연인에게 버림받은 남자처럼 분노해, 무관심한 척할 뿐이었다.

어느 날 저녁, 아버지와 함께 일몰을 감상하다가 베인브리지 섬을 바라보면서 그 섬에 가 있는 내 모습을 상상해 보았다. 거리를 걸으며 사람 구경을 하는 상상이었다. 우리는 서로를 향해 미소 짓는다. 안녕하세요. 잘 지내시죠. 이런 말을 주고받으면서. 단순한 백일몽일 뿐이지만 나의 다른 백일몽과 마찬가지로 실현 가능성이 없다는 사실로 인해 변색되었다. 한숨을 푹 쉬며 정신을 차리려는데, 상처받은 표정으로 나를 바라보는 아버지의 눈이 보였다. 내 슬픔이 아버지를 공격한 무기가 된 모양이었다. 나는 일부러 거칠고 냉소적으로 어깨를 으쓱했다. 아버지는 잠깐 내 눈을 마주 보다가 무릎에 포개놓은 자신의 두 손으로 시선을 내렸다. 아버지의 손이 떨리고 있었다. 아버지의 소심한 태도와 떨리는 손 때문에 나는 기분이 더 나빠졌다. 내가 태어났을 때 아버지는 이미 노인이었고 지금도 꾸준히 늙어가고 있었다. 아버지의 늙음이 내 짜증을, 아니, 내 분노를 부추겼다. 차라리 죽든지! 지금 당장!

"아가, 왜 그렇게 부루퉁하니?"

"10대라서 그래요, 킹."

아버지의 이름을 함부로 부른 걸 바로 후회했다. 무례한 짓인 걸 알지만 이미 엎질러진 물이었다. 아버지는 예전처럼 나를 혼내는 대신 고개를 끄덕이며 자기 손만 내려다보았다. 내 기분은 더 나빠졌다. 지금 내 눈앞에서 사그라지고 있는 아버지의 모습은 내 상상이 아니었다. 지평선이 익숙한 분홍색과 보라색으로 물들고 있었다. 찜통 지구 현상이 시작된 후로 일몰의 하늘 색깔은 무서울 정도로 점점 더 진해지고 있었다. 누구라도 저무는 해를 볼 때마다 우리를 휩쓸었던 거대한 폭풍우, 어마어마한 산불과 가뭄을 떠올리지 않을까? 이러다 나 자신도, 유산도, 고향 땅도 모두 단박에 사라질 것만 같았다. 아버지는 한때 이 모든 걸 책임졌던 사람이었다. 아버지는 이 현상을 멈출 수 있었을 텐데. 왜 그렇게 하지 않았을까?

아버지는 거실 책장에 늘 오래된 사진첩을 놓아두었다. 두툼하고 묵직하며 퀴퀴한 냄새를 풍기는 고동색 사진첩이었다. 누렇게 바랜 뻣뻣한 사진 페이지들이 세 개의 금속 링으로 묶여있었다. 그 사진첩에 호기심이 동한 적이 없는데 아버지가 사무실 밖에 나가있던 어느 날 오후, 나는 그 사진첩을 책장에서 끄집어 내렸다. 지루하기도 했고 뭔가 '필요'하다는 생각이 들기도 해서였다. 첫 페이지에는 사진 두 장이 위아래로 나란히 배치되어 있었다. 위쪽 사진은 화려한 옷을 입고 만수국 화관을 머리에 쓴 어느 인도인 부부의 오래된 흑백 초상이었다. 부부는 사진사가 만들어 놓은 평범한 배경 앞에서 어색하게 서로에게 팔짱을 꼈고 15센티미터쯤 거리를 두고 서있었다. 남자는 무표정했고 여자는 처연해 보였다. 그 아래는 눈이 큰 어린아이를 품에 안은 여자의 클로즈업 사진이 있었다.

그다지 놀라운 사진은 아니었다. 킹이 90년대에 쓴 연설문과 인용문 모음집에 실린 자료로 페다와 시타의 결혼식 사진, 그리고 킹과 시타의 사진이었다. 페이지를 훌훌 넘기자 인도를 배경으로 한 흑백 사진들이 지나가고 젊은 시절 킹과 마지의 컬러 사진이 나왔다. 그중 일부는 대중에게 공개되었다. 직접 만든 최초의 컴퓨터 앞에 서있는 킹과 마지, 그리고 마지의 아버지 사진, 생일 케이크를 자르는 마지의 사진, 코코넛 사의 신규 상장을 성공시킨 킹의 사진. 나머지는 처음 보는 사진이었다. 오래된 공학과 사무실에서 책상 앞에 앉아있는 마지가 보였다. 그녀는 머리를 하나로 모아 높게 묶었고 입을 약간 벌렸으며 당장 일어서려는 듯 두 손바닥으로 책상을 짚은 자세였다. 젊어 보였다. 하얀 피부에 녹색 눈동자. 높고 둥그런 광대뼈, 당장이라도 장난을 칠 것 같은 자세가 어쩐지 눈에 익었다. 마치 나를 보는 듯했다.

아버지 앞에서 어머니 얘기를 제대로 꺼내본 적이 없었다. 어머니를 떠올리면 울적해할 것 같아서였다. 그런데 그날은 사춘기라서 그랬는지 내가 어머니에 대해 자식으로서 알 권리가 있다는 생각이 불쑥 들었다. 어머니는 어떤 기질을 가진 분이었어요? 어머니가 좋아하는 색깔, 좋아하는 음식은요? 나는 아버지에게 이런 질문을 쏟아부었다. 어머니에 관해 그 정도는 알 자격이 있잖아요, 라고 나는 분연히 말했다. 내 어머니니까. 내 어머니니까. 내 어머니니까. 전에는 어머니에 관해 별로 관심도 없었으면서, 마치 그동안 수없이 질문했는데 아버지가 대답을 안 해줬던 것처럼 굴었다. 사실, 아버지가 내 질문에 뒷걸음질 치며 나더러 직접 알아내라고 하기 전까지 나는 어머니에 대한 필요를 느끼지도 않았다.

아버지가 바로 대답을 안 하자 나는 나 때문에 아버지가 화가 났다고 생각했다. 그런데 다음 순간 아버지는 눈을 반짝이며 미소 지었다. 아버지가 평생 사랑한 내 어머니에 관해 내가 드디어 관심을 보이자 기쁘다는 듯이. 어머니는 그림 그리는 걸 좋아했고 극사실주의 화풍을 추구했으며 벚나무 그리는 걸 좋아했다. 어머니는 한동안 그림에 흥미를 잃었는데 얼마 후에 아버지를 만나서 코코넛 사를 창업했다. 그리고 그 회사는 어머니의 삶 그 자체가 됐다. 그 회사가 아버지의 삶 그 자체였던 것처럼.

"슬픈 얘기네요."

"어린아이에게는 슬프게 들리겠지. 어른은 삶이 계속 변하고 존재는 변화하기 마련인 걸 알아."

"저도 알아요. 저는 어린애가 아니에요."


오늘 아침, 나는 '**사진**' 아이콘을 클릭하면서 아버지의 사진첩을 떠올렸다. 아버지가 내 존재를 세상에 노출하는 걸 꺼려서 나에 관한 자료는 존재하지 않는다는 걸 알고 있었다. 그래서 이 아이콘은 나더러 내 사진을 찍어 저장하라는 용도인가 보다 생각했다. 그런데 화면에 '**당신이 아름답다고 생각하는 것을 말해주세요**'라는 메시지가 떴다 사라지면서 격자 모양의 이미지들이 나타났다. 작은 크래커만 한 이미지를 보면서 미적 점수를 매기라는 뜻인 것 같았다.

열대 지역의 해변, 강한 바람을 맞는 옥수수밭, 야간에 불을 밝힌 도시의 윤곽선 같은 진부한 풍경 몇 개 그리고 멀리서 찍은 사람들의 몸과 클로즈업으로 찍은 얼굴 같은 이미지들이 펼쳐져 있었다. 유명한 미술품과 추상적인 디자인과 패턴의 복제품들, 옷감 견본 같은 다양한 색깔의 네모난 조각들로 이루어진 이미지들도 있었다. 모든 이미지에는 왼쪽 상단 구석에 검은색으로 X 표시가 있었고 오른쪽 상단 구석에 숫자와 함께 빨간 ♡ 표시가 있었다.

지금은 관계가 멀어졌지만 한때 친구이자 멘토였던 엘리먼 엑스라면 이렇게 말했을 것이다. 아름다움은 사회적 산물에 불과하지 않을까? 하지만 나는 네모난 이미지에 표시된 빨간 하트를 클릭했다. 강한 턱선이 엘리먼을 생각나게 한 어떤 여자의 사진, 그리고 가장자리에 구부정한 코코넛나무 한 그루가 서있는 해변 사진이었다. 모든 이미지에 점수를 다 매기자 화면이 다른 이미지들로 다시 채워졌다. 일련의 이미지들을 다 보고 나면 그렇게 새로운 이미지들이 다시 떠오르는 식이었다. 이제 끝났다는 말이 곧 들릴 줄 알았는데 계속하다 보니 두 시간이 훌쩍 지나갔다. 이게 끝이 없구나, 내가 알아서 멈추지 않으면 이 짓거리를 영원히 해야겠구나, 하는 생각이 들어 태블릿을 내려놓고 뒤로 물러나 숨을 크게 들이마셨다.

그게 오늘 아침 일어난 일이었다. 오늘 오후에 말랑한 비닐로 수축 포장한 봉투 하나가 내 방 안으로 툭 떨어져 들어왔다. 얼른 달려가 비닐을 뜯었다. 그 안에는 검은색 청바지, 빨간 크롭 티셔츠, 짙은 초록색 비단 점프수트, 가죽 샌들 한 켤레, 베이지색 캔버스 슬립온 한 켤레가 들어있었다. 나에게 완벽하게 잘 어울리는 좋은 물건들이었다. 침대에 올려둔 코코패드가 위이잉 진동했다. 화면에 손을 대자 새 메시지가 떴다. '**입어보세요.**'

그동안 나는 마지 구치소에서 지급 받은 점프수트 두 벌을 번갈아 입고 살았다. 한 벌은 낮에 입고, 한 벌은 밤에 잘 때 입는 식으로. 지금 나는 비단 옷으로 갈아입고 코코패드의 전면 카메라로 내 모습을 영상으로 찍었다. 이런 옷을 입어본 적이 없었다. 초록색 옷 덕분에 내 모든 부분이 더 밝아진 듯했다. 빗지도 못한 상태로 굽슬굽슬하게 어깨까지 내려온 머리카락이 바람에 멋지게 휘날리는 것처럼 보였다. 남자처럼 탄탄한 엘리먼의 엉덩이와 비교하면 보잘것없는 내 커다란 엉덩이도 어쩐지 육감적으로 보였다. 알고가 나에 대해 너무 잘 알고 있다는 점 때문에 뜨악하면서도 내 모습이 예뻐 보여서 나는 자꾸만 셀카를 찍어댔다.

이렇게 한 사람이 주주가 되어가는 모양이었다.

아버지에게 내 어머니 마지가 예전에 그림을 그렸다는 얘기를 들은 후 나는 독학으로 그림을 그리기로 마음먹었다. 나로서는 일종의 반항 행위였다. 나는 마지가 킹을 위해 그림을 포기했다고 생각했다. 킹이 마지를 코코넛 사에 끌어들여서, 마지는 어쩔 수 없이 그림에 대한 열정을 내려놓았을 것이라는 짐작이었다. 열다섯 살이던 어느 날 아침 나는 식탁에 놓인 망고를 그리고 있었다. 그릇에 과일들이 그득 담겼고 맨 위에 망고가 놓여있었다. 킹은 우리 정원에서 자란 바나나며 망고며 키위를 늘 그렇게 그릇에 담아놓았다. 반쯤 익어 색이 얼룩덜룩한 이 망고가 무척 아름다웠다. 나는 망고의 색을 모두 표현하고 싶었고, 베리주스나 잎 색소로 거의 비슷한 색감을 낼 수 있지 않을까 궁리하고 있었다. 그 생각에 골몰하느라 킹이 어느새 집에 들어와 그 망고를 집어 들 때까지 알아채지도 못했다. 킹은 손에 망고를 들고 이리저리 돌렸다. 잔소리를 시작할 때면 늘 장착하는, 생각에 잠긴 표정을 짓는 게 보였다.

나는 나지막하게 말했다.

"그거 내려놓으세요."

아버지가 내 그림 구성을 망쳐놓고 있어서 그리로 신경이 쏠렸다. 내가 요청하지도 않았는데 몇몇 망고나무는 300년 동안 열매를 맺는다는 정보가 내 머릿속으로 쓰윽 흘러 들어왔다.

아버지는 내 말을 듣고도 망고를 손바닥에 올린 채 이리저리 돌리며 말했다.

"너무 진지하구나. 요즘은 더 이상 나가 놀지도 않고."

나는 그 말에는 대꾸도 하지 않고 내 말만 했다.

"아까 그 자리에 도로 갖다 두시라고요. 줄기가 위로 가게요. 지금 그림을 그리고 있잖아요."

하지만 킹은 내 말대로 해주지 않았다.

"넌 요즘…… 놀지를 않는다고. 성인처럼 굴고 있잖아. 네 나이 때는 놀아야지."

"저 열다섯 살이거든요."

"그 정도면 나이가 많지 않거든."

"3년 후에는 저도 성인이에요."

킹은 망고에서 시선을 떼고 나를 한참 의미심장하게 바라보았다.

"이것 때문에 화가 난 거니?"

킹은 망고를 가볍게 허공으로 휙 던져 올렸다. 내 속에서 어쩐지 축축하고 이름 모를 감정이 솟구쳤다.

"이 망고를 그냥 썩게 두면 너무 슬픈 일이지 않을까?"

"내려놓으……"

내가 말하려는데 아버지가 말허리를 잘랐다.

"잘 들어." 아버지는 손에 든 망고를 흔들며 말을 이었다. "그리고 잘 봐. 이게 살아있든 죽었든 우리에겐 의미가 없어. 그렇지?"

"제발요, 아빠. 망고 *내려놔요!*"

이 말을 하며 손바닥으로 식탁을 내려쳤는데 그 소리에 내가 놀라고 말았다.

그제야 아버지는 과장되게 망고를 내려놨는데, 줄기가 보이지 않게 위아래를 뒤집어 놓았다. 내가 말한 것과는 완전히 반대였다. 아버지는 하던 얘기를 계속했다.

"죽음 그 자체는 무의미해. 우리가 치르는 모든 죽음의 의식……화장도, 매장도 다 부질없어."

아버지가 손목에 팔찌처럼 감아둔 두툼한 고무줄이 눈에 띄었다. 아버지의 말이 아리송해서 바로 이해되지 않았다. 평소의 나답지 않았다.

"망고는 사람이 아니에요."

"맞아. 그런데 생각해 보렴. 시체도 사람이 아니잖아!"

아버지는 단순히 망고의 부패를 얘기하고 있는 게 아니었다. 그게 핵심이었다. 아버지는 눈을 빛내며 설명했다.

"나는 단순히 세포로 이루어진 존재가 아니야! 내 생각과 기억은 세포가 아니거든! 나는 내 영혼을 얘기하고 있는 거란다, 딸아. 내 영혼은 의미가 없지 않아!"

아버지의 영혼은 의미가 없지 않다! 아버지의 내면에서 힘이 느껴졌다. '힘'이라는 단어가 머릿속에 떠올랐다. 실질적 폭력을 말하는 게 아니었다. 아버지의 신체적 약함과 나에 대한 다정함을 말하는 것이다. 거의 형이상학적 속성을 지닌 완전히 다른 종류의 힘이었다. 내가 나뭇잎이라면 아버지는 바람이었다.

아버지는 주머니에 손을 넣어 주사기를 꺼내더니 우리 사이의 탁자에 내려놓았다. 그제야 이해가 됐다. 우리 앞에 놓인 것은 아버지의 클라리넷이었다. 아버지는 욕망으로 눈을 빛냈다.

"나는 늙었어. 몸에 해로워 봤자지."

지금까지 나를 지켜본 주주 여러분이라면 내가 아버지의 요청을 거부할 거라고 생각할지도 모르겠다. 나는 꽃 선물을 바닥에 패대기친 적 있고, 아버지에게 망고를 그릇에 도로 놔두라고 화를 낸 딸이니까. 나는 아무 말도 하지 않았다. 한 마디도. 그러자 아버지는 싱크대로 가 비누로 손을 씻으면서 내게도 똑같이 하라고 지시했다. 그리고 비눗물로 왼쪽 팔꿈치 안쪽도 씻었다. 우리는 탁자 앞으로 돌아왔고 아버지는 손목에 차고 있던 고무밴드를 팔뚝으로 올리더니 기대에 찬 눈으로 나를 바라보았다. 아버지는 깨끗한 팔꿈치 안쪽을 두 손가락으로 누르며 희미한 푸른 혈관을 톡톡 쳤다.

"바로 여기에 하면 돼……. 알겠지?"

내가 주사기를 집어 들자 아버지는 묘한 말투로 말했다.

"이건 선물이야."

# CHAPTER 1

× ┼ ×

라오 할아버지가 세상을 떠난 날, 모두
가 하던 일을 멈추고 공터에 모여들었다. 어린아이들은 본능적으로
시체에서 멀찌감치 떨어진 바깥쪽에 머물렀다. 소녀들은 공터 가장
자리에서 비스듬히 자란 캐슈나무 아래에 모여 섰는데, 그들 한가운
데에는 '라루'라는 이름의 예쁜 어린 아기가 있었다. 라루는 그들 중
제일 나이가 어렸다. 소녀들은 라루의 이마에 난 길쭉한 상처를 번
갈아 손가락으로 쓰다듬었고, 놀라울 정도로 부드럽다며 감탄했다.

라루는 라오 할아버지의 형제인 바부의 막내 손녀였다. 달 같은
눈매와 인형처럼 긴 속눈썹을 가진 아름다운 아기였다. 언니들은 라
루의 이마에 난 상처를 귀한 보석이라도 되는 것처럼 조심스럽게 쓰
다듬었다. 리람마의 자매 라탐마와 도박꾼 버블스 사이에서 태어난
반편이 딸 프리티가 얼마 전 어느 날 오후에 라루의 머리를 잡아 본
채 계단에 내리찍었다. 버블스가 피에 젖은 계단에 물을 한 들통 부
었는데도 핏자국은 넓게 퍼진 갈색 얼룩으로 남았다. 가끔 킹은 그

자리에서 걸음을 멈추고 엄지발가락으로 그 얼룩을 문지르며 어머니에게 말하곤 했다.

"여기서 무슨 일이 있었는지 기억나세요?"

거칠고 흠결 많은 피부로 태어난 킹은 예쁜 라루를 질투했다. 어머니는 라루가 이마에 찢긴 상처가 나서 제대로 된 결혼을 못 하게 될 거라고 말했다. 그 말을 듣고 잠시 킹은 라루를 동정했다.

그런데 이제 라루는 이마의 상처 때문에 더 많은 사랑을 받고 있었다. 킹은 라루에게 상처를 입힌 프리티가 그걸 보며 무슨 생각을 할지 궁금했다. 프리티는 이름과 달리 예쁘지 않았다. 그 아이에게 프리티라는 별명이 붙은 건 순전히 장난이었다. 프리티의 얼굴은 방금 흙에서 끄집어낸 감자처럼 울퉁불퉁하고 둥글납작했다. 어머니에게 들은 바로, 프리티는 머리도 온전하지 않아서 라루를 그렇게 만들고도 벌을 받지 않았다. 반편이라 벌을 받더라도 자기가 왜 벌을 받는지 모를 거라고 했다.

프리티는 초록빛이 도는 금색 어린 망고를 두 손으로 이리저리 굴리며 망고에게 주절거렸다.

"내 아기, 내가 제일 아끼는 아기야."

라와남마와 도박꾼 빙키의 아들이며 프리티의 사촌 람 바부는 주머니에 두 손을 찔러넣고 프리티 주변을 맴돌았다. 람 바부도 머리가 온전하지 않았다. 어머니인 라와남마가 람 바부를 돌보다 지치면 프리티가 돌봐줘서인지 람 바부는 늘 프리티 주변을 얼쩡거렸다. 프리티는 바지에 똥을 싼 람 바부가 제 몸을 씻는 걸 도와주기도 했다. 프리티 주변을 맴돌던 람 바부는 망고에 꽂힌 프리티의 관심을 끌려고 살짝 우는 소리를 냈지만 프리티는 쳐다보지도 않았다. 킹은 람 바부의 바지 아래가 묵직하게 젖은 걸 보았다. 바지를 또 더럽힌 것이다. 킹은 누구한테든 말해야겠다고 생각했다. 하지만 누구에게 말하지? 라오 할아버지는 돌아가셨는데.

도박꾼과 그 아내의 자식들인 람 바부와 프리티는 카나캄마의 아들 자가이야가 리람마와 결혼하면서 그 집안에 떨어진 불운의 증거로 여겨졌다. 리람마는 거짓투성이에 도박꾼과 그 떨거지 식구들을 정원으로 끌어들인 찻집 종업원이었다. 그로 인해 라오 가문 사람들은 두 패로 나뉘었다. 한쪽은 카나캄마의 자식들이고, 다른 한쪽은 나머지 세 자식들(벤카타, 바라얌마, 바부)의 자손들이었다. 그래도 그날 오후 여자들은 모두 한자리에 모였다. 라오 할아버지가 그날 아침 웃다가 돌아가셨기 때문이었다. 남자들도 여자들과 마찬가지로 그날만큼은 싸우지 않기로 했다. 남자들은 라루 주변에 모인 여자들의 어깨 너머를 힐끔거렸다.

라리탐마와 도박꾼 딤플의 아들 라두가 조용히 물었다.

"뭘 하는 거야?"

자리가 자리인 만큼 아이들도 떠들고 싶은 걸 참고 조용히 있으려 애쓰고 있었다.

라두의 누나 파두가 대답했다.

"라루의 상처를 만져보고 있어."

"우리도 해봐도 돼?"

그러자 파두는 역겹다는 투로 받아쳤다.

"여자들만 할 수 있는 거야."

"여자들이 그늘을 다 차지하고 있잖아."

"이 그늘은 여자들을 위한 거야."

"킹은 여기서 뭐 하는데? 킹도 여자야?"

"너희가 알아서 그늘을 찾아. 안 그러면 건한테 이를 거야."

그것은 꽤 큰 위협이었다. 건은 리람마와 자가이야의 맏아들이었다. 열일곱 살인 건은 남자 친척 아이 중 나이가 제일 많았고, 도박꾼의 핏줄 중 최악이라 할 정도로 성질이 비열했다. 나머지 라오 가문 사람들이 카나캄마의 자손들을 경멸할 수밖에 없는 이유이기도 했다.

라두가 목소리를 낮췄다.

"그러지 마. 됐어! 우린 갈 거야. 킹도 데려갈 거야."

"그래라."

파두는 킹의 등허리에 손을 대고 동생 라두 쪽으로 쓱 밀었다.

건의 이름만 듣고도 남자들의 취약한 연대는 마구 흔들렸다. 다들 건을 무서워했다. 그중 절반인 벤카타, 바부, 바라얌마의 손자들은 건을 증오했고, 나머지 절반인 건의 형제와 사촌들은 건을 사랑하고 존경했다. 그렇게 아이들은 패가 갈려있었다. 그래서 절반은 본채의 한쪽 구석에 서있는 건에게 갔고, 나머지 절반은 공터에 머물렀다. 라오 할아버지의 맏손자 킹은 공터에 머물렀어야 옳았지만 라두는 그를 건이 있는 곳으로 끌고 갔다. 본채의 그늘이 드리워진 곳에서 벽에 등을 기대고 선 건은 굵은 팔로 팔짱을 낀 채 언짢은 얼굴로 서있었다. 실제보다 나이가 더 들어 보이는 외모인 데다 태도는 깡패 같았다. 매춘을 하고 담배를 피웠으며 삼촌들과 도박도 했다. 결혼할 나이이기도 했다. 건은 라오 할아버지에게 결혼할 짝을 찾아달라고 요청하곤 했다. 그럴 때마다 라오 할아버지는 오냐, 열일곱 살이 되면 해주마, 라고 답했다. 정원을 이끌어 갈 계승자 친나는 라오 할아버지와 달리 실용주의자였다. 친나는 정원을 운영하는 방법을 익히느라 바빠서 건에게 아내를 찾아주고 자시고 할 여유가 없었다. 도대체 친나는 건을 얼마나 오래 기다리게 할 작정인 걸까? 분명한 건 건의 바람보다 더 오랜 시간이라는 점이었다.

"이제 라오 가문은 끝이야." 건은 자기 주변에 모인 형제들과 사촌들에게 힘주어 말했다. 그러고는 흙바닥에 침을 카악 뱉었다. 침 덩어리가 부르르 떨다가 흙에 녹아 들어갔다. "친나는 지도자감이 아니거든. 잘들 기억해 둬."

킹은 공터에서 바부의 맏손자 키투가 안경을 벗고 바닥에 웅크리고 앉아 울고 있는 걸 보았다. 키투 주변에는 어린 형제들과 사촌들이 모여있었다. 안경을 벗으니 키투의 눈이 너무 작고 흐릿해 보여서 괴상하게 느껴졌다. 킹은 라두를 밀쳐내고 공터 쪽으로 달려갔다. 그곳에 모여있던 이들은 땀을 흘리고 얼굴을 문질러 닦으면서 짧은 문장으로 웅성거리다가 킹이 오자 갑자기 입을 닫았다. 킹은 그들 사이로 파고들어 가 말했다.

"친나는 지도자감이 아니야."

그 말을 내뱉은 순간 킹은 그 말로 인해 싸움이 날 수 있다는 걸 알았다. 이제 무슨 일이 일어날지 마음 한편으로 궁금하기도 했다.

키투가 눈물을 닦으며 쏘아붙였다.

"누가 그런 말을 했어?"

"그냥."

그러자 키투의 남동생 발라가 건이 서있는 쪽을 가리키며 말했다.

"뻔하지."

키투가 일어서더니 건 패거리가 있는 곳을 향해 공터를 가로질러

갔다.

키투와 건은 얘기를 나누면서 킹을 돌아보았다. 키투는 더 이상 울지도 않고 진지한 표정인 반면, 건은 히죽거리고 있었다. 킹은 겁이 났다. 하지만 이제는 라오 할아버지 품으로 도망칠 수도 없어, 라고 킹은 속으로 말했다. 라오 할아버지가 돌아가셨으니 너는 이제 완전히 혼자야.

키투가 공터 쪽으로 돌아오자 킹은 심장이 빠르게 뛰기 시작했다. 어머니를 찾아 주변을 힐끔거렸지만 어머니의 모습은 보이지 않았다. 어머니가 있을법한 주방으로 달려 들어갔다.

다행히 어머니 시타는 그곳에 혼자 있었다. 어머니는 무리에서 떨어져 대부분 그렇게 혼자 있곤 했다. 어머니는 라오 가의 일원으로 사는 삶에 좀처럼 익숙해지질 못했다. 어머니는 불 위에 걸어놓은 냄비를 향해 허리를 굽히고 있었다. 킹은 어머니 곁으로 다가갔다. 공기 중에 가득한 갈색 연기가 킹의 입과 눈으로 흘러 들어왔다. 어머니의 죽은 언니이며 킹을 낳아준 분이 생각났다. 그분은 주방의 연기 때문에 눈이 빨갛게 변해 돌아가셨다고 들었다. 지금은 라오 할아버지가 돌아가셨다. 킹은 시타가 허리에 감아놓은 사리 안쪽으로 손가락을 넣어 어머니를 잡아당겼다. 어머니는 속치마 안쪽에 사리를 쑤셔 넣어놓았다.

"당기지 마."

어머니가 말했다.

"엄마, 할아버지가 돌아가셨어요."

"죽음은 늘 일어나는 일이야." 시타는 무미건조하게 말했다. "라오 가문 사람들이 죄다 공터에 나가서 울고 있지만 쇼하는 거야. 다들 알고 있어. 죽음은 우리 모두를 찾아올 거야. 언니가 죽었을 때 나는 언니를 따라가고 싶었어. 너를 돌봐줘야 할 상황이 아니었다면 아마 그렇게 했을 거야. 언젠가는 나한테도 죽음이 찾아오겠지……. 어휴, 그만 좀 당겨!"

어머니는 킹이 원하는 대로 위로를 해주지 않았다.

"아니야!"

킹은 소리치며 어머니의 사리를 놓고는 문 쪽으로 달려갔다. 공터 중앙의 바닥에 앉아있는 숙모들—도박꾼의 아내이며 건과 그 패거리의 어머니인 리람마와 그 자매들—을 보고 그는 그쪽으로 걸어갔다. 킹은 카나캄마의 일가인 그 숙모들과는 말을 섞지 않고 살았다. 사람들은 그들을 대놓고 재수 없는 아줌마들이라고 불렀다.

리람마가 소곤거렸다.

"우리 삶이 더 팍팍해질 거야. 그동안은 라오 어르신이 우릴 돌봐줬지만, 친나는 우릴 좋아하질 않잖아."

막내인 라와냠마가 말했다.

"우릴 쫓아내겠지 뭐."

그러자 라리탐마가 말했다.

"난 걱정 안 돼. 어쩌면 친나가 우리 중 하나를 마누라로 삼을지도 모르잖아."

그러자 다들 요란하게 웃음을 터뜨렸다. 킹은 그게 왜 웃기는 농담인지 이해되지 않았다.

조용히 서있던 킹은 그들의 시선을 끌려고 바닥에 발을 굴렀다. 문득 앞으로도 꽤 오랫동안 어른들의 세계를 잘 이해하지 못하리라는 익숙한 느낌이 들었다.

리람마가 그의 귀를 잡아당기며 다정하게 말했다.

"요 녀석이."

"마실 거 좀 주세요."

킹의 말에 리람마는 자매들 쪽으로 고개를 돌리며 말했다.

"물 좀 갖다줘."

그러자 막내인 라와냠마가 한숨을 쉬더니 우물가로 걸어갔다. 작은 컵에 물을 담아 들고 돌아온 라와냠마는 리람마에게 컵을 내밀었다. 리람마가 킹의 입에 컵을 대주고 기울여 마시게 했다. 갑자기 킹은 리람마가 건의 어머니인 게 떠올라 겁이 났다.

킹은 소리치며 리람마를 밀쳤다.

"싫어요! 안 마실 거예요!"

"얘 좀 봐. 아까는 '마실 거 좀 주세요'라고 하더니 지금은 '안 마실 거예요'라고 하네. 원하는 게 뭐니, 멍청한 꼬마야."

라와냠마가 빽 소리쳤다.

리람마는 달랐다.

"괜찮아. 너는 애 당황한 거 안 보이니? 사랑이 필요한 불쌍한 아이한테." 리람마는 거친 손으로 킹의 얼굴로 흘러내린 머리카락을 쓸어 넘겨주었다. "이 모든 게 너의 것이야. 언젠가는 사람들이 너를 라오 어르신이라고 부르겠지. 언젠가는 *네가* 저 의자에 앉게 될 날이 올 거야."

킹은 라오 어르신이 되어 할아버지의 의자에 앉아있다가 차례에 따라 죽고 싶지 않았다. 킹은 세차게 고개를 저었다.

"싫어요."

"하지만 그게 사실인걸."

리람마는 두 손으로 킹의 머리카락을 헝클어뜨렸다.

계단을 밟고 베란다로 올라가던 리람마의 남편 자가이야가 중얼거렸다.

"응석 그만 받아줘. 그러다 기고만장해져."

일명 나쁜 삼촌들이라 불리는 자가이야와 도박꾼 동서들은 늘 좋은 삼촌들과 거리를 두고 살았다. 그런데 오늘 오후에는 모두 베란다 계단에 조용히 모여 앉아있었다. 다들 싸우지 않으려고 애쓰면서 한곳에 모여있으니 좋구나, 라고 킹은 생각했다. 그것만은 좋은 점이었다.

바부의 맏아들 콘단나가 빙키, 딤플, 버블스에게 말했다.

"도박꾼들, 얘가 더 나이가 들었을 때 여기서 쫓겨나고 싶지 않으면 줄 잘 서야 될 거야."

오늘 같은 날 해서는 안 되는 말이었다. 술을 마시고 있던 버블스가 황소처럼 콧구멍을 벌름거리며 벌떡 일어섰다. 바라얌마의 맏아들 라주바부가 두 손을 들어올리며 말리고 나섰다.

"어이. 라오 어르신이 오늘 같은 날 우리가 어떻게 행동하길 바라실지 생각해."

그러자 라오 할아버지의 영혼이 내려오기라도 한 것처럼 다들 입을 닫았다. 킹은 묻고 싶었다. 뭔데요? 라오 할아버지가 뭘 원하는데요? 하지만 그들이 모두 침묵했기에 킹도 아무 말도 할 수 없었다. 버블스가 주먹으로 자기 손바닥을 치면서 눈을 질끈 감고 도로 앉았다.

자가이야는 미소를 짓더니 이 자리에서 이런 말을 해도 될지 모르겠다는 듯 나지막하게 조심스러운 목소리로 말했다.

"지금 내가 무슨 생각 하는지 알아? 우리가 다들 결혼하고 얼마 안 됐을 때 라오 어르신이 저 의자에 앉아 우리 아내들을 한 명씩 가까이 오게 해 얘기를 하게 했잖아. 라오 어르신은 우리 아내들이 말하는 동안 얼굴이 아니라 가슴만 쳐다보시다가 나중에 우리한테 이렇게 말하셨어. '너희는 운도 좋구나. 아내들이 멜론을 두 개씩 가슴에 달고 있으니 말이다. 나중에 나도 한 번씩 데리고 자게 해주렴. 우리가 아무한테도 말 안 하면 되지!'"

자가이야가 말을 마치자 다른 삼촌들이 웃음을 터뜨렸다.

그러자 자가이야는 외쳐 물었다.

"뭐야? 왜들 그래?"

바라얌마의 막내아들 시바람이 배를 잡고 웃다가 말했다.

"자가이야! 우리한테 그런 일은 일어나지 않았어! 라오 어르신이 네 마누라만 사랑하셨던 거 알고 하는 말이야?"

"나의 리람마만 사랑하셨단 말이지?" 자가이야는 만족스럽게 얼굴을 붉혔다. "내 마누라만?"

사바람의 형 사티야는 라오 할아버지를 흉내 내며 말했다.

"리람마야, 아가야, 멜론 두 개를 나에게 가져다주겠니? 크고 통통한 멜론을 좀 먹어보자꾸나."

그러자 다들 조용히 웃음을 터뜨렸다. 근처에서 그 얘기를 들은 몇몇 숙모도 덩달아 나지막하게 웃었다. 킹은 라오 할아버지가 리람마를 강아지처럼 따라다녔던 게 기억나서 같이 웃었다. 킹이 기억하기로 리람마는 의자에 앉아있는 라오 할아버지의 얼굴에 가슴을 바짝 들이대면서 옷을 사게 돈을 좀 달라고, 그래야 자기가 계속 예쁜 모습을 보여줄 수 있지 않겠냐고 말하곤 했다.

라오 할아버지의 자리였던 베란다의 의자에 지금은 페다가 앉아서 남자들을 경멸에 찬 눈으로 쳐다보고 있었다. 장례식 날 웃고 있는 그들을 불경스럽다고 여기는 모양이었다. 언제나 그렇듯 페다는 기도하고 있었다. 시타는 언니 라다가 죽은 후로 페다가 라다를 죽게 만든 것을 속죄하는 듯 보이려 늘 그렇게 기도하고 있다고 킹에게 말했다. 페다가 삼촌들을 노려보는 모습을 바라보며 킹은 삼촌들을 따라 웃은 게 죄스러웠다. 부끄러운 마음에 킹은 삼촌들 곁을 떠나 아버지에게 향했다.

혼낼 줄 알았는데 아버지가 말이 없자 킹이 조용히 물었다.

"무슨 기도를 하고 계셨어요?"

"할아버지가 신을 별로 믿지 않으셨지만, 그래도 신께서 할아버지를 잘 돌봐달라고 부탁하고 있었어."

"아버지도 신을 믿지 않잖아요."

"누가 그런 말을 하던?"

아버지가 날카롭게 물었다.

"엄마가요. 엄마는 아버지가 기도를 하지만 사실은 신을 안 믿는다고 하셨어요."

"네 엄마는 너랑 나 사이를 이간질하고 싶어 하지." 아버지는 침울하게 말했다. "이만 씻으러 가야겠다. 이 자리에 아무도 못 앉게 해라. 알았지?"

킹은 아버지의 체온이 남아있는 의자에 한 손을 얹고 그 옆에 섰다. 할 일이 생겨서 좋았다. 그것도 라오 할아버지의 의자를 지키는 일이었다.

친나 삼촌이 지친 얼굴로 다가와 말했다.

"잠깐 좀 쉬자, 꼬맹아."

친나는 라오 할아버지의 의자에 털썩 앉더니 킹을 안아 올려 무릎에 앉혔다. 그들은 라오 할아버지의 시체를 에워싸고 베란다 반대편 끄트머리에 모여 서있는 어른들을 바라보았다. 친나가 물었다.

"꼬맹이, 겁먹었구나. 이 모든 게 두렵니?"

킹이 대답하려는데—진실을 말할 준비가 되어있기도 했다—페다가 공터를 지나 빠른 걸음으로 그들을 향해 다가왔다. 얼굴에 불쾌한 기색이 완연했다. 페다는 세 걸음 만에 계단을 올라와 소리쳤다.

"나 말고는 이 의자에 아무도 못 앉게 하라니까!"

친나가 일어서며 킹을 바닥에 내려놓았다. 그리고 형에게 긴장한 목소리로 말했다.

"앉아."

그러자 페다가 조용히 말했다.

"됐어."

"앉으라고."

친나가 나지막하게 말했다.

그들은 아무도 그 의자에 앉지 않고 서로를 노려보기만 했다. 결국 친나가 계단을 내려가 공터로 향하자, 페다는 시체에서 멀찌감치 떨어진 베란다 끝 쪽으로 걸어가더니 사람들을 등지고 팔짱을 끼고 섰다.

킹은 다시 혼자가 됐다. 사실 킹은 아버지 페다와도, 삼촌 친나와도 친하지 않았다. 그동안 킹의 자리는 어머니 곁도 아니고 늘 라오 할아버지 곁이었다. 킹은 라오 할아버지의 빈 의자 옆에 서서 생각했다. 너무 외로워. 킹은 마지못해 할아버지의 시신을 둘러싸고 서 있는 어른들 쪽으로 걸음을 옮겼다. 라오 할아버지의 남동생인 바부할아버지가 사람들에게 말했다.

"우린 차례로 죽어갈 거야. 죄다 늙은이들이라. 이번은 큰형의 차례일 뿐이지."

킹은 그들 뒤에 서있었다. 그들도 언젠가는 죽을 것이다. 킹은 그들을 영원히 기억할 수 있도록 마음에 차곡차곡 담아두고 싶었다. 그들은 허약한 뼈에 닭처럼 오돌토돌한 피부를 지녔으며 벌써 죽어가고 있는 것처럼 땀구멍에서 쉰내를 풍겼다. 아마 죽어가고 있는 게 맞을 것이다. 그럴 것이다! 그들은 젊은 날을 회상하며 그렇게 서있었다. 정원이 자기네 것이 되었는데도 그걸 인지하지 못했던 시절 말이다. 모두가 한집에 모여있었다. 오두막과 자식들, 손자들 앞에. 이 정원을 속속들이 아는 바부는 눈 감고도 여기 있는 모든 식물의 이름을 맞힐 수 있었다. 그는 킹과 킹의 사촌들에게 그의 얼굴을 천으로 둘러 묶어 눈을 가리게 하고 정원 곳곳을 데리고 다니게 했다. 그리고 손가락으로 이 나무의 수피와 저 관목의 잎맥 도드라진 잎사귀를 만져보면서 이름을 맞히는 놀이를 했다. 이건 뭐죠? 음, 이건 모르실 것 같은데요! 어느 시점부터 바부는 나이가 너무 들어 그 놀이를 못 하게 됐다. 킹은 이 사람들을 전부 기억하자고 속으로 다짐했다.

카나캄마 할머니가 갓 태어난 병아리처럼 바들바들 떨었다. 신경 전도에 문제가 생긴 탓이었다. 그녀가 말했다.

"다음은 내 차례라는 생각이 계속 드네. 언니가 세상을 떠난 후로 내 차례가 오고 있다는 느낌이 들어. 언니가 꿈에 날 찾아오길 계속 기다렸는데 언니는 한 번도 오질 않았어. 벤카타 오빠는 꿈에서 나를 찾아오면 좋겠어. 우리가 다른 형제들보다 좀 더 친했거든. 어렸을 때 우리는 브라만 족장의 집에 찾아가 집 안 곳곳에 빗물을 받을 그릇을 놓아두곤 했어. 오빠는 그걸 놀이처럼 만들었어. 그릇을 여기저기 놓아두고 장애물 달리기 코스처럼 이용했지. 나는 오빠가 몇 초 만에 달리는지 시간을 재주곤 했어. 오빠가 '너도 해봐!'라고 했지만 난 얌전한 소녀로 살고 싶어서 안 하겠다고 했어. 한번은 오빠가 그릇을 뛰어넘다가 발로 밟아 깨뜨리고 만 거야. 오빠의 발에서 피가 나기 시작했어. 나는 얼른 치맛자락에 깨진 그릇 파편을 담아 들고 나와서 우리가 예전에 살던 집에 파묻었어."

킹도 아는 얘기였다. 카나캄마 할머니와 벤카타 라오 할아버지는 그 얘기를 수백 번도 더 들려주었다. 카나캄마가 얘기를 이어갔다.

"나는 우리가 살았던 그 옛 부락에 사는 코타이야를 만나러 가곤 했어. 예전에 파묻은 그릇 파편을 찾고 싶어서 코타이야에게 도와달라고 했어. 우리는 부락의 바닥을 온통 파헤쳤어. 코타이야의 아버지가 집에서 나오시더니 우리가 엎드려 있는 걸 보고 코타이야에게 말했어. '아들아, 우리는 정원에 사는 라오 가문 사람들이 부자이고 거만한 줄 알았는데, 이 카나캄마는 하녀처럼 바닥을 기어다니는구나!' 우리는 웃음을 터뜨렸지. 코타이야와 나는 그때부터 사랑에 빠지게 됐어. 그게 시작이었지. 생각해 보면 기회가 있을 때 장애물 달리기 놀이를 했어야 했어. 사실 엄청 해보고 싶었어! 그 시절에는 계집아이가 껑충껑충 뛰어다닐 수 없었거든."

슬픔에 잠긴 카나캄마는 손바닥으로 눈을 찍어 눌렀다.

그날 아침, 페다와 친나는 시신을 씻기고 깨끗한 흰 도티(직사각형 천으로 된 인도 남성의 전통 하의—옮긴이)를 입혔다. 라오가 아닌 부라라는 성을 썼던 시절에 그들은 시신을 매장했다. 하지만 라오

132

성을 쓰게 된 후로는 라오 할아버지의 지시에 따라 시신을 화장하고 있었다. 이제 라오 할아버지의 시신은 강으로 보내져 화장하게 될 것이다. 라오 가문 사람들이 시신 주변에 모여 서서 시신을 만지며 곡을 했다. 할머니들과 할아버지들이 킹을 시신 쪽으로 가까이 밀어 보냈다. 킹의 차례였다. 이 모습을 기억하자, 라고 킹은 다짐했다. 시신은 라오 할아버지의 구리선처럼 빳빳하고 숱 많은 눈썹, 넓적한 코를 갖고 있었다. 시신의 이마에 손을 대보니 차가웠다. 킹은 라오 할아버지가 육신을 떠났음을 알 수 있었다. 어른들은 그걸 이해하지 못하는 것 같았다. 그들은 자기 이마에 손가락을 대고, 시신의 이마에 손가락을 댄 뒤, 다시 자기 이마에 손가락을 가져다 댔다.

우리는 서로가 없으면 아무것도 아니라는 걸 잊지 말자.

　　　　　　　　지도교수 노먼 박사의 사무실은 좁디좁
아서 등을 마주하고 책상 앞에 앉은 킹과 노먼은 어깨가 서로 거의
닿을 지경이었다. 무더운 오후만 되면 노먼의 피부에서 뜨끈한 열이
피어올랐다. 둘 중 하나가 의자를 뒤로 밀고 일어서려면 나머지 하
나가 책상에 바짝 붙어 공간을 만들어 줘야 했다. 쉴 새 없이 떠드는
노먼의 수다에 장단을 맞춰줘야 하는 것도 일이었다. 가끔 킹과 노
먼이 조용히 앉아 일을 하는 드문 순간이 찾아오기도 했다. 그럴 때
면 노먼은 뒤를 돌아보며 짓궂게 묻곤 했는데 킹은 그 말의 의미를
정확히 해석할 수가 없었다.

　"아직 안 지루해졌어?"

　바보 같은 자존심 덩어리인 킹은 달리 갈 곳이 없었다. 킹은 노먼
과 그의 동료들을 위해 조교 노릇을 하고 있었다. 그 대가로 대학 측
에서는 킹이 숙식을 비롯한 기타 비용을 처리할 수 있도록 지원금을
주고 캠퍼스에서 약간 떨어진 곳에 내부가 온통 베이지색인 작은 아

파트도 마련해 주기로 했다. 다만 지원금을 받기도 전에 아파트 임대료 청구서를 받은 게 문제였다. 이 문제를 해결할 방법을 알 수가 없었다. 지원금을 못 받아서 아파트 임대료를 낼 수가 없는 사정을 마거릿이나 그녀의 아버지에게 털어놓을 수도 없어 그저 몹시 당황스러웠다. 어영부영하는 동안 아파트에 살 권리를 몰수당하고 말았다. 어차피 이렇게 된 거 노먼 교수와 함께 쓰는 사무실에서 잠자리를 해결하고 있다가 첫 지원금을 받으면 아파트를 찾아봐야겠다고 생각했다. 그런데 알고 보니 거주비를 포함한 지원금을 받으려면 임대계약서 같은 증거를 제출해야 했는데 아파트 임대를 포기한 상태라 그런 증거가 있을 리 없었다. 결국 그는 지긋지긋한 노먼의 사무실에서 계속 지낼 수밖에 없었다. 밤이면 서류 더미에 접은 셔츠를 얹어 베개로 삼았다. 아침이면 노먼이 출근하기 전에 일어나 작은 창문을 열어 환기하고 대학교 체육관에 가서 샤워했다.

두 달 전 비행기를 타고 날아와 미국 땅에 도착했다는 기쁨은 사라지고 걱정 가득한 우울감만 남았다. 인생을 바쳐 무언가를 이뤄내리라는 열망이 가득했는데 여기 온 후로, 입에 담기도 부끄럽지만 목표를 잃고 말았다. 조국을 떠나기 위해 온갖 노력을 다 기울였건만 이 지하 사무실에서 학부생의 수학 쪽지 시험이나 채점하고 앉아 있지 않은가? 컴퓨터 언어에 관한 연구도 지지부진했다. 어떻게 해야 할까? 돌아가신 삼촌과 아버지를 떠올렸다. 그를 여기 보내려고 그들은 온갖 희생을 치렀다. 그는 미국에 도착했음을 알리는 짤막한 편지를 어머니에게 보냈다. 시애틀의 풍경, 그리고 어머니가 기뻐하실 만한 내용으로 일과를 꾸며 적은 뒤 어머니와 정원, 그 외에 모든 사람의 안부를 물었다. 시타의 답장은 더 짧았다. 그녀는 아무 일 없고, 정원도 무탈하며, 다들 잘 지내고 있다. 너와 네 공부는 어떻게 되어가고 있느냐? 필요한 것은 없냐, 라는 내용이었다.

그가 집을 떠나 기숙학교에 다니는 동안 주고받은 편지의 연장선 이었다. 그래도 그 시절에는 오랜 멘토인 네덜란드인 의사한테서 편지를 받아볼 수 있었다. 그 편지를 통해 킹은 고향의 사정이 암울하다는 걸 알게 됐다. 친나 삼촌이 돌아가신 후 정원은 날이 갈수록 몰락하고 있었다. 사촌 중 거의 절반이 정원을 떠났고, 나머지 절반은 집안 노인네들을 건사하기 위해 정원 일이 아닌 다른 괴상한 일을 하고 있었다. 집안 땅의 일부를 팔자는 얘기까지 나오고 있다고 했다. 그러다 네덜란드인은 자기도 마을을 떠나야겠다고 알렸다. 네덜란드 위트레흐트시에 살고 계신 부모님이 나이가 많이 드셨다는 이유였다. 다음 편지는 위트레흐트시에서 보내온 것이었다. 네덜란드인 의사는 결국 코타팔리 마을을 떠난 것이다. 그 후로 킹은 어머니를 통해 고향 소식을 전해 듣고 있었는데 어머니의 편지는 늘 짧기만 했다. 아무래도 최악의 상황이 펼쳐지는 모양이었다. 차라리 자세히 모르는 게 약이다 싶었다. 가족 중 누군가가 외국으로 건너가면 고향에서는 그 사람이 빨리 집으로 돈을 보내주길 기대하게 마련이었다. 그런데 킹은 그런 기대를 받지 않았기에 다른 사람들의 처지를 완전히 이해하지는 못했다.

당시 케네디 대통령의 이민법 덕분에 1970년대에 기울어진 배나 창문 없는 배가 아닌 비행기를 타고 미국에 도착한 아버지 같은 사람들(숙련된 기술을 갖고 있고 교육을 잘 받은 중국계, 일본계, 인도계 등 아시아 이민자들)을 일컫는 말이 있었다. 그들은 이전 세대와 달리 빈민 지역의 공동주택과 판잣집이 아니라 대학 캠퍼스 주변부에 자리

잡았다. 일명 '모범 소수민족'이라 불린 그들은 '백인보다 더 백인스러운 사람들'이었다.

가을이 겨울로 접어들었다. 그가 살면서 처음 느껴보는 제대로 된 추위였다. 미국의 겨울에 관해 글로도 읽고 영화에서도 봤지만 그의 몸은 겨울의 우울감과 한기에 준비되어 있지 않았다. 어느 날 눈을 뜨자 비가 부슬부슬 내리는 회색 하늘이 지상을 뚜껑처럼 무겁게 내리누르고 있었다. 낮을 지하실에서 보내는 동안 뼛속까지 한기가 드는 기분이었다. 오후가 되나 보다 했는데 어느새 저녁이 되어버리는 광경을 그는 두려운 눈으로 바라보았다.

어느 날 밤, 잠을 자려고 하는데 건물 관리인이 복도 쪽으로 난 작은 창문을 통해 사무실을 들여다보았다. 킹은 잠깐 눈 붙였던 것처럼 얼른 일어나 다시 책상 앞으로 갔다. 그렇게 몇 분을 보낸 후 다시 자려고 누웠는데 관리인이 소리도 없이 다시 나타나 문을 열어젖히며 외쳤다.

"하! 잡았다!"

관리인은 자세가 꼿꼿하고 체구가 작은 남자였다. 나이는 30대 정도로 보였고 검은 머리에 거친 피부를 지녔으며 억양에서 외국인 티가 났다.

킹은 일어나 앉으며 말했다.

"잠깐 눈 좀 붙인 겁니다."

"인도 사람?"

"예."

"그럴 줄 알았지. 인도 사람은 냄새로 딱 알 수 있거든." 관리인은 다 안다는 투로 말을 이었다. "땀구멍에서 냄새가 풀풀 나와. 향신료

냄새, 양파 냄새, 마늘 냄새. 괜찮아. 난 베트남 사람이야. 우리한테
서는 생강 냄새가 나지. 생선소스 냄새. 레몬그라스 냄새. 그게 바로
우리 고향 냄새이기도 해. 내 생각엔 그 냄새가 인도 냄새보다는 나은
것 같아. 너희는 톡 쏘는 냄새인데 우리는 달콤한 냄새니까. 어쨌든
여긴 다 큰 어른이 잠을 자는 곳이 아니야. 이 문제를 해결해야지."

　그러고는 사무실을 나갔다.

　킹은 관리인이 돌아오기를 기다렸다. 어쩌면 그가 집으로 초대해
재워줄지도 모른다고 생각했다. 아내에게 전화해 허락을 구하려는
건가. 이곳 사람들이 사는 집은 어떤 곳인지 궁금했다. 건물 청소 관
리가 보수가 좋은 직업은 아니니, 저 베트남 남자는 전쟁 난민일 공
산이 컸다. 관리인이 자식들, 늙어가는 부모와 함께 사는 모습을 머
릿속에 그려보았다. 그리고 비좁은 거실 바닥에 누워 그의 몸 위로
마구 기어다니는 어린아이들과 한 공간에서 잠을 자는 상상을 했다.
그렇게 몇 시간이 지나 자정이 넘어갔다. 관리인은 킹에 관해서는
잊어버린 모양이었다. 다시 울적한 기분에 사로잡혔다. 관리인이 돌
아오지 않을 거라는 확신이 서자 킹은 다시 누워 잠을 청했다.

　눈을 뜨자 바로 코앞에 다리 한 짝이 보였다. 이른 아침이었다.
주름진 파란 바지를 입은 다리였다. 시선을 위로 쭉 올리자 경비원
의 얼굴이 보였다. 킹의 또래인 듯한 백인 경비원은 분노와 약간의
혐오가 뒤섞인 눈빛으로 킹을 내려다보았다. 조끼의 배지에 '경비'라
고 써있는 게 보였다. 사무실에서 잠을 못 자게 되어있다, 라고 경비
원이 말했다.

　"잠잔 거 아닙니다."

　킹이 엉거주춤하게 일어서서 말했다. 땀이 확 났다. 신부 앞에 선

138

죄인이 된 기분이었다. 경비원의 눈빛을 피하는데, 문득 이렇게 구부정하게 일어선 자세를 취한 게 후회됐다. 마치 대변이라도 누는 것 같은 모욕적인 자세였다. 경비원에게 맞서려는 인상을 주지 않으려고 그리한 거였다.

사무실 문이 다시 열리더니 건물 관리인이 고개를 쏙 들이밀며 경비원에게 말했다.

"그 남자예요."

킹은 관리인과 눈을 맞추려고 했지만 관리인은 경호원한테서 시선을 떼지 않았다. 서른 살쯤 되어 보이는 관리인은 경비원에게 굽신거리는 표정이었다. 젊은 백인 경비원이 잘했다고 머리를 쓰다듬어 주면서 비스킷이라도 하나 던져줄 것 같은 모양이었다.


킹은 버스에서 잠을 자기 시작했다. 늦은 밤이면 버스는 남자들의 코 고는 소리, 씻지 않은 몸뚱이에서 풍기는 시큼한 지린내로 채워졌다. 그래도 버스 안은 따뜻했고 킹은 남들과 몸을 부대끼는 게 싫지 않았다. 오히려 다른 사람들과 부대끼며 살아야 했던 인도를 자신이 얼마나 그리워했는지 새삼 깨달았다. 가족 안으로 돌아간 느낌이었다. 동료 승객 대부분은 노숙 베테랑들이라 연신 눈을 번들거렸고 위장 무늬 군복까지 차려입었다. 소지품을 침낭 안에 넣어 좌석 아래에 쑤셔 넣고, 도둑놈을 바로 가려내고 언제든 싸울 준비가 된 눈빛으로 다른 사람을 쳐다보았다. 킹은 그중 한 남자에게 그런 군복 외투를 어디서 얻느냐고 물었다.

"구세군이지 뭐."

다음 날 킹은 다시 그 버스를 탔고 직접 군복 외투도 구해 입었다.

노숙자들은 간혹 팔다리가 없기도 했는데 전쟁에서 복무하다 그리되었다고 했다. 그리고 다들 잘 먹고 지내는 모습이었다. 킹이 고향 도시에서 본, 얼굴이 온통 짓겨진 부랑자들과는 달랐다. 고향의 부랑자들은 거지 떼 두목이 어렸을 때 눈을 불로 지지거나 파내어 그 꼴이 된 것이었다. 킹은 어렸을 때 다리가 하나뿐인 부랑자를 보고 두려워한 적이 있었다. 미국 거지들은 피부가 거무스름하긴 해도 읽고 쓸 줄 알아서, 판지로 직접 만든 알림판에 '아내가 납치됐어요. 몸값을 지불하려는데 1달러가 부족합니다. 도와주세요!' 같은 유쾌한 구걸 문구를 적기도 했다. 거리에서 보행자들은 거지들이 놓아둔 컵에 감사하는 표정으로 달러 지폐를 집어넣었다. 미국의 중산층과 중상류층은 자신의 지위를 자랑스러워하기보다 미안해했는데, 킹은 그런 모습을 여기서 처음 보았다. 거지들은 적선한 사람을 쫓아가 돈을 더 요구하기보다 그저 수긍하며 고개를 숙였다. 미국인들은 그랬다. 신호등이 빨간불일 때는 절대로 길을 건너가지 않았다. 은행 창구 앞에서 떼로 몰려 서있지 않고 줄을 섰다. 마치 사진을 찍을 때처럼 눈은 가만히 있고 입술만 움직여 미소 지었다. 다정한 미국 시민들. 성실하게 규칙을 준수하는 순진한 사람들.

고향에 살 때는 미국이라는 이름이 늘 이국적으로 느껴졌는데, 지금은 이보다 더 공허한 나라 이름이 있을까 싶었다. 햇살이 흘러드는 유리창, 기울어진 금속 벽. 아침마다 그는 해가 뜨기도 전에 일터로 향하느라 버스에 끝없이 올라타는 근로자들 덕분에 잠에서 깨어났다. 차창에 얼굴을 기댄 채 햇살에 황금빛으로 물드는 도시를 바라보았다. 건물 창문들이 어슴푸레 빛났다. 보도에는 똥 얼룩이 없고 홈통에도 쓰레기가 끼어있지 않았다. 그는 이런 곳으로 탈출하려 평생을 바쳤다. 가족을 비롯한 여러 사람이 그를 여기로 보내기 위해 자신을 희생했다.

무엇 때문에? 뭐 하러? 대체 뭐 하러? 노먼의 질문이 마음에 떠다녔다. 이런 곳이 존재하는 목적은 무엇이며, 그는 무엇을 위해 여기로 왔을까? 동기는 분명하지 않았다. 어쩌면 이성이 아닌 감성의 영역에 속하는 것일 수도 있었다. 고향…… 특히, 정원……을 생각하면 고향이 마치 그를 도로 잡아 끌어갈 것만 같은 축축한 공포가 느껴졌다.

어느 주말에 그는 버스를 타고 해안가로 향했다. 피시앤칩스 노점 옆에 피크닉용 테이블 몇 개가 차려져 있었다. 드디어 봄이 왔고 추위가 물러가고 있었다. 테이블 한 곳에 키 크고 마른 금발의 10대 소녀 두 명이 다리를 서로에게 포개고 마주 앉아있었다. 빵가루를 입힌 대구 튀김을 서로에게 먹여주는 모습이었다. 나한테 먹여줘, 먹여줘, 라고 소녀들이 말했다. 그녀들의 피부는 크림처럼 희었다.

가만 보니 소녀들은 울타리에 앉아 어미가 물어다 줄 먹이를 기다리는 새끼 갈매기를 흉내 내고 있었다. 거리가 멀어서인지 화물 선적용 기중기가 마치 꽃 암술처럼 보였다. 부끄러움에 고개를 숙이고 얼굴이 발그레하게 물든 꽃. 바닷물이 파도가 되어 너울거렸다. 선적용 바지선이 구슬픈 경적을 울리며 천천히 흘러갔다. 시야 한옆으로 킹은 소녀들을 줄곧 바라보았다. 그녀들은 목을 길게 뻗고 서로에게 튀김을 먹여주고는 입술을 핥았다. 그리고 빨대로 음료수를 빨아 마셨다. 그 테이블의 반대쪽 끄트머리에 앉은 킹은 그녀들을 대놓고 쳐다보지는 못했다. 소녀들은 날씨가 아직 따뜻하지 않은데도 원피스 차림이었다. 칼처럼 날카로운 바람이 공기를 가르자 킹에게

141

가까운 쪽에 앉아있던 소녀가 튀김을 내려놓고 서로를 부둥켜안았다. 그쪽을 힐끔 돌아본 킹은 그녀의 목덜미에 붙은 부드러운 솜털이 바짝 곤두선 것을 보았다.

마거릿이 생각났다. 처음 만난 날 이후로 킹은 지나가면서 마거릿을 보았을 뿐이었다. 첫 대화 이후로 변변찮은 대화를 나눠보지도 못했다. 그것은 그의 탓도, 그녀의 탓도 아니었다. 사무실에서 그녀를 얼핏 돌아보긴 했는데 그럴 때마다 마거릿은 고개를 숙인 채 타자기를 타닥타닥 두드리느라 여념이 없었다. 캠퍼스에서 편안하게 마거릿을 보는 상상을 해보았다. 그저 소박한 환상이었다. 그녀는 처음 만났을 때처럼 청산유수로 말을 쏟아내고 그는 귀 기울여 듣는 모습이었다.

킹에게 가까운 쪽에 앉은 소녀가 대구 튀김이 담긴 종이상자를 킹쪽으로 밀어주며 따뜻하게 미소 지었다.

"드시고 싶어 하는 것 같아서요."

사실이었다. 킹은 종일 아무것도 먹지 못했다. 그는 제일 작은 튀김 한 조각을 집어 입에 넣고 게걸스럽게 씹었다. 그리고 손가락에 묻은 기름을 혀로 핥았다. 소녀들은 서로를 보며 깔깔 웃었다.

"미안합니다."

킹이 사과하자 조금 전 그 소녀가 말했다.

"괜찮아요." 소녀는 미소 띤 얼굴로 그 상자를 그에게 조금 더 가까이 밀어주었다. "더 드실래요?"

문득 고향 마을 네덜란드 의사의 진료소에 있던 간호사들이 생각났다. 그들은 이 판지상자 같은 모자를 쓰고 다녔다. 다정하고 거리낌 없는 소녀의 미소도 간호사들을 떠올리게 했다.

"나한테 먹여줘."

킹은 이렇게 말하며 입을 벌렸다.

그러자 테이블 저쪽에 앉아있던 소녀가 겁을 먹고 소리 죽여 악을 질렀다.

"그 남자한테 말 걸지 말고 이쪽으로 와."

그런데 이 소녀는 킹에게 계속 미소 짓다가 친구를 돌아보며 말했다.

"야, 못되게 굴지 마. 그렇게 이상한 사람 아니야."

"노숙자 입에 먹을 걸 안 넣어준다고 못되게 구는 거냐?"

"이분은 참전 용사일지도 몰라. 공경심을 가져."

고개를 숙인 킹은 지금 자기 모습을 명확히 인식했다. 버스에서 밤을 보낸 후라 몸에서 냄새를 풍겼고, 옷은 잔뜩 구겨졌으며, 눈에는 눈곱이 껴있었다. 그는 해명하고 싶었다. 난 네가 생각하는 그런 사람이 아니야. 나를 존중하렴! 하지만 그럴 수가 없었다. 소녀들은 그에게서 시선을 돌리고 자리에서 일어서더니 대구 튀김을 테이블에 남겨둔 채 그곳을 떠났다.

킹은 뒤숭숭한 기분으로 버스 정류장을 향해 걸어갔다. 언젠가 그는 유명한 사람이 될 것이다. 그럼 대구 튀김을 먹던 저 소녀들도…… 그의 이름을 알게 되겠지! 사춘기 직전과 사춘기 시절에 그는 이미 이런 미친 듯한 기분에 사로잡히곤 했다. 그때도 지금처럼 분노에 찬 야망을 가슴에 품었고 덕분에 이민에 열정을 쏟아부을 수 있었다. 언젠가는 이 나라를 떠나고 말리라. 언젠가는 미국에 가고 말리라! 어머니는 그의 이마에 손을 짚고 혼잣말하듯 중얼거렸다. "넌 우리 언니를 참 많이 닮았어. 딸이 아니라 아들이니 여기서 벗어날 수 있을 거야. 우린 해낼 수 있어."

지금 그는 그때처럼 자기 이마를 손으로 짚고 마음을 가라앉히려 애썼다. 하지만 역효과가 났다. 지금 그는 혼자였고, 이보다 더 지독한 무명일 수가 없었다.

버스 정류장 근처의 전신주에 누군가가 붙여놓은 살구색 껌 한 덩어리를 보고 그는 짜증이 솟구쳐 올랐다. 당장 저 껌을 떼어내 어디로든 던져버리면 기분이 나아질 것 같았다. 하지만 낯선 이가 질겅질겅 씹다가 뱉어놓은 저 딱딱한 껌에 손을 대는 건 생각만 해도 구역질이 났다. 까치발로 서서 위아래로 몸을 들썩이면서 손으로 머리카락을 쓸어 넘겼다. 그 블록을 좀 걸어 내려가다가 다시 원래 자리로 돌아왔다. 심장이 남의 것인 듯 멋대로 쿵쾅쿵쾅 뛰면서 가슴을 벗어나려 했다. 땀이 줄줄 흘렀다. 숨이 잘 쉬어지지 않았다. 세상이 얼룩덜룩해지다가 잡음으로 가득 찬 텔레비전 화면처럼 색이 없어지더니 흐릿해졌다. 보도에 쓰러졌는데도 처음에는 아프지도 않았다. 마치 꿈속에서 일어난 일처럼 느껴졌다.

정신이 들고 보니 어느 병실의 단단한 침대 위였다. 머리에는 붕대가 감겨있었다. 팔꿈치 안쪽에 바늘을 꽂아 연결한 비닐 주머니에서 수액이 한 방울씩 떨어지고 있었다. 목구멍 안쪽에서 수액의 짭짤한 맛이 느껴지는 듯했다. 멍이 든 게 분명한 턱을 향해 한 손을 뻗는데 문이 열리더니 흰 가운을 입은 남자가 성큼성큼 걸어 들어오며 외쳤다.

"손대지 마세요!"

"머리가 아파요." 킹은 웅얼거리며 머리에 감은 붕대를 가리켰다. "이거 좀…… 풀어주시겠어요?"

"절대 안 됩니다." 의사가 말했다. "뇌진탕이에요. 쓰러지셨죠? 그 전에 무슨 일이 있었어요?"

천장의 팬이 부드럽게 웅웅 돌아가면서 간간이 딸깍 소리를 냈다. 방이 무척 고요했다.

"그 전에 서있었어요."

"하!" 의사가 웃었다. "아이고! 재미있는 분이시네! 서있었을 때 기분이 어땠어요?"

자애로운 거인의 손바닥 안에 들어가 누워있는 기분이었다. 지금 그의 몸에 주입되고 있는 진통제 때문일 것이다. 어쩌면 이 약 덕분에 상황을 있는 그대로 볼 수 있는 것 같기도 했다. 킹은 이 의사에게 믿음이 갔다.

"두려웠습니다. 뭐라고 설명하기가 힘드네요."

의사는 바퀴 달린 의자에 앉더니 앞으로 의자를 끌고 와 그에게 몸을 기울였다.

"해보세요."

"제가 존재하는 게 맞는지 확신이 안 서요."

의사는 현자처럼 고개를 끄덕였다.

"어떤 기분인지 압니다."

"아무한테도 말하지 말아주세요."

"그럼요."

의사는 미소 지었다. 잠시 후 의사는 킹의 손에 작고 길쭉한 알약 병을 쥐여주고는 병실을 나갔다. 간호사가 킹에게 누구에게 연락하면 되는지 물었다. 그는 마지못해 기억나는 유일한 전화번호를 말했다. 간호사의 전화를 받은 건 노먼 교수의 딸 마거릿이었다.

1975년 봄부터 킹은 베인브리지 섬 페리 부두 근처의 그림 같은 동네로 와 엘버트 노먼, 마거릿 노먼 부녀와 함께 살게 됐다. 그가 노숙생활을 하다가 뇌진탕 진단을 받은 일까지 사정을 털어놓자 마거릿은 킹이 다시 대학 지원금을 받을 때까지 집에 머물게 해달라고 아버지에게 부탁했다. 덕분에 킹은 그 집의 남는 방을 쓰게 됐다. 고향 사람들은 집에 순전히 손님을 위한 방이 있다는 걸 믿기 어려워했다.

4월이 되자 벚꽃이 흐드러지게 피었다. 창문 너머로 뒷마당의 벚나무에 피어난 솜처럼 보드라운 분홍색 꽃과 그 너머 엘리엇 베이가 내다보였다. 이런 행운을 누리게 된 게 믿기지 않았다. 어느 날 오후 창밖을 내다보고 있는데 복도를 지나가던 마거릿이 "밖으로 나갑시다!"라고 말하며 그의 팔을 붙잡고 끌어냈다.

"저 꽃이 필 때는 가까이서 감상해야 해요. 꽃이 금방 지거든요. 그 후로는 얼마나 지저분해지는지 몰라요." 뇌진탕을 앓은 후로 후각이 예민해진 킹은 벚꽃에서 사랑의 향기를 맡을 수 있었다.

뒷베란다에 함께 앉아 벚꽃을 바라보며 마거릿이 말했다.

"난 벚나무가 정말 좋아요. 어렸을 때는 예술가가 되고 싶었는데 학교에서 정식 교육을 받진 못했어요. 그냥 그랬죠. 나무 그리는 게 무척 좋았어요. 나름 완벽하게 그렸다고 생각했어요. 내가 그린 그림을 보면 사진인 줄 알걸요. 내가 포토리얼리즘(1960년대 후반 미국에서 발생한 미술 사조. 일상생활의 모습을 사실이 아닌 사진의 이미지로 생각해 극도의 사실주의로 화폭에 담는 미술운동의 경향―옮긴이)을 추구했으니까. 여러 예술학교에 지원했어요. 아홉 군데인가 열 군데인가……. 한 군데도 나를 받아주지 않더라고요. 그래서 그 학교 교장들한테 전부 편지를 보내서 이유를 물었어요. 딱 한 분이 답장

을 해주셨죠. 내 작품이 썩 좋지 않았다고 하셨어요. 대담하지 않다
고 하더라고요. 그분이 내 그림 중 하나를 콕 집어서 구체적으로 말
했으니, 누구한테나 보내는 형식적인 답장은 아니었을 거예요. 어쩔
수 없이 다음 해에 일반 대학에 지원해야 했는데 고등학교 시절 성적
이 아주 엉망이었어요. 그리고 내가 전에 말한 그 교수라는 남자와
엮이게 됐고요."

"지금 여기에 그걸 갖고 있어요?"

"뭐요, 그림이요? 아뇨. 다 태웠어요."

"전부요?"

"네. 전부요." 마거릿의 말투에 날이 섰다. "별로 좋은 그림이 아
니었어요."

"그래도……"

마거릿은 더 듣기 싫다는 듯 고개를 저었다.

"요지는 그게 아니에요. 내 말은, 내가 야망 있는 사람이라고요.
당신은 이렇게 생각하겠죠. 이 여자는 자기 아버지랑 함께 살고, 아
버지의 사무실에서 일하는 게 전부인 여자구나." 어디 뭐라고 대꾸
하는지 들어보겠다는 듯 마거릿은 도전적인 표정으로 뜸을 들이다가
덧붙였다. "하지만 그렇진 않아요. 난 계략을 꾸미고 있거든요."

"무슨 계략을?"

"기다려 봐요" 마거릿이 장난스레 눈을 빛냈다. "알게 될 테니까."

그 후로 오후마다 마거릿은 그의 방으로 쳐들어와 그를 밖으로 끌
고 나갔다.

"좀 있으면 *그리워지게* 될 거예요!"

그들은 뒷베란다에 몇 시간씩 앉아 벚꽃을 감상하곤 했다. 뇌진탕

증상이 점차 가라앉고 있었지만 꽃향기는 여전히 터무니없을 정도로 강렬했고, 마거릿도 터무니없을 정도로 아름다웠다. 참고 있기가 힘들었다. 그들은 대화를 조금 나누기는 했지만 대부분의 시간 동안 그저 잠자코 앉아있을 뿐이었다. 마거릿은 잡지를 읽거나 발톱에 매니큐어를 발랐다. 킹은 무릎에 교과서를 올려놓고 공부하는 척했지만 실제로는 가만히 앉아있는 것에 집중하고 있었다. 조금이라도 움직였다가는 마법이 깨져 마거릿이 그의 곁을 떠날 것 같아서였다.

킹과 마거릿은 페리선을 타고 시애틀로 함께 출근하기 시작했다. 페리선을 타고 가는 동안 마거릿은 늘 창문에 머리를 기대고 잠을 잤다. 시애틀에 도착하면 킹은 그녀가 다칠세라 검지로 조심스럽게 그녀를 콕 찔러 깨워주었다.

"나랑 같이 출퇴근하기 전에는 어떻게 깼어요?"

킹의 물음에 마거릿은 넌더리가 난다는 눈빛으로 그를 쳐다보며 답했다.

"다른 누군가가 나를 깨웠겠죠. 바보 같기는."

어느 날 아침 사무실에서 노먼이 말했다.

"요즘 내 딸이랑 시간을 많이 보내고 있지 않나?"

"조금요."

"자네는 내 딸이 좋아하는 타입이 아닌데."

노먼은 이렇게 말하며 웃었다.

"아, 저는……"

"잘됐어."

그리고 어느 날 아침에 보니…… 마거릿의 말처럼…… 벚나무는 헐벗었고 벚꽃은 모조리 풀밭에 떨어져 있었다. 하루 동안은 결혼식에 흩뿌려진 꽃처럼 아름다웠지만 다음 날부터는 지저분해졌다. 킹은 그의 방에서 마거릿을 기다렸지만, 벚꽃이 저물고부터 그녀는 그의 방에 들어오지 않았다. 그에게 눈길도 주지 않고 그의 방 앞을 지나가 버렸다. 킹은 연구와 공부, 학생들의 시험지 채점을 하느라 바쁜 나날을 보내면서도, 마음 한편으로는 노먼 박사가 딸에게 무슨 말을 해서 저러나 하는 의구심을 품었다.

어느 일요일 오후, 노먼 교수가 학생들의 시험지를 가지러 캠퍼스에 간 동안 마거릿이 짓궂은 미소를 지으며 킹의 방문 앞으로 찾아왔다.

"보여줄 게 있어요."

마거릿은 그를 뒷마당으로 데려갔다. 힘없이 쓰러지는 풀잎을 밟으며 뒷마당 안쪽으로 가자 돔형 지붕이 있는 특대형 천막이 보였다. 킹은 전에도 그 천막을 본 적 있지만 공구 창고겠거니 생각만 했을 뿐 들어가 본 적은 없었다. 마거릿은 멋진 호텔이라도 되는 것처럼 팔을 크게 휘두르며 그에게 들어가라고 속삭였다. 부모님이 함께 살았지만 사이는 좋지 않았던 시절에 아버지가 뒷마당에 이 천막을 세웠다고 마거릿이 설명했다. 아버지는 전화로 부품을 주문해 이 천막을 지었고 이 천막을 측지선 돔 천막이라 부르며 자기만의 공간으로 삼았다고 했다. 금속 틀에 방수 캔버스 천을 씌워 만든 천막이었다.

마거릿은 지퍼로 된 천막 앞문을 열어젖혔고 그들은 그 안으로 들어갔다. 바닥에 방수포가 깔려있었다. 마거릿이 하얀 꼬마전구가 조로록 붙어있는 선을 연장 코드에 꽂자 천막 내부가 약간 밝아졌다. 공간이 놀라울 정도로 넓었다. 희미한 조명 때문인지 사원에 들어와 있는 듯했다. 그는 신발을 벗어야 할 것 같은 기분이 들긴 했지만 그

대로 서있었다.

"원래 이걸 당신한테 보여주면 안 되거든요."

마거릿은 천막 안쪽 구석을 손으로 가리키며 말했다. 벽돌을 쌓아 만든 단 위에 작고 네모난 금속 기계가 놓여있었다. 스위치 여러 개가 일렬로 배치돼 있고 앞쪽에 불빛들이 반짝거렸다. 킹은 앞으로 다가갔다. 기계가 우웅 소리를 냈다. 그가 지금까지 보아온 컴퓨터와는 사뭇 다른 모양새였다. 마더보드를 둘러싼 플라스틱 껍데기에 키보드가 박혀있고, 기계 전체의 크기가 텔레비전만 했다. 그는 감탄하며 말했다.

"정말 작네요."

그는 두 달 전 마거릿의 사무실 테이블에 놓인 《파퓰러 일렉트로닉스(Popular Electronics)》라는 잡지에서 이런 초소형 컴퓨터를 처음 봤다. 잡지 표지에는 '획기적인 프로젝트!'라는 표제가 적혀있었고 '세계 최초의 상업용 조립식 개인용 컴퓨터……'라는 설명이 붙어있었다. 그들은 지구에서 보이는 열두 번째로 밝게 빛나는 별의 이름을 따서 그 컴퓨터에 앨테어8800이라는 이름을 붙였다. 앨버커키의 어느 회사가 이 잡지사와 합작으로 만든 컴퓨터였다. 잡지 기사는 '각 가정에 컴퓨터가 보급되는 시대가 왔다…… 과학소설 작가들이 즐겨 쓰는 소재가 드디어 실현됐다!'라는 서두로 시작됐다. 잡지 속 기계는 베이지색이었고 케이크 상자만 한 크기였다. 아래 왼쪽 구석에 켜짐/꺼짐 스위치가 있고 그 외에 다른 스위치들이 꺼지면 0, 켜지면 1을 나타내면서 컴퓨터 프로그램을 만들 수 있도록 두 줄로 배치되어 있었다. 이 잡지는 이 기계가 어떤 식으로 작동하는지 예까지 들어가면서 공들여 설명했다. '비트 패턴과 하드웨어를 변경해 소위 '소프트웨어'라는 것을 만들 수 있다.' 그러고는 몇 가지 새로운 소프트웨어, 모든 시간대에서 사용 가능한 디지털시계, 자동화된 자동차 테스트 분석기, 맹인을 위한 점자 변환기 인쇄 방식, 로봇용 전자뇌 같은 관련 자료를 늘어놓았다.

그 기사를 내고 몇 달 동안 《파퓰러 일렉트로닉스》는 앨테어 컴퓨터를 계속 다뤘다. 컴퓨터 프로그램을 만드는 고등학생들에 관한 기사를 내기도 했고, 앨테어 컴퓨터에 영감을 받아 자기만의 기계를 만들어 대당 천 달러에 판매하는 사람들 얘기를 쓰기도 했다. 그런데 엘버트 노먼의 공학과 학생들은 그런 초소형 컴퓨터 분야에 시간을 낭비하지 않았다. 부자들의 취미생활이나 다름없는 그런 기계의 프로그램을 작성하는 기술을 익혀봤자 컴퓨타 사를 비롯한 영향력 있는 회사에 취업할 수도 없으니까. 그런데 노먼 교수의 뒷마당에 왜 초소형 컴퓨터가 있는 거지?

마거릿의 설명에 따르면, 그녀의 아버지는 근래 몇 달 동안 무슨 일 때문인지 이 천막을 드나들었다고 했다. 노먼 교수는 앨테어가 출시되기 한참 전부터 컴퓨터를 만들고 있었는데 이제 시장에 수요가 보인다고 여겼고 빨리 움직이지 않으면 기회를 놓칠 것 같다고 생각했다. 《파퓰러 일렉트로닉스》와 앨테어의 제휴를 보고 영감을 받은 경쟁 잡지사 《인포메이션 타임스(Information Times)》는 초소형 컴퓨터 경연대회를 개최하겠다고 발표했다. 이 잡지는 《파퓰러 일렉트로닉스》보다 허접스러웠고 스테이플러로 인쇄지를 찍어서 만든 소식지에 불과했다. 어쨌든 이 잡지는 잡지 발행인 '월터 마츠'에게 작업 중인 기계와 상세 내역을 편지로 적어 보내라고 발명가들에게 알렸다. 월터 마츠가 마음에 드는 기계 열 점을 고르고 그 기계를 만든 발명가를 팔로알토 본부에 초대해, 세계에서 제일 뛰어난 컴퓨터 전문가인 잡지 클럽 회원들에게 선보일 것이라고 했다. 마츠는 우승자 선발에 도움을 줄 클럽 회원의 명단을 잡지 표지에 실어 홍보로 활용했다. 컴퓨터를 만든 우승자가 누구든 마츠와 수익을 나눠야 한다는 조건이었다.

경연대회 마감일까지는 4개월 정도 남아있었다. 노먼은 컴퓨터에 필요한 하드웨어를 구축하고 있었고 소프트웨어를 잘 만들어 줄 사람만 있으면 되었다. 교수인 그가 학생에게 그런 일을 시키는 것은 대학의 윤리정책에 반하는 일이라서 노먼은 킹이 현 상황을 지루해하는 기색을 보이기를 기다리고 있었다. 킹이 그런 기색을 내보이면 가욋일이 좀 있다고 말하면서—일을 제안하지는 않고 슬쩍 말만 꺼내는 식으로—킹의 반응을 볼 생각이었다.

마거릿이 말했다.

"아버지가 말을 꺼내게끔 유도하면 돼요, 킹. 내가 이런 말을 해줬단 얘기는 아버지한테 *하지 말고요.*"

킹이 초소형 컴퓨터를 만드는 일을 돕고 싶은지 여부는 중요하지 않았다. 마거릿이 원하니 킹은 그 일을 할 생각이었다. 얼마 후 노먼은 킹에게 지루하냐고 물었고 킹은 마거릿이 일러준 대로 대답했다.

"예. 도전할 만한 일이 필요합니다."

노먼 교수가 듣고 싶어 하는 말이었다. 하지만 노먼은 그 자리에서 바로 얘기를 꺼내지는 않았다. 그날 밤, 주방 식탁에 둘러앉아 마거릿이 만든 스파게티로 저녁을 먹는 자리에서 노먼은 딸을 돌아보며 말했다.

"마지, 킹 군이 도전할 만한 일이 필요하다는데."

마거릿은 스파게티를 먹다 말고 고개를 들고는 아무 대꾸를 하지 않았다. 그러자 노먼이 말했다.

"킹 군에게 말해야 할까?"

마거릿은 아버지와 킹을 차례로 훑어보고 아버지를 돌아보며 말했다.

"그러세요."

노먼은 뛰어난 실력이 있고 믿을만하며 단호한 결심으로 극비 프로젝트를 도와줄 사람을 찾고 있다고 말했다.

복제 방지를 위해 완전히 독창적인 언어 체계를 사용해서 무에서 유를 창조하듯 전체적인 운영 시스템을 짤 수 있으려면 실력이 아주 좋아야 했다. 그리고 캠퍼스 밖에서 작업을 해야 하므로 믿을만한 사람이어야 했다. 대학 측에 꼬리를 밟혔다간 숟가락을 얹으려고 들 텐데, 대학은 이미 노먼한테서 실컷 뜯어갔다. 무엇보다 시간도 오래 걸리고 작업량도 많은 프로젝트인 만큼 단호한 사람이어야 했다. 킹은 뛰어난 실력을 갖췄고 믿을만했다. 하지만 과연 단호한 사람일까? 노먼은 그 문제로 오랫동안 고민했다는 듯이 손가락으로 킹을 가리켰다.

킹은 마음속에서 야망의 파도가 크게 솟구치는 걸 느끼면서도 노먼을 바라보며 담담하게 입을 열었다.

"생각해 보겠습니다."

노먼이 의외라는 듯 눈을 약간 크게 뜨자 마거릿이 외쳤다.

"설마 진심은 아니겠죠!"

"공부에서 뒤처지고 싶지 않아서요. 저는 공부를 하러 여기 온 것이니까요."

마거릿이 말했다.

"하지만 이건 엄청난 도전이에요, 킹. 얼마나 재미있을지 생각해 봐요."

킹과 마거릿은 눈빛을 주고받았다. 마거릿은 그가 왜 그렇게 말했는지 이해하고 있었고, 지금 그에게 장단을 맞춰주는 중이었다. 그들은 둘 다 연기를 하고 있었다. 짜릿하고 기분이 좋았다.

"문제는 제 어머니예요. 어머니가 저한테 의지를 많이 하고 계셔서 저는 고향으로 돈을 보내드려야 해요. 학교를 졸업하자마자 일을 할 생각입니다."

그러자 노먼은 본인이 수익의 3분의 1, 마거릿이 3분의 1, 그리고 킹이 3분의 1을 갖기로 하자고 제안했다. 킹의 말을 듣자마자 놀라울 정도로 빠르게 제안한 것이었다. 시급으로 쳐서 주는 것보다 향후 수익에서 몫을 떼어 주는 편이 낫겠다고 판단한 모양이었다. 킹도 계획이 있었다. 그는 세상에서 제일 우아한 언어로, 세상에서 제일 우아한 운영 시스템을 만들 생각이었다. 이 나라에 뭐 하러 왔을까? 대체 무엇 때문에? 이제 그는 그 목표를 찾았다. 돌이켜 생각해보면 당시 그는 그 일을 하는 게 너무나도 당연하게 느껴졌다고 했다. 거의 운명이라는 느낌이었다고 했다.

다음 날 아침, 페리선을 타고 출근하는 길에 마거릿이 말했다. 아버지가 마거릿에게도 지분을 준 이유는 그녀가 회사에 대단한 공헌을 했다고 여겨서가 아니라 자기네 가족이 회사를 지배하기 위해서일 거라고 했다. 하지만 마거릿은 충분히 자기 몫을 했다고 생각했다. 예쁜 블라우스를 입고 탄산수에 중독됐으며 책상 위에 매니큐어들을 수집해 두고 사는 마거릿 노먼은 사람 상대하는 기술이 좋고 사람을 설득하는 재주가 있었다.

"사실이라고 생각하지 않아요?"

마거릿이 물었다. 킹이 인도를 떠나 이 나라에 도착하자마자 마거릿은 그가 그녀를 좋아하도록 만들었다. 그러니 그녀는 알 것이다. 자기도 모르게 그렇다고 소리 내어 대답한 그는 얼굴을 붉혔다. 마거릿이 말했다.

"그럴 줄 알았어요!"

그러더니 생긋 웃으며 차창 쪽으로 고개를 돌렸다.

"내가 계획이 다 있거든요." 마거릿은 유리창에 입김을 불어 허옇게 만든 뒤 그의 성과 이름을 적었다. 킹 라오. "좋은 이름이에요."

　　　　　작은 건망증을 시작으로 킹 라오는 천천
히 소멸하기 시작했다. 밤이면 자기가 앞문을 잠갔는지 모르겠다며,
열두 번도 더 내게 묻곤 했다.

"아 제발 좀!"

내가 열두 번째 같은 질문을 받고 나서 참다못해 짜증을 내면 킹
은 벙하고 상처받은 얼굴이었다. 그는 내가 앞서 열한 번이나 대단
한 인내심을 발휘하며 성실히 대답했던 걸 기억도 못 하는 것이다.
그는 과거에 알았던 사람들을 보고 존재하지도 않는 소리를 듣기 시
작했다. 누군가에게 감시당하고 있다는 편집증적 증상도 보였다. 다
자란 흰머리독수리 새끼를 보고는 드론이라고 착각했다. 정원 한가
운데서 고통스러운 듯 두 손으로 머리를 부여잡고 웅크린 그의 모습
을 보곤 했다.

의식이 명료할 때 그는 클라리넷의 부작용 같다고 말했다. 내가 그
에게 클라리넷 주사를 놓아준 후 그날 아침 아버지가 직접 한 설명이

었다. 그는 지식을 늘리기 위해서가 아니라—지식을 늘린다고 해도 너무 늙어서 별로 쓸모도 없을 것 같다며—죽기 전에 자기 정신을 인터넷에 업로드하기 위해 인터넷과 연결한 것이라고 했다. 아버지는 자신의 생각과 기억을 영원히 남겨 내가 언제든 아버지의 지도 편달을 받을 수 있도록 만들고 싶어 했다. 그걸 선물이라고 여긴 것이다.

하지만 그런 생각을 해서는 안 되었다. 클라리넷은 아버지의 뇌를 너무 늙었다고 판단해 버린 것이다. 아버지의 업데이트가 그만큼 효과가 있었기에…… 응당 그렇게 될 수밖에 없었을 것이다. 나는 아버지의 목소리에서 슬픔을 느꼈다.

그 후 몇 달, 그리고 1년이 지난 어느 오후, 아버지의 사무실을 잠깐 들여다봤는데 아버지는 혼란스러운 눈으로 나를 바라보며 마치 우리가 무슨 대화를 나누고 있었던 와중인 것처럼 말했다.

"내가 여기서 뭘 하고 있었는지 기억이 안 나네."

나는 별생각 없이 말했다.

"부작용이에요."

"무슨 뜻이니?"

"클라리넷 때문에 그렇다고요."

"무슨 클라리넷?"

나는 그제야 깨달았다. 아버지는 내가 그에게 클라리넷을 주사한 사실조차 잊은 것이다.

얼마 안 가 매일 해오던 일의 맥락을 따라잡을 수 없는 상태가 되어버린 아버지는 사무실에도 더 이상 들어가지 않았다. 전처럼 자주 시장에 가지도 않았다. 우리는 우리 집 밭에서 나오는 감자, 애호박, 잭프루트 같은 먹을거리로 근근이 연명했다. 아버지는 외출할 때면

157

숫제 변장을 했다. 턱까지 단추를 채우고 길이가 발목까지 오는 석탄 색의 기다란 양모 외투를 입고, 귀달이 모자를 썼고, 가죽 장갑과 특대형 선글라스를 착용했다. 그런 복장으로 뜨거운 햇살이 내리쬐는 한낮에 작은 보트의 노를 젓는 아버지를 대중이 보게 될 수 있다고 생각하니 심란했다. 망상증까지 생겨 볼 장 다 본 왕년의 괴짜 이미지가 더 강해질 듯했다. 나는 아버지에게 평범한 사람들처럼 셔츠와 바지를 입지 않는 이유를 물었다.

"평범한 사람들이라, 하하! 평범한 사람들이 살면서 대체 뭘 성취했을까?"

태초에 인간은 원숭이처럼 원시적인 도구를 사용했다. 초기 인류의 조상은 한 손에 둥그런 돌을, 다른 손에 수정인지 부싯돌인지를 들고 그 두 개의 돌을 몇 번이고 맞부딪쳤다. 수정 같은 돌에서 파편이 떨어져 나가면서 끝이 날카롭게 다듬어져 죽은 동물을 손질할 때 쓸 수 있었다. 그게 우리 인류의 최초 도구였다. 다음은 나무 자루로 된 손도끼였다. 이 도끼를 대칭적으로 작업해 만든 것이 양날 도끼이고, 칼날처럼 길쭉하게 다듬은 것이 창과 사냥용 활이었다. 그리고 쟁기, 괭이, 냄비, 그릇이 탄생했다. 그다음은 집과 창고였다. 청동을 발견하고 쇠를 쓸 수 있게 되면서 더 튼튼한 도구가 만들어졌다. 바람과 물 에너지를 통해 전력을 공급받았다.

바퀴, 범선, 기관차. 화약, 로켓, 폭탄, 시계, 계산기, 인쇄기, 전화, 라디오, 텔레비전. 재봉틀, 냉장고, 페니실린. 원자폭탄. 인간은 한계에 부딪혔을 때 도구를 만들어 힘을 확장하려는 성향이 있는데, 이 성향이야말로 인간을 다른 종들과 구분할 수 있는 특징이다. 코코넛 사. 하모니카. 클라리넷.

　발명의 영혼은 절대 멈추지 않는다, 라고 프루동(1809~1865. 프랑스의 프띠부르주아 사회주의자, 무정부주의의 선구자 중 한 사람—옮긴이)은 썼다.


　어느 오후, 졸고 있다가 이상한 경험을 하게 되면서 잠이 퍼뜩 깼다. 이국적인 이미지들이 행진하듯 연달아 머릿속으로 흘러 들어왔다. 버스 차창의 허연 입김에 적힌 '킹 라오'라는 이름, 라오 할아버지의 육수(肉垂. 칠면조·닭 따위의 목 부분에 늘어져 있는 붉은 피부—옮긴이)처럼 늘어진 목. 몇 년 전 마음의 눈으로 바다오리를 봤을 때와 비슷한데 조금 더 친숙한 이미지였다. 그 이미지가 무엇인지 정확하게 짚어낼 수는 없었다. 내 머리에 대한 통제권을 거머쥐려고 눈을 질끈 감고 두 손으로 머리를 부여잡았으나 이미지들은 더욱 강렬하게 파고들 뿐이었다. 나는 내 방이 아니라 어느 컴컴하고 연기가 가득한 주방 안에 있었다. 주방 바닥에는 시커멓게 그슬린 냄비와 팬이 쌓여있었다. 다음 순간 나는 야외의 샤워 칸막이 안에 있었고, 양동이 안에는 작은 다리를 버둥거리며 물에 빠져 죽어가는 바퀴벌레 한 마리가 보였다. 다음은 천장이 높은 코코넛 창고였는데, 안으로 흘러드는 햇볕 때문에 성당처럼 성스러운 분위기가 났다.
　이것은 내가 아닌 킹 라오의 기억이었다.
　내가 비명을 지른 모양이었다.
　아버지가 달려 들어오며 외쳤다.
　"아테나, 내 딸. 무슨 일이냐?"
　대답을 하고 싶은데 입이 말을 듣지 않았다. 이를 딱딱 부딪쳤다.

눈앞이 노래졌다. 아버지가 더 큰 목소리로 외쳤다.

"무슨 일이냐니까?"

아버지가 내게 고함을 친 건 그때가 처음이었다. 나 때문에 크게 놀라셨구나, 라고 막연히 생각했다. 내 정신은 다른 데 가있었다. 석탄 위에서 건조 중인 코코넛 열매들의 쉭쉭 소리. 어머니의 천 생리대에서 풍기던 금속성의 피 냄새. 연인 옆에 발가벗고 서있는 느낌. 이윽고 검고 하얀 점들이 보이다가 어두워지더니 더 이상 볼 수도, 느낄 수도 없는 상태가 됐다.

내가 정신을 차리자, 아버지는 물컵을 내 입에 대주며 말했다.

"마셔. 어떻게 된 거냐?"

내가 아버지에게 클라리넷 주사를 놓아주기 전 아버지가 "이건 선물이야"라고 했던 말이 문득 떠올랐다. 어떻게 된 일인지 파악되면 아버지에게 사실대로 털어놓을 작정이었다. 그 순간 아버지에게 솔직하게 말하지 못한 이유는 그래서였다.

"어지러웠어요."

거짓말이었다. 시간이 흐르면서 몸 상태는 더 심해졌다. 그때 나는 열여섯 살이었다. 몇 달이라는 시간이 훌쩍 흘러갔다. 한 번에 몇 시간씩 떠들 수 있는 일화들이 하나, 둘 쌓여갔다. 각오하면서 문설주든 벽이든 몸을 지탱할 것을 붙잡고 맹습이 지나가길 기도했다.

몸 상태가 그래도 가끔 여기저기 돌아다녔다. 나는 리셋 버튼이라도 누르려는 것처럼 눈을 격하게 깜박이는 습관이 생겼다. 빅토리아 시대의 미친 여자처럼 눈을 희번덕거리며 돌아다니는 내 꼴이 무시무시했을 것이다. 가끔은 그것조차 할 수 없었다. 머리가 너무 빙빙 돌아서 바닥에 쓰러지기도 했으니까. 쿵 소리를 듣고 달려 올라온 아버지는 무릎을 껴안고 앉아 바짝 긴장한 채로 몸을 씰룩거리는 나를 발견하곤 하셨다. 아버지는 떨리는 두 손으로 내 머리를 부여잡고 잠에서 깨우려는 듯 외쳤다. "아테나! 아테나!" 내 안에서는 아버지가 아주 멀리서 내게 손을 뻗는 것처럼 느껴졌다.

아버지가 일부러 그렇게 했는지는 확실히 모르겠다. 아버지는 계속 살고 싶다고 했다. 죽고 나서도 내게 도움을 주고 싶다면서, 선물에 관해 불가사의한 말도 했다. 아버지는 내 머리를 자신의 의식을 담을 그릇으로 여기고 이런 식으로 내 자아에 침입할 *계획*이었을까?

하지만 아버지는 제대로 대답해 주지 않았다. 내가 겪은 이상한 일들은 내 클라리넷의 오작동 때문일 거라고 했다. 사무실로 돌아간 아버지는 밤늦게까지 구부정하게 앉아 키보드를 두드리면서 코드 만드는 일에 골몰했다. 의사에게 도움을 받을까 망설이다가 그만두는 것 같았다. 아버지는 직접 자신을 고칠 수 있다고 고집을 부렸다. 한번은 한밤중에 아버지의 사무실을 몰래 들여다본 적 있었다. 아버지의 얼굴은 창백했고 머리카락은 사방으로 뻗쳤으며 두 손은 덜덜 떨리고 있었다. 본인은 고사하고 다른 이를 책임질 수 있을만한 사람으로 보이지 않았다. 곧 죽을 사람 같아서 가여웠다.

"아빠, 그만 주무세요."

"일하는 중이야. 지금 일하고 있어."

내 애원에 아버지는 웅얼웅얼 대답했다. 백 살도 넘은 사람이 아직도 일을 하고 있었다.

아버지의 상태가 안 좋아지면서 내 머릿속으로 물밀듯 쏟아져 들어오는 이미지들이 점점 더 무시무시해졌다. 잘린 다리를 손에 들고 흔드는 불구 남자도 그중 하나였다. 무시무시한 그 남자가 "만져 봐. 문질러 봐"라고 말했다. 한번은 킹의 삼촌인 친나가 킹의 집에서 죽은 모습으로 내 머릿속에서 나타난 적이 있었다. 친나는 머리가 깨진 채 눈을 뜨고 죽었고 그의 몸 아래 땅바닥이 피로 검게 물들고 있었다. 고양이가 그 피를 혀로 핥았다. 나는 겁에 질린 채 킹의 육신 안에서 친나를 내려다보며 서있었다. 킹이 죽기 전까지 킹의 의식이 이런 식으로 내 안을 흘러 다닐 모양이었다. 죽음의 순간에는 아마 킹이 나를 완전히 장악하지 않을까. 나는 그의 숙주가 되고 말 것이다.

어느 날 오후 킹이 내 방으로 들어오더니 장을 봐오겠다고 말했다. 나는 열일곱 살이었다. 내 방문 앞에 선 그는 자기 방에서 거실을 거쳐 여기까지 건너오는 것만으로도 힘에 부쳐 숨을 씨근덕거렸다. 그는 외투 앞쪽 단추를 잠그느라 애쓰고 있었다. 아버지를 무조건 사랑했던 시절 같으면, 추위로 인해 손가락 끝이 하얗게 질리고 관절염으로 말을 듣지 않는 그런 날에는 아버지를 위해 단추를 채워주고 풀어주고 했을 것이다. 하지만 그날 오후 나는 냉정한 표정으로 뚱뚱한 초록색 안락의자에 앉아있을 뿐이었다. 북서쪽 지역의 여름날답게 태양이 뜨겁고 눈부셨다.

그는 단추를 잠그려고 안간힘을 쓰면서 처량한 표정으로 나를 바라보았다. 일어서서 아버지를 도울까도 생각했다. 몇 번이나. 하지만 무언가가 일어서려는 나를 가로막았다.

"태피 사탕 사다 주마."

아버지가 말했다.

"저는 더 이상 태피 사탕을 안 좋아해요. 너무 달아요. 건강에도 안 좋고요. 왜 저한테 태피 사탕을 먹게 하시려는 건지 모르겠어요."

"넌 태피 사탕을 좋아했어." 아버지가 고집을 부렸다. "좋은 태피 사탕으로 사다 주마. 무슨 맛으로 사다 줄까? 블랙베리 맛? 넌 블랙베리 맛 사탕을 엄청 좋아했지."

"그 사탕을 안 좋아한 지 오래됐어요."

"아니야! 사다 줄 거라니까!" 흥분한 아버지는 단추를 잡은 손을 버둥거렸다. "오늘 아침에 식초 뿌린 피시앤칩스가 엄청 먹고 싶더라! 처음 미국에 왔을 때 나는 해변 산책로에 앉아서 피시앤칩스 먹는 사람들을 구경하곤 했어. 그때는 돈이 없어서 피시앤칩스를 사 먹을 수가 없었거든. 나중에 부자가 되고 나서 1년 동안 조수를 시켜서 점심때마다 피시앤칩스를 사 오게 했어. 같은 노점에서! 그 노점은 아직도 그 자리에 있어!" 그는 입맛을 다셨다. "피시앤칩스!" 그는 손가락으로 단추를 만지작거리며 나를 바라보았고 조용히 덧붙였다. "명심하렴. 내가 이 세상에 있을 시간이 얼마 안 남았어."

내가 어지간히 무정하고 차갑게 보였는지 그는 나를 쳐다보면서 알아들을 수 없는 소리를 냈다. 외투의 위쪽 단추 세 개를 채우고 눈빛이 초점을 잃더니 그가 주절거리기 시작했다.

"그는 경찰봉을 갖고 있어! 그는 경찰봉으로 나를 겨누면서 쏘기 시작했어. 탕탕탕! 여기서 자면 안 돼!"

"경찰봉은 그런 소리를 내지 않아요. 경찰봉으로 총을 쏠 수도 없고요."

"무슨 소리?"

그는 혼란이 더 깊어진 목소리였다.

나는 손가락을 총 모양으로 만들어 아버지를 겨누는 시늉을 했다. 그리고 아버지의 억양을 흉내 내며 말했다.

"탕탕탕!"

그는 내가 자기를 진짜 총으로 쏜 것처럼 가슴을 부여잡고 숨을 몰아쉬었다. 나는 대단하고 강한 존재가 된 것 같은 기분이었다. 나는 무자비하게 입으로 총을 쏘았다.

"탕탕탕!"

아, 아이로 변한 나의 아버지. 당신은 손으로 가슴을 부여잡으면서도, 어떻게 깔깔 웃는 나를 가만히 두고 볼 수가 있죠? 당신을, 내 가슴속 사랑스러운 사람을 지켜야 한다는 생각이 머릿속에서 조그맣게 피어올랐다. 그랬다. 그런데 그 조그마한 목소리는 이 사람이 실험을 위해 너를 이 세상으로 데려왔다고 말했다. 이 남자는 자기 이미지대로 너를 만들었고, 지금은 자신에 관한 정보로 네 머릿속을 채워가고 있었다. 네 안의 공간이 전혀 남지 않게 될 때까지.

"탕탕탕!"

내가 다시 말했다.

그가 자신의 의식을 프로그램화해서 자기 몸에서 내 몸으로 흘러 들어가게 했든, 아니면 우연히 그렇게 됐든…… 이제 다 상관없었다. 유일하게 상관있는 질문은 내가 기꺼이 희생해 아버지의 그릇이 되어줄 것이냐, 아니면 아버지를 희생시키고 나를 구할 것이냐였다. 나는 그 질문을 완성하자마자 답을 알았다. 만약 내가 다른 대답을 한다면, 나는 나 자신을 킹 라오의 자식이라고 온전하게 부르지 못할 것이다.

　　　　　　사람들 속에서 사람으로서 살아간다는
것, 일가친척에 대한 의무를 짊어진 사회적 동물로 살아간다는 것
은 좀 더 큰 물음표가 붙어야 하는 질문이다. 마지 구치소의 독방에
서 홀로 살아가는 비참한 상황이지만, 지나가는 교도관이 엄지로 탄
산음료 캔을 치이익 따는 소리가 마치 어린아이의 첫 숨처럼 아름답
게 들렸다. 일상적인 소리에 이토록 큰 감명을 받다니 우스꽝스럽기
도 하고 묘하기도 했다. 내 가슴을 울린 것은 단순한 치이익 소리가
아니었다. 나는 살면서 내 인생의 음료수 캔 마개를 따게 되고, 다른
사람들이 각자 인생의 음료수 캔 마개를 따는 모습도 보게 되는데 그
럴 때 느껴지는 연대감 때문이었다.

　　반드시 같은 사람에게만 동료 의식을 느낄 필요는 없다. 이 말을
하면서도 나는 전혀 부끄럽지 않다. 요즘 내 독방에서 바퀴벌레 한
마리를 보고 있다. 각도에 따라 마치 유막 위에 피어난 무지개처럼
바퀴벌레 몸 껍데기가 무지갯빛으로 빛나곤 한다. 그럴 때면 나는

눈물방울로 변한 기분이 들면서 동료 의식을 느낀다. 가끔은 머릿속에서 동료 의식이 생생하게 피어나기도 한다. 이를테면, 나는 말이 전력으로 달리느라 공중에 다리가 전부 올라간 순간을 포착해 그리고 싶다. 나뭇가지에 붙어있다가 바람에 뜯겨나간 나뭇잎 하나가 죽음을 앞두고 재주넘기를 하면서 지상으로 떨어져 내려올 때는 마치 그 나뭇잎이 마지막 인사를 건네는 것처럼 느껴진다. 바람에 둥실둥실 떠내려오는 것은 그 원인이 무엇이든 아름답다. 다양한 색깔의 공 수천 개로 만든 의상을 입은 사람에 관한 단편영화를 본 적 있다. 그 사람은 트램펄린 위에서 천천히 위아래로 뛰고 있다. 그 영화에서는 그 사람이 공중에 둥실 떠있다고 말할 수 있는 순간들이 펼쳐진다.

이처럼 아름다운 것들을 묘사하기 위해 언어를 사용하는 것도 아름답기만 하다. 나는 모국어인 영어를 좋아하는데, 영어에는 다른 언어에 비해 아름다움을 묘사하는 단어들이 많기 때문이다. 'lathe(선반)', 'shame(부끄러움)', 'rest(휴식)', 'nightshade(가지과 식물)' 같은 아름답고 버터처럼 부드러운 단어들, 'scat(스캣 창법)' 같은 날카로운 단어, 'jugular(경정맥)', 'defenestration(퇴진)' 같은 근육질 느낌의 단어들 말이다. 'lassitude(나른함)'라는 단어를 들으면 어느 봄날에 세상에서 제일 믿음직한 사람이 굵은 밧줄로 끌어주는 수레를 타고 가는 기분이 든다.

어떤 언어에서든 단어들은 모두 아름답다. 어렸을 때 나는 내 클라리넷을 알아가기 시작하면서, 부쿠레슈티(루마니아의 수도—옮긴이)의 어느 술집 사진을 접하게 됐다. 지저분하고 어둑한 그 술집이 내게는 꽤 낭만적인 장소로 느껴졌다. 사진을 확대해 보니 테이블에

'트리스탄, 나는 당신을 더 이상 사랑하지 않아'라는 글자가 새겨져 있었다. 물론 루마니아어로 된 글자를 번역한 것이다. 트리스탄은 누구일까? 혹시 루마니아 시인 트리스탄 차라일까? 그는 '죽을 때 너의 육신에 묻히고 싶어'라든지 '네 머리카락에서 오렌지와 포도 향 기가 나' 같은 시구를 썼다. 손에 들고 있으면 갓 태어난 병아리처럼 통통하고 부드러운 오렌지는 참으로 아름답다. 오렌지 껍질의 우묵 우묵한 자국들은 노인의 피부를 닮았다.

생명. 우리 행성에는 생명이 넘쳐난다. 늦여름에 아버지가 기른 애호박은 줄기와 마디가 굵어진다. 따라서 너무 늦지 않게 따야 한 다. 애호박이 내 팔뚝만큼이나 큼직하게 자랐다. 정원. 정원사. 그 외에 구두 수선공, 장난감 제작자, 시인, 피아니스트 같은 아름다운 직업들. 찻물에 이염된 치아처럼 변색된 낡은 피아노 건반. 말린 꽃 잎에 뜨거운 물을 붓고 우려내 마시는 차. 찻주전자 바닥에 놓인 말 린 꽃잎에 뜨거운 물을 부으면 원래의 꽃 모양으로 피어나면서 분홍 색이나 초록색, 라벤더색 찻물이 만들어진다. 나는 라벤더도 좋아하 지만 마치 낯선 이를 불러들여 잠자리하려는 듯 안쪽 줄기 부분이 불 그레하고 큼직한 모란, 미나리아재비 같은 꽃을 특히 더 좋아한다.

붉은색. 트럼펫 소리. 사람들의 배꼽과 정강이, 어깨, 발가락. 우 리는 그렇게 자신을 서로에게 열고, 열고, 또 열게 된다. 닐 암스트 롱은 구름이 하얀 레이스를 닮았다고 말했다. 난감하고 어쩔 줄 모 르던 시기에 나는 기도나 주문을 외듯 이 말을 계속 되풀이했다. 하 얀 레이스, 하얀 레이스, 하얀 레이스, 나에게 평화를 가져다주길. 나는 여러분에게 이 기도를 바친다.

×÷×

PART 2

# CHAPTER 11

× + ×

라오 할아버지가 돌아가시고 불과 2주일 밖에 안 되었는데 도박꾼들은 킹의 집을 짓는 작업을 재개했다. 그래야 우기가 시작되기 전 집을 완성할 수 있기 때문이었다. 킹과 사촌 아이들은 그 주변에서 서성이면서 삼촌들이 벽돌을 쌓아 올려 벽을 만드는 모습을 구경했다. 도박꾼들이 벽 네 개를 세우자 아이들은 그 안에 들어가 바닥에 드러누워 으스름 속에서 하늘을 올려다보았다. 파랗던 하늘은 오렌지색에서 붉은색, 보라색, 남색으로 바뀌었다. 하늘에 총총 뚫린 구멍처럼 별들이 모습을 드러낸 후에야 아이들은 잠이 들었다.

저녁마다 아이들은 그곳에 모였다. 어느 날 밤, 친나가 안으로 들어와 불쌍한 늙은 상인에 관한 얘기를 들려주었다. 그 상인은 '캄마 (인도 남부의 드라비다인 카스트 중 하나. 주로 힌두교인으로 구성되어 있음—옮긴이)'라는 카스트에 속해있었다. 그는 마을 바깥에 묻혀있던 금덩어리 네 개를 발견했다고 했다. 그가 그 금덩어리를 어디에

171

보관했는지는 아무도 몰랐는데, 어째서인지 그가 침대 기둥 아래에 한 덩어리씩 묻어뒀다는 소문이 퍼져나갔다. 어느 날 밤, 달리트 계급인 도둑 세 명이 보물을 훔치려고 그 집 바깥에서부터 굴을 파서 안으로 들어갔다. 오래전 일이라 이야기의 끝이 어떻게 되었는지는 킹의 기억에 남아있지 않지만, 그 장면만은 밤하늘에 영원히 새겨졌다. 킹과 사촌 아이들은 하늘을 올려다보면서 상인의 침대 네 모서리 아래 숨겨진 금, 그리고 그것을 훔치러 몰래 집에 숨어든 세 도둑을 떠올렸다.

아이들이 친나에게 물었다.

"그 이야기의 교훈이 뭐예요?"

"너희가 말해봐. 어떻게 생각하니?"

그 후 오랫동안 아이들은 그 이야기의 교훈을 놓고 갑론을박을 벌였다. 오랜 시간이 지나 어른이 되어서도 킹은 그 이야기를 떠올리며 한 번 더 답을 생각해 보곤 했다.

지붕틀이 완성되자 삼촌들은 원숭이처럼 위로 올라가 서까래에 앉아서 코이어로 지붕을 덮기 시작했다. 여러 조각으로 이루어진 지붕이 완성돼 갈수록 밤마다 그 집 안에서 보이는 하늘이 점점 가려졌다. 어느 날 아침, 웅성거리는 목소리에 느지막이 잠이 깬 킹은 집 안에서 보이던 하늘이 사라졌음을 알게 됐다. 공기 중에서 먼지 냄새가 났다. 아이들의 은신처는 본채와 구조가 똑같은 단순한 건물로 변했다. 네 개의 벽으로 둘러싸이고 뾰족한 지붕이 있으며 방이 세 개인 건물. 어른들은 창문 안쪽을 들여다보더니 문 안으로 발을 들였다. 본채는 지금도 여전히 좋은 집이지만 오랜 세월을 거치며 묵은내를 풍겼다. 브라만들이 처음 건축했을 당시에는 본채도 딱 이

172

건물 같은 모습이었을 것이다. 바닥이 평평하고 지붕에는 새똥과 낙엽이 없으며 금 간 곳 하나 없는 새하얀 벽으로 이루어진 건물. 어른들은 창틀 안쪽으로 코를 들이밀고는 손가락으로 벽을 만져보면서 이 건물을 앞으로 어떻게 사용할지를 논의했다. 하늘의 뜻인지 밤사이 비가 쏟아졌다. 이 계절의 첫 번째 비였다. 친나가 흡족해하며 말했다.

"타이밍이 좋구나. 완벽한 타이밍이야."

아이들이 한 명씩 차례로 그 집을 떠났어도 킹은 끝까지 남았다. 비가 쏟아지는 동안 할머니들, 할아버지들은 그 집 바닥에 깔개를 깔아놓고 진 러미 카드 게임을 했다. 어머니들은 밖에 걸어놓은 빨랫줄을 풀어서 빈방으로 가져와 창문의 중간 문설주와 가로대에 묶었다. 친나가 미래에 관한 몽상을 떠들어 대는 동안 삼촌들은 양 허리께에 손을 얹고 고개를 끄덕거리며 들었고 킹도 덩달아 귀를 기울였다. 어느 정도 시간이 지나야 킹이 그 집을 온전히 쓰게 될 터였다. 그때까지 킹의 집은 작고 현대적인 코코넛 가공 시설로 사용될 모양이었다. 라오 가문 사람들은 시장에서 코코넛을 파는 대신, 수익성이 훨씬 좋은 코프라(코코넛 과육을 말린 것—옮긴이)로 가공하고, 원재료를 압착해 코코넛 오일을 추출해서 팔기로 했다. 이 정도 크기의 집 안에 신선한 코코넛을 몇 개나 보관할 수 있을까? 코코넛을 말리고 가공하려면 어떻게 하는 게 제일 좋을까? 그 작업을 제일 빠르게 해내려면 어떤 도구가 필요할까? 코코넛을 따는 막대기가 더 필요한 것만은 분명했다.


내 이름을 붙인 집을 갖게 된다는 것은 이 집과 이 집에 딸린 모든 재산의 단독 계승자가 된다는 의미인 만큼 부담스러우면서도 가슴 벅찬 일이었다. 지금보다 더 어렸을 때 킹은 두려운 마음 때문에 나무에 가까이 다가가지 못했다. 열매가 머리에 떨어져 머리가 깨질까 두려워서였다. 할아버지가 돌아가신 지금은 그때의 어린 자신이 오히려 낯설게 느껴졌다. 요즘은 바람 부는 날 밤에 망고가 이슬에 젖은 잎사귀 더미 위로 공기를 가르며 부드럽게 툭 떨어지는 소리를 들으면 흥분이 됐다. 그럴 때마다 정원으로 뛰어나갔다. 이슬에 젖어 보석처럼 반짝이는 초록색과 오렌지색 망고가 정원에 얌전히 내려앉아 있었다. 망고를 들고 집으로 돌아온 킹은 아침에 먹을 요량으로 망고를 배에 품고 잠이 들었다.

"어이, 페다 형, 우리 아들이 이쪽 방면으로 타고난 모양이야."

친나의 말에 페다가 부루퉁하게 받아쳤다. 그는 아버지가 돌아가신 후로 전보다 더 뚱해졌다.

"우리 아들이 아니라 내 아들이야."

라오 할아버지가 돌아가시고 며칠 동안 정원은 생활공간이라기보다는 사당 같았다. 다들 라오 할아버지가 정원에서 마지막 시간을 보냈을 때의 분위기를 깨지 않으려고 조심스럽게 움직였다. 라오 할아버지가 영원히 이 세상을 떠났어도 그분이 만든 이곳은 변함없다는 사실이 킹에게 한동안은 위안이 됐다. 하지만 삼촌들은 다시 코코넛을 따러 나무에 오르기 시작했고, 열매의 등급을 판별하느라 코코넛을 흔들고 출렁이는 물소리에 귀를 기울였다. 숙모들은 손톱이 투명해질 때까지 양파 껍질을 벗기고, 방 안 구석에 진을 치려는 거미들을 빗자루질로 내쫓았으며, 다 말랐는지 확인하려 빨랫줄에 널어놓은 옷이며 이불을 손으로 잡아보는 등 일상을 회복했다. 집 안을 가득 채운 슬픈 기운이 고운 안개처럼 흩어지니 킹은 놀랍기도 하고 어쩐지 안심이 되기도 해서 조금은 부끄러웠다.

사업은 꽤 잘되었다. 새 길이 놓이면서 코타팔리 마을에 접근하기가 전보다 쉬워진 덕분에 중개상들은 코타팔리에서 상품을 구매하려 몰려들었다. 이 마을에서 제일 크고 오래된 코코넛 숲인 정원을 보유한 라오 가문은 운이 좋았다. 라오 가문 사람들은 수백 년 동안 브라만 가문을 위해 일했고, 브라만 가문은 수백 년 동안 중간 상인 가문들과 관계를 공고히 다져왔다. 지금은 라오 가문이 브라만을 대신해 그 관계를 이어가고 있었다. 그 와중에 코코넛 대신 코프라 판매라는 큰 변화를 모색한 것이다. 1주일에 한 번씩 상인들이 소달구지를 끌고 정원에 찾아오면 라오 가문 사람들은 말린 코코넛 과육이 가득 담긴 마대 자루를 소달구지에 싣는 일을 도왔다. 구매자들이 떠나고 나면 그날 저녁에는 흥겨운 잔치가 벌어졌다. 여자들은 저녁에 먹을 닭을 요리하고 남자들은 양철 컵에 아라크주(쌀, 야자즙으로 만든 독한 술—옮긴이)를 따라 마셨다. 그들은 대단한 부자는 아니지만 라오 여자들은 그날 뭘 요리하고 싶은지에 따라 혹은 남자들이 뭘 먹고 싶어 하는지에 따라 어떤 요리를 할지 정할 수 있을 정도는 되었다.

킹은 리람마에게 어렸을 때 어떤 음식을 제일 좋아했냐고 물어본 적이 있었다.

"뭘 제일 좋아했냐고?" 리람마는 웃으며 손가락 관절로 그의 머리에 꿀밤을 놓았다. "요 못된 녀석아! 고아한테 그런 걸 묻다니. 난 굶지만 않길 바랐다, 왜?"


코코넛은 아주 오래된 품종이라 과거에는 검치 호랑이, 동굴 곰,

매머드 같은 것들과 지구를 공유하기도 했다. 바스쿠 다 가마(1469 ~1524. 포르투갈 출신 탐험가. 마누엘 1세의 명으로 포르투갈에서 아프리카를 돌아 인도로 가는 항로를 개척했다—옮긴이)가 이끄는 탐험가들은 인도에서 발견한 이 과일에 '코코'라는 이름을 붙였다. 껍데기에 털이 북슬북슬한데 아래쪽에 세 개의 홈이 있어서, 아이를 잡아먹는 신화 속 괴물인 '엘 코코'의 얼굴을 닮아서였다. 시간이 흐르면서 유럽의 다른 나라 사람들이 이 과일에 제각각 이름을 붙였다. 영국인들은 '코코넛', 독일인들은 '코코스누스', 스위스인들은 '코코스노트'라고 불렀다.

프레드릭 로젠가르텐 주니어는 《먹을 수 있는 견과류에 관한 책 (The Book of Edible Nuts)》에 이렇게 적었다. '사람들은 필요에 따라 코코넛의 모든 부분을 활용한다.' 로젠가르텐의 주장에 따르면 코코넛 과육에는 쇠고기 113그램만큼의 단백질이 함유되어 있다. 과육을 그대로 먹거나 압착해서 기름을 만들 수 있다. 코코넛 외부의 거친 섬유인 코이어를 꼬아 밧줄이나 직물로도 만들 수 있다. 잎사귀로는 초가지붕을 만들 수 있으며 주맥은 울타리, 빗자루, 지팡이를 만드는 데 쓰인다. 반으로 자른 껍데기는 컵으로 쓸 수 있고, 불에 던져 넣으면 숯으로도 쓸 수 있다. 꽃송이를 잘라서 벌리면 그 안에 달콤한 즙을 발견할 수 있다. 아이에게 생으로 먹이거나 증류해서 토디(독한 술에 설탕과 뜨거운 물을 넣고 때로는 향신료도 넣어 만든 술—옮긴이)로 만들어 즐거이 마셔도 된다. 코코넛나무 꼭대기에는 '양배추처럼 생기고 즙이 많으며 잎사귀가 닫혀있는 빽빽한 덩어리'인 코코넛 순이 있는데 '샐러드로 활용 가능'하다. 여러분이 이 끝눈을 뽑아내면 코코넛나무는 죽고 말 것이다. 나무줄기는 목재나 중간 크기의 배로 만들 수 있다. 로젠가르텐은 '코코넛 부산물만 먹으면서 거의 무한하게 살 수도 있다'라고 썼다.

아침이 밝으면 남자아이들은 공터에 모여 앉아 큰 칼로 코코넛을 반으로 자르는 일을 했다. 반으로 자른 코코넛을 햇볕에 종일 말렸다. 저녁이면 아이들은 킹의 집에서 번갈아 일했는데, 반으로 자른 코코넛 열매를 토기에 담아 대나무 받침대에 올리고 코코넛 껍데기 숯을 태워 가면서 건조하는 일이었다. 그들은 팔뚝이 다 들어갈 정도로 깊숙한 토기를 15분에 한 번씩 팔로 휘저었다. 그래야 코코넛이 충분히 고르게 건조되기 때문이었다. 토기를 제대로 관리하지 않으면 코코넛을 망치게 되므로 실수를 하면 호된 벌을 받았다. 다음 날 아침에 아이들은 가장자리가 날카로운 스푼을 코코넛 껍데기 안쪽에 집어넣고 잘 마른 과육을 도려내 늘어놓은 뒤 조금 더 말렸다.

정원의 10대 청소년들은 좀 더 전문적인 작업을 맡았다. 예를 들어, 코코넛나무를 타고 오르는 집안 출신인 코타이야는 아들들에게 거래하는 방법을 가르쳤다. 그의 손자와 종손들—건과 그의 곁다리 사촌들—은 제 아비들한테서 배우고 있었다. 코코넛나무에 올라가지 않을 때, 요령을 깨우친 일부 아이들은 코코넛 열매를 귓가에 대고 흔들면서 등급을 판별했다. 그 일은 모두가 할 수 있는 게 아니라서, 코코넛나무에 올라가 열매를 따는 일만큼이나 달인의 재능으로 취급받았다. 등급 판별을 뛰어나게 잘하는 사람들에게 좋은 열매와 나쁜 열매를 구분하는 요령이 뭔지 물어봐도 정확히 설명하기 어려운 면이 있어서 신비로운 재능으로 여겨졌다. 킹은 코코넛의 등급을 매기는 일도 하지 않고, 코코넛나무에 오를 일도 없을 것이다. 라오 할아버지의 자산을 물려받을 상속자인 그는 코코넛 사업 경영을 위해 필요한 기술을 배우기 위해 그해 여름부터 학교에 다니기로 했다.

평화로운 전원생활에 처음으로 분란을 일으킨 사람은 건이었다.

어느 날 아침, 아내들 예상대로 도박꾼들은 친나와 갈등을 빚더니 돌연 정원을 떠나버렸다. 그들이 낳은 자녀 스무 명은 정원에 남았다. 그쪽 분파 중 남아있는 유일한 아버지는 카나캄마의 아들 자가이야뿐이었다. 몇 년 전 자가이야는 리람마가 자기를 속여 도박꾼 패거리를 가족이랍시고 정원으로 데려온 걸 알게 됐다. 그는 라오 어르신이 맡긴 일을 군소리 없이 해내는 것으로 속죄하려 했다. 어느 정도 시간이 흐른 후에는 이런 무른 태도가 몸에 완전히 배어서 자식들과 조카들이 그릇된 길로 나아가는 걸 보면서도 강하게 질책하지 못했다. 도박꾼들이 정원을 떠난 후에도 나머지 사람들은 그쪽 분파 가족들을 지독히 싫어해서 이곳에 남은 자녀들까지도 불량배로 취급했다. 아이들의 태도가 좋지 않은 이유가 그들이 불행한 결합의 결과물이라서인지, 자가이야가 그저 오냐오냐하며 키운 탓인지, 나머지 가족들의 편견 때문인지는 명확히 판단하기 어려웠다.

나머지 가족 분파의 증오를 한 몸에 받은 아이가 바로 건이었다.

불량배로 살던 아이들은 나이가 들면서 그 상태를 벗어났는데 건은 열여덟 살을 넘긴 후 한층 더 무시무시하게 변했다. 담배를 졸업하고 아편으로 넘어가더니 콧수염까지 길렀다. 친나 앞에서도 보란 듯이 욕을 내뱉었다. 라오 가문의 다른 분파에 속한 친척 아이들이 조금만 모욕을 가해도 바로 달려들어 주먹질로 응징하기 일쑤였다. 그래도 유일하게 믿는 존재인 여동생 자가이얌마가 말리고 나서면 그제야 말을 좀 들었다. 그래서 건에게 두들겨 맞던 아이들은 자가이얌마에게 도움을 구하곤 했다. 건은 덩치가 크진 않지만 강했고 팔이 원숭이처럼 길었다. 그 팔로 친척의 소매를 잡아 재빠르게 헤드록을 걸어버리곤 했다. 친척 아이는 기침을 콜록거리며 살려달라고, 진심이 아니었다고, 다시는 안 그러겠다고 빌어야 했다. 건의 목소리는 조용하면서도 긴장감이 깃들어 있었다. 그가 그 목소리로 사과해, 라고 말하면 아이들은 몇 번이고 거듭 사과했다. 건의 부친 자가이야는 성격이 무척 온순해서, 어떤 이들은 건의 친부가 버블스가 아닐까 하는 의심을 했다. 도박쟁이 버블스는 분노 조절이 잘 안 되는 성격이라 집을 지으면서 치미는 분노를 참지 못해 어린 킹을 돌로 치려고 했던 적도 있었다. 리람마가 버블스와 바람을 피워 건을 낳았을 수도 있었다.

건은 자라면서 라오 가문에서 코코넛 등급 판별을 제일 잘하게 됐다. 그런데 친나가 너무 이래라저래라 한다면서 반감을 드러내고 일을 하는 내내 투덜거렸다. 라오 어르신이 돌아가신 후 친나는 건의 결혼을 굳이 막지는 않았지만, 건이 좋은 아내를 찾을 수 있게 영향력을 행사해 도움을 주지도 않았다. 건의 평판이 워낙 나쁜 탓도 있었다.

킹은 다른 아이들처럼 건을 두려워하면서도 한편으로는 그를 우러러봤다. 자기 행동이 남들에게 어떤 영향을 미치든 아랑곳하지 않고 자기가 원하는 대로 행동하는 건이 멋있어 보였다. 건은 사촌들 중 나이가 제일 많은 맏이이기도 해서 친나 삼촌보다 강한 존재처럼 보이기도 했다. 킹은 건이 여동생 자가이얌마에게 별나게 다정하게 대하는 걸 본 적 있었다. 다른 형제자매, 그리고 자기네 분파에 속한 사촌들에게도 잘해주었다. 누구든 그들을 비난하거나 모욕하는 말을 하면 건은 자기가 욕을 먹을 때보다 더 격하게 반응했다.

다섯 살이던 어느 날 아침, 킹은 공터에서 들려오는 소란스러운 소리에 잠에서 깼다. 고함을 지르고 우는 소리였다. 창가로 가 바깥을 내다보았다. 자가이얌마가 제 엄마의 품에서 울고 있었고 그 애의 아버지인 자가이야는 참담하다는 듯 고개를 푹 숙이고 서서 친나에게 말하고 있었다.

"그딴 식으로 떠나버렸단 말이지?"

화를 내며 소리치는 친나의 목소리가 부들부들 떨렸다. 자가이야가 나지막하게 무어라 말했는데 킹의 귀에는 잘 들리지 않았다. 다른 사람들이 그 주변을 에워싸고 있었다.

"누가 떠났는데?"

킹은 제일 가까이에 있는 사촌 형 키투에게 물었다. 키투는 베란다에 웅크리고 앉아있었다.

"말썽꾼 건이지 뭐."

신이 나는지 키투의 눈이 반짝거렸다. 양 분파의 맏이인 건과 키투는 늘 경쟁하는 관계였다.

"어디로 갔는데?"

킹의 물음에 키투는 어깨를 으쓱했다.

"그 자식이 밤중에 자가이얌마를 깨워서 말했대. '난 이 똥 같은 곳을 떠날 거야. 난 열여덟 살이고 이만하면 충분히 나이 들었어. 내가 알아서 일자리를 찾고 결혼도 할 거야. 엄마를 잘 돌봐줘. 아침까지는 아무한테도 말하지 마.' 자가이얌마가 오빠를 말리려고 했나봐. 그런데 건이 자가이얌마 입을 틀어막으면서 말했대. '네 인생에서 내가 너한테 다른 부탁을 할 일은 없어. 이번 한 번뿐이야.' 그래서 자가이얌마는 건을 보내주고 여태 아무한테도 말을 안 하고 있었나 봐."

드디어 자가이얌마는 제 엄마에게 말했고, 그녀는 남편 자가이야 에게 말했으며, 자가이야는 조금 전에 친나에게 말을 한 것이다.

친나는 모두가 들을 수 있을 만큼 고래고래 소리쳤다.

"그 녀석이 도박꾼의 발자취를 따라가고 싶은 모양인데! 어디 마음대로 하라고 해!"

친나는 그대로 정원 안쪽으로 걸어 들어갔고 다들 별일 아닌 듯 흩어졌다. 하지만 킹에게는 아주 놀라운 일이었다. 라오 가문의 피를 이어받은 사람도 여기가 마음에 안 들면 떠날 수 있는 거네? 그렇다면 킹 자신도 언젠가는 여길 떠나도 되지 않을까?

1주일 후, 킹은 본채와 베란다를 빗자루로 청소 중인 시타의 사리를 붙잡고 있다가 드디어 결심이 섰다. 라오 가문 사람도 그냥 여길 떠나도 된다. 건이 떠난 후 곧 모든 게 일상으로 돌아갔다. 오늘 아침, 어머니는 더위로 얼굴이 발갛게 익었고 블라우스의 겨드랑이 부위가 땀으로 둥그렇게 젖었다. 어머니는 비질을 멈추고 양쪽 겨드랑이를 손으로 부채질했다. 조용한 평일이었다. 좀 더 나이 먹은 아이들은 들판에 나가 일하거나 집에서 부모님을 돕고 있었다. 시타가 투덜거렸다.

"아무도 날 안 도와주네. 다들 자기 몸 챙기기 바빠서 이렇게 말해. '저 여자는 라오 어르신의 상속자의 아내니까 여기서 거의 모든 일을 해야 마땅해.'" 시타는 킹의 아버지를 손으로 가리키며 덧붙였다. "저 양반은 아무것도 안 해."

비스듬히 서있는 캐슈나무 그늘에서 페다는 책상다리로 앉아 기도 중이었다. 라오 할아버지가 돌아가시기 전에도 페다는 그 나무 아래 서 몇 시간씩 가만히 앉아있곤 했는데 지금은 그때보다 더 오랫동안 그늘에 머물렀다. 킹은 아버지에게 너무 가까이 다가가면 자기에게 고요함이 옮을까 봐, 그 고요함이 그를 둘러쌀까 두려웠다.

시타가 말했다.

"네 아버지보다 게으른 사람은 없을 거다. 자기는 기도하는 중이라고 하는데 그냥 종일 앉아서 빈둥거리고 있을 뿐이야. 진실을 아는 건 너랑 나뿐이지. 참 나쁜 사람이야."

킹은 자기를 낳은 생모인 라다 어머니가 돌아가셨고 시타 어머니는 그녀의 여동생인 걸 알고 있었다. 자세히는 모르지만 라다 어머니가 돌아가신 게 아버지인 페다 때문인 것 같기는 했다. 그렇다고 킹이 돌아가신 라다 어머니에게 별나게 애틋한 마음이 드는 것도 아니었다.

그들은 몇 분 동안 주방 문 앞에 서서 킹의 아버지 페다를 바라보았다. 페다의 가슴이 일정하게 오르내렸다. 시타가 말했다.

"네가 없었으면 우리 언니가 죽었을 때 내가 어떤 짓을 했을지 나도 몰라. 죽고 싶었거든. 독을 마실까도 생각했어. 그런데 네가 눈에 밟히더라." 시타는 킹을 품에 안아주고 허리께에 걸쳐놓았다. "넌 나의 기적이야." 시타는 그의 귀가 축축해지도록 뽀뽀를 퍼부었다. "나의 왕, 나의 영웅!"

"내려줘요."

가끔은 시타 어머니한테 구박받는 아버지를 보호하고 싶었다. 킹은 비스듬한 나무의 그늘로 걸어가 페다 옆에 앉았다.

"아버지도 일 좀 하세요."

"하." 페다가 웃었다. "저들은 이 늙은 아비가 일하는 걸 원하지 않아. 저들은 '페다 씨는 손대는 것마다 죄다 죽게 만들어'라고 쑥덕 거려."

킹은 뒤통수를 나무 껍데기에 대고 벅벅 긁었다. 눈을 감았다 떴 더니 원숭이 한 마리가 그들 머리 위쪽에 낮게 드리운 가지에 올라앉 아 있었다.

장자(기원전 369?~286. 중국 전국시대의 사상가―옮긴이)는 이렇 게 말했다. "활, 석궁, 새잡이용 그물, 끈 달린 화살, 올무에 대한 지 식이 많아지면 새들은 하늘에서 혼란에 빠진다. 낚싯바늘, 미끼, 그 물망, 투망, 반두, 통발에 대한 지식이 많아지면 물고기들은 물속에 서 혼란에 빠진다. 말뚝 울타리, 함정, 토끼그물, 덫에 대한 지식이 많아지면 짐승은 숲에서 혼란에 빠진다."(장자 외편의 제10편 '거협'에 서 인용―옮긴이) 한때는 코타팔리 마을에서 원숭이를 보기 힘들었 던 시절이 있었다. 요즘은 나무에 과일처럼 주렁주렁 풍성하게 매달 려 있거나, 도로를 가로질러 뛰어다니거나, 가게 앞에서 어정거리면 서 자식의 두피에서 이를 잡거나 행인들에게 먹을 것을 내놓으라고 조르는 짓을 했다. 그게 다 새로 놓인 도로 덕분이었다. 마을을 찾은 방문객들이 쓰레기를 남기고 떠났다. 원숭이들은 사탕 포장지를 핥 거나, 캔에 남은 탄산음료를 마시고 싶어 마을로 찾아왔다. 힘이 넘 치게 된 원숭이들은 자식을 낳아 개체수를 늘렸다.

정원에서 게임을 하다가 원숭이를 본 킹이 나지막하게 말했다.

"하누만."

원숭이를 제일 먼저 보고 원숭이 신의 이름을 외치는 사람이 이기 는 놀이였다. 하지만 지금 주변에 그 소리를 들어줄 사람이 없었다.

암컷 원숭이가 꼬리를 말고는 당장 도망칠 것처럼 몸을 웅크렸다.

"기다려."

킹이 속삭였다.

원숭이의 얼굴은 길쭉하고 분홍색이었다. 코가 있어야 할 자리에는 작은 구멍 두 개가 있었고, 그 아래에 얇고 단정한 입술이 보였다. 킹이 일어섰다. 원숭이가 그를 내려다보더니 놀라울 정도로 인간 같은 몸짓을 했다. 킹에게 가까이 오라는 뜻으로 손가락을 구부린 것이다. 잎사귀가 바스락거리는데 아버지는 눈을 뜨지 않았다. 그 순간 킹의 뇌리에 멋진 아이디어가 떠올랐다. 저 원숭이를 잡자! 아, 들판에서 일하고 집으로 돌아온 사촌들에게 원숭이를 멋지게 길들여 놓은 걸 보여주면 좋을 텐데! 사촌들은 저 원숭이를 사랑할 것이고, 원숭이를 길들여 놓은 킹도 사랑할 것이다! 하지만 그러려면 인내심을 가져야 했다. 원숭이에게 믿음을 얻어야 했다.

원숭이에게 손을 들어올리고 손가락을 움직거렸다. 안녕. 원숭이를 자세히 보려고 일어섰다. 원숭이는 킹에게 고개를 갸웃하더니 옆 나무로 훌쩍 옮겨가 다시 그를 가만히 내려다보았다. 킹은 원숭이에게 다가갔고 원숭이는 또 옆 나무로 옮겼다. 킹은 계속 따라갔다. 그러다 보니 곧 그들은 큰길에 가까워졌다. 원숭이는 길가를 따라 나무에서 나무로 날듯이 이동했고 킹은 원숭이를 따라잡으려 전력 질주를 해야 했다. 정원에서 마을 중심까지 이어지는 널찍한 길에는 소달구지들의 바퀴 자국이 깊게 패어있었다. 비가 내리면 그 자국마다 물이 들어차고 모기들이 그 위에서 붕붕 날아다녔다. 하지만 올해 여름의 우기는 아직 시작되지 않았고 지금은 제일 더운 시기였다. 길가의 코코넛나무들은 땅에 넓고 긴 그림자를 드리웠다. 킹은 발바닥이 땅의 열기에 타지 않도록 이 그늘에서 저 그늘로 폴짝폴짝 뛰었다. 높은 하늘은 그저 푸르렀고 날씨가 몹시 맑았다. 날아오르는 독수리의 그림자가 땅에 고스란히 박힐 정도라서 마치 또 다른 생물이 지상에서 함께 움직이는 듯했다. 킹은 그것의 이름을 큰 소리로 불렀다. 입안에서 만들어지는 단어의 모양새가 마음에 들었다.

그날 아침 나무 꼭대기에는 열매가 잔뜩 열려서 나뭇가지가 지상에 거의 닿을 정도로 한껏 늘어졌다. 전속력으로 달려간 킹은 펄쩍 뛰어오르며 팔을 위로 뻗었다. 원숭이가 돌아보며 웃었다. 킹도 덩달아 웃었다. 그들은 함께 달리며 신나게 웃었다. 그러다 어느 순간 원숭이는 사라졌다. 킹은 원숭이를 찾으려고 나무 위를 올려다보았다. 두려움이 밀려들어 겨드랑이 안쪽이 뜨끔했다. 집에서 너무 멀리까지 달려온 것이다. 돌아가는 길을 알 수가 없었다. 나무 위를 둘러보며 소리쳤다.

"하누만, 하누만."

하지만 아무 반응도 없었다.

그는 도로가 수로와 나란히 뻗어있는 곳에 서 있었다. 여기서부터 수로는 길을 따라 코타팔리 마을 중심으로 연결되었다. 코타팔리 마을에는 외할아버지 아파이야가 살고 있었다. 킹은 그냥 수로를 따라서 걸어가면 외할아버지댁에 도착할 수 있었다. 수로의 이쪽 제방에서 저쪽 제방으로 지그재그로 움직이는 작은 배들을 때때로 볼 수 있었는데, 오늘은 사방이 고요하고 멀찌감치에 사람이 하나 보였다. 그 사람이 점점 가까이 다가왔다. 킹은 직접 만든 뗏목을 타고 다가온 그 사람이 코타팔리 마을의 외다리 아저씨인 것을 알아챘다.

불구들은 대부분 때투성이에 여위고 약한 몸, 움푹 꺼진 눈을 가진 사람들이었다. 바퀴 달린 널빤지에 몸을 싣고 이리저리 굴러다녔고 들개처럼 배수로 안에서 웅크리고 잠을 잤다. 그런데 코타팔리 마을의 외다리 아저씨는 그렇지 않았다. 그도 다른 불구들처럼 바퀴 달린 널빤지를 타고 다니기는 했지만 멀쩡한 한쪽 다리로 널빤지를 딛고 서서, 예리한 못을 부착한 튼튼한 나뭇가지를 사용해 바닥을 쭉쭉 밀며 이동했다. 어깨는 떡 벌어지고 키는 180센티미터가 넘었다. 곧 튀어나올 것처럼 부리부리한 눈은 붉게 핏발이 섰다. 큼직한 콧구멍을 연신 벌름거렸다. 외다리 아저씨는 마을의 대지주들을 위한 사설 경호원으로 일했다. 누구든 대지주의 물건을 훔치다 걸리면 외다리 아저씨에게 흠씬 두들겨 맞았다. 그의 얼굴과 목 피부에는 그동안 온갖 싸움을 통해 얻은 상처들이 새겨져 있었다.

외다리 아저씨는 마을 지주들의 하인들, 농장 일꾼들에게 두려움의 대상이었고 특히 달리트들에게 잔인하게 굴었다. 굵은 나뭇가지로 흙바닥에 선을 쭉 긋고 달리트들을 위협하곤 했다. "일을 끝마치기 전에 이 선을 넘어오면 목 졸라 죽여버린다!" 어떤 사람들은 그가 그렇게까지 하는 이유는 타고난 카스트 계급 때문이라기보다 일을 제대로 진행하기 위해서라고 말했다. 하인들과 세입자들은 대개 달리트 계급이었다. 암베드카르의 추종자인 아파이야 외할아버지는 그 이유에 대해 조금 더 복잡하게 설명했다. 외다리 아저씨는 그동안 무력한 사람으로 매도당하며 살았다. 인도 사회에서 사람들은 살아남기 위해 불구를 짓밟아도 된다고 생각한다. 따라서 불구인 사람은 무력하지 않다는 사실을 적극적으로 표현해야 한다. 이유가 어떻든 킹이나 사촌들이 버릇없이 굴면 부모들은 아이의 귀를 잡아당기며 을렀다. "계속 그렇게 말을 안 들으면 외다리한테 데려갈 줄 알아!"

아이들에게는 실로 무시무시한 협박이었다. 외다리 아저씨가 달리트들을 대하는 방식 때문이 아니라, 그 아저씨가 살인을 했다는 소문 때문이었다. 몇 년 전 외다리 아저씨의 아내와 아이들이 시체로 발견됐는데, 다들 그 아저씨가 죽였을 거라고 믿었다.

얼마 전 외다리 아저씨는 이제부터 완전히 다른 삶을 살겠다고 선언했다. 그는 더 이상 다른 사람에게 상처를 주고 싶지 않다며 지주들 밑에서 일하는 것을 그만두었다. 이제 좋은 일을 하면서 살고 싶다고 했다. 그는 나무로 뗏목을 만들더니, 코타팔리 마을과 수로 건너 마을들을 오가는 사람들에게 뗏목을 태워주겠다고 선언했다. 코타팔리 마을에 멀쩡한 도로가 놓인 후로 사람들은 수로 너머 마을로 전보다 쉽게 갈 수 있었다. 코타팔리 마을까지 버스를 타고 왔다가 페리나 보트를 타고 수로를 건너가면 되었다. 개별적으로 사람들을 배에 태워주는 일을 하는 뱃사공들은 대개 2파이사(인도·파키스탄·네팔의 동전. 100파이사=1루피—옮긴이)의 요금을 받았는데 외다리 아저씨는 공짜로 태워주고 기부를 받겠다고 제안했다. 사람들은 그가 아내와 자식들을 죽인 죄책감 때문에 미쳤다고 생각했다.

그해 봄에 킹과 사촌들은 외다리 아저씨가 뗏목을 띄우는 모습을 구경하러 갔다. 널빤지 몇 장을 직접 끈으로 묶어서 만든 뗏목이라 위태로워 보였다. 어머니들은 자식들에게 그 뗏목에 절대 타지 말라고 일렀다. 허락을 받는다고 해도 아이들은 감히 그 뗏목에 탈 엄두도 못 냈다. 건이라면 배짱 좋게 올라탔을 수도 있다. 하지만 건은 떠나고 없었다. 외다리 아저씨가 긴 나뭇가지를 사용해 물가에서 뗏목을 밀어내다가 진창에 나뭇가지가 콱 박히면 아이들은 그 꼴을 보며 놀려댔다. 외다리 아저씨가 나뭇가지를 뽑아내려 끄응 소리를 내면 킹과 사촌들은 발을 세차게 구르고 악을 쓰면서 놀려댔다.

"병신이래요!"

"마누라를 죽인 놈!"

그렇게 소리치면 기분이 좋았다. 그러다 드디어 외다리 아저씨가 진흙에 박힌 나뭇가지를 뽑아내 뗏목을 물로 끌고 왔다.

"태워줄까?"

욕을 하든 말든 상관없다는 듯 그는 아이들에게 사람 좋게 물었다. 그러고는 뗏목에서 기다란 나무 막대를 빼 들었다. 그것을 노와 연결해 뗏목 주변의 물을 저었다. 아이들은 인정하고 싶지 않았지만 그는 생각보다 노를 잘 저었다.

"이리 와. 타보렴. 공짜야!"

아무도 대답하지 않았다. 뗏목이 물에 잘만 떠있자 아이들은 짜증이 나서 흙을 발로 걷어찼다.

"마누라를 죽인 놈."

아이들은 두어 번 더 건성으로 중얼거렸다.

"병신."

그러고는 이리저리 흩어졌다.

외다리 아저씨는 수로 제방에 뗏목을 대어놓고 킹을 불렀다.

"꼬마야. 뗏목에 태워줄게."

그는 거친 목소리로 노래하듯 킹을 불러댔다.

셔츠를 입지 않은 외다리의 상체는 피부가 갈비뼈에 쫙 붙었을 정도로 깡말랐는데 어깨가 넓고 가슴도 튼실해 보였다. 그를 보면서 킹은 황소를 떠올렸다.

"돈이 없어요, 삼촌."

킹은 이렇게 말하고는 수로를 따라 돌멩이 하나를 걷어차면서 걸어갔다. 언젠가 사촌한테 들은 얘기가 떠올랐다. 개들은 사람의 두려움을 감지할 수 있다는 얘기였다. 어쩌면 불구들도 그럴 수 있지 않을까. 두려워하는 티를 내면 안 돼, 라고 킹은 속으로 다짐했다. 그런데 외다리 아저씨가 킹과 나란히 뗏목을 밀면서 다시 불렀다.

"공짜야! 너 과자 좋아하니?"

킹은 시선을 들고는 고개를 끄덕거렸다.

"어떤 과자를 좋아해?"

"다 좋아해요."

"그럼 나랑 같이 가자. 너를 잡화점까지 데려다주고 모든 종류의 과자를 다 사 줄게. 같이 저기로 건너가자." 외다리 아저씨가 강 건너를 손으로 가리켰다. "그리고 다시 마을 중심가로 돌아오는 거야. 오래 안 걸려."

킹은 걸음을 멈추고 물가를 발끝으로 톡 찼다. 과자가 먹고 싶었다. 뗏목에 타보고 싶기도 했다. 그는 외다리 아저씨를 올려다보았다.

"알았어요."

"잠깐만." 아저씨는 도로를 위아래로 둘러보면서 조심스럽게 말했다. "혼자냐?"

"네."

"좋아. 아주 좋아. 난 덩치 큰 네 사촌들이 싫더라. 건 패거리 말이다." 그는 손을 내밀며 말했다. "자, 같이 가자."

킹은 외다리 아저씨에게 손목을 붙들려 뗏목으로 끌려 올라갔다. 킹이 내려서자 뗏목이 깐닥거렸다. 발목까지 차가운 강물이 튀었다. 이대로 미끄러져서 물에 빠져 죽게 될까? 하지만 외다리 아저씨의 손이 킹의 손목을 단단히 잡고 있었다. 아저씨의 다른 손은 노를 쥐고 수로 제방을 밀어냈다. 킹은 이 아저씨를 이렇게 가까이서 본 게 처음이었다. 아저씨의 피부와 숨결에서 독한 악취가 흘러나왔다. 이런 게 바로 불구의 냄새일까? 사람들은 불구의 몸을 만지면 안 된다고, 만지면 저주에 걸리게 된다고 했다.

"손 놔요."

"싫어."

"놔요."

"도망칠 거잖아. 네가 물에 빠져 죽으면 다들 내 탓을 할 거다."

"도망 안 칠게요."

도망칠 생각은 한 적도 없는데, 어쩐지 도망쳐야 할 것 같았다. 여기서라면 강가까지 헤엄쳐서 갈 수 있을 것이다. 그러면 정원에서 아이들에게 영웅 대접을 받겠지.

"네 어머니의 이름을 걸고 맹세해."

"맹세할게요."

거짓말이었다. 나를 낳아준 생모는 이미 돌아가셨다고 신에게 속으로 말씀 올렸다.

외다리 아저씨가 손을 놓아주었다. 하지만 킹은 겁이 나서 물로 뛰어들 수가 없었다. 외다리 아저씨는 고마워하는 눈빛으로 킹을 바라보며 말했다.

"난 네가 도망칠 줄 알았어." 당장이라도 울 것처럼 목이 메는 목소리였다. "넌 참 좋은 녀석이야." 그의 목소리에 감정이 듬뿍 담겨 있었다. "넌 도망 안 치겠다고 약속했고, 그 약속을 지켰어." 태양이 그들 머리 위 높은 곳에 떠있었다. "날이 좋구나. 하늘도 파랗고. 길

조야. 우린 좋은 시간을 보낼 수 있을 거다. 우린 좋은 친구가 될 거야. 넌 우리가 함께한 시간을 절대 못 잊을 거다."

싱긋 웃는 그의 입을 보니 안쪽의 치아 대부분이 없었다. 이가 있어야 할 자리에는 진흙 구덩이처럼 움푹움푹 파인 시커먼 잇몸만 남아있었다.

뗏목이 수로를 가로질러 갔다. 넌 지금 다섯 살이야, 라고 킹은 생각했다. 이 일을 기억해야 해. 킹은 사라져 버린 건을 다시 떠올렸다. 라오 가문 사람이라도 건처럼 여기서 사라질 수 있다는 걸 다시 생각했다. 뜨거운 햇빛이 두피를 지지는 듯했다. 물에서 찐득한 흙냄새가 올라왔다. 수로 제방의 나무 위에 붉은 꽃이 가득 피어있었다. 나무가 손가락 끝으로 그 꽃을 뭉텅이로 잡고 있다가 곧 물에 던져버릴 것만 같았다. 알록달록한 나비들이 조그맣게 무리 지어 꽃에 내려앉았다가 자유로이 파닥거리며 나무 사이로 사라져 갔다. 귀뚜라미들이 울고, 새들이 나무 사이에서 공허하게 지저귀었다. 킹은 아파이야 외할아버지의 학교에 다니는 소녀들, 그 아이들이 조그맣게 깔깔대는 소리를 떠올렸다. 수로를 절반쯤 건너왔으니 그 소녀들은 이 수로의 남은 절반만큼 떨어진 곳에 있을 것이다.

얼마 후 외다리 아저씨는 자루에서 작은 병을 꺼내 입을 대고 쭉 빨아 마셨다. 표정이 어두워지더니 아저씨가 입을 열었다.

"사람들은 나를 나쁜 놈이라고 욕하는데 그들은 나에 대해 쥐뿔도 몰라! 나에 대해 제대로 아는 사람은 한 명뿐이었어. 내 마누라. 내 마누라가 내 다리를 가지고 놀리면 우리는 신나게 웃곤 했지. 하지만 마누라는 죽었어."

"아, 네."

킹은 나지막하게 장단을 맞췄다. 아내와 아이들을 죽인 이 외다리 남자가 나도 죽일 수 있겠구나, 라는 확신이 섰다.

"내 인생은 더럽게 슬퍼. 부모님은 열심히 일하는 농부였어. 여기서 멀지 않은 곳에서 사셨지. 내 어머니가 다정해도 너무 다정한 사람이었던 게 문제였어. 어머니는 거지들한테 뭐든 퍼주셨거든. 너 같은 불가촉천민들한테. 어머니에게 도움을 받은 거지들이 친구들에게 알렸는지 얼마 안 있어 거지들이 우리 집 앞으로 떼로 몰려왔어. 그때까지 어머니는 그들을 집 안에 들인 적이 없으셨어. 늘 앞베란다에 나가서 그들에게 도움을 주셨어. 그런데 어느 날, 어머니가 나를 임신하고 계셨을 때, 외다리 불가촉천민 하나가 우리 집 앞으로 기어와 어머니에게 도움을 요청했어. 바퀴 달린 널빤지를 잃어서 어떻게 이동해야 할지 모르겠다고 호소했지. 우리 집 앞까지 기어 오느라 그의 손이 온통 상처투성이였어. 그때 마침 아버지가 가게에 가시느라 집에 안 계셨어. 어머니는 어쩔 수 없이 그 거지를 집에 들어오게 해서 사흘 동안 머물게 하셨어. 그동안 그 거지가 타고 다닐 새 널빤지도 장만해 주셨지. 거지가 우리 집에 머문 첫날에 아버지가 집으로 돌아오셨는데 아버지가 뭘 어떻게 할 수 있었겠어? 거지를 내쫓을 수도 없었어. 임신 중인 어머니를 속상하게 만들 수는 없었으니까."

어느새 그들은 수로 건너편에 다다랐다. 외다리 아저씨는 제방을 밀어내고 다시 노를 저었다.

"며칠 후 거지는 떠났고 집에는 별다른 일이 없었어. 하지만 어머니는 그 거지처럼 한쪽 다리가 없는 나를 낳으신 거야. 아버지는 크게 상심하셔서 입을 닫아버리셨어. 아무한테도 말을 안 하셨지. 그냥 일하러 갔다가 집에 돌아왔다가, 먹고 자고 그냥 그렇게 사셨어. 그러던 어느 날부터 아버지는 집에 돌아오지 않았어. 가여운 어머니는 혼자 나를 키우실 수가 없었는데, 나 같은 아이들을 거둬주는 남자가 있다는 소문을 들으신 거야. 그 남자는 어머니에게 약간의 돈을 주고 나를 데려갔어. 그 남자가 나한테 참 못되게 굴었지. 나는 탈출해서 여기로 돌아왔어. 그런데 사람들 얘기로 우리 어머니가 어느 날 갑자기 흔적도 없이 사라졌다는 거야. 믿을 수가 없었어. 아마 사람들이 어머니를 내쫓았을 거야.

어쨌든 나는 여기서 쭉 살면서 마을에서 아내를 만났어. 아내는 맹인이라 내가 한쪽 다리가 없는 불구인 걸 볼 수 없었지. 우리가 결혼해서 한 침대에 누울 때까지도 아내는 그 사실을 몰랐어. 나는 아내가 나를 떠나 다른 놈이랑 결혼할 생각도 못 하도록 밤일을 열심히 했어. 그래야 어떤 놈이든 아내가 처녀의 몸이 아니라는 걸 단박에 알아챌 테니까. 그런데 내가 외다리인 걸 아내가 알아채고는 울부짖더라고. '이 사기꾼! 나를 속였어!' 나도 같이 소리쳤지. '묻질 않았잖아. 다리가 하나냐, 둘이냐? 불구냐, 아니냐? 당신이 질문을 안 했잖아. 물어봤으면 대답해 줬을 거다, 이 멍청한 년아!' 나는 아내에게 사랑한다고, 당신을 잃고 싶지 않다고 말했어. 아내는 우쭐해지더니 마음을 풀었어. 나는 아내를 무척 사랑했고 잃고 싶지 않았어. 그건 진심이야. 그래서 아내가 멍청하게도 나랑 계속 같이 살기로 결심해 줘서 기쁘더라고. 우리는 자식을 셋 낳았어. 아들 하나, 딸 둘. 나는 지주들 밑에서 일하면서 가족을 충분히 건사할 수 있었어.

그런데 내 가족은 죽고 말았어. 전부. 어느 날 눈을 떴는데 전부 쌀자루처럼 축 늘어져 있는 거야. 나는 그들을 들어서 옮길 수도 없었고, 그 상황이 이해되지도 않았어! 그런데 사람들은 내가 가족을 죽였다고 떠들더라. 그래야 앞뒤가 맞을 테니 그랬겠지. 하지만 난 가족을 죽이지 않았어!" 그는 별안간 노를 강에 내동댕이치더니 뗏목에 주저앉아 다시 악을 썼다. "어떻게 된 일인지 나도 모른다고!"

노는 잠시 사라졌다가 다시 강 표면으로 올라와 위아래로 흔들거렸다. 외다리 아저씨는 고개를 들지도 않고 손으로 노를 찾아 쥐며 말했다.

"다행이네."

그들은 마을 중심에 다가가고 있었다. 부두에 매어둔 다른 뗏목과 보트가 보였다. 마을 한가운데에 서있는 보리수나무도, 외다리 아저씨가 데려가 주겠다고 약속한 잡화점도 보였다. 가서 라두(둥근 모양의 인도 전통 과자—옮긴이)랑 잘레비(밀가루 반죽을 볶은 후 설탕 시럽에 담가 만드는 인도식 빵—옮긴이)를 하나씩 먹어야지, 하고 킹은 속으로 생각했다. 그런데 마음 한편에서 다른 목소리가 튀어나왔다. 멍청하기는. 저 사람이 너한테 과자를 사 줄 리가 없잖아. 뗏목에 정적이 흘렀다. 제방으로 물이 떠밀려 가는 소리, 귀뚜라미와 새들이 짖는 소리만 들려올 뿐이었다. 그 소리는 멈춘 적이 없었다. 모든 게 숨 막히게 아름다웠다. 수로, 뗏목, 심지어 뗏목을 젓는 이 남자까지도 아름답게 느껴졌다. 외다리 뱃사공은 크고 거친 손으로 킹의 작은 손을 쥐며 말했다.

"넌 내 아들 같아. 아주 많이 닮았어. 넌 내가 해준 내 가족 얘기를 믿지? 내가 가족을 죽이지 않았다는 거, 그들이 그냥 죽어버렸다는 거 믿지?"

"네."

외다리 아저씨는 한숨을 쉬더니 노를 수로 깊숙한 곳에 박았다. 물이 사방에서 치고 올라오다가 이윽고 뗏목이 움직임을 멈췄다.

"특별한 걸 보여줄게. 이걸 본 사람은 딱 한 명뿐이야. 내 마누라. 다른 사람에게 보여줄 때가 오기를 기다렸어. 뗏목에 사람을 태울 때마다 그 사람에게 보여줄 수 있기를 바랐어. 그런데 다들 비열한 것들뿐이었어. 사는 게 그렇지 뭐."

그들은 수로 중간쯤에 와 있었다. 코타팔리 마을과 건너편 다른 마을 사이의 딱 중간 지점이었다. 킹은 조그맣게 따라 했다.

"사는 게 그렇지 뭐."

목숨이 아직 붙어있는 걸 확인하려고 소리를 내본 것이었다.

외다리 아저씨는 허리를 감고 있던 더러운 도티를 풀었다. 킹은 그의 드러난 허벅지를 보고 얼른 시선을 돌렸다. 아까는 마을 중심이 가까운 것 같았는데 지금은 아니었다. 여기서 소리를 지르면 누가 들을 수 있을까? 아니, 아무도 못 들을 것이다.

"봐봐! 가까이 와서 봐. 말 안 들으면 뗏목에서 밀어버릴 거야!"

킹은 억지로 고개를 돌렸다. 외다리 아저씨는 허벅지만 있는 다리 부분이 드러나도록 도티를 다시 매어놓았다. 그 부분은 구근처럼 둥글면서도 작은 돌덩어리처럼 단단해 보였다. 외다리 아저씨는 그것을 한 바퀴 돌렸다.

"평생 간직할 만한 조언을 하나 해줄게. 잘 듣든지 말든지 알아서 해. 네가 우리처럼 불구에다가 불가촉천민이면, 남들이 너를 두려워하게 만들어야 해. 남들보다 우위에 있어야 한단 말이다. 이거 만져 봐."

그는 킹의 손을 잡아서 절단된 듯한 짧은 다리에 가져다 댔다. 부드러우면서도 단단하고 뜨끈했다.

"어서, 문질러 봐." 킹이 그 부분을 문지르자 외다리 아저씨는 눈을 감고 신음 같은 한숨을 쉬며 중얼거렸다. "좋구나. 좋아."

킹은 기분이 좋지 않아서 조그맣게 물었다.

"그만해도 돼요?"

외다리 아저씨는 발끈했다.

"마음대로 해."

그는 도티를 아래로 내렸다. 두 사람은 아무 말도 하지 않았다. 뗏목 위에 싸늘한 전율이 흘렀다. 외다리 아저씨는 노를 들어 뗏목을 강가 쪽으로 밀어 보냈다.

"이제 네 외할아버지네 집까지 데려다줄게."

"알았어요."

킹은 기어들어 가는 목소리로 대답했다. 너무 무서워서, 그 전에 약속대로 잡화점에서 과자를 사달라고 말할 수가 없었다.

강변에 도착하자 외다리 아저씨는 뗏목을 줄로 묶는 동안 킹에게 노를 잡고 있으라고 말했다. 그는 가방에서 바퀴 달린 널빤지를 꺼내 땅바닥에 내려놓았다. 그리고 무릎을 굽히더니 킹에게 자기 등에 업히라고 했다. 그들은 널빤지를 타고 함께 앞으로 굴러갔다. 아저씨는 끝에 못이 박힌 다른 막대를 사용해서 널빤지를 밀며 아파이야의 학교를 향해 나아갔다. 지주 밑에서 하녀로 일하는 아주머니들이 그 광경을 보더니 집 밖으로 달려 나와 빗자루를 흔들어 대면서 아저씨에게 마치 어린아이 대하듯 소리쳤다.

"애 내려놔!"

"꺼져!"

외다리 아저씨는 막대를 바닥에 대고 쭉 끌면서 널빤지를 세웠다. 다시 무릎을 굽혀 킹이 등에서 내려올 수 있도록 했다. 여자들이 달려와 킹을 안아올리며 괜찮은지 물었다. 외다리 아저씨는 멀찌감치 떨어진 곳에 서서 소리쳤다.

"나쁜 짓 안 했습니다. 내가 개를 다치게 했는지 물어보라니까요?"

아주머니들이 달려와 빗자루를 흔들어 대자 외다리 아저씨는 어깨 너머로 항변하면서도 길을 따라 재빨리 널빤지를 밀며 달아났다.

아주머니들은 킹을 외할아버지의 학교로 데려다주었다. 아파이야는 5학년 학생에게 친나를 찾아가서 소식을 알리라고 심부름을 시켰다. 30분 후 친나가 심부름 갔던 학생을 뒤에 달고 콧구멍을 벌름거리며 학교로 성큼성큼 들어왔다. 킹은 외할아버지의 책상 뒤에 앉아 있었다. 친나가 다가와 말없이 킹의 손을 잡고는 학교 베란다로 데려갔다. 그는 킹 앞에 웅크리고 앉아 속삭였다.

"어떻게 된 거니? 외다리 그놈이 너한테 무슨 짓을 했어?"

당황한 킹은 어쩔 줄 몰라 땅바닥만 내려다보았다. 친나는 손바닥으로 킹의 머리를 부드럽게 감싸 고개를 들게 하고 얼굴을 바짝 들이 댔다.

"그놈이 너를 만졌니? 이상한 짓 했어?"

어쩐지 친나는 그의 속을 꿰뚫어 보면서 무슨 일이 있었는지 아는 것 같아 킹은 오싹해져서 조용히 물었다.

"그랬으면요?"

"우리가 그놈을 찾아서 패주마."

"이상한 짓 안 했어요. 저는 괜찮아요." 킹은 친나한테서 몸을 돌렸다. 그는 멀쩡했고 땅바닥도 굳건했다. "보세요. 저는 여기 있잖아요."

"다시는 이런 식으로 집을 떠나지 마."

"건 형은 떠났잖아요."

"넌 건이 아니야. 집으로 가자."

그날 저녁, 킹은 저녁 식사를 마치고 세수를 한 후 공터 가장자리에 가 섰다. 개미총 세 개가 나란히 서있었다. 그 앞에 웅크리고 앉아 개미 떼가 개미총으로 줄지어 드나드는 모습을 바라보았다. 일어서서 맨발을 들어올려 첫 번째 개미총을 콱 밟았다. 소똥 케이크처럼 납작해졌다. 문득 궁금해졌다. 그가 이 세상 어디까지 통제할 수 있는지, 그의 권위가 정확히 어디에서 시작해서 어디서 끝나는지 확인하고 싶었다. 두 번째 개미총과 세 번째 개미총도 발로 콱콱 밟았다. 그리고 웅크리고 앉아 몸소 저지른 파괴의 흔적을 감상했다. 학살의 현장이었다.

# CHAPTER 12

×-+-×

작은 자아를 위한 파괴 행위는 폭력적이면서 장엄했다.

수영복을 입고 물에 발을 담갔다. 거무스름한 초록색이 감도는 퓨젓사운드만은 차갑기 그지없었다. 여름의 어느 오후였다. 태양은 몇 시간째 저물지 않고 있었다. 어깨와 허리에는 옷 몇 벌, 샌들, 쌍안경, 견과류와 말린 과일을 담은 비닐봉지 몇 장, 우리가 집에서 썼던 정수용 약, 내가 여름밤에 캠핑할 때 썼던 침낭 등 한 달 치 생활용품이 담겨있었다. 수없이 섬 주변을 헤엄쳐 봤지만 이 정도로 무거운 짐을 짊어지고 헤엄치는 건 처음이었다. 인터넷에 접속할 수 있는 환경이 아니라서, 타고난 감각을 사용하지 않고서는 앞으로 얼마나 더 가야 하는지도 알 수 없었다. 그래도 괜찮다고 자신을 타일렀다. 인터넷과 단절된 것은 손해가 아니라 자유일 수도 있었다. 게다가 머릿속에 이미 다운로드해 놓은 자료는 그대로 남아있었다. 나는 그 자료를 잃지 않을 것이다. 내가 아는 유일한 집을 마지막으로 돌아본 뒤 물로 들어갔다.

처음에는 강하게 힘을 주어 팔을 저으면서 집중을 유지하려 숫자를 셌다. 어느 정도 시간이 지나자 평소에 수영하던 것과 다를 바 없다고 자신을 속일 수 있게 됐다. 그래도 섬에서 멀어질수록 망상을 유지하기가 어려워졌다. 섬을 떠났다는 기쁨은 얼마 안 가서 높은 파도가 치는 짜디짠 바다에 대한 두려움으로 바뀌었다. 팔에 힘이 빠지고 박자를 잃었다. 여기서 빠져 죽은 10대 청소년 도망자들이 떠올랐다. 그들의 뼈는 모래가 되어 거머리말과 저생어들 사이에 가라앉았다. 아무도 그들의 이름 따위는 기억 못 하지만 그들의 이야기는 영원토록 후세에 교훈으로 전해질 것이다. 베인브리지는 여전히 멀리 있었고 저 뒤의 블레이크 섬은 더 멀었다. 허벅지와 어깨가 불붙은 듯 화끈거렸다. 이대로 물에 빠져 죽으면 어떻게 하지? 소리치면 누가 들을 수 있을까? 누가 듣고 구하러 오면, 나는 어떻게 될까?

블레이크 섬을 떠난 지 한 시간이 조금 넘어 드디어 도착했다. 온몸의 근육이 불타는 것 같았다. 몸을 끌다시피 움직여 베인브리지 섬의 남쪽 해변으로 올라갔다. 마지막 힘을 쥐어짜 가방의 지퍼를 열고 침낭을 꺼내 어깨에 둘렀다. 신경이 바늘 끝처럼 예민해지고 온몸이 와들와들 떨렸다. 속으로 말했다. 해냈어. 긴장 풀어.

하지만 긴장이 풀리질 않았다. 쌍안경을 꺼내 블레이크 섬 쪽을 확인했다. 여기서 보니 섬이 너무 작고 이상해 보였다. 아버지는 뭘 하고 있을까? 외출에서 돌아오셨을까? 지금쯤 정원을 가꾸거나 졸고 있거나 사무실 컴퓨터 앞에 앉아계실까? 내가 없어진 걸 알더라도 아버지는 내가 잠깐 수영하러 나간 줄 알고 곧 돌아올 거라 생각하겠지. 곧 밤이 될 테고 더 추워질 것이다. 내가 떠난 걸 아버지가 알게 되기까지 시간이 얼마나 걸릴까? 혹시 내가 없어진 줄도 모르고 주무시러 가실까? 내가 아버지를 영광에서 추락시킨 사람들이 살고 있는 이곳으로 왔으리라는 생각을 아버지가 과연 할 수 있을까?

쌍안경으로 이 해변을 자주 봐서인지 익숙하기도 하고 낯설기도 한 묘한 기분이었다. 거친 회색 모래가 넓고 길게 깔린 모래사장이었다. 그 뒤로는 덩굴이 우거진 제방이 있었고, 희미한 저택 여러 채가 줄지어 늘어선 곳 앞쪽에 움푹움푹 파인 좁은 도로가 있었다. 지금은 페인트가 벗겨지고 잔디가 아무렇게나 우거졌어도 과거에는 꽤 번듯한 집이었을 것이다.

빈 섬에 관한 진실을 신화와 구분해서 인식하려 애썼다. 논란의 여지가 없는 진실을 말하자면, 엑스들은 빈 섬으로 주거지를 옮겨 아무도 자기네를 추적할 수 없도록 온라인과의 접속을 끊었다. 그렇게 해서 스스로 사회의 비주류가 되었을 뿐 아니라 그들이 주창하는 메시지도 다수의 지지를 얻지 못하게 됐다. 그들은 주주 친구들, 가족들과의 연락도 끊어버렸다. 빈 섬과 관련해 널리 알려진 영상이나 사진도 없었다. 지도에서 빈 섬들은 회색으로 표시되고 클릭조차 불가능했다.

빈 섬이라는 영역이 처음 생기고 나서 수천 명이 본토에서 도망쳤다. 일명 '대탈출'로 알려진 사건이었다. 그들은 키리바시, 투발루, 사모아, 포클랜드 제도, 사우스조지아 섬, 모리셔스 레위니옹, 안다만 니코바르 제도, 세이셸, 몰디브, 스리랑카, 파라셀 군도와 남사군도, 패로 군도 등 세계 곳곳의 섬에 정착했다. 내가 알기로 정착 과정은 그리 평화롭지 않았다. 무인도로 이주한 일부 엑스들은 썩은 음식, 질병, 약탈 같은 원초적인 위협에 처했고, 시간이 흐르면서 홍수와 허리케인으로 인한 피해를 입었다.

유인도로 간 엑스들도 다양한 어려움에 봉착하긴 마찬가지였다. 주요 정착 프로그램이 있기는 했지만 그 섬에 이미 살고 있던 다수의 주민들은 당연하게도 변화를 달가워하지 않았다. 일부 주민은 위원회 때문에 무정부주의자들이 섬으로 쳐들어왔다며 격하게 반발했다. 결국 대부분의 섬 주민은 위원회로부터 이주비를 받아 본토로 옮겨갔다. 기존의 주민들이 버리고 간 집을 차지한 엑스들은 한 집에 30, 40명씩 비좁게 거주했다.

진실과 소문을 명확히 구분하기 힘든 부분도 있었다. 전통적인 의미의 경찰력이 없는 엑스 사회에서는 공격적인 자기 보호 수단을 강구할 수밖에 없었다. 빈 섬에서 아무 집이나 찾아가 문을 두드린다면 이불과 잠잘 곳을 제공받든지 칼에 찔리든지 둘 중 하나였다. 나는 시도할 엄두가 나지 않았다. 그렇다고 위험에 노출된 채 해변에 머물 수도 없는 노릇이었다. 해변 지역에 줄지어 늘어선 주택들 뒤쪽으로 빽빽한 숲이 보였다. 나무들이 지붕 뒤에 어렴풋이 늘어서 있었다. 집 두 채 사이로 난 오랜 흙길이 숲속으로 이어졌다. 플란넬 셔츠와 청바지로 갈아입은 후 쌍안경을 가방에 넣고 일어섰다.

길을 따라 살금살금 숲으로 향했다. 발을 뗄 때마다 발밑에서 쩍쩍 소리가 났다. 해가 저물기 시작하면서 으스름 깔린 숲에서 으스스한 분위기가 돌았다. 축 늘어진 나뭇가지마다 이끼가 끼었고, 축축한 공기에서 옅은 썩은 내가 났다. 사방에서 괴상하게 지저귀는 소리, 신음, 후두두 소리가 들려왔다. 집에서 이 베인브리지 섬까지는 고작 4.8킬로미터인데 왜 이렇게 이질적으로 느껴질까?

온라인에서 본 도망자들의 시체가 생각났다. 시체마다 야생동물들에게 훼손당한 흔적이 있었다. 집에서 이런 생각을 했으면, 야생에서 멧돼지를 만났을 때 어떻게 해야 하는지 같은 필수 정보를 검색했을 것이다. 하지만 집에서는 멧돼지에 관해 클라리넷에 질문할 이유가 없어서 관련 정보를 미리 다운로드해 두지 못했다.

낮은 가지가 우산처럼 넓게 펼쳐진 가문비나무 아래에 앉아 가방을 열었다. 배고파 죽을 지경이라 견과류와 과일부터 얼른 한 줌 집어 입에 넣었다. 마른 옷으로 갈아입고 침낭 속으로 기어들어가 가방을 베고 누웠다. 그제야 내가 저지른 일의 무게감이 가슴을 짓누르기 시작했다. 나는 가출했고 아버지 곁을 떠났다. 열일곱 살에 처음으로 나는 혼자였다.


아침 무렵, 풍성하고 짭짤하고 익숙한 냄새에 잠에서 깼다. 공기 중에 온통 베이컨 냄새가 가득했다. 잠결에 그 냄새가 나는 쪽으로 돌아누우며 어렴풋이 궁금증이 일었다. 웬일로 아버지가 이렇게 맛있는 음식을 요리하실까. 베인브리지 섬에서는 대탈출 이전부터 만갈리차 돼지를 길렀다. 요즘 엑스들은 돼지 도살과 처리 과정을 작지만 효율적으로 운영하고 있었다. 1년에 서너 번, 특별한 일이 있을 때 아버지는 노끈으로 묶은 햄 한 덩어리나 기름기 많은 베이컨 한 무더기를 들고 집으로 와 아침부터 나를 놀라게 하곤 했다.

하지만 여기는 집이 아니었다. 정신이 든 나는 침낭 안에서 일어나 앉아 베이컨 냄새의 출처부터 찾았다. 냄새를 따라 걸어가 보니 나무로 둘러싸인 공터가 나왔다. 그곳에 널빤지 몇 장을 얼기설기 엮고, 이끼로 얼룩진 너저분한 캔버스 방수포로 지붕을 얹은 천막이 있었다. 앞쪽에 피워놓은 모닥불에서 연기가 피어오르고 있었다. 천막으로 다가가 방수포를 두 번 손가락 관절로 두드리며 물었다.

"안에 계세요?"

안쪽에서 걸걸한 남자의 목소리가 내 목소리와 함께 메아리쳤다.

"누구냐?"

아버지 외에 다른 사람의 목소리를 직접 들은 적이 없었다. 남자의 목소리에 나는 소름이 돋았다. 입을 열어 저 사람에게 말을 거는 게 터무니없는 일처럼 느껴졌다. 안쪽에서 천막 문을 열고 나오길 기다렸는데 남자는 움직이지 않았다.

"저기요."

내가 다시 말을 걸자 남자가 소리쳤다.

"밖에 몇 명이야?" 남자가 천막 문 쪽으로 걸어오는 발소리가 들렸다. "난 장전된 권총을 갖고 있어. 사실대로 말 안 하면 총을 쏠 줄 알아. 몇 명인지 말해."

"한 명이요."

잠시 정적이 흐르더니 천막 문이 열렸다.

밖으로 나온 남자의 손에 권총은 들려있지 않았다. 남자는 배가 잔뜩 튀어나왔고 머리가 벗겨지고 있었으며, 얼굴이 감자처럼 동그랗고 불그레해서 어딘지 모르게 나약하고 멍청해 보였다. 적어도 무섭지는 않았다. 작은 기적이었다. 살면서 처음 만난 낯선 사람인데 위협적이지 않다니. 어째서인지 익숙해 보이기까지 했다. 아버지 외에 처음으로 사람을 만났는데, 이 세상에서 사람으로 태어났다는 이유로 같은 종인 타인에게 자동으로 유대감을 느껴도 되는 걸까. 그동안 인터넷에 연결되어 살아온 덕 본 것일 수도 있었다. 남자가 나를 위아래로 훑어본 순간 느낌이 왔다. 그를 보니 미국너구리가 떠올랐다.

웃음이 나올뻔했지만 그의 눈빛 때문에 점점 눈치가 보였다. 내 외모에 관해 자세히 생각해 본 적이 없는데 지금은 굉장히 의식이 됐다. 나는 키가 크진 않지만 수영 훈련으로 이두박근과 사두근이 잘 다져진 강인한 모습이었다. 헝클어진 머리카락이 어깨까지 느슨하게 흘러 내려왔다. 아버지는 내 큼직한 이목구비, 시답잖은 눈썹, 튀어나온 입술과 턱이 아버지를 빼닮았다고 했다. 나는 강한 인상을 미소로 누그러뜨려 보았다. 나는 드디어 다른 사람들 속에 섞여있게 됐다.

남자도 미소를 지으며 말했다.

"뭘 팔러 왔는지 모르겠지만 사 주마."

남자한테서 민트와 땀 냄새가 풍겼다. 그의 뒤쪽에 있는 천막 안은 잘 보이질 않았다. 바닥에 캔버스 천이 겹쳐서 깔렸고 그 위에 인스턴트커피 병, 우그러진 강낭콩 통조림, 사탕무, 잘라놓은 감자 같은 몇 가지 식품이 있었다. 베이컨은 보이지 않았다.

내 시선을 따라 뒤를 돌아본 남자가 말했다.

"애야, 공짜는 없어." 그는 웃으며 덧붙였다. "들어와. 들어와!"

남자의 이름은 아르노 글래드라고 했다. 그는 사탕무 통조림을 따려고 뚜껑 밑을 스위스 군용 칼날로 쑤셔댔다. 그는 자기가 빈 섬의 초기 정착민 중 하나이며 오래된 방랑자라고 했다.

"사람들이 내 집 문을 두드리는 일은 별로 없어. 천막을 보면 겁부터 먹거든."

방랑자들은 위험한 존재로 여겨졌다. 그들이 한곳에 머물러 살지 않는 이유에 대해 읽은 적이 있었다. 그들이 기본적인 배관시설이 있어 깨끗한 물을 쓸 수 있는 대형 정착촌에 깃발을 꽂지 않는 이유는 숨어 살아야 할 이유가 있기 때문이라고 했다. 살인자, 강간범 같은 최악 중의 최악의 인간일 수 있다는 것이다. 그는 통조림 뚜껑을 칼로 쑤실 때마다 조그맣게 끙끙거렸다. 도망칠 곳을 찾아 둘러보니 천막 지붕과 벽 곳곳이 바람에 펄럭거리고 있었다.

"하하! 이제 좀 겁이 나는 모양이구나?"

"아뇨."

나는 무덤덤한 목소리로 거짓말을 했다.

"앉아." 그는 바닥을 가리켰다. "이제 필요한 게 뭔지 말해보렴."

"먹을 거요."

나는 바닥에 앉으며 말했다.

"하하. 그게 다야?"

나는 그동안 사람들에 관해 공부했지만, 자연스럽게 대화 나누는 방법은 깨우치지 못했다. 그게 다야? 이 말을 머릿속으로 되뇌면서 무슨 뜻으로 한 말인지 생각해 보았다.

"베이컨 냄새를 맡은 것 같아서요."

"그래, 그럴 거야. 그런데 내가 벌써 다 먹었어."

화가 치밀뻔했는데 눌러 참았다. 한 부모 가정에서 자란 외동이라 어떤 음식이든 내 입에 제일 먼저 들어오는 생활에 익숙한 나였다. 나는 예의 바르게 말했다.

"사탕무라도 좀 주세요."

그는 나를 눈여겨보았다.

"어디서 왔니?"

"여기서 안 멀어요."

"너희 집은 또 무슨 일이라니."

내 앞에 무릎을 굽히고 앉은 그가 사탕무 통조림 뚜껑을 잡아 뜯어 내게 건넸다.

"고맙습니다. 여기서는 식료품을 구하는 게 어려운 거 알아요."

그는 우리가 농담 따먹기라도 하는 것처럼 유쾌하게 웃었다.

"괜찮아, 아가씨. 언제든 식료품을 먹게 해줄게. 난 사탕무를 좋아하지도 않아. 먹고 나면 똥 색깔이 빨개져서."

나는 사탕무 하나를 집어 들었다. 부드러우면서도 오돌토돌했다. 통조림 제조 일자를 굳이 생각하고 싶진 않았다.

"먹어도 괜찮은 거죠?"

"말했다시피 난 사탕무를 안 좋아해. 사탕무는 영 맛이 없더라고. 먹고 싶지 않으면 먹지 마."

"아저씨가 안 드실 거면 제가 먹을게요. 누군가는 먹어야죠."

"그건 그렇고 무슨 일 있냐? 너희 집 말이야."

나는 잠시 생각한 후 대답했다.

"가족 문제예요." 사탕무 하나를 입으로 가져가 억지로 입에 넣고 삼켰다. 통조림에 남은 사탕무를 네 입 만에 다 먹고 나니 조금 전 '가족' 문제라고 말했던 게 떠올라 죄스러웠다. 어쩐지 아버지를 배신한 것 같았다. "아빠가 걱정하실 것 같아요." 나는 얼른 덧붙였다. "저는 여기 오래 머물지는 않을 생각이에요."

아르노가 소리 내어 웃었다.

"나도 딸이 있었어. 무슨 말인지 알겠다." 그도 바닥에 앉았다. 그러고는 단번에 내 발을 잡아 자기 무릎에 올리고는 문지르기 시작했다. 그의 크고 거친 엄지가 발바닥을 위아래로 빠르게 오갔다. 발 앞꿈치에서 뒤꿈치로, 다시 앞꿈치에서 뒤꿈치로. 그의 숨이 거칠어졌다. 그는 일어나서 거친 담요 한 장을 가져와 내 다리를 덮어주었다. 혼란스러웠지만 일단 고맙다고 말했다. 그는 고마울 게 뭐 있느냐며 담요 밑으로 손을 넣어 다시 내 발을 주물렀다. 그의 손이 내 종아리로 올라왔다. 담요의 감촉이 까슬까슬했다.

"딱딱하네?"

나는 고개만 끄덕이고 대꾸는 하지 않았다.

"네가 긴장돼 있다고!"

"피곤해서 그래요."

"나도. 여기 이러고 사는 게 지겨워. 말 그대로, 지긋지긋해지고 있어."

"그래도 조용하잖아요."

"그래. 조용하긴 하지." 아르노는 내 종아리를 쓱쓱 문질렀다. "네가 와서 좋구나. 여기서는 사람을 만나면 기분이 좋아. 딸도 그립고. 딸을 못 본 지 15년째야. 더 이상 어린 아기가 아니지만 내 상상 속에서는 아직 아기지. 내가 떠날 때 딸은 한 살도 채 안 됐어. 내 딸은 신분법이 통과된 직후에 태어났거든. 아기를 낳자마자 병원에서 아기의 출생 등록을 하게 되어있어서 아직도 기억해. 너도 기억나니? 아, 넌 그때 너무 어렸겠구나. 그 일이 있었을 때 넌 꼬마였겠지. 난 주니, 내 딸 주니퍼를 사회 시스템에 등록하고 싶지 않았어. 그런데 의사들한테는 물론이고 아내한테도 이유를 설명 못 하겠는 거야. 그냥 이 말만 계속했어. '내 딸은 너무 어려.' 아내는 내가 미쳤다고 생각했어. 백신을 못 믿는 사람들처럼, 내가 비합리적이고 편집증적으로 군다고 생각한 거야. 우린 의견 일치를 못 봐서 결국 1년 동안 유예 신청을 하기로 했어. 잠깐, 이거 괜찮니?"

그는 담요를 내려다보았다. 담요 위에서 그의 두 손이 내 다리를 문지르고 있었다.

"아, 괜찮아요."

나는 이렇게 대답했지만 실은 괜찮지 않았다.

"내가 지금 술을 마시고 있어서 잘 모르겠거든. 안 괜찮으면 말해라. 넌 내 딸과 얼추 비슷한 나이인 것 같아. 생김새도 좀 비슷할 것 같고. 많이는 아니지만 약간. 아내가 인도 사람이었거든."

그는 기분 나쁜 말이라도 한 것처럼 사과하듯 말했다.

"우리 아빠도 인도 사람이에요."

나는 불쑥 말하고 말았다.

"네 엄마는?"

나는 대답하지 않고 고개를 돌렸다.

그는 나를 잠시 바라보다가 더 묻지 않기로 결심했는지 하던 얘기를 이어갔다.

"나랑 아내는 1년간 유예 신청을 하기로 타협을 봤어. 그해를 보내면서 두려움이 생기더라. 딸을 사회 시스템에 등록하면 딸의 정체성이 완전히 바뀔 것 같은 거야. 이유를…… 뭐라고…… 설명을 못하겠네. 내가 공부를 많이 한 사람이 아니라서. 난 벌목꾼이야. 찜통 지구 현상이니 꿀벌 멸종이니 삼림 벌채니 하는 일들이 일어나기 전에 유진시에서 나무를 베면서 살았어. 어쨌든 이런 생각이 들더라고. 우리가 딸을 사회 시스템에 등록 안 하면 어떨까? 거기서부터 생각을 쭉 이어갔어. 멈출 수가 없었어. 우리가 코코넛 제품의 전원을 끄든지 아니면 적어도 우리가 집 안에서 하는 모든 말을 녹음 못 하게 제한이라도 한다면? 우리가 사회 시스템을 거부하고, 소위 엑스들처럼 빈 섬으로 들어간다면? 당시만 해도 생소한 일이라 흥분이 되더라고. 그 당시 나는 나 같은 직업에 몸담고 있던 사람들이 으레 그렇듯이 인플루언서가 되려고 재교육을 받는 중이었어. 그런데 별로 재능이 없었어. 영 몸에 익질 않더라고.

나는 약을 제조하기 시작했어. 나무만큼 약에 끌리진 않았어. 그 일을 하는 사람들은 보통 약을 입에 대지만 난 직접 복용하면서 맛들인 적도 없어. 지하 연구실에서 작업복을 입고 마스크를 쓰고 약을 만들면서 하루하루를 보냈지. 젠장, 숲이 너무 그립더라. 사람들은 벌목꾼들이 환경을 파괴하는 걸 즐기는 줄 알지만 우리 같은 일을 하는 사람들은 대부분 숲을 사랑해. 숲에서 일하는 것도 그래서야. 전에 사회 시스템에서 영상을 본 적 있어. 식물 과학자가 나무가 죽기 전에 마지막 숨을 쉬는 소리를 들려주는 영상이었거든. 그 남자는 나무에 마이크를 부착하고 소리를 땄어. 지금도 그렇지만…… 그때도…… 열파와 가뭄 때문에 작은 공기 방울이 잎맥으로 들어가서 탁 터지거든. 우리 귀에 그 소리가 들리는 거야. 탁! 그 소리가 잊히질 않아. 아내한테…… 내 생각을 말했어. 빈 섬에 가서 사는 게 어떠냐고. 아내는 싫다고 했고 우린 언쟁을 이어갔어. 그러다가 난 그냥 당신 없이 딸만 데리고 가겠다고 말해버렸어. 내 옷과 주니의 옷을 여행 가방에 챙겨 넣었어. 그럴 의도는 아니었어. 진짜 그렇게 떠나려던 것도 아니었어. 딸은 아직 젖먹이였거든. 아내가 나더러 그러지 말라고 붙잡더라고. 난 멈추지 않았어. 벽장을 열고 총을 꺼냈어. 아내한테 화가 치밀었어! 아내가 나한테 상처를 줬으니 나도 아내한테 상처를 주고 싶었어! 물론 총을 쏠 생각은 아니었어. 총

210

에 장전도 안 되어있었어. 아내는 몰랐겠지만. 아내는 내가 진짜 자기를 쏠 줄 알았는지 이렇게 말하더라. '남편이 총을 들고 나를 쏘려고 해요.' 3분 만에 밖에서 사이렌 소리가 들렸어. 경찰이 온 거야. 코코넛의 기능이지. 너도 들어봤을걸. 고위험 단어를 말하면 알고가 자동으로 경찰을 현장으로 보내준다잖아. 딱 그렇게 된 거야. 아내도 알고 있었겠지. 그러니까 일부러 그 말을 한 것이고. 그래도 막상 경찰이 오니까 아내는 후회하더라. 경찰이 문을 두드렸을 때 아내는 곧장 열어주지 않았어. 고맙게도 아내는 나한테 도망칠 기회를 줬어. 내가 잠든 주니한테 뽀뽀도 하게 해줬어. 그리고 나는 최대한 빨리 뒷문으로 몰래 집을 빠져나가서 해변으로 갔어. 밀항업자한테 돈을 주고 배에 몰래 타서 여기로 오게 된 거야."

그는 내 다리에서 한 손을 떼고 자기 얼굴을 문질렀다.

"그렇게 15년을 살았어. 아직도 후회해. 왜 그런 짓을 했느냐고 매일 나 자신에게 물어. 넌 이렇게 사는 게 더 좋을 줄 알지? 내가 숲을 그리워한 건 사실이야. 우린 나무 베는 일을 하면서 살았기 때문에 난 여기 나무가 있다는 걸 들어서 알고 있었어. 그래서 난 여기서, 숲 한가운데서 살게 된 거야. 지금도 나는 약을 만들어. 어디서든 쓸 수 있는 기술이거든. 숲에서 약을 만들고 있지. 이렇게 된 거야. 내 딸은 지금 열여섯 살이야. 제 아빠에 관해 들은 얘기라고는 오래전 제 아빠가 엄마한테 총을 겨눴고 그대로 사라졌다는 게 고작이겠지." 그는 울적한 미소를 지었다. "네가 내 딸을 만나면 마음에 들걸. 둘이 친구가 될 수도 있겠다. 넌 착한 애 같아. 어떤 여자애들은 이것에 대한 대가를 과도하게 요구하거든." 그는 내 허벅지를 손으로 가리켰다. "그런데 네가 요구한 건 겨우 사탕무 통조림 하나잖

211

아!" 그는 마치 우리가 공범인 것처럼 껄껄 웃었다. 뭘 팔러 왔는지 모르겠지만 사 주마, 라고 그가 했던 말이 나는 그제야 이해됐다.

나는 그의 손길을 뿌리치고 재빨리 일어섰다. 그리고 거의 사과하 듯 말했다.

"잠깐만요. 뭔가 오해하신 것 같아요."

"무슨 오해?"

"저는 그런 걸 하러 온 게 아니라……"

그의 얼굴이 확 붉어졌다.

"아이고!"

그는 내가 무슨 위험한 존재라도 되는 것처럼 허둥지둥 일어나 뒤 로 물러섰다.

"그런 쪽으로 생각하시는 줄 몰랐어요……"

"미안하다." 그는 겸연쩍어하면서도 정중하게 말했다. "여기로 오 는 여자애들 대부분이 그래서…… 걔들이 그런 식으로 말을 시작해 서 내가 오해했구나. 제기랄."

나도 당황스러웠다.

"괜찮아요."

"젠장."

"괜찮다고요."

사실이었다. 오해했다는 이유로 그를 비난하고 싶지 않았다.

"멍청했어."

우리는 조용히 일어나 서로를 바라보았다. 잠시 후 그가 제안했다.

"집으로 안 돌아갈 거면 일자리가 필요하겠네."

"저도 알아요."

"무슨 일을 할 거니?"

"모르겠어요."

그는 곰곰이 생각하다가 입을 열었다.

"네가 이 섬에서 살 생각이면 만나봐야 할 사람이 있어. 엘리먼 엑스라는 이름을 들어봤니?"

인터넷이 없어서 그 이름을 바로 인지하는 데 시간이 걸렸다. 전에 그 여자에 관해 읽어본 기억이 나서 그 부분을 상기해 보았다. 엘리먼 엑스는 초기 엑스 중 하나였다. 폭동은 물론이고 방화까지 조장한 바 있었다. 지금은 섬의 섹스 및 마약 거래를 주무르는 노동 간부였다. 그쪽 일답게 자연히 악명이 따랐고, 엄청난 이권이 걸린 사업인 만큼 그 여자는 엑스 고위직 중 하나가 되어서 빈 섬 바깥 세계에까지 이름이 알려지게 됐다. 소위 주주들이 두려워하는 부류였다.

"들어본 적 있어요."

나는 애써 침착을 유지했다.

아르노는 그 여자와 아는 사이인 게 자랑스러운지 가슴을 약간 내밀며 말했다.

"그분에게 데려가 주마."

# CHAPTER 13

✕ ╋ ✕

"이건 단순한 컴퓨터가 아니라 범생이의 뇌와 퀸카의 외모를 가진 완전 조립 컴퓨터입니다."

마지는 《인포메이션 타임스》의 컴퓨터 경연대회에 코코넛 컴퓨터를 출품하면서 발행인에게 보내는 편지에 이렇게 썼다. 편지 끝에는 아버지를 빼고 마지 본인과 킹의 서명만 넣었다. 고등학교 중퇴자인 월터 마츠가 젊은 사람에게만 호감을 보인다는 얘기를 읽은 적이 있어서였다. 그리고 2주 후 윗부분에 금박으로 회사 이름이 박힌 편지지로 답장이 왔다. 코코넛 컴퓨터의 발명가 킹 라오와 마거릿 노먼이 경연대회의 최종 후보로 선발됐으니 서로 합의한 날짜에 팔로알토시의 마츠 본사를 방문해 달라는 내용이었다.

3주 반 후, 킹과 마지는… 시 도심의 가로수가 늘어선 어느 거리에서 예쁜 아이클러 주택[샌프란시스코, LA 등 캘리포니아에서 활동한 모더니즘적이고 사상적으로 진보적인 부동산 개발자인 조셉 아이클러(1949~1974)가 지은 집들—옮긴이] 앞에 섰다. 그들이 나무상자에 담아 노먼의 오래된 세단에 싣고 온 컴퓨터가 그들 발 앞에 놓여있었다. 그들은 컴퓨터를 클럽 회원들에게 보여주고 첫 구매자가 될 기회를 줄 계획이었다. 제품 소개가 끝나면 클럽 회원들은 최고의 컴퓨터를 뽑는 투표를 하게 될 터였다. 그런데 I-5 고속도로에서 차가 막힌 바람에 킹과 마지는 30분 정도 늦고 말았다. 마지는 청바지 주머니에서 편지를 꺼냈다. 그들은 눈을 찡그리며 편지를 들여다보다가, 현관 앞 조명에 비친 놋쇠 소재의 번지수 표지판을 확인한 후 다시 편지를 확인했다.

여기가 본사라고? 현관문을 노크할까 말까 망설이고 있는데 50, 60대쯤 되어 보이는 여자가 문을 열고 나왔다. 여자는 황갈색 바지 정장을 입었고 희끗희끗한 짧은 금발이었다. 여자가 미소 지으며 물었다.

"누구를 찾아오셨죠?"

마지가 나섰다.

"안녕하세요. 마츠 씨 계세요?"

"마츠 씨……" 여자는 의아해하며 그 이름을 되뇌다가 웃었다. "아, 마츠 씨. 월리의 친구들이군요!"

그러고는 현관문을 활짝 열어주었다. 킹과 마지는 컴퓨터가 담긴 상자를 조심스럽게 들어올렸다. 집 안은 환하게 불이 켜져있었고 양고기구이 냄새가 풍겼다. 입구 왼쪽에 지하실로 내려가는 계단이 보였다. 여자는 계단 위에서 무릎을 굽히더니 두 손을 입가에 모으고 지하실을 향해 소리쳤다.

"월리, 네 친구들이 왔어!"

"엄마, 사람들을 내 친구라고 하지 좀 말아요."

215

지하실에서 목소리가 올라왔다.

"아, 맞다. 동료라고 했지!" 여자는 장난스레 말했다. "마츠 씨! 동료들이 왔네요!" 그러고는 마지를 돌아보며 말했다. "지하실에 내려가면 양갈비구이가 있어요."

그들은 50, 60명쯤 되는 사람들이 모여있을 거라고 예상했다. 컴퓨터 상자를 들고 계단을 내려가 보니 지하실에는 20, 30대로 보이는 젊은 남자 10여 명이 카펫 여기저기에 자리하고 있었다. 그들은 푹 꺼진 소파 두 개에 나눠 앉아 종이접시에 담긴 양갈비구이와 감자 요리를 먹고 있었다. 방 안에서는 고기와 퀴퀴한 냄비 요리 냄새가 풍겼다. 그중 나이가 제일 많아 보이고 턱수염이 있으며 곰처럼 생긴 남자가 그들이 들고 온 상자를 눈여겨보며 일어섰다.

마지가 그에게 말했다.

"월터 씨? 월리 씨?"

"나 맞습니다."

남자는 무뚝뚝한 인상이었고 너저분한 턱수염을 기른 얼굴은 불그레했다. 불룩 나온 배 때문에 격자무늬 버튼다운 셔츠가 곧 터질 듯했다. 나이가 적어도 마흔은 되어 보였는데 나중에 알고 보니 서른이었다. 그들과 별반 차이도 없었다.

"늦으셨네요."

그의 말에 마지가 대답했다.

"차가 막혀서요."

월터는 양갈비구이가 다 떨어졌다고, 킹과 마지가 안 올 줄 알고 다 먹었다며 사과했다. 그는 방 한가운데 놓인 탁자에서 도마를 치우고 리졸 소독제를 뿌린 후 키친타월을 한 줌 뜯어 상판을 닦더니 그곳에 컴퓨터를 놓으라고 손짓했다.

월터는 그곳에 모인 남자들에게 말했다.

"자, 친구들. 킹과 마거릿은 8번 최종 후보자입니다. 따뜻하게 환영해 주세요."

남자들은 하라는 대로 박수를 치면서 킹과 상자를 돌아보았다. 킹과 마지는 조금 전 탁자 위에 상자를 올려놓았다. 킹은 청중을 돌아보며 눈을 깜박이다가 마지에게 말했다.

"준비됐어, 마지?"

그들은 상자 4면의 잠금장치를 풀고 뚜껑을 열어 바닥에 내려놓았다. 킹은 자기 쪽을 향한 상자 측면의 크랭크를 돌려 4면이 아래로 납작하게 내려가게 했다. 드디어 컴퓨터가 모습을 드러냈다. 하드 드라이브, 모니터, 키보드가 하나로 결합한 그 장치는 텔레비전 크기만 했고 외부가 크림색 플라스틱으로 되어있었다.

킹은 탁자를 빙 돌아가 청중을 등지고 컴퓨터를 마주 보았다. 스위치를 켜자 컴퓨터 화면의 환한 푸른 빛이 방 안을 밝혔다. 화면에 글자가 하나씩 흘러나왔다. '안녕하세요. 저는 코코넛입니다.' 킹이 타이핑을 하자 그가 컴퓨터에 내린 명령이 바로 아래 줄에 나타났다. '소리 내서 자기소개를 해.' 그가 엔터 키를 누르자 기계에서 조그맣게 소리가 나왔다. "안녕하세요. 저는 코코넛입니다."

단순한 작업물이었다. 킹은 사람들에게 맛보기로 보여주려고 이 프로그램을 만들었다. 청중도 그 점을 잘 알고 있었다. 하지만 이런 프로그램을 쓸 수 있다는 사실—스위치를 켰다 껐다 하지 않고도 기계가 인간의 자연스러운 명령에 반응하도록 만들 수 있는 것은 당시로서는 대단히 혁신적이었다. 그들은 그게 어떤 프로그래밍 언어인지(주문 제작한 부동 소수점 베이직 언어), 이 컴퓨터를 만든 사람이 누구인지(숙련된 예술가인 마지의 디자인 지도를 받아 하드웨어 팀이 제작) 알고 싶어 했다.

이 장치에는 무엇이 포함되어 있죠?

예, 그게 바로 재미있는 부분입니다. 다른 사람들은 컴퓨터 애호가들이 직접 컴퓨터를 만들 수 있는 조립 세트를 판매하고 있는데, 코코넛 컴퓨터 사는 컴퓨터 그 자체를 완전 조립 상품으로 999달러에 팔고 있습니다.

그의 말에 방 뒤쪽에서 웃음이 터져나왔다. 그리고 누군가가 물었다.

"직접 조립하는 재미도 없고 직접 작성할 수도 없는 소프트웨어 언어로 된 컴퓨터를 대당 천 달러에 팔겠다고요? 그런 물건이 무슨 재미가 있는데요?"

그 남자의 말도 일리가 있다는 생각에 킹이 망설이고 있는데 마지가 끼어들었다.

"재미있는 건, 10년 후 지금보다 발전된 세상에서 이 컴퓨터는 모든 가정에 보급될 것이라는 점이죠." 마지는 확언했다. "그리고 또 재미있는 건, 우린 사람들에게 그냥 기계를 팔려는 게 아니라는 점이에요. 기계를 소유하는 건 멍청이도 할 수 있는 일이니까요."

코코넛은 이 방에 있는 사람들에게 이 컴퓨터를 위한 최초 프로그램을 쓸 기회, 여러분이 컴퓨터 혁명의 개척자가 될 기회를 주려는 것이다, 라고 마지는 말했다. 방 안에 정적이 감돌았다. 방해꾼은 주눅이 들더니 주절거렸다.

"코코넛 사는…… 이 대회에 진지하게 임한 모양이네요."

그 말에 다른 사람들이 낄낄 웃었다. 킹은 헛기침한 후 그들에게 전화번호를 불러주면서, 이 최상급 기계를 선주문하고 싶으면 그 번호로 전화하라고 말했다. 펜을 꺼내 전화번호를 적은 사람은 아무도 없었다.

얼마 후 월터는 그들이 컴퓨터를 마지의 차 뒷좌석에 싣는 일을 도와주었다. 어느새 시원하고 고요한 저녁이었다. 나뭇잎 바스락거리는 소리, 아직 지하실에 남아있는 남자들의 웃음소리가 들려왔다. 어쩌면 우리가 기준선보다 너무 많이 간 모양이라고 킹이 말했다. 월터는 그 말을 곰곰이 생각하더니 턱수염을 문지르며 한숨을 푹 쉬었다. 그러고는 속내를 알 수 없는 담담한 표정으로 말했다.

"저 머저리들이 감당하기에는 수준이 너무 높긴 했어요. 나는 오늘 밤에 잠도 못 잘 것 같습니다."

킹과 마지가 가져온 컴퓨터는 너무 뛰어났다. 오늘 킹이 사람들 앞에서 시연한 프로그램을 직접 고안한 게 맞다면, 그것은 월터가 지금까지 본 초소형 컴퓨터의 운영 시스템 중 가장 진보된 운영 시스템이었다. 월터는 마지를 돌아보면서 당신들의 컴퓨터는 외양도 무척 아름답다고 칭찬했다. 그는 현관 쪽으로 걸어가 모친을 불러 잠시 의논하더니, 모친이 직접 써준 999달러짜리 수표를 들고 돌아왔다. 그렇게 해서 코코넛 컴퓨터 사는 1975년 어느 늦여름의 저녁에 희끗희끗한 금발에 바지 정장을 입은 은퇴 여성에게 첫 컴퓨터를 판매했다. 그 여성은 수표에 '월리에게 판매한 컴퓨터'에 대한 대금이라고 적었다.

마지가 운전하는 차를 타고 고속도로를 따라 북쪽의 집으로 돌아가면서 나의 아버지 킹이 외쳤다.

"그래. 이게 바로 사람들이 말하는 아메리칸 드림이구나!"

그러고는 조수석의 사물함을 손날로 쳤다. 그들은 캘리포니아주와 오리건주의 경계선을 이루는 산맥을 통과하고 벌목으로 살아가는 크고 작은 마을들을 지나갔다. 오리건주에서 태평양 연안 여러 주에서 건설 중인 여러 교외 지역으로 목재를 싣고 가는 트럭 운전사들을 위해 네온사인을 켠 모텔들, 주유소, 스트립 클럽이 전부인 마을들이었다.

"똑똑하고 야망 있고 재능도 있으면 보상받을 수 있어! 외국인 학생에서 발명가이자 사업가로 변신하는 거야!"

그들은 뛰어난 두뇌와 손재주로 컴퓨터를 만들었고 누군가가 그들이 만든 제품을 구매했다. 아버지는 기쁨에 들떠 손에 쥔 수표를 몇 번이고 들여다보았다.

"주문 하나 받은 것뿐이야. 그것도 그 남자의 *어머니*한테."

마지가 웃으며 말했지만 그녀도 기뻐하고 있다는 걸 킹은 느낄 수 있었다.

"고객들이 더 많아질 거야!"

킹이 외쳤다. 드디어 제대로 일이 벌어지는 느낌이었다.

다음 날 아침 그들은 집에 도착했다. 킹이 초인종을 손가락으로 누르는 동안 마지는 웃으며 그 뒤에 서있었다. 플란넬 잠옷 위에 목욕 가운을 입은 노먼이 문을 열며 중얼거렸다.

"뭐야, 왜 초인종을 눌러? 경찰이 내 딸이 집으로 돌아오는 길에 죽었다는 소식이라도 전하려고 온 줄 알고……"

그러다 수표를 본 노먼이 수표를 향해 손으로 뻗었다.

킹이 말렸다.

"잠시만요. 그러다 찢겠어요."

킹이 처음으로 독립적인 태도를 보여준 날이었다. 킹과 마지는 팔로알토에서 스스로 성과를 이뤄냈다. 누구든 상자를 만들 수 있다. 하지만 킹은 직접 만든 코드로 상자에 생명을 불어넣었고 마지는 디자인을 가미해 월터 마츠에게 그 상자를 팔았다. 킹은 수표를 펼쳐보았다.

"999달러입니다." 머릿속에 온통 그 숫자가 차있었다. 킹은 웃음이 절로 나왔다. "이만하면 나쁘지 않죠?"

노먼은 목욕 가운의 끈을 조이면서 찌푸린 눈으로 수표를 쳐다보았다.

"이게 다야?"

"거의 천 달러예요!"

"딱 한 대 팔았네."

"그런 식으로 볼 수만은 없어요. 시간이 걸리는 일이라고요. 경연대회잖아요." 킹은 노먼을 아버지 대하듯 하며 부루퉁한 목소리를 냈다. 여기서 무엇을 기대했을까? 꽃다발이나 불꽃놀이, 케이크라도 받을 줄 알았나? 집에 가서 잠부터 자고 노먼한테는 나중에 말하자고 했던 마지의 충고를 들을 걸 그랬다.

"둘 다 들어가서 쉬어." 노먼은 마거릿과 킹, 그리고 다시 마거릿을 번갈아 쳐다보았다. 오른쪽, 왼쪽, 오른쪽으로 빠르게 시선을 휙휙 돌리는 모습이었다. 그러더니 단호하게 말했다. "킹, 이제 자네는 캠퍼스 주거 시설로 돌아가는 게 좋겠어."

신중해야 한다는 노먼의 말은 틀리지 않았다. 그 달이 다 끝나가도록 추가 선주문은 들어오지 않았다. 마거릿은 킹이 다시 주택지

221

원금을 받을 수 있게 해주고, 가을 학기가 시작되기 전 캠퍼스 근처에 있는 아파트를 찾아주었다. 그리고 어느 날 아침, 함께 사용하는 사무실에서 노먼은 킹에게 사업을 접을 준비가 됐는지 물었다. 자기 은행계좌에 있는 얼마 안 되는 돈으로 지금 사업을 정리하고 다음 일로 넘어가겠다는 뜻이었다. 킹은 비좁은 사무실에서 또드락거리며 타이핑 중인 마거릿에게 그 말을 전했다. 킹은 마거릿이 그에게 관심이 있는지 확신이 서지 않았다. 킹이 사무실에 들어와 말을 걸어도 마거릿이 그의 존재조차 인식 못 하기도 했다. 그녀가 갑자기 고개를 들고 자기 생각을 말하기도 했는데, 그럴 때면 그녀가 그동안 쭉 그의 말에 면밀하게 귀를 기울였음을 알 수 있었다.

그는 그녀가 종이를 더 가져오거나 물컵을 다시 채우기 위해 자리에서 일어나 방을 가로지르기를 손꼽아 기다렸다. 그래야 그녀의 뽀얗고 강한 종아리를 감상할 수 있을 테니까. 하지만 그녀는 일어서지 않았다. 여느 때처럼 책상 앞에 앉아 타이핑만 했다. 킹은 얼굴을 붉히며 작은 방으로 들어가 이것저것 물건을 뒤적거렸다. 성적을 올리고 싶어서 면담을 요청하기 위해 노트 낱장을 떼어 쓴 어느 학생의 종이쪽지. 그가 응급실 사용료 34달러를 아직 병원에 납부하지 못했음을 상기시키는, 얇게 접은 종이. 그리고 《인포메이션》 최근 호.

그는 잡지를 펼쳤다. 커버에는 상자 하나, 그리고 그 뒤에 선 키 큰 여자와 자그마한 남자의 흐릿한 흑백 이미지가 담겨있었다. 처음에 그는 자기가 뭘 보고 있는지 알지 못했다. 그러다가 점차 깨달았다. 커버에 담긴 것은 월터의 집 지하실 탁자 뒤에 서서 코코넛 컴퓨터를 개봉하려고 하는 킹과 마지의 모습이었다. 사진에는 '이 상자 속 기계가 컴퓨터 산업에 대변혁을 일으킬 것'이라는 표제가 붙어있었다. 킹은 마지를 불렀다.

"이거, 우리가 이긴 건가?"

킹이 방을 가로질러 가 손에 든 것을 보여주기 전에 마지의 전화가 울리기 시작했다.

제 어머니에게 수표를 써달라고 조른 모든 열네 살, 열다섯 살짜리들에게 축복을.

"코코넛 컴퓨터를 주문하려고 전화했는데요."

주문 전화를 받은 마거릿은 가볍게 장난하는 듯하면서도 진중하게 목소리를 깔며 응대했다.

"그렇구나. 네 이름이 뭐니?"

킹은 사무실을 서성이며 마거릿에게 입이 찢어져라 싱글벙글 웃었다. 그 달 말까지 그들은 800건의 주문을 받았다. 미국이여, 영원하라.


4년 후 코코넛 사는 초라한 원룸 사무실을 벗어나 베이지색 카펫이 깔린 방 두 개짜리 사무실로 옮겨갔다. 베인브리지 번화가에서 찾아낸 2층짜리 건물에 있는 사무실인데, 근처에는 싸구려 예술품 가게들과 구멍가게들이 즐비했다. 킹과 마지는 세 집 건너에 있는 건물에서 아파트 한 채씩을 임대했다. 킹은 대학원 과정을 그만두고 비자 상태를 유지하기 위해 한 학기에 한 과목씩만 수업을 들었다. 코코넛 사의 건물 대부분은 소규모 텔레마케팅 팀원들로 채워졌고 온통 담배 냄새와 짭짤한 간식 냄새를 풍겼다. 회사 분위기가 그렇다 보니 10대 중반쯤 되는 텔레마케팅 팀원 하나가 그들에게 다가와 피자를 먹어 보라고 내밀면서 문 앞에 서서 마지에게 수작을 걸기도 했다. 듣다

못해 마지는 책상 앞에 앉아 초록색 눈을 번뜩이며 말했다.

"애쓰지 마. 난 이미 결혼했어."

"결혼반지도 안 꼈잖아요?"

"우리 종교 때문에 그래."

"무슨 종교요?"

"우린 힌두교야." 마지는 바닥에 책상다리로 앉아있는 킹을 돌아보며 말했다. "그렇지, 자기야?"

킹은 당황스럽기도 하고, 기쁘기도 하고, 무섭기도 해서 가슴이 터질 것 같았다. 텔레마케팅 팀원 녀석은 혼란스러운 표정으로 물러났고, 작은 사무실 안에 있던 노먼은 나지막하게 툴툴거렸다.

마지가 소리 내어 웃자 킹도 덩달아 웃으며 속으로 마지가 한 말을 곱씹었다. 마지는 구혼자를 물리치기 위해서이긴 하지만, 킹의 아내라는 거짓말을 할 정도로 킹과의 결혼을 괜찮은 선택이라 여기는 듯했다. 바로 그런 점 때문에 킹은 마지에게 프러포즈라도 받은 것처럼 뛸 듯이 기뻤다. 그는 같은 나이의 미국인들에 비하면 자신이 미숙하다는 걸 알고 있었다. 게다가 마지의 하얀 피부도 문제였다. 마지는 백인을 대표한다고 봐도 무방할 정도였다. 단순히 하얀 정도가 아니라 유령처럼 거의 투명하게 보이는 피부였다. 이 나라에 오기 전까지 그는 그렇게까지 창백한 피부를 가진 사람이 있을 줄 몰랐다. 반면에 킹의 피부는 단순한 갈색이 아니었다. 인도 사람의 기준으로 보더라도 그의 피부는 지나치게 짙은 갈색이었다. 피부만 봐도 단번에 불가촉천민임을 알 수 있는 참담한 색이었다.

킹과 마지가 부부라는 말에 텔레마케팅 팀원도 놀랐지만 킹도 놀라기는 마찬가지였다. 그때는 러빙 대 버지니아 사건 판결(1967년 6

월 12일 미 연방대법원은 버지니아주 등 열여섯 개 주에 존재하던 인종 간 결혼금지법을 위헌으로 판결 내렸다—옮긴이)이 있은 지 겨우 10년이 지난 1979년이었다. 마지 노먼과의 결혼을 상상하는 것만으로도 부적절한 짓거리로 여겨지던 시절이라, 그에게 마지는 더욱 탐나는 여자였다.

킹과 마지는 엔지니어를 여섯 명 이상 고용한 후에도 누구보다 오래 사무실에서 시간을 보냈다. 최고경영자인 노먼 박사는 어떻게 해야 할지 갈피를 못 잡는 듯 생각에 잠긴 채 작은 사무실에 틀어박혀 있기 일쑤였다. 마지가 보기에 모든 세대가 인쇄기, 증기 엔진, 비행기, 자동차 같은 세상을 바꾸는 발명품을 만들어 냈다. 지금 이 세대가 만들어 낸 혁신적인 발명품은 바로 초소형 컴퓨터였다. 그들은 시장에 최고의 초소형 컴퓨터를 출시했다. 컴퓨타 사가 첫 초소형 컴퓨터를 출시하기 전에, 젊은 코코넛 컴퓨터 소유자들이 코코넛 컴퓨터로 직접 프로그램을 짜게 만드는 것이 마지와 킹의 전략이었다. 사용자들이 더 많은 프로그램을 만들수록 코코넛 사의 입지는 더 단단해질 테니까.

그들이 팔로알토시를 방문해 이 사업을 시작한 후 4년이 지났을 무렵, 코코넛 사의 컴퓨터는 시장에서 제일 인기 있는 제품이 됐다. 그리고 2년 후 그들은 코코넛2를 출시해 수천 대를 팔았다. 하지만 노먼은 여전히 우려하고 있었다. 1970년대 후반 들어 컴퓨터 붐이 일었고 코코넛 사는 경쟁사들에 비해 분명한 이점—노먼의 투자자 친구들, 킹의 소프트웨어, 선도기업이라는 점—을 갖고 있었지만 성공이 보장된 것은 아니었다. 코코넛1과 코코넛2 구매자들은 코코넛 베이직 언어로 된 프로그램을 취미로 배우려는 사람들이었다. 이제 그들은 일반 대중을 대상으로 코코넛3이라는 신제품을 개발 중이었다. 대중은 회사의 투자자가 누구인지, 소프트웨어가 얼마나 뛰어난지, 시장 선도기업인지 따위에는 관심이 없었다. 그들이 코코넛 컴퓨터를 사는 이유는 여느 도구를 사는 이유와 다르지 않았다. 유용하고 매력적인 물건이기 때문이었다.

수십억 달러 규모의 회사이며 세계 최고의 컴퓨터 엔지니어들을 고용한 컴퓨타 사는 이렇게 경쟁자를 얻게 됐다. 시장에서 소비자들에게 컴퓨타 사의 제품이 아니라 우리 회사의 기계를 사달라고 설득하려면 어떻게 해야 할까?

코코넛3은 따뜻하고 친밀해야 했다. 마지의 표현대로라면 귀여워야 했다. 각진 모서리, 요란한 팬, 조종석 제어 장치처럼 깜빡이는 빨간 조명이 특징인 과거의 컴퓨터와는 확실히 달라야 했다. 차로 비유하자면 비틀 같은 위치였다. 마지는 튼튼하고 불침수성이 강하면서도 가벼운 접촉에 바로바로 반응하는 플라스틱 케이스를 만들기 위해 매사추세츠 공과대학(MIT)의 박사급 재료 공학 전문가들을 회사로 대거 끌어들였다. 마지 본인은 세상에서 제일 따뜻한 색깔을 찾아내는 일에 몰두했다. 수개월에 걸쳐 디자이너들이 새로운 견본을 대령할 때마다 마지는 짜증 내며 퇴짜 놓았다.

마지는 엄마가 좋아할 만한 코코넛 컴퓨터를 만들어야 한다고 자주 말했다. 마지가 그 말을 할 때마다 킹은 고향에 계신 어머니를 편치 않은 마음으로 생각했다. 어머니가 고향에서 어떻게 지내시는지, 뭘 하면서 시간을 보내고 계실지 상상도 되지 않았다. 고향 마을에는 전화기가 두 대뿐이었고, 그 전화기로 국제 전화를 한다는 건 엄두도 못 낼 만큼 비쌌다. 킹은 한 달에 한 번 어머니에게 송금할 뿐, 서로 편지를 주고받는 횟수는 날이 갈수록 줄어들었다. 그는 최근에 보낸 편지에서 코코넛에 관해 썼다. 노먼과 마지, 팔로알토시에 다녀온 일, 그들이 이룬 성취에 관해 드디어 어머니에게 털어놓은 것이다. 어머니는 간결하게 답장을 보내왔다. '돈 잘 받았다. 여기는 별일 없어. 너도 잘 지낸다니 기쁘구나.' 어머니는 화가 난 듯했다. 어머니는 구구절절 이유를 말할 필요도 없었다. 킹이 기존 회사에 취직을 한 게 아니라 회사를 차렸기 때문에, 그가 여자랑 그것도 백인 여자랑 밤새 장거리 여행을 다녀왔기 때문에, 그가 온갖 성과를 올렸음에도 불구하고 아직 고향을 방문하지 않았기 때문일 테니까. 하지만 지금 그는 어머니에게 더없는 거리감을 느꼈다. 그가 어떤 소식을 전한들 어머니가 제대로 이해할 수 있을까?

어느 날 오후, 관리팀을 대동하고 승강기에서 내린 킹은 다 같이 마지를 위해 생일 축하 노래를 부르면서 마지가 일하는 곳으로 향했다. 그는 디자이너들이 아침마다 마지에게 시제품을 보여주는 사무실 중앙의 탁자에 생일 케이크를 내려놓았다. '스물다섯 번째 생일을 축하해요, 마거릿'이라는 문구를 금박으로 적은 깔끔한 버터크림 케이크였다. 나이를 숫자로 적지 않은 이유는 마지가 글자 옆에 숫자를 적은 그림을 몹시 싫어하기 때문이었다. 마지는 케이크와 킹을 번갈아 보면서 생긋 웃었다. 킹은 그녀를 사랑했다. 사랑으로 가슴이 벅찼다. 그가 케이크를 자르려 칼을 꺼내자 마지가 소리쳤다.

"멈춰!"

그들은 케이크를 먹을 수 없었다.

마지가 찾던 완벽한 디자인이기 때문이었다.

코코넛을 위한 최초의 텔레비전 광고가 전국에 방송됐다. 마지가 구상해서 만든 광고였다. 귀엽고 활기찬 아이들, 체격과 인종이 다양한 소년 소녀들이 교외의 평범한 거리에서 노는 내용이었다. 인간 피라미드를 쌓으며 노는 아이들, 나뭇가지에 올라갔다가 뛰어내리며 노는 아이들이 보인다. 해가 지평선으로 저물고, 아스팔트에 그림자들이 길게 늘어졌다. 카메라가 이웃집 현관문들을 하나씩 줌인하면 현관문이 차례로 열리고 부모와 조부모, 형들, 누나들이 나와서 아이들을 집으로 불러들인다. 어느 집 엄마가 아이에게 외친다. '미트 로프(곱게 다진 고기, 양파 등을 함께 섞어 빵 모양으로 만든 뒤 오븐에 구운 것—옮긴이)를 만들었어.' 다른 집 오빠가 말한다. '오늘 저녁은 스파게티야.' 아이들은 대답하지 않는다. 고개조차 돌리지 않는다. 귀엽지만 제멋대로인 아이들이다. 그러다 어느 집 문이 열리고 이번에는 그 집 아버지가 나온다. 관자놀이의 머리카락이 희끗희끗한 잘생긴 아버지다. 허리에 앞치마를 두른 그는 눈가에 다정한 잔주름을 햇살처럼 내보인다. 그는 버터크림으로 만든 큼직한 직사각형 케이크를 품에 안고 소리친다.

"엘리."

나무를 향해 방향을 돌린 카메라가 나뭇가지에 매달린 헝클어진 머리카락의 말괄량이를 비춘다. 밝고 호기심 가득한 표정이 소녀의 얼굴을 스친다. 나무에서 땅으로 훌쩍 내려선 소녀가 무릎을 손으로 툭툭 턴다. 소녀가 아버지에게 달려가자 다른 아이들이 고개를 돌려 바라본다. 카메라는 다시 소녀의 아버지를 비추고, 아버지가 들고 있는 물건의 귀퉁이에 적힌 로고를 줌인한다. 다시 보니 그것은 케이크가 아니라 코코넛3 컴퓨터다. 다음 장면은 아버지와 딸이 하드

드라이브와 똑같은 버터크림 색 플라스틱으로 된 모니터를 바라보며 나란히 앉아있는 모습이다. 하드 드라이브는 모니터 바로 아래 놓여 있다. 부녀는 벽난로의 불빛을 바라보듯 기분 좋게 미소 지으며 모니터를 들여다본다. 모니터에 뭐가 나오는지 우리에게는 보이지 않지만 굉장한 내용인 것 같다. 텔레비전 화면 아래에 처음으로 광고 문구가 흘러간다. 처음 이 문구를 사용한 건 리버풀 사람들이지만, 향후 몇 년 동안 이 문구는 코코넛 사의 상징이 되었다.

'우리와 함께하세요.'

# CHAPTER 14

아르노는 나를 북동쪽 해안으로 이끌었
다. 나는 방수 배낭을 어깨에 메고 터덜터덜 그를 따라갔다. 아침부
터 무더웠다. 하늘에는 구름 한 점 없고, 삼나무와 소나무 향기가 기
분 좋게 공기 중에 떠다니고 있었다. 내가 살았던 섬과 다를 게 없었
다. 나는 익숙한 환경인 듯 나를 속일 수 있을 것 같았다. 무작정 이
남자 뒤를 쫄래쫄래 따라가면 안 된다는 생각이 문득 들었지만 마음
을 바꾸기에는 너무 늦었다. 그는 비록 배는 나왔지만 강해 보였고
이곳 지리에 익숙한 사람이었다. 지금 도망치면 어떻게 될까. 그가
위험한 사람이면 나를 쫓아올 테고, 위험한 사람이 아니라면 가만히
서서 나를 보내주겠지. 어느 쪽이든 나는 다시 혼자가 될 것이다. 나
에게는 어느 쪽도 유리하지 않았다.

우리는 숲이 우거진 해변이 나무 한 그루 없는 누런 들판으로 변
할 때까지 30분가량 조용히 걸었다. 들판에 건물들이 쭉 서있었다.
대부분 건물이 직사각형이었는데 중앙에는 다양한 높이의 유리 구체

다섯 개가 마치 거대한 스노우볼처럼 모여있었다. 그 주변은 나무수 레를 미는 사람들, 황갈색 풀밭에서 거닐거나 앉아있는 사람들로 북 적였다. 족히 100명은 넘는 듯했다.

그 장면을 보고 나는 잠시 멈칫했다. 누군가가 내 가슴을 떠밀어 저지하는 것처럼 가슴이 조여드는 것 같았다. 나는 여기가 어디인지 단박에 알아보았다.

여기는 킹과 마지가 코코넛 사를 상장한 후 건립한 회사 캠퍼스였 다. 이 캠퍼스는 엘리엇 베이를 향해 뿔 모양으로 뻗어나간 레스토 레이션 포인트에 자리하고 있었다. 두 분이 결혼생활의 대부분을 보 낸 집은 여기서 멀지 않을 터였다. 아버지의 사진첩에서 사진을 본 적 있었다. 오랜 세월이 흐른 후에도 아버지는 레스토레이션 포인트 에 관해 얘기할 때마다 그곳 주인으로서 자부심을 드러냈다. 아버지 가 고향의 정원에 관한 얘기를 할 때와 비슷했다. 아버지는 영적인 관점에서 이 섬이 여전히 아버지의 소유인 것처럼 말했다.

언젠가 옛 코코넛 사 캠퍼스를 보게 될 날을 기대했는데 막상 보 니 놀라웠다. 건물 때문인 것 같기도 하고 사람들 때문인 것 같기도 했다. 어쩌면 둘 다일 수도 있었다.

기절할 것 같았다. 두 손으로 머리를 움켜쥐고 웅크리고 앉아 천 천히 깊게 숨을 들이마셨다. 아르노가 옆에 함께 웅크리며 물었다.

"괜찮니?"

진심으로 나를 걱정하는 말투라 위안이 됐다.

"괜찮아요."

실은 괜찮지 않았지만 나는 억지로 일어나 계속 나아갔다.

아르노는 긴장을 풀며 다시 수다를 떨었다. 내가 그를 두려워했던 것처럼 그 역시 나라는 존재를 두려워하고 경계했을지 모른다는 생각이 문득 들었다. 그는 한때 코코넛 사의 소유였던 건물들을 지금은 엑스들이 마을 공동의 쓸모를 위해 사용 중이라고 설명했다. 그 구체들은 온실로 사용되고 있다고 했다.

우리는 한가운데 있는 제일 큰 구체 구조물로 들어갔다. 빛으로 가득한 넓은 공간에 온갖 식물들과 나무들이 가득했고 수십 명의 사람들이 들어와 있었다. 땅바닥이나 작은 스툴에 앉아있는 사람들도 있고, 내가 바깥에서 봤던 것과 똑같이 생긴 수레를 끌고 돌아다니는 사람들도 있었다. 열린 공간 주변에는 수십 개의 큼직한 투명 정육면체들이 바퀴 위에 얹혀있었다. 나는 그게 무엇인지 바로 알아보았다. 코코넛 사가 선도한 휴대용 사무 공간이었다. 계단을 통해 더 높은 층으로 올라가게 되어있었고 그곳 또한 푸른 잎과 초목으로 채워져 있었다. 사람들은 새 둥지 모양의 거대한 모형 속에 옹기종기 앉아있었다. 나는 흰머리독수리와 그 새끼들을 떠올렸다. 그곳은 따뜻하고 습했다.

아르노는 아프로 헤어스타일(1970년대에 유행했던, 흑인들의 둥근 곱슬머리 모양—옮긴이)의 멀쑥한 흑인 남자에게 다가갔다. 그 남자는 유리벽에 등을 기대고 앉아 책을 읽고 있었다. 흑인 남자의 얼굴이 익숙했는데 클라리넷을 쓸 수 없어서 누구인지 확인할 수 없었다.

아르노가 남자에게 물었다.

"엘리먼이 이 근처에 있어요?"

남자가 고개를 들어 아르노를 쳐다보더니 내게 시선을 돌렸다.

"얘는 누구야?"

사뭇 무시하는 말투였다. 나를 무시한다기보다 아르노를 무시하는 듯했다.

"오늘 아침에 내 천막으로 찾아왔어요!" 대인관계에 완전 초짜인 내가 보기에도 아르노는 상대에게 어필하려고 지나치게 애쓰는 것으로 보였다. "헤엄쳐서 왔다고 하네요."

남자는 눈썹을 치켜뜨더니 짧고 간결하게 고개를 끄덕였다.

"잘 왔어." 남자는 미소도 짓지 않고 내게 말하고는 아르노에게 알려주었다. "엘리먼은 에디슨에 있어."

우리는 널찍한 홀을 가로질러 '에디슨'이라는 이름이 새겨진 정육 면체 공간 앞에 다다랐다.

그 안에 어떤 여자가 바닥에 책상다리로 앉아, 파란색과 하얀색의 작은 꽃무늬가 들어간 커튼 천을 막대에 끼우고 있었다. 막대는 세 개가 더 있었고 그 옆에 천이 한 무더기 쌓여있었다.

"커튼을 끼우는 중이야." 안으로 들어오는 우리를 보고 여자가 말했다. 그리고 나를 보더니 물었다. "얘는 누구야?"

나는 여자를 이렇게 가까이서 본 적이 없었다. 여자는 일어서서 페인트가 여기저기 튄 청 작업복에 엄지를 찔러넣었다. 작업복 안쪽에는 헐렁한 갈색 티셔츠를 입었다. 키가 크고 어깨가 튼실한, 한마디로 당당한 체격이었다. 아르노는 약간 뒤로 물러섰다. 이 여자가 바로 엘리먼 엑스였다. 고개를 살짝 기울인 엘리먼은 자기 앞에 선 내 몰골이 우스꽝스럽다는 듯 냉소적인 눈빛으로 나를 바라보았다.

나는 이 여자의 좀 더 젊었던 시절의 모습을 본 적 있었다. 시위자 10만 명이 주주 캠퍼스가 있는 유니언 호수 남쪽을 향해 시애틀 5번 가에서 북쪽으로 행진했던 날이었다. 엑스들은 예전에도 시위를 했는데 이 정도 규모는 처음이었다. 밤 아홉 시 반, 경찰은 최루탄을 쏘면서 사람들을 체포하기 시작했지만 자정 무렵까지도 거리의 인파는 줄어들지 않았다. 젊은 대학 중퇴 여성이 지저분한 혼다 시빅 지붕에 올라섰다. 짧은 검은색 민소매 티셔츠와 거칠게 자른 청 반바지를 입은 그 여자는 두 손을 입가에 대고 목청 높여 즉석에서 연설했다. 몇 시간 동안 집회에서 고함을 지른 탓에 잔뜩 쉰 목소리였다. 그녀의 연설은 몇 년 후 역사의 한 페이지에 영원히 기록됐다.

"오늘 밤 우리는 역사적인 일을 하고 있습니다." 자신을 엘리먼 엑스라 소개한 젊은 여자가 소리쳤다. "우리의 의식에 상업적인 가치를 매기는 모든 시스템을 거부할 것임을 선언합니다!"

엘리먼은 홀쭉한 근육질 체형이지만 동그랗고 빨간 볼을 가진 동안이었다. 그녀는 검은 머리카락을 대충 묶어 뒤로 틀어 올렸다. 그곳에 모인 시위대를 향해 그녀는 엑스가 표명하는 사상을 담은 전단지를 힘차게 뿌렸다.

"우리는 주주로 살지 않겠습니다. 우리는 공공 기록에서 우리의 프로필을 지울 것입니다. 우리는 우리가 거부하는 이 시스템을 벗어나 서로 교류하고 살아갈 수 있는 자율적인 땅을 달라고 요구하는 바입니다." 그녀는 주주 캠퍼스를 향해 돌아서며 외쳤다. "우리는 킹 라오의 권력을 즉각 박탈할 것을 요구합니다."

새벽 한 시 이 분경, 주주 캠퍼스의 주요 건물 내부에서 화재경보기가 울리기 시작했다. 언론사 드론들이 머리 위에서 맴돌며 아래층 창문 밖으로 뿜어나오는 연기를 포착했다. 몇 분 만에 연기가 건물을 가득 채웠다. 관리인 복장을 한 늙수그레한 남자가 눈을 가리고 기침하며 달려 나와 외쳤다.

"건물 안에 사람들이 있어요! 어린 여자애가 있어요!"

엘리먼이 서있는 곳에서는 세세한 상황을 파악하기 어려웠다. 차 지붕을 무대 삼아 올라선 엘리먼은 주먹을 들어올리며 구호를 이끌 었다.

"다 태워라! 다 태워라!"

당시 엘리먼은 열여덟 살이었다.

그 후 수십 년 동안 엘리먼 엑스의 사진은 공개되지 않았다. 세월 이 20년 가까이 흐른 만큼 그녀의 외모는 당연히 변했다. 나이가 들 었을 뿐 아니라 좀 더 권위 있는 인상으로 바뀌었고 마르고 홀쭉하던 체구는 어깨에 힘이 들어가면서 남성적인 분위기를 풍겼다. 진갈색 곱슬머리는 군데군데 희끗희끗해졌다. 그녀는 황갈색 피부에 달처럼 둥근 얼굴을 가진 사람이었다. 눈가와 이마에는 미세한 주름이 잡혔 다. 생경한 느낌이 가슴속에 밀려들었다. 그녀는 정말 아름다웠다.

아르노가 다시 입을 열었다.

"얘가 헤엄을 쳐서 제 천막 앞에 나타났어요. 그래서 곧장 여기로 데려왔습니다."

엘리먼의 얼굴에 망설이는 기색이 스쳤다. 내가 누구인지 알아본 걸까? 잠시 후 엘리먼은 웃으며 그에게 물었다.

"곧장 여기로 데려왔다고?"

나는 그녀의 목소리에 놀랐다. 깊고 낮은 음색에 마치 시간이 남 아도는 사람처럼 한껏 나른한 억양이었다.

"진짜예요. 아무 일도 없었습니다."

그녀가 돌아보자 나는 긴장으로 몸이 굳어졌다. 엘리먼이 온화하 게 물었다.

"괜찮니?"

"괜찮아요!"

의도한 것보다 훨씬 밝은 목소리가 내 입에서 튀어나왔다.

아르노는 깊게 숨을 들이마셨다가 내쉬었다.

"아무 일도 없었어요. 그냥 애 발을 좀 문질러 주고 사탕무 통조림을 먹으라고 줬어요." 아르노는 내 눈을 똑바로 못 보고 조용히 덧붙였다. "그게 다예요."

"발을 문지르게 해준 대가로 사탕무 통조림을 줬겠지."

그들은 서로를 조용히 마주 보았다. 냉담한 기운이 감도는 이유를 나는 명확히 알 수 없었다. 나는 아르노가 딱해서 끼어들었다.

"저는 이곳 사람이 아니에요. 아르노 씨가 당신을 소개해 주겠다고 했어요."

"친절하기도 하지." 엘리먼은 아르노한테서 시선을 떼지 않았다. "앞으로는 사탕무를 대가로 발을 문지르는 짓 하지 마."

엘리먼은 그만 가도 좋다는 눈빛으로 아르노를 쳐다보았다.

아르노는 잠시 그 자리에서 머뭇거리다가 기어들어 가는 목소리로 물었다.

"이 아이를 여기로 데려온 것에 대한 대가는요?"

"아르노!" 엘리먼이 킥킥 웃었다. "애 발을 문질렀다며?"

아르노가 풀이 죽어 어깨를 웅크린 채 물러가자 엘리먼은 뒤로 한 걸음 물러나 나를 한참 살펴보았다. 그리고 나에 관해 어떤 결심이 섰는지 미소를 지었다. 뜻밖의 그 미소가 온화하고 다정하게 느껴졌다. 방 한쪽 구석에 침낭 여러 개가 놓여있었다. 엘리먼은 그중 하나를 집어 펼쳤다. 끄트머리가 위로 말려 올라갔다.

"우리는 각자 사용하는 이불이 있어. 너한테도 줄게. 하지만 여기서는 누구도 공간에 대한 소유권을 갖고 있지 않아. 피곤하면 침낭을 들고 빈자리를 찾아서 누워 자면 돼."

침낭에 올라앉은 엘리먼은 여기로 오라는 듯 자기 옆을 톡톡 쳤다. 예상보다 너무 부드러웠던 탓에 나는 그 자리에 앉자마자 침낭 속으로 쑥 빨려 들어갔다. 우리의 허벅지가 서로 닿았다.

"발을 문지른 건요."

나는 어쩐지 설명해야 할 것 같아 입을 열었다.

"아니, 아니야. 됐어. 말 안 해도 돼." 엘리먼은 두 손을 들어올리며 고개를 저었다. "아르노는 나한테 설명해야 할 필요가 있었어. 자기가 여자랑 이미 거래를 해놓고 나한테 생짜 신입이라면서 데려오면 안 되는 거니까. 넌 나한테 굳이 설명할 필요 없어. 넌 그냥 여기로 온 거니까."

그녀는 나를 평가하듯 다시 훑어보았다. 그녀의 입에서 시큼하면서도 과일 향이 살짝 섞인 냄새가 풍겼다. 아버지 말고 다른 사람과 이렇게 가까이 있어보는 건 처음이었다. 그것도 이렇게 대단한 사람 옆에.

"뭐 좀 먹었니? 사탕무 말고."

엘리먼은 이 말을 하고는 재미있다는 듯 깔깔 웃었다.

나는 사탕무 말고는 먹은 게 없다고 대답한 후 조심스럽게 미소 지었다.

엘리먼도 미소를 지어주었다.

"나도."

그리고 그녀는 내 허벅지를 살짝 건드리고는 일어서서 방을 나갔다.

나는 그 자리에 앉아 문간을 바라보았다. 엘리먼은 너무나도 자신

있어 보이는 모습이었다. 돌아와요. 내가 당신을 자세히 볼 수 있게. 당신을 속속들이 볼 수 있게.

무어라 형언할 수 없는 감정이 솟구쳤다. 나는 그녀가 존경스러웠고 그녀에게 매혹되었다. 그 감정에는 애매한 갈망도 섞여있었다. 연애 감정은 아니라고 생각했는데, 정말 그런지 확신할 수는 없었다. 나는 이 모든 것, 특히 인생살이에서 완전히 초보였다. 그녀의 손이 닿았던 허벅지가 불붙은 듯 뜨거웠다.

잠자리 맞은편 벽에 누군가가 토머스 에디슨의 명언을 페인트로 적어놓았다. '나는 세상이 필요로 하는 것을 찾아낸다. 그리고 나아가 그것을 발명하려 노력한다.' 페인트 색이 바래져 있었다. 에디슨이라는 이름이 붙은 이 방, 그리고 벽에 적힌 에디슨의 명언은 이 건물이 코코넛 사의 소유였던 시절부터 여기 존재했을 것이다. 내가 지금 앉아있는 이 방은 예전에는 회의실이었지만 지금은 엑스들이 공동 침실로 사용 중이었다. 바깥의 열린 공간은 한때 책상으로 가득했을 것이다. 아버지의 젊은 시절을 상상해 보았다. 책임자로서 이 건물 안에서 힘차게 걸어 다니는 모습. 하지만 아버지가 곁에 없으니 상상이 잘 되지 않았다. 내가 버려두고 온 쇠약한 노인, 감각을 잃어가는 늙은이의 모습으로만 그려질 뿐이었다. 소멸해 가는 아버지의 모습이 내 머릿속을 가득 채웠다.

맙소사. 내가 그런 식으로 떠났으니 아버지는 몹시 걱정하시겠지. 아버지가 엑스들이 모이는 시장을 돌아다니며 나에 대해 묻고 다니지 않을까. 아버지는 실종된 여자아이의 모습을 설명하면서도 자신과 내 정체를 드러내지 않으려 조심할 것이다. 사람들은 아버지를 끈질긴 포주쯤으로 여길지도 모르겠다. 아버지가 묘사하는 여자

아이가 누구인지 사람들이 알아볼 수 있을까? 그들은 높은 금액을 제안받고 나를 팔아넘길까?

엘리먼은 한참 후에야 접시를 들고 돌아왔다. 접시에는 가장자리가 바삭하게 튀겨진 계란프라이 두 개가 담겨있었다. 진한 오렌지색을 띤 노른자가 바르르 떨었다. 그녀를 보자 나는 마음이 확 놓였다. 엘리먼은 계란프라이 하나를 손으로 집어 들며 말했다.

"먹어."

나도 계란프라이를 집어 들었다.

우리는 그 자리에 앉아 부드럽게 흔들거리는 계란프라이를 입에 집어넣었다. 옆자리에서 보살핌을 받고 있으니 가슴이 뜨거워지는 기분이었다.

그녀는 업무 얘기라도 하는 것처럼 고개를 살짝 끄덕이며 말했다.

"설명할 테니까 잘 들어. 사람들은 내가 전능한 존재인 줄 알지만 여기서 전능한 존재 따위는 없어. 그게 요지야. 야간 노동자 연합을 운영하는 게 내 역할이야. 아르노 글래드 같은 멍청이가 여자애를 데리고 헛짓거리하는 게 내 눈에 띄면 나는 야간 노동자 연합을 아주 유용하게 써먹지. 아르노는 제약 집단의 일원이야. 아르노가 허튼짓을 하면 나는 그를 쫓아낼 수 있어. 이번처럼 경미한 위반을 한 경우에는 가볍게 대가를 받아내는 정도로 끝내지. 그리고 그 짓에 연루된 여자애는 조합에 가입할 기회를 누리는 거고." 엘리먼은 씁쓸하게 웃었다. "네 유토피아적 상상에 이런 내용은 아마 없었을 거야."

나는 그 말을 제대로 이해할 수 없었다. 유토피아적이든 아니든 상상조차 해본 적이 없었으니까. 에디슨과는 달리 나는 이 세상이 필요로 하는 바가 무엇인지 알지 못했다. 나는 조용히 말했다.

"저는 별다른 상상을 안 해봤어요."

엘리먼은 살짝 미소 지었다.

"너 몇 살이니?"

대충 성년의 나이로 꾸며 말할까도 생각했다. 하지만 여기서는 어른답게 처신해야겠다는 생각이 들어 진실을 말하기로 했다.

"열일곱 살이요."

엘리먼은 나를 상대하는 게 시간 낭비인지 아닌지 가늠하는 듯한 눈빛으로 나를 바라보았다. 그리고는 무심하게 입을 열었다.

"내가 2분 정도 시간이 있거든. 여길 구경시켜 줄게."

나는 엘리먼을 따라 밖으로 나갔다. 옛날 사진에서 본 코코넛 사의 유리벽 캠퍼스는 그야말로 반짝거릴 정도로 깨끗하게 관리가 잘 되어 있었다. 지금은 유리가 부옇게 흐려졌고 일부 금이 가거나 깨진 곳에는 큼직한 캔버스 천이 덕지덕지 붙어있었다. 건물들 사이에는 듬성듬성하게 풀밭이 있었다. 이런 불완전한 면면에도 불구하고 배경 자체는 참 아름다웠다. 왼쪽에는 레스토레이션 포인트의 끄트머리가 엘리엇 베이를 향해 뻗어있었다. 오른쪽에는 널찍한 대로가 있었다. 바로 이 섬의 주요 도로였다. 엘리먼은 레스토레이션 포인트의 북쪽 해변을 따라 서쪽으로 걸어가다가 북쪽으로 방향을 틀었다. 그곳에는 걸어 다니거나 자전거를 타거나 수레에 탄 사람들이 복잡하게 오가고 있었다. 대로가 끊기는 곳에 주차장이 있었는데, 사람들은 그곳에 타고 온 자전거와 수레를 놓아두었다. 이 캠퍼스를 떠나는 사람들은 필요에 따라 그 자전거와 수레를 집어 타고 갈 수 있게 되어있었다.

사람들은 캠퍼스의 건물들을 잇는 흙길을 따라 걸었다. 일부는 빵과 과일 같은 음식이 담긴 수레를 밀고 다녔다. 토스터 크기의 검은 상자를 가득 실은 수레도 보였는데, 행인들은 그 수레로 다가가 수레를 미는 사람에게 고개를 끄덕이거나 감사의 뜻으로 미소를 지으며 음식을 집어 들었다. 혼자인 사람도 있고, 커플이나 친구, 가족도 보였다. 붉은 머리카락, 햇볕에 잘 그은 피부를 가진 어린 소녀가 정체를 알 수 없는 상자들을 쌓아 놓은 수레에 올라앉아 소리쳤다.

"내가 여기서 제일 커요!"

소녀의 아버지는 고개를 끄덕이며 수레를 밀었다. 즐거워하는 기색이 점차 줄어드는 표정인 것으로 보아 그 소녀는 같은 말을 몇 번이고 되풀이한 것 같았다.

엘리먼은 나를 주차장으로 데려가더니 자전거를 타라고 손짓하고는 자기도 자전거에 올라탔다. 그녀는 주요 도로 쪽으로 향하며 말했다.

"따라와."

블레이크 섬에서 자전거를 타봤지만 보행자를 비롯해 다른 자전거 이용자들을 피하면서 타는 것은 처음이라 정신이 사나웠다. 우리는 조용히 자전거 페달을 밟았다. 길 왼쪽에 줄지어 선 더글러스 전나무들이 도로에 그림자를 드리웠다. 시애틀에 가까운 물가에 도착한 엘리먼이 내게 멈추라고 손짓했다. 우리는 자전거에서 내려 물 앞에 섰다.

"우리가 여기서 몇 명이나 사는지 헤아린 사람은 없어. 우리도 굳이 인구를 세고 싶진 않아. 다만 위원회가 파악한 것보다는 많아. 빈 섬의 수를 곱하면…… 빈 섬의 수가 100개는 넘으니까…… 우리

인구가 꽤 많기는 하지."

"다들 어디서 온 거에요. 어쩌다가 여기로 오게 된 거죠?"

그녀는 어깨를 으쓱했다.

"일부는 신념을 지키려고 온 사람들이야. 특히 초창기 때는 그랬어. 대부분은 숨으려고 오지만. 그런데 있잖아. 여기 사람들한테 그런 거 묻지 마. 그런 질문 안 좋아해."

나도 숨으려고 온 사람이라고, 나 역시 숨어 사는 사람이라고 말할뻔했다. 하지만 엘리먼은 묻지 않았다. 캠퍼스로 돌아갔을 때쯤, 하늘 높은 곳에 걸린 해가 뜨거운 열기를 뿜어냈다. 이마와 윗입술에 솟은 땀을 닦았다. 우리는 자전거를 세워두었다. 엘리먼은 조금 전 우리가 만났던 그 건물의 그 방으로 나를 데려다주었다. 정오인데도 방 안에는 여자 세 명이 잠옷 차림으로 침낭에 앉아있었다. 그들은 자기네끼리 한참 대화를 나누다가 우리가 방으로 들어가자 눈을 들면서 입을 닫았다.

엘리먼이 그들에게 말했다.

"새 룸메이트야. 잘해줘. 안내도 좀 해주고."

여자들한테서 꽃 냄새와 땀 냄새가 섞인 부드러운 향이 풍겼다. 엘리먼이 떠난 후 나는 어색하게 문간에 서있었다. 그들은 차례로 아우렐리아, 수전, 매직이라고 자기소개를 했다.

"원래 이름은 아니야." 제일 어려 보이는 매직이라는 여자가 설명해 주었다. 나보다 나이가 많아 보였는데 20대 중반 정도인 듯했다. "네가 원한다면 너도 본명 말고 다른 이름을 쓸 수 있어."

매직은 굴곡이 뚜렷한 몸매에 작은 키, 기다란 검은 머리와 반짝이는 눈을 가진 여자로 라틴계인 것 같았다.

매직을 닮았지만 나이가 좀 더 많아 보이는 아우렐리아가 말했다.

"그게 아니지, 바보야. 쟤는 다른 이름을 *골라야만* 해." 그 여자는 매직을 가리키며 덧붙였다. "얘는 내 동생이야."

여자들은 기대에 찬 눈으로 나를 바라보았다. 내가 대답을 안 하자 희끗희끗한 짧은 머리를 가진 백인 여성이며 60대인 듯한 수전이 콧방귀를 뀌며 나무라듯 말했다.

"미스터리한 애네. 미스타라고 부르면 되겠어."

나는 두 번째 이름을 갖게 되어서 기뻤다. 블레이크 섬 바깥의 세상, 다른 사람들이 살고 있는 세상에 비로소 속하게 된 듯한 기분이었다.

매직은 그들이 6주 전 거의 비슷한 시기에 여기 도착했다고 설명해 주었다.

"우리가 오랜 시간을 들여 알게 된 것들을 너한테 다 말해줄게."


"베인브리지에서는 모두가 이 섬에서 만든 침낭, 음식, 중수도를 사용할 수 있어."

매직이 말했다. 이런 생활필수품과 '캐츠'라 불리는 변환 전력으로 채워진 장비를 자원 공급소에서 찾아 쓰거나 지나가는 수레에서 그냥 집어 들면 된다고 했다. 아까 수레에 쌓여있던 벽돌만 한 크기의 검은 상자들을 떠올렸다. 그 검은 상자가 캐츠인 모양이었다.

"컴퓨터를 쓰고 싶으면 사용 시간을 신청하고 쓰면 돼."

"여기서는 컴퓨터가 허락되지 않는 줄 알았어요."

"엑스는 기술을 혐오한다고 생각했구나? 그건 사실이 아니야. 여기 사람들은 도구며 시스템이며 잘만 쓰고 살아. 누구나 도구와 시스템을 사용해서 사람들의 삶을 개선하면 되니까. 개악이 아니라."

매직은 내가 한 달 동안 소위 '적응기'를 거치게 될 거라고 말해주었다. 그 기간에는 내가 특별히 해야 하는 일이나 역할이 없었다. 그 시기가 지난 후에는 나도 빈 섬에서 삶을 유지하기 위해 일을 시작해야 하는 것이다. 즉 쓸모 있는 사람이 되어야 한다는 뜻이었다.

"전에 살던 곳에서 하던 일을 계속해도 돼. 선생님이나 간호사라면 다들 반겨."

내가 별다른 기술이 없어서 당황한 표정을 짓자 매직은 다정하게 덧붙였다.

"괜찮아. 적응 기간에 훈련받으면 돼."

모든 노동자는 분야별 노조에 속해있었다. 노조 구성원 중 선출된 이들이 각 노조를 이끌었다.

"엘리먼처럼, 우리를 위해 하는 거야."

매직은 자신과 다른 이들을 가리키며 말했다. 노동자들은 회비를 납부하고, 노조는 노동자들을 위해 회비를 사용했다. 이를테면 건강, 교육 등을 위한 상호 기금에 사용하는 식이었다. 야간 근무의 종류는 다양했는데 언제나 야간에 일을 하는 것은 아니었다. 약을 제조하거나 시험하거나 운송할 수도 있고, 난자나 정자를 판매할 수도 있으며, 젊은 여성은 본토 사람들을 위한 대리모 노릇을 할 수도 있었다. 엘리먼도 수년 전에 대리모로 일한 적이 있다고 했다.

매직과 그녀의 언니, 그리고 수전은 여기 도착한 후에 처음 만났는데 그들은 여기 오기 전 매춘에 종사했다.

"아르노가 너를 처음 발견했다며? 그래서 엘리먼이 너를 우리와 함께 지내도록 했나 봐."

나는 아르노가 내 발을 문지르던 게 떠올라 치욕스러웠지만 애써 참으며 시선을 돌렸다.

"아, 괜찮아. 창피해할 것 없어!" 매직은 내 태도가 거슬렸는지 살짝 날카롭게 웃었다. "원래 그런 거야."

엑스들은 주주가 만든 상품과 서비스를 거부하기 때문에 이 섬에서 사용되는 물건 대부분은 여기서 만들어진 것이었다. 음식과 옷도 마찬가지였다. 섬의 태양광 발전소는 여름에 필요한 전기 대부분을 생산하고 나머지를 외부에서 조달했다. 빈 섬들은 저마다 하나 이상의 태양광 발전소나 풍력 발전소를 보유했다. 이들은 5년 전에 이미 그 단계에 도달해 있었다. 빈 섬들끼리 비공식적으로 통신과 교역이 이루어지고 있었는데, 조약이 아니라 공동 목표 의식에 따라 운영되었다. 주주 위원회는 빈 섬들끼리 합의한 조건에 따라 물건을 주고받는 경로를 꾸준히 지켜보면서도 보안상 위협이 되지 않는 한 섬들을 내버려두는 편이었다.

엑스들은 주주들에게 물건을 팔거나 기부를 받기도 했다. 특히, 엑스들의 뜻에 공감하지만 주주로서의 안락한 삶을 포기할 수 없었던 사람들은 죄책감 때문에 엑스들의 강력한 후원자가 되어주었다. 현지 생산품이나 다른 빈 섬과의 거래로 조달할 수 없는 물품은 주주들에게 자주 기부를 받았다. 컴퓨터도 전부 그런 식으로 기부를 받았다.

멧돼지 사냥이라든지 식량 부족 같은 빈 섬에 관한 무시무시한 이야기를 들어봤겠지만 대부분 부풀려진 경우가 많다고 매직이 말했다. 초기에는 몇 번 사고가 있기는 했다. 엑스들은 야생에서 자신과 서로를 보호하는 방법을 빠르게 배워나갔다. 그리고 그 정보를 신참들에게 전해주었다. 베인브리지뿐만 아니라 각 섬의 공동체에 속한 주민들이 서로 점점 친해지면서 강력 범죄 발생률이 줄어들었다. 사람들은 해묵은 적대감을 내려놓았다. 모두가 한 집단이었다. 엑스들이 적절한 거래 방법을 찾아낸 덕분에 물자 부족이나 정전 사태도 거의 일어나지 않았다. 모두에게 지위와 안녕을 보장해 주는 관리 시스템이 있기 때문에 사람들은 자유로이 의미 있는 인생을 추구할 수 있었다. 물론 하루하루 살아가는 것은 여전히 녹록지 않았다. 삶의 고난 자체를 피할 수는 없었다. 그래도 매직은 여기 온 것을 단 한 순간도 후회한 적 없다고 했다.

그날 저녁, 매직과 수전, 아우렐리아는 깨끗한 청바지와 셔츠, 플란넬 바지를 차려입었다. 매직이 말했다.

"우리를 배웅해 줘!"

밖에 나가 보니 평상복 차림의 여자 수십 명이 레스토레이션 포인트의 남쪽에 있는 정박지를 향해 가고 있었다. 엘리먼은 무리를 이끄는 대장답게 경쾌하고 자신만만한 걸음걸이로 앞장서서 걸어가고 있었다. 다른 여자들은 둘씩, 셋씩, 아니면 넷씩 나지막하면서도 활기찬 대화를 나누며 보조 맞춰 그 뒤를 따라갔다. 그들의 움직임은 마치 고양이처럼 묘하게 우아한 구석이 있었다. 아버지가 키우는 불독과는 상당히 달랐다. 그리고 귀로 들리는 소리보다 몸의 움직임으로 더 많은 뜻을 전하는 식으로 친밀하게 대화를 나눴는데, 춤추듯 일제히 몸을 기울이거나 서로에게 닿곤 했다. 여기서 완전히 이질적으로 겉도는 사람은 나뿐이었다. 다른 사람들 사이에 섞여 산다는 게 어떤 의미인지를 이제 배우기 시작했으니까.

매직이 다가와 자기네는 중립 수역인 베인브리지 동쪽의 수상 클럽에 갈 거라고 알려주었다. '차차'라는 그 클럽은 엑스가 운영하고 있는데, 손님은 대부분 주주들이라고 했다. 그 일은 엑스들의 큰 수입원이고 그곳은 섹스, 약물 등을 거래하는 큰 시장이었다. 본토에서 그런 물품과 활동은 불법이거나 훨씬 비쌌다. 정박지에는 카약, 카누, 모터보트 등 100대 이상의 작은 배들이 모여들었다.

"Adios(안녕)."

매직은 나를 가볍게 안아주며 말하고는 다른 여자들과 함께 부두로 걸어가 모터보트에 올라탔다. 보트들이 한 대씩 정박지를 떠나 북쪽으로 향했다. 나는 그곳에 홀로 남아 내가 여기 무엇을 하러 왔을까를 다시 생각했다.


다음 날 아침, 느지막이 돌아온 룸메이트들은 여전히 잠을 자고 있었다. 나는 큰 소리를 내지 않으려고 조심하면서 빨리 옷을 입고 혼자 밖으로 나갔다. 뜨거운 햇살이 환하게 쏟아지는 여름의 아침이었다. 마당의 흙길을 따라 남자들과 여자들이 사과, 딸기 같은 맛있는 먹을거리가 가득 실린 손수레를 밀고 있었다. 곱슬머리를 뒤로 모아 말총머리로 묶은 통통한 50대 여자가 갓 구운 둥그런 빵을 실은 수레를 밀며 내 쪽으로 다가왔다. 나는 잔뜩 배고픈 눈으로 빵을 바라보았다. 여자가 내 가까이에서 걸음을 멈추고 물었다.

"길을 잃었니?"

"아뇨. 그냥 주변을 둘러보고 있어요."

당황스러웠다. 내가 다른 사람들 사이에서 잤으면 남의 음식을 빤히 쳐다보는 짓은 하지 않았을 것이다.

"여기 온 지 얼마 안 됐지? 네가 엘리먼과 함께 있는 걸 봤어." 여자는 앞치마에서 빵칼을 꺼내 부르빵을 반으로 잘랐다. "아침 먹어."

그녀는 내 손에 빵을 쥐여주고 가던 길을 갔다.

나는 빵을 조금씩 떼어 먹으며 레스토레이션 포인트의 끄트머리를 향해 흙길을 걸어갔다. 여기서 보이는 본토의 풍경은 내가 살던 곳에서 보던 것과는 달랐다. 블레이크 섬에서는 본토의 주거 지역을 볼 수 있을 뿐이었다. 그런데 여기서는 웨스트 시애틀의 알키 포인트까지 내다보였다. 가느다란 해변과 그 뒤로 쭉쭉 뻗어 올라간 고층 건물들까지 볼 수 있었다. 근처에 몇몇 가족이 있었고 어린아이 세 명이 물가에서 함께 놀고 있었다. 나는 그들과 거리를 두고 눈에 띄지 않도록 조심하면서 그들을 지켜보았다. 아이들은 예닐곱 살 정도로 보였다. 그중 지저분한 리넨 원피스를 입은 검은 머리의 어린 소녀가 두 손으로 물을 퍼담아 조금 더 나이 많은 소년의 얼굴에 뿌렸다. 나는 소년이 화를 낼 줄 알았는데 그 아이는 웃으면서 소녀에게 물을 마주 뿌렸다. 소녀의 입에서 어떤 소리가 터져나왔다. 처음에는 소녀가 우는 줄 알았지만, 가만 보니 웃고 있었다.

오랜만에 평화로운 기분이었다. 문득 내가 상황을 잘못 읽었을지도 모른다는 불안감이 밀려들었다. 나는 속으로 말했다. 일어나. 저들이 네 정체를 알아채기 전에 저 사람들한테서 도망쳐. 넌 침입자이고 이방인이야. 달아나. 당장 물로 뛰어들어. 헤엄쳐서 집으로 돌아가. 지금 당장은 아니더라도 나중에 그렇게 하게 될 테니까.

나는 그대로 밀어붙이기로 했다. 머릿속으로 지도가 그려질 때까지 이 섬을 돌아다녀 볼 심산이었다. 섬의 대체적인 지형뿐 아니라 이곳을 지배하는 사회적 규칙까지 파악하고 싶었다. 해가 뜨면 잠에서 깨어 아침부터 밤까지 섬 이곳저곳을 걸어 다녔다. 요리, 청소, 건축, 상담 일을 기웃거리며 견습생으로 일하기도 했다.

어느 날 밤, 구내를 가로질러 걸어가다가 한 무리의 사람들을 만났다. 나이를 막론하고 모인 그 사람들은 즉석에서 노래를 부르고, 음악을 연주하고, 춤을 추고 있었다. 긴 머리의 어린 소년이 옷을 벗어던지고는 두 팔을 흥겹게 휘저으면서 빙글빙글 돌았다. 그러자 어떤 할머니도 셔츠를 벗더니 소년과 함께 빙글빙글 도는 춤을 추었다. 사람들은 그 모습을 지켜보면서 당황하지도 않고 웃기만 했다. 빵 수레를 미는 여자가 돌아와서 사람들에게 바게트와 부르빵을 던져주었다. 다들 큰 덩어리에서 한 조각씩 떼어낸 후 나머지 빵을 옆 사람에게 넘겼다. 허용되는 폭이 상당히 넓었다. 식기며 포크가 부족한 탓에 원한다면 손으로 그냥 먹어도 괜찮았다. 사실 사람들 대부분이 그러고 있었다. 자식을 열둘씩 낳아도 괜찮고 아예 낳지 않아도 괜찮았다. 파트너가 열두 명이든 아예 없든 아무 상관 없었다. 노인들 얘기로는 옛날에는 어디서나 다들 그렇게 살았다고 했다. 그러고 보면 이곳 사람들은 자연의 질서를 거스르지 않으면서 살고 있는 거였다.

낮이 짧아지고 있었다. 추수가 끝나고 겨울이 오면 다들 보금자리에 둥지를 틀고 집 안에서 농담과 이야기를 주고받을 것이다. 통에 넣고 절여놓은 채소를 먹으면서 만족스럽게 살이 찌면서 말이다. 나는 내가 병에서 절인 콩을 꺼내 이로 잘라 먹는 모습을 머릿속에 그려보았다. 겨울에도 여기서 살아가는 내 모습을 상상해 보았다. 하지만 아버지 생각은 하지 않았다. 밤이면 아버지는 내 꿈에 찾아왔다. 꿈에서 아버지는 모니터의 푸른빛을 받으며 컴퓨터 앞에 앉아있었다. 딸에게 무슨 일이 일어났는지 알아내기 위해 코드 작업을 하는 것이리라. 아침에 나는 울적한 기분으로 눈을 뜰 것이다. 아버지는 어째서 지금까지 날 찾아내지 못했을까?

아버지는 의식이 점점 흐려지는 중이라 자고 일어난 후에 내가 집에서 없어진 것도 잊지 않았을까? 내가 숲에 잠시 들어갔다고 생각하면서, 얼마 후면 내가 집으로 돌아올 줄 알고 의자에 멍하니 앉아 있지 않을까? 아버지가 나를 찾겠다고 마음먹으면 많이 애쓸 필요도 없을 것이다. 문득 나는 아버지에게 잡히기를 기대하고 있는 것 같다는 생각이 들었다. 아버지와 함께 조용히 보트를 타고 블레이크 섬으로 돌아가는 것, 그래서 내 모험이 끝나는 결말을 바랐을 수도 있었다. 아버지 없이 다른 곳에서 사는 것은 생각해 본 적이 없었다. 여기 계속 머물러 살 생각도 없었다.

여기 오고 한 달이 지났을 때도 나는 어떤 소명도 찾을 수 없었고, 여기서 계속 살 이유도 찾지 못했다. 엘리먼 엑스도 나에 관해 잊은 듯했다. 구내에서 엘리먼을 얼핏 봤을 때 나는 그녀의 시선을 붙잡아 보려고 했는데 그녀는 간단히 손을 흔들고는 가버렸다. 어쩌면 엘리먼은 내 계획에 별다른 관심이 없을 수도 있었다. 엘리먼에게 나는 아무것도 아닐 테니까. 나 같은 여자애들은 늘 볼 테니까. 하지만 나는 엘리먼이 내 삶을 이끌어 줄 사람이라는, 어쩌면 유치할 수도 있는 생각에 사로잡혔다. 룸메이트들에게 조심스럽게 엘리먼에 관해 물어봤는데 그들은 내가 엘리먼에게 홀딱 반해있다는 걸 곧바로 알아챘다.

수전이 고개를 절레절레 흔들며 경고했다.

"조심해. 엘리먼은 매력적이지만, 너는 엘리먼의 추종자들과 엮이지 않는 게 좋을 거야. 게다가 엘리먼은 네 엄마뻘이야."

나는 의도보다 다소 날카롭게 받아쳤다.

"난 엄마가 없어요."

그 말에 수전은 나에 관해 중요한 정보라도 포착한 것처럼 표정이 밝아졌다.

"아, 그래서 네가 그렇구나."

그러자 매직이 참견하고 나섰다.

"부정적인 결과만 낳게 될 거야."

매직은 윤기 나는 머리카락을 늘 손으로 쓸어내리는 습관이 있었다. 방 안 여기저기에 머리카락이 널려있었고, 가끔은 내 매트리스에도 그녀의 머리카락이 떨어져 있었다. 그것 말고는 매직이 마음에 들었다. 매직은 나와는 많이 달랐다. 키가 작고 엉덩이가 튼실하며, 사람들 사이에서 편안하게 잘 지내는 편이었다.

"여기 처음 왔을 때 엘리먼과 가깝게 지내기는 했는데, 엘리먼의 추종자 중 하나가 되지는 않았어. 그 무렵에 사귀는 사람이 생겼거든. 그 사람이 나를 주주 수역에 데려갔는데 거기서 경찰한테 잡힌 거야. 경찰이 나를 붙잡고 늘어지면서 물었어. '엘리먼 엑스의 여자들 중 하나구나. 엘리먼은 요즘 어때?' 그런 식으로 정보를 수집하더라고." 매직은 손가락으로 머리카락을 쓸어 넘긴 후 손을 살펴보았다. "너도 그쪽 사람들이랑 어울리다가 경찰에 붙잡히면 골치 아파질 거야."

나중에 나는 여러 개의 주방 중 한 곳에서 매직을 만났다. 매직이 통조림에 담긴 콩을 냄비에 담고 물로 헹구는 동안 나는 카운터에 올라앉아 있었다. 물에 거품이 생기자 매직은 그 물을 따라냈다. 그리고 콩이 담긴 냄비를 화로에 얹고 김이 모락모락 피어오르는 내용물을 나무수저로 이리저리 저었다.

"엘리먼은 밤에 어디에서 자요?"

내 물음에 매직은 자세히 대답해 주었다. 엘리먼은 최초의 엑스이
며 여전히 정치활동을 하는 친구들과 함께 코코넛 캠퍼스의 남서쪽
집에서 지낸다고 했다. 위원회는 엑스들이 여느 정치 운동처럼 잠시
유행했다가 사라졌다고 사람들이 믿기를 바랐는데 현실은 그보다 훨
씬 복잡했다. 빈 섬에 잘 돌아가는 공동체를 만드는 것 자체가, 그게
가능하다는 걸 입증하는 것 자체가 정치활동이었다. 엘리먼과 친구
들은 새로운 삶의 방식을 조직했다. 언젠가 본토가 받아들일 준비가
됐을 때 그들은 그 방식을 전달할 생각이었다.

매직은 내 질문을 참을성 있게 받아주었다. 그 계획에 관해 더 자
세히 알고 싶으면 어떻게 해야 할까? 어디서 정보를 얻어야 할까?
내 질문을 들은 매직은 애달프게 웃었다. 엘리먼에게 홀딱 반한 바
보가 안락한 삶을 버리고 엘리먼에게 들이대면, 그게 드문 경우이기
는 한데, 엘리먼도 알아챌 것이다. 그리고 그 바보에게 직접 말할 것
이다. 엘리먼은 누가 자기를 따라다니는 걸 싫어한다. 지나치게 열
성적으로 달라붙으면 위원회 쪽에서 염탐하러 보낸 사람으로 의심받
을 수도 있다. 매직은 데워진 콩을 그릇에 담아 내게 내밀었다. 우리
바보 조금 더 줄까? 우리 바보는 첩자 아니지?

# CHAPTER 15

"이 녀석은 라다처럼 너무 용감해. 멋대로 나가 돌아다니다가 그 망할 불구 놈한테 엮였잖아."

친나는 시타에게 말했다. 친나는 건의 이름을 입에 올리진 않았지만 이 말을 하면서 사촌 아이들 중 제일 맏이였던 건을 생각했을 것이다. 그 일에 대해 자기도 일부 책임이 있다고 느꼈기에 똑같은 일이 되풀이되지 않도록 하고 싶은 마음이었다.

"제멋대로 구는 걸 바로잡아 주지 않으면 아주 썩어 문드러질걸."

그들은 킹이 학교에 갈 준비가 되어서 다행이라고 생각했다. 시타는 매일 아침 킹의 얼굴에 귀신처럼 하얗게 분을 바르고 머리가 번들번들해지도록 기름을 바른 후, 다른 아이들과 함께 학교에 가도록 배웅해 주었다. 친나는 일 때문에 마을에 머무는 오후마다 주전부리를 들고 아파이야의 학교에 들렀다. 친나가 학교 문 안으로 들어올 때마다 킹의 동급생들은 해바라기가 만개하듯 킹을 향해 일제히 고개를 돌렸다. 킹은 중요 인사인 친나 라오의 조카라는 게 자랑스러웠다.

학교 공부는 쉬웠다. 오후에 학교에서 집으로 돌아오면 킹은 사촌들에게 학교에서 배운 'horrible, vowel' 같은 영어 단어를 알려주었다. 그리고 세 자리 수 더하기의 답을 5초 만에 내놓는 능력을 보여주어 사촌들을 어안이 벙벙하게 만들었다. 덕분에 킹을 대하는 숙모들, 삼촌들의 태도가 바뀌었다. 어린애인 킹을 늘 얕보는 말투로 대하곤 했는데 이제는 자기네가 아는 'sorry, mutton, thank you, officer' 같은 영어 단어들을 보석처럼 자랑하면서 킹을 존중해 주었다.

시원한 토요일 저녁이면 다들 의자와 나무상자를 들고 오두막에서 나와 본채와 킹의 집 사이에 있는 공터에 모여들었다. 남자들은 카드놀이를 하고 여자들은 수다를 떨었다. 친나는 킹의 집 위쪽 높다란 다락 공간을 오르내릴 수 있도록 사다리를 설치했다. 다락에는 코코넛을 저장해 두었다. 덧문이 내려진 창문에는 쇠막대가 있었고 그 사이로 공터가 내다보이고 빛이 흘러 들어왔다. 킹은 그곳에서 코코넛을 친구 삼아 많은 시간을 보냈다. 킹은 공터에서 저보다 나이 많은 사촌들을 따라다니면서 그들이 만들어 내는 온갖 놀이에 즐거이 참여하곤 했다. 지금은 다락방에 앉아 공부하면서 다른 사람들과는 차별화된 느낌으로 아래를 내려다보았다. 나만의 공간을 가질 수 있고, 라오 집안사람들 사이에서도 뚜렷이 구분되는 특별한 존재인 것 같아 기분이 좋았다. 그가 중요한 사람인 이유는 그가 평범한 라오가 아니라 킹 라오이기 때문이었다.

아홉 살이던 어느 날 저녁, 킹의 사촌이자 건의 남동생인 핑키가 부탁할 게 있다면서 사다리를 밟고 다락으로 올라왔다. 그는 킹에게 편지를 읽어달라고 했다. 핑키는 그게 건의 편지라고 속삭였다. 4년 전 이곳을 떠난 건한테서 처음 온 소식이었다.

254

핑키에게, 나는 이 편지를 대필시키고 있어. 너한테 편지를 써줄 사람을 찾았거든. 엄마는 어떠셔? 잉키랑 라두, 람 바부는? 자가이얌마랑 다른 여자애들은? 나는 석회암 채석장에서 일하고 있어. 돌을 쪼개는 일인데 벌이가 꽤 쏠쏠해. 일꾼이 더 필요한 것 같으니까 너도 오고 싶으면 와. 여기가 어디인지는 봉투에 적혀있어. 서두르는 게 좋을 거야. 꿈지럭거리고 있으면 내가 여길 떠나거나 여기 일이 끝날 수도 있어. 일은 많이 힘들어. 옷은 먼지투성이가 될 거고, 몸에서 냄새도 많이 날걸. 술은 넘치게 있는데 먹을거리는 신통치 않아. 그것 말고 주변에 필요한 건 다 있어. 그러니 우리 몸에서 술이랑 향신료, 땀내가 팍팍 풍길 수밖에. 그래도 스스로 일을 할 수 있어서 좋아. 삼촌 눈치 볼 필요도 없고. 주말에는 원하는 대로 현금을 쓸 수 있어. 정원에서는 어림도 없는 일이잖아. 정원에서 넌 친나 삼촌이 시키는 일을 해야 하고, 친나 삼촌이 골라주는 음식을 먹고, 친나 삼촌이 골라주는 옷을 입어야 하잖아. 나는 늘 읽고 쓰는 법을 배우고 싶었는데 친나 삼촌은 나를 학교에 보내주지 않았어. 워낙 독재자잖아. 아마 더 지독해졌을걸. 나는 그렇게 될 줄 알고 거길 떠난 거야. 친나 삼촌이 너를 학교에 보내주니? 아마 아닐걸. 여기 오고 싶으면 오고 싫으면 말아. 너 하고 싶은 대로 해. 너는 채석장의 일몰 풍경을 본 적 없잖아. 바위가 온통 하얀색이라서 일몰의 모든 색깔을 끌어당겨. 우리는 일하면서 그런 얘기를 나눴어. 이 편지에서 막상 그 얘기를 하려니까 쓸데없이 감상적이 되네.

킹은 편지 내용을 소리 내어 읽어주고 나서 핑키를 쳐다보았다. 그들은 잠시 눈을 맞추고 흥분되어 얼굴이 상기된 채로 웃음 지었다. 킹은 건이 정원을 떠나고 몇 년 동안 건에 관한 생각을 별로 한 적이 없었다. 관개 우물가에서 가출한 아들을 생각하며 울고 있는 리람마를 볼 때를 제외하고는 말이다. 그런 리람마를 볼 때마다 킹은 다가가서 옆에 서있어 주었다. 리람마는 킹에게 늘 다정하게 대해줬다. 건을 생각할 때마다 킹은 예전의 짧은 일탈을 떠올렸다. 코타팔리 마을의 외다리 불구와 몇 분 동안 강을 이리저리 떠다니는 동안 킹의 자아는 어머니나 아버지, 삼촌의 것이 아니라 오롯이 자기 것이었다. 그 순간이 거의 그리울 지경이었다. 건은 일몰의 풍경마저도 다른 곳으로 영원히 탈출했다. 킹은 핑키와 함께 그곳에 있을 건을 만나러 떠나는 상상을 잠시 해보았지만, 상상의 순간은 덧없이 지나갔다. 핑키가 킹을 툭 치며 물었다.

"다른 얘기는 없어?"

"없어. 이게 다야."

킹은 편지를 접어 핑키에게 도로 내주었다.

사흘이 지나고 이른 아침에 리람마가 공터에서 악을 쓴 바람에 모두가 잠에서 깨고 말았다.

"핑키가 없어졌어요! 핑키가 없어졌다고요!"

리람마는 미인들이 대개 그렇듯 배우처럼 구는 면이 있었다. 그런 면조차 그녀의 아름다움을 이루는 중요한 부분이기도 했다.

"아, 맙소사. 내가 무슨 죄를 지어서 이런 꼴을 당해야 하지? 핑키도 사라졌어요!"

다락 창문으로 내다보는 킹을 발견한 리람마는 종이를 그에게 흔들어 대면서 당장 내려오라고 재촉했다. 핑키가 편지를 남긴 모양이었다. 내려가서 보니 서툰 글씨로 적은 짤막한 편지였다. 킹이 소리 내어 읽었다.

"건 형한테 가겠습니다."

"그게 다야?"

리람마는 편지를 도로 받아 쥐고 가만히 들여다보았다.

"핑키는 읽고 쓰는 걸 조금밖에 못 하잖아요."

학교에 다니지 않는 라오 집안 아이들은 배움이 짧아서 길거리 간판의 글자 아니면 글을 읽고 쓸 줄 아는 사촌들의 교과서를 통해 글을 조금 익혔다.

리람마는 검은 눈동자로 킹을 쏘아보며 손바닥으로 그의 가슴을 쳤다. 그를 한 번도 때린 적이 없던 사람이었다. 가슴에서 공기가 확 빠져나가자 킹은 깜짝 놀랐다.

"야, 글을 읽을 줄 아니까 네가 뭐라도 된 것 같니? 네가 킹 라오라서 특별한 존재라도 되는 줄 알아?"

킹은 가슴을 문지르며 그녀를 노려보았다. 그는 그녀가 한 말에 동의했고 다들 그렇게 생각할 것이다. 하지만 킹은 굳이 대꾸하지 않았다. 리람마가 울부짖었다.

"핑키가 너한테 건의 편지를 읽어달라고 했잖아. 나도 다 알아. 너 아니었으면 핑키는 떠나지 않았어!" 리람마는 고통스럽게 통곡했다. "라오 어르신이 돌아가신 마당에 이제 누가 나를 돌봐줄까? 친나 씨가 해줄 것 같니? 어림도 없지."

리람마의 말대로 친나는 그녀를 전혀 가엾게 여기지 않았다. 그는 라오 할아버지보다 현실적인 사람이었고, 낭만과는 거리가 멀었다.

친나는 핑키의 가출 따위보다 고민해야 할 중요한 일이 많다고 여겼다. 사람들이 기억하는 한 최고로 길었던 우기 내내 정원이 물에

257

잠겨있었다. 비가 내리면 코코넛을 제대로 말릴 수 없어서 무작정 기다려야 했다.

수입이 줄자 여자들은 저녁 식사에 쓸 식재료를 아껴야 했다. 남편들은 라삼(타마린드주스로 만든 매운 남인도의 수프—옮긴이)이 소금 친 뜨끈한 물맛이라고 투덜거렸다. 리람마의 남은 아들들, 조카들은 정원에서 코코넛나무에 오르고, 코코넛의 품질을 분류하고, 판매를 위해 코코넛을 다듬는 등 몸 쓰는 일을 했는데, 그들의 할아버지가 애초에 일꾼이기 때문이었다. 자가이야와 그의 아들들, 조카들이 아무리 열심히 일을 해도 친나는 그들의 고장 난 장비를 고쳐주지 않았고, 그들이 근육을 삐끗해도 마을 진료소에 보내주지도 않았다. 그러던 어느 날 우유와 송아지를 꾸준히 제공하던 암소가 죽고 말았다.

그래도 라오 집안사람은 선택지가 있다고 자가이야가 구시렁거렸다. 평판이 좋으니 싼 이자로 대출을 받아서 고칠 부분을 고치고, 사야 할 것을 사고, 교체해야 할 것을 교체하면 된다고. 하지만 친나는 받아들이지 않았다. 그런 건 나중으로 미뤄도 된다고 했다. 자가이야는 친나가 그런 걸 별로 안 하고 싶어 한다고 생각했다. 아무려면 어떤가? 그들이 쓰는 장비는 나날이 망가지고, 아침에 눈을 떠도 잠을 전혀 못 잔 것처럼 몸이 무거웠다.

어느 날 아침, 건과 핑키의 또 다른 남자 형제를 포함해 사촌 여섯 명이 추가로 사라졌다. 전날 밤 그들은 자가이얌마에게 아침까지 열어보지 말라면서 편지를 건넸고 자가이얌마는 아침이 되어서야 그 편지를 공개했다. 편지에는 그들이 건과 핑키가 있는 곳으로 간다고 적혀있었다. 그들은 핑키와는 달리 누군가가 발견해 주길 바라고 그 편지를 남겨둔 게 아니었다. 그 이유는 불분명했다. 리람마는 그들

258

이 자가이얌마에게 편지를 준 이유가 자가이얌마 역시 그들의 뜻에 동조했기 때문이라 여겼다. 그녀는 남편과 딸을 함께 벌주기 위해 남편에게 회초리를 가져오게 했다. 그리고 딸을 공터로 데려가 엎드리게 한 후 남편에게 직접 딸을 채찍으로 때리게 했다. 채찍질 소리에 다른 라오 아이들은 질겁하고 도망쳤다. 킹은 베란다에서 다른 아이들에게 떠밀리며 그 광경을 바라보았다. 자가이얌마의 고양이도 등을 꼿꼿이 세우고 그 모습을 지켜보았다.

건의 가출은 극적인 사건으로 여겨졌지만, 그로 인해 정원의 존재 기반이 흔들릴 줄은 아무도 예상치 못했다. 사촌 여덟 명이 추가로 가출했으니 일할 손 열여섯 개가 줄어든 셈이었다. 열두 살이던 어느 날 아침, 킹은 아버지의 고정석인 비틀린 기도 나무 아래로 가서 아버지 옆에 앉았다.

"무슨 기도를 하세요?"

진짜 궁금해서라기보다는 달리 할 말이 생각나지 않아 건넨 말이었다.

"나도 다른 사람들 못지않게 속을 썩고 있어. 나는 신께 호소했어. 동생 놈이 정원을 차지하더니 아주 손아귀에 쥐어버렸습니다. 제가 할 일이 없어졌어요. 그래서 아무 일도 안 하고 가만히 앉아 기도나 하고 있었더니 사람들은 저더러 게으르다고 하네요. 말씀해 주십시오. 제가 뭘 하면 되겠습니까?"

킹은 예전에 시타 어머니가 했던 말이 생각났다. 시타는 그의 아버지 페다가 도박꾼처럼 신을 믿는다고 했다. 페다는 헌신적인 기도를 하면서 신에게 대가를 바라는데 시타는 그런 건 진정한 믿음이 아니라고 했다.

"뭘 하래요?"

킹의 물음에 아버지는 알 듯 모를 듯한 미소를 지었다.

"신께서는 말씀하셨어. '잘 들어라. 내가 너에게 징조를 보여줄 것이다.'"

아, 징조. 다른 사람들이 아버지의 말을 진지하게 듣지 않는 것도 당연했다. 아버지가 한 말은 그게 다였다. 징조. 그놈의 징조. 아버지는 짐짓 경건한 척 고개를 숙이더니 눈을 감고 가만히 있었다. 한참을 그렇게 비스듬한 나무 아래서 잠들기라도 한 것처럼 고요히 앉아있기만 했다. 그러다 눈을 뜨고는 살짝 짜증스럽게 말했다.

"음, 계속 귀를 기울였는데 아무 일도 일어나질 않는구나."

아버지는 자리에서 일어섰고, 킹도 덩달아 일어섰다. 아버지는 좁은 길을 따라 걸어가기 시작했다. 공터에서부터 논을 지나 큰길로 이어지는 길이었다. 킹은 궁금하기도 하고 지루하기도 해서, 페다 곁에 가까이 있고는 싶은데 달리 방법을 모르기도 해서 그냥 무작정 따라갔다.

그들이 흙길을 절반쯤 걸어가 길이 굽어지는 곳에 다다랐을 때 두 사람이 나타났다. 중년 여자, 그리고 킹 또래처럼 보이는 소녀였다. 그들은 큼직하고 통통한 암소를 밧줄에 묶어 끌면서 마을 중심부를 향해 정원 앞을 지나가는 중이었다. 여자가 입고 있는 하얀 사리의 아랫단이 바닥에 끌리면서 흙이 묻어 갈색이 되어있었다. 가난해 보이는 사람들인데 암소를 끌고 가는 모습이 묘했다. 그들이 가까이 오자 암소의 걸음이 별나게 느린 게 눈에 띄었다. 암소는 어리고 못생겼으며 털색은 마른 풀 같았다. 달처럼 커다란 눈은 멍했고, 배는 물통처럼 큼직했다. 그들의 삶에 중요한 일이 일어나려는 모양이었다. 킹은 저 암소가 징조라고 생각했다.

하얀 사리를 입은 여자가 목청 높여 노래하듯 말했다.

"안녕하세요오오오!"

처음에 킹은 그 여자가 그들을 놀리는 줄 알았다. 그런데 가만히 보니 미친 여자 같았다. 그는 라자문드리시와 그 너머까지 다녀오는 길에 미친 사람들을 본 적 있었다. 대개 배수로에 쪼그리고 앉아 혼잣말하는 모습들이었다. 킹은 그런 모습을 보는 게 질색이었다.

"엄마는 몸이 별로 안 좋으세요."

소녀의 말투는 도전적으로 느껴질 만큼 대담했다. 소녀는 뼈대가 작고 제대로 먹지 못한 티가 났으며 머리도 헝클어졌다. 그래도 녹갈색 눈동자만큼은 이상할 정도로 형형했다. 그는 그 소녀가 제정신인지 잘 판단이 서지 않았다.

페다가 소녀에게 물었다.

"어디서 왔니?"

"여기저기요. 저희는 의사를 만나러 가는 길이에요. 그분이 엄마를 치료할 수 있을 거라고 들었어요."

어린 여자애치고는 너무 당당한 태도이긴 해도 제정신으로 보이기는 했다.

마을 의사인 네덜란드인은 교수이자 의사였다. 그는 코타팔리 마을을 기지로 삼고, 고다바리강 삼각주의 콜레라 전염을 연구했다. 그가 의사 선서에 매여있어서 어지간하면 환자를 돌려보내지 못하는 걸 알게 된 마을 사람들은 온갖 질병을 치료받으러 그에게 몰려왔다. 네덜란드인은 마을 중심지에 진료소를 열었는데 아파이야의 학교에서 그리 멀지 않은 곳이었다. 네덜란드인은 텔루구어 연습도 하고 세상 돌아가는 얘기도 나눌 겸 아파이야를 자주 찾아왔다. 그는 킹을 출산한 라다의 목숨을 구하려 애쓰기도 했다. 킹이 그 네덜란드인 의사에 대해 알게 된 경위이기도 했다. 어쨌든 그 네덜란드인을 모르는 사람은 없었다. 그는 단연 눈에 띄었다. 피부가 허연데 코는 늘 불그레했고 일광 화상 때문에 껍데기가 벗겨졌다. 키는 180센티가 넘었고 목소리는 강하고 벼락처럼 컸으며 말할 때 늘 팔을 크게 움직였다. 몸에서는 갓 빨아 말린 리넨처럼 깨끗한 냄새가 났다. 마을에서 자동차를 소유한 유일한 사람이기도 했다. 그는 흰색 앰배서더 자동차를 진료소 옆에 늘 세워두었는데, 차로 다니기에는 동네 길이 너무 열악했고 비가 올 때는 더더욱 엉망이기 때문이었다.

아버지는 미소 지으며 말했다.

"네덜란드인 말이구나."

사람들은 대개 좋은 아버지나 나쁜 아버지를 두고 사는데, 어느 쪽이든 결단력을 기본으로 장착하고 있게 마련이다. 킹의 아버지는 바닥에 대고 발을 질질 끌면서 미소 지었다. 그는 암소에게 시선을 주지 않고 물었다.

"암소를 데리고 다니려니 많이 힘들지?"

"우리는 이 암소를 의사한테 보여줄 거예요."

"무슨 소리냐. 네덜란드인은 유럽에서 왔어. 그가 암소에 대해 뭘 알겠니. 그나저나 그 소는 팔 거냐?"

킹은 문득 아버지가 무슨 생각을 하는지 알 것 같았다. 정원에서는 하나뿐인 암소가 죽어버려서 지금은 물소와 황소뿐이었다. 친나는 새 암소를 사야겠다는 얘기를 전부터 해왔다.

소녀가 씁쓸하게 웃으며 소의 옆구리를 손바닥으로 툭 쳤다.

"그럼요, 삼촌. 거래하실래요?"

암소—그들의 암소—는 정원 뒤쪽의 본채 그늘에서 풀을 뜯고 꼬리를 흔들어 파리를 쫓으며 하루하루를 보냈다. 그림자가 이동하면 암소도 따라서 자리를 옮겼다. 밤이면 킹의 집 바로 옆 외양간에서 잠을 잤다. 친나는 시장에서 좋은 암소를 골라 살 예정이었는데 그들이 아무 암소나 사버리자 마땅찮게 여겼다. 하지만 페다는 암소가 어느 때보다도 시급한 상황이라고 단언했다. 재정적으로 쪼들리는 상황에서 우유를 다른 데서 사 오는 것은 돈 낭비다. 그러니 마침 이 암소가 눈에 띈 것은 신의 뜻이라고 봐야 한다, 라는 주장이었다.

친나는 단순한 우연일 뿐이라고 잘라 말했다. 애초에 이 암소를 정원에 들이지 말았어야 한다, 어딘지 모르게 병든 것 같다, 라고 친나는 말했다.

킹은 진즉 나서서 말릴 걸 그랬다고 자책했다. 낯선 소녀가 페다에게 암소를 팔겠다고 했을 때, 킹은 그 거래로 인해 친나 삼촌이 페다 아버지에게 화를 낼 것임을 알았다. 알면서도 그는 아무 말도 하지 않았다. 사람들은 킹이 친나를 닮았다고 말하지만, 만약 그가 친부인 페다를 닮았으면 어떻게 하지? 커서도 아무것도 안 하고 사는 사람이 된다면?

어느 날 아침, 킹은 암소의 벌름거리는 콧구멍 안에 큼직한 가시 하나가 박힌 것을 알아챘다.

"자, 착하지."

킹은 엄지와 검지로 그 가시를 잡고 빼냈다. 암소는 처음에 그를 노려봤지만, 다음 날 상처 부위에 피딱지가 말라붙었다. 그 후 암소는 그에게 홀딱 반한 연인처럼 수줍게 애교를 부리고 그의 관심에 감사를 표했다. 킹도 그 암소가 사랑스러웠다. 그는 이 암소가 처음 나타났던 날 자신이 침묵했던 것도 다 이유가 있었다고 생각하기 시작했다. 어쩌면 이 암소는 그들과 함께할 운명이었을 수도 있었다. 어떤 부작위는 작위와 마찬가지니까.

얼마 안 있어 그들은 암소의 배가 **빵빵한** 이유를 알게 됐다. 새끼를 밴 것이다. 페다는 큰 이익을 봤다고 여겼다. 송아지를 팔면 이 암소를 사느라 투자한 돈을 회수할 수 있으니까. 암송아지인 경우 집에서 계속 키우면 우유를 두 배는 더 얻을 수 있을 터였다. 하지만 친나는 그 암소가 어딘가 이상하다면서 몇 번이나 구시렁거렸다. 킹도 속으로는 친나와 같은 생각이었다. 암소가 잘 먹고 잘 자기는 했지만 어쩐지 무기력하고 털색도 좋지 않았다. 배가 계속 불러가는 동안 우유 생산량도 줄었다. 킹은 둥그런 배에 괴상한 형체가 만들어지는 것을 지켜보면서 밤늦게까지 암소 곁을 지켰다. 송아지가 발길질과 주먹질을 하면서 세상에 나올 준비를 하는 모양이었다. 킹은 그 송아지가 이미 좋았다.

그러던 어느 날 밤, 킹은 암소의 깊은 신음을 듣고 잠에서 깼다. 외양간에서 암소가 꼬리를 휘두르고 있었다. 잠시 후 페다가 석유램프를 들고 외양간 문간에 나타났다.

"새끼를 낳으려나."

페다는 두려움에 질린 표정으로 잠시 그 자리에 서있었다. 송아지 새끼를 받을 줄 아는 사촌을 부르러 갈 시간이 없었다. 페다가 송아지를 받을 채비를 하는 동안 킹은 석유램프를 들고 그 곁을 지켰다.

램프의 희미하게 깜박이는 불빛이 마구 떨고 있는 암소를 비췄다. 해는 이미 떴고 귀뚜라미 소리는 점점 커지고 있었다. 페다는 주먹 쥔 손을 암소의 몸 안쪽으로 밀어 넣더니 킹을 돌아보며 속삭였다.

"방법을 모르겠어. 아는 것처럼 굴고는 있는데 사실 잘 몰라."

처음에는 송아지가 어미 뱃속에서 울부짖는 줄 알았는데 알고 보니 암소가 내는 소리였다. 암소의 뱃속으로 손을 쑥 집어넣은 페다는 얼굴을 찡그리고 땀을 흘려가며 이리저리 움직거렸다. 페다가 자세를 바꾸려고 팔을 약간 뺐을 때 킹은 그의 피부가 분비물과 피로 번들거리는 것을 보았다. 두렵고 흥분한 킹은 얼굴이 확 달아올랐다.

"송아지가 느껴지세요?" 킹은 램프를 들고 더 가까이 다가갔다. "어떤 느낌이에요?"

아버지는 대답하지 않았다. 그저 찡그린 얼굴로 손을 바깥으로 빼냈다. 아버지의 주먹에 송아지의 머리가 잡혀 나왔다. 아버지는 뒤로 벌렁 넘어졌고 피투성이 송아지가 아버지의 몸 위로 떨어졌다. 처음에 킹은 웃음이 났다. 긴장도 되고 혼란스럽기도 해서 나온 웃음이었다. 그런데 분비물을 뒤집어쓰고 축 늘어진 창백한 송아지 밑에서 페다가 움직거리며 알아들을 수 없는 괴상한 목소리로 말을 한 순간, 킹은 무언가 잘못됐다는 걸 깨달았다.

네덜란드인은 앰배서더 자동차를 타고 울퉁불퉁한 길을 따라 덜그덕거리며 공터 안으로 곧장 들어왔다. 차가 급정거하자 바퀴에서 흙먼지가 구름처럼 일었다. 네덜란드인은 소리치며 차 밖으로 달려나왔다. 페다는 사람들의 손에 이끌려 베란다의 깔개 위에 앉아있었다. 킹의 삼촌들이 사산된 송아지를 삼베 자루에 넣었고 자가이야는 정원 깊숙한 곳에 그것을 묻어 비료로 쓰기 위해 그 자루를 들고 갔다. 네덜란드인과 친나가 페다를 양쪽에서 부축해 들어올렸는데 페다의 몸이 그들 사이에서 V 자를 그리며 축 늘어졌다. 팔다리에 힘이 하나도 없는 게 꼭 목각인형 같았다. 그들은 그를 차 뒷좌석에 실었다. 친나는 조수석에, 네덜란드인은 운전석에 올라탔다. 라오 집안사람들이 몰려와 차 안을 들여다보았다. 킹은 앞에 있는 사촌들의 등짝에 손바닥을 대고 섰고, 다른 사촌들은 그의 등에 손바닥을 대면서 모두가 바짝 붙어 섰다. 네덜란드인은 흙길로 차를 몰기 시작했고 이어서 주요 도로를 내달렸다. 얼마 후 엔진 소리가 더 이상 들리지 않았다.

외양간에 들어간 킹은 바닥에 앉아 암소의 가슴에 손바닥을 댔다. 움직임이 전혀 느껴지지 않았다. 배에 손을 대보니 따뜻했다. 암소의 배가 바윗덩어리의 아랫부분처럼 차갑고 단단해질 때까지 그는 그 자리를 지켰다. 눈물이 났다. 그의 내면에서 어떤 목소리가 꾸짖었다. 대체 왜 우는 거냐? 암소가 죽었으니까, 라고 그는 속으로 대답했다. 단지 암소 때문만은 아니었다. 그의 친모도 암소처럼 몸부림치고 신음하다가 피를 흘리며 죽었다. 시타는 킹이 태어나고 라다가 죽은 날의 이야기를 몇 년 동안 몇 번이고 되풀이해 들려주었는데 지금까지 킹은 별 감흥 없이 들었다. 지금은 암소의 허벅지에 있는 불그레한 염증 자국을 보면서 하염없이 눈물을 흘렸다. 어깨뼈에 붙은 작은 혹 같은 게 보였다. 물집인 줄 알았는데 막상 만져보니 딱딱했다. 암소의 입술 가장자리에는 고무 진 같은 것이 시커멓게 묻어 있었다. 킹은 암소를 위해, 그가 알아갈 기회조차 없었던 라다 어머니를 위해 울었다.

바깥에서 누군가가 말했다.

"저 소를 어떻게 처리하려는지 모르겠네."

"이슬람교도들한테 돈을 주고 처분하게 하겠지 뭐."

"그게 최선이지."

"이슬람교도들은 일단 저 암소를 잘게 썰 거야."

"아, 그런 얘기 좀 하지 마."

"현실적으로 살아야지."

"정원에서 암소를 썰었다가 집에 망조가 들면?"

킹이 외다리 불구와 어울린 이후로, 집안의 사업이 어그러질 때마다 몇몇 숙모들은 킹을 탓했다. 그들은 외다리 불구가 킹을 납치하면서 그들 모두에게 저주를 걸었다고 여겼다. 사실 킹은 일부 숙모들이 킹에 대해 태어날 때부터 저주받았다고, 제 어미를 죽이고 태어난 아이는 원래 저주받은 아이라고 수군거리는 걸 들었다.

이번에도 리람마가 나섰다.

"아이고, 불길한 조짐이니 뭐니 하는 소리 하지 마. 사업에 문제가 생긴 건 친나가 경영을 제대로 못해서지. 그거 모르는 사람 있나. 내 자식들이 가출한 것도 그래서인데."

누군가가 짧게 억지로 웃으며 구시렁거렸다.

"허구한 날 내 자식, 내 자식 타령이네."

그때 누군가가 공터로 걸어 들어와 물었다.

"따로 들은 말 없어요, 시타?"

시타는 단호하면서도 약간 화가 치민 목소리로 받아쳤다.

"무슨 말을 따로 들어? 그들은 방금 떠났잖아. 내가 마법사야? 내가 내 남편 속마음을 읽기라도 해? 바로 옆에 있어도 무슨 생각으로 사는지 모르겠는 사람인데?"

다음 날 아침부터 암소는 몸이 부풀면서 썩기 시작했다.

"나가서 놀아."

시타가 말했지만 킹은 줄곧 베란다를 서성였다. 시타는 이웃에 사는 이슬람교도의 하인에게 몇 루피를 주면서 암소 처리를 부탁했고 그 하인은 외양간에 마체테를 들고 들어갔다. 암소의 근육을 마체테로 탁탁 치는 소리가 들려오자 킹은 구역질이 치밀었다. 칼로 죽은 암소를 내려치는 소리가 들려올 때마다 시타도 몸을 움츠렸다. 킹이 비명을 지르자 시타는 때리기라도 할 것처럼 손을 들어올리더니 날카롭게 말했다.

"나가!"

시타의 눈치를 살피며 흙길로 나선 킹은 큰길 쪽으로 걸어가면서 괜히 큼직한 돌멩이 하나를 걷어찼다. 네덜란드인의 자동차가 길바닥에 두 줄로 깊은 바퀴 자국을 남겨놓았는데 밤새 내린 비가 그곳을 가득 채웠다. 푸르스름한 물 위에 모기떼가 윙윙 날아다녔다.

# CHAPTER 16

상상해 봐.

어느 날 아침 킹은 사무실에 서서 마지에게 싱긋 웃으며 말했다. 둘 사이에 근본적인 변화는 없었다. 킹이 마지의 관심을 잡아두려 애쓰는 동안, 마지는 여전히 책상 앞에 앉아 그의 말을 인내심 있게 들어주고 있었다.

컴퓨터에 저장된 모든 디지털 정보를 활용하고 몇 분 내에 분석해주는 데이터 프로그램이 있다고 상상해 봐. 기술적으로 가능하잖아. 컴퓨타 사가 이미 여러 기업에 팔고 있는 데이터베이스 프로그램의 가벼운 버전쯤 될 거야.

마지가 혼잣말처럼 대꾸했다.

"그걸 셸(Shell)이라고 부르면 되겠네. 코코넛 껍데기(coconut shell)처럼."

코코넛 셸. 가게 주인이 이 프로그램을 사용해 지난 10년간의 월간 판매 기록을 입력하면 그다음 해의 예상 매출액을 뽑을 수 있을 것이다. 주부가 지난해의 식료품 구매 영수증을 입력하면 셸 프로그램은 가계 예산을 5분의 1로 줄일 방법을 추천해 줄 것이다. 그들이 코코넛을 광범위하게 보급한다면, 코코넛 셸을 세상에서 가장 신뢰도 높은 데이터 관리도구로 만들 수 있을 것이다. 컴퓨터화된 서류 보관함처럼. 세상의 모든 정보가 디지털화된 미래에는—그는 반드시 그렇게 될 것이라 확신했다—이 프로그램을 통해 세상의 모든 정보를 정리할 수 있을 것이다.

플로피 디스크가 그렇게 많은 정보를 저장할 수 없고 코코넛 사의 하드 드라이브도 마찬가지라는 게 문제였다. 킹은 마거릿을 대학 도서관으로 데려가 책등이 뻣뻣한 논문들이 가득 꽂힌 책장 사이의 바닥에 함께 앉았다. 청 반바지를 입은 마지는 튼튼한 정강이가 돋보이는 길쭉하고 하얀 다리를 쭉 뻗어 펼치고 앉았고, 킹은 서있다가 바닥에 엉덩이를 대고 쭈그리고 앉기를 번갈아 하면서 함께 해답을 찾으려 애썼다. 그러던 어느 오후 마지는 논문 하나를 그에게 던지며 말했다.

"이거 좀 볼래?"

가상의 패킷 교환 네트워크에 관한 논문이었다. 정보를 여러 기계에 분배해서 저장해 사용하는 방식으로, 아이코노코르 사가 개발 중인 것과 비슷했다.

킹은 논문 초록을 소리 내어 읽었다.

"'일렉트로 세이프는 학문적 환경에서는 흔한 방식이지만 기존의 주류 사용자들이 사용할 수 없었던 방식을 사용해서 다수 사용자의 디지털 정보를 수용하고 보호할 것이다. 그 정보를 소프트웨어 프로그램에 전달해서 사용자들의 정보를 대규모로 모두 합쳐 분석하는 것이다. 이와 같은 기계의 반복 처리 과정에서 정보를 더 잘 이해할 수 있도록 추단법, 신경 과학, 기계 학습의 원리에 기반한 인공지능을 활용할 수 있다.'"

일렉트로 세이프 논문을 저술한 영국 태생 컴퓨터 과학자 코라 버로스의 제일 널리 알려진 사진을 보면 그녀는 특대형의 각진 플라스틱 안경을 착용한 모습이다. 정 가운데에 가르마를 탄 뻣뻣한 갈색 머리카락을 어깨 앞쪽으로 늘어뜨렸는데 스타일이라고는 없다. 이마에는 주름이 깊게 파였고 턱 주변의 피부는 축 늘어졌다. 논문을 발행한 시점에 버로스는 신경쇠약증에서 회복하기 위해 컴퓨터 과학자로서 일하던 직장을 휴직하고, 딸 로레나와 함께 지내러 런던으로 건너갔다. 사회 복지사인 로레나는 런던 거리의 젊은이들을 돕는 일을 하면서 사진가인 젊은 남편과 복층 아파트에서 살고 있었다.

로레나가 돕고 있던 젊은 여자들은 약에 찌든 노숙자들로, 로레나의 집 거실 바닥에 널브러져 있곤 했다. 버로스는 수표책 결산에 필요한 정도의 기초 수학이라도 그들에게 가르쳐 주려고 했다. 그 여자들은 그동안 겪어온 대부분의 남자 때문에 자기가 팔아 쓸 수 있는 밑천이 몸뚱이뿐이라고 믿고 있었지만, 버로스는 그들이 머리를 써야 현 상황을 벗어날 수 있다는 사실을 깨우쳐 주려 했다. 버로스는 그 말을 하면서 손가락 끝으로 자기 관자놀이를 톡톡 치곤 했다. 하지만 여자들은 정신병 환자로 알려진 데다 미인도 아닌 코라 버로스의 말을 들으려 하지 않았다. 코라가 말이라도 할라치면 여자들 두 명이 나서서 코라의 팔꿈치를 잡아 방으로 다시 들여보냈다. 잘 자요, 버로스 부인, 잘 주무시라고요.

271

밤이 깊어지면 로레나의 남편은 잠옷 셔츠를 입고 거실로 어슬렁 거리며 들어갔다. 거실 바닥 여기저기에 여자들이 아무렇게나 쓰러져 자고 있었다. 프레드 헤닝저라는 이름의 그 남자는 훗날 세계 최고의 예술가 중 하나가 되지만 그 시절에는 마을 여기저기를 돌아다니며 이런저런 시도를 해보기 시작한 아마추어 사진가에 불과했다. 그는 앤디 워홀 같은 미학적 스타일을 추구했다. 그의 초기 사진은 현재 런던의 테이트 미술관에 단독 전시되어 있는데, 잠들어 있는 비쩍 마른 부랑자들을 찍은 두 장의 사진에 '쓰레기 더미1', '쓰레기 더미2'라는 제목이 붙어있었다.

부랑자 여자들이 호의를 거절하자 버로스는 그녀들에게 흥미를 잃었다. 그리고 어느 날 아침 런던의 복층 아파트에서 자살한 시체로 발견됐다. 상실감에 빠진 딸 로레나는 도움이 필요한 여자들을 찾아다니며 거리에서 더 많은 시간을 보내게 됐다. 집에서 부랑자 여자들하고만 지내게 된 헤닝저는 그녀들에게 개별 지도를 해주기 시작했는데, 코라 버로스와는 분명히 다른 방식이었다.

나는 헤닝저의 사후에 그의 작품을 처음 대면하게 됐다. 그의 사진들이 인기 있는 밈 배경으로 사용되기 시작한 덕분이었다. 헤닝저의 작품 대다수에는 부랑자들이 비명을 지르는 모습이 담겼다. 누군가가 인터넷에서 그의 작품 속 비명을 지르는 부랑자들의 머리 위에 말풍선을 추가하고 과거 유명 인물의 명언을 적어넣으면서 그는 다시 한번 유명세를 타기 시작했다. '원숭이들1'이라는 작품에는 백인, 흑인, 서아시아인이 포함된 열두 명의 여자들이 등장하는데 소호의 버려진 창고의 노출된 서까래에 나체로 매달린 모습이었다. 비명을 지르는 와중에 찍힌 것처럼 하나같이 입을 크게 벌렸다. 한 여자의 입 가까이에 추가된 말풍선에는 토머스 에디슨의 명언 '나는 하루에 열여덟 시간씩 일하는 걸 즐겨'가 들어갔다. 그 옆에 매달린 여자의 입 가까이에는 벤저민 프랭클린의 명언 '나태함은 모든 것을 어렵게 만들지만 근면은 모든 것을 쉽게 만들지'가 담겼다.

헤닝저의 작품 중 가장 유명한 사진은 테이트 미술관의 특별실에 보관되어 있는데, 내 아버지의 경력에서 가장 중요한 의미가 있는 두 여자의 사진이었다. 한 명은 아버지가 기업가로서 성공할 수 있게 해준 여자이고, 다른 한 명은 아버지를 몰락시킨 여자였다. 헤닝저의 아내도 종국에는 모친의 뒤를 따라 자살로 생을 마감했다. 남편이 찍은 포르노에 가까운 사진들이 세상에 공개되고, 남편의 예전 모델들이 그에게 성폭력을 당했다는 취지로 떠들어 대기 시작한 후였다. 헤닝저는 아내의 사후에도 그 복층 아파트에서 부랑자들과 함께 계속 살았다. 헤닝저를 욕하는 사람들과 그를 숭배하는 사람들 모두 그 아파트를 방탕한 낭비의 소굴이라 불렀다. 헤닝저는 경력 말기인 1980대에 '전사' 시리즈를 내놓았다. '전사1'에 등장한 부랑자는 '미스 핏'이라 불리며 국제적인 현상을 일으켰는데, 그 사진 속에서 부랑자는 펜시클리딘(동물 마취약—옮긴이)에 취해 소파를 머리 위로 들어올린 모습이었다. 그 여자의 뒤쪽 벽에는 헤닝저의 장모 코라 버로스의 유명한 사진을 포함해 여러 장의 사진이 걸려있었다. 사진 속에서 코라 버로스는 주먹코 콧대의 아래쪽에 특대형 안경을 걸치고 있어서, 눈이 별나게 크고 불만이 많아 보였다.

내 머릿속에는 그 이미지가 늘 담겨있다. 미스 핏은 내가 제일 먼저 좋아한 유명 아이돌이었다. 내가 10대 청소년이었을 때 미스 핏은 50대였지만 유명인답게 늙은 티가 거의 안 나는 물광 피부였다. 최근에 미스 핏은 스판덱스 유니타드(몸통에서부터 발목 끝까지 가리는 레오타드―옮긴이)를 입고 밖에 나가 돌아다니는 유행을 시작했다. 스판덱스 유니타드 덕분에 그녀의 허벅지는 젊은 시절만큼이나 탄력 있고 튼튼해 보였다.

구금 상태에서 나는 어느새 미스 핏의 노래를 흥얼거리고 있다. 외로움이 사무쳐 견딜 수 없는 지경에 이르자 교도관이 오기를, 그가 와서 미스 핏의 노래로 세레나데를 불러주기를 기다리는 것이다. 이리 와요, 이리 와요, 나에게로 와요. 감방문의 작은 쪽문이 팔락 열리고, 받침대에 무언가가 툭 떨어진다. 나는 노래까지 부르며 외친다.

"식사와 콜라를 다시 주다니! 유~후!"


마지는 일렉트로 세이프를 리브랜딩해 코코넛 셸이라 명명했다. 코코넛 셸은 코코넛 사가 최초로 대혁신을 이룬 상품으로, 패킷 교환 방식을 사용하기 때문에 사용자들이 각자의 서류를 중앙 컴퓨터로 전송해 저장할 수 있었다. 월터는 《인포메이션 타임스》 표지 기사로 아이코노코르를 소개하는 대신, 아이코노코르의 창립자들에게 코코넛 사와 독점으로 화이트 레이블 계약을 맺도록 설득했다. 곧 발매될 코코넛4부터 코코넛 사의 컴퓨터는 코코넛 셸이 사전 설치된 상태로 아이코노코르 모뎀 및 초보자용 장비와 함께 팔리게 됐다. 코코넛 사는 코코넛 셸의 가치를 인정받기 위해 모든 사용자에게 1회 무료 업로드 사용권을 제공하기로 했다. 코코넛을 사용하는 가구의 모든 구성원을 등록한 작은 데이터 파일, 그리고 그들이 선택한 이메일 주소였다. 코코넛 사는 전국 규모로 이메일 주소록을 구축해 모든 사용자가 접근할 수 있게 했다. 그 부분은 마지의 아이디어인데, 사람들을 끌어들이기 위한 또 다른 방편이었다.

노먼은 코코넛 사에 대규모 자본을 끌어오기 위해 투자자 친구들에게 코코넛 셸의 강점을 강조했다. 그는 킹을 모임에 데리고 다니면서 기술 발명가이자 이 분야에서 타의 추종을 불허하는 최고급 젊은 두뇌로 소개했다.

코코넛4 출시를 한 달 앞둔 시점에서 킹은 우편함을 열었다가 컴퓨타 사가 보낸 편지를 확인했다.

컴퓨타 사의 변호사는 그 편지에서 코코넛4와 관련한 코코넛 셸의 지적 재산이 컴퓨타 사의 소유라고 주장했다. 제멋대로인 회사의 변호사답게 애매하고 정중한 말투로, 코코넛 사가 위에 언급한 상품의 생산과 판매를 그만두지 않으면 지적 재산권 소송을 제기하겠노라 엄포를 놓았다. 변호사는 월터가 발행한 최신 잡지를 동봉했는데, 그 잡지에는 킹의 독점 인터뷰 기사가 실려있었다. 인터뷰 당시 킹은 코코넛 셸을 만들게 된 경위에 관해 설명하면서, 업계 전문지에서 본 개념에서 아이디어를 떠올렸다고 인정한 바 있었다. "우리가 그 개념을 훔쳤죠"라고 말하면서.

고(故) 코라 버로스는 일렉트로 세이프 논문에 서명하면서 자기 소속을 언급하지 않았는데, 알고 보니 그녀는 논문 발행 당시에 컴퓨타 사 직원이었다. 킹 라오가 인터뷰 중에 그녀의 아이디어를 훔쳤다고 말했기 때문에 그는 컴퓨타 사의 재산을 도둑질한 것이나 다름없다는 논리였다. 실수를 인정하고 변호인단을 고용해야 마땅할 상황인데 킹은 그렇게 하는 대신 짧은 복도를 지나 마지의 사무실로 가서 문짝에 난 창문을 두드렸다. 노란색 여름용 원피스를 입고 오렌지를 먹고 있던 마지가 들어오라고 손짓했다.

킹이 사무실로 들어가 편지를 꺼내자 마지는 키친타월에 손가락을 닦고 편지를 받아 든 후 간간이 콧방귀를 뀌어가며 처음부터 끝까지 읽어 내려갔다.

"그들이 이 사실을 일반에 공개할 가능성이 있어?"

킹은 아니라고, 그럴 것 같지는 않다고 대답했다. 그러자 마지는 짓궂은 표정으로 말했다.

"그래. 잘됐네."

마지가 나서서 처리하겠다고 했다. 아예 대중에게 공개해 버릴 거라고 했다. 그녀는 컴퓨타 사의 편지를 복덩이로 판단했다. 이 업계에서 컴퓨타 사보다 유명한 회사는 별로 없었다. 마지는 늘 코코넛 사를 컴퓨타 사보다 유명한 회사로 만들고 싶어 했다. 그녀는 지적 재산 차용의 결과 역사적인 혁신을 이뤄낸 사례를 쭉 꼽았다. 고야의 '1808년 5월 3일'에서 영향을 받은 피카소의 1951년 걸작 '한국에서의 학살'. 토머스 노스 경이 번역한 플루타르코스의 《영웅전》에 기반을 둔 셰익스피어의 1599년 희극 《줄리어스 시저》. 전화기도 어느 이탈리아인이 먼저 임시 특허를 냈는데 나중에 알렉산더 그레이엄 벨이 그것을 고스란히 베껴서 자기가 정식으로 특허를 내버렸다고 했다. 킹과 마지는 피자를 주문했고 냉장고에서 레이니어 맥주를 꺼냈다. 노먼은 몇 시간 전에 그들에게 작별을 고하고 사무실을 나섰다.

"우리가 일부러 아버지를 내쫓은 건 아니잖아?"

사무실 소파에 나란히 앉아 마지가 말했다.

"교수님도 별로 신경 안 쓰실 것 같은데."

마지는 자기를 슬쩍 가리켰다.

"아일랜드 가톨릭 교인으로서 죄책감이 느껴져서 그래."

마지는 일요일마다 오래된 성소의 낡고 거친 카펫에 무릎 꿇고 앉아 기도한다고 말했다. 성찬식 제병이 혀에서 쿰쿰하게 녹아드는 기분을 느끼면서. 하지만 마지는 기성 종교가 자기랑 맞지 않다고 오래전에 결론 내렸다고 했다.

킹이 말했다.

"내 아버지는 종교에 심취한 분이었어. 난 이해를 못 했지. 나는 삼촌처럼 논리적 추론을 좋아했거든. 살면서 저지른 악행을 보상하려면 세상을 살면서 선한 일을 충분히 많이 하는 게 최선인 것 같아."

마지도 그게 마음에 든다고, 합리적이라고 했다.

"어머니는 나를 낳다가 돌아가셨어."

킹은 불쑥 털어놓았다. 그는 정원에서 살았던 시절에 관해 마지에게 말한 적이 없었다. 그런데 문득 지금, 악행을 보상하려던 친나의 생각에 특별한 점이 있었다는 걸 마지에게 알려주고 싶어졌다.

"지금 내가 어머니라고 부르는 분은 사실 이모야. 나를 낳아주신 분의 여동생이지. 친모는 돌아가셨어. 지금의 내 어머니, 그러니까 내 친모의 여동생은 자기 언니에 관한 얘기를 늘 해주셨어. 그러니까…… 악행을 보상한다는 말은……"

"이해했어."

마지는 고개를 끄덕이고 조용히 말하면서 그의 눈을 마주 보았다.

"삼촌도 돌아가셨어. 두 분 다 돌아가신 거야. 삼촌이랑 아버지 둘 다. 아버지는 뇌졸중이었고, 삼촌은 사고로."

"무슨 사고?"

"삼촌이 내 사촌이랑 싸웠는데, 그러다가 잘못됐어." 그 일에 관해 다른 사람에게 이 정도 말을 한 것도 처음이었다. 킹은 이내 화제를 바꿨다.

"텔레비전 출연 관련해서 얘기해 보자."

그들 사이에 묘한 분위기가 흘렀다. 이 소파에서 함께 보낸 신성한 시간이 떠올랐다. 가죽 소파에 쩍 들러붙은 그들의 다리. 서류를 놓을 자리를 만들기 위해 커피 테이블의 뒤쪽 가장자리로 밀어놓은 빈 맥주병들. 서류. 나무들을 희생시켜 만든 그 서류들. 그들은 코코넛 사라는 종교를 신봉하며 정직하게 그 종교에 헌신하고 있었다.

"시간이 많이 늦었지, 마거릿?"

마지는 눈을 빛내며 그를 빤히 쳐다보았다.

"왜 나를 마거릿이라고 불러?"

"마지."

몇 시간 후 그들은 함께 사는 아파트 건물의 옥상 테라스에서 알몸으로 누워있었다. 킹은 차갑고 단단한 시멘트 바닥에 어깨뼈를 대고 누워 마지를 끌어안았다. 그리고 그녀의 부드럽고 기분 좋은 몸을 향해 몸을 일으켰다. 그들은 이미 취해있었다. 마지의 등 뒤로 라일락과 금잔화 빛깔의 태양이 떠오르고 있었다. 킹이 태양을 가리키며 말했다.

"정말 아름다워."

"아, 아니야. 난 별로 아름답지 않아."

그의 말뜻을 오해한 마지가 얼굴을 붉혔다.

"아, 마지." 말을 잘못 알아들은 마지가 그의 눈에는 더 귀엽게 느껴졌다. "마지, 넌 아름다워! 정말 아름다워! 네 피부는 내가 본 중에서 제일 희어!"

마지가 입술을 앙다물며 콧구멍을 벌름거렸다.

"알다시피 난 아일랜드 사람이야. 내 피부가 이런 건 어쩔 수 없어."

정적이 흘렀다. 마지는 그의 몸에서 내려와 그의 옆, 바닥에 등을 대고 누웠다. 그렇게 나란히 누워 그들은 하늘을 올려다보았다. 킹이 입을 열었다.

"칭찬이었어. 인도 사람들에게 피부가 희다는 말은 칭찬이거든."

"난 인도 사람이 아니야."

저 높은 하늘을 비행기 한 대가 가로질러 날아갔다. 얇고 부연 비행기 꼬리가 하늘을 반으로 가르는 듯했다. 마지는 손가락으로 그 흔적을 따라가다가 팔꿈치를 바닥에 대고 몸을 약간 일으키며 말했다.

"라이트 형제가 생각나네."


인간만의 독특한 특징이 무엇일까? 후두, 어깨, 나머지 네 개의 손가락과 마주 향하는 엄지손가락? 말을 더 잘할 수 있게 하고, 사냥을 더 잘할 수 있게 하며, 요리를 더 잘할 수 있게 해주는 기관이니까? 우리가 직립 보행을 할 수 있고, 얼굴을 붉힐 수 있어서 인간인 걸까? 우리가 신경세포의 수를 헤아린 다른 동물들에 비해, 우리의 대뇌피질 안에 더 많은 신경세포가 들어있다는 이유로 우리는 뇌에 많은 관심을 쏟아왔다.

스코틀랜드의 철학자 애덤 퍼거슨은 종(種)의 수준에 관한 질문에 이렇게 답했다.

"다른 동물들의 경우 개체는 유아기부터 시작해 성숙기로 나아간다. 따라서 살다 보면 자연 상태에서 최대한으로 완벽한 상태에 다

다른다. 그런데 인간의 경우, 개인뿐 아니라 종 자체가 발전해 가는 양상이다. 과거에 마련된 기초를 바탕으로 모든 시대에 걸쳐 발전이 이루어진다. 해를 거듭할수록 집단적으로 능력을 발휘해 완벽한 상태에 다다르는데, 그것은 무수한 세대가 오랜 세월에 걸친 경험의 도움을 받으면서 함께 이루어 낸 결과다."

인류는 함께 결과물을 이뤄내기에 여타 동물들과 다른 비범함을 지닌다. 인간의 결정적인 특징은 한 인간이 그동안 살면서 쌓아온 경험적 지식을 다른 인간에게 전달하는 방식을 통해, 종으로서 함께 발전해 나간다는 것이다.


마지는 코코넛 사의 제품 출시를 1주일 앞두고, 컴퓨타 사에 관한 중대한 사실을 폭로하겠다는 예고를 앞세우며 킹을 '투데이 쇼'에 출연시켰다. 1981년의 일이었다. 진행자는 무심한 척 빗은 머리, 눈가의 잔주름, 신뢰가 가는 입술을 가진 구조대원 같은 인상의 남자였다. 관능적인 백인 여자가 그의 입술을 미용 티슈로 톡톡 두드렸다.

카메라가 촬영을 시작하자 진행자가 먼저 입을 열었다.

"요즘 천재로 추앙받는 분이시죠."

킹이 웃으며 받아쳤다.

"천재라뇨! 사실 저는 개인의 천재성이라는 개념을 인정 안 합니다. 인류의 진보는 집단적 성취라고 생각합니다. 그것이 바로 우리 코코넛 사가 이뤄내려는 핵심이기도 하고요."

"어떤 방식으로요?"

"우리는 사용자가 자신의 정체성에 관한 가장 가치 있는 정보를 자녀, 손자, 증손자를 위해 저장할 수 있게 하는 컴퓨터를 만들고 있습니다. 여러분은 문서를 만들어 우리 라이브러리인 코코넛 셸에 저장할 수 있어요. 만약 불이 난다고 해도 그 문서는 불에 타 없어질 염려가 없죠. 세월이 흐르면 사라져 버릴 가족 고유의 요리법도 코코넛 셸에 저장해 둘 수 있습니다. 우리는 여러분이 평생의 기록을 간직할 수 있는 방법을 찾아냈습니다. 이것은 인류가 수 세대에 걸쳐 이뤄낸 혁신적인 상품입니다. 그 청사진을 어떻게 만들었을까요? 우리는 별로 알려지지 않은 어느 여성 과학자의 논문을 읽었고 그녀의 아이디어에 기반한 제품을 만들었습니다. 그 과학자는 더 이상 우리 곁에 살고 있지 않지만, 그녀의 아이디어는 우리 회사의 제품을 통해 앞으로도 계속 살아있게 될 것입니다."

"그렇게 들으니까 무해하게 들리기는 합니다만, 귀사가 그것 때문에 법적 소송에 직면하게 됐다면서요."

"맞습니다. 위협받고 있어요. 제가 언급한 과학자는 죽기 전 컴퓨타 사에서 근무했어요. 그 과학자는 컴퓨타 사에 그 아이디어를 전하려고 했습니다만 회사 측이 무시했습니다. 얼마 전 우리는 컴퓨타 사로부터 편지를 받았습니다. 우리가 이 제품을 끝끝내 출시할 경우…… 자기네 회사에서 일했던 사람이 낸 아이디어를, 자기네는 그 아이디어를 무시했지만, 우리가 차용했다는 이유로 그들은 우리를 고소하겠다고 하더군요."

"컴퓨타 사는 귀사가 자기네 회사의 과학자 중 한 명이 낸 아이디어를 훔쳤다고 주장하고 있잖습니까?"

"그렇습니다. 그들은 우리가 이 사업에서 손을 떼게 만들겠다고 위협하고 있죠."

진행자가 앞으로 몸을 기울였다.

"여기서 멈추는 게 좋을 것 같습니다, 킹. 컴퓨타 사에서 아이디어를 가져왔다는 걸 인정하시는 거잖아요?"

"아뇨. 그렇지 않습니다. 제 말은, 컴퓨타 사가 이미 그 아이디어를 세상에 공유하고 있었다는 뜻입니다. 그분은 컴퓨타 사 소속 과학자지만 당시 휴직 중에 그 논문을 발표했습니다. 다들 그렇게 합니다. 컴퓨타 사도 마찬가지였고요. 피카소가 이런 말을 했죠. '훌륭한 예술가는 베끼고 위대한 예술가는 훔친다.' 우리 코코넛 사는 항상 거리낌 없이, 위대한 아이디어를 가져와 최대한 이용했습니다. 그게 바로 우리 회사의 창업 원칙이기도 하니까요. 위대한 아이디어를 취하고 그것에 생명을 불어넣을 방법을 찾아내자. 라이트 형제를 생각해 보죠. 우리는 라이트 형제를 비행기 발명가라고 부르지만, 사실 라이트 형제는 그 전에 다른 사람들이 해놓은 작업을 기반으로 비행기를 만들었습니다. 우리는 라이트 형제를 모델로 삼아 코코넛 사를 설립했어요. 잘 알려지지 않았던 이 논문도 확실히 흥미로운 내용이긴 하지만 그저 아이디어를 보여준 것일 뿐입니다. 논문에는 '여기서 정확히 이렇게 하고 저렇게 해'라고 나와있지 않아요. 누구든 그 아이디어를 따라가면서 알아내야 하는 부분이죠. 우리 삼촌께서는 네가 세상에 올 때보다 더 나은 세상으로 만들어 놓고 세상을 떠나야 한다고 말하곤 하셨죠. 그 논문을 쓴 과학자도 아마 같은 생각이었을 겁니다. 우리도 그런 일을 하려는 거고요."

# CHAPTER 17

매직의 말대로였다. 어느 날 밤, 에디슨으로 돌아와 보니 엘리먼이 문짝에 테이프로 붙여놓은 쪽지가 보였다. 누구를 지정해서 썼다는 표시는 없었지만 나만을 위해 써놓은 것임을 확신할 수 있었다.

'오늘 저녁 8시 안뜰에서 새로운 엑스들을 위한 신입 교육이 있을 예정.'

쪽지 하단에 '엘'의 *끄트머리*를 유치하게 느껴질 정도로 구불구불 돌돌 말아서 써놓았다. 엘리먼의 서명이었다.

안뜰에 도착해서 보니 엘리먼은 바닥에 책상다리로 앉아있었고, 스무 명 남짓한 사람들이 엘리먼을 마주 보는 곳에 자리하고 있었다. 나는 앞쪽으로 걸어가 엘리먼 가까이에 앉았다.

"쪽지 고마워요."

내가 아무렇지 않게 행동하려 애쓰는 걸 보면서 엘리먼이 미소 지었다. 마음이 확 놓였다.

엘리먼은 우리 모두를 향해 말했다.

"다들 만나서 반가워요."

그녀는 우리에게 주변을 둘러보면서 서로 얼굴을 익히라고 했다. 우리는 거의 같은 시기, 즉 지난 한 달 사이 여기 도착한 사람들이었다. 엘리먼이 우리를 이곳에 불러 모은 이유는 빈 섬에서의 삶, 특히 베인브리지 섬에서의 삶에 관해 들려주기 위해서라고 했다.

그녀는 대략 이렇게 말했다. 여기서 오랫동안 거주해 온 사람들은 신입 교육의 유구한 전통을 이어가고 있다. 그들은 사람들이 듣고 싶어 하는 얘기가 무엇인지 파악하는 데 시간이 좀 필요했지만 얼마 지나지 않아 제일 중요한 부분이 빈 섬과 무관하다는 것을 알게 됐다. 제일 중요한 부분은 바로 그들이 여기로 오기 전, 원래 살던 곳이다. 우선 그 얘기부터 해보겠다.

엘리먼은 차분하면서도 확신에 찬 분위기를 풍겼다. 수십 년 전, 코코넛 폭동의 밤에 혼다 시빅 지붕에 올라가 고래고래 고함치던 열정적인 여학생이 지금 내 앞에서 왕처럼 자신만만하게 서있는 이 여자라니, 기분이 묘했다. 엘리먼이 말했다. 주주 정부하에서 세계 시민들은 평균적으로 전보다 더 부유해지고 건강해지고 교육을 더 잘 받게 됐다. 주주 정부 체계가 설립되면서 모두가 인생에서 같은 기회를 부여받고, 타고난 끈기와 노력으로 삶을 결정할 수 있게 됐다.

"맞습니까?"

엘리먼은 빈정대는 투로 물었다. 그리고 답을 기다리는 듯 잠시 말을 멈췄다. 아무도 입을 열지 않자 엘리먼은 암울해진 말투로 다시 물었다.

"그렇게 훌륭한데 여러분은 왜 그 체계를 떠났죠?"

우리는 침묵했다.

"여러분의 표정을 보니 알겠어요. 여러분은 이렇게 생각하는군요. 아무 말 안 하고 있으면 저 여자는 내가 신념 때문에 그곳을 떠났다고 생각하겠지. 세상을 더 나은 곳으로 만드는 데 일조하고 싶어서 그곳을 떠났다고 생각할 거야. 저 여자는 나에 대해 잘 모르겠지만, 나는 어쩔 수 없어서 그곳을 떠났어. 사실 내 사회자본 점수는 형편없는 수준이야."

수긍하듯 초조하게 웃는 사람은 두 명뿐이고 대부분은 엘리먼의 시선을 피했다. 엘리먼이 강렬한 눈빛으로 나를 돌아봤을 때 나는 그녀의 시선을 피하지 않으려 애썼다. 그러자 엘리먼은 깜짝 놀랐는지 한 번 더 나를 돌아본 후 말을 이어갔다.

"여러분 안에 부끄러워하는 마음이 있다는 거 잘 압니다. 엑스 운동이 시작된 이래 사람들이 엑스들에 대해 그런 식으로 얘기를 해왔으니까요. 우리는 주주로서의 삶에 실패했기 때문에 주주 사회를 떠나야 했던 사람들이라고요. 남들과 똑같은 기회를 부여받았는데도 해낼 수가 없었던, 참 한심한 작자들이죠. 어느 날 밤, 여러분은 침대에 누워있다가 문득 차라리 엑스로 사는 게 낫지 않을까 하는 생각을 하게 됩니다. 그다음에는 무슨 생각이 들었을까요?" 엘리먼은 소리 내어 웃었다. "엑스로 살면 여러분도 한심한 작자가 되는 거잖아요. 그렇죠?"

엘리먼은 기존의 카리스마 지도자와는 결이 달랐다. 전도사처럼 마음을 어루만지는 억양을 갖고 있지도, 정치인처럼 편안하고 따뜻한 분위기를 풍기지도 않았다. 청중을 일부러 불편하게 만들려는 것처럼 냉소적이고 도전적인 태도를 보였다.

"그렇죠?"

사실상 주주 사회의 체계는 구체적으로 정해져 있어서 대부분은 원하는 단계로 올라갈 수 없었다. 개인의 사회자본 점수는 자기 노력이 아니라 타고난 특권에 따라 정해지기 때문이었다.

기존 사회 체계에서 부자들이 누리던 부유함과 가난한 자들의 가난함은 고스란히 주주 체계로 유입되었다. 최대 점수를 가진 주주들이 여기서 그리 멀리 떨어져 있지 않은 에어컨 빵빵한 집에 앉아 멸종 위기의 생선과 고가의 뿌리채소로 만든 요리를 즐길 때 미얀마, 온두라스, 콩고 같은 남쪽 저개발국가들에 붙들려 살 수밖에 없는 최하 점수의 주주들은 제조업 공장에서 하루에 꼬박 열여섯 시간씩 노동하면서 빈약한 식사와 콜라로 끼니를 때우고 밤이면 정확히 일곱 시간 동안 소등되고 철저한 감시가 이루어지는 기숙사에서 잠을 자야 했다. 그들의 자녀 역시 주주 직업학교에서 기숙사 생활을 해야 하는데 1주일에 딱 하루, 부모들이 일하러 가지 않는 날 부모를 만나러 올 수 있었다. 주주 위원회 소속 위원 대부분을 포함해 세계에서 제일 부유한 축에 속하는 주주들 일부가 살고 있는 시애틀에서도 사람들은 여전히 생존을 위해 고군분투해야 했다. 만약 여러분이 가치 있는 지적 재산을 만들어 팔지 못한다면, 잘생기거나 카리스마라도 있어서 인플루언서로 활동하는 게 그나마 최선이었다. 그게 아니면 잘나가는 사람들의 시중을 들며 생존을 모색해야 했다. 그 집 아이들을 돌봐주고, 변기를 닦아주고, 정원 울타리를 손질해 주고, 그들의 발톱을 다듬는 일을 하면서 말이다. 이것이 고대 경제 체제의 끝자락에 존재한 노예 제도, 인종 차별과 무엇이 다를까. 지금은 알고가 모든 걸 책임지고 있는데, 뭐든 다 알고 있는 알고리즘과 누가 논쟁해서 이길 수 있을까? 알고가 모든 걸 안다는 것도 얼마나 어쭙잖은 착각일까?

엘리먼이 잠시 말을 멈췄을 때 나는 헛기침을 하며 입을 열었다.

"그게 사실이라면 왜 아무도 나서서 말을 안 했죠?"

내가 의도한 것보다 말투가 세고 방어적으로 들렸다. 나는 계속해서 말했다. 주주 정부는 권위주의 독재체제 같지는 않다. 사람들이 검열당하며 살고 있지도 않으니까. 최고로 부유한 회사 중역이든 최고로 가난한 노동자든, 누구나 사회적 프로필을 통해 서로 소통할 수 있고, 여러분의 메시지가 어느 정도 선까지 공유될 수 있는지를 결정하는 것은 알고뿐이다. 대탈출 이후 위원회는 주주 합의서에 따른 표현의 자유에 대한 제약을 오히려 느슨하게 풀어주었다.

"좋은 지적입니다." 엘리먼은 마치 나를 함정에 빠뜨린 것처럼 재미있어하며 눈을 빛냈다. "사람들은 위원회에 대해 마음껏 불평할 수 있어요. 하지만 사회자본 점수를 올려주는 주체가 위원회인데 어떻게 대놓고 불평할까요?"

엘리먼이 질문을 던지고 입을 닫자 웅성거리는 청중의 목소리가 높아졌다. 그게 다는 아니라는 주장들이었다. 앞줄에 있던 특이한 분위기의 빨간 머리 소녀가 팔꿈치를 약간 들썩거리면서 손을 들었다.

"그래서 그게 뭐요?"

엘리먼의 연설은 아직 끝난 게 아니었다. 그게 다라고 하기에는 너무 짧았다. 그저 청중의 반응을 이끌어 내기 위해 잠시 멈춘 것뿐이었다.

엘리먼 엑스는 온화한 미소를 지었다. 그녀는 소녀의 질문을 공격으로 받아들인 게 아닌 듯했다. 오히려 그 질문을 기다려 온 것 같았다. 엘리먼은 차분하게 설명했다. 빈 섬 사람들은 자유를 되찾았다. 너무나 기본적인 자유라서, 주주 위원회의 자본주의적 자유 개념에 익숙한 신입들은 처음에는 엑스의 자유를 이해하지 못할 수도 있다. 그렇다면 사람들은 왜 여기 와서 살고 있을까? 신입들은 그 부분에 대해 목청 높여 의문을 제기하는데, 그들은 본토가 그토록 번화하고 재미있게 느껴지는 이유가 애초에 그렇게 설계되었기 때문인 것을 모르기 때문이다. 주주 위원회는 주주들에게 즐거움을 누릴 기회를 많이 제공하고 있지만 그 과정에서 엄청난 이권을 거머쥐고 있다.

"많은 분들이 엑스에 '합류'하기 위해 빈 섬에 왔다고 말합니다." 엘리먼은 '합류'라는 단어를 말하면서 허공에 대고 과장되게 손으로 따옴표를 그렸다. "그리고 빈 섬에 와서 막상 눈으로 보고는 실망하죠. 사실, 애초에 합류할 대상이라는 게 없으니까요."

사람과 환경은 언제나 공생 관계를 맺고 있었다. 수백 년 동안 독재자들이 차례로 나타나 자연 질서를 강탈하려는 음모를 꾸몄다. 그들은 우리를 지배하기 위해 우리와 가족, 공동체 자연과의 연결 고리를 망가뜨리려 했다. 엑스(Ex)라는 이름은 추방자(exile)를 의미하는 게 아니라 기존 체계로부터의 '삭제', 기존 체계로부터 완전히 빠져나오겠다는 의지를 의미한다. 엑스들이 신입들에게 새로운 체계를 제시하면서 그 체계에 충성을 맹세하도록 한다면 그것은 킹 라오 같은 사람이 한 짓과 다를 바가 없다.

킹 라오. 아버지의 이름을 듣는 순간 나는 충격을 받았다. 킹 라오 같은 사람. 나는 항변하고 싶었다. 하지만 내 안의 작은 목소리가 의문을 제기했다. 아버지는 지금까지 줄곧 너에게 충성을 요구했잖아? 넌 그래서 킹 라오한테서 도망친 거잖아?

우리가 자유를 편안하게 받아들이기를 바란다고 엘리먼은 말했다. 우리는 이 방을 나선 후 시간을 어떻게 보낼지를 스스로 결정해야 한다. 어떤 방향을 추구하는 게 더 재미있기 때문이 아니라, 스스로를 위해 의미를 찾고자 하는 작은 불꽃이 우리의 내면에 남아있기 때문에 우리는 시간을 어떻게 보낼지를 선택해야 하는 것이다. 진정한 의미를 찾는 게 중요하다.

"예를 들어서 말해주세요."

빨간 머리 소녀가 짜증 섞인 목소리로 말했다. 우리가 혁명을 일으키거나 신문이나 밴드를 만들어야 하나요? 의사나 교사, 사회복지사가 되어야 해요? 여기서는 뭐가 필요하고, 뭐가 안 필요하죠? 여기서 사업을 시작해도 되나요? 여기서 주주 체제하에서 살 때와 비슷하게 살면 눈총을 받게 될까요? 우리는 텃밭을 가꾸고, 사냥하고, 물고기를 잡고, 잔가지로 불을 피우고, 멧돼지와 싸우는 방법을 익혀야 해요? 지침이라도 좀 주셔야죠.

엘리먼은 전혀 움츠러들지 않고 기꺼이 반박했다. 그러죠, 라고 말하면서 엘리먼은 두 팔을 활짝 벌렸는데, 그 모습을 보면서 나는 아버지를 떠올렸다. 어느 주주 슈퍼마켓의 비누 코너에 진열된 수십 가지 상표의 비누들을 생각해 보자. 그 비누 하나하나가 자유를 상징한다. 드넓은 우주의 끝이 없듯이 자유의 예시도 무한하므로 하나하나 열거할 수 없다. 우리가 무한한 자유를 상상할 때 두려움을 느낀다면, 그 이유가 무엇일까?

"어쩌면 여러분이 두려워하는 것은 자유 그 자체일지도 모릅니다."

엘리먼은 이렇게 말하며 어깨를 으쓱했다.

어깨의 움직임에서 확신이 느껴졌다. 방 안에 모인 사람들은 모두

불편해하고 있었지만 엘리먼은 완벽하게 평화로운 표정으로 서있었다. 우리는 지치고 혼란스러운 표정으로 서로를 돌아보았다. 사람들은 한 명씩 일어나 고맙다고 말하며 줄지어 밖으로 나갔다.

나는 남기로 했다.


그 후 엘리먼과 나는 함께 해변에 서서 본토를 바라보았다.

"우리 엄마는 아직 저기 어딘가에서 살고 계셔."

엘리먼은 샌들을 벗더니 납작한 조약돌을 발가락으로 톡톡 건드렸다.

나는 그녀를 힐끗 돌아보았다. 그녀가 갑작스레 과거를 털어놓는 바람에 나는 움찔했다. 이 섬의 공동체는 유대가 긴밀하지만 대부분 뿌리 없이 떠도는 사람들이라 과거 얘기를 하는 것은 일종의 금기였다. 이곳 사람들은 내가 어디에서 왔는지를 묻지 않았고, 자기 과거도 드러내지 않았다. 내가 아르노를 만난 첫날 밤 이래로 쭉 그랬다. 나는 조심스럽게 바닥을 내려다보며 물었다.

"시애틀에서 자라셨죠?"

엘리먼은 발가락 사이에 조약돌을 끼워 들어올리더니 손으로 잡고 물 위로 던져 물수제비를 떴다. 조약돌은 네 번, 다섯 번 튀더니 물밑으로 사라졌다.

"맞아. 그런데 그 여자는 더 이상 시애틀에 살지 않아. 마지막으로 들은 얘기는 그랬어. 그 여자는 고향인 엘살바도르로 돌아갔대."

나를 여기로 데려와 자기 과거를 털어놓다니, 묘한 일이었다. 어쩌면 이것도 전략일지 모른다는 생각이 들었다. 무언가를 위해 나를 조련하려는 걸까. 자기 속을 먼저 털어놓고 내가 화답하기를 바라는 건가. 그녀가 어떤 종류의 화답을 기대하는지는 알 수 없었다. 인터넷과 연결되지 않은 상태에서 이 여자 옆에 서있자니, 문득 그걸 모르면 어떤가 싶었다. 바닥을 내려다보고 있던 엘리먼은 눈을 들어 나를 마주 보았다.

"내 진짜 이름은 루나야."


루나 마리아 노스. 그날 밤을 시작으로 그 후 수 주일에 걸쳐, 그 해변이나 늦은 밤에 바닷가 산책을 하면서 그녀와 몇 번 대화를 나눈 끝에 나는 엘리먼의 본명을 알게 됐고, 그녀가 주주 세대의 끝자락에 태어나 주주 위원회가 설립된 해에 유치원에 들어간 어린이 세대라는 것도 알았다.

루나는 부모가 애지중지 키운 외동딸이었다. 엄마인 소피아와 아빠인 벤이 그녀의 별난 성격을 다 받아준 탓에 그녀는 사회의 기준 틀에 맞지 않는 괴상한 행동을 하기에 이르렀다. 루나는 어렸을 때 부모님한테서 처음으로 피에르 조제프 프루동(1809~1865. 프랑스의 사상가—옮긴이), 에마 골드먼(1869~1940. 러시아에서 태어난 미국의 무정부주의자—옮긴이), 프란츠 파농(1925~1961. 프랑스의 정신과 의사 겸 작가, 철학자—옮긴이), 바츨라프 하벨(1936~2011. 체코에서 민주화 운동을 이끌던 반체제 작가이자 정치인—옮긴이), 오드리 로드(1934~1992. 미국의 시인이며, 다양한 인종의 인권을 위해 싸운 흑인 여성주의자 시인—옮긴이), 벨 훅스(1952~2021. 글로리아 진 왓킨스의 필명. 미국의 작가, 사회운동가, 페미니스트—옮긴이), 도교의 핵심 사상가이자 최초의 무정부주의자인 장자의 이름을 듣게 됐다.

벤은 가필드 고등학교에서 역사와 연극을 가르쳤고, 소피아는 생활지도 상담사로 일했는데 둘 다 학생들 사이에서 인기가 많았다. 그들은 대놓고 무정부주의 성향과 방탕한 기질을 내보였고 서로에 대한 애정을 바탕으로 부정할 수 없는 카리스마를 발휘했다. 루나의 부모들은 연극반 학생들 사이에서 특히 인기가 많았는데, 대부분 열정적이고 표현력이 좋으며 목소리가 큰 학생들이었다. 그들은 가필드에 입학한 신입생 루나를 열렬히 환영했다.

루나는 일부러 아싸의 길을 택했다. 7학년 때 부모를 설득해 월셋집 뒷마당에서 닭과 꿀벌을 길렀고, 고등학교 극장에서 가져온 커튼과 리본 쪼가리로 직접 바느질해 드레스를 만들기도 했다. 고등학교에 입학한 첫 주에 학교의 가을 뮤지컬 〈펜잔스의 해적〉에서 소장 역할을 맡게 될 게 분명한 통통하고 잘생긴 소년이 다가오더니, 무대 뒤에서 루나의 어깨에 팔을 두르며 여섯 명쯤 되는 친구들에게 선언했다.

"이제부터 애를 '동생'이라고 부르자."

놀란 루나는 나지막하게 말하며 만류했다.

"아, 그러지 마!"

수장 역할을 할 것으로 예상되는 그 소년이 따뜻하게 웃기 시작하자 나머지 친구들도 덩달아 웃었다. 그 순간 루나는 살면서 처음 친구를 사귀게 됐다.

그해 가을, 루나는 해적 아가씨 루스 역할을 했고 동성애자임을 밝혔다. 이 뮤지컬은 거의 200년간 공연된 적이 없었는데, 스탠리 장군의 딸들을 너무 뻔하게 묘사한 바람에 유행에 뒤처졌기 때문이었다. 벤은 일부러 〈펜잔스의 해적〉을 골라 원래 대본의 성 역할을 뒤집어 소년들에게 딸들 역할을 주고 소녀들에게 경관 역할을 주었다. 그해 겨울, 동성애자이며 이 뮤지컬에서 소장 역할을 맡은 소년과 루나는 서로에게 순결을 잃었다. 그리고 다가온 봄에 위원회는 세계의 초중고교 및 대학교에서 수년간 진행한 회계 감사를 마무리지었다.

회계 감사가 끝난 후 가필드 고등학교는 그린필드 고등학교로 학교명이 바뀌었다. 예전 학교명이 암살당한 가필드 대통령의 이름을 딴 것이라 개명에 반대하는 사람은 딱히 없었다.

이어서 모든 초중고교에서 학생들은 전체 수업 시간의 최소 4분의 3에 해당하는 시간 동안 표준 세계 교과 과정을 공부해야 한다는 포고령이 선포되었다. 표준 세계 교과 과정은 전 세계 모든 아이들이 교육받을 수 있도록 예순다섯 개 언어로 번역되어 온라인에 게재되었다. 교사 직책도 표준화되어 수학 교사는 능률성 리더로, 역사 교사는 진보 리더로 이름이 바뀌었다. 이는 아이들이 더 생산성 있고 높은 점수를 가진 주주가 될 수 있도록 설계된, '실행 가능한 학습'을 중요시하는 세계 교과 과정에 따른 변화였다.

학생들과 마찬가지로 교사들도 주주 체계의 방침에 반기를 들면 사회자본 점수에 악영향을 미친다는 사실을 잘 알고 있었다. 또한 학생들의 인생을 지금보다 낫게 만들어 줄 새로운 교육 체계를 방해하는 것이 교사로서 좋게 보이지 않기도 했다. 루나를 포함해 〈펜잔스의 해적〉 뮤지컬에 출연하기로 한 학생들은 벤의 교실로 들어와 세계 교육 과정에 대해 의견을 내달라고 요구했다. 세계 교육 과정에서 연극이 정규 수업이 아니라 방과 후 활동으로 축소되었기 때문이었다. 벤은 학생들의 요청을 듣고 기뻐했다. 그는 학생들이 기관의 과도한 간섭에 관해 생각해 보기를 바랐기에 〈펜잔스의 해적〉을 수업 주제로 고른 거라며 열정적으로 말했다.

그는 바츨라프 하벨의 작품을 펼치고 큰 소리로 읽었다.

"소비자 가치 체계에 현혹된 적 있는 사람, 대중문화의 장식에 불과한 혼합물에 정체성이 함몰된 사람, 자아에 뿌리가 없고 자신의 생존 이외에 다른 것에는 어떤 책임감도 느끼지 못하는 사람은 타락한 자에 불과하다. 사회 체계는 이런 타락에 의존하고, 타락을 심화하며, 그 타락을 사회에 투사한다."

하벨은 인류를 가장 크게 위협하는 요소는 공산주의와 자본주의—서로 싸움을 거듭하는 봉건 제도의 후계자들—의 대립이 아니라 두 경제 모델의 기저에 깔린 위험한 힘, 즉 인류의 집단 뇌와 힘을 유용하며 인간의 영혼을 파괴하는 경제 생산 및 소비의 무지성적 주기(週期)라고 선견지명 있는 견해를 내놓았다. 1994년 자유 메달을 받으러 필라델피아로 간 하벨은 그곳에 모인 청중에게 이렇게 말했다.

"어떤 사상가들은 현대 시대가 미국의 발견으로 시작됐으면 그 시대는 미국 내에서 끝났을 것이라고 주장합니다. 미국이 최초로 인간을 달로 보낸 1969년에 이런 말이 나왔습니다." 높은 곳에서 우리 행성을 분석하려 하다 보니 우리와 이 행성과의 적절한 관계에 관한 핵심을 제대로 짚어내기 어렵게 되었다는 말이었다. "묘하게도 이 관계에는 무언가가 빠져있어요. 따라서 가장 본질적인 현실의 실체와 본질적인 인간의 경험을 연결 짓지 못합니다. 이 관계는 통합과 의미의 근원이라기보다는 붕괴와 의심의 근원이 됐습니다. 그러다 보니 이제 조현병에 가까울 지경에 이르렀지요. 관찰자로서의 인간이 본연의 자신과 완전히 분리되어 가고 있습니다."

뮤지컬 의상을 통해 그린필드의 새로운 교과 과정에 저항한다면 재미있으면서도 더 안전할 것 같다고 누군가가 아이디어를 냈다. 경관은 경관 복장으로, 소장의 딸들은 소장의 딸들 복장으로 시위에 나서자는 뜻이었다. 그들은 옷을 갈아입으러 무대 뒤로 갔다. 근처에 듣는 귀가 없을 때 소장 역할을 맡은 남학생이 루나를 돌아보며 조용히, 하지만 당황한 기색이 역력한 채로 말했다.

"내가 시위에 나가면 줄리아드 학교 입학에 문제가 생기지 않을까?"

루나는 신경질적으로 어깨를 으쓱했다. 멍청한 질문이라고 생각해서였다. 그 상황을 보고 있던 소피아가 루나의 옆으로 다가와 날카롭게 말했다.

"못되게 굴지 마, 루나." 그녀는 루나의 어깨에 손을 얹었다. "우린 널 그렇게 키우지 않았어." 소피아는 소장을 돌아보며 덧붙였다. "너에게 시위행진을 하라고 강요하는 사람은 아무도 없어."

나중에 보니 소장은 어딘가로 사라졌는데, 그들은 소장이 배신까지 했으리라는 생각은 하지 않았다. 소장은 줄리아드 입학을 위해 방과 후에 이웃집 잔디밭을 깎아주면서 사회자본 점수를 차곡차곡 모으고 있었다. 소장이 사라진 후 소장의 딸들은 벤에게 대신 소장 복장을 하라고 말했다. 그리고 다들 구호를 외치며 교정을 나섰다.

"역사를 역사답게! 진보 리더 같은 소리 하네!"

퇴근 시간이라 도로가 꽉 막힌 체리 가(街)를 향해 인도를 행진하는 동안 루나는 점점 불안해졌다. 과거 시위 영상을 보면 도로의 차량 중에 동조의 뜻으로 경적을 울려주는 운전자들이 있던데 지금은 그런 운전자가 하나도 없었다. 구호가 너무 애매해서일까? 사람들은 더 이상 시위를 안 하는 건가? 핸드폰을 꺼내 확인해 보았다. 소셜 미디어에서 몇몇 사람들이 교과 과정의 변화에 대해 투덜거리기는 했다. 하지만 적극적으로 검색하지 않으면, 다른 화제성 큰 주제들에 묻혀서 그런 게시물을 찾아보기가 어려웠다. 그날 오후에는 개처럼 행동하는 고양이, 고양이처럼 행동하는 개의 밈이 소셜 미디어에서 단연 화제였다. 루나는 다른 학생들에게 그 밈을 보여주었고, 그들은 인도에 쪼그리고 앉아 루나의 핸드폰을 돌려 보며 낄낄거렸다. 어느 순간 행진하던 경관들은 콧수염을 뗐고 소장의 딸들은 코르셋의 잠금장치를 끌렀다. 이윽고 마지막에는 루나와 그녀의 부모만이 시위 행진을 계속하고 있었다.

다음 날 아침, 잠에서 깬 소피아와 벤은 각자의 사회자본 점수가 1,000점씩 떨어진 걸 알게 됐다. 거의 1년 치 수입에 해당하는 점수가 삭제된 것이었다. 그리고 3주 후, 교장은 그들의 사회자본 점수 하락으로 인해 가을 학기부터 그린필드 고등학교는 그들과 재계약을 맺을 수 없다고 통보해 왔다.

"소장 녀석의 짓이에요. 그 녀석이 두 분을 팔아넘긴 거라고요!"

부모님이 해고됐다는 소식을 들은 루나가 소리쳤다. 루나를 비롯해 시위에 참여한 다른 학생들의 사회자본 점수는 밤사이 깎였는데—겨우 50점씩 하락이라 소피아와 벤의 점수 하락에 비하면 미미하지만—소장의 점수는 100점이나 올랐다는 것을 루나는 알고 있었다. 그들이 시위행진을 하던 날 소장이 집으로 돌아가 당국에 그들을 고발하고 100점을 보상으로 받은 게 아닌가 싶었다. 루나가 그생각을 털어놓자 소피아가 담담히 말했다.

"설마 그랬겠니."

그들은 공공 도로에서 시위행진을 했다. 그들의 얼굴이 수백 번도 넘게 사진으로 찍혔을 테고 똑똑한 알고는 콧수염 분장 안쪽의 진짜 얼굴을 전부 판별했을 것이다. 주주 위원회는 소장의 도움을 받을 필요도 없었을 것이다. 소장의 사회자본 점수가 오른 건 이번 일과는 무관할 수도 있었다. 그동안 남의 집 잔디를 깎아준 일로 이번에 점수가 올랐을 수도 있을 테니까.

루나와 부모님은 소장이 사는 곳과 같은 가난한 동네로 이사 갔다. 부모님은 그곳에서 다른 일자리를 찾았다. 소피아는 인생 상담 코치로, 벤은 가정교사로 일하게 됐다. 루나는 소셜에서 달걀과 벌집을 팔기 시작했는데 나중에 수익을 정산해 보니 부모님의 벌이를 합친 것보다 많았다.

"제가 닭과 꿀벌을 기른다니까 두 분은 저를 놀리셨지만 이제 제가 없으면 우린 어떻게 먹고 살죠?"

루나는 농담 삼아 말했다.

이런 식으로 장난처럼 유쾌하게 행동하는 게 더 나았다. 그들을 이렇게 살게 만든 주주 위원회를 비난하면서 심각하게 굴어봤자 아무 소용 없었다. 노스 가족은 사회자본 점수를 재검토해 달라고 청원했는데, 점수 검토 과정이 완벽했기 때문에 사회자본 점수를 올려줄 수 없다는 보트(특정 작업을 반복 수행하는 프로그램—옮긴이)의 답변이 15분 만에 날아왔다. 애초에 그들의 점수를 매긴 자는 인간이 아니었다. 그것은 알고가 한 일이었고, 설계상 어떤 인간도 알고의 행동 동기를 완전히 파악하기 힘들었다. 주주 위원회가 사람들을 고용하기는 했는데 그 사람들은 관리 직급에 배치되어 있었고, 계층적 관리 구조의 맨 위에는 위원장인 킹 라오가 있었다. 하지만 여러분은 킹 라오에게 메시지를 보낼 수 없었다. 그에게 전화를 걸 수도 없었다. 그는 매일 아침 일일 주주 업데이트를 들고 나타나기는 했지만, 실생활에서는 연간 주주 축제 때 연설할 때만 진짜 모습을 드러냈다. 그는 오즈(미국의 판타지 소설 《오즈의 마법사》에 나오는 오즈의 통치자—옮긴이)일 수도 있고, 보트 프로그램일 수도 있었다. 만약 정말 그렇다고 해도 루나는 놀라지 않을 터였다.

처음에 루나는 예의를 지키며 가볍게 부모에게 화풀이했는데 시간이 갈수록 말이 점점 날카로워졌다. 생활이 점점 궁핍해지는 모습을 보면서 분노가 치밀어 올랐다. 부모님은 여전히 부드러운 회색 그림자처럼 푹 꺼진 소파에 나란히 앉아 프루동의 사상에 관한 논쟁을 벌였지만, 현실에 치이다 보니 누가 봐도 논쟁하는 시늉만 할 뿐이었다. 그래서 루나는 부모에게 더 짜증 났다. 부모님은 루나를 오해했다. 그들은 루나가 집이 가난해져서 부모에게 화를 낸다고 여겼다. 루나가 부모에게 화가 난 이유는, 중산층으로 살던 시절에 부모님이 논쟁하던 사상이 결국 허상이었다는 게 이런 식으로 증명되었기 때문이었다. 가난한 사람들은 혁명 따위에는 쥐뿔도 관심이 없다. 오직 생존에만 관심을 쏟을 뿐이다.

하지만 루나도 변했다. 신선한 딸기를 한 주먹씩 먹으며 자랐는데, 지금은 콜라를 곁들여 끼니를 때우는 게 대부분이었다. 늦여름 아침이면 종종 자전거를 타고 레스키 공원에 가서 다른 사람들이 다 따가기 전에 블랙베리를 채집했다. 중산층 시절에는 그냥 재미로 했던 일이었다. 그때는 사용했던 요거트 통에 블랙베리를 담아 집에 계신 부모님에게 가져다주었다. 지금은 너무 배가 고파서 나눠 먹을 여유가 없는 탓에 블랙베리를 발견하자마자 그 자리에서 먹어버렸다.

그해 봄, 소장은 줄리아드 학교에 입학 허가를 받았지만 학자금

지원을 못 받아서 입학을 포기해야 했다. 그는 학교에 진학하는 대신 경찰이 됐다. 그리고 그해 여름, 벤 노스는 진통제 한 통을 입에다 털어 넣고 스스로 목숨을 끊었다. 그가 그동안 진통제를 먹고 있었다는 걸 아무도 몰랐다. 그해 가을, 소피아는 유아 시절 이후 처음으로 고향 엘살바도르로 돌아가 살기로 결심했다. 소피아는 연로하신 아버지가 딸인 자신을 필요로 한다고 말했지만 루나는 진실을 알고 있었다. 소피아의 귀향은 일종의 자살이었다. 부모님이 모두 떠난 후 루나는 부모님이 버린 물건 중에 내다 팔 만한 게 있는지 찾다가 아버지가 그녀에게 남긴 쪽지를 발견했다. '적을 향해 전진하라!' 루나는 아버지의 유언을 큰 소리로 읽었다. 뮤지컬 대사라서 절로 가락이 붙자 루나는 미소 지었다. 그때 알았다. 루나 마리아 노스도 죽어야 한다는 것을.

얼마 전 밤에 얘기를 나누면서, 아직 희망이 있다고 말하지 않았느냐고 나는 엘리먼에게 일깨워 주었다. 요즘 엘리먼이 만난 엑스소녀들은 집에서 사랑받지 못하거나 제대로 돌봄을 받지 못해 가출한 경우가 대부분이라고 했다. 엘리먼은 내가 그런 종류의 소녀 같지는 않다고 했다. 집에서 돌봄을 잘 받고 자란 티가 난다고 했다. 하지만 무슨 이유에서인지—어떤 이유인지는 중요하지 않다고 했다—자신감이 확 꺾여서 여기로 온 것 같다고 했다.

나는 어떻게 대답해야 할지 알 수 없었다. 엘리먼의 과거를 들었으니 나도 마땅한 고백으로 보답해야 할 것 같은데 도저히 할 수가 없었다.

엘리먼은 내가 요즘 섬 곳곳을 다니며 견습생으로 일하고 있다는 것을 알고 있었다. 그녀는 요즘 재미있게 살고 있냐고 물었고, 나는 그렇다고 답했다. 그 순간 엘리먼의 얼굴에 실망한 기색이 스치고 지나갔다. 나는 딱히 한 가지 일에 매달리고 있지는 않다고 재빨리 대답했다. 엘리먼은 뭔가 중요한 결정이라도 내리는 듯한 눈빛으로 나를 바라보다가 입을 열었다.

"야간 근무를 해볼래?"

나는 그 말의 의도를 이해했다고 생각했다. 당황한 내가 말했다.

"난 처녀인데요."

"얘야!" 엘리먼은 재미있어하는 말투였다. "야간 근무가 그거 하나만 있는 게 아니야."

자리에서 일어선 엘리먼이 따라오라는 듯 고갯짓했다.


구의 중앙에는 계단이 있었다. 그 계단을 밟고 내려가면 벙커처럼 생긴 길쭉한 지하 홀이었다. 나는 호기심에 지하 홀에 두 번 내려가 본 적이 있는데 그때는 지하 홀의 문이 전부 잠겨있었다. 지하 홀 끝에 선 엘리먼은 주머니에서 열쇠 꾸러미를 꺼내 문을 하나 열었다. 그 안은 벽장 크기 정도의 작은 방이었다. 안에는 물건이 별로 없었다. 의자 하나와 책상 하나, 그리고 책상 위에 놓인 구형 탁상용 컴퓨터가 전부였다. 엘리먼은 작업복 주머니에서 유에스비를 꺼내 컴퓨터에 꽂았다.

거친 느낌의 어두운 영상이 모니터에서 재생되었다. 코와 입을 가린 마스크에 똑같은 베이지색 점프수트를 착용한 짙은 색 피부의 남자들과 여자들이 어느 건물에서 줄지어 나오고 있었다. 영상이 한 박자 튀더니 다시 사람들의 모습을 보여주었다. 이번에는 다른 사람

300

들 같았는데 잘 구분이 되지 않았다. 그 사람들은 무표정한 얼굴로 넓은 길을 걸어가다가 기숙사 같은 곳으로 들어갔다. 창문에 빨래가 널려있는 그 건물은 가느다란 돌기둥 같은 구조물이었다. 기름진 갈색 스모그가 잔뜩 낮게 깔려있어서 건물 윗부분이 보이지 않았다. 영상이 한 번 더 튀었고 이번에는 공장 조립 라인에서 일하는 사람들을 비추었다. 수천 명에 달하는 사람들이 나란히 서서 마치 기계처럼 일치된 동작으로 움직이고 있었다. 영상의 총길이는 30초 정도였다.

"뭐가 보여?"

엘리먼이 물었다.

"사람들이요?"

그녀는 영상을 처음으로 되돌렸다. 사람들이 다시 건물에서 쏟아져 나왔다. 엘리먼은 그 부분에서 영상을 멈췄다.

"다시 말해봐. 뭐가 보여?"

다시 보니, 반으로 자른 코코넛 껍데기 모양의 코코넛 사 로고가 건물 앞쪽에 스텐실로 찍혀있는 게 보였다. 영상 속 건물은 코코넛 사의 메가 캠퍼스였다. 킹과 마지가 만든 획기적인 시스템으로, 기존보다 생산 효율을 훨씬 높인 것으로 유명했다. 그런데 주주 합의서에 따르면 캠퍼스 안에 들어간 사람이 캠퍼스 내부에서 일어나는 일을 녹화하거나 온라인에 게시하는 행위는 금지되어 있었다. 따라서 나는 캠퍼스 생활이 어떤지를 지금 처음 보는 거였다. 그리고 이 영상을 찍은 사람이 누구든 주주 합의서를 위반한 행위를 한 것이다.

엘리먼은 컴퓨터에서 유에스비를 빼고 다른 유에스비를 꽂았다.

"여기는 아크라(가나의 수도―옮긴이)야."

새로운 장면이 화면에 떴는데 이번에는 아까 본 영상보다 화질이

좋았다. 화려한 색깔의 원피스를 입고 머리에 스카프를 두르고 목에
는 작은 은목걸이를 건 젊은 가나 엄마가 북적이는 좁은 길가의 어느
부스에 앉아있었다. 어린아이 세 명이 엄마의 무릎을 붙잡고 매달렸
다. 그 엄마는 동년배로 보이는 여자를 마주하고 있었다. 그 여자는
머리를 뒤로 모아 틀어 올렸고 목깃이 넓은 하얀 버튼다운 셔츠를 입
었는데 점원이나 공무원 같았다. 공무원 여자는 아이들의 사회자본
점수가 왜 더 높지 않은지 자기는 알 수 없다고 짜증스러운 말투로
말했다.

그 와중에 애들 엄마는 아이들에게 계속 연습시키느라 공무원의
말을 방해했다.

"31, 32, 33. 얼른 말씀드려. 그다음은 뭐야?"

"주주 위원회 위원장이 누구니?"

"'가나'의 철자를 어떻게 말해?"

셋 중 맏이로 보이는 동그란 얼굴의 소년이 영리해 보이는 눈으로
제 엄마를 미심쩍게 바라보았다. 여섯 살도 채 안 되어 보였다.

"대답하지 마."

소년이 어린 여동생들에게 말하자 소녀들은 제 오빠를 쳐다보며
입을 다물었다.

"아니야, 아니야. 얘들아. 잘 들어. 중요한 일이야." 애들 엄마가
다급하게 재촉했다. 그녀는 부스 칸막이 너머에 앉은 공무원 여자를
돌아보며 말했다. "애들이 답을 다 알아요. 보세요. 얼마나 똑똑한
애들인데요. 애들이 대답을 안 하려는 이유는……" 그녀는 입을 꾹
다물고 있지만 울기 직전인 아들을 내려다보았다. "그러니까……"

"엄마가 자기네를 여기서 멀리 떠나보내려 하니까 그게 싫어서 그

러잖아요."

"맞아요."

공무원은 단호하게 고개를 저었다.

"미안하지만 아이들 등급은 아이들의 사회자본 점수에 따라 정할 수밖에 없어요. 당신이 하는 말은 별로 중요하지 않아요."

그러자 소년이 기뻐하며 외쳤다.

"그것 보세요, 엄마. 우린 쓸모가 없다잖아요. 그러니까 엄마가 우리를 계속 데리고 살아요!"

애들 엄마가 아들을 품에 안아 올리더니 잠시 꼭 끌어안았다가 내려놓았다. 그러고는 당신이 아이들을 위해 해줄 수 있는 일이 있지 않겠느냐는 강렬한 눈빛으로 공무원을 돌아보았다. 공무원은 머뭇거리다가 따뜻하게 말했다.

"아이들이 이곳 마을에 있는 가족과 사는 게 나을 수도 있어요. 그래야 당신이 아이들을 만날 수도 있고 나중에 도로 데려갈 수도 있겠죠."

"애들이 정말 영리하다니까요. 당신이 그쪽에 아이들을 팔아넘길 수도 있다는 거 알아요. 그쪽에서 흑인 아이들을 찾는 가족들이 있다고 들었어요. 전에 읽어봤는데…"

"알아요…"

"그 유명한…"

"나도 그게 누군지 알지만…"

"그 남자는 그쪽에서 인플루언서가 됐고 자기 엄마를 초청했어요. 보셨죠? 그 얘기가 쫙 퍼졌다고요, 선생님."

"저도 그 남자에 대해 알아요! 하지만 그런 예는 한 명뿐이에요.

저쪽에서 아프리카 아이를 요청하는 경우도 아주 드물고요. 아시아 아이들에 대한 수요는 있어요. 하지만 이런 아이들을 요청하는 사람들은 없어요."

"내 아들은 글을 읽을 줄 알아요. 그건 특별하잖아요, 선생님! 그림책 같은 걸 말하는 게 아니에요. 제가 아홉 살이나 열 살 때 읽었던 그런 책을 말하는 거라고요. 그건 대단한 거잖아요."

"수도로 뭐가 들어가도 되는지 아닌지 우리로선 알 수 없어요. 아시잖아요. 그런 걸 결정하는 건 알고예요."

애들 엄마의 목소리에 날이 섰다. 그녀는 입술을 오므리며 말했다.

"우리 할머니 세대 분들이 신에 관한 얘기를 하듯이, 요즘 사람들은 알고를 무슨 신처럼 취급하는데 이상하다는 생각 안 들어요, 선생님?"

잠시 정적이 흘렀다. 공무원은 호되게 받아칠지 말지 고민하는 듯했다. 공무원은 정중한 태도를 유지하며 말했다.

"아, 예. 저는 종교에 관한 얘기를 하려고 여기 있는 게 아니라서요." 그녀는 차분하게 속삭였다. "알고의 예측이 매우 정확하다는 것은 사실이고……"

영상이 거기서 갑자기 끊기자 벽장 안에 정적이 감돌았다.

"이런 영상을 어디서 가져왔어요?"

"전 세계에서 우리한테 보내주고 있어. 주주의 생활에 대한 영상도 있고 대중에게 공개되면 안 될 영상도 있어. 우리에게 동조하는 사람들이 이런 영상을 보내주긴 하는데 출처를 말해주지는 않아. 말 안 해주는 편이 낫지. 주주 합의서 조항을 위반했다가는 마지 교도소에 가는 신세가 될 테니까. 더 안 좋게 되는 경우도 있고."

"이런 영상을 모두가 볼 수 있게 온라인에 올리셔야죠."

"하, 그래. 그렇게 해서 이 불쌍한 사람들이 죽게 만들어야겠다?"

나는 어색하게 웃었다.

"무슨요. 주주 위원회는 사람을 안 죽여요."

엘리먼은 그 유에스비를 빼고 다른 유에스비를 꽂았다.

"이번에는 라오스 영상이야."

식사와 콜라가 담긴 주머니를 나눠 주는 기계 앞에 사람들이 길게 줄 서있었다. 기계가 고장 났는지 아니면 재료가 다 떨어져서인지 몰라도 작고 보잘것없어 보이는 남자 바로 앞에서 기계 작동이 멈췄다. 남자는 주먹으로 기계를 한 번 치더니 잠시 멈췄다가 연속으로 마구 두드리기 시작했다. 화면 바깥에 있던, 경비원 복장을 한 사람이 다가와 그 남자의 멱살을 잡아—그 남자의 목이 뒤로 확 꺾였다—땅바닥에 처박고 머리를 발로 한 번 걷어찼다. 쿵 소리가 들렸다. 바닥에 고꾸라진 남자는 미동도 없었다. 사람들이 고함을 질렀다. 경비원이 그 남자의 옆구리를 가볍게 툭 찼으나 남자는 움직이지 않았다. 경비원은 휘둥그레진 눈으로 주변을 둘러보며 사람들에게 무어라 고함을 쳤다. 사람들이 이리저리 흩어졌다. 서로를 마구 밀치는 소리가 들리더니 사람들이 뛰기 시작하고, 일순간 카메라가 다시 원래 자리를 비추었다. 쓰러진 남자는 여전히 움직임이 없었고 경비원은 카메라를 등진 채 핸드폰에 대고 무어라 말하고 있었다. 아까는 포착하지 못했는데 이번에는 그의 제복 등짝에 적힌 두 단어가 눈에 명확히 들어왔다. '우리와 함께하세요.'

다른 사람들과 마찬가지로 나도 주주 정부가 설립되기 전에 촬영된 이런 영상을 본 적 있었다. 그 시절에 경찰은 이토록 잔인했다.

주주 경찰은 최대한 안정화 전략을 구사하고 마지막에 어쩔 수 없는 상황일 때에만 폭력을 사용하도록 훈련받았기 때문에 평화유지군에 가까웠다.

"이 영상을 인터넷에 올리면 수백만 명이 볼 수 있을 텐데요."

"우리 정보원들의 안전은 어쩌고? 게다가 우리는 소문을 내려는 게 목적이 아니야. 기억하지? 우리는 주주들의 생활을 방해하고 싶지 않아. 우리는 그런 조건에 합의했어."

"옳지 않아 보여서요."

"꼬마야. 주주 정부는 제국이야. 제국은 언젠가 결국 몰락하게 되어있어. 그 과정에 누군가의 도움이 필요하진 않아." 그녀의 목소리에서 강단이 느껴졌다. "그들을 봐. 그들은 우리가 이미 알고 있는 방법을 쓰기보다, 찜통 지구 현상을 막아줄 장치를 개발하려고 수십 년을 허비했어. 이제는 너무 늦었어. 세계 곳곳에서 화재며 홍수가 발생하고 있어. 우리에게 중요한 것…… 우리가 주주 체계에서 빠져나오면서 중요하게 생각했던 문제점이 곧 현실로 닥쳐올 거야. 주주 위원회가 무너지면 다른 시스템이 태어날 기회가 생기겠지. 우리는 여기서 미리 그 모델을 만들어 보고 있어. 주주 정부가 사라지면 우리는 사람들에게 더 나은 삶의 방식을 보여줄 수 있어. 3세대, 4세대, 5세대가 걸릴 수도 있겠지만 우리는 인내심을 갖고 기다려야 해."

엘리먼은 목청 높여 말했다. 그녀의 목소리에서 대단한 고집이 느껴졌다. 그래서 오히려 그녀가 진심으로 자기 말을 믿고 있는지 의구심이 들었다.

나는 용기를 내 입을 열었다.

306

"3세대, 4세대, 5세대가 지나기 전에 인류가 멸종할 수도 있는 게 문제죠."

지금까지 얘기를 나누면서 엘리먼이 나를 이렇게 오래 쳐다본 적이 없었다. 한참 후 엘리먼은 고개를 끄덕거렸다. 그때 엘리먼의 표정을 나는 앞으로도 절대 잊지 못할 것이다. 그녀의 얼굴은 붉게 상기되었고 휘둥그레진 눈에는 희망이 가득했다. 나도 다른 사람들처럼 후회가 많은 사람이다. 하지만 그녀의 그런 얼굴을 다시 볼 수 있다면 나는 아마 또 후회할 짓을 할지도 모르겠다.

"대답 잘했어."

그녀가 말했다.

시청 화장실에 들어간 마지는 뺨에 볼 터치 화장을 하고 속눈썹에 마스카라를 칠하고, 장미색 가운을 걸친 모습으로 나왔다. 소매가 양어깨를 완전히 덮지 않은 걸 보고 킹이 말했다.

"어, 옷이 어깨에 잘 맞지 않네."

그러자 마지는 웃으며 말했다.

"원래 이렇게 입는 옷이야!"

킹은 마지를 사랑했다. 1985년이었다. 그들이 코코넛 사를 설립한 지 10년이 지났다. 두 사람은 팔짱을 끼고 나란히 계단을 올라갔다. 진지한 분위기를 풍기는 자그마한 방으로 들어간 그들은 근엄한 얼굴에 몸집이 자그마한 여자 앞에서 죽는 날까지 서로를 사랑하고, 존경하며, 지지하겠노라고 맹세했다. 그 말을 하면서 그들은 둘만 아는 농담이라도 하듯 서로를 힐끔 바라보며 미소 지었다. 서로 당연히 그렇게 할 것임을 아는데 굳이 소리 내서 선언한다는 게 우습게 느껴졌다. 자기 가슴속에서 고동치는 부드러운 심장을 사랑하고 존경하겠다는 맹세를 하라는 것과 다름없었다. 자기 심장을 사랑하지 않는다면 죽게 될 게 뻔한데 말이다.

결혼식 후 그들은 스페이스 니들 건물 꼭대기 층의 레스토랑에서 단둘이 저녁을 먹었다. 그들은 결혼식에 아무도 초대하지 않았는데, 지금까지 수년 동안 그들은 관계를 비밀로 유지했기 때문이었다. 노먼 교수도 알지 못했다. 어쩌면 알면서도 모르는 척한 것일 수도 있었다. 작은 젤리 조각상처럼 생긴 요리들이 큼직하고 편편한 사각형 접시에 담겨 나왔다. 그들은 어떻게 해야 할지 몰라 칼과 포크로 그 조각상들을 톡톡 두드렸다.

"아름답긴 하네."

마지가 시들하게 중얼거렸다.

여기는 360도 회전하는 레스토랑이라서 그들은 어느새 방향 감각을 잃어 신경이 곤두섰다. 창밖을 내다볼 때마다 풍경이 바뀌었다.

"재미있네. 그렇지?" 마지가 애써 유쾌하게 말했다. "이런 거 본 적 있어?"

마지가 이렇게 그를 기쁘게 해주려 애쓰는 모습을 그는 처음 보았다. 요즘 그녀의 아버지도 마찬가지였다. 그는 마음이 편치 않았다. 그가 아니, 라고 대답하자 침묵이 흘렀고 그들은 접시만 내려다보았다. 20대가 지난 마지는 더 이상 예전만큼 외모가 매력적이지 않았다. 콧날이 살짝 휘어졌고 눈가에 잔주름이 진하게 잡혔다. 젊은 시절에는 어리석을 정도로 무모했지만 성숙해지면서 대담하게 빛나는 카리스마를 발휘했다. 오래되고 멋진 흑백영화 속 여주인공 같은 모습이었다. 그녀의 이런 모습에 기자들이 열광했고 투자자들도 마찬가지였다. 여전히 보석 같은 푸른 눈과 육감적인 도톰한 입술, 고운 보조개는 그녀의 매력을 더했다. 킹은 이제 예전과는 다른 방식으로 마지를 사랑했다. 날 섰던 감정이 무디어지면서 그들의 관계는 훨씬 편안해졌지만 그녀를 전보다 덜 사랑하지는 않았다.

킹은 전국 방송 텔레비전에 처음 나가 성공적으로 인터뷰를 했고 그 일이 그들의 사업에 전환점이 됐다. 인터뷰가 방영되고 다음 날 아침 마지의 전화로 언론의 인터뷰 요청이 밀려들었다. 컴퓨타 사가 소송을 제기하지 않겠다고 선언하자―그쪽에서 보내온 편지에 따르면, 이사회가 여러 선택 사항을 검토한 결과 자잘한 업체에 법적 소송까지 제기하는 것은 시간 낭비인 것으로 판단했다고 했다―그 내용이 언론에 새로이 대서특필되었다. 기사의 대부분은 코코넛 사에 매우 호의적이었다. 컴퓨타 사가 코코넛 사에 소송을 제기하지 않은 진짜 이유는 법적 다툼을 벌여봤자 코코넛 사를 대단한 경쟁자로 여기는 인상을 풍겨 코코넛 사의 명성만 공고히 해줄 뿐이기 때문이라고 전문가들은 떠들어 댔다.

수익이 늘면서 그들은 넉넉한 월급을 챙겨갈 수 있었고 직원을 더 고용했으며 기존 건물에서 한 층을 더 사용하게 됐다. 아래층의 텔레마케팅 회사에서 영업팀을 영입하고 월터 마츠를 총괄 홍보팀장으로 들였다. 그리고 대학을 갓 졸업한 하드웨어 및 소프트웨어 엔지니어들도 수십 명 고용했다. 그리고 곧 전국 프로그래밍 대회라는 특별한 고용 과정을 거쳐 프로그래머 200명을 추가로 데려왔다. 마지가 구상한 이 대회는 최고의 프로그램을 만든 사람에게 코코넛 사에서 일할 기회를 주고, 그들이 만든 소프트웨어에 맞는 차기 운영 시스템 작업에 투입하려는 것이었다. 코코넛 사의 규모가 커지면서 원슬로가의 작은 건물로는 감당하기 어려워졌다. 그들은 저 아래 남쪽 지역, 레스토레이션 포인트에 있는 넓은 부지를 구매하기 위한 협상을 시작했다. 그들은 그곳에 엘리엇 베이를 내려다볼 수 있는 새로운 본부 건물을 세울 계획이었다. 그리고 얼마 후 그 길 아래쪽에 집을 짓고 거처를 옮겼다.

결혼식 날 저녁 식사 자리에서 앞으로 함께 살아갈 집, 함께 꾸려가게 될 가정을 생각하던 킹은 문득 그들이 최근에 자녀 계획을 얘기한 적 없다는 사실을 깨닫고 움찔했다. 그는 자식을 원치 않았다. 예전에는 마지가 그 생각에 동의했는데 만약 그녀의 마음이 바뀌었으면 어쩌지? 그가 그 질문을 하자 마지는 곧장 자기도 아이는 필요 없다고 대답했다. 역시 그럴 줄 알았다. 역시 그들은 서로를 완벽하게 이해하는 커플이었다. 그들은 식사를 재개했다. 킹은 자그마한 연어색 건물 사무실에서 하고 있던 일을 떠올렸다. 사무실에 가서 마저 끝내고 싶었다. 마지를 힐끗 쳐다보니 그녀도 편치 않은 듯 좌우를 둘러보고 있었다. 킹은 마지도 자기와 똑같은 생각을 하는 걸 느꼈다.

저녁 식사를 마친 후 킹과 마지는 집으로 향했다. 지금 살고 있는 집은 56평짜리 랜치 하우스(폭이 별로 넓지 않으며, 옆으로 길쭉하고 지붕의 물매가 뜬 단층집—옮긴이)라 크기는 적당한 편이었다. 그들은 집 주변의 해안가 땅 24평을 사들였다. 그리고 본부 건물이 세워질 곳까지 흙길을 만들었다. 걸어서 왕복 15분 거리였다. 집에는 가구도 제대로 갖춰놓지 않았다. 그들은 흐릿한 맨 전구 아래 깔아놓은 카펫에서 잠을 잤다.

"생각했던 거랑은 다르네. 결혼식 날이 내 인생 최고의 날이 될 줄 알았는데 평소랑 다를 게 없어."

"나도!"

킹은 그녀의 말에 안심이 되어 거의 소리칠 뻔했다.

그들은 한바탕 웃다가 조용히 앉아 생각에 잠겼다. 잠시 후 마지가 물었다.

"사무실에 가고 싶어? 나도 해야 할 일이 있는데."

킹은 마음이 한결 가벼워졌다. 그들의 어깨를 내리누르던 크고 묵직한 담요를 마지가 걷어내 준 것 같았다. 디저트가 나온 후에도 그는 사무실로 가고 싶은 마음이었지만, 그래도 원활한 결혼생활을 위해 참아야 할지 고민 중이었다. 앞으로는 결혼한 부부답게 아내와 더불어 저녁 시간을 느긋하게 보내야 할지도 모른다고 생각했다. 하지만 그의 멋진 아내는 그와 같은 생각이었다. 킹이 말했다.

"가자!"

그해 말에 본부 건물이 완공되었다. 그다음 해까지 코코넛 사가 고용한 직원은 천 명에 달했다. 노먼은 날이 갈수록 사무실 안에 틀어박혀 있는 시간이 늘어갔다. 소프트웨어 사업으로 빠르게 전환되는 와중에 노먼은 하드웨어에 치중한 사람이기 때문이었다. 저녁에도 그는 계속 사무실에 있는 모양인지 사무실 아래로 가느다란 한 줄기 빛이 새어나오곤 했다. 그래도 노먼은 여전히 코코넛 사의 최고경영자였다. 어느 날 누군가가 이리저리 전화를 돌리더니, 누가 알아채기도 전에 엘버트 노먼은 중요한 개발 건을 논의하자며 맥도널드에서 셋이 만나는 자리를 만들었다. 사실 그들은 맥도널드에서 늘 만나 얘기를 나누곤 했다.

매장 안은 환하고 사람들로 북적였다. 갈색 플라스틱 쟁반을 든 아이들이 이리저리 뛰어다니며 그들의 무릎과 어깨를 밀치곤 했다. 셋 중에 음식을 주문한 사람은 노먼뿐이었다. 그는 빅맥을 주문해 먹으며 말했다.

"마지, 예전에 넌 빅맥을 엄청 좋아했는데 늘 끝까지 다 먹질 못했어."

노먼은 기름으로 번들거리는 입술을 혀로 핥았다. 버거의 기름진 냄새가 테이블 너머로 넘실넘실 흘러왔다.

"기억 안 나요. 아버지는 제 어린 시절 기억에 있지도 않아요."

"아!" 노먼은 얼굴을 붉히더니 말을 돌렸다. "이게 뭔지 맞혀봐."

노먼은 편지 봉투 뒷면에 자세한 내용을 적어 왔다. 편지 봉투에 컴퓨타 사의 이사회에 속한 친구의 이름이 적혀있었다.

킹이 말했다.

"노먼, 우린 회사를 팔 생각 없습니다."

"팔 수 있을 때 팔아야지."

노먼은 동조를 구하듯 마지를 돌아보았다.

잠시지만 킹은 아내가 아버지 편을 들지도 모른다고 생각했다. 하지만 마지는 단호하게 말했다.

"아뇨, 안 팔아요. 아버지 친구의 전화번호를 저한테 주세요. 전화해서 정리하게요."

다른 사람 같으면 회사 내에서 노먼의 입지가 흔들릴 우려가 있다는 생각을 할 수도 있는 상황이었다. 어쨌든 노먼은 회사의 설립자이고 최고경영자였다. 이사회의 다른 구성원은 그의 딸과 사위뿐이었다. 그래서인지 노먼은 더 목소리를 높였다.

"마지, 그러지 마. 마지! 말 좀 들어!" 마지가 대꾸하지 않자 노먼이 덧붙였다. "아, 마지. 우린 이 회사를 우리 둘이 쭉 경영했어야 했어. 노먼 코퍼레이션이라는 이름으로."

"바보 같은 이름이네요, 아버지." 마지는 킹을 힐끗 쳐다보며 덧붙였다. "코코넛 사가 훨씬 나아요."

"그런 얘기가 아니잖니."

"아버지가 왜 그러시는지 알아요."

"내가 뭘?"

"아버지는 제 남편을 질투하고 있잖아요."

노먼의 뺨이 확 붉어졌다. 마지가 킹과 부부 사이임을 공공연하게 드러낸 건 그때가 처음이었다. 코코넛 사의 이사회는 3인으로 구성되어 있었고, 킹과 마지의 지분이 66퍼센트라 그만큼의 의결권을 갖고 있었다. 노먼이 주먹 쥔 손을 들어올리자 킹은 그가 마지를 주먹으로 때릴지도 모른다는 생각에 긴장했다. 하지만 노먼은 주먹으로 테이블을 내려치며 말했다.

"너희 둘이 이 일에 반대한다면 난 그만두겠다."

마지는 잠시 침묵하더니 고개를 끄덕였다.

"알겠어요."

노먼은 천천히 고개를 저었다.

"맙소사."

버거의 기름이 노먼의 손목을 타고 흘러내렸다.

킹이 입을 열었다.

"노먼, 옷에 묻습니다."

기름이 이미 노먼의 소매를 시커멓게 물들였다. 노먼은 눈을 부라리면서 매장 안의 다른 사람들을 둘러보더니 나지막하게 외쳤다.

"말 들어!"

킹은 죄송하다는 뜻을 담아 힘없이 미소 지었다. 킹과 마지는 이런 일이 일어날 경우에 대비해 이미 수없이 얘기를 나눴고 계획도 세워두었다.

"아버지는 지분을 계속 유지하세요. 그 점은 염려 안 하셔도 돼요. 의결권 없는 지분이 되겠지만요. 저희가 아버지를 회사 고문으로 만들어 드릴 수 있어요."

노먼이 입을 확 벌리며 소리쳤다.

"이건 내 회사야!" 그는 킹과 마지를 향해 버거를 흔들어 댔다. "처음부터 내 회사였어!" 그러다 갑자기 차분해지더니 버거를 내려놓고 물었다. "그렇게 하겠다고?"

"맞아요, 아버지."

"내가 네 엄마랑 이혼했기 때문이냐?"

"그런 식으로 생각해 본 적은 없지만 그럴 수도 있겠네요." 마지는 놀란 표정으로 덧붙였다. "아버지가 저랑 엄마를 무시해서 저는 수년 동안 아버지한테 화가 나 있었어요. 그러니 지금 생각하시는 대로인지도 몰라요. 그 부분에 대해 좀 더 생각해 볼게요."

"그래서 넌 저 녀석이랑 결혼했니?" 노먼은 킹을 획 쳐다보았다. "킹이 취업 허가증을 받아서 회사를 경영하게 하려고?"

"아뇨!" 마지가 소리쳤다. "맙소사, 아버지! 우리는 사랑해서 결혼한 거예요. 이 사람은 저를 존중해 줘요. 물론 취업 허가증이 우리 일에 도움이 되는 것도 사실이지만요."

두 사람은 죄책감을 느꼈다. 하지만 컴퓨타 사에 대해 더 이상 무

신경할 수 없는 상황이었다. 컴퓨타 사가 조만간 초소형 컴퓨터를 출시할 계획이었다. 월터의 정보원들이 올린 보고에 따르면, 컴퓨타 사의 초소형 컴퓨터는 상당히 경쟁력 있는 가격으로, 어쩌면 코코넛 사 제품보다 싸게 출시될 가능성이 있다고 했다. 킹과 마지는 현재 공항에서 가까운 벼리언시에서 컴퓨터를 생산하고 있었는데 인건비가 상당히 비쌌다.

"중국 선전은 어때?"

어느 날 저녁 킹이 말을 꺼냈다. 중국과 대만의 공급회사들은 펄강 어귀에 최근에 만들어진 경제 특구를 바짝 따라붙고 있었다.

"나도 그 생각 했어."

그들은 투자자의 추천을 받아 중국 선전시 최대 규모의 공장 중 하나를 보러 날아갔다. 웅장한 규모의 건물은 온통 하얀색이었다. 회사에서 지급한 하얀색 에스파드리유(끈을 발목에 감고 신는 캔버스화—옮긴이)를 신고 하얀색 실험실 가운을 입은 직원들은 그들이 지나가자 조용히 미소 지었다.

루스텍 사의 최고경영자는 앞머리를 매끄럽게 뒤로 넘긴 대만 남자로 이름은 조니 린이라고 했다. 조니는 직원 대부분이 중국 정부가 방치한 지방 출신이라고 설명했다. 직원들은 회사에서 무료로 숙식하고 있기에 고향의 가족에게 급료를 온전히 보낼 수 있었다. 킹이 워싱턴주에서 직원 한 명을 고용할 돈이면 이곳의 젊은 남녀 직원 40명에게 급료를 지급할 수 있었다. 킹은 20대 초반으로 보이는 젊은 직원을 돌아보며 말했다.

"내 외할아버지—아파이야—도 자네 같았어. 돈을 벌러 랑군에 가셨더랬지. 고향으로 돌아오신 후, 거기서 번 돈으로 우리 마을 아

316

이들을 위한 학교를 세우셨고, 나도 그 학교에 다녔어!" 킹이 활짝 웃으며 말하자 조니가 그 말을 통역해 주었다. 그리고 젊은 직원은 킹에게 영어로 대답했다.

"예, 사장님."

선전시에서 킹과 마지는 이탈리아식 스타일에 소비에트식 규모를 가진 호텔에 묵었다. 그날 저녁 그들은 호텔 레스토랑에서 큼직한 원형 테이블에 나란히 앉아 맛있는 로메인처럼 생긴 스파게티 한 접시를 나눠 먹었다. 킹은 루스텍 직원들이 시골에서 온 이주자들이라 그런지 코타팔리 마을의 사촌들이 생각났다고 마지에게 말했다.

마지가 말했다.

"집이 그리워?"

"그렇진 않아. 우린 내일 밤이면 집에 갈 거잖아."

"아니, 코…타…팔리 마을에 있는 집 말이야."

마지는 킹의 고향 마을 이름을 발음할 때마다 모음을 강조해 가락을 넣듯이 했다. 미국인들이 대개 그런 식으로 발음하는 걸 알면서도 킹은 마지의 입에서 나온 그 발음을 듣는 순간 가슴이 아렸다. 마지는 정확히 발음하려는 노력을 별로 하고 있지 않은 것이다.

"코타팔리야."

"내가 그렇게 발음했잖아."

"그립기도 하고 아니기도 해. 고향에서는 별로 인식 못 했는데, 여기서는…… 내 고향이 그저 제3 세계에 속해있을 뿐이라는 사실을 계속 떠올리게 돼."

최근에 그는 어머니의 편지를 받고 그 사실을 다시금 떠올렸다. 어머니는 그에게 텔루구어 신문인 《이나두》에 네 결혼 기사가 났더라고 편지로 알려왔다. 너에게 직접 들은 소식이 아니니 정확하지 않을 수도 있을 거라면서, 그가 볼 수 있도록 신문기사를 동봉했다. 기사를 보니 《이나두》의 기자는 코코넛 사의 본부에 연락해 킹과의 인터뷰를 요청했다고 했다. 그런데 월터 마츠가 고용한 홍보팀 여직원이 그런 신문 이름을 들어본 적이 없다면서 인터뷰를 거절했다는 거였다. 킹이 수줍게 결혼한 게 사실이라고 답장을 보내자 어머니가 다시 답장을 보내왔다. '제대로 된 결혼식을 올려야 하니 마거릿 노먼 양을 코타팔리 마을로 데려오렴! 넌 이제 부자가 되었으니 그만한 여유는 있을 거 아니냐. 우린 며느리와의 만남을 학수고대하고 있어.'

킹은 어머니한테서 온 편지를 늘 마지에게 보여주었다. 하지만 마지는 꼬불꼬불한 텔루구 글자를 읽을 줄 몰랐다. 마지의 눈에 텔루구 글자들은 작은 유방들이 나란히 줄지어 있는 것처럼 괴상하게 보일 것이다.

그는 어머니의 요청에 대해 마지에게 말하지 않았다. 마지가 언제 그의 가족을 만날 수 있는지 물었을 때도 킹은 애매하게만 대답했다. 곧 같이 가야지, 라고 그가 말하자 마지는 그것으로 만족한 표정이었다. 저녁 식사를 하면서 마지는 그 얘기를 다시 꺼냈다.

"우리가 여태 고향을 찾아가지 않아서 어머님이 화가 나셨을 것 같지 않아? 당신 걱정도 하시겠지. 당신도 고향이 그립다며."

킹은 마지의 눈을 외면하고 아무렇지 않게 대답했다.

"사실, 별로 그립진 않아."

마지는 그의 말투를 그대로 따라 했다.

"방금 그립다고 말해놓고는."

마지는 포크로 스파게티 면을 천천히 돌돌 말았다. 그에게는 은근

318

히 비꼬는 것처럼 느껴졌다. 그는 포크로 스파게티를 돌돌 마는 기술을 아직 완전히 터득하지 못했다. 그들의 논쟁은 늘 이랬다. 무심하면서도 솔직한 논쟁. 그가 고향인 정원에서 보아온 여느 부부싸움과는 사뭇 달랐다. 고향에서는 아내들이 집 안의 포도나무를 통해 남편에 대한 불만을 전하는데, 그것을 확인한 남편은 아내의 불만을 무시하거나, 집안 문제를 남들에게 알게 했다는 이유로 아내를 질책하면서 때로는 매질까지 했다. 킹과 마지는 논쟁할 때도 목소리를 높이는 경우가 드물었는데, 그런 식으로 다투다 보면 그는 마지에게 상당한 거리감을 느끼곤 했다.

"고향에 관한 부분이 좀 떠올랐을 뿐이야. 고향이 그립다는 뜻이 아니야."

"뭐가 그렇게 두려워?" 그녀는 따지고 드는 게 아니라 궁금해하는 말투였다. "가족들이 날 싫어할까 봐? 내가 가족들이랑 잘 못 어울릴까 봐?"

근처 모퉁이에서 여종업원 몇 명이 모여 속닥거리고 있었다. 어쩌면 내일 아침 중국 신문의 가십란에 그들 부부 이야기가 올라올지도 모를 일이었다.

어쨌든 그가 마지를 고향으로 못 데려가는 것은, 마지를 못 믿어서가 아니었다. 오히려 그 반대였다. 마지가 고향에 가면 그에 관해 무엇을 알게 될지 두려웠다.

"고향에서 내 삶은 좀 복잡했어."

"전에 당신이 다 얘기해 줘서 알고 있어."

"난 우리 인생을 고향과 분리해 놓고 싶어. 지금 나는 옛날과는 다른 사람이야. 고향으로 돌아가서 사촌들에게 이런저런 대답을 해

319

주기도 곤란해. 기자들이 코타팔리 마을까지 쫓아와서 라오 집안의 먼 친척들한테까지 인터뷰를 해대고, 인도 시골구석의 불가촉천민 킹 라오에 관한 기사를 써대는 것도 내키지 않아."

"기자들은 어차피 그런 짓을 하고도 남아. 언젠가는 텔루구어 신문에…"

"《이나두》신문…"

"그래《이나두》. 코타팔리 마을에 가면 그 신문의 기자들이 찾아오겠지." 마지는 테이블에 대고 손톱을 톡톡 두드렸다. 생각에 잠길 때면 나오는 버릇이었다. "우리가 앞서가면 돼."

"난《이나두》를 코타팔리 마을로 끌어들이고 싶지 않아."

하지만 한 달 후 마지와 킹은 인도에 도착해 하이데라바드 공항의 세관을 통과했다. 라오 가문 사람들이 잔뜩 모여 기다리며 환호성을 지르고 환영 팻말을 흔들어 대고 있었다. 거의 100명은 되어 보였다. 킹은 대부분 모르는 얼굴들이었다. 오래전 연락이 끊긴 사촌들의 아들딸들일 것이다.

누군가가 앞줄에 선 여자를 밀치고 나섰다. 시타 어머니였다. 허옇게 센 머리에 얼굴은 잔뜩 주름이 졌다. 시타는 낯선 사람을 대하듯 처음에는 쭈뼛거리더니 이윽고 입을 열었다.

"네가 마거릿이구나."

시타는 텔루구어로 말하더니 자그마한 두 손으로 마지의 큰 손을 잡고 입을 맞췄다. 그리고 마지를 무슨 대회의 승자로 선언하듯 그녀의 손을 허공으로 들어올렸다.

"내 며느리, 마거릿이야!"

시타의 외침에 라오 가문 사람들은 환호하고 손뼉을 쳤다. 마지의

손을 꼭 잡고 마지를 돌아본 시타는 살짝 주저하는 미소를 지으며 영
어로 말했다.

"잘 왔다. 건강은 어떠니?"

"아, 저는…"

"나는 영어를 못해!" 시타는 다시 영어로 말을 가로막더니 웃음을
터뜨렸다. 영어를 연습하고 온 게 분명했다.

"저도 텔루구어를 못해요!"

마지도 어설픈 텔루구어로 대답했다. 그녀도 텔루구어를 연습하고
온 듯했다. 라오 가문 사람들은 그 모습을 보고 와자하게 웃음을 터뜨
렸다. 시타는 비로소 미소를 지으며 마지를 가까이 끌어당겨 안았다.

시타는 킹을 돌아보며 텔루구어로 말했다.

"넌 피부가 까무잡잡해졌구나. 깡마르고 늙어 보이네." 시타는 그
의 두 손을 잡고 쓰다듬으며 눈물을 흘렸다. "네 마누라가 식사를 잘
안 챙겨주냐?"

어머니들이 늘 하는 말이었다. 어머니 곁을 떠나 살았으니 허약해
졌을 거라는 뜻이었다. 그 말에 킹은 서글퍼졌다.

"어머니." 킹은 어쩔 줄 몰라 하다가 손을 들어 어머니의 눈물을
닦아주었다. "그만 우세요." 그는 덩달아 울고 싶지 않아 애써 웃었
다. "제가 여기 왔잖아요. 어머니가 음식을 해서 저한테 먹여주시면
되죠."

시타도 웃었다.

"그래. 이제 내가 너를 통통하게 만들어 줘야겠구나. 네가 좋아하
는 채소를 모두 준비해 놨어."

그들은 스물네 대의 흰색 앰배서더 자동차에 나눠 타고 기차역으

로 이동했다. 물론 킹이 차량 렌트비를 미리 지불했다. 그들은 라자문드리시로 향하는 야간 기차에 올라탔다. 다음 날 아침 일찌감치 잠이 깬 킹은 마지를 창가로 끌어당기며 말했다.

"여기야, 봐봐!"

그가 떠났을 때와 달라진 게 별로 없는 시골 풍경이었다. 분홍빛 섞인 푸르스름한 새벽하늘, 남녀가 무릎까지 물에 담근 채 쌀농사를 짓고 있는 푸르른 논. 줄지어 선 코코넛나무들이 네모난 논의 구획을 나눠 주고 있었다. 라자문드리시에 도착한 그들은 다시 여러 대의 자동차에 나눠 타고 코타팔리 마을로 향했다. 킹과 마지, 시타는 그렇게 호위를 받으며 차를 타고 달려갔다. 차창에 이마를 붙이고 바깥을 내다보던 킹은 상충하는 감정에 사로잡혔다. 여기는 고향이었다. 그를 끌어당기기도 하고 밀어내기도 하는 곳.

정원으로 이어지는 길로 들어서자 마지는 킹의 손을 잡았다. 그녀의 손바닥이 땀으로 촉촉이 젖어있었다. 그녀답지 않게 긴장한 것 같았다. 킹도 덩달아 긴장됐다.

"여기야?"

자동차의 속도가 느려지고, 킹의 집과 본채 사이의 공터에서 멈춰서자 마지가 속삭여 물었다.

"맞아. 집이야."

정원은 여전히 무성하게 푸르렀고 축축했다. 무어라 표현할 수 없지만 어쩐지 규모가 작아진 듯했다. 예전에 마지에게 여기를 천국 같은 곳으로 묘사했던 게 떠올라 문득 겸연쩍은 기분이 들었다. 여기는 그들이 함께 휴가를 보내곤 했던 마우이 섬이나 타히티 섬, 모리셔스 같은 곳과는 비교도 되지 않았다.

"좀 달라졌네."

변명이라도 하듯 이 말을 뱉어놓고는 바로 후회했다. 뒷좌석에 마지와 함께 앉은 어머니가 혹시라도 그의 영어를 알아듣고 기분이 상했을까 봐였다.

"아름답네."

마지가 말했다. 고개를 돌린 그는 진심인지 확인하려 그녀의 표정을 살폈지만 명확히 알 수는 없었다.

그날 밤, 별들이 흩뿌려진 맑은 하늘 아래, 소년이었던 이들은 어른이 되어 공터에 둘러앉았다. 킹은 사촌들에게 그동안 밀린 얘기를 들었다. 정원의 사정이 예전 같지 않다고 키투가 말하자 다른 이들이 고개를 끄덕거렸다. 그들은 어딘지 모르게 지루한 얼굴이었고, 윗입술 안쪽에 쑤셔 넣은 씹는담배 맛에 정신이 팔린 듯했다. 킹이 기억하는 소년 시절의 모습과는 많이 달랐다. 예전에 그들은 뜨겁게 팍팍 튀는 전기 같았다. 킹이 해외에 있는 동안 이들은 대체 왜 이렇게 비둔해지고, 야망도 없는 모습이 되었을까?

키투는 킹 가까이 의자를 끌어당겨 앉으며 마치 음모라도 꾸미는 듯 불만을 털어놓았다. 가족들은 매달 킹이 송금해 준 돈을 줄 서서 받아 간다고 했다. 아주 어린 아이들은 교과서와 옷, 신발이 필요했고, 조금 더 나이가 있는 아이들은 수업료를 낼 돈이 필요했다. 그마저도 없으면 그들은 지독하게 경쟁이 치열한 이 시기에 컴퓨터 삼촌의 발자취를 따라갈 기회조차 얻지 못할 테니까. 이곳 사람들은 킹을 그렇게 불렀다. 어쨌든 여자들은 코타팔리 마을 최고 부자인 킹 라오의 친척이라는 지위에 걸맞은 사리와 보석이 필요했다. 그렇게 꾸미지 않으면 사람들이 뒤에서 수군거릴 거라고 했다. 나이 많은 사람들은 세월이

323

갈수록 지루해하고 욕심만 많아져 텔레비전이며 카메라, 고급 치료 같은 것을 받고 싶어 했다. 키투를 비롯해 킹과 같은 세대의 남자들은 마을회장과 더불어 영향력을 행사하기 위해 돈이 필요했다.

그렇게 하고 남은 돈으로는 코코넛 사업을 제대로 운영하기에 턱없이 부족했다. 지금은 글로벌 경쟁 시대라 다른 나라에서도 인도와 같은 상품을 훨씬 싸게 대규모로 시장에 공급하고 있었다. 필리핀은 이제 인도를 넘어서 세계 최대의 코코넛 생산지가 되었다. 라오 가문 사람들뿐만 아니라 인도의 코코넛 재배업자들 대부분의 사업이 기울어진 게 사실이었다. 라오 가문은 더 이상 코프라를 생산하지 않았다. 코코넛 생산 시기에는 10대 청소년들을 나무로 올려보내 코코넛을 따게 했고, 그러고 나면 그날 아침 시간이 남는 아무나 코코넛을 싣고 지역 시장에 가서 내다 팔아 현금을 챙겼다. 그리고 그 돈으로 통통한 닭 한두 마리를 사서 집으로 돌아오는 것이다.

"송금액을 늘릴게. 문제없어."

킹의 약속에 키투를 비롯한 여럿이 고개를 끄덕였다. 대화 내내 유지되던 심드렁한 분위기는 별반 달라지지 않았다. 애초에 그런 약속이 중요한 게 아닌 것 같았다. 킹이 돈을 얼마나 더 보내오든 그들은 그만큼 돈을 더 허투루 쓸 듯했다.

키투가 어깨를 으쓱하며 말했다.

"시대가 변했어."

오래전에 정원에서 도망친 건 패거리는 두바이로 건너갔다고 했다. 항구 짓는 일을 도우면서 꽤 큰돈을 번 모양이었다. 그들은 건의 여동생 자가이얌마도 데려가 어느 두바이 왕자의 여섯 자녀를 돌보는 보모 일을 하도록 했다. 자가이얌마의 남편과 아들들, 암고양이는 고향에 남았는데, 그들은 자가이얌마가 송금해 준 돈으로 마을 한가운데, 즉 아파이야의 학교가 있던 자리에 코타팔리에서 제일 큰 집을 지었다. 2층으로 지어 올린 그 집에서 자가이얌마의 10대 아들들은 빨래를 널어놓은 개방형 옥상에 둘러앉아 술을 마신다고 했다. 누가 그들을 보고 걱정하든, 라오 가문의 명성이 땅에 떨어지든 아무 상관도 안 한다고 했다. 그들은 가끔 재미로 암고양이에게 캣닙을 먹여서, 암고양이가 광기에 합류해 요란하게 울부짖게 만들었다.

한번은 키투가 그들의 아버지인 자가이얌마의 남편을 찾아가 이러다가는 정원의 명성에 먹칠을 하게 생겼다고 토로했다. 하지만 그 남자는 허허 웃으며 이렇게 말할 뿐이었다. "너희가 무슨 상관인데 그러냐. 우린 너희와 아무 상관도 없어. 같은 성을 가졌다는 것도 아무 의미 없어! 기분 나쁘면 나를 탓해. 친나 라오 어르신을 탓하든가."

친나는 이미 오래전에 세상을 떴다. 키투는 그 남자에게 달려들어 패고 싶은 걸 가까스로 참고 싸늘하게 말했다. "그러게요. 그분이 세상에 없어서 탓할 수도 없으니 안타깝네요."

오랜 세월이 지났건만 여전히 같은 싸움이 벌어지고 있었다. 얘기를 듣는 것만으로도 킹은 진이 빠졌다.

"그렇구나. 외다리 불구 아저씨는 어떻게 됐어?"

"못 본 지 오래됐어. 죽었나 보지."

그날 밤, 잠을 자려고 본채로 들어간 킹은 시타의 침대에 누워 잠든 마지를 보았다. 시타가 그들 부부를 위해 내준 침대였다. 킹은 아직 피곤하지 않아서 바닥에 앉아있었는데 시타가 그를 불렀다. 시타는 다른 방에 있는 1인용 침대에 웅크리고 누워있었다. 예전에 킹이 쓰던 방, 킹이 쓰던 침대였다.

"들어와 앉아. 잠이 안 오니?"

"시차 때문에요."

"그게 뭔데?"

"집에서는 지금 낮이거든요. 그래서인지 별로 안 피곤하네요."

시타는 조그맣게 투덜거리더니 힘주어 말했다.

"집이라니. 여기가 집이지."

신랄한 말투였다. 하지만 어린 시절을 생각해 보면 시타는 늘 그런 말투였다. 그가 기억하는 한 그게 시타의 타고난 기질이었다.

"어머니, 요즘은 뭐 하면서 지내세요?"

"별로 하는 것도 없어. 그냥 요리하고 청소하고. 네 편지를 기다리지."

"그렇군요."

"그런데 넌 편지를 잘 안 쓰니까."

"앞으로 쓸게요."

"안 쓸 거잖아."

"저한테 화나셨어요, 어머니?" 유치한 줄 알면서도 묻지 않을 수 없었다. "제가 자랑스럽지 않으세요? 제가 성공하길 바라셨잖아요. '이 아이가 커서 대단한 일을 할 거라서 나는 이 아이 이름을 킹으로 지었다'라고 어머니가 늘 말씀하셨던 걸 기억해요. 어렸을 때 그 말씀을 자주 떠올렸어요. 그리고 늘 생각했죠. 나는 대단한 일을 해야 한다고."

"화난 거 아니야. 언니가 죽었을 때 나는 너를 내 아들로 삼아 가능한 한 최고의 삶을 살 수 있게 해주겠다고 나 자신에게 약속했어. 그래서 페다와 결혼해서 정원으로 왔지. 하지만 여기는 나랑 맞질 않아. 난 페다를 사랑하지 않았어. 나는 이곳 여자들도 안 믿어. 난 그들이 내 언니의 죽음에 어느 정도 책임이 있다고 생각해. 난 약속한 대로 너에게 최고의 삶을 주었어. 난 네가 여기서 나가 살길 바랐거든. 너는 나의 왕이고, 우리 언니의 자식이야. 가라, 가서 네 왕국을 다스려라! 이런 생각이었지. 그런데 막상 네가 떠나고 나니까 참 적적하더라, 킹. 모든 일이 한꺼번에 터졌어. 친나가 세상을 떠나고, 너는 집을 떠났지. 네가 성장하는 동안 나는 다음 과정에 대해서는 생각 안 하고 살았거든. 그런데 너는 여길 떠나 교육을 받고 유명해졌어. 난 생각했어. 이게 전부일까? 교육을 받고 유명해지는 건 무엇을 위해서일까? 킹, 너 자신에게 그런 질문을 해본 적 있니? 무엇을 위해서니? 아무리 여기서 애를 써도 죽은 언니는 돌아오질 않더라."

시타는 고개를 저으며 말을 이었다.

"나는 페다가 언니한테 한 짓 때문에 그를 증오했어. 그에 대한 증오를 멈춘 적이 없어. 넌 이제 다 자란 어른이니 우리가 솔직하게 속을 털어놓고 얘기해도 되겠지. 난 페다에게 애를 더 낳아주고 싶지 않았어. 하지만 나는 싫어도 그가 원하는 대로 해야 했어. 애를 몇 명 낳아서 고향에 데리고 있을 생각이었어. 나중에 나를 돌봐줄 딸이라도 하나 얻고 싶더라."

그는 어린 시절로 돌아온 듯 작아진 기분이었다. 어머니나 아버지 곁에 있을 때 그는 둘 중 누구한테도 속해있지 않다는 기분을 느끼곤 했다. 그는 명목상 라오 가문의 계승자지만 고아나 다름없었다. 어머니도 없고, 아버지도 없는 아이였다. 그가 태어나느라 죽이고 만 친어머니 라다를 떠올렸다. 시타는 그를 쳐다보지 않고 사리 끝을 매만졌다. 그는 마침내 입을 열었다.

"저는 유명해지려고 애쓰지 않아요. 세상을 더 좋은 곳으로 만들려고 하는 것도 아니고요. 친나 삼촌이 저한테 이런 말을 한 적 있어요. '네가 태어났을 때보다 이 세상을 더 좋게 만든다면 그것만으로도 인생을 잘 산 거야.' 저는 그 정도만 하고 있어요."

시타가 씁쓸하게 웃었다.

"그것도 남자들이나 신경 쓸 일이지."

"아니라고 생각하세요? 어머니 생각에는 친나 삼촌 말이 틀려요?"

시타는 다시 웃었다.

"네 엄마가 뭐라고 생각하든 신경 쓰는 사람은 없어. 그게 내 요지야."

"어머니, 저희랑 같이 미국으로 가요. 큰 집을 지어드릴게요. 사람들은 제가 세상을 더 좋은 곳으로 만들고 있다고 생각해요. 어머니가 오셔서 직접 보세요."

"그다음에는? 말년에 영어 공부나 하라고? 난 며느리랑 말도 안 통해. 저 애가 좋은 아이니? 아니니? 난 구분도 못해! 여기로 데려오기 전에 저 애한테 텔루구어를 조금이라도 가르치지 그랬니."

"시애틀에 텔루구 사람들이 많이 살아요."

"우리 같은 사람들이 많이 있지는 않을 거야."

그들과 같은 카스트인 사람들 얘기였다.

"미국에서는 아무도 그런 거 신경 안 써요. 다들 제가 달리트 출신인 걸 알아요. 하지만 미국에서 인도 사람들은 돈과 큰 집 같은 것에만 신경 쓰고 살아요. 어머니는 그걸 다 가질 수 있어요. 제가 대저택을 지어드릴게요."

"그래, 킹." 시타는 지친 목소리였다. 그는 시타가 그를 달래려 빈 말한다는 걸 알았다. "알았어. 갈게. 네가 아이를 낳으면, 딸을 낳으면…… 내가 그리로 가마."

그날 오후, 마지가 지시한 대로 《이나두》의 기자가 사진사와 함께 마을에 도착했다. 반바지만 입은 어린 남자 조카가 그들을 킹과 마지에게 데려왔다. 킹과 마지는 숲을 돌아다니며 산책하던 중이었다. 조카는 영어로 자랑스럽게 말했다.

"컴퓨터 삼촌, 제가 그들에게 코코넛에 관해 전부 말해줬어요. 삼촌이 여기서 사업가가 되는 방법을 배웠고, 회사 이름도 코코넛으로 지었다고요. 맞죠?"

그 말에 킹이 웃었다.

"그래. 모든 게 여기서 시작됐지." 그는 두 팔을 활짝 벌리며 읊조렸다.


킹과 마지는 코타팔리 마을에서 미국의 집으로 돌아오자마자 마지의 사무실 소파에서 무릎에 피자 한 상자를 펼쳐놓고 앉았다. 킹이 조심스럽게 물었다.

"당신은 이름을 잘 짓잖아. 우리가 아이를 낳으면 이름을 뭘로 지어주고 싶어?"

"딸이면, 아테나."

그는 그녀를 바라보았다.

"정말?"

마지는 웃다가 말았다.

"잠깐. 설마 진지하게 묻는 건 아니겠지."

"결혼한 사람들은 원래 아이 얘기를 하잖아."

그는 방어적으로 받아쳤다.

마지는 그를 바라보다가 인상을 찌푸리더니 입안에 손가락을 하나 넣었다.

"내 이 사이에 오레가노가 끼어있어?"

"장난하지 말고."

"이 얘기 더 하고 싶지 않아." 그녀가 딱 잘라 말하자 킹은 화가 치밀었다. "우린 예전에 이미 이런 얘기 했었잖아. 기억나지? 몇 년 전에 우린 아이를 갖지 않기로 결정했어."

"그건 오래전 얘기고."

마지는 인내심이 바닥났다는 듯 한숨을 푹 쉬었다.

"그래. 그렇다면 좀 더 직접적으로 다시 말할게. 난 아이를 원하지 않아. 아이를 갖는 걸 상상만 해도 속이 울렁거려. 남자랑 여자는 달라. 아이가 태어나도 당신은 꿈을 계속 쫓을 수 있지만 난 아이 키우는 일에 매달리게 될 거야."

"비딱하게 굴지 마."

"뭐가 비딱하다는 거야?"

"난 아이 얘기를 하고 싶은데 당신이 못 하게 하잖아."

그는 한심하게 투덜거리는 말투인 걸 알면서도 어쩔 수 없었다.

"당신이 아기를 원해서 아기 얘기를 하는 거잖아! 당신이 아기 얘기를 하든 말든 난 신경 안 써! 나한테는 아무 의미도 없으니까. 그 얘기를 듣고 자극받을 일도 없어. 난 가정주부가 아니야. 그렇게 될 생각도 없어."

그는 마지의 말투에 놀랐다.

"어머니는 아이를 직접 낳은 적이 없으셔. 그래서 후회하셔."

330

그는 양쪽 눈썹을 치켜떴다.

"내가 당신 어머니가 아니라는 걸 알아줬으면 좋겠네."

"알아."

"당신이 아이 문제를 다시 생각하는 이유가 그거야? 어머니의 후회 때문에?"

"어머니는 내가 세상을 더 좋은 곳으로 만들든 말든 관심 없다고 하셨어. 그런 건 원래 남자들이나 신경 쓰는 거라고 하시더라."

"어머니가 그런 뜻으로 말하진 않으셨을 것 같은데."

"이 세상을 더 좋은 곳으로 만들 수 있다면 그것만으로도 인생을 잘 산 거라는 말도 남자나 되니까 할 수 있는 말이라고 어머니는 말씀하셨어."

그 말에 마지는 이해가 된다는 듯 웃었다.

"무슨 뜻인지 알겠네."

"그래? 무슨 뜻인데?"

"어머니가 고를 수 있었던 선택지가 뭐였는지 생각해 봐, 킹! 어머니는 당신이나 당신 삼촌이 말한 것 같은 식으로 세상을 더 좋은 곳으로 만들 수 없었어. 본인이 그러고 싶어도 할 수가 없으셨겠지. 언니가 죽고 나서 당신 어머니는 언니의 남편과 결혼해 당신을 아들로 받아들였어. 그게 그분의 삶이야. 겨우 10대 소녀 시절에, 그 어린 나이에 그런 삶이 이미 정해진 거라고."

"그게 내 잘못은 아니잖아." 그는 방어적으로 말했다. 하지만 그의 잘못일 수도 있었다. 그는 태어나면서 라다 어머니를 죽게 했고, 시타 어머니가 지금 같은 삶을 살 수밖에 없도록 만들었다. 지금까지는 아무도 그런 말을 입 밖에 낸 적이 없었다. 킹은 얼굴이 확 달아올랐다. "당신은 아무것도 몰라."

마지는 한 대 맞은 것처럼 고개를 뒤로 젖혔다. 벌떡 일어선 그녀는 그들이 종종 회의를 하곤 하는 둥근 테이블에 기름진 피자가 담긴 상자를 내려놓았다.

"당신 말대로, 나는 당신 어머니가 겪어온 삶의 경험에 대해 잘 모를 수도 있어." 마지는 그에게 등을 보인 채 말을 이었다. "하지만 여자로 살면서 주변 남자들과의 관계 속에서만 존재하는 게 어떤 삶인지는 알아."

"웃기네. 당신은 세상에서 제일 강력한 사업가 여성이잖아."

"하." 마지는 소파로 돌아가 그의 옆에 나란히 앉았다. "24년 전을 생각해 봐. 우리가 처음 만났을 때. 난 예술가가 되지 못한 이유를 당신한테 털어놨었어. 기억나? 예술학교에 지원했는데 학교 측에서 내 실력이 별로라고…… 내 작품이 별로 대담하지 않다고 했던 거."

"기억나."

"당신은 그들이 정확히 뭐라고 말했냐고 묻지 않았어."

"당신이 그들이 한 말을 나한테 전해줬잖아."

"난 그 사람, 나를 입학시켜 주지 않은 그 남자의 말을 당신한테 그대로 말해준 게 아니었어. 그는 내 작품을 '가정적이고 안전하다'라고 평가했어. 나는 그 사람 말을 그대로 믿었다고 당신한테 얘기했지만 거짓말이었어. 내 그림은 괜찮았어. 나도 그 정도는 알고 있었어. 나는 한 계절 내내 아버지의 집 옆에 있는 벚나무 옆에 줄곧 앉아서 그림 네 점을 완성했어. 첫 번째는 나뭇가지에 눈이 소복이 쌓인 헐벗은 나무 그림, 두 번째는 새싹이 돋고 있는 나무 그림, 세 번째는 꽃이 피는 나무 그림, 그리고 네 번째는 꽃이 갈색으로 변해 떨어지기 시작하는 나무 그림이었어. 마지막 그림은 보기에 예쁘진 않았지만 나는 마음에 들었어. 그런데 포토리얼리즘 바람이 불었어. 온통 남자 예술가들이었지. 랄프 고잉스라든지 척 클로즈라든지. 나를 입학시켜 주지 않은 교수들은…… 사실 나를 성차별한 거야. 가정적이고 안전하다는 이유를 붙여서. 속으로는 여자 주제에 나댄다고 생각한 거지."

무슨 말을 더 해야 할지 모르겠는지 마지는 잠시 멈추더니 조용히 물었다.

"내가 당신을 사업에 끌어들이려고 왜 그렇게 애썼는지 궁금하지 않았어?"

그때까지 그는 그 부분에 대해 궁금증을 가져본 적이 없었다. 그저 자기가 뛰어난 프로그래머이기 때문이라고만 생각했다. 그리고 그녀가 자기를 좋아해서이길 바랐다.

"당신이 남자지만 나를 통제하려고 하지 않았기 때문이었어."

그는 한순간 아뜩해져 웃음이 나왔다.

마지는 그의 반응이 이해되는 듯했다.

"처음엔 그렇게 *시작됐어.*" 그녀가 다정하게 덧붙였다. "그러다가 우린 사랑에 *빠졌지.*" 마지는 숨을 깊이 들이마셨다가 후우 내뱉었다. "모르겠다. 정말 아기를 갖고 싶어?"


회사 캠퍼스에 있는 인공 수정 병원은 공학 건물에서 그리 멀지 않았다. 그들은 집에서 개인 상담을 받고 싶어 요청했지만, 병원의 여성 원장은 공공시설인 병원이 일부 환자를 다른 환자들에 비해 특별 대우한다는 인상을 주고 싶지 않다며 거절했다. 대신 그녀는 다

333

른 방법을 제시했다.

"두 분이 공인이시니 사생활을 지켜드릴게요."

그녀는 진료시간 전인 8월의 어느 금요일 아침 여섯 시에 병원으로 오라고, 옆문으로 들어오면 된다고 말했다.

그들은 옆문 앞에 도착해 문을 두드렸다. 킹은 마지의 손을 꼭 잡으며 입을 열었다.

"이렇게 하는 게……"

그들이 서로 같은 생각일 때면 늘 그렇듯 마지가 그의 말을 받아서 완성했다.

"……옳은 것 같아."

그들은 건물 안 회의실로 들어갔다. 의사들과 변호사들이 테이블 맞은편에 와 앉았다. 그들은 온갖 끔찍한 만일의 사태에 관한 사항이 쭉 적힌 계약서에 서명했다. 둘 중 한 명이 사망할 경우, 남은 사람이 배아를 어떻게 할지 결정할 수 있다는 항목에 V 표시를 했다. 그들이 이혼할 경우, 배아를 '킹과 마거릿 라오 프로젝트'의 연구용으로 기증하기로 했다.

그런 과정을 거쳐 내가 만들어지게 됐다. 아직 인간이 되지 못한 배아 상태이긴 했지만. 나는 63085290852라는 식별 번호를 붙인 튜브에 담겨 지하 냉장실에 보관되었다. 63085290851 튜브와 63085290853 튜브 사이였다.

PART 3

페다가 뇌졸중으로 쓰러졌다. 그날 아 침, 네덜란드인과 친나는 곧장 라자문드리시의 병원으로 페다를 데 려갔다. 1주일 후, 그들은 위기를 넘긴 페다를 네덜란드인의 진료소 로 데려와 기력을 회복하게 했다. 친나가 먼저 1주일 내내 페다 곁을 지켰고 그 후 그의 수고를 덜어주기 위해 킹과 시타가 페다를 돌보러 갔다. 네덜란드인의 진료소는 네모난 안마당을 둘러싸고 병실 열 개 가 배치된 구조였다. 안마당 구석진 곳에는 나무 벤치가 놓였고 그 옆의 나무 화분에서 만수국 싹이 돋아나고 있었다. 페다는 병실의 비좁은 침대에 누워 하얀 시트를 바짝 덮고 잠이 들었다. 친나의 설 명에 따르면 뇌졸중이 온 이후로 페다는 낮이고 밤이고 대부분 잠을 잤고, 말도 할 수 없게 됐다. 창문에 걸린 가벼운 커튼이 나풀거렸 다. 천장의 선풍기가 위잉 소리를 내며 돌아갔다. 시계가 간간이 조 그맣게 똑딱거리는 소리를 냈다. 방 안에서 페다의 땀 냄새, 그리고 코를 찌르는 세제 냄새가 풍겼다.

"아버지가 우리 얘기를 들을 수 있어요?"

킹의 물음에 친나가 대답했다.

"그럴 수도 있고, 아닐 수도 있고."

안마당 건너편에 환자들이 쓸 수 있는 주방이 있었다. 그곳에서 쿠민과 겨자씨가 타닥타닥 튀는 소리, 중년 여성 여섯 명이 좁은 공간에서 이리저리 오가며 나지막하게 짜증을 섞어 내뱉는 소리가 들려왔다.

킹은 시험 삼아 아버지에게 조용히 말을 걸었다.

"우리 목소리 들리세요?"

페다는 미동도 없었다.

"그만해." 시타가 날카롭게 말했다. "네 아버지는 우리 얘기 못 들어. 보면 알잖니!" 그러고는 결국 이런 상태가 된 게 페다의 잘못이라는 듯 넌더리를 내며 고개를 절레절레 흔들었다. 킹은 시타가 옳다고 생각했다. 암소로 정원을 구할 수 있다고 본 건 어리석은 생각이었다. 페다의 병원비 때문에 그들의 재정 상태는 전보다 훨씬 나빠졌다.

"난 이만 가볼게요."

친나가 시타에게 말했다. 그는 필요한 게 있으면 그녀의 아버지가 모퉁이 너머에 있으니 요청하라고 알려주었다.

"알아요." 시타는 날카롭게 대답했다. 그러고는 잠잘 때 쓰려고 가져온 매트를 가리키며 킹에게 말했다. "이리 와서 매트 펼치는 것 좀 도우렴."

그는 일어나 어머니를 도왔다. 아버지는 가만히 누워있기만 했다. 일어나세요, 라고 킹은 페다가 누워있는 곳을 향해 속으로 말했다. 아버지를 돌보는 간호사들이 와서 인사를 했다. 그들의 이름은 앤과 헬레나였다. 두 사람 모두 네덜란드에서 왔다. 앤은 텔루구어를 못해서 대부분 수줍게 손짓, 발짓으로 대신했다. 반면에 텔루구어를 배워 복음서를 텔루구어로 번역할 수 있을 정도인 헬레나는 성격도 좀 더 대담한 편이었다. 헬레나는 시타의 팔을 잡고 텔루구어로 말했다.

"힘드신 거 알아요."

그러자 시타가 받아쳤다.

"이게 다 시간 낭비에, 돈 낭비죠. 그냥 집에 가서 쉬어도 될 텐데 말이에요."

킹이 보기에 어머니는 이들을 의심하는 것 같았다. 네덜란드인 의사는 킹의 가족처럼 경제적으로 여유가 되는 사람들에게만 돈을 받았다. 그래서 시타는 네덜란드인 의사가 그들에게 돈을 사취하는 것 같다고 생각했다.

페다가 갑자기 눈을 뜨더니 괴상한 소리를 냈다. 그는 아래로 이상하게 처진 얼굴로 시타를 쳐다보며 다시 말했다.

"으어어."

"뭐라고요?" 시타는 이렇게 물으며 마치 통역이라도 하라는 듯 킹을 지켜보았다.

"으어어!"

페다가 목소리를 높였다. 킹은 문득 무슨 뜻인지 알 것 같았다. 그의 아버지는 암소의 안부를 묻고 있었다.

시타가 날카롭게 지시했다.

"킹, 빨리 네덜란드인을 데려와."

"걔는 죽었어요." 킹은 일어서며 소리친 후, 어머니 쪽을 향해 다시 말했다. "아버지한테 말하세요! 걔가 죽었다고요."

"누가 죽어? 네덜란드인을 데려오라고!" 시타가 외쳤다.

페다가 고통에 찬 외마디 소리를 내지르다가 다시 으어어 소리를 내뱉었다. 소란이 일자 다른 환자들이 문 앞에 몰려들어 방 안을 들여다보았다. 네덜란드인 의사가 간호사 앤을 대동하고 달려왔다. 의사가 가까이 오자 페다가 손을 뻗어 그의 가운을 움켜쥐었다. 헬레나와 앤이 페다의 손목을 하나씩 붙잡아 침대에 대고 온몸의 체중을 실어 페다를 찍어 눌렀다. 페다가 미친 듯이 들썩였다.

"가난한 자는 복이 있나니……" 헬레나가 텔루구어로 중얼거렸다.

"지금은 그럴 때가 아니야, 헬레나!" 네덜란드인이 소리치며 바늘을 꺼내더니 페다의 어깨를 푹 찔렀다. 페다는 즐거운 일이라도 생긴 것처럼 미소 짓다가 이내 잠이 들었고 코를 골기 시작했다.

"지금이 아니라고? 지금 맞지 않아요, 선생님?" 헬레나가 반항기 다분한 말투로 말했다.

"그래, 알았어."

"가난한 자는 복이 있나니. 천국이 그들의 것이니라!" 헬레나가 다시 말했다.

지금까지 두 팔을 뻣뻣하게 옆으로 내리고 뒤로 물러나 조용히 서 있던 시타가 앞으로 다가와 헬레나의 손을 잡으며 말했다.

"그러지 마세요."

헬레나는 꿈에서 깬 듯 움찔했다.

"아! 그래요. 알겠어요. 여러분은 여러분의 신을 믿을 테니까요."

"저는 어떤 신도 믿지 않아요." 킹의 어머니 시타는 강철 같은 목소리로 말했다. "당신이 어떤 신에게 기도하든 상관없는데, 당신은 이 사람을 보면서 '가난한 자는 복이 있나니'라고 말했잖아요. 그 말은 틀렸어요. 의사 선생님도 알다시피, 우리는 달리트 계급일지 몰라도 가난하진 않아요."

네덜란드인 의사가 그들을 사취하는 것이든 아니든, 시타는 그렇다고 믿고 친나는 아니라고 믿었지만, 어쨌든 회복 기간은 상당히 길 것으로 예상됐다. 길면 수개월이 될 수도 있다고 했다. 저녁마다 시타는 입원 중인 페다의 곁을 지켰다. 하지만 그를 사랑해서가 아니라 의무감 때문이라고 시타는 분명히 못 박았다. 그리고 친나에게 그동안 킹을 지켜봐 달라고 요청했다. 그녀는 다른 사람들이 알아서 킹을 돌봐줄 거라고는 믿지 않았다.

몇몇 날 오후에 친나는 예전에 사둔 우차를 끌고 학교가 끝난 킹을 데리러 와주었다.

"얼른 타라, 얼른 타, 꼬맹이들아."

친나가 아이들에게 외치면 탈 수 있는 한 최대로 많은 아이들이 우차에 기어 올라갔다. 정원으로 돌아가는 길에 킹의 반 친구들은 한 명씩 우차에서 내려 각자의 집으로 향했다. 집에 도착한 킹과 친나는 킹의 집 옆방에 끌어다 둔 긴 탁자 앞에 앉아 그날 해야 할 일을 하기 시작했다. 친나는 장부를 작성하고 킹은 숙제를 했다. 편안하고 따스한 분위기였다. 집 밖 공터에서는 어린아이들이 웃고 떠들었다.

토요일마다 친나는 킹을 데리고 암바지푸람 마을에서 열리는 주말 시장에 가기 시작했다. 그곳에서 코코넛 거래가 이루어졌다. 저녁 무렵 그들이 집으로 돌아올 때면 킹의 사촌들과 조카들은 길을 따

라 굴러오는 우차 소리를 듣고 그들을 맞이하러 달려 나왔다. 친나
는 사람 좋게 외치곤 했다.

"아이고 얘들아! 이 불쌍하고 지친 개들을 좀 지나가게 해다오!"

하지만 아이들은 우차를 에워싸고 노래하듯 외쳤다.

"간식, 간식 줘요."

킹은 우차에서 훌쩍 뛰어내려 아이들 사이에 섞여 들어갔고 친나
는 천 주머니에 손을 넣어 신문지로 싼 자그마한 꾸러미를 여러 개
꺼내 하나씩 허공에 던져 올렸다. 꾸러미마다 사탕 종류가 들어있기
는 한데, 딱 한 꾸러미에만 아이들이 환장하게 좋아하는 큼직한 수
정 모양 사탕이 들어있었다. 그 사탕을 차지하게 된 아이는 사탕을
높이 치켜들고 신이 나 폴짝폴짝 뛰었다. 나머지 아이들은 아우성을
멈추고, 마치 다이아몬드나 얼음 조각처럼 햇빛을 받아 영롱하게 빛
나는 그 수정 사탕을 황홀하게 바라보았다. 승자는 손을 내려 먼저
한 입을 먹고 옆 아이에게 그 사탕을 넘겼다. 그 아이도 한 입 먹고
옆으로 계속 넘겼고 그렇게 모두가 한 입씩 맛을 보고 나면 손가락에
끈적끈적한 사탕 막만 남았다. 아이들은 양손의 손가락을 서로 붙여
천막 모양을 만들고는 기분 좋게 쩍쩍 소리를 내면서 손가락에 붙은
사탕 잔여물을 좌우로 쭉쭉 늘리며 놀았다.

그 후 킹의 집에서 킹과 친나는 긴 탁자 앞에 앉아 그날 상품을 판
매하고 받은 현금을 계산하고 총액을 기록했다. 그리고 킹은 그 숫자
옆에, 친나가 불러주는 다른 숫자를 적었다. 코프라의 양과 판매 금
액이었다. 친나는 현금 더미를 노끈으로 묶어 땅에 파놓은 구멍 속 커
다란 상자 안에 숨겼다. 그리고 뚜껑을 덮은 뒤 자물쇠를 채웠다.

몇 년 동안 고생하긴 했지만 사업은 많이 개선되었다. 친나의 사

업 수완이 좋아서라기보다 10년 전 라오 할아버지가 내린 결정 덕분이었다. 킹이 기억하기로 당시 라오 할아버지는 코타팔리 마을의 다른 달리트 사람들에게 돈을 빌려주고 각자 코코넛나무를 기르게 했다. 10년이 지난 지금 상환 기일이 도래하자, 친나는 나름 천재적인 아이디어랍시고 농부들에게 코코넛으로 대신 빚을 갚게 했다. 이른 아침마다 킹은 학교로 가는 길에 친나와 함께 우차를 타고 채무자들의 농장을 방문해 코코넛으로 빚 상환을 받았다. 킹이 학교에서 공부하는 동안 친나와 다른 삼촌들은 그 코코넛을 가공 처리하기 위해 분류 작업을 진행했다. 그 무렵 라오 집안은 자체 농장의 코코넛보다 다른 농부들한테서 받아온 코코넛을 가공 처리해 얻는 수익이 더 많았다.

어느 날 저녁, 시장에서 돌아온 친나는 탁자에 묵직한 황마 자루를 툭 내려놓으며 말했다.

"돈 계산 좀 도와라. 넌 수학을 잘하잖니. 돈을 백 단위로 모아서 묶으면 돼. 이렇게 현찰을 앞에 놓고 있으면 심장이 빠르게 뛸 거야. 이 일도 계속하다 보면 별일 아닌 것으로 느껴지겠지만. 색깔이 들어간 큼직한 종이 더미에 불과하다는 생각도 들 테니까. 이 종이 더미가 중요한 이유는 덕분에 우리가 입에 음식을 넣을 수 있고 머리 위를 덮어줄 지붕을 세울 수 있기 때문이야. 따라 해봐라."

친나는 엄지와 검지에 침을 묻히고 지폐를 한 움큼 집어 들었다. 킹은 하라는 대로 했다. 손가락에 닿는 지폐가 부드럽고 약간은 촉촉했다. 심장 박동이 조금은 빨라진 듯했다. 입 밖에 내서 말한 적은 없지만 아버지가 뇌졸중에 걸린 덕분에 킹은 자유로워졌다. 친나와 함께 시간을 보내더라도 페다가 곁에 없으니 아버지를 배신한 것 같은 기분이 들지 않았다. 그래도 아주 죄책감이 없지는 않았다. 킹은 아버지를 방문하는 횟수가 점점 줄었다. 진료소에 가봤자 페다는 늘 잠을 자고 있어서 얘기도 나눌 수 없었다.

어느 날 오후, 킹은 학교가 끝나고 집으로 돌아오는 길에 네덜란드인 의사가 운영하는 진료소에 들렀다. 안마당을 들여다본 그는 멈칫했다. 잠옷 바람에 웅크리고 앉아 양파를 썰고 있는 소녀 때문이었다. 그 소녀를 보자마자 신경이 곤두섰다. 소녀가 고개를 들자 그는 소녀의 녹갈색 눈을 볼 수 있었다. 그제야 신경이 곤두선 이유를 알 수 있었다. 미친 어머니와 함께 다니던 소녀, 킹의 가족에게 병든 암소를 팔아먹은 바로 그 소녀였다. 소녀는 짧은 머리카락을 뒤로 바짝 당겨 새 둥지처럼 묶어놓았다. 소녀의 코 옆쪽에는 강낭콩 모양의 커다란 점이 박혀있었다. 피부는 커피색이고 광대뼈가 도드라졌다. 그는 그냥 지나쳐 가려다가 어째서인지 소녀를 부르고 말았다.

"아픈 엄마랑 다니던 그 애구나."

"네가 우리 엄마에 대해 어떻게 알아?"

소녀가 날을 세웠다. 소녀의 거친 목소리에 담긴 절박감이 낯설었다.

"네가 우리 아빠한테 암소를 팔았잖아."

소녀가 막연하게 알겠다는 듯 고개를 끄덕거렸다.

"아, 그 집 아이구나."

"그 소는 죽었어."

"소식 들었어. 여기 있으면 주변 소식을 다 들을 수 있어. 하나 말해주자면 너희 아버지를 찾아오는 사람은 거의 없어. 너희 삼촌이

344

올 때도 있는데 와도 겨우 1분 정도 있을 뿐이고 대부분 안마당에 나와 앉아서 네덜란드인 의사하고만 얘기하다가 돌아가더라. 자기 형옆에는 앉지도 않아. 너희 어머니는 더 심해. 환자 침대 옆에 서서 잔소리만 해대."

"네가 뭘 알아!"

그가 빽 소리를 질렀다.

"아픈 부모를 창피하다고 생각하면 안 돼. 우리 엄마는 매독을 앓았지만 난 그런 말을 하는 게 부끄럽지 않아."

그는 그런 병명을 처음 들어봤다.

"매독?"

"닥쳐!" 소녀는 주변을 두리번거렸다. "네덜란드인 의사한테 네가 우리 엄마를 모욕했다고 이를 거야. 난 네 이름이 킹 라오라는 걸 알고 있어." 소녀는 그게 대단한 위협이라도 되는 듯이 말하더니 이내 표정이 누그러지며 자기소개를 했다. "나는 빈두 간티의 딸 수슈마 간티야." 소녀는 위엄 있고 당당하게 말했다. "사람들은 나를 민누라고 불러."

진료소에 입원해 있는 동안 페다는 확 늙은 것 같았다. 눈가에 잔주름이 깊어졌고, 턱 아래 살이 늘어졌으며, 이마 위쪽에 흰머리가 한 줌이나 났다. 킹은 병상 옆에 서서 페다를 내려다보았다.

민누가 문 앞에 서서 재촉했다.

"말 걸어봐."

"내 목소리 못 들으셔."

"들을 수 있어. 네덜란드인 의사가 그렇다고 나한테 말했어."

"우리 엄마 얘기로는 못 듣는다던데."

"그래서 너희 엄마는 여기 와서 종일 네 아버지한테 잔소리하다 가시니?"

그는 매일 학교가 끝나고 진료소를 방문하기 시작했다. 진료소 건물 꼭대기 층에 있던 간호사들이 안마당으로 들어오는 그를 보고 반가워하면서 간식을 던져주곤 했다. 간호사들은 네덜란드인 의사와 함께 진료소 건물 꼭대기 층에서 살고 있었다.

민누가 질투하자 킹이 설명했다.

"내가 영어를 할 줄 알아서 그런 거야."

민누는 고개를 새침하게 치켜들며 이렇게 말하곤 했다.

"아니. 네가 남자애라서 그런 거야. 멍청하기는."

그 후 간호사들을 올려다볼 때마다 킹은 의문을 품었다. 정말 내가 남자애라서 저들은 나를 반갑게 맞아주는 건가. 간호사들은 하얗고 빳빳한 간호사복을 입고 머리에는 종이배 같은 모자를 썼다. 그들은 연철 발코니에 팔뚝을 대고 앞으로 몸을 기울이면서 엄지와 검지로 쥔 작은 비스킷 봉지를 달랑달랑 흔들었다.

"착하게 굴면 줄게."

그들이 장난을 치면 킹은 아래에서 미소 띤 얼굴로 그들을 올려다보면서 간식을 달라는 듯 두 손을 모아 내밀었다. 근처에서 질투심에 불타는 민누가 숨어서 이 모습을 지켜볼 것 같았다.

민누는 자기가 보기 드물게 통찰력 있는 사람이라고 말했다. 사람 얼굴만 봐도 무슨 생각을 하는지 안다고 했다. 페다가 잠들어 있는 동안 킹과 민누는 페나의 침대 발치 쪽에 앉아서 놀았다. 민누가 페다를 자세히 관찰하더니 입을 열었다.

"이분은 우리 앞에서 조금씩 변하고 있어. 너도 변화가 보이니?"

킹의 눈에는 보이지 않았지만 그는 소녀를 믿기로 했다. 어쨌든 믿어보기로 했다. 그들은 침대 발치에 앉아 올드 메이드 카드놀이를 했다. 헬레나와 네덜란드인에게 배운 놀이였다. 그런데 갑자기 페다가 한쪽 다리를 뻗는 바람에 카드가 바닥에 우수수 떨어지고 말았다. 페다는 씁쓸하게 웃었다. 킹이 외쳤다.

"거 봐. 우리가 관심을 안 주니까 아빠가 화가 나서 카드놀이를 망친 거야!"

민누는 즉시 대답하는 대신 페다의 얼굴을 자세히 들여다보았다.

"아니야. 실수일 뿐이었어. 지금은 멍청한 짓을 했다고 생각하고 계셔. 잘 봐. 너를 향해서 눈을 크게 뜨는 이 표정이랑 입을 약간 움직일 때를 보라고. 일부러 그런 게 아니라고 말하고 싶으신 거야."


한 달, 그리고 또 한 달이 지났다. 봄이 되자 간호사들은 안마당에 만수국을 심어 작은 정원을 만들었다. 킹은 열세 살이 되었다. 그는 웃통을 벗고 나무 벤치에 드러눕는 걸 좋아했다. 가슴팍에 털이 돋아나기 시작했다. 그가 엄지와 검지로 가슴털을 배배 꼬자 민누가 질색했다.

"아, 하지 마!"

그래도 킹이 계속하면 민누는 거칠게 웃으며 손으로 얼굴을 가렸다.

암소 판 돈을 다 쓴 민누는 진료소 주방에서 라두를 만들어 마을 사람들에게 팔아 돈을 벌고 있었다. 네덜란드인 의사가 어머니를 무료로 돌봐주고 있다고 민누는 킹에게 말했다. 하지만 음식 같은 다른 비용은 들어갈 수밖에 없었다. 민누가 만든 라두는 마을 사람들이 지금까지 먹어본 중 최고로 평가받고 있었다. 지금처럼 민누가 진료소에 몸담고 있지 않았다면 본인 상태도 그렇고 어머니의 상태도 안 좋은 민누가 마을 사람들에게 먹을거리를 팔아 돈을 벌 기회를 얻지는 못했을 것이다.

가끔 간호사들이 킹과 민누에게 돈과 쇼핑 목록을 주고 가게에 가서 물건을 사 오라고 시킬 때도 있었다. 어느 날 오후 민누는 가는 길에 팔아야겠다며 라두가 담긴 자루를 들고 나왔다. 그들은 지상으로 뿌리가 올라온 거대한 반얀나무가 있는 마을 변두리로 빙 돌아갔다. 유명한 금욕주의자가 그곳에서 10년째 금식을 하고 있다는 소문이 있었다.

킹은 공짜로 라두를 얻어먹는 대신 민누의 손금을 봐주곤 했다. 그는 사촌한테서 손금 보는 방법을 배운 적이 있었다.

"이건 불공평해. 네가 지어낸 말인지 아닌지 내가 어떻게 알아?"

"그럼 내가 먼저 네 손금을 읽어줄 테니까, 마음에 들면 라두를 하나 줘."

"그래."

민누는 웃으며 두 손을 내밀었다. 하지만 파리들이 자꾸 내려앉는 바람에 손바닥을 가만히 두고 있을 수가 없었다.

"손 좀 그만 움직여."

"파리가 자꾸 붙잖아."

"네 라두 때문이야. 너한테서 달콤한 냄새가 나니까."

그는 이 말을 하고 얼굴을 붉혔다.

"알아."

민누는 손을 뒤로 뺐다.

그들은 잠시 말없이 앉아있었다. 그것대로 기분이 좋았다. 킹은 이렇게 특별한 우정을 나눠본 적이 없었다.

"있잖아. 금욕주의자가 진짜 10년 동안 금식했을 것 같아?"

"아니. 밤중에 사람들이 그에게 몰래 음식을 줘. 어렸을 때 우린 돈이 없었고 난 무지하게 배가 고팠어. 어느 날 이런 나무 밑에 앉아 신에게 기도를 드렸어. '저기요, 신이 진짜 존재한다면 저한테 라두 하나만 먹게 해주실 수 있잖아요?' 그런데 갑자기 까마귀 한 마리가 내 머리 위로 날아가다가 내 발치에 라두 반 개를 떨어뜨렸어. 너무 두려워서 울고 말았어. 나는 그 라두를 먹었는데 살면서 그렇게 맛있는 라두는 처음 먹어봤어. 집으로 가서 엄마한테 그 얘길 했더니 엄마가 말했어. '신께서 계시를 주셨나 보다. 네가 라두를 만들어 팔아 돈을 벌라고 알려주신 것 같아!' 나는 그런 쪽으로는 전혀 생각을 못 했거든. 하지만 우리가 살고 있던 마을의 제과업자한테 가서 나한테 일어난 일을 말하고 라두 만드는 방법을 가르쳐 달라고 부탁했어. 그도 신의 뜻에 따라 까마귀가 그런 일을 했다고 생각했는지 나한테 라두 만드는 방법을 가르쳐 줬어. 그는 신을 독실하게 믿는 사람이었거든. 몇 년 후 엄마는 사실 신을 전혀 안 믿는다고 털어놨어. 너무 배가 고파서 그걸 신의 계시라고 생각했다고 하시더라고."

민누는 라두 하나를 꺼내 살펴보다가 다시 자루에 넣었다.

"하지만 난 예수가 좋아. 예수가 죄를 용서해 준다잖아. 용서해 달라고 부탁만 하면 뭐든 다 용서해 준대." 헬레나는 민누를 설득해 기독교인으로 개종시켰다. "과거에 무슨 짓을 했든 상관없다는 거지." 민누는 킹에게 계속해서 말했다. "속죄하고 변화하려는 의지만 있으면 되는 거야. 미래가 중요한 거니까."

"네 손금을 아직 다 못 읽었어."

킹은 민누의 두 손을 다시 잡았다. 거칠고 건조한 민누의 손에 손금이 진하게 새겨져 있었다.

"네 손은 꼭 할머니 손 같아."

"너 왜 그러니? 왜 말을 그렇게 해?"

"손금이 진하면 오래된 영혼을 갖고 있는 거래."

민누는 일어서더니 진료소를 향해 달려가기 시작했다. 킹은 곧 민누를 따라잡았다. 민누는 빠른 걸음 정도로 속도를 늦춰 킹과 나란히 걷기 시작했다. 둘 다 아무 말도 하지 않았다. 민누의 얼굴은 잔뜩 일그러져 있었다. 킹이 라두를 줄 거냐고 묻자 민누는 성난 얼굴로 그를 올려다보았다.

"아니!"

킹은 고개를 끄덕였고 그들은 딱딱한 분위기 속에서 입을 다문 채 진료소로 터벅터벅 돌아갔다. 그날 밤 킹은 민누를 생각하며 자위했다. 그러고 나니 파렴치한 괴물이 된 기분이었다.


교육받은 사람과 외국인들에게 약한 친나는 네덜란드인 의사를 신뢰했지만, 시타는 그 의사가 돈독이 올라서 페다를 병상에 잡아두고 있다고 굳게 믿었다.

"당신이 그렇게 대단한 의사라면 페다는 왜 계속 병들어 누워있죠?"

시타의 물음에 네덜란드인 의사는 이를 갈고 불쾌감을 드러내며 대답했다.

"나는 마법사가 아닙니다, 부인."

마을 사람 중 누군가가 만병을 다 고치는 주술사를 안다고 했다.

350

어느 날 아침 바로 그 주술사가 네덜란드인 의사의 진료소로 걸어 들어오더니 안마당의 벤치에 자리 잡고 앉아 이런저런 가루며 팅크제를 늘어놓았다. 그는 체구가 작은 늙은 남자로 피부가 흰 편이었다. 검버섯투성이 머리통에는 흰머리가 듬성듬성 붙어있었다. 헬레나와 앤은 짜증이 난 표정으로 다가와 벤치 양옆에 섰다. 네덜란드인 의사가 의약용품을 사러 도시에 가있어서 간호사들은 이 주술사를 내쫓아야 할지 아니면 그냥 여기 있게 둬도 될지 판단을 못 내렸다.

환자들은 주술사를 머물게 해달라고 요청했다. 주술사가 환자들의 병을 낫게 해줄 수도 있지 않느냐는 주장이었다. 환자의 가족들이 의심—의사가 사기꾼이라 고의로 환자들을 치료하지 않고 돈만 받아간다는 의심—하고 있다는 것을 알기에 간호사들은 어쩔 수 없이 주술사가 진료소 내에 머물게 두었다. 환자들과 가족들이 비좁은 마당에 모여들었다. 어리고 민첩한 킹과 민누는 사람들 사이를 비집고 앞줄로 나아갔다. 주술사는 각 환자의 증상을 파악하려 두어 가지 질문을 했다. 그는 잔가지와 나뭇잎이 담긴 주머니를 민누에게 팔면서, 그것을 뜨거운 물로 끓여 차를 달여서 어머니에게 먹이라고 했다. 그리고 킹에게는 건강한 비둘기의 피를 아버지의 팔다리에 발라 몸을 움직이게 하고, 목에 발라 다시 말할 수 있게 하라고 했다.

네덜란드인 의사가 진료소에 돌아왔을 때, 주술사는 진료소를 나선 지 오래였다. 네덜란드인 의사는 주술사를 빨리 내쫓지 않은 헬레나와 앤을 질책한 후, 주술사한테서 산 약을 내놓으라고 환자들에게 말했다. 딱 한 명만 앞으로 나서서 약을 도로 내놓았는데 워낙 신앙심이 강한 사람이라 거짓말을 할 수 없어서였다. 나머지는 약물을 죄다 숨기고는 주술사한테서 아무것도 안 샀다고 우겼다. 그날 저녁, 네덜란드인 의사가 위층의 자기 방으로 올라간 후, 민누와 킹은 정신 나간 민누의 어머니에게 주술사의 지시대로 만든 차를 마시게 했다. 민누의 어머니는 갑자기 활기가 돌더니 몇 달 만에 처음으로 벌떡 일어섰다. 그 모습을 본 민누가 "효과가 있어. 효과가 있어!"라고 속삭이며 폴짝폴짝 뛰었다.

"그러게. 효과가 있구나!"

민누의 미친 어머니도 외쳤다.

민누가 말했다.

"이제 비둘기를 잡아서 죽여야 해."

"비둘기! 내가 잡아줄게!" 민누의 어머니가 이렇게 외치더니 주방으로 절뚝거리며 걸어 들어갔다가 호박씨가 담긴 작은 주머니를 가져왔다. 민누의 어머니는 안마당에 서서 허공에 호박씨를 던져 올렸다.

"와서 먹어라, 작은 새들아!"

곧 비둘기 한 무리가 날개를 퍼덕거리며 안마당으로 날아내려 왔다. 환자들은 문간에 서서 흥미로워하는 눈으로 그 광경을 바라보았다.

"와서 먹어!"

민누의 미친 어머니가 다시 소리쳤다. 비둘기가 지상으로 내려오자 그녀는 사리를 펄럭이며 비둘기들에게 달려들었다.

호박씨를 다 먹어 치운 비둘기들이 대부분 다시 날아오른 후 확인해 보니 민누의 어머니는 작은 비둘기 한 마리를 손에 꽉 잡고 있었다. 비둘기가 날개를 움직이려 하자 민누의 어머니가 더욱 세게 붙잡았다. 킹은 비둘기의 번들거리는 눈에 깃든 불안감을 보았다. 민누의 어머니는 비둘기의 머리를 다른 손으로 잡고 홱 비틀었다. 조그맣게 또독 소리가 들렸다. 민누의 어머니는 비둘기를 바닥에 툭 던지고는 킹을 바라보았다. 킹은 그 새를 내려다보았다. 새는 꼼짝도 하지 않았다. 죽은 모양이었다. 동물이라기보다는 작고 괴상한 조각품처럼 느껴졌다. 시큼한 맛이 나는 덩어리가 목구멍 위로 올라와 입안을 채웠다. 킹은 화단으로 달려가 구토하고 말았다. 민누는 구토를 마친 그의 옆으로 다가와 나란히 무릎을 굽히고 앉았다. 그에게 칼과 컵을 내밀면서 민누는 나지막하고 경건한 목소리로 말했다.

"얼른 해."

"못 하겠어."

"네가 못 하겠으면 나라도 할게." 민누가 위협적으로 재촉했다. "서둘러야 해. 의사가 언제 돌아올지 몰라."

그 말에 정신이 번쩍 들었다. 킹은 죽은 비둘기를 벤치에 내려놓고 머리를 잘랐다. 흘러내리는 피를 민누가 가져온 컵에 받았다. 그는 수건을 짜듯 새를 쭉 쥐어짜 컵에 피를 담았다. 킹은 아버지의 병실로 가며 민누에게 말했다.

"젖은 수건 좀 갖다줘."

그는 민누가 가져온 수건을 컵에 담갔다. 민누와 그녀의 모친이 병실 문 앞에 서서 지켜보자 킹이 말했다.

"아까 그 새 좀 처리해 줘. 아버지랑 둘이서만 있고 싶어."

그들은 마지못해 자리를 떴다. 킹은 일어서서 방문을 닫았다. 이제 아버지와 단둘뿐이었다. 철분 냄새가 진하게 풍겨왔다. 아버지는 기대에 찬 눈빛으로 그를 바라보았다. 이제부터 중요한 일이 일어날 것임을 아는 눈빛이었다. 킹은 병상에 걸터앉았다. 피가 담긴 컵을 바닥에 내려놓고 수건을 푹 담갔다가 들어올렸다. 따뜻하고 끈적한 피는 꼭 시럽 같았다. 그는 자신의 심장 박동을 느끼면서 비둘기의 심장 박동을 떠올렸다. 피에 젖은 수건을 아버지의 정강이에 대고 문질렀다. 아버지가 신음했다. 아버지의 단단한 발목뼈와 실팍한 종아리의 감각이 손에 닿자 당황스러웠다. 피를 조금 더 수건에 묻혀 아버지의 무릎 우묵한 곳, 그리고 허벅지 뒤쪽의 기다란 힘줄에 대고 문질렀다. 자신의 숨소리가 귀에 또렷하게 들렸다. 아버지의 몸을 피로 뒤덮다시피 한 후 목으로 향했다. 목에 대고 컵을 기울여 그 안에 남은 피를 목젖 아래 움푹 꺼진 곳으로 흘렸다.

"움직이지 마세요."

킹의 말에 아버지는 눈빛으로 알았다고 대답했다. 킹은 수건을 피로 적셔가며 오랜 시간 그 자리를 문질렀다.

"괜찮으세요?"

한참 후 킹은 시험 삼아 물었다. 이제는 아버지가 대답할 수 있지 않을까 하는 기대도 했는데 페다는 아무 말도 하지 않았다.

페다의 턱에서 회색빛 침이 주르륵 흘러내렸다. 킹은 소매로 아버지의 얼굴을 문질렀다. 아버지의 두 눈에 눈물이 차올랐다. 그들은 그렇게 조용히 서로를 오랫동안 바라보았다. 페다의 뜨끈한 숨결에서 시큼한 냄새가 났다. 더없이 행복해하면서도 조심스러워하는 아버지의 표정을 보면서 킹은 고양이를 떠올렸다. 당신은 내 어머니를 죽게 만들었어요. 지금 당신 꼴을 보세요. 킹은 악의는 없었지만 속으로 이렇게 생각했다. 그리고 마사지를 계속했다. 침대 시트에 온통 피가 묻었다. 아침이 되면 시트는 진흙처럼 갈색으로 변해 금이 쩍쩍 가 있을 것이다. 킹은 영화 광고를 위해 마을을 돌아다니는 트럭이 요란하게 틀었던 노랫가락을 흥얼거렸다. 페다는 눈을 감았고

354

잠시 후 다시 코 고는 소리를 내기 시작했다.

그리고 얼마 지나지 않은 어느 날 아침, 헬레나가 남자처럼 힘차게 페달을 밟으며 자전거를 타고 길을 따라 정원으로 들어왔다. 킹은 무슨 일이 있구나 싶었다. 아버지가 다시 말할 수 있게 되어 그 소식을 전하러 온 게 분명했다. 킹은 창밖으로 머리를 내밀고 외쳤다.

"헬레나, 헬레나!"

하지만 헬레나는 그를 올려다보지 않았다.

"헬레나!"

킹이 다시 소리쳤다.

헬레나는 안마당에 있던 사촌 키투에게 친나를 데려오라고 요청했다. 잠시 후 친나가 큰 집 밖으로 나오자 헬레나는 목소리를 낮추고 그에게 무어라 소곤거렸다. 킹의 귀에는 무슨 말인지 들리지 않았다.

"갑자기요?" 친나가 높고 떨리는 목소리로 말했다. "그렇게 됐단 말입니까?"

# CHAPTER 20

"짐 싸."

어느 오후, 엘리먼은 평소답지 않게 다정하면서도 고압적인 목소리로 명령했다. 내가 옷을 입는 동안 그녀는 에디슨 문 앞에 서있다가 나를 데리고 남쪽으로 향했다. 해변을 따라가다가 우리가 도착한 곳은 8만 제곱미터에 달하는 너른 들판이었다. 줄지어 서있는 태양 전지판들은 태양을 숭배하듯 태양을 향해 손바닥을 펼쳤다. 들판 너머에는 베란다로 둘러싸인 1층짜리 주택이 보였는데 블레이크 섬에 있는 우리 집과 비슷했다.

"이건……"

나는 말을 하려다가 얼른 입을 닫았다. 코코넛 사의 옛 캠퍼스만큼이나 여기도 내게는 익숙한 풍경이었다.

"아는구나."

나를 주의 깊게 바라보던 엘리먼이 말했다.

"옛날 사진에서 본 적 있어요."

거짓말은 아니었다. 아버지의 앨범에 담긴 사진 중에 코코넛 사의 캠퍼스 남쪽에 있던 아버지의 집 사진이 있었다. 그 집 마당에는 망고, 커리잎, 커스터드 애플, 그리고 당연하게도 코코넛이 열린 나무들이 가득했다. 마지는 상징적 가치 때문에 그 나무들을 사랑했고 킹은 그 나무들 자체를 사랑했다. 킹은 그 나무들을 보며 고향을 떠올렸다. 그 나무들은 구체 구조물로 이식되었고, 나무들이 있던 자리에는 태양 전지판이 들어찼다. 거의 1년 내내 이 섬에 필요한 전력을 제공하는 시설이었다.

엘리먼이 말했다.

"우린 여길 농장이라고 불러."

엘리먼은 섬 주민들이 봄, 여름, 가을 내내 캐치에 가득 채운 전력으로 겨울 중반까지 버틸 수 있다고 설명했다. 이듬해 봄이 오기 전까지 겨울 동안 기부와 무역을 통해 주민들에게 추가 전력을 공급하게 된다고 했다.

우리는 강렬하게 쏟아지는 햇빛을 받으며 태양 전지판 사이에 서 있었다. 내가 베인브리지 섬에 온 지 두 달이 지났다. 이 섬에서는 5년 만에 다섯 번째로 더운 가을을 기록하고 있다고 했다. 우리는 인터넷과 연결되어 있지 않았지만 엘리먼을 비롯한 다른 야간 근무자들은 매일 밤 '차차'에서 뉴스를 취합했다. 그들의 보고에 따르면 전 세계에서 같은 현상이 벌어지고 있다고 했다. 오스트레일리아, 캘리포니아, 콜로라도에서 3월에 발생한 산불은 아직도 진압되지 않았다. 프랑스에서는 열파로 3,000명이 사망했다. 그동안 엘리먼은 엑스들이 이 모든 상황에 대한 대비책을 준비하고 있다는 식으로 넌지시 말했을 뿐 상세하게 설명해 주지는 않았다. 드디어 나에 대한 믿음이 생긴 걸까? 그래서 자세히 설명해 주려고 나를 여기로 데려온 걸까?

들판 너머에 있는 집에서 여섯 명이 밖으로 나와 현관 앞에 서있었다. 그중 두 명이 우리를 이따금 돌아보았다. 엘리먼은 멀리 서있는 그들을 하나하나 손으로 가리키며 이름을 말해주었다.

"덩치 큰 저 남자의 이름은 팔모야. 여기서는 역도 선수로 통해. 저 사람은 아락사. 저쪽은 인디그. 오니와 로미오는 캐치를 충전하는 일을 하고 있어. 저쪽은 던이고. 던은 멋진 사람이지만 네가 그걸 알 일은 없을 거야. 저 사람은 닐로야."

아는 이름들이었다. 그들이 바로 최초의, 가장 악명 높은 엑스들이었다. 일이 벌어진 후 다른 엑스들을 위해 주주 위원회와 협상을 했던 사람들, 그리고 빈 섬이 만들어진 후 여기 제일 처음 온 사람들이기도 했다.

엘리먼은 아프로 헤어스타일을 한 키 큰 흑인을 가리켰다. 수영선수처럼 날씬하고 어깨가 떡 벌어진 체격이었다.

"저 사람은 오티스야."

엘리먼의 목소리가 갑자기 밝아졌다. 아르노가 나를 구체 구조물로 데려온 날 아침에 말을 걸었던 남자, 우리에게 엘리먼이 있는 곳을 알려준 바로 그 남자였다. 엘리먼은 그에 대해 언급한 적이 없지만 그의 이름이 내 귀에 익숙했다. 오티스 엑스……. 수년 전 방화를 시작한 남자였다. 엘리먼이 그 남자에게 한 손을 들어 인사하자 그는 환하게 미소 지으며 그녀에게 마주 손을 흔들었다.

엘리먼이 편안하게 말했다.

"내 인생의 사랑이야."

그 말이 내 귓속으로 파고들어 와 크게 울려 퍼졌다. 내 인생의 사랑. 내 인생의 사랑.

그날 저녁 우리는 뒷마당에 놓인 기다란 피크닉 테이블에서 저녁을 먹었다. 메뉴는 얇게 자른 토마토와 길쭉하고 껍질이 딱딱한 빵이었다. 우리가 빵을 손에서 손으로 전달하며 조금씩 뜯어 먹는 동안 부스러기가 떨어졌다. 몇 마디 이상 하는 사람이 없었고 분위기는 상당히 긴장되어 있었는데 무슨 이유 때문인지 나로서는 알 수 없었다. 나는 오티스가 먹는 모습을 바라보았다. 그는 우아하게 엄지와 검지로 토마토 조각을 집어 들고 즙이 떨어지지 않도록 후딱 입에 넣었다. 그러고는 다시 접시를 내려다보았다. 잠시 후 엘리먼이 자리에서 일어나 집 쪽으로 걸어갔고 오티스도 곧 그녀를 따라갔다. 두어 명이 고개를 들고 오티스를 쳐다보다가 나를 힐끗 보더니 다시 각자의 음식으로 시선을 돌렸다. 그제야 이 분위기가 나 때문이구나 하는 생각이 들었다. 나는 화장실에 다녀오겠다고 나지막하게 말하고는 자리에서 일어나 집 측면 쪽으로 돌아갔다. 그곳에 옥외 화장실이 있었다. 나는 화장실로 들어가는 대신 집 뒷문 쪽으로 슬그머니 다가갔다. 집 안에서 엘리먼과 오티스가 말다툼하는 소리가 들렸다. 나는 집 가까이에 웅크리고 앉아 귀를 기울였다.

"그 애한테 뭘 약속했어, 엘?"

오티스가 따져 물었다. 위협이 아니라 걱정하는 말투였다.

"애가 예쁘장하잖아! 착하고, 순수하기도 해. 아무도 걔를 의심 안 할 거야."

"잘 들어, 엘. 맞아, 애가 착해 보이더라. 하지만 여기서 그 일에 찬성할 사람은 없을 거야. 네가 어떤 종류의 대사(大使)를 내놓으려는 것이든 상관없어. 우리는 드디어 여기서 일을 잘 해내고 있어." 그는 나지막한 목소리로 그녀에게 하소연했다. "우리는 네가 주장한 공동체를 만들고 있단 말이야. 넌 주주들은 더 이상 우리가 관여할 문제가 아니라고 말했어. 진실을 깨달을지 말지는 그들에게 달린 일이라고, 그들이 진실을 깨달았을 때 우린 그동안 구축해 둔 모델을 제시해서 모두가 더 나은 삶을 살 수 있게 해주면 된다고, 너는 그렇게 말했잖아. 그게 네가 한 말이잖아."

"맞아."

"그러면 그들이 알아서 하게 둬. 더는 우리가 관여할 문제가 아니야."

그리고 아무 소리도 들리지 않아 나는 그들 사이에 무슨 일이 벌어지고 있는지 의아했다. 잠시 후 엘리먼은 오티스를 내 인생의 사랑이라고 불렀을 때와 똑같이 차분하고 편안한 말투로 입을 열었다. 약간은 연기를 하는 것 같기도 했다.

"재미있는 정보가 있어. 차차에 있는 내 정보원들 얘기로는 요즘은 찜통 지구 현상에 관해 떠들어 대는 사람이 없대. 그런 일이 일어날 거라고 믿는 사람이 없어서 더 이상 논쟁거리도 아니라고 하더라. 사람들은 코코넛 사가 공기 중에서 탄소를 모조리 **빼낼** 발명품을 내놓을 거라고 믿고 있대. 그 발명품이 이미 존재한다고 믿는 사람들도 있고."

"무슨 발명품인데?"

오티스는 기대에 찬 목소리였다.

"아, 그들이 늘 말하는 거 있잖아." 엘리먼은 이 얘기를 정말 재미

360

있어하는 듯했다. "킹 라오가 그걸 개발했다더라, 하는 얘기들. 실제로는 절대 일어나지 않을 일이지만 사람들은 그렇게 생각 안 해. 그 가치는 사람들이 가진 환상에서 비롯되는 거라서. 넌 그 발명품을 멋지게 그려서 소셜에 올려놓고 증식하게 내버려 두면 되는 거야. 시간이 좀 지나면 그 발명품이 실제로 존재하는지 여부는—앞으로 존재할 수 있는지 여부조차—중요하지 않게 돼. 그럼 그 발명품은 이미 목표를 달성한 거야. 온 세상의 주주들은 훗날 결과를 염려할 필요 없이 지금까지처럼 이 행성을 마음껏 더럽혀도 되거든. 사실 그렇게 살아야 마땅하겠지! 그게 그들이 지닌 시민으로서의 의무니까!"

"넌 나를 설득하려고 그런 얘기를 하는 모양인데." 오티스가 울적하게 말했다. "나도 다 아는 얘기야."

"그래? 넌 주주들이 실제로 일어나는 일을 깨닫기까지 3, 4, 5세대가 걸리더라도 그냥 지켜보자는 거잖아? 그때쯤엔 주주들도 다 죽겠지. 우리도 마찬가지고." 귀에 익숙했다. 바로 내가 했던 말이었다. "우리가 예상했던 대로야."

주주들은 이사회가 두려워서 그들의 거짓말을 끄집어내지 않는 게 아니었다. 그것보다 더 교활한 상황이었다. 주주 정부가 이미 시민들의 삶을 기업의 이익에 완전히 일치시켜 놓은 상태라 아무도 이 사회의 거짓을 드러내고 싶어 하지 않았다. 화석 연료 사용을 중단하고 채식을 실천하자고 떠들어 봤자 사회자본 점수를 얻을 수 없었다. 최대한 많이, 최대한 빠르게 소비해야만 점수를 높일 수 있었다.

"그럼 넌 우리가 뭘 어떻게 해야 한다는 건데?" 오티스가 대들었다. "거리에서 시위라도 할까? 넌 이미 잊은 모양인데……"

그녀는 차갑게 말허리를 잘랐다.

"어린아이를 포함해서 세 명을 죽게 했다는 거, 나도 알아."

오티스는 떨리는 목소리로 말했다.

"넌 가끔 참 잔인하더라."

"맙소사, 오티스, 그놈의 죄책감 좀 집어치워! 지긋지긋해! 논점에도 맞지 않아! 본토 사람들이 우리를 더 이상 기억도 못 한다고 제일 처음 말한 사람이 바로 너야. 네가 네 입으로 우리한테 그 말을 했다고. 그들은 우리가 소멸해 버렸다고 생각한다며. 아니야? 여기서 우리가 잘 먹고 잘 살고 있으면 본토 사람들은 그걸 모욕으로 받아들일까? 아니. 주주 위원회는 우리가 딱 이렇게 살길 원해. 자기네한테서 멀찌감치 떨어져서 우리끼리 만족하면서 살길 바란다고. 그들은 찜통 지구 현상 때문에 지구 상태가 나날이 나빠지고 있는 걸 알고 있어. 얼음이 진짜 녹기 시작하면 우리가 살고 있는 이런 섬들이 제일 먼저 바닷물에 잠길 거야. *슈우욱.* 그동안 넌 여기 앉아서 예전 *방화 사건*이나 자책하고 있을래, 오티스? 네가 범죄를 저질러 감옥에 들어갔던 사람이라서? 우리가 그동안 이런 얘기를 얼마나 많이 했는지 알아?"

목소리가 잦아들고, 그들이 앞문 쪽으로 걸어가는 소리가 들렸다. 나는 잠시 그 자리에서 기다리다가 집 측면을 빙 돌아 테이블로 돌아왔다. 내가 다시 착석했을 때쯤 엘리먼과 오티스는 집에서 하던 논쟁을 이 테이블에 둘러앉은 사람들에게 전달한 듯했다. 엘리먼이 허리를 꼿꼿이 세우고 앉아 좌중에게 말하고 있었다.

"여기 모인 사람이 몇 명이죠? 열다섯 명, 열여섯 명?" 그녀는 얼굴이 상기되어 있었고, 콧구멍을 황소처럼 벌름거렸다. "우리가 사라지면 그들은 우릴 그리워할 겁니다. 누가 실권자인지 그들에게 보여줄 수 있죠." 엘리먼이 두 손을 위로 번쩍 들어올렸다. "그게 바로 후퇴입니다. 말 그대로예요."

"저기요, 우리 여기서 전쟁 관련 비유는 쓰지 말죠." 닐로가 나섰다. 덩치가 자그맣고 낯빛이 창백하며 햄스터를 닮은 닐로는 내 또래인 듯했다. 닐로는 동의를 구하듯 오티스를 바라봤지만 그는 고개를 저을 뿐이었다.

"그럼 몰수라고 하겠습니다. 우리가 몰수한다고 치죠."

"그건 은행 관련 비유잖아요."

"알았으니까, 그만해, 닐로."

"일단은요, 엘." 엘리먼 맞은편에 앉은 남자가 입을 열었다. 던이라는 이름의 그 남자는 덩치가 컸고, 푸른 눈동자에 핏기 없고 푸석푸석한 얼굴을 가진 70대 남성으로 어딘지 모르게 인생을 체념한 듯한 인상을 풍겼다. "우리가 다시 주주의 생활로 돌아간다고 생각을 해봅시다. 우선 우리가 사회자본을 사용하지 않겠다고 거부해 버리면 우리는 충분히 많은 사람에게 우리 뜻을 전할 수가 없어요. 기적적으로 뜻을 전달한다고 해도, 그렇게 되면 주주 위원회에 전쟁을 선포하는 것과 다름없어요. 무엇을 위해 그렇게 해야 하죠? 찜통 지구 현상의 핵심은 그 현상을 되돌릴 수 없다는 겁니다. 이미 너무 늦었으니까요. 그러니 우리가 그렇게 해야 하는 목적이 뭡니까?"

"목적이요?" 엘리먼이 테이블을 내려치자 접시들이 펄쩍 뛰었다. "그게 원칙이니까요."

"원칙이라." 던이 심드렁하게 그 말을 되풀이했다. 그의 입에서 나온 그 단어는 빈약하고 무의미하게 들렸다. 그의 주장이 먹혀들었는지 아무도 입을 열지 않았다. 나조차도 엘리먼의 주장이 모순된 것처럼 느껴졌다.

엘리먼은 숨을 삼키며 빠르게 눈을 깜박였다. 저러다 엘리먼이 울지 않을까 싶어 마음이 괴로웠다. 하지만 엘리먼은 허리를 세우며 나를 손으로 가리켰다. 나는 기소라도 당한 듯 그 자리에서 옴짝달싹할 수 없었다.

"저 아이는 여기 남을 겁니다."

엘리먼이 이 말을 하며 살짝 웃자 사람들은 서글픈 분위기임에도 불구하고 따라 웃었다.

아무도 더 이상 입을 열지 않았다. 일부는 접시에 담긴 음식을 마저 먹었고 나머지는 어떤 반응을 기대하듯 나를 힐끔거렸다. 아무리 애를 써도 이게 대체 무슨 상황인지 알 수가 없었다. 엘리먼은 나를 위해 어쩌면 아슬아슬하고 위험할 수도 있는 사명을 준비했던 것 같기도 했다. 지금으로서는 그 정도만 추측할 수 있을 뿐이었다. 엘리먼은 이미 다른 사람들에게 그 얘기를 했는데 그다지 반응이 좋지 않으니 나를 여기로 데려온 것 같았다. 이제 어떻게 해야 할까? 이마에 땀이 송골송골 맺힌 엘리먼이 나를 뚫어져라 바라보았다. 나는 연극 대사를 깜빡 잊기라도 한 것처럼 마음이 편치 않아 불쑥 내뱉었다.

"여긴 정말 아름다운 곳이에요! 아주 멋져요!"


여기는 정말 아름다워요, 라고 그날 밤 나는 다시 한번 말했다. 나는 엘리먼이 자기 방의 바닥에 깔아준 담요에 올라앉아 양 무릎을 세우고 두 팔로 감싸 안았다. 여긴 정말 대단한 곳이었다.

"아, 진짜 그렇긴 하지."

엘리먼이 씁쓸하게 웃으며 맞장구치더니 찬찬히 설명해 주었다. 오늘 저녁에 내가 만난 사람들은 엘리먼의 몇십 년 된 절친들이었다. 방화 사건이 있은 다음 날 아침 경찰서에 잡혀 와 심문을 받은 이 친구들은 경찰이 범인을 특정하는 데 도움이 될 말을 전혀 하지 않았다. 오히려 그들 모두는—불법 집회 혐의로 체포된 엘리먼, 던, 오티스, 아락사, 인디그, 그리고 그 외 145명—애매한 국제 용어로 범죄를 시인했다. 결과적으로 그들은 경찰 조사에 협조한 게 아니라 오히려 방해한 거였다. 어떻게 보면 그들의 태도는, 킹이 하모니카 테스트 때문에 목숨을 잃은 예순네 명에 대한 개인적인 책임을 부인하기 위해 회사를 내세워 애매한 용어로 말했던 것과 다르지 않았다. 총 여섯 시간에 걸친 조사 끝에 주주 위원회 소속 수사관들이 방화범의 신원을 확인한 후에야 엑스들은 조건 협의에 들어갔다.

빈 섬 거주가 허락된 날 아침, 그들은 기부받은 정원용 기구, 통조림, 구급상자, 천막과 말뚝, 수동 발전식 손전등과 랜턴, 침낭, 냄비와 프라이팬 두어 개를 스물네 대의 소형 카약과 카누에 나눠 실었다. 일반에 공개된 마지막 사진 속에서 엘리먼은 카약에 걸터앉아 있었다. 민소매 티셔츠를 입고 선글라스를 착용한 그녀는 머리를 뒤로 모아 높게 묶고 마치 휴가라도 떠나는 사람처럼 엄지를 치켜들고 과장되게 웃는 모습이었다.

사실 그때 엘리먼은 두려움에 떨고 있었다. 베인브리지 섬에 도착한 그들은 권총과 라이플총을 치켜들고 공이치기를 당기며 꺼지라고 위협하는 수십 명의 사람들과 맞닥뜨렸다. 주주 위원회 인수 제안을 거부하고 오히려 주주 정부를 고소한 기존 주민들이었다. 기존 주민들이 그들에게 총을 쏘지 않은 유일한 이유는 그렇게 했을 때 심리 중인 소송에서 불리해질 것을 알기 때문이었다. 그래서 그들은 엘리먼과 친구들을 낡은 헛간 몇 곳에 나눠 집어넣고 무장 경비원을 앞에 세워 감시했다. 1주일 후 주주 법원은 주주 위원회의 손을 들어주었다. 알고는 빈 섬이라는 거주 공간을 만든 것이 특이하지만 합법적인 범위 내에서 수용권을 적용한 것으로 판단했다. 그제야 기존 주민들은 저항을 그만두고 베인브리지 섬을 떠났다.

그 후 한 달 동안 5만 명에 달하는 전 세계 사람들이 엘리먼과 그 친구들의 진두지휘하에 베인브리지 섬을 비롯한 세계 곳곳의 지정된 빈 섬으로 이주했다. 그게 20년 전에 있었던 일이었다. 수백 개의 빈 섬들은 다양한 배경을 지닌 이상주의적이고 근면한 사람들로 채워졌다. 그들이야말로 엘리먼과 친구들이 수년 전부터 꿈꿔온, 열심히 일하는 사람들이었다. 더 나은 사회를 위한 본보기이기도 했다. 엘리먼은 더없이 자랑스러웠다.

엘리먼은 암울한 표정으로 덧붙였다.

"그 후에 일어난 일에 대해서는 못 들었지?"

나는 솔직하게 대답했다.

"예."

"그럴 거야."

엘리먼은 사실 친구들을 비난할 수는 없었다. 그저 세상 물정 모르던 자신을 탓할 수밖에 없었다. 하모니카 사건 이후 이런저런 일을 겪으면서 엘리먼은 그들이 떠난 후에도 그들이 심어놓은 저항의 씨앗이 주주 사회에서 계속 자라날 거라고 믿었다. 그러니 조용히 기다리고 있자는 게 바로 엘리먼 본인의 계획이었다. 참고 기다리자고, 주주들의 생각이 우리를 따라올 수 있게 하자고 다른 사람들을 설득했다.

엘리먼을 비롯한 1세대 엑스들이 빈 섬을 생활에 적합한 공간으로 만들고, 빈 섬들을 연결하는 일에 집중하는 동안 본토에서 엑스들의 영향력은 나날이 사그라들었다. 저항 시위를 조직하는 일은 점점 줄어들었고 지항 시위의 규모도 점점 줄어들다가 급기야 완전히 멈추게 됐다. 학교에서 아이들은 주주와 관련된 예전 이야기의 한 장(章)에서만 엑스들에 관한 짧막한 지식을 습득할 뿐이었다. 그 이야기는 주로 주주들이 엑스들로 인한 위기를 극복하고 평화를 되찾았다는 내용이었다. 사회적 계단에서 엑스는 사회자본 점수가 바닥을 치고 부유한 도시에서 밤거리나 헤매는 정신적으로 병든 노숙자들보다도 아래에 있었다. 즉 동정이나 경멸의 대상에 불과했다. 주주 브랜드들이 인플루언서 마케팅 캠페인에 활용하기 시작하면서 주주 브랜드 로고에 X 표시를 한 예전 엑스 티셔츠만 약간 인기가 있었다.

사회에서 엑스들이 사라지자 주주들의 삶은 예전의 유쾌한 균형 상태를 되찾았다. 사람들은 주주로 살아가는 삶에 자부심을 느꼈다. 주주의 땅에서 사회자본 점수가 낮은 사람의 삶은 녹록지 않지만, 꾸준히 노력해서 사회자본 점수를 높이면 더 건강하고 오래 살 수 있다고 믿었다. 게다가 진취적으로 노력하면 얼마든지 사회적 지위를 높일 수 있다고 여겼다. 그런 성공 사례가 늘 소셜 상단에 올라와, 사회 내에서 얼마든지 신분 변동이 가능하다는 인상을 풍겼다.

이런 현실을 깨달은 엘리먼은 본토에 엑스 운동을 재도입할 방법을 찾아내라고 다른 엑스들을 닦달했다. 그녀는 본토를 떠날 계획이 없는 주주들도 엑스 운동에 관해 들을 수 있어야 한다고 주장했다. 하지만 다른 엑스들은 동의하지 않았다. 오티스도 마찬가지였다. 주주 위원회가 지금까지 엑스들을 내버려 둔 것은 엑스 운동을 혁명이 아니라 남들과 다른 생활방식 추구로 새로이 규정했기 때문이라는 이유에서였다. 주주 위원회는 더 이상 엑스를 위협적으로 여기지 않았다. 만약 엑스들이 사회 전복을 꾀하려 한다면 그 얘기가 주주 위원회의 귀에 곧장 들어가게 될 것이다. 머릿수에서 밀린다는 점에 있어서는 엘리먼도 동의하는 바였다.

그때 찜통 지구 현상이 도래했다. 봄에 시작된 산불이 여름 내내 계속되었다. 곳곳에서 발생하는 가뭄은 이미 식상한 뉴스라 언론은 더 이상 다루지도 않았다. 주주 정부는 연달아 발생하는 새로운 유행병을 통제하기 시작했다. 그제야 엘리먼은 전체적인 맥락을 이해하게 됐다. 수년 전 엑스는 이런 삶을 선택함으로써 전략적 실수를 저질렀다. 정확히 말하자면, *엘리먼*이 전략적 실수를 저지른 거였다. 빈 섬 제도를 만드는 데 동의함으로써 주주 위원회는 장기적인 게임을 하고 있었던 것이다. 그 결과 엑스들은 사회의 주변인으로 밀려났다. 그리고 그들의 거처인 빈 섬은 기후 변화로 인해 바닷물에 잠기게 될 운명이었다. 너무나 어리석었다. 엘리먼은 엑스가 주주 위원회를 이겼다고 생각했지만, 실제로 이긴 쪽은 주주 위원회였다. 처음 만났을 때 엘리먼이 나에게 이끌린 이유는 내가 진실을 명확히 인식하고 있기 때문이었다. 이제 엘리먼은 친구들에게도 미친 사람 취급을 받고 있었다.

"우리는 모든 사람에게 더 나은 미래를 제공하려고 여기서 적절한 시기를 기다리고 있었어. 하지만 더는 기다리면 안 된다는 걸, 너랑 나는 이제 알아."

"그럼 우린 어떻게 해야 하죠?"

지금까지 나눈 모든 대화는 바로 이 질문으로 귀결되었다. 엘리먼
이 미소 지었다. 따뜻하면서도 사람을 위에서 내려다보는 듯한 어머
니의 미소였다. 나는 더욱 그녀의 매력에 취했다.

"좋아. 야간 근무가 하나만 있는 게 아니라고 했던 말 기억하지?"

# CHAPTER 21

페다가 세상을 떠났지만 라오 할아버지
가 돌아가셨을 때와는 분위기가 완전히 달랐다. 정원 사람들의 삶은
멈추지 않았다. 슬퍼하는 라오 집안사람들로 공터가 북적이지도 않
았다. 네덜란드인의 진료소에 드러누워 있던 수개월 동안 페다는 이
미 사람들에게 거의 잊힌 존재였다.

게다가 라오 집안사람들에게는 다른 걱정거리가 있었다.

어느 토요일 저녁, 친나와 킹이 킹의 집에 앉아 그 주에 벌어들인
현금을 헤아리고 있는데 자가이얌마가 오더니 모친 리람마가 고열이
나고 있다고 말했다. 친나는 자가이얌마에게 리람마를 네덜란드인
의사에게 데려가라고 돈을 주면서 킹에게도 같이 따라가라고 지시했
다. 그들은 자가이야가 끄는 우차를 타고 길을 나섰다. 가는 길에 리
람마는 우차 뒤에서 몸을 덜덜 떨며 식은땀을 흘렸다. 자가이얌마는
모친이 떨지 않도록 옆에 웅크리고 앉아 꼭 껴안아 주었으나 리람마
는 욕을 하며 딸을 밀쳐냈다.

"킹, 거기 앉아만 있지 말고 도와줘!"

자가이얌마가 악을 쓰자 킹은 두 팔로 리람마의 팔을 감싼 뒤 머리로 리람마의 가슴을 찍어 눌렀다. 자가이얌마는 리람마의 두 다리를 붙들었다.

리람마의 몸은 부드러웠고 계피와 땀 냄새를 풍겼다. 리람마는 몸을 격하게 떨었다. 그녀의 가슴에 머리를 바짝 가까이 댄 탓에 리람마의 날뛰는 심장 박동 소리가 귓속으로 파고들자 킹은 겸연쩍었다. 킹은 그들이 진료소에 도착했을 때 민누가 깨어있을지 궁금해졌다. 주술사가 찾아왔던 날 이후로 수 주일째 그는 민누를 본 적이 없었다.

진료소에 도착해서 보니 온통 조용하고 어두웠다. 자가이야는 우차에 남았고 킹과 자가이얌마가 네덜란드인 의사의 방문을 두드렸다. 잠옷 바람에 나온 그가 아이들과 함께 와서 리람마의 상태를 살폈다.

"감염된 모양인데 확실히는 모르겠구나. 라자문드리시에 있는 병원으로 데려가는 게 최선일 것 같다. 내가 거기까지 너희를 차에 태워 데려가 주마."

자가이얌마는 대답하라는 눈빛으로 킹을 쳐다보았다. 하지만 킹은 친나가 그 일에 찬성할지 어떨지 알 수가 없었다. 지금 친나는 이 진료소에 페다의 병원비도 내고 있는 형편이었다.

"저희가 숙모를 꼭 그 병원으로 데려가야 하나요, 선생님? 아니면 집에 계셔도 괜찮을까요?"

킹은 네덜란드인 의사에게 물었다. 킹은 판단이 서지 않았다. 더는 자신의 직감을 믿을 수도 없었다. 그동안 민누가 늘 옳게 판단했으니 이번에도 민누에게 물어볼까, 하는 생각이 얼핏 들었다. 하지만 비둘기의 피를 아버지에게 바르도록 그를 부추긴 게 민누이며, 결국 아버지가 돌아가셨다는 사실을 떠올렸다. 킹은 조용히 말했다.

"친나 삼촌한테 물어보는 게 좋을 것 같아요."

"그동안 너희 어머니는 여기 머무르시게 하렴."

네덜란드인 의사는 자가이얌마에게 말했다. 자가이얌마는 눈이 찢어져라 킹을 노려보았다.

그 후 킹은 안마당을 서성이며 아버지가 있던 병실 쪽을 바라보았다. 그 방은 지금 비어있었다. 정신이 나가버린 민누의 모친이 있던 방을 돌아보았는데, 그 방문은 닫혀있었고 불도 꺼져있었다. 가서 문을 두드려 볼까 고민하는 그의 옷소매를 자가이얌마가 확 잡아당기며 말했다.

"가자. 친나 삼촌한테 의사가 한 말을 전해야 해."

집으로 돌아간 그들은 네덜란드인 의사가 권고한 내용을 친나에게 전했다. 친나는 한숨을 푹 쉬며 관자놀이를 문질렀다. 킹이 보기에는 친나가 병원비 때문에 고민하는 듯했다. 친나가 킹에게 물었다.

"우리가 어떻게 하는 게 좋겠니?"

"잘 모르겠어요."

"킹!" 자가이얌마가 악을 썼다.

친나가 자가이얌마를 돌아보며 조용히 하라고 윽박질렀다. 그는 그녀의 모친이 원하는 대로 해줄 것이라고 했다. 다만 리람마가 저 북쪽 어딘가에서 부자가 되었다고 하는 건과 그 형제들에게 연락을 못 하는 상황이 안타깝다고 덧붙였다.

자가이얌마는 쌕쌕거리며 얼굴이 달아올랐다. 그렇게 잔인한 말을 내뱉는 건 평소 친나답지 않았다.

친나는 발로 땅을 툭 차며 중얼거렸다.

"우리 형이 죽었는데, 나를 도와주는 사람은 아무도 없고, 다들 내 도움만 바라고 있네."

그는 자가이얌마에게 킹의 도움을 받아 건에게 편지를 쓰라고, 건에게 집으로 돌아와 모친을 돌보라는 말을 전하라고 지시했다.

그리고 킹을 돌아보며 단호하게 말했다.

"시간이 늦었어. 네덜란드인이 오늘 밤에는 리람마를 진료소에서 돌봐줄 거다. 내일 아침에 가 봐서 리람마의 상태가 나아지지 않았으면 라자문드리시의 병원으로 데려가자."

다음 날 이른 아침에 네덜란드인 의사가 차를 끌고 정원으로 찾아왔다. 리람마의 자매들은 최악의 결과를 듣게 될까 두려워하며 전부 그 차를 따라 달려왔고 친나도 곧 그들에게 합류했다. 그런데 가만히 보니 앞좌석에 앉은 리람마가 그들에게 손을 흔들며 웃고 있었다. 그들과 거리가 가까워지자 리람마는 크랭크로 돌려 창문을 열었다.

"나 좀 봐! 나 차에 탔어!"

친나가 차창 쪽으로 몸을 기울이며 네덜란드인에게 물었다.

"어떻게 된 겁니까?"

"아무도 데리러 안 와서 내가 집으로 데려왔어."

"상태가 좋아진 건가요?"

"열은 가라앉았는데 계속 지켜봐야 해. 열이 다시 오르면 라자문드리시의 병원으로 곧장 데려가. 나한테 데려오지 말고."

친나는 네덜란드인 의사 너머로 리람마를 살펴보았다. 조수석에 앉은 리람마는 건강하고 쾌활해 보였다. 친나는 그녀를 놀리듯 말했다.

"가만 보니 나한테서 돈을 뜯어내려고 했나 보네. 라오 어르신은 잘도 속였지만 나한테는 어림도 없어!"

친나는 아이디어를 이리저리 굴리고 있던 참이었는데, 리람마 일
을 겪으면서 자기 생각대로 하는 게 옳겠다는 확신이 섰다. 어느 날
아침 그는 라오 가문의 남자들을 전부 공터에 불러 모았다.

"세상이 변하고 있어."

친나는 가슴을 앞으로 내밀고 두 발을 어깨 넓이만큼 벌린 채 큰
집 베란다에 서서 입을 열었다. 친나는 키가 큰 편이 아니었지만—
이 집안 남자들은 죄다 고만고만한 중간 키였다—다들 공터에 서있
었기 때문에 고개를 들어 그를 올려다봐야 했다. 친나는 마을에서
시력 검사를 한 후로 쭉 안경을 착용하고 있었다. 각이 진 검은 쇠테
안경을 쓴 덕분에 얼굴만 보면 그는 세상 물정에 밝고 똑똑해 보였으
나, 러닝셔츠에 색 바랜 체크무늬 렁기를 허리에 묶고 있는 옷차림
때문에 그 인상이 반감되었다.

"모두가 정원에서 일할 필요는 없어. 우리 중 일부는 이미 자기만
의 길을 가고 있어. 건과 그 형제들은 북쪽 지역에서 일하고 있고,
라주바부는 인력거 사업을 운영하고 있지. 나는 그것도 괜찮다고,
좋은 현상이라고, 일종의 진보라고 생각해. 우리는 자기만의 야망을
추구할 자유가 있단 말이지."

친나는 킹과 눈이 마주치자 손으로 자기 입을 가렸다. 킹은 물
을 뜨러 냉큼 우물로 향했다. 무더운 오후라서 킹은 입으로 윗입술
을 향해 바람을 불어 올렸다. 컵에 물을 담아 건네자 친나는 한 모금
마시고는 연설을 이어갔다.

"지금까지 우리는 들어오는 돈을 옛날 방식으로 소비하면서 살았

어. 일부는 저축하고 일부는 정원 일에 사용했지. 그건 앞으로도 괜찮아. 하지만 나머지 돈은 라오 어르신이 했던 대로 할 생각이야. 내가 적합하다고 생각하는 방식으로 그 돈을 지출하겠다는 뜻이야. 물론 나는 우리 딸들을 위한 지참금을 비롯해 모든 가족의 필요를 고려하겠지만 내가 전부 통제하고 관리할 거야.

예를 들어 콘단나가 어느 날 밤에 오크라가 엄청 먹고 싶다고 가정해 보자. 콘단나는 마누라에게 오크라를 달라고 말하겠지? 그런데 없어! 그럼 콘단나는 나한테 와서 오크라 살 돈을 요청하든가 아니면 콘단나의 마누라가 시타한테 와서 요청하겠지. 그럼 우리는 이렇게 말하게 될 거야. '아니, 안 돼. 오늘 저녁에는 주방에 오크라가 없으니까 대신 호리병박을 먹자.' 사실 지금까지 일부 남자들은 낮에 계속 자고 밤에 술이나 퍼마시면서도 우리가 일해서 번 돈으로 산 음식을 먹고, 우리가 지은 집에서 잠을 잤잖아. 그게 이치에 맞지 않는단 말이지."

친나는 최근에 이런 문제에 관해 발라와 의논했다. 발라는 마을에 사는 코코넛 상인으로, 친나와는 서로 잘 알고 신뢰하는 사이였다. 발라의 장인은 트럭 운송 사업을 크게 하고 있었는데 사업 비결을 사위에게 들려주었고 발라는 그걸 친나에게 말해준 거였다. 대략 이런 내용이었다. 인도에서 소규모 사업을 하는 사람이 가족의 이해관계에 얽매이면 문제가 생기게 된다. 사업은 수익과 손실이 중요하다. 수익을 극대화하고 손실을 최소화해야 하는 것이 사업이다. 가족끼리 꾸려가는 소규모 사업에서 성공하려면 가족 문제를 사업 문제와 분리해야 한다.

친나가 계속해서 말했다.

"이제부터는 우리가 여기서 하는 일의 종류에 따라서 급료를 책정할 거야. 각자 일을 얼마나 많이 하느냐에 따라서 일정에 맞춰 급료를 받게 될 거다." 그는 모두가 그의 제안을 이해하도록 잠시 뜸을 들였다 "이제 투표하자. 대부분이 반대하면 이 방식대로 하지 않을 거야. 그게 민주주의니까!"

그들은 투표를 진행했고, 모두가 변화에 찬성하며 손을 들었다. 킹은 어안이 벙벙했다. 이런 급료 체계에서는 당연히 손해를 보게 될 제일 게으른 사람들까지도 친나의 계획을 지지했다. 회의가 끝난 후 친나는 킹에게 의기양양하게 말했다.

"이렇게 될 줄 알았어. 우리는 사람의 본성을 잘 이해해야 해. 자기가 제일 게으르다고 생각하고 싶어 하는 사람은 아무도 없어. 다들 자기가 제일 열심히 일한다고 생각하고 싶어 하지."

라오 가문의 사람들은 하나같이 이런 변화를 통해 더 많은 돈을 벌게 될 거라고 여겼다.

그렇게 새로운 과정이 시작되었다. 토요일 밤에 친나와 킹은 킹의 집에서 현금을 헤아린 후, 모든 라오가 그 주에 일한 시간을 기록했다. 그리고 각 핵가족의 구성원들이 한 일에 따라서 각 핵가족의 가장에게 줄 현금을 배정했다. 그리고 신문지로 싼 현금다발에 목탄 쪼가리로 가장의 이름을 적었다. 토요일 아침, 친나와 킹은 베란다에 의자를 끌어다 내놓았다. 그들이 현금 꾸러미가 담긴 상자를 옆에 두고 의자에 앉자, 각 핵가족의 가장들이 급료를 받으러 나왔다.

킹이 말했다.

"예전에 모든 이들이 한 명씩 앞으로 나와서 라오 할아버지한테 고충을 얘기하던 시절이 떠오르네요. 지금 삼촌은 사람들한테 조언이 아니라 현금을 나눠 주고 있지만요."

"라오 어르신이 그렇게 했던 걸 기억하는구나?"

"오래전 일도 아닌걸요."

"세상이 참 빨리 변해."

친나의 목소리에서 애달픔이 느껴져 킹은 놀랐다. 이런 변화를 초래한 장본인이 친나 아닌가?

친나는 새로운 보상 체계가 자리 잡은 후 정원에 나타나게 된 변화를 예상 못 한 듯했다. 예전에 숙모들은 주방에 모여 모두가 먹을 식사를 대규모로 준비했었다. 지금은 각자 자기 집 화덕에서 자기네 가족만을 위해 음식을 준비했다. 힘들게 벌어서 마련한 식료품을 나누고 싶어 하지 않았다. 어떤 면에서는 평화로워 보이기도 했다. 이제 킹은 그의 집 다락방에서 누구의 방해도 받지 않고 홀로 앉아 공부할 수 있게 됐다. 당시 아파이야의 학교 8학년이던 킹은 네덜란드인 의사 덕분에 작은 학교 건물 너머의 넓은 세상을 알아가고 있었다. 네덜란드인 의사가 킹의 공부에 관심 가져준 덕분이었다. 하지만 집에서 혼자 생활하다 보니 마음이 늘 불안했다. 가끔은 정원에 사람이 더 이상 살지 않는 것처럼 느껴지기도 했다.

새로운 보상 체계로 인해 다소 곤란한 결과가 초래되었다. 정원에서 도망친 구성원이 있는 가족들은 정원에서 계속 일하고 있는 구성원의 가족들에 비해 적은 급료를 받을 수밖에 없었다. 특히 탈영병의 비율이 제일 높은 리람마와 라탐마, 라리탐마, 라와냠마 가족들이 그랬다. 물론 투표에는 가문의 남자들만 참여했기 때문에 리람마와 그녀의 자매들은 발언권조차 없었다. 열심히 일하는 남편과 아들들을 둔 아내들이 비 새는 지붕을 짚으로 이는 것 같은 작은 사치를 부릴 수 있을 정도로 충분히 급료를 받자, 리람마와 그 자매들은 점점 더 화가 치밀어 투덜거렸다.

"우리도 일해. 우린 여기 사는 다른 여자들처럼 요리하고 청소하는데, 그걸 일로 쳐주는 사람이 없어! 아무도 우리한테 돈을 안 줘!"

수년이 지나면서 변화가 더욱 가속화되었다. 코타팔리 마을에서만 변화가 일어나는 게 아니라 한층 더 큰 규모의 변혁이 그들에게 닥쳐오고 있다고, 수업 시간에 아파이야는 킹을 비롯한 아이들에게 설명했다. 또한 인도에만 있는 특별한 제도라 여겨지는 인도의 카스트 제도가 실은 한때 전 세계의 전근대 사회에 널리 퍼져있던 사회적 구조를 보여주는 증거라고도 했다. 그 구조 안에서 시민들은 사제, 전사, 노동자라는 세 개의 그룹으로 나뉘었다. 프랑스의 제1신분, 제2신분, 제3신분이 바로 인도의 브라만, 크샤트리아, 수드라였다. 어느 문화에서든 교육을 제공하는 사제들, 법과 질서를 유지하는 전사들은 땅과 정치적 권력을 거머쥔 소수 계층이고, 노동자들은 시민 중 다수를 차지하지만 재산이나 권력을 보유 못 한다.

중세 말 유럽에서는 일부 노동자들이 무역 중개인으로 변신해 더 나은 경제적 위치를 차지하게 되면서 이러한 구조가 무너지기 시작했다. 즉 부자와 빈자 사이에 낀 중산층이 된 것이다. 18세기 말, 전쟁 부채에 시달리던 프랑스의 황태자는 상인들에게 자금 제공을 부탁했고, 빈틈을 감지한 상인들은 황태자에게 더 큰 정치적 권력을 요구했다. 황태자가 거부하자 상인들은 권력을 쥐려 나섰고 그렇게 해서 프랑스혁명이 일어났다. 그리고 사제나 귀족이 아니라 더 폭넓은 재산 소유자가 지배하는 새로운 사회 질서가 탄생했다.

영국 동인도 회사만 아니었으면 인도에서도 비슷한 변화가 일어날 수 있었을 것이다. 프랑스와 마찬가지로 대영제국도 해외에서 모험을 계속하기 위해 상인들에게 재정 지원을 요청했다. 1600년대 초, 영국 왕실은 공동 출자 회사들을 승인하기 시작했다. 그것은 외부 투자자들의 돈으로 굴러가는 사업이었다. 투자자들은 회사 경영에 참여하지 않았기에 사업 내용에 관해 법적인 책임을 지지도 않았다. 이 회사들은 해외 무역과 관련해 어마어마한 위험을 짊어지고 있었는데, 일개 투자자가 짊어질 수 있는 짐이 아니었다. 투자자들을 한 덩어리로 합해야 할 필요가 있었다.

유럽에서 초창기에 만들어진 공동 출자 회사 중 하나가 바로 동인도 회사였다. 동인도 회사는 무갈 제국의 몰락을 이용해 아대륙 대부분에 대한 지배권을 손에 넣었고, 그 과정에서 카스트 제도를 활용했다. 브라만들을 고용해 인도 가족들한테서 세금을 걷게 하고, 크샤트리아들을 고용해 저항하는 자들과 싸우게 하는 식으로 사회 내에서 카스트의 역할을 강화했다. 그런 일이 없었으면 이 사회에서 카스트 제도는 더 이상 유지되지 않았을지도 모른다.

영국이 물러간 지금, 오래된 사회 질서가 무너지고 있었다. 코코넛 사업이 문제가 아니었다. 가족이 문제인 것도 아니었다. 그들은 억압하는 자와 억압받는 자, 밟는 자와 밟히는 자 사이에서 영원히 일어날 수밖에 없는 투쟁을 겪고 있었다. 그리고 새로운 장이 열렸다. 모택동주의(모택동이 주창한 정치사상—옮긴이)가 발흥한 것이다.

웨스트벵갈주에서는 권리를 박탈당한 차밭 노동자들, 즉 달리트에 가까운 부족들이 지주한테서 땅을 빼앗아 무토지 농민에게 나눠주는 일이 발생했다. 웨스트벵갈주의 낙살바리 마을에서 시작된 공산주의 무장 반란 운동은 몇 개월 만에 진압됐지만, 웨스트벵갈주의 농민들이 일으킨 짧고 영광스러웠던 쿠데타에 관한 소문이 이미 남쪽 지역에 파다하게 퍼져나간 후였다.

킹은 열다섯 살이 되었다. 킹을 비롯한 코타팔리 마을 사람들은 모두 온갖 분쟁에 관한 소식을 누군가를 통해 건너 건너 들었다. 마을 주민의 대다수를 이루는 달리트들은 오래전 돈을 빌려준 라오 어르신 덕분에 이미 토지를 소유하고 있었다. 하지만 오랜 세월 지주로 살아온 사람들은 달리트들이 새로운 혁명 사상에 혹하기 쉬울 거라 여기고 특별 경계에 나섰다. 조상한테서 땅을 물려받은 지주들은 사소한 혁명의 징조라도 반드시 경계해야 한다고 보았다. 일부 마을에서는 괜한 시건방을 떠는 놈들이 생겨나지 않도록 예전 규칙을 마을에 다시 적용했다. 달리트는 높은 카스트에 속한 사람이 이미 타고 있는 수레나 배에 동승할 수 없었고, 공용 땅에서 물소에게 풀을 먹일 수도 없었으며, 사원에 발을 들여놓아서도 안 되었고, 마을 공용 우물에서 물을 길어다 먹을 수도 없게 됐다.

새로운 마을회장이 친나에게, 그리고 친나가 아파이야에게 앞으로 학생들에게 혁명 사상을 주입해 선동하지 말라고 요청했다. 아파이야는 발끈했다.

"나는 학생들에게 진실을 가르치고 있어."

친나는 수긍하지 않았다.

"하지 마시라고요."

분개한 아파이야는 다른 사람들이 뜯어말리는 일을 오히려 해나가기 시작했다. 일단 불교로 개종했다. 그리고 학생들에게 자슈바의 시를 암기하도록 지시했다. 텔루구어로 시를 쓰는 최초의 현대 달리트 시인 자슈바는 굶주린 달리트 구두 수선공에 관한 시로 유명했다.

구두 수선공은 신을 모시는 사원에 들어가 위안을 받고 싶지만 입장을 거부당한다. 그런데 마침 신의 집으로 날아 들어가는 박쥐를 보았다. 구두 수선공은 박쥐에게 신세를 한탄한다. 박쥐는 언제든 원할 때 사원으로 날아 들어갈 수 있지만 사람인 자기는 그럴 수 없기 때문이었다.

사원 천장에 거꾸로 매달린 동안
너는 신의 귀에 가까이 있겠구나.
착한 박쥐야, 근처에 사제가 없는 동안
신께 내 비통한 마음을 전해다오.
그리고 돌아와서 신중의 신께서 무어라 말씀하셨는지
나한테 들려다오.
너 말고는 누구에게도
도움을 청할 곳이 없구나.

어느 날 오후, 트럭 한 대가 관만 한 크기의 상자 하나를 싣고 아파이야의 학교로 들어왔다. 아파이야는 구경하는 아이들에게 둘러싸인 채 상자 뚜껑을 열었다. 달리트 출신의 위대한 개혁가 B. R. 암베드카르의 실물 크기 조각상이었다. 암베드카르의 얼굴은 분홍색, 입술은 새빨간 색이었다. 둥그런 배 위에서 바짝 당겨진 선명한 파란색 정장, 목을 장식한 빨간 넥타이가 눈에 띄었다. 코 끄트머리에는 알이 크고 둥그런 안경을 걸쳤다. 본인이 직접 초안 작성에 참여한 인도 헌법서를 왼팔 아래 껴 들었다. 약간 벌어진 입안에, 갈라진 틈새 하나 없이 고르고 하얀 치아가 드러났다. 조각상의 이마에 한 손을 얹은 아파이야는 그의 영웅 암베드카르와 교감하듯 눈을 감았다. 그리고 그는 덩치가 큰 남학생들의 도움을 받아 그 조각상을 학교 앞 받침대에 세워놓았다. 마을 중심가를 통과해 지나가는 모든 사람 눈에 잘 띄도록 해놓은 것이었다.

아파이야는 거기서 한발 더 나갔다. '농부들을 위한 혁명'이라는 제목이 붙은 주홍색 소책자를 사람들에게 나눠 주었다. 그 소책자에는 모택동의 말을 인용한 문구가 잔뜩 적혀있었다.

"혁명은 저녁 파티나 수필 쓰기, 그림 그리기, 자수 놓기와는 완전히 다르다. 교양미가 넘치거나 느긋하고 온화하지 않다. 차분하거나 다정하거나 정중하지도 않다. 절제되어 있지도 아량이 넓지도 않다."

아파이야는 영어 수업을 듣는 모든 학생에게 이 말을 전했다. 그는 수업 시간마다 자로 손바닥을 탁탁 치면서 이것을 하나하나 강조했다.

"자수 놓기에 관해 정의해 봐! 온화함에 관해 정의해 봐! 혁명에 관해 정의해 봐! 반란에 관해 정의해 봐!"

그 계절 내내 아파이야 할아버지가 목이 쉬도록 외치는 동안 그의 학생들은 손으로 턱을 받치고 구부정하게 앉아 맹한 눈으로 그를 바라볼 뿐이었다. 아무리 애써도 그들의 주장은 이번에도 역시 실내에서나 머무를 것임을 보여주는 증거였다.

그러던 어느 날 오후, 새 마을회장의 비서인 일명 '닭대가리' 씨가 몸에서 물을 뚝뚝 떨어뜨리며 학교 베란다에 나타났다. 그의 감청색 제복이 빗물에 시커멓게 젖어있었다. 제복이 경찰복과 비슷했는데, 다들 닭대가리의 아내가 직접 바느질해서 만든 옷임을 알고 있었다.

제복의 원단은 닭대가리가 임대료에서 일부 뜯어낸 돈으로 구매한 것이었다.

아이들이 말했다.

"저기 비서 아저씨가 오고 있네. 우리가 사 준 옷을 입고 있어. 나 같으면 저따위 파란색이 아니라 회색 옷을 입었을 텐데, 저 아저씨가 나한테 의견을 물어보는 걸 깜박 잊었지 뭐야. 저 옷을 우리가 사 준 거나 다름없는데 말이야."

캄마들은 닭대가리가 달리트라서 그를 우습게 알았고, 달리트들은 닭대가리가 마을회장의 하인 노릇을 하는 게 자기네 공동체에 대한 배신이라며 그를 존중하지 않았다. 마을 남자들은 대부분 어렸을 때부터 함께 자랐는데, 그들이 기억하는 한 닭대가리는 오랫동안 괴롭힘을 당했다. 고상한 척하는 여성적인 걸음걸이, 그리고 큰 키에 어울리지 않게 지나치게 작은 머리통 때문이었다.

그날 오후 흠뻑 젖은 닭대가리 비서는 학교 계단에 서서 목에 묻은 빗물을 닦아내고 있었다.

"저기 봐라. 아주 녹아내리네."

누군가 지분거리자 나머지가 웃음을 터뜨렸다.

교실 앞쪽에서 아파이야가 닭대가리에게 소리쳤다.

"무슨 일로 왔어, 닭대가리? 내가 수업 중인 거 안 보이나?"

"저기 말입니다." 닭대가리는 손에 든 수첩을 손가락으로 툭툭 쳤다. 수첩은 빗물에 흠뻑 젖어있었다. "임대료가 올랐는데, 교장 선생님이 새로운 비율에 맞춰서 임대료를 내질 않으셨어요."

"아무도 나한테 그런 얘길 안 했는데."

"지금 돈이 없으시면 다음 달부터 시작해도 된다고, 그렇게 말씀을 전하래요."

"여기서 나가, 닭대가리. 나 수업 중이야."

"비가 와서요."

"나가라고."

"그러지 마시고요."

닭대가리는 마지막으로 힘없이 항변하다가 그곳을 떠났다. 아파이야가 주먹으로 책상을 내려치자 연필 몇 자루가 담긴 작은 컵이 풀쩍 튀어 오르고 여학생 두엇이 헉 소리를 냈다. 아파이야가 그 여학생들을 보면서 날카롭게 말했다.

"요즘 그들이 내 입을 닥치게 만들려고 한다고 내가 전에 말했지?"

"누가요? 닭대가리가요?" 누군가가 물었다.

"아니, 닭대가리 말고! 닭대가리는 그들의 하수인일 뿐이야!"

최악의 상황이 닥쳐오고 말았다. 군투르 지역의 어느 마을에서 벌어진 일이었다. 달리트 출신 소년 두 명이 유명 영화배우의 탄생지를 보러 11킬로미터를 걸어서 그 마을로 들어갔다. 그들은 그 마을을 한눈에 둘러보기 위해 마을에서 제일 큰 집 옥상으로 올라갔다. 그 집은 대지주의 집이었고, 대지주는 소년들을 도둑으로 의심했다. 대지주는 소년들의 손을 밧줄로 묶어 축사로 끌고 가 고문했다. 그리고 소년들을 거리로 끌고 나가자 마을 사람들이 소년들을 채찍으로 후려쳐 죽였다. 그 후 살인자들은 소년들의 시체를 마대 자루에 담아 쓰레기 더미에 던졌다.

아파이야는 학생들에게 말했다.

"그들은 너희 같은 아이들이었어."

그 달에 코타팔리 달리트들이 소유한 코코넛 숲에 괴상한 병이 돌았다. 코코넛나무를 갉아 먹는 곤충들이 퍼트린 수인성 전염병도 약간은 섞여있었다. 코코넛나무 잎사귀 주변에 소름끼치는 누리끼리한 기운이 감돌았다. 그런 나무에서는 여지없이 죽은 열매가 열렸다. 왜소하고 상처투성이에 기형인 열매들이었다. 코코넛을 갈라 보면 시큼한 액체 두어 방울만 흘러나왔고 과육은 한 스푼도 퍼낼 수 없었다. 오래지 않아 마을회장은 전염병과의 전쟁 계획을 발표했다. 덕분에 코타팔리 마을의 평판은 바닥으로 떨어졌다. 그 계절에 코타팔리 마을은 전염병으로 감염된 숲에서 자란 코코넛을 내다 팔 수 없었다. 코타팔리 마을의 모든 달리트가 소유한 땅에서도 같은 현상이 벌어졌다. 다들 그런 재앙을 불러온 사람이 마을회장일 것이라 의심했지만 증명할 길이 없었다.

친나는 황소 한 마리, 그리고 집안 여자들이 결혼할 때 장만한 금붙이를 내다 팔았다. 정원의 뒤쪽 가장자리 땅 일부도 이웃 사람에게 팔았는데, 1만2,000제곱미터 넓이였다. 친나는 그쪽 땅은 아무도 그리워하지 않을 것이라고 말했다. 하지만 그렇게 팔아서 마련한 돈으로는 라오 집안 일꾼들의 급료를 주기에도 빠듯했다.

그러던 어느 날 저녁, 리람마는 다시 병이 도졌다. 그녀는 열이 펄펄 끓는 몸으로 땀을 흘리며 침대에 드러누워 걸을 찾았다. 리람마의 자매들이 친나에게 몰려가 리람마를 병원으로 데려가게 해달라고 요청했다.

"우차에 리람마를 태우고 네덜란드인 의사의 집으로 가. 당신들을 차에 태워 도시의 병원으로 데려다줄 수 있는지 그 의사한테 물어봐."

친나의 말에 라리탐마가 따지고 들었다.

"병원비는요?"

"알면서 뭘 물어. 남자들이 모두 투표로 정한 일인데."

"우리한테 그만한 돈이 없는 거 아시잖아요!"

친나가 한숨을 쉬었다.

"그럼 내가 돈을 빌려줄게." 그는 지친 목소리로 덧붙였다. "리람마를 병원에 데려가. 돈은 나중에 갚아."

자매들이 구시렁거렸다.

"아침까지도 상태가 안 좋아지면 그때 가자."

그러자 라리탐마도 어쩔 수 없이 그러기로 했다.

다음 날 아침, 킹은 여자들이 울부짖는 소리에 잠에서 깼다. 다락방에서 내려다보니 리람마의 자매들이 정원을 가로질러 큰 집으로 몰려가 방에 있던 친나를 밖으로 끌어내고 있었다. 친나는 그 와중에 렁기가 벗겨지지 않도록 안간힘을 쓰며 새로 매듭을 짓고 있었다. 그들이 악을 썼다.

"리람마가 죽었어! 죽었다고! 죽었어!"

친나는 손으로 입을 막고 가쁜 숨을 내뱉었다.

"아이고, 맙소사."

그는 쪼그리고 앉아 두 손으로 머리를 감싸며 앞뒤로 몸을 흔들었다. 입으로는 아무 소리도 내지 않았다.

리람마의 자매들이 뒤로 물러나 그를 지켜보았다. 그가 뉘우치는 척을 하고 있는데 그것을 진심으로 받아들여야 할지 판단이 안 서는 듯했다. 잠시 후 친나는 일어서서 자가이야에게 다가가 그의 어깨에 한 팔을 두르며 말했다.

"모두가 조의를 표할 수 있도록 우리가 리람마를 공터로 데려가

386

자. 제대로 된 묘지에 묻어줘야지."

자매들은 친나의 뜻을 따르기로 했다. 그 상황에서 누구를 원망해야 할지 명확하지 않았다. 리람마의 병원비를 감당하겠다고 나서지 않은 친나의 탓인지, 아니면 친나가 돈을 빌려주겠다는데도 리람마를 곧장 병원으로 데려가지 않은 자매들의 탓인지 애매했다.

하지만 리람마의 딸 자가이얌마는 격하게 분노했다. 그녀는 아버지 자가이야의 손찌검을 견디며 자랐고, 최근에 좋은 남자와 결혼하면서 용감해진 터라 쉬이 분노를 거두지 않았다. 자가이얌마는 제 아버지 옆에 서있는 친나에게 달려가 주먹으로 그를 치며 소리쳤다.

"당신 탓이야! 이기적인 놈아! 라오 할아버지의 자손들, 이기적인 영혼들. 너희는 전부 대가를 치를 거다!" 그녀는 킹을 돌아보며 계속해서 내뱉었다. "네가 날 어떻게 보는지 잘 알아. 넌 네 인생이 내 인생보다 값어치 있다고 생각하지. 하지만 사람 위에 사람 없다는 거 잘 알아둬. 언젠가 네 뼈도 내 뼈와 마찬가지로 이 땅에 흩뿌려질 거야!"

마침내 자가이야는 그답지 않게 강한 힘으로 자가이얌마를 끌어당기며 으르렁거렸다.

"닥쳐, 멍청한 년아."

자가이야가 자가이얌마를 그녀의 남편 쪽으로 떠밀치자 그녀의 남편은 아내를 품에 꼭 안아주었다. 자가이얌마는 남편의 품 안에서 흐느꼈다.

킹은 시타 어머니가 큰 집 현관 앞 계단에 앉아있는 모습을 보았다. 시타는 생쌀이 담긴 그릇에서 돌멩이를 골라 땅바닥에 패대기치고 있었다. 킹은 시타 곁에 앉아 말했다.

"아버지 얘기를 하는 사람은 이제 없네요. 다들 리람마 얘기만

해요."

시타는 그를 돌아보며 고개를 절레절레 흔들었다.

"인생이 늘 네가 원하는 대로 흘러가진 않아. 어렸을 때 나는 언니랑 함께 쇠똥을 덩어리로 뭉치고 한가운데에 만수국을 붙이곤 했어. 우린 그 덩어리들을 길에 늘어놓고 그 주변에서 춤을 추며 기도했어. 보통은 좋은 남편을 달라고 기도하는데, 그때 나는 남편을 얻는 것에는 관심이 없어서 다른 기도를 했어. 우리 자매가 마을에 가서 살게 해달라고, 나중에 선생님으로 일할 수 있게 해달라고 기도했지. 그런데 언니가 이렇게 말하더라고. '난 좋은 남편을 달라고 기도했어.' 화가 나더라. 난 언니가 원할 것 같은 걸 달라고 기도했거든. 언니는 '네 생각이나 해'라고 늘 말했지만 난 내 인생이라는 걸 생각해 본 적이 없었어. 지금도 난 언니였으면 어떻게 했을까, 이런 것만 생각해. 너를 키우면서도 난 늘 그렇게 생각했어. 언니라면 어떻게 했을까?"

외다리 불구 아저씨와 함께 배를 타고 떠났던 날을 떠올렸다. 질식할 것 같은 집안 분위기. 집을 떠나는 게 불가능한 일이 아니구나, 라는 깨달음. 그 깨달음 덕분에 킹은 외다리 불구와 함께 떠날 수 있었던 거였다. 그때 그 기분을 킹은 다시금 느꼈다. 이곳에서 살다가 죽으면 그저 잊힐 뿐이다. 세상에서 중요한 사람이 되려면, 지구에서 살다가 떠난 후에도 오랫동안 기억되는 사람이 되려면 어떻게 해야 할까?

# CHAPTER 22

주주 정부 체계로 전환되기 전 수십 년 동안, 항만 크루즈 선박들은 관광객들이 구경할 수 있도록 레스토레이션 포인트 앞에서 어정거리곤 했다. 구(舊) 코코넛 건물들이 철거되었고 그 자리에 건축가 프랭크 게리가 설계한 캠퍼스가 새로 들어섰다. 그 중심에 설치된 것이 거대한 투명 구체 다섯 개로 이루어진 구조물인데, 열대 온실과 회사 본사 건물을 합친 것의 두 배 정도 규모였다. 그곳에서 직원들은 지정된 네모 공간 안에서 일하는 게 아니라 어디든 원하는 곳에 자리 잡을 수 있었다. 회의실은 바퀴 달린 유리 입방체였는데, 유명 발명가들의 이름을 따서 각 방에 명칭을 붙였다.

현장에 나온 계약 업체 직원이 산책하듯 천천히 돌아다니면서 몸에 좋은 간식과 갓 익은 아보카도와 오렌지 등을 직원들에게 나눠 주었다. 그런 과일들은 이곳 온실에서 재배된 경우가 많았다.

코코넛 사의 사업 규모가 확장되면서 일부 직원들은 통근 시간을 줄이려 본사 건물을 시애틀로 이전하는 것에 찬성기도 했다. 하지만 킹과 마지는 반대표를 던졌다. 그들은 직원들을 대상으로 여론조사를 실시해 직원들이 좋아하는 생활 편의시설을 알아내서 섬에 그 시설을 지었다. 한 살부터 열여덟 살까지의 아이들을 위한 무료 사립학교도 운영했다. 그리고 직원들에게 세계의 온갖 주요 요리를 무료로 제공하는 서른여섯 개의 레스토랑, 1주일 내내 스물네 시간 동안 본토와 섬을 오가는 통근 셔틀, 운영을 시작한 지 1년 만에 미국 10대 병원 시설 중 하나로 꼽히게 된 최첨단 병원 서비스 등을 제공했다.

라오 저택이 있는 남쪽을 향해 가면서 여행 가이드는 여러분이 자세히 보면 킹 라오를 멀찍이서 얼핏 볼 수도 있다고 알려주곤 했다. 라오 저택은 주변을 둘러싼 더글러스 전나무로 건축되었다. 와이어하우저 목재 회사가 이 저택을 구매해 철거되지 않도록 막은 것으로 알려져 있었다. 그 집은 땅바닥에 붙어있다시피 한 특이한 건축 양식으로 지어진 데다 주변 풍경도 특이하다고 여행 가이드는 설명했다. 라오 저택의 8만 제곱미터에 달하는 아름다운 정원에는 태평양 연안 북서부의 토종 식물이 하나도 없었다. 구아바나무와 코코넛나무, 밀랍처럼 생기고 줄기에서 알록달록한 꽃을 피우는 열대 식물들이 전부였다.

태평양 연안 북서부 지역에 어떻게 이런 풍경이 만들어질 수 있을까요, 라고 여행 가이드는 승객들에게 질문을 던지곤 했다. 십중팔구는 승객 중 원예용품 애호가가 정답을 맞혔다. 킹 라오와 마거릿 라오의 비밀스럽고 사적인 연구 단체인 라오 프로젝트는 시애틀 같은 좀 더 추운 기후에서도 자라는 열대 나무와 식물을 만들자는 목적으로, 유전자 변형 종자를 생산하고자 운영되었다. 이 단체는 세계의 가난한 사람들이 주로 먹는 열대 과일에 식용 백신을 주입하고, 지구의 온도 상승을 견딜 수 있는 기후 적응형 농산물을 만들고자 했다.

여행 가이드는 지역 관광 위원회와 라오 부부가 맺은 합의서의 마케팅 규정에 따라 관광객들에게 이러한 정보를 제공했다. 그 보답으로 라오 부부는 관광 회사의 선박이 라오 저택 가까이에 다가올 수 있도록 허락해 주었다. 주말이면 킹과 마지는 두툼한 흰색 목욕 가운을 입고 베란다에 맨발로 나와 서있곤 했다. 그들은 목욕 가운의 끈을 허리춤에 느슨하게 묶은 옷차림이었다. 킹은 마지의 허리에 팔을 둘렀고, 마지는 한 손에 찻잔을 들었다. 쌍안경을 눈에 댄 관광객은 나른하고 피곤해하면서도 만족스러운 라오 부부의 모습을 볼 수 있었다. 가끔 기분이 내키면 라오 부부는 고개를 들고 눈 위쪽을 손으로 가려 그림자를 드리우면서 손을 대충 흔들어 주기도 했다.

세계의 가정 중 절반이 코코넛 장비를 소유하게 됐다. 킹의 사촌 키투는 코타팔리 마을에 킹 라오 박물관을 열어 킹이 마을학교에 다니던 시절 쓴 공책을 전시했다. 그 공책에는 킹이 'chicken'이나 'vowel' 같은 영단어의 필기체를 연습한 내용이 담겨있었다. 어느 순간부터 박물관의 수익이 코코넛 숲에서 나오는 수익보다 커졌다. 런던, 나이로비, 새너제이 같은 세계 곳곳의 인도인 가정들은 간디와 사이 바바(1926~2011. 인도의 영적 지도자, 교육자―옮긴이)의 초상화가 걸린 벽에 킹의 사진 액자를 나란히 걸어두었다. 그리고 자식들에게 "열심히 일하면 너만의 코코넛을 가질 수 있어"라고 가르침을 주었다.

프로그램을 배운 아이들이 킹에게 각자의 열망을 담은 편지를 써

보내면 킹은 그중 일부에게 서명이 담긴 답장 편지를 써주기도 했다. 그들이 바로 미래의 고객이기 때문이라고 그는 이유를 설명했지만 마지는 킹이 시간을 비효율적으로 낭비한다고 생각했다. 킹 라오는 이제 단순한 사업가가 아니었다. 그는 리더가 되어야 했다. 회장급의 행보를 보여야 했다. 마지는 얼굴을 살짝 살짝 손보았다. 코의 외측비연골을 수직으로 아주 살짝, 감자 껍질 두께 정도로 자르는 시술을 세 번 받았다. 그리고 부드러운 안쪽 허벅지의 세포를 얇게 떠서 나이보다 일찍 주름이 잡혀버린 이마에 여섯 번에 걸쳐 이식했다. 머리카락을 눈썹에 옮겨 심는 시술도 열세 번 받았다. 머리카락을 부드럽게 해주는 세럼을 두피 피지샘에 주입하는 시술을 두 달에 한 번씩 받았다. 마지는 시술이 과도해지지 않도록 주의를 기울였다. 그녀가 50대에서 60대로 넘어가면서 더욱 젊어지고 아름다워졌는데도, 매의 눈을 가진 사람들마저도 시술 흔적을 발견하지 못했다. 마지는 모금 행사에서 기네스 팰트로를 만나 절친이 되었다. 물론 온라인에서만 절친일 수도 있었다. 지난 10년을 대표하는 사진 중에는 마지와 기네스 팰트로가 가죽 재킷에 염소 표백제로 가공한 맘 진(통이 넓고 배까지 올라오는 디자인의 청바지—옮긴이)을 입고 행복한 기운을 뿜어내면서 시애틀을 활보하는 사진도 포함되어 있었다.

결국 킹은 마지가 그의 모습을 새로이 디자인하게 허락했다. 새로운 킹 라오는 파스텔 색상의 값비싼 맞춤식 옥스퍼드 셔츠에, 넥타이는 착용하지 않고 청바지를 입었다. 그리고 위협적이지 않을 정도로 살짝 인도 느낌을 가미하기 위해 버켄스탁 샌들을 신었다. 언론에서는 이런 차림을 킹 라오 유니폼이라고 이름 붙였다. 이마 위에서 굽슬거리는 머리카락이 가끔 아래로 흘러내리도록 스타일을 만들었고, 두툼한 검은 테에 알이 둥그런 안경을 착용했다. 그는 성형수술은 거부했지만 대신 세계 최고의 피부과 전문의를 만나서 실험적인 스테로이드 및 자외선 치료 방식으로 습진을 치료받았다. 나머지는 비의료적인 처치였다. 실력 좋은 미용사와 세심한 재단사가 그를 잘 꾸며주었는데 굽(Goop. 기네스 펠트로가 만든 라이프스타일 브랜드—옮긴이)이 이 과정에 관여해서 도움을 주었다. 단장을 마친 그는 거울 속에 서있는 인상적인 남자를 보고 놀랐다. 그 남자는 거의 잘생겨 보이기까지 했다.

마지는 그가 어깨를 곧게 펴고 느긋하게 의자에 앉을 수 있도록 훈련시켰다. 시선을 집중하되 지나치게 노려보지 않도록 해야 했다. 대화 상대가 그의 높은 지적 수준 때문에 대화가 안 통한다는 느낌을 받기보다는, 그에게 이해받았다는 느낌을 받도록 대화하는 방법을 가르쳤다. 그리고 킹 라오는 황금 시간대 시청자들을 사로잡았다. 그는 '너무나 직관적이라 인간의 영혼을 가진 것처럼 느껴지는' 장치를 개발한 공로로《타임스》 선정 올해의 인물로 뽑혔다.

그는 마지가 만들어 낸 가상의 킹 라오 이미지 안쪽 어딘가에 그의 진짜 자아를 잘 숨겨두었다. 아직 풀지 못한 퍼즐이 남아있는데, 풀 시간이 거의 없다는 데서 연유하는 오랜 두려움도 그는 여전히 내면에 간직하고 있었다. 그들이 코타팔리 마을을 방문하고 오래지 않아서 시타가 세상을 떠났다. 킹은 시타의 장례식에 참석하지 않았다. 장례식이 엄연한 집안일인데 그가 참석하면 불필요한 관심을 끌게 될 것이라고 사촌들에게 이유를 설명했다. 그리고 그 후 한 번도 고향을 찾지 않았다. 고향에 가면 기분이 너무 우울해졌다. 그는 키투에게 계속 돈을 보냈지만 그 돈이 어떻게 쓰이는지, 다른 친척들에게 분배되고 있는지조차도 알 수 없었다.

사람이 50대가 되면 다 이런 기분이 드는 걸까, 아니면 킹만 그렇게 느끼는 걸까? 젊은 시절의 자아가 나와 별개의 생물인 것 같은 기분 말이다. 너무 개인적인 질문이라 마지에게도 털어놓을 수 없었다. 나이를 먹으면서 모험보다는 위안을 찾게 되어 섹스 횟수도 줄어들었지만 그는 그 어느 때보다도 마지를 사랑했다. 그를 자극하는 것은 그녀의 존재 자체가 그라는 존재를 더욱 확실하게 만들어 준다는 점이었다. 그가 마지 없이 혼자 여행할 때마다 이런저런 여자들이 그에게 접근했는데, 불가피한 신체적 반응을 제외하면 그는 그 여자들에게 끌리지 않았다. 그에게는 아내가 세상에서 제일 강력한 여자였다.

요즘 킹과 마지는 걸어서 일터까지 가는 대신, 주문 제작한 세단의 뒷좌석에 앉아 통근했다. 뒷좌석에 네 명이 앉을 수 있고 차창에는 선팅이 되어있었다. 킹과 마지는 뒷좌석 중앙에 앉고, 방탄조끼를 입은 경호원 둘이 창가 자리에 앉았다. 그들은 꽤 심각한 위협을 받은 적이 있어서 이런 식으로 예방 조치를 취한 거였다. 가끔은 팬들이 그를 만나겠다는 일념으로 코코넛 캠퍼스 앞 인도에 서있을 때도 있었다. 킹은 뒷좌석에 앉은 채 차창 밖 숭배자들과 그들이 치켜든 카메라를 바라보았다. 그럴 때면 가슴이 조여들고 누가 심장을 꽉 누르는 기분이었다.

보안팀장 조지가 묻곤 했다.

"괜찮으십니까?"

"그냥 속이 좀 쓰려서."

"애시도필러스. 킹 사장님께 애시도필러스를 드시라고 말해주세

394

요, 마지 대표님."

여러분은 고등학교 시절에 이 시기에 관해 배웠다. 한 달 동안 집중적으로 이루어지는 표준 세계 교과 과정 말이다. 주주 정부가 세워지기 전 몇십 년에 걸쳐, 세계 경제는 무너질 지경에 이르렀다. 제2차 세계대전 이후 만들어지고 냉전 이후 강화된 경제적 상호 의존 체계는 어느 정도 성공적으로 최초의 목표를 이뤄냈다. 각 국가의 재산이 서로 밀접하게 뒤얽히게 만들어 누구도 큰 전쟁을 할 엄두를 못 내게 하려는 것이었다. 부수적인 이득이 뒤따랐다. 전보다 가난한 사람의 숫자가 줄었고, 유아는 물론 산모들의 사망률도 줄어들었다. 더 많은 아이들이 학교에 다니게 되었고 더 많은 젊은이들이 대학에 갈 수 있었다. 1820년대 이래로 처음 국가 간의 불평등이 줄어들면서, 중국과 인도처럼 한때 가난했던 나라의 국민 중 상당수가 부자가 되었다.

이렇게만 놓고 보면 긍정적인 발전 상황처럼 보인다. 하지만 21세기로 접어들면서 이 질문이 강력하게 대두되었다. 왜 사람들은 이 모든 체제가 결과적으로 좋지 않다는 것을 확신하고 분노하게 되었을까? 이는 국가 *내에서* 빠르게 커지는 불평등과 관련된 것으로 드러났다. 만약 여러분이 신흥 부자 대열에 끼지 못한 인도 시민이라면 같은 나라 사람들이 갑자기 부자가 되었다고 해도 본인이 기쁠 일은 없을 것이다. 여러분이 늘 가난하게 살았던 미국인이나 유럽인이라면, 중국 농부의 자식들이 억만장자가 되었다는 걸 알게 됐을 때 기분이 별로 좋지 않을 것이다.

후기 자본주의 시대의 감정을 한마디로 정의하자면 '불만'이었다.

그 불만은 걱정스러운 형태를 띠기 시작했다. 집단 살인이 너무 빈번하게 일어나서 소셜 미디어에서도 더 이상 화제가 되지 못할 정도였다. 물론 각 살인범의 정신을 분석해 그가 테러리스트인지 사이코패스인지 분류할 수도 있을 것이다. 하지만 살인의 규모가 너무나도 커진 상황에서 그런 분류가 무슨 의미가 있을까? 세상의 질서 그 자체가 사람들로 하여금 살인을 하고 싶게 만든다는 것이 그나마 유용한 결론일 터였다. 정치인들은 이런 불만을 해결할 도구를 갖고 있지만, 불만을 잠재웠을 때 그들이 얻을 이익이 별로 없었다. 과두 정치 가문 출신으로 인종 공격을 일삼는 국수주의자들이 세계 곳곳의 선거에서 승리하기 시작했다. 그것은 참으로 오래된 선거 기술이었다. 내가 속한 인종 집단의 가난한 구성원에게 당신들을 나처럼 부자로 만들어 주겠다고, 그러려면 다른 인종 집단의 가난한 자들이 우리 집단의 기회를 훔치지 못하게 막아야 한다고 부추기는 것이었다. 가난한 자들이 하나로 뭉쳐 부자들에게 저항하지 못하도록 가난한 자들을 갈라치기 했다.

킹과 마지는 한동안 이 현상의 해악으로부터 보호받았다. 아니, 그 정도가 아니었다. 이러한 세계 질서 덕분에 그들은 해악을 상쇄하고도 남는 이득을 얻었다. 세계 최대 규모의 기업이 된 코코넛 사는 전 세계에서 200만 명에 달하는 직원을 고용하고 있었다. 킹과 그의 과학자들은 개인용 컴퓨터에서 스마트폰, 스마트 네트워크에 이르기까지 컴퓨터와 관련된 거의 모든 주요 발전을 이끌었다. 하지만 그 모든 것을 바꾼 사건이 일어났다.

착하고 뚱뚱하며 구레나룻을 기른 스물네 살 텔루구 청년 무랄리다르마라잔은 결혼을 앞두고 약혼한 상태였다. 그는 미국 오스틴시에서 복부에 칼을 맞고 배수로에 버려진 시신으로 발견됐다. 범인은 그 동네 사람이었다. 마흔여덟 살의 백인 싱글 남성으로 평생 형사 사법 체계의 관리하에서 살아온 인물이었다. 언론은 그가 노상강도 짓을 하다가 실수로 살인을 저지른 것 같다고 즉각 해석을 내놓았다. 다르마라잔은 그저 운이 나빴고 어리숙하게 군 죄밖에 없었다. 그는 밤중에 길을 걸어가면서 낯선 사람들에게 싱긋 웃는 습관이 있었다. 그런데 범인의 소설을 확인해 본 결과 전혀 다른 이야기가 전개되었다. 범인은 경영학 학사 학위가 있는데도 불구하고 일자리를 찾기가 너무 힘들다고 토로하면서, 이렇게 그를 고통스럽게 만든 원인을 분석해 이렇게 썼다. '제일 좋은 일자리는 외국인들이 차지하고, 나머지는 흑인들이 다 차지해서 진짜 미국인들에게는 남아있는 일자리가 없다.'

진공 상태에서는 범죄가 일어나지 않는다고 미국 대통령이 말했다. 외국인들 때문에 일자리를 잃은 국민은 분노하고, 그에 따라 폭력 사태가 일어나게 된다는 것이다. 그는 이 문제를 해결하고자 애쓰고 있으며, 미국 기업의 외국인 고용에 한계를 두기 위해 국민 우익 의회와 협의하고 있다고 말했다. 미국 기업 대다수를 외국 출신 경영인이 운영하는 상황인데도 말이다.

킹과 마지는 그동안 정치와는 거리를 두고 살았다. 어느 한쪽을 편드는 게 좋지 않을 것 같아서였다. 그래서 그는 현 대통령이 대통령에 당선될 가능성이 별로 없던 시절, 짤막한 농담—지금은 대통령의 자질로 일찌감치 자리 잡았지만—이나 잘하고 네 번째에 걸쳐 대통령선거에 후보로 나왔다가 45대 대통령으로 당선된, 고루해 보이는 인상의 남성을 지지하지도 딱히 반대하지도 않았다. 현 대통령은 한때 그들에게 우호적이었다. 취임 후 대통령은 연방 정부의 기술 기반 구조를 철저히 정비하는 데에 큰 금액을 투자하도록 의회에 요청했는데, 그 일은 코코넛 사에 상당한 이익을 가져다주었다.

그런데 불만 세력의 결집이 킹과 마지에게 영향을 주기 시작했다. 기자회견에서 대통령은 그가 말하는 '외국인'이 킹 라오와 코코넛 사를 가리키는 것이냐는 질문을 받았다. 이에 대통령은 광대 같기도 하고, 수수께끼 인물 같기도 한 환한 미소를 지으며 대답했다. "내가 한 말 그대로입니다. 진심이에요." 결국 킹과 마지는 코코넛 사의 미래가 과거에 그들이 예상했던 것처럼 탄탄한지 다시금 생각해 보게 됐다. 어느 날 오후, 그들은 에콰도르 해변에서 250해리 떨어진 태평양 앞바다에 떠있는 크루즈 선박으로 향했다. 그 선박에서는 월터 마츠의 오랜 친구이며 《인포메이션 타임스》의 창립 멤버인 남자가 스타트업 지원 회사를 운영하고 있었다. 그 남자는 오래전 코코넛1을 시연하는 킹과 마지에게 야유를 퍼부었던 사람이기도 했다. 그의 회사는 바다에 떠있었기 때문에 특정한 주나 국가에 매여있지 않았다.

그들은 약간 비스듬하게 기울어진 사무실로 들어갔다. 레이디 리버타드 호가 바다 위에 둥실둥실 떠있었기 때문이었다. 《인포메이션 타임스》 창립 멤버 출신 회사 대표는 조타실 사무실에서 그들을 힘찬 포옹으로 맞이하면서, 라오 부부가 코코넛 컴퓨터를 처음 공개한 전설적인 그날 저녁에 자신도 그 지하실 방에 함께 있었다고, 그리고 그 컴퓨터를 본 순간 그들 부부가 세상을 바꾸게 될 것임을 알았다고 말했다. 라오 부부는 그게 사실이 아님을 알면서도 굳이 소리 내어 의문을 제기하지 않았다. 회사 대표는 그만큼 매력 있는 사람이었다. 회사 대표는 라오 부부에게 배를 쭉 구경시켜 주고 나서 사업개발 본부장을 불러들였다. 사업개발 본부장은 코코넛 사가 이 배의 작은 공간을 임대해서 직원 두어 명을 데려다 놓고 무슨 일이 일어날지 지켜보자고 제안했다. 그들은 그 천장 높은 사무실에서 얘기를 나누면서 지구의 곡선을 고스란히 드러내는 수평선을 훤히 내다보았다. 어쩐지 좋은 결과를 얻어내고 사업을 확장할 수 있을 것 같았다.

킹이 입을 열었다. "이런 얘기가 아무래도……"

그러자 마지가 그를 힐끗 쳐다보면서 말을 이어갔다. "…… 이상한 말처럼 들릴 수도 있지만……"

다시 킹이 말했다. "그래도 이 배에 직원 서너 명을 두는 게……"

마지가 말을 이어갔다. "해볼만하다는 생각이 드네요."

회사 대표와 사업개발 본부장은 킹과 마지를 번갈아 쳐다보았다. 마지는 킹을 돌아보았고 회사 대표는 미소 띤 얼굴로 말했다.

"그렇다면……?"

역사 기록에는 언급되어 있지 않지만 그게 시작이었다. 킹과 마지는 사실 수천 명에 달하는 코코넛 사 직원들을 앞바다에 영광스럽게 떠있는 선박으로 옮길 생각이 없었다. 하지만 그렇게 할 계획임을 내비치는 것만으로도 대통령을 위협할 만했다. 마지는 출처를 확인하기 어려운 방식으로 그 정보를 은근히 흘리는 천재적인 역량을 발휘했다. 결국 대통령은 킹에게 연락해 상호 이익이 되는 방향으로 몇 가지 주제를 의논하자며 비밀리에 따로 만나자는 요청을 해왔다. 킹은 그 요청을 받아들이면서 마지도 그 자리에 동석할 것이라고 말했다.

소셜 미디어 인플루언서에서 미국을 이끄는 자리에 오른 대통령은 자기가 그 만남에서 어떤 제안을 하게 될지 짐작이나 했을까? 사람들은 그 부분에 대해 의견이 분분했다. 소위 전문가라는 사람들은 그 만남이 아메리카 제국의 종말을 가져왔다고, 지적이고 배운 게 많은 대통령이었으면 미리 눈치채고 그런 자리를 피했을 것이라 주장했다. 어떤 이들은 이 대통령이 동물적이고 본능적인 감각을 지니고 있어서, 많은 이들에게 '좋아요'를 받아 팔로워 수를 늘렸으며 결국 대통령선거에서 승리를 거둘 수 있었다고 주장하기도 했다. 어쩌면 대통령은 아메리카 제국이 이미 내리막길을 걷고 있다고 생각해서 이 나라와 자기 자신을 위해 연착륙을 하려던 것일 수도 있었다.

대통령은 킹 라오와 마거릿 라오 부부를 개인적으로 만난 자리에서 제휴 관계를 염두에 두고 있다고 넌지시 비쳤다. 미 정부는 수십 년에 걸쳐 상당한 돈을 빌렸다. 특히 21세기의 첫 팬데믹 기간, 그리고 그 여파가 이어진 시기에 미 정부는 엄청난 돈을 빌렸는데, 현 대통령은 45대 및 46대 대통령 탓을 했다. 우익 정당을 대표하는 대통령으로서 그는 세금을 올리거나 소셜 프로그램을 줄이지 않고 국가의 빚을 줄이는 비밀 계획이 있다고 했다. 다만 넉넉한 재원을 보유한 다수당 출신 경쟁자들이 그 계획을 훔쳐 자기네 것인 척할 우려가 있어서 지금까지 완전히 공개하지 않았고, 높은 영향력을 가진 데다가 그를 강력하게 지지하는 여러 사업 인플루언서들에게만 알려줬다고 했다.

지금까지 그가 라오 부부에게 그 계획에 대해 알려주지 않은 이유는, 솔직히 말해 그들을 친구로 생각할 수 없어서였다. 그는 라오 부부가 어느 쪽에 충성하는지 확신할 수 없었다. 지금까지 라오 부부가 특별히 누군가를 지지하는 태도를 보인 적 없기 때문이었다. 대통령은 라오 부부가 그를 좋아하든 아니든 그건 중요하지 않다고 말하면서 한 손을 휘저었다. 킹과 마지는 섣불리 눈빛을 드러냈다가는 진실이 탄로 날까 봐 서로를 마주 보지도 않았다. 그저 간간이 대통령을 향해 부드럽고 애매한 미소를 지어 보일 뿐이었다. 대통령은 소리 내어 웃으면서, 킹 라오와 마거릿 라오 부부는 늘 빠르게 움직이면서 혁신을 이끄는 사람들이라 마음에 든다며 추켜세웠다. 대통령은 자기가 대체로 영리하고 지금까지 성공적으로 일해왔지만 특히 투자 쪽에서 아주 똑똑하게 성공을 거뒀다고 강조했다. 오늘 라오 부부를 부른 이유는 이제 최후의 거래를 할 시기가 되었다고 판단했기 때문이라고 했다. 그는 어마어마한 부채 문제를 언급하면서 미소를 지었는데, 나중에 소셜 미디어에서 쓰기 위해 그 발음을 음미하며 머릿속에 기억해 두는 느낌이었다.

대통령의 계획은 이 나라 최대 규모, 최고의 기업들을 초대해 국민에게 경쟁적으로 공공 서비스를 제공하도록 만드는 것이었다. 특히 정부가 운영해 온 사업 일부를 사기업에 매각해서 정부가 진 빚을 갚고 정부가 앞으로 짊어져야 할 값비싼 비용 지출 문제를 해소하려는 생각이었다. 과거에는 그만한 인프라를 가진 조직이 없으니 정부가 무리해서 공공 서비스를 제공해야 했다. 하지만 이제 사기업이 가진 인프라가 정부의 인프라를 뛰어넘었다. 월마트의 친구들, 그리고 J. P. 모건의 친구들도 동의하는 바라고 했다.

"정부가 저소득자들에게 주는 식료품 할인 구매권만 하더라도⋯⋯ 소매기업이 그 일을 감당 못 할 이유가 없어요. 사회보장 연금은⋯⋯ 은행에 맡기면 되죠. 이제 기술 부문에 관해 얘기해 봅시다."

그때 거의 동시에 입을 연 킹과 마지는 서로를 힐끗 쳐다보았다.

마지는 미간을 찌푸렸고 킹은 눈을 크게 떴다. 그 모든 게 1초도 안 되는 시간 동안 일어났다. 큰소리를 치든 어쨌든 대통령은 좋은 거래를 제안하고 있었다. 사업 역사상 최대 규모의 기술 계약을 라오 부부와 맺겠다는 얘기였다.

한 달 후, 대통령의 측근이며 아바타나 다름없는 국회의원들이 '작을수록 좋다' 법안을 발표했다. 미국 정부의 핵심 지원 및 사회보장 프로그램을 민간 기업에 넘기는 내용이었다. 그해 말, 코코넛 사와 그 외 여섯 개 미국 기업은 미국의 통신, 교육, 의료, 도로, 복지 프로그램을 각각 책임지게 됐다. 이 기업의 회장들로 이루어진 이사회는 분기별로 회의를 진행했고, 이 회의에 부통령, 상원 다수당 원내 대표, 하원의장도 참석해 의견을 교환했다. 대통령은 재선에 성공해 두 번째 임기를 시작했는데 점점 국가 통치에 대한 흥미를 잃더니 벤처 캐피털 회사를 설립했다. 솔직히 회장단의 분기별 회의 내용이 국제 세금 문제나 고용법에 관한 내용이 대부분이라 지루하긴 했다. 급기야 부통령과 상원·하원 대표들도 회의에 참석하지 않게 됐다.

이 시기에 언론은 이 기업 회장들로 이루어진 이사회를 그냥 '이사회'라고 칭하기 시작했다. 대통령의 임기가 끝나갈 무렵, 이사회 웹사이트에는 이사회가 제공하는 상품과 서비스가 마음에 든다면 연락 달라고 다른 나라들에 권하는 내용의 페이지가 등장했다. 이사회는 각국의 문의에 답하기 시작했고, 10년도 채 지나지 않아 전 세계 3분의 1에 해당하는 국가들에 서비스를 제공하게 됐다. 그 무렵 미국 정부—지난 정부의 부통령이 대통령으로 당선되었기 때문에 명목상으로만 새로운 행정부—는 이사회가 하는 일을 완전히 파악하기 힘든 지경이 됐다. 대신 새 대통령은 위원회와 각국 수장들이 모이는 국제 정상회담을 개최했다. 전직 대통령이 주요 투자자로 있는 스타트업 회사가 그 내용을 독점으로 라이브스트리밍 했고, 위원회와 세계 주권 국가들은 이 정상회담에서 협정을 맺었다.

킹 라오는 정상회담의 기조연설자로 나섰다. 전직 대통령의 영상이 흘러나오는 가운데 연단에 선 킹이 카메라를 똑바로 바라보며 각 가정의 시청자들에게 연설했다. 그는 무수한 나라들이 위원회에 연락해, 국민들이 절실히 원하는 바를 더 이상 제공할 수 없는 사정을 토로했다고 설명했다. 위원회는 각 나라가 원하는 인프라와 서비스를 제공하기 위해 두 팔을 걷어붙이고 나섰다. 전직 대통령은 그의 트레이드마크가 된 중계방송에서 그 회담의 내용을 하나하나 자막까지 달아가며 자기 시청자들에게 보여주었다. 그리고 이렇게 말했다. "이렇게 일이 잘되어 가고 있는 걸 보니 정말 기분이 좋습니다. 나는 이 일을 시작하는 자리에 있었어요. 이 아이디어를 떠올리고 실행에 옮기도록 한 사람이 바로 나입니다!"

주말이 끝나갈 무렵, 국제 조약에 따라 주주 위원회가 설립됐다. 주주 위원회는 공식적이고 합법적인 초국가적 조직이었다. 마지는 킹을 대신해 작성한 소셜 포스팅에서 주주 위원회를 제2차 세계대전 이후 세계 평화를 유지하기 위해 만들어진 단체들의 '지적 문화적 계승자'라고 칭했다. 정상회담의 마지막 날 저녁 치러진 선거에서 킹 라오는 주주 위원회의 첫 위원장으로 선발되었다.

시민들은 행진하며 시위했고, 옛 정부 체제를 선호하는 원칙주의 정치인들이 반대 연설을 했으며, 해시태그 운동도 벌어지는 등 일반적인 저항이 뒤따랐지만 별다른 성과가 없었고 저항은 곧 사그라

들었다. 이런 체제 변화는 쿠데타가 아니었다. 국가들이 무너진 것도 아니었다. 그저 국가들이 주주 위원회에 권력을 양도한 것에 불과했다. 훗날 역사가들은 그와 같은 전례가 무수히 많다고 말했다. 가까운 예를 들자면 영국 동인도 회사가 있었다. 처음에 주주 위원회는 그저 가장 강력한 초국가적 통치 기구에 불과했다. 많은 사람이 느끼기에 최초의 효율적인 통치 기구이기도 했다. 처음 탄생했을 때 사람들은 잘 구분하지 못했지만, 알고 보면 주주 위원회는 그 자체로 통치 기구였다. 그전에 존재했던 재앙과 다름없는 통치 체계보다 주주 위원회가 더 악질이라는 주장을 한 전문가는 없었다. 매트릭스로 따져봐도 마찬가지였다. 사람들은 평균적으로 전보다 더 오래, 행복하게, 생산적인 삶을 살 수 있게 됐다. 세상은 다시 살기 좋은 곳이 되었다.

CHAPTER 23                          ✕ ╌ ✕

　　모든 사람이 정보에 완벽하게 접근할 수
있었다면, 주주 위원회의 결함이 일찌감치 드러났을 것이다. 평균 수
명과 개인이 누리는 부가 늘어난 것은 사실이었다. 다만 평균을 끌어
올림으로써 가장 부유한 주주들은 실질적인 이득을 보게 됐지만, 나
머지 사람들은 그저 의식주나 잘 해결하고 살 수 있게 된 것에 불과했
다. 모든 사람이 같은 의무를 지게 됐고, 가격과 상관없이 주주가 만
든 상품만 소비하게 됐으며, 비용과 관계없이 주주 합의서에 따라 생
활하게 됐다. 만약 그래도 주주로 계속 살아가는 게 현명한 선택이라
고 생각한다면, 어쩌면 당신이 진실을 제대로 모르기 때문 아닐까?
　　이것이야말로 본토에 새로 심어야 할 씨앗이었다.

　　엘리먼이 오티스에게 나를 자기 집에 데리고 있을 계획이며 그들
이 함께 쓰는 침실에도 들어올 수 있게 할 거라고 말하자 오티스는
그녀를 논리적으로 설득하려 했다. 그는 그 집에 머문 사람들은 최

405

초의 엑스들뿐이라고 주장했다. 보안상의 이유 때문이었는데, 그 부지에서 이 섬에 필요한 전력의 대부분을 제공하고 있었다. 아무 신참이나 데려다가 명확한 이유도 없이 그 집에서 함께 살게 한다면, 그런 일이 불가능하다는 걸 다들 아는 상황에서 다른 엑스들 기분이 어떻겠어? 편애하는 것처럼 보이지 않겠어, 라고 오티스는 엘리먼에게 힘주어 말했다.

엘리먼이 변화는 좋은 것이고, 그들은 이해할 거라고 반박하자 오티스는 좀 더 강한 전략으로 나갔다. 엘리먼이 밤에 그들의 침실로 손님을 불러들이면 그는 그녀와 한 침대를 쓰지 않겠다고 엄포를 놓았다.

"그래. 아래층 소파에서 편하게 자면 되지."

처음에 그는 엘리먼이 소파에서 자겠다는 뜻인 줄 알았다. 하지만 그녀의 고집스럽고 차가운 표정을 보고서야 방에서 쫓겨나는 게 자기라는 걸 알아챘다.

엘리먼이 황소고집을 부리는 통에 그녀의 동지들은 나를 그녀에게 위험한 영향력을 끼치는 존재로 인식하게 됐다. 그들이 수십 년에 걸쳐 만들어 온 불안정한 균형 상태를 뒤흔드는 존재. 엘리먼이 맨땅에서부터 시작해 이 공동체를 만들고 빈 섬들 간의 관계를 구축해 온 게 사실이었다. 하지만 수년 동안 감옥생활을 한 오티스는 조용하고 냉정한 태도로 순교자 같은 분위기를 풍기면서 공동체를 이끌어 가고 있었다. 오티스는 대놓고 나를 적대시하지는 않았지만 내 존재를 애써 부정하려 했고 다른 사람들도 마찬가지였다.

나는 사람들을 찾아다니며 가르침을 청했는데, 그들은 못되게 굴지는 않았지만 나를 은근히 밀어내고 거절하기 일쑤였다. 태양 전지판을 관리하는 일이나 캐치를 배송하는 일을 하고 싶다고 요청했

을 때도 마찬가지였다. 엘리먼은 내게 그저 마음 편히 쉬고 있으라
고 했다. 우리가 하는 일에 관한 공부부터 하라면서 거실 책장으로
나를 이끌었다. 나는 그곳에서 엘리먼이 소장한 바쿠닌(1814~1876.
러시아의 무정부주의자—옮긴이), 프루동, 하벨, 골드먼의 책들을 읽
으며 공부를 시작했다. 엘리먼이 아끼는 앤절라 데이비스(1944~.
흑인 민권 운동에 관여해 온 미국의 정치활동가, 학자, 저술가—옮긴이)
와 오드리 로드의 책들, 장자도 읽어나갔다. 엘리먼의 방에 틀어박
혀 책을 읽고 또 읽었다.

어느 날 밤, 침실 바닥에서 잠이 들었는데 오티스가 방으로 들어
오는 소리가 들렸다. 눈을 살짝 떴다. 오티스는 내 옆을 빙 돌아서
침대로 올라가 엘리먼 옆으로 다가갔다. 그는 벽을 보고 누운 엘리
먼의 머리카락에 얼굴을 묻고 그녀를 깨웠다.

"나 좀 안아줘."

그가 속삭였다. 엘리먼은 곧바로 돌아누워 그를 안았다. 그들은
그렇게 한동안 꼭 껴안고 있었다. 오티스가 그녀의 목에 입을 맞추
기 시작했다. 그들은 조용히 옷을 벗고 거의 아무 소리도 내지 않으
면서 부드럽게 섹스했다. 내 눈에는 그들의 등밖에 보이지 않았지만
시선을 뗄 수 없었다. 참 아름다웠다.

"그리웠어."

오티스가 말했다. 행위가 끝나자 그는 침대에서 조용히 내려가 방
을 나갔다.

그 후 오티스는 자주 방을 찾았다. 대부분은 그냥 와서 엘리먼과
서로 껴안고 있는 정도였다. 어느 날 밤, 오티스가 방을 나간 후 엘
리먼이 나를 침대로 부르더니 아침이 밝을 때까지 침대에 누워있으라

했다. 겸연쩍은 기분에 좀처럼 긴장이 풀리지 않았고 편안해질 수도 없었다. 엘리먼의 얼굴이 나를 향해있었다. 그녀가 숨을 들이마시고 내쉴 때마다 그녀의 예쁜 콧구멍이 커졌다 작아졌다를 되풀이했다. 편안히 잠든 그녀의 얼굴은 마치 수도승 같았다. 손을 뻗어 그녀의 건조한 갈색 피부를 만지고, 어떤 느낌인지 확인하고 싶어졌다.

그날 밤 이후로 나는 엘리먼의 침대에 자주 초대 받았다. 한번은 엘리먼이 이렇게 속삭였다.

"미스티, 널 보면 오티스의 예전 모습이 떠올라."

우리는 서로를 마주 보며 침대에 누워있었다. 그녀의 숨결은 뜨끈하고 살짝 새콤했다. 엘리먼은 엑스 운동 중에 오티스를 처음 만난 게 아니라고 했다. 그는 그녀가 자주 찾던 커피숍의 바리스타였다. 엑스 운동에 대해서는 아무것도 아는 게 없던, 그저 시인을 꿈꾸던 남자였다. 오티스는 엔지니어 아버지와 의사 어머니 사이에서 태어나 편안하게 성장기를 보냈다. 흑인 가족이었지만 그의 부모님은 인종 정치학에 대해, 남들의 절반 정도로 사느니 두 배 잘 사는 편이 낫다는 생각 정도만 갖고 있었다. 오티스는 엑스를 피하면서 사는 게 상책이라는 교육을 받으며 성장했다. 시인이 되고 싶어 하는 것만으로도 그는 이미 부모님을 실망시켰다. 하지만 엘리먼과 커피, 섹스를 나누며 몇 달을 보낸 끝에 그는 새로운 세상을 보게 됐다. 오티스의 부모님에게 받은 사회자본으로 그들은 '엑스 카페'라는 커피숍을 열었다. 그 카페는 일종의 협동조합이었다. 조합에 합류하기 위해 엑스라는 걸 확인시켜 줄 필요는 없지만, 이 카페는 사회자본을 받거나 와이파이를 제공하지 않았다. 이 카페에서 음료를 마시려면 바리스타로 교대 근무를 하거나 공정 거래 콩이라든지 유기농 지역 우유 같은 것으로 물물교환하면 되었다. 엘리먼과 오티스는 동거를 시작했다. 그 시절 그들의 섹스는 거의 싸움처럼 느껴질 정도로 에너지가 넘쳤다.

하모니카에 관한 뉴스가 처음 나온 날 아침, 그들은 엑스 카페에 있었다. 킹 라오의 약속을 믿고 하모니카를 사용하다가 사망한 불쌍한 여자, 그리고 그 여자와 같은 길을 걸은 피해자 예순세 명에 관한 뉴스였다. 온통 난리가 났다. 엑스 운동은 시애틀과 포틀랜드를 주요 기반으로 하는 변두리 운동에 불과했지만, 엑스 카페는 이미 비공식적인 본부 역할을 하고 있었다. 그날 아침 던, 로미오, 아락사, 인디그는 카페에 있었고 목소리를 높이며 논쟁했다. 이 사회가 얼마나 폭력적으로 변할 수 있는지를 사람들에게 알리는 일이 이렇게 어려울 필요는 없다. 사람들이 스스로 깨달아야 한다. 하지만 이 주장에 대해 오티스는 차분하게 자기를 예로 들어 반박했다. 예전 카페에서 최저 임금을 받으며 카운터 뒤에서 바리스타로 일하던 시절 그는 너무나도 무지몽매했다. 무엇이 옳은지, 우리 인간들이 만든 사회 구조가 얼마나 폭력적인지, 이 구조로 인해 개인이 폭력에 대한 죄책감에 얼마나 불감해지는지 짚어줘야만 알 수 있었다. 문제는 우리가 어떻게 해야 주주 정부의 도구를 사용하지 않고도 적정한 규모로 사람들에게 진실을 알릴 수 있느냐이다, 라고 오티스는 말했다.

그러자 엘리먼은 눈을 빛내며 말했다. 네 말이 맞다. 우리가 사람들에게 보여줘야 한다. 무정부주의자들은 무정부주의 활동이 점점 활기를 띠어가는 와중에 그 활동에 대해 굳이 이름을 붙였다. 그것은 정치적 폭력 행위이며 행동에 의한 선전이었다. 프로이센-프랑스 전쟁(1870~1871년)으로 프랑스가 위기 상황에 놓였을 때, 무정부주의자 미하일 바쿠닌이 한 말도 있지 않느냐. "우리는 좋든 싫든 소규모 모임을 만들었어. 우리가 지향하는 바에 관한 완전한 지식을 갖추고 합류한 사람들의 숫자가 얼마 안 된다는 점에서는 소규모야. 하지만 본능적으로 우리에게 이끌려 온 사람들, 우리가 다른 집단에 비해 진심으로 필요와 욕구를 반영하려 애쓰는 일반 대중까지 고려한다면 어마어마한 규모야. 이제 우리는 격렬한 혁명의 바다에 올라타야 해. 지금 이 순간부터 우리는 원칙을 퍼뜨려야 해. '행위는 가장 인기 있고, 가장 강력하며, 가장 거부할 수 없는 형태의 선전이므로, 행위를 동반해야 한다'라고 바쿠닌도 말했어. 그러니 환경과 혁명적 정책이 우리에게 행위를 요구하는 지금, 즉 적과 관련해 우리의 약점이 크게 보이는 지금은 원칙 얘기를 좀 접어두자. 우리는 항상, 모든 상황에서 꾸준히 행동해야 해."

그게 대답이었다. 깜짝 놀랄만한 폭력 행위가 있어야 주주들은 평안한 일상에서 깨어나 위원회의 폭력성을 자각할 테니까. 그러려면 영향력 있는 누군가가 죽어야 했다. 그래야 그 여파 속에서 사람들은 위원회가 어떤 식으로 책임을 돌리는지를 알게 될 테니까. 그래야 사람들은 킹 라오가 피해자 예순네 명을 죽게 만들고도 책임을 회피한 일을 자연스럽게 다시 떠올리고 비교할 수 있을 테니까.

그날 아침 엘리먼이 카페에서 이렇게 제안했을 때 아무도 입을 열지 않았다. 엘리먼은 그들이 어떤 판단을 내렸는지 피부로 느낄 수 있었다. 아무도, 오티스조차도 그녀의 의견에 동의하지 않았다. 한때 '무정부주의자'를 '범죄자'와 동의어라고 믿었던 오티스는 엘리먼에게 훈계하려 들었다. 그는 무정부주의 초창기에 알렉산더 버크먼이 카네기 스틸 사의 헨리 클레이 프릭 회장을 암살하려 했던 끔찍한 사건을 언급했다. 에마 골드먼의 평생 연인이었던 알렉산더 버크먼은 암살에 실패한 후 수년 동안 감옥살이를 했고 무정부주의 운동의 명성은 돌이킬 수 없을 정도로 훼손되었다.

오티스는 누군가를 죽이려 드는 것은 무능력으로 인해 빚어지는 참담한 실수일 뿐이라고 주장했다. 그들이 만약 그런 짓을 저지른다면 대중의 마음은 오히려 위원회를 지지하는 방향으로 크게 돌아설 것이다. 무엇보다도 살인은 부도덕한 짓이었다. 엘리먼은 오티스의 입에서 그 말을 들었을 때 느낀 불쾌한 충격을 떠올렸다. 그것은 그녀의 혀에 씁쓸한 맛으로 남아있었다. 오티스는 전반적인 전술에서 그녀와 의견을 같이하지 않았을 뿐 아니라 그녀에게 도덕적 판단의 잣대를 들이대며 마음에 상처를 주었다. 결국 엘리먼은 논쟁에서 졌다. 오티스는 그런 엘리먼의 마음을 달래주고자 방화를 제안했을 뿐이었다.


나는 머릿속에 자연스럽게 떠오른 그 질문을 끝내 입 밖으로 내뱉고 말았다. 누구예요? 수년 전 그때 당신은 누구를 암살하자고 제안했어요? 엘리먼은 머뭇거렸고, 그 찰나의 순간…… 엘리먼의 입이 살짝 열리고 눈을 빛내던 그 순간에…… 나는 그녀가 나에게 말해주지 않기를 바랐다. 하지만 이미 늦고 말았다. 엘리먼은 확고한 목소리로 그의 이름을 말했다.

끝없는 지옥의 낮과 밤을 보내는 동안, 그 순간을 내가 몇 번이나 되풀이해 생각했는지 아십니까, 주주 여러분? 아버지를 죽게 만든 나비의 날갯짓을 불러일으켰다는 것 때문에 내가 얼마나 고통받았는지 아세요? 헤아릴 수 없을 정도입니다. 맹세하건대, 엘리먼 엑스의 입에서 내 아버지의 이름이 나온 순간, 나는 아버지를 향해 놓치는 따스한 감정을 느꼈습니다. 아버지는 내게 침입자들을 경계하라고, 우리는 명목상 엑스이지만 최초의 엑스들이 우리에게 위험한 존재라는 사실을 잊으면 안 된다고 늘 말씀하셨어요. 그동안 나는 아버지가 나를 과잉보호하느라 편집증적으로 구는 게 싫었는데, 그 순간 깨달았습니다. 맙소사. 아버지의 생각이 옳았어요. 저를 용서해 주세요.

엘리먼이 계속해서 말을 이어갔다. 대탈출 후 엘리먼은 베인브리지 섬에 자립 공동체를 만드는 일에 헌신했다. 그 동기로 삼은 것이 바로 오티스였다. 주주 위원회와 합의를 보면서 오티스는 고의적 살인이 아닌 비고의적 살인 혐의로 기소됐다. 그 결과 그는 최대 형량인 10년 형을 선고받고 투옥됐다. 엘리먼은 오티스의 감옥생활이 어떨지 감히 상상할 수조차 없었다. 감옥생활에 대해 들어는 봤다. 오티스는 그녀가 간접적으로 밀어붙인 행위로 인해 고통받았을 것이다. 엘리먼은 가능한 방법으로 속죄하기로 했다. 언젠가 그들이 자유의 몸이 됐을 때 누리게 될 삶을 구축하는 일을 하면서 속죄하기로 한 것이다. 그리고 10년이 흐른 어느 날 아침, 정박지에 서있던 엘리먼의 귓가에 그의 목소리가 들렸다. 처음에는 환청이라고…… 곧 사라질 목소리라고…… 생각했다. 그러다 웃음을 터뜨렸다. 오티스였다. 그녀의 평생 사랑 오티스가 작은 배에 타고 노를 저으며, 여전히 환한 미소를 지으며 다가오고 있었다. 10년 동안 감옥에 갇혀있던 오티스가, 옷깃이 좀 구겨지긴 했지만 예전과 크게 다름없는 모습으로 그녀의 앞에 나타났다. 엘리먼은 작은 배에 곧장 올라가 그를 껴안았다.

그날 저녁, 오티스는 엘리먼에게 요즘 본토에서는 엑스를 위협으로 여기는 사람이 아무도 없다고 얘기했다. 엘리먼은 처음에는 그

의미를 완전히 파악하지 못한 채, 그저 안도했다. 나중에야 자신이 어리석었음을 깨달았지만, 오티스와 함께 침대에 누워 서로의 몸을 딱 붙이고 서로를 다시 받아들인 순간만큼은, 그저 안도감을 느낄 뿐 다른 감정은 느낄 수도 없었다.

둘 사이가 예전 같지 않다는 것을 명확히 확인한 순간은 없었다. 미세하게 느낌은 왔지만 가만히 기다리면 사라질 것 같아서 둘 다 그런 얘기를 입 밖에 내지 않았다. 서로를 더 이상 사랑하지 않는 건 아니었다. 절대 그럴 일은 없었다. 그렇다면 뭘까? 어느 날 밤, 침대에서 오티스는 엘리먼을 툭 치며 깨웠다. 몸을 돌려 그를 바라본 엘리먼은 그의 눈빛이 낯설고 걱정으로 가득한 걸 알게 됐다. 오티스는 도저히 잠을 못 자겠다고 목쉰 소리로 말했다. 감옥에 있을 때는 잠을 잘 잤는데, 베인브리지 섬으로 온 후로는 하룻밤도 푹 잔 적이 없다고 했다. 그는 방화로 인해 죽은 불쌍한 사람들의 얼굴이 꿈에 줄곧 나타나 화들짝 놀라 깨기 일쑤였고, 그렇게 잠에서 깨면 다시 눈을 감기가 두려웠다. 감옥에서는 적어도 고행으로 속죄를 할 수 있었다. 출소한 후에는 어쩐지 스스로 벌을 주어야 마땅하다는 생각에 사로잡혔다.

엘리먼은 그를 돕고 싶기도 하고 다시 잠들고 싶기도 해서, 그의 마음을 편안하게 해줄만한 말을 해주었다. 그 사람들의 죽음은 비극적이긴 하지만 필요한 요소였다고. 그들이 죽지 않았다면 주주 위원회는 위기에 처할 일이 없었을 것이고, 협상 자리에도 나오지 않았을 것이며, 빈 섬이 만들어지지도 않았을 것이다. 무엇보다 기억해야 할 것은, 킹 라오와 그의 하인들이 예순네 명을 죽이고도 어떤 비난도 받지 않았다는 사실이었다.

그녀의 얘기를 들으면서 오티스는 그저 점점 더 초조해졌다.

"그렇다고 내가 세 명을 죽인 사실이 바뀌지는 않아……. 그중 한 명은 어린아이였어, 엘!" 방화 사건을 떠올리면서 갑자기 몸에 열이 오르기라도 한 것처럼 그는 이불을 걷어붙이며 소리쳤다. "무슨 말을 해도 그걸 정당화할 수는 없어."

방화 사건으로 인해 오티스는 폭력, 평화, 목표와 수단에 관한 개념이 바뀌었다. 그리고 엘리먼은 오티스가 감옥에 있는 동안 세뇌받았을지도 모른다는 생각이 들기 시작했다. 혼자 깊은 고민에 빠져있을 때 엘리먼은 오티스가 스파이일지도 모른다는 의심도 들었다. 지금까지는 그런 의심을 마음 한옆으로 밀쳐놓았다. 하지만 지난 10년 동안, 찜통 지구 현상이 시작된 이래로, 못난 의심이 계속 고개를 치켜들었다. 엑스 운동에 큰 위기가 닥쳐왔는데 이 남자는 어째서 다시 싸움을 시작하는 일에 이토록 미적지근할까? 10년이 지나 그녀의 곁으로 돌아온 이 남자는…… 어쩌면 그녀가 알던 과거의 오티스가 아닐 수도 있지 않나?

바로 그때 내가 나타났다고 엘리먼은 말했다.


주주들의 땅에서 어떻게 엑스 운동을 부활시킬 수 있을까? 오래전, 빈 섬들이 존재하기 이전에 엑스들이 사용한 방법대로, 소책자를 품에 가득 안고 확성기를 들고서 본토의 기차역에 나타나는 방식으로는 해낼 수 없을 것이다. 본토에 다시 모습을 드러내는 일조차 쉽지 않을 것이다. 엘리먼이 알기로 그 일을 시도한 사람이 몇몇 있었다. 그들은 돌아오지 않았고, 연락조차 되지 않았다. 실종자들의 사랑하는 가족들은 어떻게든 사람을 찾으려 엘리먼에게 사진을 가져왔다. 엘리먼이 본토의 정보원들에게 연락해 소설에서 이미지 검색을 요청했지만 아무 결과도 나오지 않았다. 그 사람들은 흔적도 없이 사라졌다. 빈 섬 주민들은 실종자들이 어딘가에 구금이 되어있거나 더 좋지 않은 결과를 맞이했을 수도 있다고 짐작했다.

그래서 엘리먼은 나를 차차 클럽으로 보내기로 결정했다. 차차에서는 온갖 불법 거래—섹스, 약물, 난자 및 정자 거래—가 이루어지고 있음에도 불구하고 한 번도 불시 단속이 뜬 적 없었다. 연대감 때문이 아니라 방해받지 않고 파티를 열 장소가 필요했던, 어느 강력한 주주 위원회 간부 집안의 자제가 차차 클럽에 요트를 기부했다. 나는 차차 클럽의 풍경에 익숙해지는 것부터 시작하기로 했다. 시간이 지나면서 나는 그곳을 드나드는 사람들을 눈에 익혔고 엑스 사상을 받아들일 만한 사람인지를 판별했다. 대화를 나누다가 인슐린 가격 상승 얘기로 넘어갔을 때 상대방이 현 상황에 좌절한다든가, 아니면 다른 시각의 의견에 대해 열린 자세를 보여주면 그 사람을 눈여겨 봐두었다. 엑스 사상 쪽으로 긍정적인 반응을 보여준 사람들의 이름을 적어 엘리먼에게 넘겨주면 그다음은 그녀가 알아서 처리했다. 엘리먼은 내가 그 정도만 해주면 된다고 했다. 나는 목표물을 물색하는 사냥꾼이었다. 내가 찾아낸 목표물을 감당하는 것은 엘리먼의 몫이었다.

엘리먼은 나를 매직, 아우렐리아, 수전과 함께 차차 클럽으로 보냈다. 지난 몇 주일 동안 나는 지나가면서 그녀들을 몇 번 보았을 뿐이었다. 함께 보트에 올라타면서 아우렐리아가 나를 짓궂게 쿡 찌르며 말했다.

"네가 결국 여기로 왔구나!"

엘리먼은 그녀들에게 나도 성 노동자 일을 하기로 했다고 말해두었다.

"그분의 설득에 넘어가서요."

나는 차가운 바람에 내 몸을 두 팔로 감싸 안으며 거짓말을 했다. 나는 티셔츠에 작업복을 입고 하이탑 운동화를 신었다.

매직이 내 입술에 립스틱을 발라주었다. 립스틱을 발라본 건 처음이었다. 입에 꿀이라도 바른 것처럼 끈적끈적했다.

매직이 말했다.

"괜찮을 거야. 예쁘다. 우리 잘 붙어 다니자."

차차 클럽은…… 멋지고 오래된 3층짜리 대형 요트였다. 널찍하고 길쭉한 이 요트의 맨 위 갑판에는 질 좋은 삼나무 바닥이 깔렸고, 바닥이 유리로 된 전망 라운지가 있었다. 엘리먼은 밤마다 이곳으로 엑스를 스물네 명씩 보냈다. 열린 앞 갑판의 높은 칵테일 테이블에 사람들이 모여 서서 서로에게 추파를 던지고 있었다. 실내에서는 사람들이 고급 소파와 안락의자에 앉거나 창문 앞에 서서 별을 내다보고 있었다.

매직과 나는 계단을 밟고 맨 꼭대기 갑판으로 올라갔다. 매직이 이끄는 대로 어느 소파로 다가가 앉았다. 우리는 사람들이 삼삼오오 뭉쳐서 지나다니는 모습을 구경했다. 매직은 내가 그곳 분위기를 익히게 했다. 전원 엑스로 이루어진 요트 선원들은 하갑판에 머물며 일하고 있었다. 우리가 있는 곳 바로 아래 두 개의 갑판은 여기와 비슷했는데 작은 선실들이 위치하고 있었다. 주주들은 그 선실을 빌려 개인적인 시간을 보낸다고 했다. 이 부분을 설명하면서 매직은 다 알지 않느냐는 듯 의미심장한 표정을 지었다. 이 갑판에는 한쪽 벽을 따라 기다란 바가 설치되어 있었다. 뭘 어떻게 해야 할지 모를 땐 그냥 바로 가서 누가 음료를 사 줄 때까지 기다리라고, 매직이 알려주었다.

중앙의 자그마한 댄스플로어에서 주주들과 엑스들이 트랜스 음악(의식을 몽롱하게 만드는 전자 댄스 음악—옮긴이)의 박자에 맞춰 몸을 이리저리 흔들었다. 형광 조명 불빛이 깜박거리며 주변을 훑자 사람들의 움직임이 스톱 모션처럼 보였다. 나는 클럽 관련 영상을 본 적 있어서 이런 곳은 요란한 음악이 흘러나오고 흥분시키는 분위기가 있다는 것을 알고 있었다. 다만 한곳에 모여있는 사람들 몸에서 축축하고 톡 쏘는 냄새가 풍기는 게 놀라웠다. 문을 열어놨는데도 그 강렬한 냄새가 공간을 채우고 있었다.

분홍색 티셔츠에 아랫단을 잘라 만든 청 반바지를 입은 백인 남자가 다가오더니 소파 팔걸이에 걸터앉았다. 우리와 나이가 비슷해 보이는 그 남자는 매직을 툭 치며 말을 걸었다.

"야. 나 기억하지?"

매직이 소리 내어 웃었다. 그녀는 그 남자를 만나서 진심으로 좋아하는 것 같았다.

"기억해."

"기억력 좋네?"

"나쁘진 않지." 매직은 웃으며 일어섰다. 남자도 따라 일어섰다. 매직은 그 남자와 함께 자리를 떠나며 내게 말했다.

"넌 괜찮을 거니까 걱정 마."

나는 활기 넘치는 방 안에서 혼자가 되었다. 문득 아까 매직이 알려준 방법이 떠올랐다. 바. 나는 일어서서 바 쪽으로 걸어갔다. 사람들이 어깨를 맞부딪힐 정도로 바짝 붙어 서서 땀을 흘리며 신경이 곤두서는 분위기를 만들고 있었다. 사람들이 너무 많아서 밀실공포증이 생길 지경이었다. 단골인 척 여기 와서 나는 지금 뭘 하는 걸까? 돌아서서 소파 쪽으로 돌아가려는데 키 크고 어깨가 떡 벌어진 백인 남자가 내게 쭈뼛쭈뼛 다가왔다. 남자는 청바지에 버튼다운 셔츠 차림이었다. 강인해 보이는 턱, 햇볕에 탄 거친 피부, 살짝 나온 배. 평생 부족함 없이 자란 티가 났다. 남자는 내 귀에 입을 바짝 가까이 대고 축축하게 물었다.

"무슨 생각 해?"

나는 놀라 뒤로 한 걸음 물러섰다. 남자가 엄지로 자기 입술을 가리키더니 음악 소리에 묻히지 않도록 소리쳤다.

"술 마시자고!"

"아, 좋아요!"

나는 당황해서 마주 소리쳤다.

주주들이 누리고 사는 사교생활이 바로 이런 것이구나. 바에 가서 남자가 사 준 맨해튼 칵테일을 마시면서 댄스플로어 쪽으로 끌려갔다. 나는 내게 술을 사 준 남자를 향해 몸을 비틀며 춤을 추었다. 술잔에 담긴 술이 바다처럼 출렁이다가 내 몸에 쏟아졌다. 나는 입술을 열어 그와 키스했다. 그리고 그의 손에 이끌려 계단을 내려갔다. 남자가 방문을 열쇠로 열고 우리는 작고 어두운 방으로 들어갔다.

빨간 페인트로 벽이 칠해져 있고 빨간 시트가 깔린 침대가 있는 그 방 안에서 남자는 내게 술을 한 잔 더 내주었다. 나는 익숙한 척 했다. 성 노동자로 여기 온 척을 해야 하니까. 성인 남자든 누구한테든 간에 오늘 밤에 순결을 잃을 각오도 했다. 하지만 나는 겨우 열일곱 살이었다. 오늘 겪어야 할 일을 생각하니 두려움이 앞섰다. 정신이 둔해져 제대로 생각을 할 수도 없었다. 나는 그날 밤, 아니 내 삶의 두 번째 술잔을 손에 들고 침대 가장자리에 걸터앉았다. 그리고 남자에게 뭐 하는 사람이냐고 머뭇거리며 물었다.

남자는 불편할 정도로 내 바로 옆에 붙어 앉았다. 그는 독일-이탈리아계 인플루언서이며 사업차 이곳 시애틀에 와있다고 했다. 그는 대형 제약회사의 대표인데 회사 이름은 밝히고 싶지 않다고 했다. 그가 자기 이름을 말해줬는데 내 귀에는 '욘'처럼 들렸다. 그런데 그는 자기 이름의 철자가 'J'로 시작하는 '얀(Jan)'이라고 했다.

내가 그런 식의 철자는 이상하다고 말하자 남자는 약간 발끈하더니 이상할 거 없다고 말했다. 독일에서는 그게 보통이라고 했다. 독일에서 'J'는 원래 그런 식으로 발음된다는 것이다. 블레이크 섬의 집에서 그런 얘기를 들었으면 클라리넷의 도움을 받아 정보를 확인할 수 있었을 것이다. 나는 독일 사람을 처음 봤다고, 약간 방어적으로 말했다. 엄밀히 말하면 독일-이탈리아계 사람이지만 말이다. 그는 내가 부끄러워하는 걸 알아채지 못한 듯했다. 어째서인지 그도 수줍어하는 것 같았다. 그는 나를 똑바로 못 쳐다보고 방 안을 휘이 둘러보았다. 이 남자도 여기가 처음인가 싶었다.

남자가 물었다.

"독일에 한 번도 안 가봤어?"

"네."

"아름다운 곳이야. 여름에만 아름답지만. 독일 사람들은 숲과 성, 맥주, 약을 사랑하지." 그는 헛기침하고 말을 이었다. "네가 관심이 있다면 내가 신약을 하나 가져왔거든. 마약 종류야."

그는 약 이름이 '로즈 버드'이며 여성 최음제라고 했다. 내가 그 약을 해보고 싶다고 하면 밤새 할 수도 있을 거라고 그가 갑자기 덧붙였다.

나는 소리 내어 웃었다. 의도한 건 아니었다.

"죄송한데, 그런 얘기는 처음 들어봐요."

"내 브랜드가, 내가 대표로 있는 회사가 이 약을 시험 중이거든." 그는 갑자기 부쩍 초조해진 것 같았다. "그래서 좀 챙겨 나올 수가 있었어." 어쩐지 사과하는 말투 같기도 했다.

나는 잠시 후에야 상황 파악을 했다. 화가 치밀었다. 얀은 섹스를 하려고 나를 고른 게 아니었다. 검증되지 않은 신약을 테스트하려고 나를 고른 거였다.

나는 불쑥 말했다.

"못 해요. 고질병이 있어서 조심해야 하거든요."

얀은 손으로 얼굴을 문질렀다. 문득 그의 얼굴이 나이 들어 보였다. 턱선에 탄력도 떨어져 보였다. 그는 침대에서 일어나 시무룩한 표정으로 그 옆에 섰다. 그가 내 말을 믿는지 아닌지 알 수가 없었다. 어쩌면 그건 중요하지 않을 수도 있었다. 그는 손으로 얼굴을 다시 문지르며 내뱉었다.

"젠장."

"죄송해요." 나는 반사적으로 사과했다.

"이 상황이 좀 어색하긴 하네. 내가 지금 일하는 중이거든."

그는 바닥을 내려다보았다. 내가 그의 실험동물이 될 수 없거나, 될 생각이 없다면 자기 시간을 낭비하지 말라는 뜻인 것 같았다. 생각해 보니 나도 내 시간을 한 시간이나 낭비한 거였다. 나도 그에게 말하고 싶었다. 이봐요, 아저씨! 나도 여기 있을 생각 없거든요!

그날 밤, 나는 차차에서 있었던 일을 엘리먼에게 털어놓았다. 화낼 줄 알았는데 엘리먼은 웃으며 말했다.

"초보들이 흔히 하는 실수야. 일단 넌 그 남자랑 잤어야 해. 그건 그렇게 나쁜 일도 아니야."

내가 바에 가만히 앉아있었으면 어차피 또 얀 같은 남자들을 만났을 거라고 했다. 차차 클럽에서 약물 실험은 빈번하게 이루어지니까.

나는 좀 더 주도적으로 굴어야 했다. 나는 고객이 아니라 대화 상대를 찾아야 했다. 그 둘은 근본적으로 달랐다. 나는 매직이 하는 것처럼 가만히 앉아 기다리기만 하면 안 되는 것이다. 엘리먼의 경험에 따르면, 엑스로 포섭할 가능성이 있는 사람은 친구들 사이에서도 아웃사이더로 노는 성향이 있다고 했다. 한마디로, 무리에서 따로 떨어져 있으면서 노는 데 흠뻑 빠지지도 못하고 그저 초조한 표정으로 어정거리는 사람이었다. 하지만 늘 그런 건 아니고 때로는 제일 시끌벅적하고 활기차게 놀 때도 있었다. 내가 아웃사이더들에게 집중하는 훈련을 한다면, 실존적 불안감을 내비치는 미묘한 징후를 포착할 수 있다고 엘리먼은 말했다. 눈을 짧게 이리저리 굴린다든가, 입 다물고 재미없는 얼굴로 웃는다든가 하는 것 말이다. 내가 그런 사람들의 신뢰를 얻어 단둘이 있게 된다면 그들은 세상에 대한 불만을 털어놓을 것이라고, 그럼 우리는 일을 시작할 수 있다고 했다.

나는 1주일에 엿새 밤을 차차에서 보내기 시작했다. 아침 해가 뜰 때쯤 집으로 돌아와 잠이 들었고 오후 중반에야 눈을 떴다. 자꾸 자다 깨다 해서 깊은 잠을 잘 수 없었다. 임무도 잘 수행하지 못했다.

엘리먼도 아마 알아챘을 것이다. 얀을 만난 후로 주눅이 들어서, 차차 클럽에서 또 이상한 거래에 휘말리지 않기를 바랄 뿐이었다. 어차피 다른 길은 없었다. 내가 여기서 단순히 사람을 사귀고 싶다고 해도 대가를 내놓아야 했다. 섹스는 내가 여기서 쓸 수 있는 제일 명백한 통화였지만 나는 그 거래를 도저히 할 수가 없었다. 그 결과 거의 한 달이 넘어가도록 여섯 명의 이름만 확보했을 뿐이었다.

주주들은 내면생활을 잘 보호받았다. 사회자본이 지배하는 세상에서 살려면 사회적 규제를 따라야 하고 주변 사람들에 대한 불신을 어느 정도 깔고 지내야 했다. 자칫 방심해서 하면 안 되는 말을 내뱉은 순간 사회자본 점수가 확 깎이는 것을 보게 될 테니까. 내가 일을 제대로 못 한 것에 대한 핑계일 수도 있지만 나는 엘리먼에게 그렇게 설명했다. 물론 그게 이유의 전부는 아니었다. 문제는 나였다. 사람들 간의 상호 작용을 나는 본능적으로 받아들이지 못했다. 평생 킹라오 단 한 사람하고만 살아온 까닭에 다른 사람들의 행동을 볼 때마다 나는 끝없이 당황했다. 차차 클럽에서 남자들이 추파를 던져도 나는 그럴 의도는 아니지만 늘 쭈뼛거렸다.

그런 내게 첫 경험의 영광을 베풀어 준 남자는 요리사였다. 내가 그를 첫 상대로 고른 이유는 내가 그의 몸에 끌렸다든가, 그가 엑스 운동에 대해 열린 자세를 가진 것 같아서가 아니었다. 날이 갈수록 나에 대한 엘리먼의 인내심이 바닥나고 있는 게 느껴져서였다. 요리사는 키가 크고 날씬한 백인 남자였다. 무언극 배우처럼 아치형을 그리는 눈썹을 제외하고 나머지 얼굴은 대체로 시무룩한 인상이었다. 그가 옷을 벗자 마치 느낌표를 위아래로 뒤집어 놓은 것 같은 모양새였다. 그를 똑바로 쳐다봐야 하는지 아닌지 알 수 없었다. 매직에게 좀 더 자세히 물어볼 걸 싶었다. 그는 침대 위에 놓아둔 청바지 주머니에서 라이터를 꺼내 불을 켜고 내게 다가왔다.

"불을 좋아해?"

아, 이런 거구나, 라고 나는 생각했다. 나는 퓨젓사운드만에 떠있는 대형 요트에서 타 죽겠구나. 그런데 이 마른 남자는 내게 불을 붙이지 않았다. 그냥 라이터를 건네주었고 다른 주머니에서 길쭉하고 가느다란 흰 초를 꺼냈다. 나는 라이터로 초에 불을 붙인 후 그냥 손에 들고 있었다. 그가 한숨을 쉬었다.

"아름답네. 와인 마실래?"

"그러는 게 좋겠어요."

그는 분위기를 좋게 만들려고 애쓰는 것 같았다. 침대 옆 탁자에 놓인 술병을 집어 든 그는 내 술잔에 넉넉하게 와인을 부어주었다. 내가 예상했던 맛이 아니었다. 이끼 비슷한 씁쓸하고 기분 나쁜 맛이 났다. 그래도 나는 와인을 꿀꺽꿀꺽 삼켰다.

에타 제임스(1938~2012. 미국 가수이며 블루스의 여왕―옮긴이)의 음악이 흘러나오고 있었다. 웃음이 났다. 이 상황이 약간은 아름답기도 했다. 내 손에 쥔 초에서 타오르는 불길, 그리고 음악. 놀랍기도 하고 부끄럽기도 했다. 그는 한숨을 쉬더니 발기되었다. 욕지기가 치밀어 올랐다. 그는 내 옷을 벗기더니 침대 머리판에 기대어 앉게 했다. 그곳에 콘돔을 끼우고 나를 바라보고 앉아 내 안으로 들어왔다. 몸 안쪽에서부터 질식되는 기분이었다. 선정적으로 표현하고 싶진 않지만, 아파서 죽을 지경이었다. 성적인 느낌은 전혀 없었다.

"이거 내려놔도 돼요?"

나는 여전히 손에 들고 있는 초를 고갯짓으로 가리켰다.

"안 그러는 게 좋을걸. 잘못하면 불 나." 그는 이렇게 말하며 껄껄 웃었다. 그리고 느긋하게 몸을 움직이면서 다정하게 물었다. "기분 좋아?"

몸 안쪽이 마구 쓸리는 느낌이라 기분이 별로 좋지 않았다. 불타는 초 때문에 걱정이 되기도 했다. 하지만 프레드 헤닌저의 오래된 포르노 영상을 많이 본 덕분에 이런 상황에서 어떤 대사를 해야 하는지 알고 있었다.

"네. 멈추지 말아요."

침대 옆 탁자에 놓인 탁상시계를 보려고 했다. 그 와중에 우리 중 누군가가 초를 탁 쳐서 침대 시트에 떨어뜨려 우리 둘 다 불에 타 죽게 만들지 않기를 바랄 뿐이었다. 우리가 이 선실에 들어온 지 정확히 53분이 지났다. 나는 눈치껏 분위기를 맞추며 속삭였다.

"시간이 거의 다 됐어요."

그가 신음을 흘리며 사정하고 내 몸 위로 풀썩 쓰러졌다. 나는 그 와중에도 옆으로 팔을 쭉 뻗은 채 초를 손에 쥐고 있었다. 이두박근이 아팠다.

섹스를 마친 후 그는 클럽의 형광 조명 때문에 편두통이 왔다며 머리를 잠깐 마사지해 달라고 했다. 나는 시키는 대로 하다가, 평소 편두통 증상이 자주 나타나냐고 아무렇지 않게 물어보았다. 그는 한 달째 편두통 증상이 있는데 도대체가 익숙해지질 않는다고 대답했다. 본토에서 편두통 전염병이 돌고 있다는 얘기를 내가 들은 적 있었나? 최근의 코코글래스 업데이트와 관련 있더라는 가설이 소셜에 돌고 있는데, 내가 그런 가설을 들은 적 있던가?

엘리먼에게 바칠 여덟 번째 목표물을 획득한 그날 밤, 나는 이상한 꿈을 꾸었다. 나는 침대에 엘리먼과 나란히 누워있었다. 내 몸이 그녀의 몸을 감싸고 애무하고 있었다. 그런데 가만히 보니 나는 내가 아니었다. 나는 킹이었다. 엘리먼도 엘리먼이 아니었다. 그녀는 치렁치렁한 검은 머리에 갈색 피부였다. 몸집이 소녀에 가까울 정도로 자그마했고 흉곽이 튀어나와 있었다. 내게 등을 돌리고 있는데도 나는 그녀가 누구인지 알 수 있었다.

민누였다.

잠시 후 민누는 손가락에서 거스러미를 잡아 뜯으며 침대에서 일어나 앉았다. 먼 곳을 바라보는 듯 멍한 시선이었다. 킹이 된 나는 민누와 함께 침대에 누워있었다. 민누는 남자들이 이 거스러미를 보면 자기랑 자고 싶어 하질 않는다고 말했다. 나는, 아니 킹은 남자들이 민누와 동침한다는 얘기를 듣고도 그다지 놀라지 않았다. 방 안은 비좁고 어두웠다. 네덜란드인 의사의 진료소에 있는 다른 방들은 빛이 가득하고 만수국 향기가 풍겼는데, 이 방에서는 먼지 냄새인지 향 냄새인지 담배 냄새인지 모를 냄새가 났다. 예전에도 이런 일이 있었다. 그럴 때면 나는 놀라서 어쩔 줄 몰라 하면서 환영을 떨쳐내려 했다. 하지만 이번에는 그냥 그 환영 속에 머물렀다. 민누는 무시하는 듯하면서도 쓸쓸한 표정으로 나를, 아니 킹을 돌아보며 말했다. "시간 다 됐어."

나는 화들짝 놀라 잠에서 깼다. 밖에서는 하늘이 훤했다. 머릿속이 혼란스러운 가운데 이런 생각이 들었다. 우리가 더 이상 네트워크를 공유하고 있지 않은데도 킹은 내게 포털을 여는 방법을 알아냈구나. 물론 말이 안 되는 생각이었다. 어쩌면 더 단순한 상황일 수도 있었다. 나는 블레이크 섬의 인터넷망을 떠날 때 그의 의식을 내 의식에서 잘라내지 못했다. 그의 마음은 내 마음을 한 번도 떠난 적이 없었다. 더 이상 그의 머리에서 내 머리로 정보가 흘러 들어오지는 않았지만, 전에 그가 공유했던 자료—내가 인터넷에서 다운로드받은 정보 같은 것—가 내 안에 저장되어 있어서 언젠가 다시 발견될 날을 기다리고 있는 듯했다.

그 후 시도 때도 없이 환영이 나타나기 시작했다.

어느 날 아침, 잠이 스르륵 들려는데 마거릿이 킹과 결혼하던 날 밤의 장면이 내 머릿속에 떠올랐다.

마거릿은 창문 옆, 하얀 천을 씌운 테이블 앞에 앉아있었다. 창밖 풍경이 천천히 변하고 있었다. 스페이스 니들의 꼭대기 층에 있는 회전식 레스토랑이었다. 마거릿은 분홍빛 가운을 입었는데 어깨 부분이 자꾸만 흘러내렸다. 마거릿이 아름답다는 생각은 해본 적이 없었다. 그분이 내 어머니이기 때문이 아니라, 엘리너 루스벨트(1884 ~1962. 미국 제32대 대통령인 프랭클린 D. 루스벨트의 부인—옮긴이) 와 마거릿 대처처럼 아름다움을 논외로 해야 할 정도로 강력한 분이 기 때문이었다.

마거릿을 바라보는 지금 그녀의 대담하고 강렬한 눈빛, 높고 흰 이마에 퍼져가는 홍조에 매료되었다. 나, 아니 킹이 말했다.

"우리가 자녀 계획을 논의한 적이 없잖아."

그러자 마지가 대답했다.

"우린 자녀를 원하지 않잖아. 안 그래?"

"당신이 그렇게 말해줘서 다행이야."

나는 화나지 않았다. 분노가 차오르지도 않았다. 주주 여러분에 게 말하건대, 나는 내 안에 그를 사랑하는 마음이 강력하게 돌아오고 있다는 걸 느꼈다. 젊은 시절에 느낀, 홍수처럼 치고 들어오는 감정과는 달랐다. 킹의 마음 조각은 내 안에서 그렇게 떠다녔다. 나는 강력하면서도 더 이상 압도적이지는 않은 그의 존재감을 느꼈다. 그를 안 보고 산 지 몇 달째인데 그는 여전히 내 곁에 있는 것 같았다. 지금이라도 그에게 말을 걸면 대답해 줄 것 같았다. 내가 어떻게 해야 하는지 물으면 킹은 대답해 줄 것이다. 문득 이런 생각이 들었다. 킹의 클라리넷에 대해 내가 잘못 생각한 거면 어쩌지? 몇 년 전 내가 인터넷을 흡수하기 위해 공부한 방법대로, 킹의 정신을 흡수하는 방법을 배워야 하는 게 아닐까? 그렇게 되면 정말 기적 같을 텐데. 놀라운 선물일 텐데.

오늘 아침, 나는 마지 구치소에서 스물세 살 생일을 맞이해 '평가' 아이콘을 탭하고 '성격 평가'를 선택했다. 이 평가 방식의 초기 버전은 마이어-브릭스 유형 지표(MBTI)라는 것인데 여러분이 다양한 성격 유형 중 하나로 정해지면, 전문가가 그 내용을 바탕으로 여러분이 다양한 직무 중 어떤 직무에 적합한지를 평가하는 것이다. 하지만 MBTI는 이미 오래전에 신뢰성을 상실했고, 지금은 사람이 아닌 알고가 이 자료를 증거 기반 예측 자료에 통합해서 사람에 대한 평가를 내렸다. 나는 여러 가지 진술문을 연달아 접하면서 1부터 5까지 중 제일 적당하다고 하는 점수를 골랐다.

당신은 다른 사람들 앞에서 절대 울지 않습니다. 사람들 때문에 당신이 화가 날 일은 거의 없습니다. 당신은 비현실적이면서도 흥미로운 아이디어를 탐색하면서 종종 시간을 보냅니다. 당신은 오래전에 저지른 실수로 인해 여전히 괴로워하는 편입니다.

어느 이른 아침, 길을 따라 걸어 들어
온 그 남자를 처음에는 아무도 알아보지 못했다. 남자는 선글라스를
꼈고 카우보이모자를 썼으며, 사타구니가 딱 붙고 밑단이 넓게 퍼
진 멋스러운 청바지를 입었다. 청바지 아랫단이 땅에 질질 끌려 닳
았다. 나이는 20대로 보였다. 킹은 등교 전에 사촌들과 함께 공터에
서 아침을 먹는 중이었다. 그들은 손에 바나나를 든 채로 얼이 빠져
식사도 중단한 채 남자를 멍하니 바라보았다. 남자가 가까이 다가왔
다. 남자의 러닝셔츠 위쪽으로 철사처럼 굵은 가슴털이 삐져나와 있
었다. 잘생긴 남자였다. 눈매가 까마귀발처럼 날카롭고, 양 끝이 위
로 올라간 코밑수염은 세심하게 손질한 흔적이 역력했다.

"그래, 와서 보니 알겠다." 남자는 정원을 대강 돌아보더니 혼잣말
처럼 말했다. "세상 곳곳을 다녀봤지만 역시 고향만 한 곳은 없더라."

"누구야?"

어린아이가 나지막하게 물었다.

카우보이가 흙바닥에 침을 탁 뱉더니 신발 발꿈치로 쓱 비볐다. 그제야 킹은 그 남자가 건이라는 걸 알아챘다. 당시 킹은 열여섯 살이었다. 사촌 건이 10년 만에 고향으로 돌아온 것이다. 건이 물었다.

"우리 할마씨는 어디 계셔?"

아무도 대답하지 않았다.

"우리 어머니 말이야."

"여태 몰랐나 봐?" 어떤 사촌이 다른 사촌에게 속삭였다.

그제야 건은 상황이 파악된 모양이었다. 가방을 흙바닥에 떨어뜨리고 무릎을 꿇더니 양 손바닥과 이마를 바닥에 댔다. 한참을 그렇게 엎드린 채로 몸을 떨었다. 킹의 눈에도 눈물이 맺혔다. 그도 땅바닥에 엎드려 돌아가신 분들을 애도하고 싶었다. 하지만 그러지 않았다. 그저 가만히 서서 지켜보았다. 얼마 후 건은 일어서더니 다시 침을 뱉고 그들 모두에게 싱긋 웃어 보였다. 건의 입가에서 반항적인 기운이 느껴졌다.

그날 밤, 건은 그동안 어떻게 살았는지 사람들에게 들려주었다.

"내가 마누라감을 찾으려고 정원을 떠난 거 다들 기억할 거야."

건은 공터에 서서 입을 열었다. 어린 소년들은 마치 교실의 학생들처럼 건 앞에 책상다리로 앉았다. 나이 든 축들은 멀찌감치 떨어진 큰 집 베란다에 서서 자기네끼리 얘기를 나누는 척했지만 건의 얘기에 귀를 바짝 세우고 있었다.

"채석장에 여자들이 있다고 해서 갔는데 막상 가서 보니까 다 별로더라고. 바짝 마르고, 피부도 시커멓고, 등도 굽은 년들이더라. 실제 나이보다 세 배는 더 늙어 보이더라니까!"

킹은 어느새 건의 얘기에 매료되었다. 주변을 둘러보니 사촌들도 다 비슷했는데, 친나만은 다른 삼촌들 사이에서, 마치 방패처럼 팔짱을 끼고 서있었다. 건은 친나가 근처에 아예 없는 것처럼 무시하고 청중의 시선을 끌어당겼다. 라오 가문에 저렇게 할 수 있는 사람이 있었나? 라오 할아버지 이래로 처음이었다.

"그런데 희한하게도 어느 순간부터 그 여자들이 미인으로 보이더라고! 여자 한 명에 남자 스무 명꼴이었으니까 그럴만도 하지. 우리는 마을에서 멀리 떨어진 외딴곳에 있기도 했고. 그중에 한 여자가 나한테 뭘 제안하더라고. 그게 뭔지는 너희에게 말할 수 없지만……"

"뭔데? 뭐야? 말해줘!" 그들이 아우성쳤다.

"아, 말 못 해! 어린애들도 있잖아! 난 신사고 좋은 남자야. 너희가 눈치껏 알아들어. 라오 가문 사람은 멍청하지 않으니까. 나는 그 여자한테 다음 날 밤 내 천막으로 오라고 말했어. 우리는 같이 술을 마셨고 취해서 제정신이 아니었어. 다음 날 친구들이 나한테 와서 말하는 거야. '야, 넌 오늘 밤이 무지하게 기대되겠다!' 뭐 이런 말들이었어. 나는 너무 취해서 뭐가 어떻게 된 건지 기억도 안 났어. 그러다 그중에 친한 친구 놈한테 물어봤어. '오늘 밤에 무슨 일이 있다는 건데?' 다들 요란하게 웃더라. 나랑 함께했던 여자가 사람들한테 우리가 결혼할 거라고 말하고 다닌다는 거야. 맙소사. 젠장. 나는 거기서 도망쳤어. 버스를 타고 기차역으로 갔지. 어떤 탁발승을 만났는데 나한테 묻더라. '어디로 가십니까?' 나는 웃으면서 되물었지. '제가 어디로 가야 하죠?' 그가 말했어. '형제여, 우리와 함께 다닙시다. 편안한 삶을 누릴 수 있어요!' 그래서 나는 탁발승 무리에 합류했어. 내가 달리트 출신인 걸 아무도 몰랐어. 우리는 사방팔방 돌아다녔어. 우리가 가는 곳마다 가정주부들이 제일 좋은 음식을 대접하고

430

우리 발을 만져줬어. 살맛 나더라. 그러다가 다른 사람들과 같은 이유로 나도 탁발승 노릇을 그만뒀어. 예쁜 여자를 만났거든. 그 여자랑 결혼하고 싶었어. 캘커타 시내에서 재봉 일을 하는 사람의 딸이었는데……"

"캘커타? 그렇게 멀리까지 갔어?"

"너희는 정원 바깥에는 세상이 없는 줄 알지? 친나 삼촌은 너희가 그렇게 생각하길 바라잖아! 당연히 다른 세상이 존재해! 캘커타도 있고 말이야! 하지만 우리는 결혼을 못 했어. 슬픈 이야기지. 그 여자는 내가 내 카스트에 대해 거짓말을 한 걸 알았고 자기 어머니한테 가서 말했어. 여자의 어머니는 '그 남자랑 헤어져'라고 말했고 여자는 '안 헤어질 거예요'라고 말했어. 그러자 여자의 어머니가 내 장인어른이 될뻔한 분에게 말해서 딸의 방문을 무거운 통으로 막아 딸이 도망 못 치게 해놨어. 우리는 밤이면 여자의 방 창문 앞에서 만났지. 잉키랑 핑키, 나 이렇게 셋이서 그 여자를 찾아갔어. 여자는 울면서 다른 사람이랑은 절대 결혼 안 할 거라고, 하지만 나랑도 결혼할 수 없다고 말했어. 그날 밤에 나는 찻집으로 가서 이 슬픈 이야기를 친구들에게 털어놨어. 눈물이 나더라고. 진짜 슬펐거든. 나는 그 여자를 사랑했어. 그런데 어떤 남자가 나한테 다가와 말하는 거야. '당신 카스트 때문에 당신을 거절한 사람인데 왜 울어요? 지금은 1960년 대잖습니까. 이제 그런 구닥다리 생각에서 좀 벗어나야죠.' 내가 말했어. '우리 삼촌이 나한테 마누라감을 안 찾아줘서 내가 직접 찾겠다고 나왔는데 내 힘으로도 찾을 수가 없어서 그렇습니다.' 그 남자는 벌컥 화를 내더라. '우리 사회가 그래서 문제예요. 우리 인도인들은 무슨 일이 일어나든 이렇게 말합니다. 내가 할 수 있는 건 없어.

전부 신의 뜻이야. 신을 믿지 않는 사람도 똑같이 말해요. 신의 뜻이다. 신의 뜻이다. 다른 길이 있다는 걸 사람들은 왜 모를까요?' 그는 모택동 주석에 대해 얘기해 주면서 안내 책자를 줬어. '우리가 회의를 열 건데, 당신이 오면 잘 맞을 것 같네요. 우린 당신 같은 사람들이 더 필요합니다.'"

"그만." 건이 한참 떠들고 있는데 친나가 갑자기 끼어들었다. "애들한테 그런 헛소리를 들려줄 필요는 없어."

"아, 예. 삼촌. 그만할게요." 건은 이렇게 말했지만 그의 목소리에는 반항기가 남아있었다. "제가 집에 와서 삼촌한테 복종하는 것 말고 뭘 또 하겠어요? 저는 그저 일이나 하고 삼촌이 돈을 벌게 해드리면 만족하거든요. 그래야 삼촌은 내 어머니가 죽든 말든, 대단한 정치인들이랑 만날 때 입을 새 셔츠를 사실 수 있을 테니까요." 그는 좌중을 돌아보며 덧붙였다. "다들 친나 삼촌 말 들었지. 일이 우선이다 이거야. 그게 바로 사업가의 만트라다."

그러자 친나가 받아쳤다.

"나를 사업가로 부를 테면 불러! 난 사업가로 사는 게 자랑스러워! 하나도 안 부끄럽다. 요즘 사람들이 사업가에 대해 뭐라고 떠드는지 아파이야한테 들었어. 나는 아파이야한테 말했다. '적어도 사업가는 낙살라이트(인도에서 토지 개혁을 주장하는 집단의 일원—옮긴이)와는 달리 누굴 죽이지는 않습니다.'"

"아이고, 그럼요!" 건이 껄껄 웃었다. "사업가는 자기 손에 피를 안 묻히죠!"

건은 친나에게 반박할 틈을 주지 않고 돌아서서 정원 안쪽으로 성큼성큼 걸어 들어갔다.

건이 갑자기 돌아온 일도 그렇고 친나는 여러 가지로 심란했다. 달리트의 코코넛에 대한 규제 조치 때문에 사업은 답보 상태였다. 친나는 마을회장에게 뇌물을 먹여 그 조치를 철회하도록 하려 했다.

"권력을 원한다면 그런 식으로 얻어내야 해." 어느 날 오후 친나는 킹과 함께 지폐를 헤아리며 입을 열었다. 그는 웃음기 없이 메마른 얼굴로 현금 한 다발을 집어 들고는 허공에 대고 흔들었다. "혁명 사상인지 뭔지로는 아무것도 안 돼." 친나는 진심으로 어이없어하는 표정으로 덧붙였다. "그놈의 혁명 사상이 대체 어디서 오는 건지 모르겠어."

"군투르 지역 소년들 때문이에요, 삼촌. 맞아 죽은 그 달리트 소년들 때문에 사람들이 시위를 벌이고 있어요."

"걔들이 누군데?"

"뉴스에 나온 애들 있잖아요."

"뉴스. 그놈의 뉴스. 뉴스라면 지긋지긋하다. 어렸을 때는 그런 일이 뉴스에 날 일도 없었는데."

"자기 자신만 챙기는 것보다 더 큰 일을 하면서 살아야 한다고 생각하는 사람들도 있어요."

친나는 씁쓸하게 웃었다.

"돌봐야 할 가족이 있는 남자 중에 그런 말을 입에 담는 사람이 있는지 어디 데려와 봐."

친나는 마을회장을 찾아가 이런저런 암시의 말과 손짓을 해가며 금지 조치를 풀어달라는 뜻을 전했다. 하지만 마을회장은 친나의 면전에 대고 웃을 뿐이었다.

"날 매수하려고 들지 마, 라오. 난 윤리적인 사람이야. 게다가 난 아파이야가 학생들을 계속 부추기는 걸 알고 있어. 내가 자네한테 아파이야를 말리라고 했는데도 그는 멈추질 않아."

"그만하라고 말렸는데 그분이 듣질 않으시네요."

친나는 힘없이 겸연쩍은 웃음을 지었다.

"더 애써봐."

사업의 미래가 위태로워지자 친나는 마을회장 자리를 차지하기 위해 지역선거에 나서기로 했다. 코타팔리 마을 주민의 절반은 달리트지만 마을의회는 달리트 출신 마을회장을 둔 적이 없었다. 지금까지 친나가 정치적 생각을 입 밖에 내는 걸 본 사람이 없었다. 친나는 달리트 활동가들이 술집 뒷방이나 마을 사창가에서 한 번씩 비밀스럽게 모일 때 그런 모임에 참석한 적도 없었다. 건은 그런 곳에서 죽돌이로 살고 있는 상황인데 말이다. 친나는 달리트 출신 코코넛 농부들에게 자기 선거를 도와달라고 청했다. 코코넛 농부들은 아파이야의 학교 바깥 벽면에 친나의 얼굴이 들어간 벽보를 붙였다. 친나는 마을 곳곳을 돌아다니면서 극장의 시간표를 고래고래 외치는 영화 홍보 차량 운전기사들에게 돈을 주면서, 선거에서 친나 라오에게 표를 주라는 멘트를 넣도록 했다. 그는 수행원들과 함께 거리를 돌아다니면서 선거운동을 하거나 마을 중앙의 보리수나무 아래 상자를 뒤집어 놓고 앉아 아이들에게 간식을 나눠 주면서 부모들과 대화를 시도했다.

"꼭 해야 하는 일인데 마을회장이 방치한 일이 뭐가 있을까요? 우리한테 목록을 적어 주세요. 뭐든 말해요. 우리가 도울 것입니다. 내가 다 해줄 것입니다."

킹은 가끔 친나와 그를 돕는 무리를 따라다니면서 간식을 나눠 주는 일을 했다. 어느 날 아침, 보리수나무 아래에 모여있는 그들에게 헬레나가 다가왔다. 헬레나는 킹의 어깨를 잡고 무리에서 저만치 데려가더니 민누가 어디로 사라졌는지 아느냐고 나지막하게 물었다. 민누? 킹은 지난 2년 동안 민누를 한 번도 본 적 없었다. 아버지가 돌아가신 후 리람마와 함께 진료소에 갔던 게 마지막이었다. 민누가 사라졌다는 게 무슨 말이냐고 묻자 헬레나는 민누가 진료소를 떠났다고 말했다. 어디 다른 곳에 가서 사는 모양인데…… 어디인지 아는 사람은 아무도 없었다……. 민누는 매주 자기 어머니에게 요리를 만들어 달라면서 심부름꾼을 통해 진료소로 식재료를 보내주고 있다고 했다.

"심부름꾼한테 물어보셨어요?"

"물론이지. 그런데 어린 남자애라서. 대답도 안 하고 도망치더라."

내 아버지가 돌아가신 후 많은 일이 일어났다고 헬레나는 설명했다. 민누는 만병을 치료해 준다는 주술사에게 속아넘어간 거라고, 알고 보니 그놈은 사기꾼이었다고 했다. 그놈은 매주 민누에게 기적의 치료약을 가져다주고 돈을 받아 갔다. 헬레나는 그런 일이 벌어지고 있는 줄도 모르고 있다가 어느 날 아침 술에 취한 남자가 진료소로 쳐들어와 방문을 하나씩 마구 두드려 대자 드디어 알게 됐다. 네덜란드인 의사가 아래층으로 내려가 무슨 일이냐고 묻자 그 남자는 매릴린이라는 여자를 찾으러 왔다고 말했다. 그는 여자의 이름이 매릴린 먼로라고, 얼굴에 점이 있는 귀엽고 자그마한 여자라고 했다. 마을에서 그 여자를 만났고 함께 시간을 보낸 후 그 여자를 사랑하게 됐는데, 그 여자가 여기 산다는 얘길 들었다고 했다.

헬레나가 의미심장하게 말했다.

435

"얼굴에 점이 있는 여자라면, 민누잖아!"

"그 남자는 누군데요?"

"아, 킹. 그건 중요하지 않아. 중요한 건 민누가 돈이 필요해서 그런 짓을 했다는 거야! 거짓말쟁이 주술사에게 약값을 치르려고 그렇게 했겠지. 우리는 민누를 말렸어. '그만해, 민누. 그 남자는 가짜야. 사기꾼이라고. 넌 이런 짓을 할 필요 없어.' 하지만 너도 알다시피 민누는 고집불통에 자존심도 세잖니. 민누는 우리에게 알지도 못하면서 함부로 말한다고 하더라. 자기는 생계를 위해 하는 일일 뿐이니 잘못될 건 없다는 거야. 자기를 알아서 지킬 수 있고, 우리의 비난은 필요 없대. 그러더니…… 1주일 전인가…… 진료소를 떠나버렸어. 그 후 꿈을 꿀 때마다 민누의 모습이 보여. 그 애가 어디로 갔는지 모르겠지만, 느낌이 안 좋아."

"걔가 어디로 갔는지 저는 모르겠어요."

킹도 난감했다.

"찾아봐 주긴 할 거지?"

"그럴게요."

하지만 그는 그렇게 할 생각이 없었다.

"다 내 잘못이야. 민누한테 하느님 말씀을 좀 더 열심히 전했어야 하는데." 헬레나는 코를 약간 훌쩍이며 지친 목소리로 말했다. "가난한 자는 복이 있나니."


다들 건이 2주일쯤 있다가 떠날 거라고 생각했다. 모친은 이미 돌아가셨고 건은 뒤늦게야 고향에 돌아왔다. 오래전에 버리고 떠난 이곳이 건에게 무슨 의미가 있을까? 하지만 건은 고향에 남았다. 그는 자신을 따라 고향을 떠났던 동생들과 사촌들에게 전갈을 보냈고 그들 역시 차례로 고향으로 돌아왔다. 일부는 혼자였고, 일부는 새로 가정을 꾸렸다. 어떤 이들은 모습이 너무 많이 변해서 제 모친 말고는 아무도 못 알아보기도 했다. 모친들조차도 자기 아들을 조심스럽게 지켜보았다.

핑키와 잉키, 그리고 카나캄마의 잊힌 손자들과 종손들도 모두 그렇게 돌아왔다. 처음에는 다들 입성이 좋고 깔끔하게 면도한 모습이었는데 며칠이 지나자 그들이 도착할 때 입은 좋은 옷은 땀과 흙에 시커멓게 물들었다. 그들은 그 옷 말고는 갈아입을 옷조차 없이 고향에 돌아온 모양이었다. 면도했던 얼굴에 도로 털이 났는데 나이에 걸맞지 않게 희끗희끗한 털이 올라왔다. 고향을 떠나 사는 동안 뭘하며 살았냐고 모친과 숙모들이 물어도 그들은 속 시원하게 대답하질 않았다. 라오 집안의 탕아들은 성공해서 위풍당당하게 돌아온 게 아니라 실패하고 돌아온 게 분명했다.

그들은 마을 공터에 자리를 잡았다. 나무 사이에 해먹을 걸고 어렸을 때처럼 해먹에 기어 올라가, 시커먼 흙이 묻은 발가락을 해먹 바깥으로 내놓은 채 드러누웠다. 오전 내내 잠이나 자다가 오후에는 카드놀이를 하고 저녁이 되면 자전거를 타고 마을에 가서 수상한 짓거리를 했다. 친나가 보리수나무 아래 차려놓은 자그마한 선거 본부에 사람들이 들러서, 돌아온 탕아들이 하는 짓을 고해바쳤다. 스파이들의 말에 따르면, 그들은 창녀를 쫓아다니고, 아편을 피우는 걸로도 모자라, 혁명을 선동질하고 있다고 했다.

친나는 상세히 파악하기 위해 킹을 보냈다. 킹은 건을 설득해 그가 밤에 나다니는 곳에 같이 따라다녔다. 킹은 건의 자전거 핸들에 올라타고 함께 암바지푸람 마을에도 갔다. 킹도 잘 아는 마을이었다. 그는 그곳 시장에 무수히 가본 적이 있었다. 그런데 건은 마을 중앙이 아니라 조용한 격자형 골목으로 자전거를 타고 들어갔다.

한 무리의 남자들이 모여있었다. 세 명이 서로의 어깨에 팔을 얹고 어깨동무하며 영화에 나오는 노래를 불러댔다. 그리고 콜과 립스틱으로 치장한 채 작은 집 문간에 서있는 여자들에게 소리쳤다.

"우리 결혼하자. 결혼해서 여길 떠나자!"

여자들은 입을 함부로 벌린 채 깔깔 웃으며 남자들의 노래에 응했다.

"그래, 좋아. 여기로 들어와. 결혼해 줄게. 원하는 게 그거니? 좋아. 당신 마누라가 되어줄게. 들어와."

남자들은 어깨동무를 풀더니 친구에게 눈 한 번 돌리지 않고 곧장 여자와 짝을 지어 집 안으로 들어갔다.

건이 자전거 속도를 늦추자 킹이 폴짝 뛰어내렸다.

건이 물었다.

"여기 와본 적 있어?"

"자주 왔어." 킹은 얼굴을 붉혔다. "시장에 가느라고."

"멍청한 소리 말고." 건은 어깨로 나를 툭 치며 싱긋 웃었다. "여기 와본 적 있냐고?"

"아니."

그런데 건은 킹의 대답을 제대로 듣지도 않았다. 그는 다시 좁은 골목을 따라 자전거로 달려나갔고 킹은 그 뒤를 쫓아 뛰어갔다. 뭐지? 건은 매춘부를 고용하려고 밤마다 여기 온 건가? 건은 여자들과 골목을 서성이는 몇몇 남자들에게 웃음을 날리며 인사했다. "어이."

"잘 지냈냐, 친구."

그리고 킹은 그녀를 보았다. 그녀는 어느 집 입구에 서있었다. 문간이 아니라 문간에 서있는 여자들 뒤에서, 집 안에서 일어나는 무슨 일 때문에 웃음을 터뜨린 모습이었다. 그녀의 화장한 얼굴은 처음 보았다. 그는 그녀를 알아봤지만 원래의 얼굴과 괴리가 컸다. 그녀는 그를 보더니 손으로 입을 막고 얼른 몸을 숨겼다. 그는 그 여자가 바로 민누인 걸 확신했다. 민누는 귀와 목에 보석을 주렁주렁 달고 야한 옷을 입었다. 갈색 얼굴이 하얀 바탕에 분홍빛이 되도록 짙은 화장을 했다. 몇 미터 앞에 가던 건이 자전거를 세우더니 킹에게 빨리 따라오라고 손짓했다.

킹이 다시 그 집 현관문을 돌아봤을 때 그녀는 사라진 후였다.

건은 킹을 데리고 조그마한 술집으로 들어갔다. 실내의 테이블 몇 개를 한옆으로 치워놓았고, 남자 열두 명이 둘러앉아 있었다. 그들은 대부분 술에 하나도 안 취한 것 같았고, 젊었다. 다들 카스트며 계급, 혁명에 관해 열띤 토론 중이었다. 어떤 사람이 친나가 마을회장 선거에 출마한다고 말하자 다들 웃었다.

건보다 나이가 약간 많은 듯, 30대 초 정도로 보이는 남자가 말했다.

"지배 계급의 선전은 아주 강력하구만. 그들은 자기네가 만든 규칙이 신의 규칙이라고 우리에게 늘 말하잖아. 그 말을 계속 되풀이해. 우리 중 누가 분수를 모르고 위로 올라가려고 들면 그들이 만든 규칙을 따르라고 말하지."

상당히 중요한 위치에 있는 남자인 모양이었다. 다들 그의 말에 고개를 끄덕거렸다.

건은 킹이 어떻게 반응하는지 확인하려는 듯 주기적으로 킹을 힐끔거렸다. 킹은 속으로 말했다. 정신 차려. 이거 중요한 일이야. 하지만 머릿속에는 온통 민누의 얼굴이 들어찼다. 민누의 얼굴을 다시 보고 싶어 미칠 지경이었다. 아까 민누가 정확히 어디에 있었지? 벽에 신문 진열대를 기대어 세워둔 판잎 가게 앞이었나? 어떤 남자가 건에게 담배를 건네고 건이 그 담배와 성냥불을 받아 들었다가 잠시 후 바닥에 휙 던진 그 집 앞이었나? 남자들이 킹이 들어본 적도 없는 이름들을 언급하면서 누가 누구를 어디에서 만나야 한다는 둥 정교한 계획을 짜는 동안, 킹은 이 회의가 어서 끝나기를, 그래서 왔던 길로 다시 집으로 돌아갈 수 있기를, 가는 길에 민누를 다시 볼 수 있기를 바랄 뿐이었다.

모임이 끝난 후 건은 자전거에 올라탔고 킹은 핸들에 걸터앉았다. 건은 아쉽게도 다른 길을 지나 큰길로 나갔다. 집으로 돌아가는 동안 건은 격앙된 목소리로 말했다.

"다들 자기 자신을 위해 권력을 잡는 거야. 그게 비결이야. 그들은 네가 권력을 못 잡을 거라 믿게 만들어서 결국 네가 권력을 못 잡게 만들어. 단순히 카스트 때문이 아니야. 친나 삼촌 같은 사람들이 문제야. 너도 친나 삼촌한테 잘 붙어있으면 성공적으로 살 수 있다는 얘기를 듣고 살았잖아. 그런데 그렇게 해봤자 누구한테 도움이 될까? 바로 친나 삼촌이야. 그러니 너도 권력을 쥐어야 한다는 거야. 요즘 내가 하는 일이 바로 그거야. 술집에서 본 그 남자는 나보다 높은 사람인데, 그 위에 열 단계 정도 더 있어……. 야, 너 그렇게 앉아있는 거 괜찮아?"

킹은 괜찮다고 대답했다. 건이 설명을 이어갔다.

"어떻게 생각해? 네 기분이 어떤지 알아. 내가 여기로 돌아와서 내 가여운 어머니한테 일어난 일에 대해 알게 됐던 날, 네가 나를 어떤 눈으로 보는지 봤어. 우린 서로를 이해하고 있어."

어둡고 울퉁불퉁한 길을 따라 정원으로 향하는 동안 자전거가 이리저리 흔들거렸다. 다리를 위로 접고 자전거 핸들에 걸터앉은 킹은 건이 말하는 그런 지적인 생각을 할 여유가 없었다. 그의 머릿속은 온통 민누로 가득했다. 그가 마음을 주었던 친구 민누는 문간에 서서 홍홍거리며 웃고 있었다. 네가 원하는 게 이런 거니? 내가 네 아내가 되어줄게.


다음 날 저녁, 킹은 홀로 방 안에서 지폐 다발에 둘러싸여 있었다. 친나는 늘 그렇듯 선거운동을 하느라 마을 한가운데로 가있었다. 킹은 지폐 다발에서 10루피짜리 지폐를 하나씩 빼냈다. 총 100장이었다. 이 지폐를 반바지 뒤쪽, 팬티 안에 쑤셔 넣었다. 눈앞에 놓인 현금다발을 둘러보았다. 그는 조금 전에 이 방에 들어와 앉았다고, 이 방에 들어왔을 때와 지금 사이에 아무 일도 일어나지 않았다고 자신에게 최면을 걸었다. 여느 토요일과 다르지 않은 날이었다. 그는 현금을 헤아리고, 기록하고, 다발로 묶어놓는 일을 했다……. 현금을 반으로 나눠서 한 더미는 집안사람들에게 나눠 줄 것이고, 또 한 더미는 정원을 유지하는 일에 사용할 터였다.

친나는 킹이 해놓은 작업을 5분 만에 후다닥 점검했다.

"흐음, 예상한 것보다는 조금 적네."

친나의 말에 킹은 손바닥에 땀이 나고 목구멍 뒤쪽에 덩어리가 콱 걸리는 기분이었다. 숨을 삼켰는데도 덩어리는 그대로였다. 하지만

친나는 더 이상 따지고 들지 않고 킹의 머리카락을 손으로 헝클어뜨
리며 웅얼거렸다.

"됐다. 가서 저녁 먹어."

킹은 밤이 깊어지길 기다렸다가 친나의 자전거를 타고 정원을 나
섰다. 사창가 구역에 도착해서는 자전거에서 내려 고개를 푹 숙이고
한 시간 동안 거리를 돌아다녔다. 말이라도 해봐야겠다는 생각에 어
떤 여자에게 물었다.

"혹시 매릴린 먼로라는 이름을 쓰는 여자 아세요? 코 이쪽에 큰
점이 있는데." 그는 손으로 코를 가리키며 덧붙였다. "강낭콩 모양
점이요."

"강낭콩? 들어본 적 없어."

얼마 후 등이 곱은 여자가 도로로 급하게 달려오더니 킹의 등허리
를 세게 쳤다. 여자는 가쁜 숨을 몰아쉬며 말했다.

"댁이……" *쌔액* "그 뭐냐……" *쌔액* "강낭콩 모양 점을 가진 여
자를 찾는다고요?"

킹은 고개를 끄덕였다. 여자가 손을 내밀자 킹은 그 손에 동전 몇
개를 쥐여주었다. 여자는 양쪽 눈썹을 치켜떴다. 킹은 지폐 한 장을
더 보탰다. 그러자 여자는 미소 짓더니 길을 따라 앞장서서 뒤뚱뒤
뚱 걸어갔다. 얼마 후 그들은 문 앞에 커튼을 매단 작은 집 앞에 이
르렀다. 바로 그 집이었다. 전에 봤던 그 집. 등이 곱은 여자가 소리
쳤다.

"매릴린! 야, 매릴린, 자냐?"

집 안으로 들어가는 여자를 따라 킹도 들어갔다.

방문 앞에 드리워진 커튼을 젖히고 나온 민누가 등이 곱은 마담

옆에 서있는 킹을 보았다. 민누는 콜로 화장한 눈을 크게 뜨면서도 킹을 알아본 것 같지는 않았다. 마담은 그들 둘이 있게 두고 현관 쪽으로 절뚝거리며 걸어갔다. 마담이 넓적한 발로 바닥을 터벅터벅 밟을 때마다 그녀의 발목에서 짤그랑짤그랑 소리가 들렸기 때문에 킹은 마담이 어디까지 걸어갔는지 짐작할 수 있었다. 마침내 편하게 말해도 될 정도로 거리가 멀어졌다는 느낌이 들었다. 민누가 문 옆으로 비켜서자 킹은 그녀의 작은 방 안으로 들어갔다. 민누는 벽 거울 앞에 놓인 스툴에 앉더니 침대를 손으로 가리켰다. 그녀는 손톱으로 자기 턱을 문지르면서 한 번씩 꼬집었다.

"민누, 여기서 뭐 하는 거야?"

"턱수염이 났어. 남자들이 싫어하더라고."

민누는 한 손으로 얼굴을 쓱쓱 문지르면서 다른 손 엄지와 검지로 턱에 난 털을 잡아 뜯었다.

빨간 시트가 깔린 침대에 걸터앉은 킹은 수줍어서 어쩔 줄 몰랐다. 서로를 마지막으로 본 지 2년이 지났고 둘 다 많이 변해있었다. 민누는 양철 컵의 물에 천을 담가 적시더니 젖은 천으로 눈꺼풀을 문질러 닦았다. 눈가에 콜이 번졌다가 잠시 후 싹 지워졌다. 그들은 의심이 담긴 눈초리로 서로를 바라보며 말없이 앉아있었다. 그가 먼저 입을 열었다.

"여기서 일하다가 다칠 수도 있어. 이건 위험한 일이야."

"영화를 너무 많이 봤구나."

"군투르 지역 소년들 사건은 영화 얘기가 아니야. 실제로 일어난 일이지."

"난 여기서 벌어 먹고살아. 어머니도 돌보면서. 언젠가 돈을 많이 벌면 어머니를 모시고 도시로 가서 라두 가게를 열 거야. 그럼 고개 들고 당당하게 살 수 있어."

"네가 그렇게 돈 욕심이 많은 줄 몰랐어. 하긴 이제 이해가 되네. 넌 병든 소인 줄 알면서 우리 아버지한테 그 소를 팔았잖아…… 아니, 우리 아버지가 그 소를 사게끔 만들었지."

"아!"

한동안 그들은 침묵했다. 얼마 후 민누는 사무적으로 일어서더니 침대 앞으로 가 섰다. 그러고는 마치 학교 선생이나 누구 엄마처럼 가슴께에 대고 팔짱을 끼는 것이었다. 크게 움직이지도 않는데, 고개를 약간 비딱하게 기울이고 엉덩이를 비스듬하게 해서 서는 것만으로도 성질 더러운 여자처럼 모습이 바뀌었다.

킹이 말했다.

"헬레나가 너를 찾아서 데려오라고 했어. 내가 여기 온 건 그래 서야."

민누가 소리 내어 웃었다.

"*진짜 그 이유가 다야?*" 그녀는 나지막하게 물었다.

그는 고개를 숙이고 구시렁거렸다.

"그래, 뭐. 어디 옷이라도 벗어보든가."

민누는 자기가 이렇게 유도해 놓고도 예상 못 한 반응이라는 듯 입으로 헉 소리를 냈다. 그녀는 짤막하게 말했다.

"돈 내."

# CHAPTER 25

× ┼ ×

제12회 연례 주주 축제의 무대에 선 자그마한 여자는 후크시아 색 단발 가발을 썼고, 무수히 많은 알로 이루어진 팔찌를 착용했다. 그 외에는 아무것도 입지 않은 것처럼 보였다. 카메라가 클로즈업해서, 여자가 자기 피부색과 똑같은 전신복을 입은 게 드러날 때까지는 그랬다. 전신복에는 젖꼭지는 물론 좁고 길쭉한 생식기 구멍까지 갖춰져 있었다.

미스 핏은 세계에서 가장 요란한 퍼포먼스를 벌이는 예술가였다. 두바이에서 중국인 부모의 자식으로 태어난 그녀는 런던으로 건너가 고등학교에 다녔다. 그리고 열여섯 살이던 어느 날 밤 클럽에서 사진작가 프레드 헤닝저를 만났다. 그리고 곧 부모한테서 해방되어 헤닝저가 거느린 가장 유명한 부랑자 중 하나가 되었다. 훗날 중국어, 아라비아어, 영어로 된 가사로 노래를 부르며 3개국에서 팝스타로 활동했다. 첫 번째 앨범이 100만 장 이상 판매되면서 헤닝저의 명성을 능가했다. 헤닝저가 10대 소녀들과의 스캔들로 수년간 욕을 먹은 후 미스 핏은 운율이 딱딱 맞는 가사로 그들의 관계를 노래했다. 시작부터 강간이었고 마지막도 강간이었다는 내용이었다.

마지는 제품 출시 전에 평범함을 거부하는 대단한 퍼포먼스로 대중에게 다가가자는 아이디어를 냈다. 제대로 소개하면 히트 칠 것이고 그렇지 않으면 망할 것임을 마지는 잘 알고 있었다. 험난한 시절이었다. 산불, 허리케인, 열파에 이르기까지 온통 난리였다. 해변의 대도시는 정기적으로 물난리가 났다. 미국에서는 마이애미가 거의 거주 불가능한 도시가 되었고, 방글라데시는 나라 대부분이 초토화되었다. 바누아투 국민들은 나라를 버리고 피난을 떠나야 했다.

찜통 지구를 향해 나아가는 이 현상은 세상이 주주 정부 체제로 전환되기 전에 시작되었다. 킹은 주주 정부의 위원장으로 일한 첫해에 전문가들로 구성된 세계협력단을 구성해, 역사적으로 정상이었던 시절로 기후를 되돌리려면 어떻게 해야 하는지 방법을 강구하고자 했다. 하지만 과학자들이 주주 위원회에 제출한 보고서에 따르면, 지금 와서 큰 차이를 만들기에는 이미 늦었다는 결론이었다. 주주 위원회는 물론이고 그 전 개별 국가의 정부들도 공해 유발 기업들을 설득해 환경오염을 멈추도록 하려는 노력을 거의 하지 않았기 때문에 손상을 복구할 수 없게 된 형편이었다. 이제 와서 북극을 재냉동할 수도 없었다. 어느 시점이 되면, 아마도 두어 세대쯤 지나면 세상은 너무 뜨거워져서 인간이 살기에, 아니 대부분의 생명체가 살기에 부적합한 곳이 될 것이다. 찜통 지구는 이제 불가피한 현상이었다.

이 문제를 논의한 주주 위원회는 과학자들에게 해결책이 없이는 돌아오지 말라는 엄격한 지침을 내렸다. 다시 돌아와 모인 과학자들은 이론적인 해결책을 제안할 수 있을 뿐이라고 말했다. 이 행성을 이전 상태로 되돌릴 수는 없지만 다가올 미래에 대비해 지구 거주민들을 보호하는 방법을 찾아볼 수는 있다고 했다. 바로 내열 벙커나 민간 우주 식민지를 만드는 것이었다.

"말도 안 되는 소리."

마지는 이마를 문지르며 말을 잘랐다. 그들은 매번 설립자 회의실에서 주주 위원회 회의를 열었다. 위원회 소속 위원들은 설립자 테이블에 둘러앉았고, 과학자들은 유니언 호수가 내다보이는 전망창 앞에 모여 서 있었다. 이 시점에서 과학자들은 다분히 반항적인 말투로 설명을 이어나갔다. 우리는 전문 지식을 이미 다 동원해서 쥐어짜려고 해도 안 나온다. 해결책을 만들기 위해 필요한 기술 개발을 이제는 사업 쪽 전문가들에게 맡기는 게 좋겠다. 남은 시간을 가족과 함께 보내고 싶다.

과학자들을 내보낸 후 마지가 먼저 입을 열었다. 마지는 과학자들이 제안한 해결책에 위원회가 대규모 투자를 해야 한다는 입장이었다.

"뭐라고?"

놀란 킹이 큰 목소리를 냈다. 마지는 과학자들이 한 얘기를 진지하게 안 듣지 않았나? 그런 해결책을 사용할 가능성이 조금이라도 있다면, 어마어마한 수익이 날 것을 생각해 누군가가 이미 시행하고 있지 않을까? 과학자들이 이미 게임은 끝났다고 말하지 않았나?

마지는 고집을 꺾지 않았다. 당신은 사람들이 혁신 가능성을 이미 소진했다고 생각하는 건가? 아직 방법을 찾아내지 못했다고 해서 앞으로도 절대 못 찾을 거라고 보는 건가? 이대로 포기해야 한다고 진심으로 믿는 건가?

그렇게 논쟁은 거의 정리되었다. 그들은 포기하지 않을 것이다.

포기는 코코넛 사의 정신, 주주 정신에 위배된다. 그들은 투표를 진행했다. 한 명을 제외하고—그 한 명은 바로 킹이었다—모두가 혁신적인 계획을 세워보자는 쪽에 표를 던졌다.

킹과 마지 사이에 균열이 생겨났다. 그 회의에서 킹은 처음으로 아내가 낯설고 이해할 수 없는 존재로 느껴졌다. 아내를 믿을 수 없겠다는 생각도 그때 처음 들었다. 대부분의 사람들은 주주 위원회의 위원장인 킹이 뭐든 원하는 대로 할 수 있을 거라고 여겼다. 그가 위원장이어도 한계가 있다는 걸 다른 사람들은 이해하지 못했다. 킹이 이 시스템을 만든 것은 사실이지만, 그 역시 다른 이들과 마찬가지로 그 시스템에 의존해 살아가고 있었다.

그 후 얼마 지나지 않아 킹은 마지에게 하모니카에 관한 아이디어를 털어놓았는데, 그 제품을 만들려는 진짜 의도까지는 말하지 않았다. 사실 그는 하모니카를 인류의 미래를 위한 유일한 기회로 여겼다. 찜통 지구 현상이 닥쳐오면 인류는 우리가 누구인지에 대한 기록을 보존할 방법부터 찾아내야 할 것이다. 그러나 킹은 사람들이 하모니카를 통해 더욱 진심으로 서로 소통할 수 있을 것이라고만 마지에게 말했다. 마지의 감성적인 면보다 고객의 감성에 호소하는 마지의 마케팅적 능력에 호소한 것이다. 그러자 마지에게 통했다. 만약 마지의 감성적인 면에 호소했으면 또 싸우게 됐을 것이다.

기네스 펠트로의 홍보 담당자가 미스 핏을 그들에게 소개해 주었다. 그런데 마침 심한 감기에 걸린 마지는 호텔 스위트룸에서 거리의 공연을 내려다보는 것으로 만족해야 했다. 킹은 홀로 서서 미스 핏이라는 예술가가 온 경기장을 기대감으로 들썩이게 만드는 장면을 지켜보았다.

경기장 조명이 어두워지고 쿵쿵 울리는 베이스 음이 시작되었다. 미스 핏은 자세를 낮춰 웅크리면서 요가 포즈를 취했다. 무릎을 굽히고 두 팔을 위로 뻗어 올렸다. 갑자기 그녀의 머리가 폭발하듯 팡 터졌다. 물론 빛을 이용한 특수 효과였다. 미스 핏의 머리 위쪽 허공에서 눈부신 빛이 터져나왔다. 10만여 개의 반투명한 알갱이, 즉 마그네틱 전구가 색종이 조각처럼 형형색색으로 반짝이면서 미스 핏에게 쏟아져 내렸다. 무대 위에 떨어진 알갱이들이 별처럼 빛났다.

미스 핏이 천천히 일어서서 마이크를 입으로 가져갔다. 그녀는 많은 이들에게 사랑받는 성구(같은 근육 작용에 의해 만들어지는 유사한 음질의 음정 구간—옮긴이)로, 로봇 같은 스타카토 음을 내며 노래를 부르기 시작했다. 12년 전 주주 정부가 시작된 이래로 매번 주주 축제의 시작을 알려온 노래였다. 미스 핏이 합창 직전의 가사를 부르자—자유에 관한 부분—관습에 따라 청중은 열렬히 환호성을 올렸다. 그녀가 다음 가사를 부르기 시작하자—우리와 함께하세요, 라는 부분—관습에 따라 홀로그램 슬라이드가 그녀의 머리 위로 올라갔다. 1초 동안 빛이 번쩍이면서, 킹 라오의 신제품 사진이 공개되었다. 처음에는 그의 걸출한 경력에 더해지는 최고의 업적으로 여겨질 테지만 한 달 이내에 그의 경력을 끝장내게 될 바로 그 제품이었다.

그때 킹의 눈에 들어온 것은 3만여 명이 동시에 사진을 찍느라 터뜨린 눈부신 플래시 빛이었다. 동시에 대중의 열광적인 함성이 들려왔다. 미스 핏 공연을 끝내고 떠난 후에도 킹은 여전히 전율이 흐르는 무대에 남았다. 그의 눈앞에 펼쳐진 것은 그저 암흑의 바다였다. 이 바다에는 1주일 넘게 진을 친 후에야 혹은 다른 이에게 돈을 주고 그 일을 시킨 후에야 그의 발아래 저 자리를 차지한 3만여 명이

들어있었다. 그는 이 행사에 열한 번째로 참석했는데 이번에는 느낌이 달랐다. 그는 주주 위원회의 위원장으로서 최대 세 번까지 가능한 임기를 모두 마쳤기에 이번이 그가 위원장으로서 참석하는 마지막 주주 축제가 될 터였다. 다음 주주 위원회 선거에서는 마지가 위원장 후보로 나서서 킹의 뒤를 이어갈 예정이었다. 그들은 이미 그녀의 선거운동까지 모두 계획해 두었다.

"주주 여러분!"

지난 열한 번의 축제 때도 늘 그랬듯이 그는 축제의 시작을 알리며 이렇게 외쳤다. 청중의 박수갈채가 마치 물질적 실체처럼 힘 있게 뭉쳐서 그를 마지막으로 감싸 안아 올리는 듯했다.

"주주 여러분! 주주 여러분!"

박수 소리가 잦아들자 킹은 깊게 숨을 들이마셨다가 입술 사이로 내뱉으며 조용히 말했다.

"내가 열두 살 때 아버지가 뇌졸중을 앓으셨습니다."

청중은 다 같이 안타까운 한숨을 쉬었다. 킹을 팔로우했던 사람들은 이미 대략 들어 알고 있는 얘기였다.

그는 아버지가 뇌졸중으로 인해 언어를 담당하는 뇌의 부분이 망가졌다고 설명했다. 그리고 페다 아버지와 친하게 지냈던 적이 없다는 사실도 털어놓았다. 그는 잠시 뜸을 들이며 힘겹게 몇 번 눈을 깜박였다. 아버지가 뇌졸중을 앓게 된 때에도 그는 그 병의 위중함을 처음에는 잘 몰랐다. 그 후 아버지는 단어 두어 개밖에 말 못 하는 상태가 되고 말았다. 그제야 킹은 자신을 세상에 태어나게 해준 아버지에 대해 아는 게 거의 없다는 걸 깨달았다.

"아버지는 얼마 안 있어서 돌아가셨죠."

최대한 빠르게 집을 떠난 킹은 컴퓨터 과학을 공부하기 위해 1970년대에 미국으로 오게 됐다. 당시에 그는 사람들 사이를 더욱 깊게 연결해 주는 코드 사용 방법에 집착했는데 자신이 왜 그 주제에 집착하는지는 알지 못했다.

"계속 생각을 해봤습니다. 우리가 이것을 어떻게 활용해야 사람들이 서로를 진심으로 이해하게 될까?"

그의 머리 위로 슬라이드 한 장이 떴다. 바위벽에 새겨진 암각화였다. 그가 허공에 대고 손가락을 흔들자 고대 이집트의 상형문자가 나타났다. 그는 다시 손가락을 흔들었다. 편지. 전신. 전화가 차례로 허공에 떴다.

"이게 무엇을 나타내는지 아시겠습니까? 주주 여러분, 통신의 역사는 바로 우리 *자신*의 역사입니다. 우리는 개별 부족으로 시작해서 봉건사회를 거쳐 국가를 이루었고 주주라는 광대한 집단으로 거듭났습니다. 우리는 줄곧 동일한 인간 프로젝트를 수행해 온 것입니다. 바로 서로에게 더욱 잘 연결되고자 한 것이죠."

슬라이드가 더 나타났다. 라디오와 텔레비전이었다.

"마지와 제가 처음 만났을 때, 우리는 이 지점—텔레비전—에 있었습니다. 텔레비전 다음에는 무엇이 있을지를 놓고 우리는 자문하기 시작했죠. 그리고 엄청난 파괴력을 지닌 개념으로 넘어갔습니다. 우리는 모두가 컴퓨터를 사용하게 될 것이라 예상했죠. 차갑고 계산적이며 무정한 컴퓨터라는 기계가 지금껏 아무도 해내지 못한 방식으로 사람들을 불러 모을 수 있을 거라고 봤습니다."

다음 슬라이드가 차례로 나타났다. 지금까지 코코넛 사가 출시한 제품들이었다. 코코넛, 코코폰, 코코글래스.

"주주 여러분, 우리가 코코넛 사를 설립한 이유는 부자가 되기 위해서가 아닙니다. 모두를 가까이 불러 모으는 일에 일조하기 위해서입니다."

그는 엄지와 검지로 무언가를 집어 들어올렸다. 엄지만 한 크기의 그것은 작은 주사기였다.

"여러분에게 제일 먼저 보여드리고 싶었습니다. 이 주사기에는 여러분이 *생각만으로도* 인터넷으로 소통할 수 있도록 해줄 제품의 테스트 버전이 담겨있습니다."

이 제품은 그의 아버지처럼 말을 내뱉을 수 없게 된 사람들이 다시 소통할 수 있게 도와줄 것이다. 하지만 그런 뻔한 이용 사례에 그치지 않고, 결국 누구나 그 제품을 사용할 수 있게 될 것이다.

"주주 여러분." 킹의 말에 청중이 다시 환호했다. "하모니카를 소개합니다."


무대에서 내려온 킹은 미스 핏의 탈의실 앞에서 문을 두드렸다. 미스 핏은 무릎까지 내려오는 특대형 얼룩말 무늬 트레이닝복 상의에 라임빛 녹색 레깅스 차림으로 문을 열었다. 그녀는 나른하게 입을 열었다.

"안녕하세요."

경호원 한 명은 소파에 앉아서 졸고 있고, 다른 한 명은 미스 핏의 축 늘어진 전신복을 무릎에 경건하게 올려놓은 채 화장대에 걸터앉았고, 나머지 한 명은 문 뒤에 서서 킹을 주시했다. 미스 핏이 경호원들에게 말했다.

"자리 좀 비켜줄래요?"

"진짜로요?"

졸던 경호원이 눈을 뜨며 말했다. 지금 보니 그는 진짜 졸고 있던 게 아니라 그런 척하고 있었을 뿐이었다.

미스 핏이 고개를 끄덕이자 경호원들이 줄지어 탈의실 밖으로 나 갔다. 전신복을 들고 있던 경호원은 가슴 부분만 보이게끔 반으로 접은 전신복을 방에 두고 나갔다. 미스 핏은 그들을 따라 문간까지 가서 그들 뒤로 문을 닫았다.

그녀가 말했다.

"밖에서 아주 난리였잖아요. 사람들이 우리한테 아주 환장한다니 까요."

"그러게요."

전신복에서 썩은 내가 살짝 풍겼다. 미스핏은 그의 어깨에 살짝 손을 얹으며 강렬한 눈빛으로 그를 바라보았다.

"내 의상 마음에 들었어요, 킹?"

그녀는 최면을 거는 듯 부드러운 목소리로 물었다.

"특별하더군요. 독특하고 흥미로운 의상이었어요. 그런 의상은 처음 봤습니다."

"고마워요. 칭찬이라면요."

"그럼요!"

"그게 뭔지는 아시죠?"

"그게…… 전신복이잖습니까?"

"아뇨, 소재 말이에요."

"무슨……" 그는 이 말을 하자마자 답이 떠올랐다. 그 의상에서 풍기던 냄새. 어쩐지.

"아." 그는 나지막하게 내뱉었다.

그녀는 화려하게 화장한 눈을 빛내며 고개를 끄덕였다.

"박제술이죠. 사람 피부로 만든 거예요. 내 스타일리스트가 의과대학 교수랑 아는 사이거든요."

그는 당연히 구역질이 날 줄 알았는데, 젖꼭지가 발딱 서있는 의상을 본 순간 뜻밖에도 흥분되었다.

"당신은 멋지더군요. 대단했어요."

그녀는 미소 지었다.

"당신도요. 사람들이 그걸 아주 좋아하던데요."

"내 희망사항입니다."

"과학소설 같은 얘기잖아요."

"그런가요? 내가 미래에 할 일에 대해 자세히 설명도 못 했습니다. 모든 사람이 정신적으로 연결된 시대, 하나의 시스템 속에서 모두 네트워크로 연결된 시대를 상상할 수 있겠습니까? 이 네트워크로 흘러드는 모든 정보를 이해할 만큼 똑똑한 마스터 시스템을 구축한다면 우리는…"

미스 핏이 눈을 반짝이며 그에게 몸을 기울였다.

"무슨 신처럼 들리네요."

"아, 오랫동안 논쟁의 여지가 있긴 했지만 간단히 반박할 수 있어요. 우리가 그 시스템을 통제할 겁니다."

"우리가 누구인데요?"

"위원회죠. 주주들을 대표하는 기관 말입니다."

그녀는 다 안다는 듯한 미소를 지었다.

"주주 위원회 위원장인 당신은 신이 되겠네요. 안 그래요?"

그는 소리 내어 웃었다. 마지가 아닌 여자는 누구든 그에게 자극을 주었지만 그는 그 자극을 따르지 않았다. 지금 그는 섹스 따위에 연연하지 않는 노인이었다. 하지만 미스 핏은 그의 영혼 깊숙한 곳으로 파고들어 왔다. 그녀와의 대화는 오래전 킹과 마지가 공동으로 코코넛 사를 설립하고 대부분 의견이 일치했던 시절, 초창기 때 마지와 나눈 대화를 떠올리게 했다. 예술가 미스 핏의 입술은 무르익은 자두처럼 색이 진하고 촉촉해 보였다. 과일 같은 입술은 어떤 맛일까, 같은 생각은 지금껏 해본 적이 없었다. 저 입술을 한 입 베어 물면 과일즙 맛이 날 것 같았다.

"원한다면 내가 신이 되어드리죠." 그는 이 대화가 놀라우면서도 흥분되었다. "그러길 원해요? 그럼 나를 신으로 불러요."


코코넛 사의 사업은 사람들을 화합하게 만들고자 한다는 표면적인 목표를 내세우지만, 실은 사용자들의 개인 정보에서 필요한 부분을 뽑아내 수익을 올리고 있다. 그런데 사람들의 생각을 읽고 필요한 부분을 채워주는 제품까지 만드는 것은 완전히 다른 수준의 얘기다. 그렇지 않은가?

킹과 마거릿은 이런 주장을 펼치는 시위자들에 대해 세상 물정 모른다고 남몰래 비웃었다. 옆머리를 박박 밀고 체 게바라(1928~1967. 아르헨티나 출신의 마르크스-레닌주의 혁명가—옮긴이)의 옆얼굴이 들어간 티셔츠를 입은 성실한 포틀랜드인 같은 사람들이 주주 캠퍼스 앞에 모여 시위를 벌이고 있지만, 겨우 200명 정도라 딱히 신경 쓸 필요도 없었다. 시위자들은 밤이면 바람에 이리저리 흔들거리는 천막으로 기어들어 갔고 낮이면 건물 앞에 후줄근하게 모여 서서 콤부차가 담긴 보온병을 돌려 마시고 '나는 기계가 아니다', '나는 사람이다', '출입 금지' 같은 직접 만든 손팻말을 들어올렸다. 그들은 다 같이 성을 '엑스'로 개명하기 시작했는데, 그렇게 하면 생득권인 감시로부터의 자유를 재전유(再專有. 전유된 가치나 질서로부터 출발하여 본래의 목적과는 다른 기호와 방식으로 작용하거나 다른 의미 체계를 갖도록 만드는 행위—옮긴이)할 수 있을 거라고 봤다. 똑같은 성을 가진 사람들이 많아질수록 주주 위원회로부터 추적당하지 않으리라 생각하는 모양이었다. 실제로는 쉽게 추적할 수 있었다. 위원회의 소프트웨어가 개인의 얼굴 특징, 문투, 말투를 바탕으로 신분을 특정할 수 있었던 것이다. 이 불쌍한 펑크족들한테…… 누구든 그걸 알려줘야 하지 않을까?

하모니카를 찬양하는 사람들에 비하면 시위자들은 수적으로 크게 열세였다. 물론 누가 돈을 받고 시위에 나왔는지까지 확인해 볼 길은 없었지만—코코넛 사는 인플루언서들에게 관대한 편이었다—그들은 진심으로 시위에 임하는 듯했다. 그게 바로 중요한 점이었다. 한 달 내에 10억 명에 달하는 주주들이 하모니카 시험에 도움을 주는 대신 향후 완성품을 남들보다 빨리 받을 수 있는 행운아가 되기 위한 추첨에 참여했다. 곧 당첨자가 발표되었고 시제품 공개 영상들이 소셜에 등장하기 시작했다. 시제품은 비닐 랩으로 싼 작은 통에 담겨있었다. 통의 크기와 모양은 반지 보관함 비슷했고 겉면에는 '우리와 함께하세요'라는 문구가 찍혀있었다. 이 시제품은 사실 별도의 기능은 없고, 사람들의 신체가 이 제품에 어떤 식으로 반응하는지를 관찰하기 위한 용도였다. 그런데도 영상을 찍은 당첨자들은 경건하게 상자를 개봉하고 접어놓은 작은 안내서를 꺼내 펼친 뒤 직접 주사

방법을 안내하는 설명서를 큰 소리로 읽었다. 그리고 안내서를 옆으로 치우고는 옆에 한참 놓아둔 플라스틱 상자에서 주사기를 꺼내 들었다. 이런 종류의 영상에서 유저는 대부분 한참 경외의 한숨을 토해내다가 주사기에 담긴 액체를 팔꿈치 안쪽에 주사하는 것이었다.

　그러니 구부정한 자세, 너저분하고 여기저기 문신을 새긴 몸뚱이, 부스스한 머리를 한 젊은이 스무 명 정도가 킹과 마지의 저택 앞에서 바람에 펄럭이는 플래카드를 들고 시위한다고 해서 뭐가 달라질까? 엑스들이 주주 상품 사용을 거부해도, 소셜을 사용해 메시지를 퍼뜨리지 않기로 결심해도 아무 타격을 주지 못했다. 사람들이 킹에게 속아서 킹이 모두의 머릿속을 다 들여다보게 해주고 있다고 호소해 봤자, 하모니카를 받아들이기로 한 수십억 명에게는 그저 모욕적인 헛소리일 뿐이었다. 주주 위원회에 문제가 있더라도, 길바닥에서 시위를 벌이는 꼬맹이들이 그 문제를 해결할 주제나 되느냐? 시위 참가자들이 굶주리고 헐벗은 이들을 먹이고 입힐 수 있겠느냐? 의료 서비스, 교육, 주거를 무상으로 제공하는 체계를 만든 게 누구냐? 바로 주주 위원회다. 마지는 킹이 밤에 잠을 설칠 때마다 이 사실을 늘 일깨워 주었다.


　'(그러길 원해요?) 그럼 나를 신으로 불러요.' 영상은 어느 날 밤 사전 예고도 없이, 무대에서 춤추고 있는 커다란 로봇 이미지와 함께 소셜에 떴다. 로봇은 직각으로 그리고 불규칙한 템포로 움직여서 부자연스러워 보이는 모습이다. 로봇이 입을 열자 붉은 살덩어리 같은 혀가 튀어나온다. 처음에는 혀끝만 보이다가 점점 혀가 길어지더니 두루마리처럼 바닥까지 길게 늘어진다. 그 혀는 어떤 소재일까? 플라스틱일까 아니면 뭘까? 낮게 웅웅 울리는 베이스 멜로디에 맞춰 카메라는 혀를 줌인하고 마침내 혀 끄트미리에 시있는 작은 사람을 포착한다. 카메라가 점점 다가가자 그 사람이 웅크린 미스 핏인 게 밝혀진다. 가슴골을 따라 땀을 흘리는 것으로 모자라 겨드랑이에서도 땀을 뚝뚝 떨어뜨리는 미스 핏. 그녀가 입을 열자 그녀의 것이 아닌 다른 사람의 목소리가 들린다. 외국인 억양이 약간 섞여있고 의기양양한 말투를 구사하는 남자의 목소리. 그 목소리가 익숙하게 들린다면 맞다. 여러분에게 익숙한 사람의 목소리니까.

*워언. 워-어-언. 워-어-언한다면.* 미스 핏은 대화의 다른 부분을 잘라 붙이고 수정해서, 상대에게 되묻는 게 아니라 마치 선언하는 것처럼 들리도록 만들었다.

베이스 멜로디가 점점 빨라지고 미스 핏의 목소리가 다시 나오면서 그녀가 춤을 추기 시작한다. *위원장님, 제발요, 킹 라오 위원장님, 부탁해요. 그렇게 해줄 수 있어요?* 다시 익숙한 킹의 목소리가 들린다. *워언. 워-어-언. 워-어-언한다면.* 추상적인 곡선과 각으로 이루어져 있는 데다가 저해상도라 잘 알아보기 힘든 영상이다. 킹의 목소리가 다시 들린다. *내가 신이 되어드리죠. 나-아-아-아를 신으로 불러요.* 거친 흑백이지만 그래도 충분히 알아볼 만하다. 이 화면이 사라지면서, 홀랑 벗고 미스 핏의 몸에 올라타 그녀에게 피스톤질을 하는 킹 라오의 모습이 보인다. *원한다면. 원한다면. 내가 신이 되어드리죠.*

미스 핏이 킹이 말하는 걸 녹화한 것만으로 충분히 나쁜 짓이었다. 영상 속에서 미스 핏을 들이박고 있는 킹의 모습은 몸을 달싹이는 커다란 설치류 같아서 처량 맞기 그지없었다. 그 영상을 포스팅

458

하면서 미스 핏은 킹이 코코넛 사를 위해 훔친 아이디어의 원래 주인인 과학자가 있는데, 자기는 그 과학자를 오랫동안 흠모했다고 설명했다. 그 과학자는 자기를 강간한 헤닌저의 장모 코라 버로스였다. 코라는 생전에 인정받지 못했고, 코코넛을 출범시킨 과학적 통찰에 대한 보상도 못 받은 채 무명으로 죽었지만, 미스 핏은 그녀를 잊을 수 없다고 했다. 자기와 코라 버로스 사이에 이어진 인연의 끈이 느껴진다고 했다. 그래서 모두에게 잊혔던 이 과학자를 위해 복수해야겠다는 생각을 늘 품고 있었다고 했다. 그러다 친구인 기네스가 기회를 주었다고 했다.

그 영상이 공개된 날 마지는 킹과 함께 살던 집을 떠나기로 했다. 킹이 다른 여자를 건드렸기 때문도 아니었고, 그가 처음에 당황해서 미스 핏이 딥페이크(인공지능의 영상 합성, 조작 기술―옮긴이) 영상을 만든 거라고 거짓말했다가 스스로 무너져 잘못을 고백했기 때문도 아니었다. 마지는 그렇게 편협한 사람이 아니었다. 마지도 다른 사람과 섹스를 한 적이 있다고―같은 남자와 두 번―말했다. 그러니 그런 것은 별로 문제가 되지 않았다. 마지가 킹을 떠나기로 한 이유는 그녀가 수년 동안 준비해 온 제품 출시를 킹이 망쳐버렸기 때문이었다. 그래서 마지는 킹을 용서할 수가 없었다. 그들은 이미 몇 년째 데면데면하게 지내고 있었다. 킹도 인정해야 했다. 지난 2년 동안 기후 과학자들 사이에 의견이 분분했다. 킹이 알기로 마지의 바람 상대는 루스텍 사의 최고경영자 조니 린이었다. 조니는 술집에서는 카리스마 넘쳤지만 침대에서는 영 꽝이었다. 처음에 마지는 조니가 제대로 못한 걸 자기 탓으로 여겼는데, 두 번째도 탐탁지 않자 조니를 비난했고 나중에는 후회했다. 그 일이 킹에게 큰 상처가 될 것 같아서 그에게는 절대 말하지 말자고 결심했는데, 이제는 킹에게 최대한 상처를 많이 줘야 속이 좀 풀릴 것 같았다.

마지의 운전기사가 그녀를 멀리 데려가기 위해 도착했다. 마지는 어디로 갈 것인지 킹에게는 말하지 않을 작정이었다. 킹이 마지의 팔을 붙잡으며 말했다.

"마지, 하모니카 건은 내가 바로잡을게. 약속해."

마지는 그의 손을 뿌리치며 침을 뱉었다.

"너무 늦었어."

다른 경우에도 늘 그랬듯이 마지의 판단은 옳았다.

그들은 이혼을 위한 서류 작업에 들어갔다. 마지가 함께 살던 집을 갖고, 킹은 그 외의 다른 부동산과 라오 프로젝트를 갖기로 했다. 이 서류가 누출된 후 소셜 트렌드 페이지에서 킹은 초췌하고 비열한 모습으로 등장했다. 반면에 관련된 자그마한 사진에서 마지는 뱃살이 통통하게 오른 채 택시를 부르기 위해 한 손을 들어올린 모습이었다. 그들의 이혼에 대해 어느 신문은 '세계에서 가장 값비싼 이혼!'이라는 표제를 붙였다.

1주일이 지난 어느 날 아침, 킹은 마지의 전화임을 알려주는 지정 벨 소리에 잠이 깼다. 정신이 번쩍 들었다. 다 끝난 거 아니었나? 마지가 그를 용서해 줄 마음이 생긴 걸까? 그가 전화를 받자, 마지는 그의 입에서 그녀의 이름이 나올 틈도 주지 않고 쏘아붙였다.

"아직 안 봤어?"

"잠깐만. 뭘?" 업무상 전화임을 깨달은 그는 짜증이 나서 방어적으로 물었다.

"아직 안 봤구나. 맙소사. 문자 메시지 확인해 봐. 월터가 밤새 당신한테 전화했다던데."

화가 치민 목소리였다. 킹은 난생처음 수면제를 먹고 잠을 잤다. 핸드폰을 보니 너무 깊이 잠든 나머지 월터한테서 걸려 온 전화 여섯 통을 한 번도 못 받았다. 월터는 그와 통화가 되지 않자 마지에게 전화해 보라고 요청한 모양이었다.

킹은 날이 선 말투로 말했다.

"그냥 말해. 무슨 일인데?"

"컬럼비아 대학교의 유명한 노인병 전문의가 자기 환자 중 하나가 우리 때문에 죽었다고 주장했어. 자기가 주치해 오던 여자 환자가 우리 하모니카 시제품을 사용했다는데, 뇌졸중으로 사망했대." 마지는 자세한 내용을 쭉 읊었다. 뉴욕에 거주하는 그 75세 여성은 평생 얼리어답터로 살았다. 페다의 뇌졸중을 언급한 킹의 연설을 듣고 마음이 움직인 그 여자는 시제품을 써보기로 결심했다. 그녀가 60대의 나이에 뇌졸중을 앓은 병력이 있어서 의사는 하모니카를 사용하지 말라고 말렸지만 결국 그녀의 결정에 맡기게 됐다. "월터가 오늘 오후에 기자회견을 준비하겠대. 우리가 어떻게 할 생각인지 말해달래."

"월터는 뭘 어떻게 할 생각인데?"

"당신도 예상하다시피 이런 식으로 말해야겠지. '우리는 현 상황을 조사하고 있으며, 희생자와 가족분들에게 심심한 위로의 말씀을 전합니다⋯⋯.'"

"진짜 우리 잘못이 맞아, 마지? 그것부터 확인해야 하잖아?"

"당연하지. 그래서 현 상황을 조사하고 있다는 말이 들어가는 거고."

"그래."

마지와 킹, 그리고 월터가 결정한 바에 따라 킹은 현 상황에 대한 조사, 그리고 조사가 진행되는 동안 예방 차원에서 하모니카 리콜을 약속하기로 했다. 그런데 그날 오후 코코넛 사 밖에 설치된 연단에 오른 킹은 그 자리에 모인 기자들의 표정에 담긴 냉정함, 이미 결론을 내려버린 듯한 태도를 보고 생각이 바뀌었다. 그는 당당하게 가슴을 내밀고, 확실한 증거도 없으면서 선언했다.

"하모니카에는 아무 문제도 없습니다."

기자들은 실시간으로 소셜에 그의 말을 포스팅했다.

킹은 준비한 내용이 아니라 즉석에서 말을 이어갔다.

"하모니카 시제품을 사용한 개인이 사망했다고요? 그 사실을 반박하자는 게 아닙니다. 하지만 하모니카 때문에 사망했다고요? 아뇨. 그 부분은 인정할 수 없습니다. 내가 하모니카를 만들었어요. 인정 못 합니다."

킹이 계속 이런 식으로 주절거리자 결국 월터가 나서서 그의 어깨를 잡고 끌어냈다. 킹을 대신해 강연대 앞에 선 그의 전 부인 마지가 슬픔이 느껴지면서도 권위 있는 완벽한 목소리로 기자들에게 말했다.

"지금부터 제가 다른 질문을 받겠습니다."

킹은 기분이 좋지 않았다. 다음 날 아침, 월터가 킹에게 전화해 조용히 소식을 알렸다. 방금 《월 스트리트 저널》 측과 통화했는데, 동남아시아의 어느 여기자가 킹이 하모니카의 결함을 알고도 숨겼다더라는 얘기를 여러 믿을만한 정보원들에게 들었다고 했다. 킹은 곧장 부정했다.

"맙소사, 월터, 그건 사실이 아닙니다! 당신은 그 말도 안 되는 헛소리를 믿어요?"

월터는 그 질문에 대답하지 않고 구체적인 사항을 공유했다. 양곤, 루사카, 아바나의 하모니카 생산 공장에서 일한 적 있는 루스텍 사의 예전 직원 세 명이 주장한 내용이었다. 그들은 코코넛 사의 후원으로 진행된 실무 교육을 받으면서 여유 시간에 코딩을 배우다가 인터넷으로 한 번 실행해 보기로 했다. 그들은 수업 시간에 공동으로 하모니카의 소프트웨어를 해킹했는데, 하모니카의 코딩에서 지나치게 낙관적으로 가정한 부분을 발견하게 됐다. 하모니카 장치가 예상보다 아주 조금 더 열을 방출하게 되면 뇌 손상이 초래될 수도 있는 것이다. 이들은 자신들이 알아낸 내용을 담아 편지를 써서 킹과 마지에게 보냈는데 아무런 답변을 받지 못했다고 기자에게 말했다. 편지를 보내고 1주일 후 그들은 '보안 위반'이라는 애매한 이유로 루스텍 사에서 해고당했다.

불쌍한 내 아버지, 킹 라오. 그는 그때 진실을 인정했어야 했다. 그가 만든 제품이 결과적으로 사람을 죽였다. 그는 그런 일이 일어날 수도 있다는 경고를 사전에 받았다. 그는 잘못을, 판단 실수를 저질렀다. 그렇다면 시제품을 회수하고 희생자의 가족들에게 충분히 배상했어야 했다. 금전적 배상을 하더라도 이미 일어난 일을 돌이킬 수는 없겠지만 말이다. 물론 그렇게 했더라도 그 후에 벌어질 일을 막지는 못했을 것이다. 바로 다음 달에 병력이 없는 프랑스인 10대를 포함해 예순세 명이 추가로 사망했으니까.

구체 구조물 주변에 주주들이 떼로 모였다. 이번에는 제품 출시를 직접 보고 최고 인플루언서의 연설을 듣고 4년마다 열리는 브랜디 올림픽에 참가하기 위해서가 아니라, 오만함으로 인해 사람을 죽게 만들지 않을 위원장을 원한다는 뜻을 전하기 위해서였다. 지금까지 아무도 주목하지 않았던 엑스들이 갑자기 영웅으로 떠올랐다.

킹은 사흘 동안 집에 혼자 있으면서—집 밖에서 그를 지키는 경호원의 수는 네 배로 늘었지만—마지, 월터, 그 외에 여러 변호사와 아침부터 밤까지 영상 통화를 했다. 때로는 다른 중역들이나 월터가 고용한 위기관리 자문이 참석할 때도 있었다. 화면에 띄워놓은 다른 윈도우 창으로 킹은 그의 집에서 멀지 않은 곳에서 벌어지고 있는 시위를 지켜보았다.

"우리는 기계가 아니다!" 세계 곳곳의 도시에서 거리 시위에 나선 사람들이 외쳤다.

"출입 금지!" 파리에서는 내 아버지의 조각상에 사람들이 그라피티를 써갈겼다.

사람들은 아버지의 얼굴에 '신'이라고 적은 후 X 표시를 했다.

온라인에 영상이 퍼져나가고 얼마 안 있어 전 세계에 퍼져있는 킹의 모든 조각상에 그런 표시가 그려진 듯했다. 사람들은 망치로 아버지의 조각상 팔을 때려 부쉈다. 조각상의 발가락에 오줌을 갈겼다. 그날 밤 아버지는 자칭 엘리먼 엑스라는 젊은 여자가 차 지붕에 올라서서 종이접시에 휘갈겨 쓴 성명서를 읽는 모습을 지켜보았다.

"우리는 우리의 정직한 폭력으로 주주 정부의 교활한 폭력에 맞서 싸우기 위해 이 자리에 모였습니다!"

그 여자가 사용한 표현은 19세기 무정부주의자의 일기장에서 따온 것처럼 어이없을 정도로 구식이었는데도 사람들은 그 젊은 여자의 말에 열광적으로 귀를 기울였다. 이윽고 사람들은 주주 캠퍼스 본사로 쳐들어와 돌멩이와 망치로 창문을 부쉈다. 킹은 한시도 가만히 앉아있지 못하고 핸드폰을 들고 이 방 저 방 돌아다니며, 그의 조용한 집에서 이 모든 사태를 지켜보았다. 추가 경비 인력이 야근까지 해가면서 경내를 에워싸고 봉쇄했다. 킹은 공들여 쓴 메시지를 한 시간 간격으로 소셜에 포스팅해 올렸다. 주주 위원회는 '평화적인 시위를 지지'하고 있으며 '주주들의 안전을 지키기 위해' 경찰을 배치하고 있다는 식의 메시지였다. 마지는 온라인에서 퍼지는 이야기를 통제할 수 있다면 오프라인에서 일어난 일은 중요하지 않다고 늘 말했다. 하지만 그날 밤, 그는 온라인을 통제할 수 없게 됐다는 걸 알게 됐다. 그는 캠퍼스의 주요 건물 창문을 통해 연기가 쏟아져 나오는 모습을 핸드폰으로 봤다. 주주 정부의 본부가 나머지 세상과 마찬가지로 불에 활활 타오르고 있었다.

# CHAPTER 26

X ┼ X

내가 블레이크 섬을 내 것이라 주장하기
오래전에 이곳은 두와미시족이 조상 대대로 야영을 하며 살아온 땅
이었다. 전설에 따르면 시애흘 추장(1786~1866. 오늘날 워싱턴주에
살았던 아메리카 원주민 추장. 두와미시족 어머니와 수쿼미시족 추장 아
버지 사이에서 태어났다. 워싱턴주에 세워진 도시 시애틀은 그의 이름에
서 따온 것이며, 백인들의 환경 파괴를 비판한 연설로 유명하다―옮긴
이)이 탄생한 곳이기도 했다. 당시 이곳 섬들에는 삼나무와 더글러스
전나무가 무성하게 자라고 있었다. 1792년 영국의 탐험가 조지 밴쿠
버가 이끄는 배들이 이곳 만(灣)으로 흘러 들어와, 시애흘 추장의 탄
생지에서 북쪽에 있는 큰 섬에서 튀어나온 끄트머리 부분에 닻을 내
렸을 때, 어린아이였던 시애흘은 그 광경을 직접 목격했다고 한다.
조지 밴쿠버는 훗날 그 끄트머리 부분을 레스토레이션 포인트라고
불렀다. 당시 시애흘의 삼촌인 킷샙 추장은 조지 밴쿠버와 그 부하
들을 환영해 주었다. 당시 시애흘은 여섯 살이었다.

그리고 수십 년 후 영향력 있는 추장이 된 시애흘은 백인들과 친구로 지내고 있었다. 그는 백인들과 강력한 동맹을 맺고 있으면 북쪽에 있는 다른 경쟁 부족들과의 싸움에서 우위를 점할 수 있다고 여겼다. 하지만 상황을 완전히 오판한 것이었다. 아이작 잉걸스 스티븐스 총독과 그의 지지자들은 원주민 부족과 기만적인 조약을 맺어, 두와미시족과 수쿼미시족이 조상 대대로 살아온 땅을 차지하고, 그곳을 베인브리지 섬과 블레이크 섬이라고 새로 명명했다. 그들은 그곳 나무를 벌목해서 강을 통해 샌프란시스코로 흘려보냈고, 그 목재는 새로 부자가 된 금광 노무자들의 집을 짓는 데 사용되었다. 결국 시애흘 추장과 그의 부족민들은 베인브리지 섬에서 애거트 수로 너머에 있는, 킷샙 반도의 인디언 보호구역으로 가서 살게 되었다. 결과적으로 백인들은 그곳에 시애틀이라는 이름을 붙여 그의 이름마저도 차지했다.

   백인들이 자기를 배신한 게 분명해지자 시애흘 추장은 훗날 유명해진 연설을 했는데, 그것은 사실상 스티븐스 총독에게 들으라고 한 연설이라고 한다.

   "너무 빠르게 끝이 나버린 내 사람들의 운명을 내가 왜 애도해야 할까요? 마지막 원주민이 이 땅에서 사라지고 내 부족에 관한 기억이 백인들 사이에서 신화가 되었을 때, 이 해변은 내 부족의 보이지 않는 유령들로 가득할 것입니다. 여러분의 후손의 후손은 들판, 크고 작은 가게, 고속도로 혹은 길 없는 숲의 고독 속에서 혼자라고 여기겠지만 절대 혼자가 아닐 것입니다. 이 땅에서 진실로 혼자인 곳은 아무 데도 없습니다. 밤에 도시와 마을 거리가 고요해지면 여러분은 아무도 없는 줄 알겠지만, 실은 과거에 이 아름다운 땅에 살았고 여전히 이 땅을 사랑하는 유령들로 이미 가득할 것입니다. 백인들은 결코 혼자가 아닐 것입니다. 죽은 자는 무력하지 않으니, 내 사람들에게 공정하고 친절하게 대하세요. 죽은 자라고 내가 말했지만, 사실 죽음이라는 것은 없습니다. 그저 세상이 변할 뿐이죠."

여러분이 이렇게 연설하는 시애틀 추장을 봤다면 그의 턱에서 저항과 위협의 기운을 느낄 수 있었을까? 시애틀 추장이 정확히 이렇게 말했다는 증거는 없다. 추장 사후 20년이나 지나서 헨리 스미스라는 백인 의사가 신문에 그의 연설을 실었다. 예전에 그 연설을 듣고 기록한 내용이라고 주장하면서 말이다. 훗날 여러 작가가 연설 내용을 각색했다. 1970년에 테드 페리라는 작가는 환경오염에 관한 영화 대본을 쓰면서 추장의 연설 내용을 자기 입맛에 맞게 바꿨다. 그 대본에서 시애틀 추장은 이렇게 말했다. "지구는 인간의 것이 아닙니다. 인간이 지구의 것입니다. 우리는 이 사실을 분명히 알고 있죠. 가족을 잇는 피처럼 모든 게 연결되어 있습니다. 모든 게 연결되어 있어요." 1980년대와 90년대의 환경운동가과 수쿼미시족 지도자들은 이 대사를 인용했다. 훗날 본토의 엑스 운동이 정점에 이르렀을 때 이 대사가 다시 소환됐는데, 엑스들은 주주 위원회에 반대하는 구호를 외치면서 시애틀 추장의 이름을 언급했다. 시애틀 추장이 우리에게 진실을 말했다! 이 땅은 당신네 것이 아니다!

시애틀의 유령은 지금의 이 사태를 어떻게 생각할까? 그가 이곳을 계속 지켜보고 있었다면, 조용히 복수를 계획했을까? 아니면 그의 연설도 식민지 시대에 지어낸 허구에 불과했을까? 시애틀은 백인들에게 200만 에이커 이상의 땅을 허락하고, 부족민들을 킷샙 반도의 인디언 보호구역에 가서 살게 만든 조약에 최초로 서명한 장본인이었다. 그 역시 인디언 보호구역에서 살다 죽었고 조촐하게 묻혔다. 그의 묘비에는 '백인들의 친구'라는 말이 후손들에게 보란 듯이 새겨져 있는데, 마지막 순간에 그가 그 말에 찬성했을진 모르겠다.

어느 시원한 가을밤, 시애흘 추장에 관한 생각이 떠올랐다. 정박지에서 끌고 나온 카약을 타고 블레이크 섬 북서쪽 해변에 도착한 순간, 몇 달 만에 처음으로 내 클라리넷이 우우웅 울리며 켜졌다.

집중하자. 정신을 하나로 모으자. 나는 자신에게 타일렀다. 나무들, 줄고사리 덤불 사이로 걸어가면서 나는 지나치게 달아오른 클라리넷을 진정시키려 애썼다. 가까이 가서 보니 집 안의 조명이 다 꺼져있었다. 현관문 앞으로 향했다. 언제나처럼 쉽게 문이 열렸다. 어렸을 때부터 살아온 내 집의 거실 한가운데에 섰다. 향료와 향냄새가 훅 다가왔다.

아버지의 방은 열려있었고 안에서 아버지가 코 고는 소리가 들렸다.

아버지의 정신을 헤아리고…… 아버지가 클라리넷을 설계한 기간을 연구함으로써…… 나는 비로소 클라리넷이 아버지의 내면에서 작동되어 내 정신과 완전하게 연결된 이유를 이해할 수 있었다. 아버지는 그 기술이 사용자의 흡수 능력을 가늠해서 사용자의 정신이 젊고 유연한 때만 작동하도록 조정했다고 내게 말한 적 있었다. 그렇다면 아버지는 클라리넷이 제대로 작동하기에는 자기 몸이 너무 늙었다는 걸 알면서도 왜 자신에게 클라리넷을 주사했을까? 나는 마음의 눈으로 아버지가—내가—컴퓨터 앞에 앉아있는 것을 보고 있다. 키보드 위에 놓인 손가락 끝이 바르르 떨린다. 생각이 머릿속에서 모호하게 형성된다. 내가 온라인으로 연결된 게 느껴지지 않지만, 앞으로도 그리고 지금도 연결 상태를 유지한다면, 아테나가 찾아낼 수 있지 않을까? 사악한 생각이 아니라, 어쩌면 가능하지 않을까 하는, 조심스러운 생각이다.

나는 아버지의 방으로 다가가 안으로 들어갔다. 아버지는 늘 그랬듯이 어린아이처럼 침대에 모로 누워 두 손으로 얼굴을 받친 자세로 나를 바라보고 있었다. 나는 침대에 걸터앉았다. 아버지는 창백하고 수척해 보였다. 아버지의 손을 꼭 잡았다. 서늘하고 푸른 정맥이 드러난 아버지의 손은 참 부드러웠다.

"아빠."

아버지는 잠시 눈을 떴다가 다시 감았다.

"으음."

"아빠, 저예요."

"얼른 자, 아가. 시간이 늦었어."

"저 왔어요."

"으음…… 그래."

"식사는요? 물은 잘 드시고 계시죠?"

"그래. 할 일이 많아. 가서 자."

"아빠……. 이게 작동하고 있어요. 아빠의 클라리넷이요. 제 클라리넷과 연결됐어요."

아버지는 눈을 뜨고 나를 바라보면서 몇 번 눈을 깜박였다. 나는 숨을 죽였다. 아버지가 다시 말했다. "할 일이 많아." 그러고는 침대 옆쪽으로 물러나더니 방금 누웠던 자리를 손으로 톡톡 두드렸다. "얼른 자, 아가. 시간이 늦었어."

"아빠가 바랐던 대로 나는 이제 아빠의 머릿속을 볼 수 있어요.

470

기억하시죠?"

아버지는 반신반의하며 살짝 웃었다.

"아가, 내가 요즘 뭐든 기억을 잘 못 하는 거 알잖니." 슬픔에 잠긴 말투였다. 아버지는 나를 달래듯 덧붙였다. "네가 행복하다면 나도 행복하단다."

엘리먼이 내 부재를 알아채기 전에 집으로 돌아가야 했다. 하지만 이곳에는 너무나 훌륭한 내 아버지가 있었다. 불멸의 킹 라오. 체취를 맡을 수 있을 정도로 가까웠다. 이불을 젖히고 안으로 들어가 누웠다. 이불 안쪽은 따뜻했고 약간 눅눅했다. 아버지 쪽으로 등을 대고 누워 아버지의 팔을 내 몸 위에 둘렀다. 아버지의 몸 안쪽에 둥지를 틀고 누운 것처럼. 다시 어린아이가 된 것처럼. 그리고 기다렸다. 몇 달 만에 처음으로 나의 클라리넷이 다시 아버지의 클라리넷과 연결되었다.

수도꼭지를 틀었을 때 약간 털털거리다가 물이 나오는 것처럼 약간 시간이 걸리기는 했다. 예전처럼 아버지의 정신이 내 정신 안에서 걷잡을 수 없게 흘러넘칠까 봐 걱정됐다. 하지만 엘리먼의 침실 바닥에서 연습했던 것처럼, 심호흡하며 긴장을 풀었다. 아버지의 정신으로부터 대략 연대순으로 다운로드한 모든 정보를 베인브리지에서 이미 잘 정리해 둔 터였다. 지금부터는 내가 몇 달 전 여기를 떠난 후 아버지에게 일어난 모든 일을 다시 볼 차례였다.

내가 이 섬을 떠난 날 오후, 장을 보러 갔다가 집으로 돌아온 아버지는 나를 불러 찾았다. 내 대답이 없는데도 아버지는 그다지 놀라지 않았다. 내가 여느 때처럼 수영하러 갔거나 여기저기 돌아다니고 있을 것이라 생각한 것이다. 시간이 그리 늦지도 않았다. 냉장고를 연 아버지는 먹고 남은 밥과 요거트 그릇을 꺼냈다. 요거트를 밥 위에 붓고 그 자리에 서서 그것을 먹었다. 그리고 일찌감치 잠자리에 들었다. 아침이 되자 아버지는 다시 나를 불러 찾았다. 이번에도 내 대답 소리가 들리지 않았지만 아버지는 걱정하지 않았다. 전날 오후에 일어난 일을 전혀 기억하지 못했기 때문이었다.

나는 그때와 지금 사이의 시간을 더듬으며, 아버지가 걱정에 휩싸인 증거를 찾아보려 했다. 하지만 매일이 똑같았다. 아버지는 내가 사라졌다는 사실을 오랫동안 기억 못 했기에 그 일로 인해 놀랄 일도 없었다. 아버지는 냉장고 문을 열고 냉장고 불빛 속에서 렁기 차림으로 서서 식사를 했다. 음식이 다 떨어지자 장을 보러 배를 타고 시장으로 나갔다. 시장은 지금 내가 머무는 곳과 그리 멀지 않은 곳에 있었다.

"저는 오랫동안 집을 떠나있었어요."

나는 나지막하게 말했다. 작고 슬픈 목소리…… 어린아이의 목소리였다.

"이렇게 늦게까지 수영하러 갔었니?"

아니라고, 수영하러 간 게 아니라고 말하고 싶었다. 하지만 아버지가 계속해서 말했다.

"괜찮아. 넌 멀리 가질 않으니까."

아버지는 다시 코를 골기 시작했다.

몸을 돌려 아버지를 바라보았다. 아버지의 얼굴 윤곽, 깊게 새겨진 주름 하나하나를 기억에 담았다. 아버지가 깊게 잠든 게 보이자 나는 다시 입을 열었다. 아버지를 절대 떠나지 않을 거라고, 마지막 순간까지 아버지 곁에 있을 거라고 말했다. 이 말이 내 입을 떠나 아버지의 귀에 닿게 하고 싶었다. 어쩌면 속임수일 수도 있었다. 그 말을 하면서도 나는 그게 거짓말인 걸 알았다. 아버지의 부드러운 이마에 입을 맞췄다. 아버지의 손을 잡고 깍지를 꼈다. 마음 한구석에서는 아버지가 눈을 뜨기를, 정신을 차리기를, 나더러 아버지 옆에 영원히 있으라고 명령하기를 바랐다. 하지만 아버지는 그렇지 않았고 나는 안도했다. 나는 방 밖으로 나가 아버지의 사무실로 향했다. 아버지의 컴퓨터를 켜고 클라리넷의 소스 코드를 찾아낸 후 유에스비에 저장했다. 그리고 가지러 온 물건—100명분의 클라리넷이 담긴 상자—를 찾아내 들고 집을 나섰다.

다음 날 밤, 나는 차차 클럽의 고물 쪽 구석의 쿠션 깔린 긴 의자에 앉아있었다. 1주일 중 제일 한산한 월요일 밤이라 사람이 그리 많지 않았다. 얼마 후 두 남자가 다가와 나를 위아래로 훑어보았다. 40대로 보이는 그들은 검은 머리카락에 황갈색 피부였고, 브랜드 로고가 박힌 밝은색 티셔츠를 입었다. 몹시 닮은 두 남자 중 하나가 물었다.

"뭐 마실래?"

"맨해튼이요."

내가 늘 찾는 칵테일이었다. 그들은 바에 갔다가 술잔 세 개를 들고 돌아왔다. 우리는 함께 술을 마셨다.

얼마 후 두 번째 남자가 말했다.

"이제 뭐 하냐?"

이제 내가 제안해야 할 차례였다.

"따로 얘기하죠."

그들은 나를 방으로 데려갔고 나는 테스트할 약이 있다고 설명했다. 그들의 반응에 영향을 줄 수 있으니 그 이상은 말해줄 수 없다. 다만 무료로 하게 해주겠다. 나한테 샘플이 있다. 대략 이런 식으로 말했다.

남자들은 말 잘 듣는 학생들처럼 침대에 나란히 앉았고, 나는 그 앞에 서있었다. 그들 중 한 명이 자신 있게 말했다.

"우린 그거 하러 여기 온 거야."

그들은 이걸 자주 해본 모양이었다.

나는 차례로 주사를 놓았다. 그들은 눈꺼풀을 파르르 떨면서 기쁨의 신음을 흘렸다. 그들을 면밀하게 지켜보는데 목이 메는 기분이었다. 폭발하듯 터져나오는 기억들(배수로를 따라 빠르게 흘러가는 종이배, 화단에서 교미하는 다람쥐 한 쌍)과 느낌(다리 골절의 고통, 어린 여동생의 작은 손을 잡았을 때 느낀 뜻밖의 기쁨)이 내 안으로 밀려들었다. 너무나 강렬하게 밀려들어서 나는 눈을 질끈 감고 애써 억눌러야 했다.

그리고 자신에게 일깨워야 했다. 내 목표는 낯선 이들의 의식을 탐험하는 게 아니었다. 나는 조금 더 구체적인 목표를 가지고 있었다. 그것은 바로 현재 상황에 불만을 품은 사람들을 찾아내고 그들이 문제 해결에 나설 마음이 있는지를 알아내는 것이었다. 일단 내가 알아낸 것은 이러했다. 서배스천은 몇 달 동안 어떤 진통제의 시제품을 테스트해 주고 있었는데 그 진통제에 이미 중독되어 있었다. 하비는 학자금 대출 때문에 사회자본 점수가 너무 낮아서 지금 일하는 법률 회사에서 파트너가 되지 못하고 있었다. 눈을 뜨자 남자들은 다정하고 솔직한 눈빛으로 나를 바라보고 있었다. 나는 그들에게 지금 기분이 어떤지 조심스럽게 물어보았다.

"아름다워." 그중 한 명이…… 서배스천이…… 대답했다. "행복이 팡팡 터져. 빠르지만 강렬해."

"우주와, 서배스천과, 그리고 너와 연결되어 있다는 느낌이 들어." 하비는 미소를 머금은 채 대답했다.

그날 밤 나는 목표물 여섯 명의 이름을 들고 엘리먼에게 돌아갔다. 다음 날 아침 아르노의 천막을 찾아가, 누가 그에게 어떤 약과 소스 코드를 주면 그것을 역설계할 수 있는지 물었다.

그는 자부심으로 가득한 목소리로 대답했다.

"원래 내가 하는 일이 그거야."

"무슨 약이냐면, 정신에 작용하는 기분 개선제 같은 거예요." 거짓말은 아니었다. 서배스천과 하비 외에 다른 사람들에게도 시험해 봤는데 다들 비슷한 반응이었다. "한동안, 그러니까 서너 달 정도 시험해 볼 거예요. 만약 내가 이 약을 팔게 되면 당신한테 수익의 4분의 1을 줄게요." 이것도 거짓말이 아니었다. 다만 그 약을 팔 계획은 아니라서, 만약이라는 단서를 붙여 말한 것이다.

그는 고개를 절레절레 흔들었다.

"넌 꼭 엘리먼처럼 말하는구나. 수익의 절반을 줘."

"좋아요. 대신 비밀 지켜줘요."

그는 대단하다는 듯 휘파람을 불었다.

"부업이라 이거구나. 알겠다."

처음에 요리사를 포함해 여덟 명의 이름을 엘리먼에게 넘기기까지 한 달이 걸렸다. 그런데 아르노가 약을 역설계 해주고 한 달이 지났을 때 나는 100명이 넘는 사람들의 명단을 엘리먼에게 건넬 수 있었다. 목표물들의 정신을 내 정신에 결합하면 상실감, 배신감, 심적 고통이 교향곡처럼 밀려들었다. 사람들에게 주사한 후 나는 몸이 좋지 않다는 핑계를 대며 누워야 할 때도 있었다. 그런데 목표물들은 나와는 완전히 다른 기분을 느꼈다. 서배스천과 하비처럼 그들은 1분 정도 지속되는 강렬한 충격을 느꼈고, 그로 인해 사랑과 연결성을 절절히 경험했다고 했다. 하나같이 놀라운 경험이라고들 했다. 엑스터시 마약이 떠오른다고도 했다. 그들은 그 순간 나를 몹시 가깝게 느꼈고, 나를 완전히 믿을 수 있을 것 같았다고 했다.

맹세하는데 나는 그들을 부당하게 착취하지 않았다. 처음에 약간 시험해 본 후에는 사람들이 엑스 운동에 얼마나 열린 마음을 가지고 있는지 측정하는 용도로만 클라리넷을 사용했다. 그 외의 용도로는 쓰지 않았다. 얼마 후에는 타인의 정신으로 파고들어 가 1분 이내에 내가 필요로 하는 부분을 흡수해 나올 수 있게 됐다. 시간이 흘러도 여전히 지독하게 압도적인 느낌이었다. 때로는 머릿속 생각이 내 것인지, 킹의 것인지, 다른 누군가의 것인지 확실히 알 수 없었다. 내 입에서 나온 말인데도 낯선 이의 혀가 만들어 낸 소리인 것 같아 기겁할 때도 있었다. 대신 엘리먼에게 넘기는 명단은 날이 갈수록 길어졌다. 엘리먼은 그 명단으로 무엇을 하는지, 명단에 적힌 사람들과 실제로 연락을 취하는지는 말해주지 않았지만, 내게 깊은 인상을 받았다고 말하기는 했다. 우리는 불가능해 보였던 일을 성취해 나가고 있었다. 나는 속으로 말했다. 너는 라오 집안사람이야. 너도 세상을 바꿀 수 있어.


존재는 변화하기 마련이다. 낮이 점점 짧아졌다. 어느 서늘한 아침, 엘리먼이 바닥에 누운 내 옆에 웅크리고 앉아 내 잠옷 소매를 잡아당긴 바람에 잠에서 깼다. 내가 눈을 뜨자 그녀가 말했다.

"안녕, 꼬마야. 일어나. 나랑 같이 가자."

엘리먼은 캐치를 배달해야 하는데 캐치 상자를 옮기는 일을 나더러 도와달라고 했다. 나는 밤에 깊은 잠을 못 잔 지 수 주일째였지만 일어나서 엘리먼을 따라갔다.

길을 따라 내려가는 내내 강렬한 햇살이 쏟아지는데도 나는 눈만 뜨고 있을 뿐 잠이 완전히 깨질 않았다. 정신이 드는 듯하면서도 시간이 벌컥벌컥 단속적으로 흐르는 기분이었다. 엘리먼과 나는 번갈아 가며 캐치가 담긴 수레를 끌었다.

"차차 클럽에서 무슨 일이 일어나고 있는지 모르겠지만 네가 일을 잘하기는 하는 것 같더라."

"운이 좋았어요."

"재능이 있는 거지!"

그날 아침 엘리먼은 기분이 꽤 좋았던 것으로 기억한다.

엘리먼은 오른쪽으로 길게 뻗은 진입로를 향해 올라가기 시작했다. 헛간처럼 붉게 칠한 농가였다. 그 집 문이 열리더니 긴 회색 머리를 한 여윈 할머니가 나타났다. 할머니가 입은 목이 깊게 파인 스팽글 원피스에 햇빛이 비쳐 반짝거렸다. 할머니가 엘리먼에게 말했다.

"어서 와, 자기야. 들어와. 올리브가 있어서 올리브빵을 만들었어."

그러고는 내게 말했다.

"난 루시라고 해. 이곳을 운영하고 있어."

이곳은 섬에 있는 진료소 중 하나였고 루시는 의사였다. 농가 안에는 빛이 가득했다. 주방 한가운데 놓인 피크닉용 테이블 위에 과일이 가득 담긴 바구니가 있었다. 그걸 보며 집이 생각났다. 내가 아버지에게 클라리넷을 주사했던 날, 망고를 손에 쥐고 있던 아버지.

"애는 누구야?" 루시가 엘리먼에게 물었다.

"내 사람."

루시는 눈을 위로 굴렸지만 즐거워 보였다.

"우리 모두 어떤 의미에서는 다 그렇잖아." 루시는 엘리먼에게 이렇게 말한 후 내게 물었다. "오렌지 먹을래?" 내가 대답하기도 전에 루시는 바구니에서 오렌지 하나를 집어 내게 내려 던졌다. 그녀는 엘리먼에게도 오렌지를 던져주었다. "과일 먹어, 아가씨들. 비타민 C를 섭취해야지."

나는 루시에게 말했다.

"원피스가 예쁘네요."

"아, 너 가져. 안 그래도 싫증 나던 참이야." 루시가 엘리먼을 돌아보며 말했다. "지퍼 좀 내려줘, 자기야."

엘리먼이 루시의 등허리까지 지퍼를 내려주자 그녀의 살이 확 드러났다. 검버섯이 잔뜩 박힌 피부. 원피스가 조이고 있던 살이 불그레했다. 루시는 현관홀 안쪽으로 들어갔다가 2분쯤 뒤에 고양이 그림이 잔뜩 그려진 수술복을 입고 돌아왔다. 루시는 팔에 걸치고 있던 원피스를 내 어깨에 얹어주었다. 스팽글 때문에 피부가 간질거렸다. 원피스에서 루시의 땀과 향수 냄새가 풍겼다.

"소식 들었어?"

루시의 말에 엘리먼이 웃었다.

"루시는 본토에서 일어나는 일을 늘 제일 먼저 듣는다니까." 본토 의사 중에 엑스 운동에 동조하는 이들은 빈 섬의 의료인들과 협업하면서 공중위생 관련 정보를 공유했다. 매일 아침 그런 이들 중 하나가 루시에게 현 상황에 관한 최신 정보를 제공하곤 했다. "무슨 소식인데 그래요?"

"정말 못 들었어?" 루시는 엘리먼한테서 나, 그리고 다시 엘리먼에게 시선을 옮기며 조심스럽게 물었다.

"뭔데요?"

"킹 라오에 관한 소식인데."

심장이 조여드는 기분이었다.

"그 사람이 왜요?"

"죽었다고 하더라고." 루시가 조용히 대답했다.

입에 머금고 있던 오렌지주스가 턱으로 흘러내렸다. 나는 손등으로 얼굴을 문질러 닦으면서 아무 말도 하지 않으려 안간힘을 썼다.

킹 라오가 퓨젓사운드만에서 보트를 타고 시장 쪽으로 가다가 암살당했대, 라고 루시가 말했다. 범인은 저격총을 다뤄본 경험이 있는 본토의 대학생이라고 했다. 사건 직후 붙잡혔으니…… 현행범이었다.

하지만 나는 얼마 전에 아버지를 보고 왔다. 그때 아버지는 살아 있었고, 나는 아버지에게 말도 했다.

엘리먼이 물었다.

"젠장. 언제 일어난 일인데요?"

"서너 시간쯤 전에."

엘리먼은 어째서인지 나를 빠르게 힐끗 쳐다보았다.

"위원회에서 그 일 때문에 우릴 의심할 거예요. 그들이 기다려 온 핑계일 테니까요."

엘리먼은 손으로 얼굴을 벅벅 문질렀다.

아버지는 내가 우울해할 때면 장난을 쳐서 나를 즐겁게 해주곤 했다. 이를테면 내게 바나나를 쓱 내밀면서 이렇게 말했다. "자, 간식이나 먹어." 내가 바나나 껍질을 벗기면 완벽하게 잘려진 바나나 조각들이 우르르 떨어져 내렸다. 나는 오랫동안 아버지가 어떻게 그렇게 했는지 알아내지 못했다. 나는 아버지가 마법사라고 생각했다. 아버지는 즐거워하며 나를 보고 웃었고 나도 슬픔을 잊고 같이 웃었다. 아버지의 정신과 연결이 되었을 때 나는 아버지가 어떻게 그렇게 했는지 알게 됐다. 옷핀으로 바나나 껍질을 찌른 후 옷핀을 앞뒤로 움직여 가면서 바나나를 자른다. 핀을 조금씩 위로 올려가면서 그 과정을 반복하면 껍질을 벗기지 않고도 바나나를 미리 잘라놓을 수 있는 것이다. 나는 그 방법을 알고 싶지 않았다. 마법만 죽여버린 느낌이었다. 차라리 모르는 게 나았다.

나는 루시와 엘리먼에게 내 표정을 들키지 않으려 주방 싱크대 앞으로 갔다. 얼굴이 뜨겁게 달아올랐다. 입과 턱을 물로 헹구고 한참 동안 손을 씻었다. 꿈이 아닐까. 꿈을 꿀 때처럼 비현실적인 느낌이었다. 머릿속으로 생각했다. 나는 당신을 찾아가 내 눈으로 직접 보았어요. 당신은 늙었지만 살아있었어요. 내 눈으로 봤다고요.

루시가 말했다.

"이곳 사람들은 당신들이 그 일에 대해 알 거라고 추정할 거야. 심지어 당신들이……"

"우린 몰랐다니까요!" 엘리먼이 날카롭게 반응했다. "무슨 그런 멍청한 추정이 다 있어요. 우리한테 킹 라오가 뭔데요? 그는 아무것도 아니에요. 그는 수년 동안 아무 힘도 없는 존재였다고요." 엘리먼은 깊게 숨을 들이마셨다가 내뱉었다. 어쩌면 루시는 엑스가 이번

일에 관여했다고 추정한 사람들 중 하나일 수도 있었다. 그런데도 루시는 우리를 진료소에 들였다. "당신은 좋은 사람이에요, 루시. 미안해요. 내가 신경이 좀 곤두섰네요."

루시는 어깨를 으쓱했다.

"나도 그런데 뭘."

그들은 둘 다 침묵 속으로 빠져들었다. 나도 조용히 창밖만 내다보았다.

잠시 후 엘리먼이 입을 열었다.

"젠장. 미친 소리 같지만 나는 그 소문이 진짜일 수도 있다고 믿었어요."

"킹 라오가 불멸의 존재라는 소문 말이구나! 나도 그랬어!"

루시가 웃자 엘리먼도 따라 웃었다. 서글픈 웃음이긴 했지만 웃음은 웃음이었다. 그는 아무것도 아니에요, 라고 엘리먼은 조금 전에 말했다. 그는 아무것도 아니라고.

엘리먼은 나를 돌아보며 지시했다.

"집으로 돌아가, 꼬맹아. 가서 사람들을 불러 모아. 내가 곧 그리로 갈게."

나는 입을 열어 대답할 자신이 없었다. 말없이 고개만 끄덕이고 그곳을 나섰다. 길을 따라 달려가는데 그의 목소리가…… 내 아버지의 목소리가…… 내 머릿속에서 들렸다. 주주 여러분, 나는 종교적인 사람이 아닙니다. 신을 믿지도 않아요. 하지만 아버지의 목소리를 분명히 들었다. 망자한테서 들을법한 부드러운 목소리가 아니었다. 아버지는 고집스러운 목소리로 말했다. 라오 가문 사람은 쉬지 않아.

다른 사람과 접촉하지 않고 이 감방에서 홀로 지내는 것은 별로 좋지 않다. 사람을 미치게 만들기 때문이다. 나는 한 달째 여기 이러고 있었다. 얼마 전에는 희미하게 딸깍거리는 소리를 들었다. 바닥을 기어가는 바퀴벌레 소리였을 것이다. 그것이 내 매트리스 쪽으로 다가왔을 때 나는 발을 아래로 내리고 발가락으로 그것을 살살 밀었다. 친해지고 싶어서 그렇게 했다. 친구가 되자는 뜻이었다. 하지만 나 때문에 겁을 먹었는지 바퀴벌레는 매트리스와 벽 사이의 공간으로 후다닥 뛰어 들어갔다. 나는 그것이 은신처에서 나오기를 꼼짝 않고 기다렸다. 5분. 10분. 15분. 그것은 나오지 않았다.

그는 사라졌다. 여기서 '그'는 바퀴벌레를 말하는 게 아니다. 이곳의 추위는…… 내가 아버지를 떠난 후 아버지의 팔에서 느낀 냉장고 같은 추위를 닮았다. 사랑하는 사람을 잃은 느낌을 나타내는 단어가 있다. '슬픔'이라고 하는 조촐한 단어다. 하지만 그 사람 덕분에 나를 정의할 수 있고, 그 사람이 없으면 내 존재를 확신할 수 없는 그런 사람을 잃는 것은 무어라 표현할 단어가 없다. 만약 그런 단어가 있다면 끝이 없는 단어일 것이다. 너무 길어서 남은 평생 말해야 하는 단어일 것이다. 그래서 그 단어를 말하다가 숨이 꼴깍 넘어갈 수도 있을 것이다.


우리 모두는 30분 정도 베란다에서 기다렸다. 사람들이 점점 초조해하고 있는데 엘리먼이 길을 따라 가볍게 달려오는 모습이 보였다. 우리는 조금씩 옮겨 서서 엘리먼에게 자리를 만들어 주었다. 닐로는 계단 난간에 걸터앉았고, 로미오는 웅크리고 앉아 엉덩이를 들썩거렸으며, 나머지들은 계단에 앉거나 집 앞쪽 벽에 기대어 섰다.

오티스는 현관 베란다의 벤치형 그네에 혼자 앉아있었다. 엘리먼은 사람들이 다시 앉을 때까지 기다리지 않고 곧장 긴장된 목소리로 말을 뱉었다.

"할 얘기가 있어요. 누가 킹 라오를 죽였다고 합니다. 위원회가 조사 중이에요."

로미오가 축하할 일이라는 듯 와 하고 환호성을 질렀다. 나는 움찔했다가 다른 사람의 눈치를 보며 주변을 슬쩍 둘러보았다. 오티스가 나와 눈이 마주쳤다. 그가 본 것 같았다.

그런데 오티스는 로미오에게 날카롭게 말했다.

"그러지 마. 사람이 죽었는데…… 무슨 환호성이야."

로미오는 인상을 찌푸리며 입을 닫았다. 닐로가 나섰다.

"킹 라오의 죽음에 위원회가 나서는 이유를 모르겠네요. 그는 본토에서 나와 엑스로 산 지 오래됐잖아요. 게다가 사건 발생 장소가 중립 수역이니 위원회의 관할 구역도 아니고요."

"암살자가 주주라서 위원회가 관여해야 하는 사건이 된 거야. 게다가 위원회는 이 사건이 상징하는 바를 두려워하고 있어. 누군가가 킹 라오를 죽일 수 있다면 다음 희생자는 누가 될까? 현 위원회 소속 위원이 될 수도 있겠지."

로미오와 닐로 덕분에 긴장이 풀린 사람들이 한꺼번에 질문을 쏟아냈다. 엘리먼은 그 소식을 어떻게 알았느냐? 그 일이 언제 일어났느냐? 누가 한 짓이냐?

엘리먼은 질문에 차례로 대답했다. 루시가 우리에게 말해줬다. 루시의 말에 따르면 그 사건은 아침에 일어났다. 범인이 보트에서 킹 라오를 향해 총을 여섯 발 쏘았다. 범인은 사건이 일어나고 13분

후에 체포됐다. 범인은 스무 살짜리 남자 대학생이고, 건실한 사회적 점수를 지닌 주주였다. 그는 대학 근처의 아파트에서 살고 있었는데, 경찰들이 그 집에 찾아가서 보니 룸메이트들이 전부 당황하면서 그가 그런 짓을 저지른 것을 못 믿겠다고 하더라. 룸메이트들의 말에 따르면 그 젊은이는 최근에 남동생이 죽어 몹시 우울해했다고 한다. 그는 주말 동안 남동생의 장례식에 참석한다고 떠났고 룸메이트들은 그 후로 그를 못 봤다. 룸메이트들은 그가 누나와 함께 있는 줄 알았다고, 자기만의 공간이 필요한 줄 알았다고 했다. 수사관들은 범인의 누나 집에서 공책 세 장을 뜯어 두 번 접어놓은 쪽지를 발견했다. 범인은 그 쪽지에 장황하고 우회적인 선언문을 써놓았는데, 그는 자기를 엑스라고 말하면서 킹 라오가 남동생을 죽게 만든 장본인이라고 비난했다. 위원회는 이 사건을 테러 암살 사건으로 부르고 있었다.

엘리먼이 말하는 내내 침묵하던 오티스는 그녀를 똑바로 쳐다보며 입을 열었다.

"자기를 엑스라고 말했다라." 그는 엘리먼의 말을 되풀이하더니 희망적으로 덧붙였다. "하지만 우린 그 사람이 누군지 모르잖아. 안 그래?"

"좋은 소식은 범인이 혼자 저지른 일이라고 주장했다는 거야. 나도 그 사람 이름을 들어본 적이 없어. 나쁜 소식은 그가 주말에 차차 클럽에 있었다는 거야."

엘리먼은 주변을 쭉 둘러보다가 나에게 시선을 멈췄다. 그리고 그의 이름을 말했다.

내가 아는 이름이었다.

# CHAPTER 27

킹 라오가 몰락한 후, 영상 제작진이 마이크와 위성 안테나를 들고 코타팔리 마을로 들어왔다. 와서 보니 한때 정원이었던 곳은 진흙투성이에 버려진 땅이었고, 도로와 접한 곳에는 구겨진 음료수 캔, 빗물에 젖은 비닐봉지, 담배꽁초가 아무렇게나 버려져 있었다. 물 고인 길을 따라 관리되지 않은 코코넛 나무 몇 그루가 뻣뻣하고 길쭉한 갈색 잎사귀를 펄럭거렸다. 그들은 축축한 담녹색 이끼가 벽에 낀 관개용 관우물 앞을 지나, 한때 공터였지만 이제는 잡초와 풀이 무성하게 자란 마당 같은 곳에 다다랐다. 한가운데에 길고 납작한 집 두 채가 있었다. 나란히 서있는 그 두 집은 황폐해진 모습마저도 닮아있었다. 페인트가 벗겨지고 있는 벽, 바람에 살짝 들려 올라갔다가 착 내려앉은 쌍둥이처럼 닮은 초가지붕이 그러했다.

키투를 비롯한 친척들은 킹이 분기마다 송금해 준 돈으로 킹에게는 알리지도 않고 라자문드리시나 좀 더 먼 비자야와다시, 하이데라

바드시 같은 곳으로 이사 갔다. 하나같이 생활하기에 좀 더 편리한 곳들이었다. 정원에서는 수년째 아무도 살지 않았다. 텔레비전 방송국 기자는 진취적인 코타팔리시 10대들한테서 그 얘기를 들었다. 이 10대들은 전날 밤 방송국에서 취재 나온다는 소식을 듣고, 색 바랜 미스 핏 콘서트 티셔츠 차림으로 정원 공터에서 취재진을 맞아들였다. 그들은 최신 정보를 제공하겠다고 약속했고 취재진은 기꺼이 그 대가를 치를 준비가 되어있었다. 그들은 부모와 조부모에게 들은 이야기를 풀어놓았고, 그 이야기는 새로운 킹 라오—영웅이 아닌 악당 킹 라오—가 나타난 후 사람들이 궁금해하던 간극을 메워주었다. 킹 라오가 아버지와 삼촌을 죽게 만든 일을 알고 있는가? 킹 라오가 동네 창녀와 놀아난 일에 대해 들어본 적 있는가?

킹은 사람들이 떠들어 대는 말을 무시하려 애썼다. 내면에 집중하려 애썼다. 이혼 후 마지와는 딱 두 번 만났다. 마지가 직접 찾아왔고 그는 그녀에게 커피를 내주며 손님으로 대우했다. 그들은 함께 울고 웃으며 위원장 선거에 대비한 마지의 선거 전략을 논의했다. 킹은 매번 다른 표현과 다른 목소리를 써가면서 수도 없이 사과했지만 마지는 모두 거절했다. 그러더니 선거를 시작하기 직전에 연락을 끊어버렸다. 일이 복잡해지는 걸 원치 않는다고, 그녀는 그가 만나본 적도 없는 공보 비서를 통해 말을 전해왔다.

그때부터 킹은 넓은 세상사에 귀를 닫고 살려고 무진 애를 썼다. 그런데도 마지가 주주 위원회 위원장으로 당선된 것을 보고 말았다. 선거일 밤에 온라인에 잠깐 접속했는데 어쩔 수 없이 보게 됐다. 무대에서 수락 연설을 하는 마지의 모습은 그야말로 반짝반짝 빛났다. 오스카상을 탄 여배우처럼 기뻐하면서도 침착을 잃지 않았다. 타고

난 정치인은 킹이 아니라 마지였다. 늘 그랬다. 화면에서 마지는 유권자들과 은밀한 농담이라도 주고받는 것처럼 눈이 반짝거렸다.

어느 날 밤, 킹은 마지가 뇌-컴퓨터 인터페이스 개발을 규제하기 위해 위원회 내에 관리 기구를 창설하겠다는 계획을 발표하는 것을 보았다. 이 분야에서 일하는 사람은 누구나 독립된 기구의 관리 감독하에 각자의 연구에 관한 분기별 감사 보고서를 제출해야 한다는 내용이었다. 마지가 "사람이 신 노릇을 해서는 안 됩니다"라고 빈정대듯 말하자 박수가 쏟아졌다. 킹은 구역질이 나서 브라우저를 닫아버렸다. 마지가 명확히 킹을 지칭한 게 일종의 배신이라서가 아니었다. 킹이 하모니카 관련 계획을 세울 때 마지도 그만큼 신이 나있었다는 걸 알기 때문이었다. 킹은 주주들의 신뢰를 잃었고, 그 신뢰를 다시 얻는 일은 이제 마지에게 달려있었다. 이제 마지는 킹에게 충성할 이유가 없었다.

킹은 스포츠 경기 시청에 흥미를 느껴보려고 했지만 관심이 가질 않았다. 한 팀이 이기면, 다른 팀은 진다……. 그게 뭐 어떻단 말인가? 그는 유명한 요리사를 초대해 한 달 동안 한집에 살면서 요리를 배워보았다. 가끔은 억지로 늦잠을 자보려고 한 적도 있었다. 오전 열한 시나 정오까지 침대에 누워있으면 머리만 둔해지고 전혀 쉰 것 같지가 않았다. 그는 5년 동안 그렇게 살았다.

마지가 주주 위원회 위원장으로 두 번째 임기를 시작했을 때 킹은 아침 일찍 비서한테서 문자 메시지를 받았다. 마지가 심장 마비를 일으켰다는 내용이었다. 마지가 위험한 상황에 놓일 줄은 아무도 몰랐다. 여전히 운동하고 잘 먹으면서 사는 사람이었으니까. 하지만 나이는 어쩔 수 없는 모양이었다. 사람은 나이가 들면 죽게 마련이니까. 위원회가 마지의 사망을 발표한 후 아침 느지막이, 한마디 해달라는 요청에 떠밀려 킹은 현재 몹시 충격을 받은 상태이며 개인적으로 애도하고 싶다는 내용으로 소셜에 글을 올렸다. 그는 마지에 관한 부고 기사들을 찬찬히 읽어 보았다. 하나같이 이런저런 일을 한 최초의 여성이라는 수식어가 붙어있었다. 참, 진부했다. 이 여자가 코코넛 사를 만들었고, 주주 위원회를 만들었다고 했다. 모든 게 다 그녀의 공로였다. 세상에서 이 여자보다 뛰어난 여자는 존재한 적이 없는 것 같았다. 하모니카 참사 이후로 킹은 악착같이 한 가지 목표에 매달렸다. 열심히 속죄해서 마지를…… 그리고 그녀와 함께했던 그들의 삶을 되찾겠다는 목표였다. 그는 그저 마지 라오의 남편으로 살려고 했다. 그 정도로도 만족하려 했다. 그런데 마지가 우주에서 사라져 버린 것이다.

몇 년 만에 처음으로 그는 텔레비전을 켰고 그대로 계속 켜두었다. 여섯 시간 동안 한자리에 앉아 화면에서 다시 살아난 마지를 바라보았다. 그 이미지가 환영에 불과하다는 게 믿기지 않았다.

"마지는 죽었어."

그는 혼자 큰 소리로 말했다. 하지만 화면에서 마지는 생기가 넘쳤다. 마지보다 더 생기 있는 사람은 본 적이 없었다.

"그녀는 죽었어, 멍청아."

그는 사실을 받아들이기 위해 몇 번이나 이 말을 해야 했다. 밤이 되어서야 텔레비전을 끄고 드러누워 어둠 속에서 눈물을 흘렸다.

그는 생생한 꿈을 꾸었다. 자신과 마지, 그리고 마지의 명랑한 눈을 빼닮은 어린 딸이 함께 침대에 누워있는 꿈이었다. 킹과 마지 사이에 누운 소녀는 깔깔거리고 웃으며 굴러다녔다. 이렇게 행복한 꿈

488

은 처음이었다. 소녀는 여느 아이가 아니었다. 마지가 평범하게 낳은 아이가 아니었다. 소녀는 코코넛 사와 마찬가지로 기술적 돌파구를 상징했다. 현실에서는 확신이 없던 기술자들이 꿈에서는 소녀를 '우리의 발명품'이라 불렀다.

잠에서 깬 킹은 꿈의 자세한 내용까지는 떠올리지 못했다. 하지만 50년 만에 몸에 활기가 도는 기분이었다. 당장 행동에 나서고 싶은 충동을 오랜만에 느껴보았다. 그는 대담자에게 질문을 받는 상상을 해보았다. 그는 그런 상상을 종종 했는데 그의 나이와 위상을 고려하면 굴욕적인 상상이긴 했다. 그래도 그는 첫 인터뷰를 했던 유명한 언론인을 머릿속에 그려 보았다. 진짜로 컴퓨터화된 초인을 제작할 계획입니까? 당신은 그런 일을 벌이려다가 권좌에서 쫓겨났잖아요? 킹은 머릿속으로 대답했다. 글쎄요. 저도 다른 사람들과 마찬가지로 유한한 존재입니다. 컴퓨터화된 초인이 저에게 무슨 소용 있을까요? 저는 제 아이가 이 우울한 세상에서 살아남을 수 있게 해주고 싶을 뿐입니다. 운이 따라준다면 제 아이가 이 세상을 조금 더 살기 좋은 곳으로 만들겠죠. 제가 원하는 건 그게 전부입니다.

일어나 옷을 입은 킹은 스페이스 니들 근처의 라오 프로젝트 캠퍼스를 향해 차를 몰았다. 액체 질소 탱크가 잔뜩 설치된 지하실로 내려갔다. 액체 질소 탱크에는 연구 목적으로 기부받은 배아들이 작은 유리병 안에 담겨있었다. 그는 물품 창고에서 가져온 아이스박스 네 개에 얼음을 담고 수백 개의 유리병을 집어넣었다. 재단을 나가 차로 돌아가는데 심장이 빠르게 뛰었다. 그는 들떠서 소리라도 지르고 싶었다. 자칫 소리를 낼까 봐 손으로 입을 막아야 했다.

토머스 에디슨은 사람들의 집에 음악을 선사했다. 덕분에 사람들은 집에서 환한 기쁨을 누릴 수 있었다. 하지만 에디슨은 인생의 막바지에서 죽음을 받아들일 방법을 깨닫지 못해 삶에 대한 만족도가 현저히 떨어졌다. 그는 어느 잡지 기자와의 인터뷰에서, 사람들이 무리 지어 이동하는 미생물들로 이루어진 것 같다고 말했다. 그런데 이 무리에서 제일 강한 것, 즉 인격 같은 고차원적 자질을 담당하는 부분은 사멸하지 않는다. 육체가 죽음을 맞이하는 순간, 그 부분은 육신에서 빠져나가 몸 밖에서 유령 같은 형태로 계속 살아간다.

에디슨은 죽은 자의 인격 덩어리가 그를 사랑하는 산 자와 소통하게 해주는 장비를 만들고자 했다. 저승과 이승을 잇는 일종의 전화선을 발명하려 한 것이다. 그는 잡지 기자에게 말했다. "이 장비가 있으면 망자는 기존에 알려진 유일한 소통 방법인 탁자 기울이기, 무언가를 두드리기, 점괘판 사용하기, 그 외에 중간 매체 이용하기 같은 조잡한 방법에 의존하지 않고도 의사를 잘 표현할 수 있을 것입니다. 나는 우리의 인격이 계속 살아남아 있기를 바랍니다. 그렇다면 내 장비가 정말 쓸모가 있을 테니까요."

발명가 에디슨이 시제품을 만들었는지는 알 수 없다. 나이가 들면서 에디슨은 생명 연장을 위한 아날로그 방법에 의존했다. 말년에는 우유를 잔뜩 마시고 기름진 식사를 하기도 했다. 하지만 죽음에 저항하는 전화기를 완성하지 못하고 결국 80대의 나이에 당뇨 합병증으로 사망하고 말았다. 그 후 수년 동안 여러 발명가가 에디슨이 이루지 못한 일을 해보겠다고 달려들었는데, 대부분 돌팔이였고 당연하게도 실패했다. 과학자들은 쓸개, 결장, 심장, 뇌와 마찬가지로 영혼도 죽음 이후에 생존할 수 없는 것으로 결론 내렸다.

마지의 포고령 덕분에 뇌-컴퓨터 실험은 위원회의 관리 감독을 받게 됐다. 하지만 위원회의 법적 영향력은 본토에 한정되었다. 그에 따라 킹은 지금까지 미국에서 알던 유일한 삶인 본토에서의 삶을 버리고, 요트를 타고 엘리엇 베이를 건너 베인브리지 남쪽의 버려진 섬으로 향했다. 그곳에서 가건물이지만 충분히 제 기능을 하는 실험실을 만들고 실험을 시작했다.

나를 탄생시키기 위해 사용된 배아가 수백 개였다. 대부분 실험 도중에 망가지거나 잘못되거나 쓸모가 없어졌다. 애초에 수정을 거부하거나 수정을 받아들였지만 얼마 안 가 죽어버린 경우도 많았다. 대부분 양귀비 씨앗만 한 크기일 때 폐기되었는데 사과 씨나 자두, 레몬, 감자만 한 크기인 경우도 있었고, 눈과 입까지는 만들어졌는데 뇌는 제대로 안 만들어진 경우도 있었다. 그러다 마침내 성과를 올렸다. 킹은 몇 번 더 시도했고, 여러 차례 성공했다.

그제야 킹은 자신과 마지의 배아 하나를 가져와 최종적으로 실험 과정을 고스란히 따라갔다. 발라클라바를 쓰고 집을 나선 킹은 베인브리지 섬의 레스토레이션 포인트까지 보트로 노를 저으며 나아갔다. 그 섬에 후속 과정을 맡아줄 엑스 여자가 살고 있다고 했다. 킹은 그 여자의 이름도 전달받지 못했다. 자기 같은 고객을 위해 밤마다 한 시간씩 시간을 내준다는 것 외에 그가 그 여자에 대해 아는 것은 따로 없었다. 막상 만나 보니 여자는 신중한 편인 것 같았고 그에게 아무 질문도 하지 않았다.

그는 지시받은 대로 정박지에 도착해 여자를 기다렸다. 잠시 후 어떤 여자가 부두를 따라 그에게 다가왔다. 큰 키에 헝클어진 머리카락을 한 여자는 위아래가 붙은 작업복 차림이었다. 얘기를 들은 대로라면 그 여자가 맞는 것 같았다. 킹은 여자에게 조용히 작은 아이스박스 하나를 넘겼다. 그 안에는 배아, 그리고 상황 설명을 위한 편지가 들어있었다. 엘리먼 엑스는 무표정하게 그 편지를 읽었다. 고객은 정체를 공개하고 싶지 않고, 안전하고 확실하며 비밀이 보장되는 거래를 하고 싶다면서, 본토의 일반적인 가격의 세 배를 지급하겠다고 했다. 엘리먼이 무미건조하게 말했다.

"비용의 절반을 지금 주세요. 상황 업데이트를 받고 싶으면 같은 시간, 같은 장소에 자주 오시면 돼요. 물론 추가 비용을 청구할 거예요. 8개월째부터는 대리모가 언제든 출산할 수 있기 때문에 밤마다 여기 오셔야 해요. 출산 후 조제분유와 함께 아기를 넘길게요. 그때 나머지 잔금을 주시면 됩니다."

그는 1주일에 한 번씩 발라클라바를 쓰고 이 장소로 왔다. 엘리먼 엑스는 매번 작업복 차림으로 해변으로 내려와 태아가 잘 있다고 말해주었다. 킹은 묻고 싶은 게 있었지만 어떻게 표현해야 할지 알 수 없었다. 한번은 그녀를 만나 아들인지 딸인지 물어보는 쪽지를 건넸다. 그녀는 입을 벌린 채 웃으며 말했다.

"우리가 무슨 최첨단 방식으로 일하는 줄 아나 봐요?"

킹은 더 자세히 물어볼 엄두를 내지 못했다. 그녀가 한 말이 머릿속에 줄곧 맴돌았다. 엑스들은 기술 사용이 금지되어 있어서 초음파 장비도 사용 못 하나? 경제적 여력이 안 되는 건가? 아직 태어나지 않은 그의 아이는 어떤 환경에 놓여있는 걸까? 여자를 만나고 집으로 돌아올 때마다 내 아버지는 걱정이 되어 하늘이 노래지는 기분이었다. 집에 오면 그는 빠르게 외투를 벗고 셔츠의 단추를 풀었다. 이랑 무늬가 있는 얇은 속옷이 땀으로 촉촉이 젖어있었고, 호흡도 가 빠져 있었다. 임신 7개월 무렵부터 엘리먼은 약속 장소에 나타나지 않았다. 대신 붉은 머리의 늙수그레한 여자가 엘리먼을 대신해 그를 만났다.

"엘리먼이 몸 상태가 별로라서요. 엘리먼이 나한테 당신 얘기를 하더라고요. 우린 당신을 벙어리라고 불러요. 나는 의사입니다. 루스라고 부르세요. 원한다면 루시라고 불러도 좋고요. 태아는 잘 있어요."

내 이름은 아테나다. 그리스 신화에서 아테나의 아버지 제우스는 홀로 딸을 낳았다. 사람들은 아테나 여신도 나처럼 어머니가 있다는 사실을 잊고 산다. 아테나의 어머니는 강하고 영리한 소녀 메티스였다. 제우스가 어느 날 갑자기 나타나 메티스를 강간해 임신시켰다. 그런데 제우스가 메티스 곁에 계속 머물면 메티스는 둘째 아이인 아들을 낳을 것이고 그 아들이 제우스의 자리를 빼앗을 거라는 예언이 있었다. 이런 운명을 피하기 위해 제우스는 메티스를 통째로 삼켜 잡아먹었다. 그의 딸은 메티스의 몸속 이중 자궁에서 잉태되었고, 메티스는 신 중의 신 제우스의 몸속에 있었다. 그러던 어느 날 트리톤 강변에서 아테나가 제우스의 머리에서 튀어나왔다. 어머니 없이, 갑옷을 입고 완전 무장을 한 채로 태어난 것이다. 그렇게 아테나 여신은 제우스에게 나는 당신의 딸이라 알렸다. 누가 아테나 여신을 비난할 수 있을까?

8개월하고도 21일째 되던 날, 엘리먼이 정박지에 다시 나타나 보트에 탄 내 아버지에게 나를 넘겨주었다. 나는 담요에 싸인 채 빽빽 울었다. 아버지는 나를 바다에 빠뜨릴까 봐 얼른 웅크리고 앉았다. 엘리먼이 말했다.

"맙소사. 도와드려요?"

내 입에서 너무나 요란하고 무시무시한 소리가 흘러나오고 있었다. 흡사 야생 고양이의 울부짖음 같았다. 아버지는 버둥거리며 우는 나를 꼭 안아주었다. 아버지는 나를 사랑했다. 나를 절대 놓아줄 생각이 없었다. 담요에 싸인 나는 온몸이 점액질로 뒤덮여 있었다. 아버지는 작은 새처럼 얇은 내 뼈대와 그 안쪽의 강한 심장 박동을 느낄 수 있었다. 아버지는 노인이었다. 그의 활력은 내 활력과 비교도 되지 않았다. 하지만 아버지보다 나를 사랑한 사람은 없었다. 아버지는 엘리먼을 바라보다가 문득 지난 두 달 동안 그녀를 못 봤다는 사실을 떠올렸다. 그날도 루시가 엘리먼이 탄 휠체어를 밀고 부두의 절반 정도를 와주었고, 엘리먼이 나머지 절반을 걸어서 킹에게 온 거였다.

"고마워요." 그는 이 말에 담긴 의미를 엘리먼이 알아주길 바랐다. "도움은 필요 없습니다." 문득 딸을 낳아준 이 여자에게 동지애를 느꼈다. "이 아이 이름은 아테나예요."

엘리먼은 대답하지 않았다. 그저 입을 조금 벌리더니 기침하며 조그맣게 말했다.

"잔금요."

그는 아이를 한 손으로 안고 다른 손을 바지 주머니에 넣어 돈을 꺼내 그녀에게 잔금을 치렀다.

내가 잠들고, 그는 집을 향해 노를 젓기 시작했다. 그제야 그는 실수를 깨달았다. 그가 말할 때 엘리먼이 입을 벌리던 표정을 떠올렸다. 처음에 그는 그녀가 슬퍼서 그런 표정을 지었다고 생각했다. 아이를 낳았지만 내 아이라 주장할 수도 없는 그 여자가 슬픔 말고 어떤 감정을 느낄까? 그런데 다시 생각해 보니 다른 감정일 수도 있겠다

싶었다. 그 여자가 그의 목소리를 듣고 그의 정체를 알아챘다면?

더 길게 생각할 여유가 없었다. 집에 도착해 내 방으로 들어간 그는 나를 진정시키려고 몸을 위아래로 들썩거리기에 바빴다. 얼마 후에는 팔이 떨리고 몹시 아파서 나를 눕힐만한 곳을 찾아 주변을 둘러보았다. 플라스틱 빨래 바구니가 눈에 들어왔다. 그는 나를 빨래 바구니에 눕히고 발로 바구니를 살살 흔들었다. 나는 울음을 그치지 않았다. 그는 무대에 선 어설픈 배우처럼 이상하게 동작을 꾸며내야 했다. 그는 나를 다시 안아 올렸다. 셔츠를 벗고 안락의자에 앉아 나를 맨가슴으로 안은 뒤 준비해 둔 분유병을 내게 물렸다. 나는 분유를 먹으면서 비로소 울음을 그쳤다.

"아테나." 그는 몇 번이고 조용히 내 이름을 불렀다. "아테나. 아테나. 아테나."

아버지의 목소리에는 경이로움과 희망이 담겨있었다. 그는 내 가슴에 손을 얹었다. 내게 더 가까이 가고 싶어서…… 그래야 할 것 같아서 내 심장이 있는 가슴에 뺨을 붙였다. 내 작은 심장 박동이 그의 숨결을 따라 똑같이, 약간 달라졌다가, 다시 똑같이 뛰었다. 그는 아기의 손톱이 파리 날개처럼 투명하다고 생각했다. 그러다 아기가 두 팔을 뻗어 그를 치자 그는 깜짝 놀랐다. 아기의 커다란 민둥머리가 움푹움푹했다. 영 낯설었다. 그는 나를 옆에 앉히고 나를 가만히 바라보았다. 나는 그를 놀라게 했다. 나는 영 낯선 존재였다. 하지만 그는 나를 사랑했다. 진심이었다. 그 부분에 대해서는 어떤 논리적 설명도 불가능하다. 그는 여느 부모가 아이를 필요로 하듯, 여느 아이가 부모를 필요로 하듯, 나를 필요로 했다. 주어진 시간이 다할 때까지, 사소한 모든 것까지 전부 필요로 했다.

× ┼ ×

# CHAPTER 28

내가 마지막까지 쓰지 않고 남겨둔 사회
적 프로필이 있다. 그 프로필에는 내가 본토에서 맺은 주된 인간관
계를 기록해야 한다. 그걸 인간관계라고 불러도 될지 모르겠지만.
오해받을까 봐 걱정되어서 기록해도 될지 모르겠다. 하지만 오늘 아
침, 나는 드디어 마지막 남은 '소셜' 아이콘을 클릭했다. 차차 클럽에
서 만난 주주들과의 짧은 교류는 인간관계라고 말하기도 어려운 수
준이었다. 딱 한 사람만 빼놓고.

자기 이름을 압둘 엑스라고 말한 그 젊은 남자는 대탈출 이후 2년
이 지난 시점에 태어났다. 본토에 새로이 평화가 찾아온 시기였다.
압둘의 부모는 시리아의 알레포 근처에 있는 마을에서 이웃해 살며
성장기를 보냈다. 그들은 10대 시절에 사랑에 빠져 결혼했고 딸을
하나 낳았다. 당시는 주주들이 낙관적인 미래를 꿈꾸던 시절이었고,
압둘의 아버지 파이살은 같은 세대 사람들 대부분이 그렇듯 상당히

야심 찬 면이 있었다. 그는 운전기사였다. 이웃에게 돈을 주고 차를 빌려서 상인들을 마을 곳곳의 약속 장소로 실어 나르는 일을 했다.

맏아들 압둘이 태어나고 몇 년이 지났을 때, 파이살과 거래하던 상인 중 하나가 파이살에게 조언했다.

"애들한테 달걀 너무 많이 먹이지 마. 사회자본을 잘 모아뒀다가 자네 차를 사. 탐욕스러운 이웃한테 차 대여비 그만 갖다 바치란 말이야. 자네가 일하는 동안 그 작자는 아무것도 안 하고 빈둥거리잖아. 살림살이가 나아지려면 뭐든 자기 것이 있어야 해."

압둘의 어머니 파티마는 그 조언을 탐탁지 않게 여겼다.

"애들은 잘 먹어야 해요. 애들이 잘 먹질 못해서 머리가 제대로 안 돌아가면 우리가 애들 대학 교육을 위해 저축을 해봤자 무슨 소용이에요?"

파이살이 아내가 한 말을 상인에게 전하자 그 상인은 새로운 주장을 펼쳤다.

"그럼 빌린 차를 가지고 도시에 가서 돈이라도 더 벌어. 자네 마누라한테는 따로 얘기하지 말고."

파이살은 매일 아침 여섯 시에 집을 나섰다가 밤 열 시에 귀가했다. 압둘이 네 살이 됐을 때 그의 아버지는 알레포에 차를 세워두고 자고 오는 일이 잦아졌고 집에는 주말에만 오곤 했다. 아버지는 여전히 차를 대여해서 썼고, 차 소유주에게는 초과 이용분을 따박따박 바쳤다. 셋째를 임신한 파티마는 돈을 버는 것보다 가족이 함께 시간을 보내는 게 더 중요하다고 남편에게 말하면서 이상한 짓 그만하고 마을 안에서 일하라고 요구했다. 그러자 파이살은 이혼을 요구했다. 나중에 밝혀진 사실이지만 당시 파이살은 다른 여자를 만나고

497

있었다. 그에게 조언해 준 상인의 도시 집에서 일하는 아름다운 가정부였다. 압둘의 아버지는 그 여자와의 사이에서 아이까지 둘이나 낳은 후였다. 파티마가 말했다.

"우리 애들은요?"

"당연히 내가 애들을 만나러 올 거야. 하지만 나는 지금 다른 재정적인 책임도 지고 있어. 나한테만 이러지 말고 당신도 일을 좀 했어야지."

졸지에 여덟 살, 다섯 살, 한 살 아이를 홀로 키우게 된 파티마는 세상살이에 제일 밝은 친구에게 고민 상담을 했다. 직물 가게를 운영하는 그 친구는 주주 합의서에 따라 굴러가는 현 체제에서 파이살이 자식들을 돌보지 않고 떠나는 것은 불법이지만, 파티마가 그를 고소하고 싸우려면 비용이 너무 많이 든다고 조언했다. 소송까지 해봤자 얻을 수 있는 이익이 별로 없다는 거였다. 차라리 아이들을 데리고 마을 외곽의 공장에 가서 일하는 게 낫다고, 그러면 적어도 공장 구내에서 살 수 있다고 알려주었다.

"애들 교육은 어떻게 하고요? 그쪽 학교는 질이 안 좋은데."

그 친구는 어떤 프로그램에 관해 들려주었다. 미국의 전문직 여자들 중에 아이를 낳고 싶어 오랫동안 애쓰다가 결국 불임인 걸 받아들이는 경우가 있다. 그런 여자들은 높은 사회자본 점수로 비용을 지불하고 아이를 입양하고 싶어 한다.

"자기는 애가 셋이나 있잖아. 착하고 똑똑하고 귀여운 애들. 애들을 전부 팔면 그 돈으로 자기는 미국행 티켓을 살 수 있어. 더 이상 그 애들 엄마로는 살 수 없지만, 적어도 애들 근처에 살면서 자라는 걸 지켜볼 수 있어. 그렇게 하는 여자들이 꽤 많다더라."

그렇게 해서 압둘은 누나, 남동생과 함께 워싱턴주 벌리언시에 있는 독실한 복음주의 교인의 집으로 오게 됐다. 양부모는 아이들의 이슬람 이름을 발음이 비슷한 성경 속 인물의 이름으로 바꿨다. 각각 아홉 살, 여섯 살, 두 살 때 그의 누나는 레이철이 됐고, 압둘은 폴이 됐으며, 남동생은 케일럽이 됐다. 파티마는 곧 따라갈 거라고 약속했다. 그런데 파티마가 한 짓을 알게 된 파이살이 자기 허락도 없이 애들을 팔았다며 파티마를 고소했다. 비행기를 타려고 공항으로 간 파티마는 국경 관리 당국 직원에게 붙잡혀 출국을 못 하게 되고 말았다.

　　소송이 지지부진하게 계속되는 동안 아이들은 새로운 생활에 적응해 나갔다.

　　아이들은 막상 살아 보니 양부모가 가난하지는 않은데 그렇다고 부자도 아니라서 놀랐다. 백인 어머니는 치과의 사무직원이었고 백인 아버지는 집 짓는 일을 했다. 양부모는 자연적으로 아이를 가져 보려고 했는데 여자가 마흔 살이 되면서 자연 임신이 불가능해졌다. 그래서 그들은 교회 신자들에게 기부금을 받아 아이들을 입양한 거였다.

　　형제 중 폴이 제일 야심 찬 편이었다. 아버지한테서 그런 성격을 물려받았는지, 아니면 어렸을 때부터 맏이니까 야심을 가져야 한다는 생각을 줄곧 했기 때문인지는 알 수 없었다. 학교에 다니게 되면서 폴은 누나의 재촉에 열심히 공부했다. 미국에 처음 건너와 수년간 어려운 시기를 함께 보내면서 레이철은 폴과 케일럽에게 어머니를 떠올리게 하는 페어루즈(레바논의 국민 가수―옮긴이)의 사랑 노래를 자장가 삼아 불러주었다. 폴은 그런 누나를 무척 아꼈고 그녀의

499

충고라면 뭐든 받아들였다. 레이철은 폴과 케일럽에게 밤늦게까지 비디오 게임을 하지 말라고 잔소리를 해댔는데 그것만은 들어줄 수가 없었다. 폴이 레이철을 아끼는 마음보다 남동생 케일럽을 아끼는 마음이 더 컸기 때문이었다.

처음에 그들은 밤마다 파티마와 연락하고 지냈다. 그러다 1주일에 한 번으로 연락 횟수가 줄었고, 어느 순간부터 한 달에 한 번이 됐다. 그들의 아버지는 여전히 삼남매를 시리아로 돌아오게 만들려 하고 있었다. 양어머니는 그 문제가 해결될 때까지 아이들이 그 상황에 끼지 않도록 하는 게 최선이라 여겼다. 양어머니는 아이들이 친모와 계속 얘기를 나누고 살면 알고가 아이들이 여전히 고향에 애착을 갖고 있다고 판단해서 입양의 진정성을 의심할까 봐 걱정했다. 양어머니는 그런 걱정을 레이철에게 털어놓았고 레이철은 그 얘기를 폴에게 전했다. 친어머니는 아이들이 미국에서 계속 살기를 바랐기 때문에 아이들은 그 마음을 헤아리는 차원에서 친어머니와 연락하지 않기로 했다. 나중에 폴은 그게 잘못된 결정이었을지 모른다고 생각하게 됐다. 아이들이 전략적으로 거리를 두는 거라는 얘기를 친어머니가 과연 전해 들었는지도 알 수 없었다.

폴은 여덟 살 때 전해 들은 친모 소식 때문에 더더욱 그런 의심을 하게 됐다. 그가 여덟 살 때 양어머니는 친어머니의 세상 물정 잘 아는 친구한테서 전화를 받았다. 그 친구는 유창한 영어로, 파티마가 주방 화재 사고로 세상을 떠났다는 소식을 알려주었다. 양어머니한테서 얘기를 전해 들은 아이들은 그게 어떤 의미인지 알았다. 친어머니는 자살한 거였다. 폴은 레이철과 케일럽이 우는 모습을 보면서 자기도 울고 싶었지만 그럴 수가 없었다. 이유를 정확히 설명할 수 없지만, 위험하다고 느꼈기 때문인 듯했다. 한 번 울음이 터지면 멈출 수 없을 것 같았다.

한 달 후 아이들은 친어머니의 비활성화된 계정에 보관되어 있던 사회자본을 조금씩 받게 됐다. 친어머니가 돌아가셨다는 소식을 듣고도 눈물 한 방울 안 흘렸던 폴은 유산으로 받은 사회자본 점수가 그가 평소 갖고 싶었던 프로그래밍 가능한 로봇을 사기에도 부족할 만큼 작다는 사실에 눈물이 터졌다. 그 후로 그는 두 배는 더 열심히 살았다. 학교에서 전 과목 A를 기록했고 전액 장학금을 받으며 대학에 진학했다. 킹이 대학원을 다녔던 바로 그 대학교였다. 누나, 교회 목사의 도움으로 꽤 괜찮은 자기소개서를 쓴 덕분일 수도 있었다. 자기소개서에서 폴은 이렇게 썼다. '이 나라는 제게 너무나 많은 것을 해주었습니다. 이제 제가 이 나라의 미래를 위해 나서고 싶습니다.'

나중에 그는 그런 자본주의적 표현을 쓴 자신을 혐오하게 될 것이다. 자본주의는 그의 아버지를 알레포로 내몰았고, 그의 어머니가 폴과 동생들을 입양 보내게 만들었으니까. 하지만 그 당시에는 달리 더 좋은 표현이 떠오르지 않았다. 대학 캠퍼스 숙소는 벼리언시에서 경전차로 오갈 수 있는 거리였지만 그는 수업과 공학 동아리 활동, 파티에 참석하느라 바빠서 집에 자주 가지 못했다. 그 무렵 레이철은 교회 목사의 아들과 결혼해 첫딸을 낳아 기르고 있었다.

형, 누나와 달리 케일럽은 일이 잘 풀리지 않았다. 케일럽은 친부모를 기억 못 할 정도로 어린 나이에 입양됐지만 양부모와 끝없이 부딪쳤다. 열다섯 살 때 케일럽은 양부모와 크게 싸우고는 그만 해방되고 싶다며 집을 나갔고, 다시는 양부모와 말을 섞지 않겠다고 일갈했다. 어린 나이에 뿌리 없는 유령처럼 살게 된 것이다. 형, 누나의 관심을 받지 못한 채 함부로 살던 케일럽은 나쁜 친구들의 말에 쉽게 넘어가는 멍청한 10대 수년으로 자라났다. 고등학교 2학년이 끝나가던 어느 날 밤, 케일럽은 다른 누군가의 여친과 동침했다. 친구의 사촌쯤 되는, 별로 중요하지 않은 사람의 여친이었는데 그 일로 인해 배에 총을 세 번 맞았다. 운이 좋아서인지 죽지 않고 3주 후 병원에서 퇴원했는데, 그는 학교로 돌아가는 게 안전하지 않을 것 같다고 느꼈다. 배에 통증이 여전히 남아있기도 했다.

케일럽이 형, 누나에게 문자를 보냈다. '아무래도 감염된 것 같아.'

폴이 답장했다. '말 같지도 않은 소리 하네.'

레이철이 폴에게 문자를 보냈다. '케일럽 좀 만나 봐. 네가 잘난 거 아는데, 그렇게 똑똑하다면 동생 머릿속 생각을 바로잡아 줘.'

레이철은 케일럽에게 의사를 찾아가 보라고 설득하는 중이었다. 하지만 케일럽은 양부모한테서 법적으로 해방됐기 때문에 양부모의 건강 보험 혜택을 받을 수 없었고 병원비를 직접 낼 수 있는 형편도 아니었다. 케일럽이 '감염돼서 지금 변기에 대고 구역질하는 중'이라고 다시 문자를 보내왔다.

커피숍에서 맛있는 라테와 카르다몸 향 스콘을 앞에 두고 앉아있던 폴은 친구들에게 핸드폰을 보여주며 말했다.

"이 녀석이 개소리하는 거 맞지? 진짜 아프면 이렇게 장황한 설명을 계속할 리 없잖아."

명석하게 판단한 기분이었다. 폴은 대학교 2학년이었고, 장차 비디오 게임 개발자가 될 생각이었다. 그는 남동생을 고전 게임 '아메리칸 서그스(American Thugs)'에 입문시켰다. 그 게임은 형제가 마지막으로 열정적으로 함께했던 게임이기도 했다. 그는 그 게임을 만든 포틀랜드의 코코넛 스튜디오에서 인턴으로 일할 예정이었다. 폴은 컴퓨터 과학을 공부 중이라 컴퓨터 논리 연산 수업도 들었다. 그래서 남동생 케일럽 문제도 논리적으로 풀 수 있지 않을까 생각했다.

"우리가 여기로 건너왔을 때 케일럽이 나보다 어렸다는 게 문제야. 나는 모국과 강한 유대관계가 있고 자부심도 있어. 하지만 케일럽은 고향에서 살았던 시절을 기억 못 해. 그는 벼리언시를 고향이라고 생각하거든. 그 녀석은 미국인이 다 됐어."

그날 밤 케일럽이 죽었다. 토사물과 피로 가득한 변기에 머리를 처박고 숨을 못 쉬어서 죽었다. 폴이 자기 아파트에서 잠을 자는 동안 케일럽은 여친의 오빠의 아파트 화장실에서 그렇게 죽어갔다. 그해에 폴은 스무 살, 케일럽은 열여섯 살이었다. 교회에서 추도식을 열어주었다. 장례식장에 도착해서 보니 폴은 외부인이나 다름없었다. 케일럽의 친구들이 폴을 손으로 가리키며 레이철에게 물었다.

"저 사람은 누구야?"

레이철은 조용히 서글프게 웃으며 대답했다.

"우리 집안 맏아들. 케일럽의 친형. 피로 맺어진 형제."

그날 밤 폴은 케일럽이 어렸을 때 미끄럼틀을 타고 거칠게 놀던 놀이터에 오도카니 앉아있었다. 케일럽은 미끄럼틀을 타고 내려가는 대신 중력을 거슬러 미끄럼틀을 타고 위로 올라가며 놀곤 했다. 지금 폴은 케일럽의 친구들, 그가 케일럽에게 같이 어울리지 말라고 경고했던 동네 깡패 녀석들과 함께 있었다. 얼추 40명이 넘었다. 폴은 후회가 됐다. 그는 동생에게 일어난 일은 그들 탓이 아니라 자기 탓이라고 말했다. 그 아이들—생각해 보면 다들 그저 어린애였다—은 폴의 어깨를 두드리며 다정하고 상냥하게 위로의 말을 해주었다.

그들은 폴에게 마리화나 담배를 쥐여주면서 말했다. 이게 필요할 거예요, 형. '형'이라는 말을 듣는 순간 폴은 눈물을 쏟았다.

케일럽의 절친이며 '그린맨'이라는 별명을 가진 뚱뚱하고 쾌활한 열여섯 살 소년이 폴을 두툼하고 부드러운 두 팔로 안아주며 할머니처럼 위로했다.

"괜찮아요. 다 괜찮아요."

여러분은 그 자리에 있던 다른 아이들이 말 그대로 동네 깡패들처럼 그 광경을 보며 웃었을 줄 알겠지만, 그렇지 않았다. 아이들은 허리를 곧게 세우고 그린맨의 말을 따라 고개를 끄덕였다.

"괜찮아요. 괜찮아. 다 괜찮아요."

그린맨과 아이들은 폴을 데리고 해안가로 가는 버스에 올라탔다. 그리고 사람들을 차차 클럽으로 실어 나르는 작은 모터보트를 향해 손을 흔들었다. 모터보트가 만을 빠르게 가로지르는 동안 폴은 얼굴에 바람을 맞으며 울고 또 울었다. 다른 사람에게 안기는 게 너무나 좋더라는 생각, 동생의 죽게 만든 자에게 복수해야겠다는 생각이 번갈아 가며 들었다. 동생을 죽게 만든 일련의 사건들을 하나하나 되짚어 가며 복수하고 싶었다.

하지만 이 모든 일이 어디서 시작됐을까? 최종 분석에 따르면, 이 상황을 책임져야 할 사람은 누구일까?

새벽 두 시, 사랑과 복수를 마음에 품은 폴과 그의 동행들이 차차 클럽에 도착했다. 얼마 후 또 다른 보트가 차차 클럽에 도착했고, 갈색 피부의 여자가 보트에서 차차 클럽 요트로 옮겨 탔다. 여자는 작업복의 주름을 펴면서 갑판에 서있는 10대들, 그리고 10대를 막 벗어난 젊은이들을 둘러보았다. 그 여자—나—는 다른 사람들보다 약간 더 나이 들어 보이는 남자에게 관심이 갔다. 시뻘게진 눈에 상실감이 가득한 남자였다. 여자는 그 남자를 보며 생각했다. 저 사람이다.

엘리먼이 내 아버지를 죽였다고 알려진 젊은이의 이름—폴 에머슨이라고도 알려진 압둘 엑스—을 우리에게 말한 순간, 나는 통통하고 환한 달 아래 차차 클럽의 갑판에 서 있던 시간으로 훌쩍 날아갔다. 나보다 두 살 정도 많아 보인 그 남자에게 다가가는 동안, 그 남자가 무엇 때문에 그토록 괴로워하는지는 알 수 없었지만 힘들어하고 있는 것만은 분명히 느낄 수 있었다. 나는 그의 옆에 서서 함께 검은 바다를 바라보았다. 그의 친구들은 이리저리 흩어졌다. 그때 남자는 자기 이름을 압둘이 아니라 폴이라고 소개했다. 처음에 우리는 그냥 얘기를 나눴다. 주주 여러분, 우리는 그냥 달에 관한 얘기를 했을 뿐이다. 내가 닐 암스트롱과 하얀 레이스 얘기를 들려주자, 폴은 아름다운 얘기라고 했다. 나는 그에게 도움이 될만한 물건이 있다고 말했다. 지금 바로 내 가방에 있다고, 그가 원한다면 조금 시험해 볼 수 있게 해주겠다고 말했다.

우리는 방으로 들어갔다. 나는 주사기를 꺼냈다.

내가 폴에게 주사를 놓자마자 폴의 슬픔 가득한 얼굴에 혼란스러운 표정이 스치고 지나갔다. 그는 이마를 찡그리며 약간 멍한 미소를 지었다. 그의 영혼이 내 안으로 들어왔다. 그 순간까지의 그의 인생이 내 머릿속에서 펼쳐지기 시작했다. 100번도 넘게 해본 일이라 여기까지는 익숙했다. 그런데 뭔가 달랐다. 처음에 킹과 연결되었을 때처럼, 이번에도 내가 상황을 통제할 수 없었다.

나는 모든 일을 벌인 장본인이라 끝없이 벌을 받고 있다. 내 어머니는 주방에서 스스로 불에 타 죽었다. 내 남동생은 남의 집 화장실 변기에서 구토하다가 죽었디. 지독한 분노에 사로잡힌 나머지 나는 이 말을 큰 소리로 내뱉고 말았다.

"네 남동생은 살아있었어야 해. 네 어머니도 살아있었어야 해. 죽었어야 마땅한 건 이 악마 같은 시스템을 만들어 낸 사람들이야."

나는 말을 뱉자마자 후회했다. 엘리먼이 말한 가장 기본적인 규칙은 대상자의 사상 개조를 그녀에게 맡겨야 한다는 것이었다. 나는 잘못 말한 것처럼, 이미 뱉은 말을 주워 담으려 입을 벌렸지만 당연히 불가능했다. 나는 이미 폴—압둘—의 생각을 이쪽으로 조종하고 있지 않나? 그는 더 이상 울지 않았다. 그의 눈에 독이 잔뜩 올랐다. 그는 비로소 완전히 정신을 차린 것 같았다. 그가 말했다.

"킹 라오가 이 시스템을 만들었어. 하지만 그는 불멸의 존재야."

나는 두 번째 죄를 저질렀다. "아니, 그는 불멸이 아니야."

"하!" 폴이 미소 지었다. 보기 좋았다.

"불멸 아니야."

"얼마 걸래?"

나는 세 번째 죄를 저질렀다. "네가 원하는 건 뭐든."

"좋아." 그는 소리 내어 웃으며 덧붙였다. "뭐로 할지 생각해 볼게."

나중에 나는 주머니에서 종이 쪼가리를 꺼내 그의 이름을 적었다. 곧 그 쪽지를 엘리먼에게 전할 생각이었다.

하지만 여태 그렇게 하지 못했다. 그 쪽지는 여전히 내 주머니에 들어있었다.


엘리먼이 킹 살해 사건에 관해 알게 된 바를 사람들에게 공유한 후, 나는 저녁 식사가 끝날 때까지 기다렸다가 설거지를 도왔다. 다른 사람들은 각자의 방으로 돌아갔다. 설거지를 마친 엘리먼은 거실로 가서 패배감에 젖은 얼굴로 소파에 털썩 앉았다. 나는 행주를 널어놓고 그 옆에 가 앉았다. 당장이라도 내 잘못을 털어놓고 싶었다. 처음부터 어떻게 된 일인지 엘리먼에게 알려야겠다는 생각이었다.

"엘, 우리가 해야 할 얘기가⋯⋯"

내가 입을 열자마자 엘리먼은 손으로 내 입을 막으며 조용히 말했다.

"*입 닫아.*"

그녀가 나한테 그런 식으로 말한 건 처음이었다.

엘리먼은 소파에서 일어나 현관 복도 쪽으로 걸어갔다.

오티스와 얘기를 나누러 갔나 해서 나는 귀를 쫑긋 세웠다. 잠시 후 돌아온 엘리먼은 우리 둘을 위한 배낭 하나씩을 어깨에 메고 있었다. 그녀는 배낭 하나를 나한테 던져주면서 지금 여길 떠나자고 말했다. 나는 가방 안을 들여다보았다. 접어놓은 방수 가방과 침낭을 포함해 내가 가진 몇 안 되는 소지품이 모두 담겨있었다. 엘리먼은 주방으로 들어가 견과류와 말린 과일을 약간 집었다.

"어디로 가요? 이 정도로 충분할까요?"

그녀는 대답 대신 앞문을 열더니 빨리 따라오라고 손짓했다.

우리는 말없이 언덕을 올라가 오래된 숲을 향해 서쪽으로 걸어갔다. 맨눈으로 달의 분화구가 보일 만큼 구름 한 점 없이 맑은 밤이었다. 다른 때 같았으면 아름다운 밤이라 생각했을 것이다. 여기 온 첫날 밤, 그리고 그 후에 이어진 나날들을 떠올렸다. 그때 나는 이 낯설고 이국적인 곳을 두려워했었다. 그 후로는 두려움을 극복한 내가 자랑스러웠다. 하지만 여기서 사람들이 죽어 나갔다. 선전으로 떠들어 대는 소리가 아니라 실제로 시신들이 발견됐다. 내가 다 망쳤다고, 나 때문에 킹 라오가 죽었다고 엘리먼 엑스에게 말하고 싶었다. 그럼 엘리먼이 나를 이 자리에서 목 졸라 죽일 수도 있을 것이다. 나를 멧돼지에게 던져주든가. 그럼 나는 이 숲에서 죽어 썩어버릴 것이다. 클라리넷과 함께.

공터에 다다르자 엘리먼은 걸음을 멈추더니 배낭을 내려놓았다. 그 자리에서 침낭을 꺼내 펴고 안으로 들어갔다. 나도 배낭에서 침낭을 꺼내 그녀 옆에 깔았다.

나란히 침낭에 들어가 누워 입을 열었다.

"그 일에 관해 얘기할게요."

정적이 감도는 숲에 어울리지 않게 목소리가 컸다.

엘리먼은 얼른 다가와 내 귀에 입을 가까이 댔다. 눅눅한 입김이 느껴질 정도였다. 나는 멍청하게도 엘리먼이 내 귀에 입을 맞추려는 줄 알았다. 그녀가 나지막하게 말했다.

"하지 마."

그제야 이 상황이 이해됐다. 주주 위원회가 파견한 경찰들이 곧 사이렌을 울리며 정박지에 나타나, 엑스가 사는 곳이 어디냐고 물을 것이다. 마침 운 나쁘게 얻어걸린 행인은 두려워하며 말하겠지. 우리는 어디에나 살고 있다고. 우리는 모두 엑스라고. 총의 방아쇠를 재는 소리를 들은 행인은 결국 남쪽을 가리키며 길을 알려줄 것이다. 태양광 발전소가 보이는 곳에 있을 거라고. 나는 힘없는 목소리로 말했다.

"집에서는 우리가 뭘 하는지 모르는 것으로 만들려는 거군요."

내가 추측한 바를 말하자 엘리먼은 가만히 바라보았다. 경찰들은 농가로 쳐들어가 방마다 문을 두드릴 것이다. 오티스는 제일 먼저 계단을 내려가 두 손을 번쩍 들고 경찰을 맞이하겠지. 오티스는 평화주의자니까.

이제 이해가 됐다. 엘리먼은 이 사태가 나로 인해 빚어졌음을 아는 것이다. 엘리먼은 우리…… 아니, 내가 저지른 일로부터 친구들을 안전하게 구하려는 생각인 것이다.

어쩔 수 없이 그녀의 귀 가까이에 입을 대고 속삭였다.

"저는 그를 만났어요."

엘리먼이 고개를 저었다.

"하지만 저는……"

엘리먼은 뒤로 물러나며 내 말을 막았다.

"그래. 알았어." 우리의 얼굴은 서로에게서 몇 센티미터 떨어져 있었지만, 무릎은 침낭 너머로 서로 닿아있었다. "진실을 털어놓고 싶니? 내가 먼저 할게."

잠시 후 엘리먼이 말을 이어갔다.

"네가 루시의 집을 떠난 후에 나는 루시와 그 남자에 관한 얘기를 나눴어. 18년 전에 얼굴을 가리고 여기로 찾아와 배아를 이식하고 싶다고 했던 그 이상한 남자. 우린 그가 그 사람인 걸 처음에는 몰랐어. 우리끼리 자주 했던 농담처럼, 무려 킹 라오가 자궁에 착상시켜 달라고 자기 수정란을 가져온 거니까. 우리도 그게 믿어지질 않았어. 하지만 오늘 아침에 나는 루시에게 굳이 그 사실을 말하지 않았어. 루시가 몰랐으면 좋겠거든. 넌 그 사람을 꼭 빼닮았어, 바보야. 네 코랑 입술. 아르노가 널 내 앞에 데려오자마자 알겠더라. 내 앞에 나타난 이 아이는 킹 라오의 자식이구나. 하! 킹 라오의 아이가 나한테 부탁하러 오다니. 자기 아버지를 죽이려고 계획했던 여자한테, 자기를 받아달라고 부탁하다니.

나는 오티스한테만 얘기했어. 네가 나타나자마자 오티스에게 내 추측을 말했어. 당연히 오티스는 내 말을 믿지 않더라. 내가 본토에서 엑스 운동을 다시 펼치고 싶은 마음이 너무 간절해서 미쳐버린 줄 알았을 거야. 오티스는 그 정도면 거의 광기 아니냐고 했으니까. 그 무렵에 내가 오티스를 계속 성가시게 하고 있었거든. 네가 여기 온 직후에 나는 한동안 그의 곁을 떠나있기도 했어. 결국 오티스는 자기가 직접 한 번 보겠다고 하더라. 나도 너에 대해 더 잘 알고 싶어서 널 집으로 데려왔어. 너를 직접 보더니 오티스는 내 말을 믿더라. 하지만 네가 우리한테 쓸모가 있을 거라고 믿는 건 미친 생각이라고 하더라고. 내가 전에 말했듯이 오티스는 나이를 먹으면서 보수적이 되긴 했어. 오티스가 이렇게 말하더라고. '너무 위험하잖아. 킹이 쟤를 스파이로 보낸 거면 어쩌려고?' 내가 받아쳤지. '킹 라오는 더 이상 위원회에 속해있지도 않아.' 나는 부모에게 정나미가 떨어진 자식이 어떤 얼굴을 하고 있는지 잘 알아. 내가 말했어. '킹 라오를 버리고 떠난 딸보다 우리에게 더 좋은 동맹이 있겠어? 우리가 저 애한테 어떤 정보를 얻어낼 수 있을지 생각해 봐. 저 애가 속죄를 하고 싶어 한다면 어떻겠냔 말이야.'"

엘리먼은 서글프게 웃으며 말을 이었다.

"나는 네 아버지가 불멸의 존재라고 오랫동안 진심으로 믿었어." 내 입장에 공감이라도 하는지 그녀의 목소리가 한층 더 부드러워졌다. "그런데 네 아버지를 막상 보니까 솔직히 처량하더라. 안됐다는 생각까지 들었어. 전혀 강력한 모습이 아니었거든. 나는 나중에 오티스한테 말했어. '네 말이 맞아. 킹 라오가 이 모든 일을 시작하긴 했어. 하지만 그 사람이 하지 않았다면 다른 누군가가 했을 일이야. 이제 킹 라오는 현 시스템과 무관해. 우리가 그를 죽인다고 해도 다른 사람이 킹 대신에 위원장 자리를 차지할 거야.'" 엘리먼은 길게 숨을 들이마셨다가 내쉬었다. "우리 중에 그가 죽기를 바라는 사람은 더 이상 없어."

엘리먼의 말이 우리 둘 사이에 묵직하게 걸려있었다. 나는 조용히 말했다.

"저는 이런 일이 일어나게 만들 의도는 없었어요."

내 입에서 나온 말이 우주로 전해지길, 그래서 아버지에게 가닿기를 바랐다.

엘리먼은 믿기지 않는 듯 천천히 고개를 저었다.

"잘 자, 아테나."

엘리먼은 처음으로 내 이름을 불러주었다. 어쩐지 다정하게 느껴졌다.

그날 밤, 나는 손바닥으로 뺨을 감싼 채 엘리먼에게 약간 거리를 두고 누워있었다. 그녀가 숨 쉬는 모습을 바라보며 잠들기를 기다렸다. 마침내 그녀가 잠에 빠져들자, 나는 침낭을 빠져나가 주변을 둘러보며 위치를 파악했다. 내 물건을 주섬주섬 챙겨서 바다를 향해 언덕을 내려갔다.

× ÷ ×

 

# CHAPTER 29

사랑하고 사랑받는다는 게…… 얼마나 대단한 일인지!

그녀의 겨드랑이 안쪽에 그의 뺨이 닿아있었다. 그녀의 얇은 배꼽. 뜨끈하고 촉촉한 귓바퀴. 깊게 주름지고 손톱에 거스러미가 인 할머니 같은 손. 그는 남들 눈에 띄지 않게 조심하면서 최대한 자주 민누를 찾아갔다. 매번 그녀를 만나러 갈 때마다 같은 데서 야금야금 돈을 빼냈다. 그러고 있는 내내 그는 들키기를 바랐다. 지금까지 민누와 함께 시간을 보내기 위해 그가 빼돌린 돈이 얼마일까? 생각도 하기 싫었다. 첫 도둑질에 성공한 후로는 돈을 훔치는 게 점점 쉬워졌다. 아니, 그건 도둑질이 아니야, 라고 그는 속으로 말했다. 일하러 가자마자 메꿔 넣으면 되니까. 가족들에게 보답하는 차원에서 가족 재정에 기부하는 셈 칠 것이다. 친나 삼촌이 금고를 다시 채울 것이고, 킹은 관대하게 가족 재정에 이바지하면 된다. 그는 1주일에 세 번씩 민누의 방을 찾아가, 사랑하는 민누의 살 속에 몸을 묻고 2분 정도 짧고 뜨거운 시간을 보내는 것에 대한 대가로 약간의 돈을 지불했다. 그들은 열여섯 살이었다.

한바탕 살을 섞은 후 드러누워 얘기를 나누면서 민누는 엄지의 거스러미를 피가 나도록 이로 물어뜯으며 말했다.

"손톱 옆에 살이 덜렁거리면 신경이 쓰여서 잡아 뜯는데 그럴수록 더 심해져. 보기에도 흉해. 남자들이 이걸 보고 다시는 안 올까 봐 걱정돼."

한 번은, 절정의 순간 직전에 그는 몸이 무섭도록 흔들리는 느낌을 받았다. 높은 다리에서 민누를 붙잡고 함께 강물로 떨어지는 기분이었다. 그는 소리치고 싶었다. 아, 신이시여. 제가 무슨 짓을 한 겁니까? 한번은, 양고기와 커드(우유에 산 또는 레닌이나 펩신 따위를 넣었을 때 생기는 응고물―옮긴이)로 맛있고 풍성한 식사를 한 것처럼 만족스러워서 그는 일어나 트림을 했다.

킹은 민누를 사랑했다. 민누도 그를 사랑했을 것이다. 그래야 마땅했다. 하지만 민누는 그런 얘길 입에 담은 적이 없었다. 사실 킹은 진료소에서 함께 지낸 나날 이후로 민누와의 사이가 점점 멀어지고 있다는 느낌을 받았다. 어느 날 밤, 한껏 용기를 낸 그가 민누에게 말했다.

"널 사랑해."

민누는 입을 비쭉거리며 침대에서 일어섰다. 그러고는 거울 앞에 앉아, 머리카락 몇 가닥이 삐져나온 땋은 머리를 풀어 헤쳤다.

"넌 참 아름다워."

킹의 말에 민누는 살짝 미소 지으며 거짓말쟁이라고 말했다.

"내가 뭐가 그렇게 아름답니?"

그는 민누가 자기를 쳐다보는 눈빛이 그렇다고 대답했다. 민누는 지금까지 몰랐던 사실을 갑자기 깨달은 것처럼 고개를 돌려 그를 쳐 다보았다. 그러고는 머리를 다시 단단히 땋은 후 목뒤에 핀을 꽂아 고정하며 말했다.

"시간 다 됐어."

시간이 다 됐다.

어느 토요일 오후, 잠에서 깬 킹은 친나 삼촌이 혼자 시장에 간 걸 알게 됐다. 그날 저녁 친나가 돌아오자 킹은 길까지 나가 그를 맞이 하면서 부루퉁하게 말했다.

"저를 잊어버리고 안 데려가셨어요."

"네 시험이 얼마 안 남았잖니. 자게 두는 게 나을 것 같아서."

친나는 킹의 집 옆방으로 들어갔다. 토요일마다 킹과 함께 지폐를 헤아리던 장소였다. 킹이 따라 들어가려고 하자 친나는 가방을 비우 려고 하지도 않고 잠시 조용히 서있었다. 그러고는 몸을 돌려 킹의 머리카락을 헝클어뜨리면서 입을 열었다.

"이번에는 별로 많지 않아서 나 혼자 할 수 있어."

그날 모두가 잠든 한밤중에 킹은 다락방에서 살금살금 내려와 현 금을 보관해 두는 방의 문을 밀어보았다. 문이 꿈쩍도 하지 않았다. 자물쇠로 잠긴 것이다.

아침이 되자 친나가 킹에게 같이 좀 걷자고 했다. 길을 따라 걸어 가면서 친나는 이런저런 잡다한 얘기를 늘어놓았다. 망고 숲에 다다 르자 친나가 말했다.

"예전에 페다 형이랑 나는 늘 망고를 훔쳐 먹곤 했어. 도둑질이라고 볼 수는 없었지. 남의 집 망고를 먹어도 별로 신경 안 쓰던 시절이 었으니까. 우린 망고나무 아래 앉아서 그냥 따 먹으면 되는 거였어.”

친나는 그 자리에서 훌쩍 뛰더니, 잘 익은 불그스레한 초록색 망고가 달린 축 늘어진 나뭇가지 하나를 붙잡았다. 그는 나뭇가지에 붙은 망고를 땄다. 그가 손을 놓자 나뭇가지는 원래 자리로 돌아가 잎사귀를 버스럭거리며 몸을 떨었다.

그들은 바닥에 앉았다. 친나는 바지 안에 늘 찔러 넣고 다니는 무딘 칼로 망고를 잘라서 킹에게 한 조각 내밀었다. 태양이 하늘의 정점을 향해 천천히 올라가고 있었다. 킹은 망고 조각을 깨물었다. 과일즙이 턱으로 흘러내렸다가 그의 맨발로 툭 떨어졌다. 킹은 친나에게 혼날 각오를 했는데, 친나는 그렇게 하지 않았다.

“인생은 참 재미있어, 꼬맹아. 그래서 난 인생을 진짜 좋아해. 지구상에서 나보다 삶을 더 사랑하는 사람은 없어. 내가 영원히 살 수 있다면 더 그렇겠지.”

그는 망고 한 조각을 더 잘라서 이로 과육을 물어뜯었다.

“잘 들어. 라오 할아버지가 돌아가셨을 때 네 아빠는 정신적으로 무너졌어. 종일 나무 밑에 앉아서 멍하니 앞만 보고 있었잖아. 그런 네 아빠를 보면서 나는 앞으로 남은 평생 정원을 나 혼자 책임져야 할 것 같아 겁나더라. 그래서 일단 짐가방을 싸서 기차역으로 갔어. 라자문드리시로 갔다가 거기서 하이데라바드시로 갈 계획이었어. 기차를 타고 떠나려고 했어. 기억나니?”

킹은 고개를 저었다. 전혀 기억에 없었다. 과일즙 때문에 입술이 쓰라렸다.

“그래, 아무도 몰랐어! 다들 애도하느라 바빴거든! 나도 오래 떠나있진 않았어. 두 정거장 정도 갔다가 마음을 바꿨지. 아무한테도 말 안 했어. 창피해서. 지금은 나한테 묻고 싶어. 그땐 왜 그렇게 창피해했을까? 결국 넌 옳은 일을 한 거였는데. 넌 결국 돌아와서 집안을 돌봤어. 너나 나처럼 신을 믿지 않는 사람들이 어떻게 되는지 알아? 젊을 때는 이렇게들 생각하지. 난 신을 안 믿어. 그냥 옳고 그름만 있을 뿐이야. 하지만 그 기차를 타고 집에서 도망치면서 생각했어. 다시는 형을 못 보겠구나. 킹도 다시는 못 보겠구나. 나 때문에 그들은 보살핌을 못 받고 살겠구나. 그게 바로 내가 결국 집으로 돌아온 이유였어."

친나는 말을 멈추고 킹을 찬찬히 바라보았다. 킹은 아무 말도 하지 않았다. 고개를 끄덕일 수조차 없었다. 킹의 몸을 타고 줄줄 흘러내린 망고즙에 파리 떼가 꼬였다. 파리 떼가 그의 주변을 날면서 작은 발로 그를 간지럽혔다.

"우리는 각자 변변찮은 삶을 살아가고 있어. 누구나 실수를 해. 나도 마찬가지고. 그냥 우리는 살면서 나쁜 짓보다 좋은 일을 더 많이 하려고 노력하는 것뿐이야."

그랬다. 킹은 무슨 말인지 알아들었다. 킹과 그의 삼촌은 암묵적인 합의에 도달했다. 킹은 돈을 그만 훔치고, 두 사람은 이미 일어난 일을 더 이상 언급하지 않기로 말이다. 어느 날 오후, 친나가 선거운동을 하러 외출한 사이, 킹이 건과 그 형제들과 함께 공터에 앉아있는데 핑키가 소문을 주워섬겼다. 친나가 마을을 돌아다니면서 자기한테 표를 달라고 사람들을 돈으로 매수하고 있다는 소문이었다. 건이 킹을 돌아보며 물었다.

"우리 중에 돈이 드나드는 걸 보는 건 너뿐이잖아. 이상한 거 눈치챘어?"

"아, 요즘은 나도 그 일 안 해." 킹은 별생각 없이 대답했다.

건이 그를 빤히 쳐다보았다. "안 한다고?"

"어, 이제 안 해."

"왜?"

킹은 입을 열었지만 대답할 수는 없었다. 대화가 잠시 끊겼다가 잠시 후 모두가 일제히 말하기 시작했다. 친나는 왜 수입 계산을 하면서 킹을 배제했을까? 뭔가 숨기는 게 있지 않다면 그럴 이유가 있나? 킹은 친나 삼촌이 제일 믿는 부하다…… 친나가 자기 입으로 그런 말도 했었다…… 아무도 모르게 구린 짓을 하려는 게 아니면 왜 킹을 배제할까? 건의 입에서 '횡령'이라는 말이 나왔다. 친나 삼촌이 횡령하면서 그 사실을 감추려는 게 아니면 킹을 배제할 이유는 없다.

킹은 벌떡 일어나 자기 집 쪽으로 걸어갔다. 다들 쟤 왜 저래, 하는 눈빛으로 쳐다보는 게 느껴졌지만 달리 어떻게 해야 할지 알 수 없었다. 그는 다락방으로 올라가 무릎을 가슴에 붙이고 웅크리고 앉았다. 거의 마비된 것처럼 꼼짝도 하지 않았다. 어떤 부작위는 작위나 다름없다는 생각. 이것이 바로 모든 사회의 토대다. 얼마 후 집을 향해 길을 따라 덜그럭덜그럭 굴러오는 소달구지 소리가 들렸다. 친나가 집으로 돌아오는 소리였다. 건과 그 형제들이 거칠게 날뛰는 목소리가 들렸다. 그들은 친나를 맞이하려고 길을 따라 천천히 달려갔다. 건이 친나 삼촌의 이름을 외쳐 부르자 친나가 소달구지에서 내려왔다. 그들은 목소리를 낮추고 다급히 재촉하며 서둘러 집 쪽으로 걸어왔다. 킹의 눈에는 그들의 머리 윗부분이 흰하게 보였다. 공터로 가까이 오면서 그들의 목소리가 점점 고조되었다. 공터에 도착한 건이 주먹을 흔들어 가며 소리쳤다.

"우리가 어떻게 생각하길 바라세요? 삼촌은 우리가 어떻게 생각해야 하는지 가르쳐 준 장본인이잖아요."

친나는 두 손을 들어올리며 중얼거렸다.

"목소리 좀 낮춰라."

건은 점점 분노가 차올라 식식거리며 말했다.

"목소리를 낮추라고요? 내 어머니가 죽었는데!" 건은 고개를 들어 하늘을 올려다보다가 분노에 찬 목소리로 외쳤다. "내 어머니가 죽었다고요!"

친나가 먼저 움직였다. 손을 위로 들어올렸다가 빠르게 한 걸음 앞으로 내디디며 마치 어린아이 대하듯 건의 뺨을 휘갈겼다. 킹은 숨이 막혔다. 건은 그런 모욕을 받고 주눅 들 사람이 절대 아니었다. 비틀거리며 맞은 뺨을 손으로 문지르던 건은 정신을 차리며 삼촌에게 달려들었다.

"내가 당신 죽일 거야. 죽여버릴 거야……" 건은 형제들과 사촌들을 번뜩이는 눈으로 돌아보며 다시 내뱉었다. "내가 저 인간을 죽일 테니까, 다들 똑똑히 봐!"

모두가 그 주변에 모여들어 건과 친나의 싸움을 부추겼다. 남자들이 서로 달려들어 붙잡고 늘어지며 땅바닥에 나뒹굴었다. 카나캄마의 손자들, 종손들이 건과 한패가 되어 친나를 공격하는 동안 벤카타, 바부, 바라얌마의 아들들, 손자들은 특권을 누려온 자들답게 순진한 얼굴로 두려움에 떨며 뒤로 물러나 소리만 질렀다.

"그러지들 말고, 대화로 해결해!"

카나캄마의 자손들이 친나를 질질 끌고 킹의 집으로 데려가 금고 앞에 세우는 동안 그들은 고함만 질러댔다. 그 금고에 친나는 가족의 돈을 보관해 두었다. 그들이 아무것도 안 하고 서서 악만 쓰는 사이에 건은 친나의 어깨를 붙잡고 소리쳤다.

"금고 열어. 당장. 당신이 이걸 어떻게 설명할지 두고 보자고!"

지금까지 건과 그 패거리는 킹의 집에 함부로 들어온 적이 없었다. 여기는 가문의 사업에 관련된 일을 하는 곳이라는 생각에서였다. 이곳에는 그들이 코코넛을 딸 때 쓰는 180센티미터짜리 막대들이 보관되어 있었다. 막대 끄트머리마다 고리가 달려있었다. 그들은 집 안 구석진 곳에 막대들을 쌓아두었다가, 코코넛을 따러 가는 날 새벽이면 막대를 들고 나갔다. 큰 아이들은 나무줄기를 타고 어느 정도 올라가다가 마치 투창 경기를 하듯 막대를 위로 치켜올렸다. 그리고 막대 끝을 휘둘러 잘 익은 코코넛을 낚아채 내리곤 했다. 지금 핑키가 외치는 소리가 킹의 귓속을 파고들었다.

"막대 가져와. 우리가 하는 말이 말 같지 않나 본데, 본때를 보여주자!"

꿈을 꾸는 것 같았다. 이게 꿈이 아니라면, 당장이라도 사다리를 밟고 내려가 저 남자들과 친나 삼촌 사이에 설 수 있어야 할 것이다. 적어도 다락방에서 고함이라도 칠 수 있어야 할 것이다. "내가 설명할 수 있어. 내 책임이야. 그건 그냥 실수였어"라고 말이다. 하지만 말을 하고 싶어도 입이 떨어지지 않는 걸 보면 정말 꿈같기는 했다. 입을 열었지만 소리가 나오지 않았다. 이 꿈에서 친나는 이 오해를 풀려면 킹이 필요하다는 듯 다급히, 짜증 섞인 목소리로 킹을 불렀다. "킹, 너 어디 있냐?" 다락방 벽에 몸을 바짝 붙인 킹은 다치지 않고, 어떻게 하면 이 일에 연루되지 않고 조용히 아래로 내려가 도울 수 있을까 궁리했다.

그 순간 높은 곳에서 코코넛 열매가 땅으로 떨어질 때처럼 쿵 소리가 들렸다.

이어서 적막이 흘렀다. 남자들이 킹의 집에서 우르르 달려 나갔다. 창문을 통해서 보니 남자들은 잘 닦인 길을 따라 정원으로 달려가고 있었다. 무슨 일이 있었든, 이미 일어난 일이고, 되돌릴 수 없었다. 욕지기가 치밀었다. 킹은 다락방에서 아래층으로 조심스럽게 내려갔다. 제일 먼저 눈에 들어온 것은 막대였다. 막대 끝에 피투성이 피부 조각이 붙어있었고, 방 한쪽 구석에 낡은 담요처럼 축 늘어진 몸뚱이가 보였다. 친나는 한 팔이 뒤로 꺾여있었고 다른 팔로 머리를 감싼 자세였다. 친나의 관자놀이에서 걸쭉하고 흐물흐물한 덩어리가 터져나와 있었다. 흥건하게 흘러나온 피가 그 부위를 뒤덮었다. 친나의 텅 빈 눈이 킹을 바라보고 있었다. 자가이얌마의 고양이가 벌써 시체를 차지하고는 머리 옆에 웅크리고 앉아 피를 핥고 있었다.

"훠이. 저리 가."

삼촌들과 사촌들이 그제야 킹과 친나의 이름을 불러대면서 킹의 집으로 몰려 들어왔다. 킹은 바닥에 주저앉아 눈을 질끈 감았다. 머릿속에서 피가 고동쳤다. 이제 어느 감옥으로 끌려가 마지막 운명을 마주해야 하는 건가. 하지만 그들은 킹을 범죄자가 아니라, 건과 그 형제들에게 당한 희생자로 취급했다. 시타가 달려와 마치 어린아이 대하듯 킹을 꼭 끌어안고는 이마와 볼에 입을 맞추며 계속 물었다.

"어떻게 된 거니? 여기서 무슨 일이 있었던 거야, 킹?"

하지만 킹은 아무 말도 할 수 없었다.

누군가가 말했다.

"그냥 둬요."

"입이 붙었어. 아무 말도 못 할 거야."

사람들은 대부분 친나의 시체 주변에 모여서 그를 소생시키려 애쓰다가 결국 포기했다. 누군가가 네덜란드인 의사를 불러야 하는 거 아니냐고 말하자 다른 누군가가 말했다.

"소용없어. 이미 목숨줄이 끊어졌어."

그들은 시타의 낡은 사리로 해먹을 만들어 시신을 싣고 베란다로 나갔다. 그리고 친나의 방에서 끌고 나온 간이침대에 친나의 시신을 올려놓았다. 라오 할아버지가 돌아가실 때 누워있던 바로 그 침대였다. 시간이 흐르면서 친나의 팔다리에 사후 경직 현상이 나타났다. 입술은 보랏빛이 되어 벌어졌고 고양이가 핥은 뺨은 침으로 번드르르했다. 아이들이 혼란스러운 표정으로 주변에 모여 서서 조용히 몸을 떨었다. 여자들은 모기처럼 시신 주변을 돌아다녔다. 남자들은 건과 그 일당을 찾겠다며 나갔지만 이미 여기저기 흩어져 사라진 후였다. 언젠가 대가를 치르게 될 것이다. 언젠가는. 시타는 친나 옆에 서서 그의 뻣뻣해지는 뺨에 손가락을 천막처럼 모아 세우고 흐느껴 울었다. 마치 그가 그녀의 진짜 남편이라도 되는 것처럼.


그들은 뻣뻣해진 시신을 수로 둑 근처의 작은 만으로 가져가 화장하기 위해 약간 높은 단에 올렸다. 친나의 시신 주변에는 이미 다른 사람들의 뼛조각이 흩어져 있었다. 회색빛이 도는 그 뼛조각들은 곧 바스러질 듯했다.

"집에 가있어." 삼촌들이 킹에게 다정하게 말했다. 이제 와서 친한 척을 하니 구역질이 치밀 지경이었다. "가서 좀 쉬어."

"여기 있을게요." 킹은 그들이 기대하는 답을 헤주었다.

"착한 녀석이야." 삼촌들이 말했다. "친나는 누구보다 널 무척 아꼈어. 자기 자식처럼 사랑했지."

어느새 밤이 깊어졌다. 시장에 갔다가 집으로 걸어 돌아가던 사람들이 덤불 너머로 라오 집안사람들을 쳐다보았다. 그들은 혀를 차며 경건한 척 나지막하게 수군거렸다.

"라오 집안사람들이 자기네끼리 싸우다가 저렇게 됐나 봐."

지나가던 행인이 자기 여동생에게 이렇게 속삭이자 여동생이 말했다.

"조용히 해, 다 듣겠어."

그러자 언니가 다시 말했다.

"듣든지 말든지. 저들이 자기네 삼촌한테 얼마나 사악한 짓을 했는데. 저들은 뱀이나 새까만 파리로 환생할걸."

그러자 여동생이 말했다.

"저 사람들은 그를 화장하러 온 친척들이야. 그를 죽인 사람들이 아니라. 진실이 뭔지도 모르면서. 사람들 얘기로는 친나 씨가 가문의 돈을 몰래 훔쳐 썼대."

언니라는 여자가 말했다.

"주제도 몰랐지. 달리트 주제에 마을회장이 되겠다고 설치고 다녔잖니."

멀찌감치서 웅크리고 앉은 킹은 하늘로 피어오르는 검은 연기에 시선을 고정했다. 그는 연기에서 눈을 돌리지 않으려 애썼다. 그날 밤, 삼촌들이 번갈아 잠을 자고 번을 서는 동안, 킹은 모로 누워서 삼촌의 시신을 눕혀놓은 장작더미를 줄곧 바라보았다. 어느 순간 해가 떠오르고 그는 강렬한 태양의 열기에 온몸이 땀범벅이 되었다. 삼촌의 시신이 있던 자리에 남아있는 것은 사람 모양으로 펼쳐진 회색 뼛조각들이었다. 콘단나가 킹을 손짓해 불렀다.

"이리 와. 이쪽으로 와."

"못 가요." 킹이 힘없이 대답했다.

"그래. 알았어."

콘단나와 다른 삼촌들이 친나의 재를 커다란 주석 깡통에 담았다. 재 대부분을 주워 담은 후 남아있는 것은 다들 손대지 않으려 하는 큼직한 뼛조각들이었다. 친나의 팔과 다리, 골반, 그리고 커드 같은 덩어리가 처참하게 들러붙어 있는 마른 코코넛 조각 비슷한 굽은 해골 조각들. 콘단나가 킹을 돌아보며 불렀다.

"킹, 이리 와. 그게 도리야."

킹은 마지못해 삼촌들에게 합류했다. 결국 친나의 마지막 남은 뜨끈한 뼛조각을 엄지와 검지로 집어 주석 깡통에 담은 사람은 바로 킹이었다.

"어이, 킹 라오!"

수로 쪽에서 목소리가 들렸다. 킹은 고개를 들었다. 외다리 불구였다. 킹은 수년 동안 그와 마주치면서도 대화를 피했다. 이번에는 외다리 불구를 보고 전보다 더 섬찟한 느낌을 받았다. 어쩌면 저 외다리가 이번 일과 연관되어 있지 않을까. 예전에 킹과 잠깐 함께 있는 동안 저 외다리가 킹에게 묘한 저주를 걸어 결국 친나를 죽게 만든 게 아닐까.

외다리가 말했다.

"네 삼촌이 돌아가셨다는 얘기 들었다."

"맞아요." 킹은 두려워서 더는 말할 수 없었다.

"아이고. 하지만 어차피 누구나 다 죽게 되어있어." 외다리는 강 안쪽으로 노를 저어 나아갔다.

화장을 마친 그들은 여자들과 아이들이 기다리고 있는 정원으로 돌아왔다. 킹은 깡통을 들고 모래 먼지 같은 친나의 유해를 바닥에 뿌리며 정원 구석구석을 돌아다녔고 나머지 가족들은 그의 뒤를 조용히 따라다녔다. 손가락에 잡히는 유해는 마치 분필 조각 같았다. 그는 고운 먼지와 조약돌 같은 유해를 손가락으로 집어 뿌리면서 정원을 거의 다 걸었다. 마침내 깡통에는 고운 가루만 남았다. 깡통에 얼굴을 처박고 그 가루를 흡입하든지 혀로 핥고 싶은 충동을 느꼈다. 고대 그리스의 역사가 헤로도토스는 칼리시에라는 인도 부족이 부모의 시신을 매장하거나 화장하는 대신 먹는다고 썼다. 킹은 이에 관해 알지 못했지만 나는 여기 언급하지 않을 수 없다. 물론 킹은 주석 깡통을 혀로 핥지는 않았다. 그는 문명인이니까. 그는 뒤에서 다른 이들과 함께 따라 걷던 시타에게 다가가 그녀에게 깡통을 내밀며 말했다.

"이걸 어떻게 해야 할지 모르겠어요."

"이리 주렴."

사람들은 이제 시타와 킹을 따라 킹의 집으로 향했다. 시타는 킹과 친나가 현찰을 헤아릴 때 썼던 사무실로 들어갔다. 시타가 직접 만든 제단 위에 깡통을 올리는 동안 모두가 참배자들처럼 서서 그 광경을 바라보았다. 시타가 킹을 앞으로 밀어 보냈다. 킹은 뭘 해야 하는지 알고 있었다. 그는 깡통을 향해 두 손을 내린 후 다시 두 손을

524

이마에 붙였다가 내리며 울었다.

그 후 킹은 건과 친나의 싸움이 시작됐을 때 그가 다락방에서 내려다보았던 바로 그 공터에 홀로 섰다. 목구멍에서 담즙이 치밀어 올라 엎드려 헛구역질했다. 목구멍 아래까지 올라온 담즙은 입 밖으로 나오지 않고 그 자리에 머물렀다. 허리를 펴고 일어서는데 입안에 시큼한 맛이 돌면서 가슴이 조여들었다. 이곳에는 사방에 죽음이 깔려있었다. 여길 빠져나가야 한다는 생각이 들었다.

그는 학교에서 시험 문제를 풀듯 상황을 분석했다. 이제 그의 도둑질에 대해 아는 건 킹 본인과 민누뿐인데 민누가 발설할 리는 없다. 하지만 만약 이 사건이 재판까지 가게 된다면 어떻게 될까? 사건 발생 당시 다락방에서 지켜보던 그를 사람들이 증인석에 세우고 그가 목격한 일에 관해 묻는다면? 그는 보고 들은 것을 말해야 한다. 건 패거리가 친나 삼촌에게 자기네 돈을 훔쳤다고 몰아세우며 달려들었던 것, 그들이 친나를 금고 앞으로 끌고 가 열라고 요구했던 것까지 모두 털어놓아야 한다.

공터는 고요했다. 주변에 아무도 없었다. 킹은 길을 따라 걸어가 마을 한가운데로 향했다. 진료소로 들어간 그는 민누와 나란히 앉아 몇 시간씩 얘기를 나누곤 했던 벤치에 앉았다. 민누 생각을 하다 보니 죄책감이 들었다. 하지만 말 한 마디 없이 킹을 버리고 진료소를 떠난 사람은 바로 민누였다. 민누에게 결정권이 있다면 그들은 다시는 만날 일이 없을 것이다. 킹은 마음으로 민누에게 작별을 고하고 그녀를 잊기로 맹세했다.

이 모든 일을 해낸 자신이 두려울 지경이었다.

침실에서 머리를 빗고 있던 네덜란드인 의사가 빗을 내려놓으며 조용히 말했다.

"아, 킹. 좀 괜찮니?"

"두려워요. 건 패거리는 정말 잔인했어요. 저는 유일한 목격자예요. 그들이 저한테 무슨 짓을 할까 봐 겁이 나요."

변변찮지만 그에게 주어진 인생은 한 번뿐이었다. 두 번째는 없었다.

네덜란드인 의사는 손으로 얼굴을 문지르며 말했다.

"아니, 아니야, 그럴 일은 없어. 그들은 너한테 손 못 대. 그렇게 안 돼. 우리가 널 여기서 내보낼 거다."

네덜란드인 의사는 방 한쪽 구석에 보관해 둔 상자 앞으로 걸어가 뚜껑을 열었다. 상자 바닥을 뒤지더니 지폐 한 뭉치를 꺼내며 간호사를 불렀다.

"헬레나. 헬레나, 이 아이 엄마한테 가서 아이 짐을 싸라고 말해."

# CHAPTER 30

✕ ┼ ✕

　　　　　　정박지에서 보트에 올라타 노를 저어가
며 한밤중에 본토에 도착했다. 시애틀 알키 포인트 지역의 해변은
오래도록 해수욕객이 없었던 탓에 서늘한 기운이 감돌고 야간에 조
명도 없었다. 나는 빨간 지붕 등대 옆에 보트를 묶어두었다. 등대 바
깥벽에 쉴만한 곳이 있어 그곳에 침낭을 펴고 기어들어 갔다. 탐험
하러 떠나렴! 잠들려는 찰나 아버지의 목소리가 내 머릿속에서 속삭
였다.

　여러분은 내가 뭘 어쩔 계획인지 궁금할 것이다. 사실 구체적인
계획은 없었다. 남들의 이목을 끌지 않는 한, 여기서 뜨내기인 척 지
내면서 연구를 계속할 수 있을 줄 알았다. 클라리넷으로 실험하기
전에 내가 쭉 써온 방법대로, 엑스 운동에 관해 주주들이 열린 마음
을 가졌는지 확인하는 연구 말이다. 당분간 멀찌감치 떨어져 지내다
가 베인브리지에서 터진 말썽이 가라앉은 후, 적어도 두 명 이상의
목표물 명단을 들고 섬으로 돌아가면 속죄가 될 거라 여겼다. 계획

이라기보다 어렴풋한 소망에 가까웠다. 그래도 그 생각을 위안 삼으며 잠에 빠져들었다.

새벽녘 햇살에 눈을 떴다. 침낭을 비롯한 소지품을 챙기고 해변의 모래사장이 있는 동쪽으로 발걸음을 옮겼다. 두어 명이 물가의 유목에 걸터앉아 느긋하게 커피를 마시고 있었다. 모자 달린 상의에 청바지 차림으로 아침의 추위를 견디느라 몸을 웅크린 모습이었다. 대부분 코코글래스 헤드셋을 착용해서 얼굴 아랫부분만 보였다.

나는 그들 가까이 다가가 큼직한 유목에 걸터앉았다. 코코글래스는 없지만 눈에 띄지 않으려고 조심했다. 아침 일곱 시라 조금씩 기온이 오르고 있었다. 주변을 둘러보았다. 알키 해변은 백인 탐험가들이 초기 정착지를 만들려고 했던 장소 중 하나였다. 하지만 탐험가들은 곧 이곳 바람이 너무 드세다는 걸 알고 포기했다. 지금은 유리벽으로 된 높은 건물들이 길 건너에서 이곳을 내려다보고 있었다. 웨스트 시애틀 다리를 향해 나아가는 차량 행렬이 도로를 빽빽하게 틀어막고 있었다.

해변에 드문드문 보이는 구조물들—산책로를 따라 서있는 전봇대, 가로등, 미국풍나무—을 둘러보는데, 예전에 들은 경고와 달리 감시 장치가 전혀 보이질 않았다. 엘리먼이 착각했을 수도 있을 것이다. 엘리먼의 말대로 감시 장치가 이곳을 철저하게 찍고 있다면, 그들은 내가 본토에 발을 들인 즉시 나를 붙잡았을 것이다. 지금은 완전히 기분 좋았다. 나는 완벽한 익명 속에 숨을 수 있었다. 내 제일 가까이에는 돗자리에 책상다리로 앉은 꼬마 소년과 그 소년의 보모로 보이는 10대 소녀가 있었다. 헤드셋을 쓴 소년은 가벼운 발작이라도 일으키는 것처럼 움찔거리며 몸을 이리저리 뒤틀었다. 그 옆에 앉은 소녀는 개의치 않고 오렌지 껍질을 벗겼다. 소녀도 역시 헤드셋을 착용한 모습이었다. 나는 곧 그 소년이 헤드셋을 착용하고 게임 중이라는 걸 알아챘다. 소년이 갑자기 소리를 지르더니 돗자리에 벌렁 드러누워 꼼짝도 안 했다. 소녀가 헤드셋을 이마로 벗어 올리더니 소년을 돌아보며 어깨에 한 손을 얹었다. 소년이 중얼거렸다.

"나 죽었어."

소녀가 혀를 찼다.

"오렌지나 먹어." 소녀는 소년의 입에 오렌지 한 조각을 물려주었다.

소년은 먹기 싫다고 몸을 비틀며 인상을 썼다. 소녀는 마음대로 하라고 말하고는 자기 입에 오렌지를 넣었다.

그때 내 눈에 경찰이 보였다. 경찰 여섯 명이 고속 모터보트를 타고 이쪽으로 오고 있었다. 파란 불빛이 번쩍이고 요란한 사이렌 소리가 울려퍼졌다. 사람들은 흥미로워하는 눈빛으로 쳐다보면서 그자리에 가만히 있었다. 나도 눈에 띄지 않으려고 사람들을 따라 했다. 설마 겨우 엑스 한 명 잡자고 경찰 여섯 명이 출동하진 않았겠지. 그런데 가까이 다가온 경찰 중 한 하나가 확성기를 통해 별나게 크고 거친 목소리로 말했다.

"작업복 입은 여자…… 두 손 들어!"

잠시지만 파란 불빛이 온통 내게 쏟아지자 나는 아름다운 존재가 된 기분이었다. 처음에는 혼란스러운 가운데 불빛이 나를 감싸자 희망이 솟았다. 나는 빛을 발하는 신적인 존재가 된 듯했다. 나는 지시받은 대로 일어서서 두 손을 들어올렸다. 내 주변에 있던 사람들이 코코글래스 헤드셋을 목으로 벗어 내리더니 후다닥 일어나 수건을

529

뭉쳐 들고는 서둘러 그 자리를 떠났다. 보모 소녀가 궁금증이 담겼지만 적대적이진 않은 눈빛으로 나를 돌아보았다. 우리가 친구나 자매라도 되는 것처럼, 그녀는 일단은 나를 무죄로 추정하고 싶어 하는 듯했다. 그러다가 내 옷차림을 보고 마음을 바꿨는지 어린 소년을 다급하게 잡아 일으켜 부리나케 그 자리를 떠났다.

아, 그러면 뭐 어떤가. 나는 여전히 그런 생각이었다. 우리는 서로 다른 점이 있지만 모두 인간이다. 생각보다 공통점이 더 많다. 나는 그런 마음으로 경찰에게 손바닥을 내보이며 두 손을 들어올렸다. 내 마음은 그저 평화로웠다.

하지만 경찰이 "계속 손 들고 있어!"라고 소리치자 마음의 평화가 깨졌다. 경찰이 나를 같은 종족으로 여기지 않는 것 같아서였다. 이런 상황에 처한 사람이 할만한 행동은 아니지만, 나는 그냥 두 손을 아래로 내리고 줄행랑을 치기 시작했다. 달리면서 생각하니 모래사장 쪽이 아니라 인도 쪽으로 달아났어야 했다. 경찰들은 권총 열두 자루로 나를 겨누고, 장화 신은 발로 훌쩍훌쩍 뛰면서 쫓아오기 시작했다. 이 시점에서 길을 돌아간다면 속도만 떨어질 것이다.

경찰들이 그때 그 자리에서 내게 총을 쏠 수도 있었다. 처음에는 그렇게 알려지기도 했었다. 경찰은 일단 총을 쏘고 나서, 합당한 이유가 있어 나를 위협적인 존재로 인식했다고 말하면 그만이었다. 하지만 그들은 총을 쏘지 않았다. 도덕심이나 연민 때문일 수도 있고, 아니면 숨을 안 쉬는 살인 혐의자에게 유죄를 선고할 수가 없어서일 수도 있을 것이다. 달리면서 몸속에 경이로움이 차오르자 살아있는 기분이 확 들었다. 마치 공중에서 날고 있는 말이 된 기분이었다. 어쩌면 아드레날린이 분출되어서인지도 모르겠다. 나는 존재한다. 사람들 속에 섞여 존재하고 있다. 경찰들이 달려들어 나를 바닥에 쓰러뜨린 순간에도, 폐에서 공기가 쭉 빠지고 목구멍에 모래가 들어갔지만, 지금 여기 있다는 게 참 특별하다고 느꼈다.

주주 여러분, 일전에 나는 이런 얘기를 한 적이 있다. 다음 날 아침 눈을 떠보니 내가 저지르지도 않은 범죄로 기소당했음을 알게 되었다는 얘기. 자유로워지려면 지시대로 할 수밖에 없었다는 얘기. 그리고 그 후에 다가온 시간을—오늘 밤이면 꼭 한 달째가 된다—내 프로필을 완성하고 알고의 재판에 대비하기 위한 정보를 제공하면서 보냈다는 얘기 말이다.

나는 내 정신 속에 존재하게 된 아버지의 정신에 흠뻑 빠져들어, 아버지의 인생 이야기를 발견하는 것을 인생의 사명으로 삼았다. 그리고 아버지의 정신과 내 정신 속에서 발견한 모든 정보를 위원회와 주주들에게 털어놓았다.

여러분에게 묻고 싶다. 앞으로는 무슨 일이 일어날까?

아쉽게도 지구상에는 인간들이 배우고 익힐만한 정보가 거의 남아 있지 않다. 모든 세대는 전 세대의 어깨를 밟고 서서 그 세대의 정보를 습득했다. 우리는 우리가 나아가는 길에 방해가 되는 적들을 제거했고, 적의 자녀들이 돌아올 수 없도록 적의 삶의 터전을 모조리 부수었으며, 우리 말고는 아무도 못 갖도록 생명을 주는 골수를 땅에서 모조리 빨아먹었다. 우리는 불 창조를 시작으로 해서 이제 영광스럽게 타오르는 불 속에 서 있다. 문제는 우리가 인간 성취의 상한선을 목격하고 있다는 것이다. 시간이 흐르면 바다는 결국 우리의 비옥하고 푸르른 땅을 집어삼킬 것이고 하늘의 뜨거운 뚜껑은 지상을 내리누를 것이다. 우리 인간들은 정복에 도가 튼 나머지 결국 자신을 정복하기에 이르렀다.

최근에는 내 클라리넷이 어디까지 할 수 있는지 알아보면서 위안 삼고 있다. 클라리넷을 통해 나는 아버지의 인생 이야기를 알게 됐고, 그 외에 수백 명의 낯선 사람들의 인생 이야기도 알게 됐다. 우리의 인생은 짧고 덧없다. 우리가 죽으면 우리 삶의 이야기도 죽는다. 만약 누군가가(내가) 그 이야기를 모아서 안전하게 보관하려 한다면? 인류가 마침내 멸종에 이르게 되더라도 한때 우리가 여기 살았다는 사실을 우주에 증명할 수 있는 최선의 방법이 아닐까? 나는 지금까지 자신에게 묻고 묻고 또 물었다. 나는 여기 왜 왔을까? 우리 모두는 여기 왜 왔을까? 주주 여러분, 이것으로 답을 할 수 있을까?

이상한 일이었다. 오늘 아침에야 나는 이 단어들을 쓰기 시작했다. 10분도 채 되지 않아서, 머리가 벗겨지기 시작한 키 작은 남자가 예고도 없이 내 방에 들이닥쳤다. 그는 의사나 실험실 과학자들이 입는 것 같은 하얀 가운을 입고 있었다. 그의 바로 뒤에서 제복 입은 교도관 두 명이 따라 들어와, 등을 꼿꼿이 세우고 두 손을 앞으로 모아 잡으며 문 양 옆을 지키고 섰다. 키 작은 남자는 등이 구부정하고 수상쩍은 인상이었다. 그는 내 눈을 마주 보지도 않고 내 침대 옆으로 와 서더니 두 손을 무릎에 대고 허리를 굽혔다. 그의 얼굴에 송송 뚫린 땀구멍들, 번들번들한 눈꺼풀의 보랏빛 혈관이 내 눈에 들어왔다. 그의 숨결에서 마치 유아 같은 인동 냄새가 났다. 그는 거친 목소리로 말했다.

"엎드려."

내가 입을 열고 저항하려 하자 그는 내게 한 걸음 더 다가와 어깨를 붙잡았다. 나는 의도와 달리 당황해서 반사적으로 반응하고 말았다. 벌떡 일어나 그의 얼굴을 주먹으로 친 거였다. 지금도 마찬가지지만, 그때까지 나는 남에게 주먹질하는 방법조차 모르고 살았다. 한 번도 해본 적 없던 것이라 큰 힘도 없었을 것이다. 하지만 그는 튼실한 편이 아닌지 뒤로 휘청했다. 그들이 왜 하고많은 사람 중에 저런 남자를 나한테 보냈는지 알 수 없다. 내 존재 자체를 비밀에 붙이고 싶은데, 믿을만한 직원이 별로 없었던 모양이다.

내가 그 문제를 한참 생각할 겨를도 없었다. 다음 순간 교도관들이 다가와 나를 바닥에 쓰러뜨리고는 내 손목을 뒤로 꺾고 신속하게 수갑을 채웠다. 이어서 내 발목에까지 수갑을 채웠다. 다른 사람들이 방으로 들어와 나를 둘러싸고 고함을 질러댔다. 이마와 골반, 무릎에 닿은 바닥이 차가웠다. 아무도 내 얼굴을 볼 수 없는 게 그나마 다행이었다. 나는 바닥에 얼굴을 붙인 채 입을 벌렸다. 머리 근처에서 발소리가 들렸다. 곁눈으로 보니, 갈색을 띤 회색 진흙이 말라붙은 신발이 보였다. 의사인지 과학자인지 모를 키 작은 남자의 신발일 것이다. 그 신발은 내 머리에서 불과 15센티미터 떨어진 곳에 있었다. 나는 바닥에 엎드린 채 꿈틀거렸다.

그런 짓을 하지 말았어야지, 라고 자책했다. 이럴 때일수록 침착했어야 했다. 하지만 이 상황이 내 행동과 얼마만큼 관련이 있는지 궁금하기도 했다. 아버지가 내게 클라리넷을 주기로 마음먹은 순간부터 이런 일이 일어나게끔 예정되어 있었는지도 모르겠다. 클라리넷에 대해 아는 사람이라면 해결책이 아니라 문젯거리부터 파악하려 들었을 테니까. 클라리넷 때문에 나는 처음부터 이질적인 존재였을 수도 있었다. 그날 아침 감방은 추웠고, 내 손가락 끝은 다른 사람들과 마찬가지로 하얗게 얼어 감각이 없을 지경이었다. 키 작은 남자가 내 어깨에 날카로운 바늘을 찔러 넣은 순간 나는 비명을 지를뻔했지만, 여느 사람과 마찬가지로 조용히 비명을 삼켰다.

나는 움직일 수도, 말을 할 수도 없었다. 의식은 있는데 그저 소리가 꺼진 상태였다.

'물고기의 즐거움'이라는 장자의 일화가 있다. 이 일화에서 장자는 혜자라는 친구와 함께 호강을 따라 걸으며 말한다. "작은 물고기들이 나와서 마음껏 돌아다니는 것 좀 보게! 이것이 바로 물고기의 즐거움이 아니겠는가!" 하지만 혜자가 딴지를 건다. "자네는 물고기가 아닌데, 그게 물고기의 즐거움인지 아닌지 어떻게 알아?" 그러자 장자가 받아친다. "자네는 내가 아닌데, 내가 물고기의 즐거움을 모른다고 어떻게 단정할 수 있나?" 그러자 혜자는 장자가 물고기의 마음을 알 수 없듯, 자기도 친구의 마음을 알 수 없다고 인정한다. 장자는 원래의 질문을 다시 언급하면서 그 질문에 대답한다. "나는 지금 호강 옆에 서있기 때문에 물고기의 마음을 아는 걸세." 알고 보면…… 참…… 단순하지 않은가?

그로부터 수백 년 후 철학자 토머스 네이글은 장자의 오래된 일화를 염두에 두고, 박쥐가 된다는 것에 대해 인간이 과연 제대로 이해할 수 있는지 사색에 잠겼다. 그 결과 장자와는 반대되는 결론을 내렸다. 그는 인간이 된다는 것은 그 외의 다른 존재가 된다는 것과는 사뭇 달라서 서로 다른 종(種) 간의 교감은 애초에 불가능하다, 라고 썼다. "서로 다른 종류를 하나로 엮는 유추를 예로 들자면, '붉은색은 트럼펫의 소리와 같다'라는 문장이 있다. 이 문장을 맥락 없이 불쑥 말한다면 공감을 얻지 못할 것이다. 하지만 트럼펫 소리를 들으면서 붉은색을 본 경험이 있는 사람에게 이 문장을 말한다면 그 사람은 이 문장을 이해할 수 있다."

나는 눈을 뜬 채로 감각이 둔해져 있었다. 교도관들이 나를 바퀴 달린 들것에 싣는 게 느껴졌다.

"묶어."

누군가의 지시에 다른 누군가가 빠르고 효율적인 손놀림으로 나를 묶어 고정하는 게 느껴졌다. 이제 나는 방에 모인 사람들의 얼굴을 좀 더 자세히 볼 수 있었다. 의료 인력도 있고, 보안 인력도 있었으며, 카키색 바지에 버튼다운 셔츠를 입은 공무원들도 있었다. 이일의 책임자인 공무원들은 제일 무시무시하면서도 순진한 얼굴들을 하고 있었다. 그들은 나를 실은 들것을 방 밖으로 밀고 나가 아무도 없는 하얀 복도를 지나갔다. 커다란 승강기가 딸랑 소리를 내며 아래로 내려갔다. 잠시 후 승강기 문이 열리고 병동 같은 분위기의 실내가 보였다. 아무도 우리에게 별 관심을 주지는 않았다. 누군가가 이렇게 말하는 소리가 들렸을 뿐이었다. "한 명한테 수행원이 왜 저렇게 많아."

우리는 수술실로 들어갔다. 누군가가 의사에게 스툴을 가져다주었다. 의사가 스툴에 앉아 나지막하게 말했다.

"카트."

연청색 수술복을 입은 여자가 바퀴 달린 소형 금속 테이블을 밀고 왔다. 그 테이블 위에 몇 가지 의료 도구가 놓여있었다. 의사가 다시 말했다.

"빗."

그가 손가락으로 내 머리카락을 빗어 내리고 이어서 빗으로 세심하게 빗질하는 동안 수술실 안에 경건할 정도로 정적이 감돌았다. 위안이 될 정도였다. 어렸을 때 아버지가 내 머리카락을 빗겨주던 기억이 났다. 이 남자가, 여기 있는 모든 사람이, 권력의 중심부에 있는 주주 대표들까지도 나를 도와주려고 여기 온 거라는 믿음이 생겨날 지경이었다. 내가 목으로 소리를 낼 수 있었다면 아마 이렇게 말했을 것이다. 우리 아빠도 이렇게 내 머리를 빗겨주곤 했다고.

의사는 만족스러울 정도로 내 머리를 빗겨놓은 뒤 말했다.

"레이저."

요란한 위이이잉 소리가 수술실 안을 가득 채웠다. 의사는 내 머리카락을 밀기 시작했다. 누군가가 헉 소리를 내는 게 들렸다. 눈을 계속 뜨고 있으려 했는데 잘린 머리카락이 자꾸 눈으로 떨어져 어쩔 수 없이 눈을 감았다.

이 남자는 뭘 찾고 있을까? 내 두피 표면에서 너트와 볼트라도 찾으려는 건가? 이 남자에게 나는 무슨 과학 표본처럼 보이나? 웃기는 소리였다. 여러분이나 나나 살로 이루어져 있고, 이 살 속에는 피와 물, 공기가 들어차 있다. 의사가 우리를 나란히 눕히고 가슴에서 배꼽까지 절개한다면 그 안에 똑같이 들어차 있는 부드러운 고동색 기관들, 뜨겁게 고동치는 심장을 볼 수 있을 것이다. 그가 우리의 해골을 연다면, 우리의 뇌가 기능 면에서는 약간 다를지 몰라도 외양은 똑같다는 것을 알게 될 것이다. 장밋빛 코일 덩어리인 뇌를 뉴런 단위로 길게 펼쳐놓으면 샌프란시스코에서 포틀랜드까지 연결할 수 있다. 검사를 해도 가치 있는 결과는 얻지 못할 것이다. 한마디로 아무 소득도 없을 거라는 얘기다.

536

해부자가 피해부자의 목덜미를 잡고 "메스"라고 말한다고 해도,
피해부자의 목덜미 아래를 해골 바짝 가까이 메스로 가른다고 해도,
그래서 피해부자가 고통에 찬 비명을 내지른다고 해도 아무 성과도
없을 것이다. 피해부자가 신음을 흘리며 텔레파시로 애원한다고 해
도, 마침내 의사가 낮은 목소리로 위엄 있으면서도 만족스럽게 툴툴
거리며 피해부자의 살을 깨끗이 가른다고 해도, 피해부자가 눈을 뜨
고 자신에게 일어나고 있는 일을 목격한다고 해도, 해부자의 손가락
끝에 묻은 자신의 붉은 피를 본다고 해도 달라질 것은 없을 것이다.
해부자는 피해부자의 목을 메스로 잘라 들춘 피부를 뜯어내면서 "드
릴"이라고 지시하고, 날카롭고 묵직한 기기를 피해부자의 해골에 대
고 한 번, 두 번, 세 번 누르고, 피해부자의 해골에 차례로 뚫은 구멍
을 통해 날카롭고 묵직한 도구를 밀어 넣으면서 학문적 관심이 가득
한 목소리로 "뭐, 외관상으로는 다를 게 없어 *보이네요*"라고 말하겠
지만 결국 아무것도 얻어내지 못할 것이다. 그동안 피해부자는 얼굴
이 놓인 매트리스를 꽉 물고 있을 것이고, 피해부자의 목은 피 맛으
로 차오를 것이다. 그 맛은 붉은색이다. 아, 신이시여, 그 맛은 트럼
펫 소리이니…….

　나는 의식을 잃었다. 수술이 끝난 후…… 그 후 무슨 일이 있었든
간에…… 그들은 나를 의식이 없는 상태로 두고, 나를 구치소 밖으
로 내보내 여기로 데려왔다. 정신이 들고 보니 나는 코코넛나무 그
늘 속, 잎사귀로 이루어진 요 위에 누워있었다. 나무 그늘이 시원했
다. 코코넛 잎사귀가 머리 위에서 살랑살랑 흔들리며 땅에 어룽거리
는 그림자를 만들었다. 집 한 채가 보이고 소녀의 땋은 머리도 보였

다. 공기는 뜨끈하고 눅눅했으며 달콤한 냄새가 났다. 덩굴에 매달린 잘 익은 과일 향기였다. 그 과일은 완전히 익어서 곧 땅으로 떨어질 듯했다. 머리가 지독하게 아팠다.

하지만 괜찮다. 다 용서했다. 그들이 나를 정원으로 데려온 걸 알았을 때, 나도 여러분만큼이나 놀랐다. 나는 그들이 나를 죽이고 연구용으로 장기를 모조리 뜯어낼 줄 알았다. 내 사회적 프로필이 영원히 공개되지 않을 수도 있다고 생각했다. 여러분이 내 글을 읽을 일이 없을 줄 알았다. 그들이 엘리먼과 그 친구들을 잡아들이는 데 필요한 증거를 얻어낼 때까지만 나를 살려둘 줄 알았다. 주주 여러분, 상상을 해보길 바란다! 그런데 뜻밖에도 그들은 나를 이 멋진 장소에 데려다 놓았다. 지금도 이 상황이 이해되지 않는다.

이해되지 않는 게 하나 더 있다. 정원이 폐허 상태가 아니라는 것이다. 텔레비전 기자들이 보여준 화면과는 완전히 다르다. 킹이 기억하는, 나무 하나하나가 잘 관리된 정원의 모습이다. 정신이 들고부터 멀리서 목소리들이 들리고 있다. 누군가가 내 이름을 부른다.

"아테나, 아테나."

그런데 그게 아버지의 목소리다. 이어서 다른 목소리가 합류한다. 단호한 여성의 목소리. 마지의 목소리일까. 아니, 엘리먼의 목소리다. 그들은 나를 찾고 있는 것 같다.

"아직 안 죽었겠지?"

첫 번째 목소리가 다시 말한다. 그런데 더 이상 아버지의 목소리처럼 들리지 않는다.

이상하게도, 구치소에서 만난 그 의사의 목소리 같다. 영화라도 틀어놓은 것처럼 배경 소음이 깔려있다. 빈 섬에 첫 드론 공격이 시작됐다. 알고가 권고했다. 엑스 테러리스트 여덟 명이 죽었다. 사회 기반 시설이 손상됐다. 어쩐지 익숙하게 느껴졌다. 전에 본 영화인지도 모르겠다.

"그래, 어쩌면, 잠깐만, 아닐지도 모르겠어……" 두 번째 목소리가 대답하고 있다. 그 목소리도 더 이상 익숙하게 들리지 않는다. "정신이 들었다가 나갔다가 하는 것 같아."

일어설 수가 없다. 나는 땅에 묶여있다. 하늘에 떠있는 커다란 오렌지 같은 태양이 사방으로 달콤한 빛을 뿌린다. 머리 위에서 하얀 레이스가 둥실둥실 떠다닌다. 언젠가는 이 모든 게 끝날 것이다. 그래도 우리가 저 레이스 아래 여기서 살았다는 사실은 변함이 없다. 사실은 증거가 필요 없다. 우리는 여기 있었다. 얼마나 큰 행운인가. 무엇을 위해? 우리는 끝없이 답을 요구했다. 무엇을 위해? 무엇을 위해? 무엇을 위해? 무엇을 위해. 하지만 땅에서 자라기 시작한 나무는 답을 요구하지 않는다. 꽃이 피어나 지치고 무거워지면 꽃을 떨구면 그만이다. 우리가 살면서 겪은 온갖 수고로움은 어쩔 거냐고? 그 자체로 의미가 있지 않을까?

## 감사의 말

이 소설을 집필하는 데 12년이 걸렸다. 초고의 가능성을 알아보고 내가 그 가치를 깨달을 수 있도록 한결같이 도와준 최고의 에이전트이자 친구 수전 골럼에게 깊이 감사드린다. 수전의 예전 그리고 현재 직원 스콧 코언, 머라이어 스토벌, 매들린 틱너 그리고 페기 볼로스 스미스를 비롯해 라이터스 하우스 출판사에서 수전과 함께 일하는 동료들의 지원에 감사드린다. 나를 수전에게 소개해 준 브랜도 스카이호스에게도 고맙다는 인사를 전하고 싶다.

W. W. 노튼 출판사에서 이 책을 출판하게 되어 자랑스럽다. 이 소설을 멋지게 편집해 빛나도록 해주고, 출판 과정 전반에 걸쳐 소설을 매끄럽게 관리해 준 뛰어난 편집자 알랭 메이슨에게 감사드린다. 노튼 출판사의 대시 자이델, 에린 로빗, 메레디스 맥기니스, 모 크리스트, 스티브 아타르도는 데이브 콜, 키스 헤이즈와 마찬가지로 이 책의 출간에 중요한 역할을 해주었다. 그 전에 영국판 편집을 맡

아 능숙하고 세심하게 작업해 준 그로브 출판사의 피터 블랙스톡에게도 감사를 전한다.

나는 스탠퍼드 대학교 학부 시절에 창의적 글쓰기 수업을 받기 시작했다. 창의적 글쓰기 프로그램과 전, 현재 교수님들에게 감사의 말씀을 드리고 싶다. 특히 애덤 존슨 교수와 토비어스 울프 교수에게 감사드린다.

란 서맨사 창의 전화를 받은 날을 잊을 수가 없다. 그녀는 나를 아이오와 대학교의 작가 워크숍에 받아주었다. 그 후로 쭉 서맨사는 나와 우정을 나누며 지도해 주었다. 코니 브라더스, 뎁 웨스트, 재니스 제니섹, 찰스 담브로시오, 에드워드 캐리, 이선 캐닌에게도 감사드린다.

엘리자베스 매크래컨이 이끈 훌륭한 워크숍 덕분에 이 소설이 탄생할 수 있었다. 나는 워크숍이 끝난 후 수년 동안 이 소설의 초기 페이지에 관해 그녀가 보내준 피드백에 몇 번이나 답했다. 그녀의 피드백은 "쓰고, 쓰고, 또 써라. 그리고 더 써라"였다. 그 피드백은 적절했다. 나는 그 워크숍에서 알게 된 동료 알렉스 데전, 앤서니 마라, 벤저민 누젠트, 크리스티나 미나미, 헤라르도 헤레라, 헤일리 캐롤핵, 질 보닥, 카일 매카시, 마리사 핸들러, 매슈 널, 마이클 포버에게도 귀중한 피드백을 받았고 무척 감사드린다.

앤드루 알츠철, 안나 노스, 애니 와이먼, 앤서니 하, 앤서니 마라, 헤라르도 헤레라, 캐런 마하잔, 크리슈나 S. 바라, 네이선 버스테인, R. O. 권, 토니 툴라티무테, 비디야바티 바라는 완성된 원고를 보고 중요한 지적을 해주었다. 그리고 앨리스 솔라 김, 앤디 위네트, 앤서니 하, 콜린 위네트, 크리스 리, 대니얼 레빈 베커, 에스메 웨이준

왕, 그렉 라슨, 제니퍼 드부아, 마우로 하비에르 카르데나스는 이 소설 일부에 관해 추가 피드백을 해주었다.

내가 《월 스트리트 저널》에서 기술 부문 기자로 일하던 시절에 이 소설을 쓰고 있다는 사실을 알린 적 있다. 이 소설을 쓰기 시작하면서 2년 동안 휴직을 했을 때 여러모로 지도해 주고 지지해 준 캐시 파나굴리아스, 던 클라크, 푸이 윙 탐, 스티브 요더에게 감사드린다. 기술 기업들에 관한 내 이해를 넓혀주고 그 기업들이 사회, 경제, 정치에 점점 큰 역할을 하고 있다는 점을 계속 일깨워 준 동료들, 멘토들, 정보원들에게도 고마움을 표하고 싶다. 나는 《뉴욕 타임스 매거진》의 편집자로 일하는 동안 이 책을 완성했다. 유연하고 참을성 있게 대해준 제이크 실버스테인, 그리고 잡지사 동료들에게 감사드린다. 책 표지에 도움을 준 케이트 라루에게도 감사하는 마음이다.

캐나다예술위원회(Canada Council for the Arts), 제프리 G와 빅토리아 J. 에드워드 상, 로나 자페 재단, 아이오와 대학교 작가 워크숍, 맥도웰과 야도 코퍼레이션이 제공해 준 조용하고 아름다운 공간이 없었다면 이 프로젝트를 완성하지 못했을 것이다.

카스트 제도와 식민주의에 관해서는 D. 시암 바부, E. 수다 라니, K. 사트야나라야나, K. Y. 라트남, 말레팔리 락스마이어, 애틀러리 무랄리, 람나라얀 S. 라와트, Y. B. 사트야나라야나 등의 학자들이 중요한 자료를 제공해 주었다. 인도의 원예 연구 기지 소속 A. 수자타 덕분에 코코넛에 관해 많이 배울 수 있었다.

친가 쪽 조상들이 살아온 고향의 코코넛 숲에 관한 추억을 공유해 준 가족과 친구들에게 특별히 감사하는 마음이다. 특히 다마얀티, 락시미, 라주 친타, 디나 간티, 람바부와 람다스 보자, 아비스 마스터에게 고마움을 전한다. 신두라 바라, 베누고팔라스와미 바라, 연구 및 여행 파트너들 덕분에 소설 속 대화에 영감을 받을 수 있었고 언어 및 문화 해석에서도 도움을 받았다. 또한 자야발라 바라, 사로자 보자에게도 감사드린다. 내가 자신이나 이 책을 너무 심각하게 받아들이지 않게 해준 산딥 바라에게도 특별히 감사하고 싶다. GK 마간티, 라오 레말라 같은 인도 출신 친구들의 의견도 많은 도움이 되었다.

나의 멋진 언니 크리슈나 D. 바라는 내 최고의 스승이자 동지였다. 문학에 대한 사랑을 물려주시고 이 프로젝트를 열정적으로 지지해 주신 나의 부모님 크리슈나 S. 바라, 비디야바티 바라에게도 감사드린다. 언제나 시끌벅적하게 응원해 준 앨리사, 더글러스, 조젯 그레이엄, 프레드와 수전 알츠철에게도 고마운 마음이다. 이 책을 집필하는 동안 꼭 필요한 조언을 해주고 열정적으로 도와주고 지지해 준 데이나 모리엘로, 하트 길룰라, 제니 장, 캐슬린 파운즈, 크리스티 비치-퀵, 사남 에마미, 새라 헤이워드, 소피아 파커도 빼놓을 수 없다. 모리엘로, 미첼, 응고, 파커 가족에게도 감사드린다.

내가 이 소설을 시작할 수 있도록 이 나라를 가로질러 운전해 주고, 아이를 함께 돌봐주고, 누구보다 열심히 내 집필 시간을 지켜준 남편 앤드루 알츠철에게도 정말 감사하고 싶다. (우리의 결혼 계약서에 그런 내용이 없는데도 불구하고, 그는 이 소설의 초안을 네 번 이상 확인하면서 필요한 부분을 읽어주고 표시해 주었다.) 내가 이 소설을 쓰는 동안 내 사무실 밖에 머물러 준 캐비 알츠철에게도 마지막으로 고맙다고 말하고 싶다. 캐비는 곁에 있어주는 것만으로도 감사한 존재다.

옮긴이_공보경

고려대 영어영문학과를 졸업하고 소설, 에세이, 인문 분야 전문 번역가로 활동하고
있다. 옮긴 책으로 《스페니시 리브 디셉션》, 《루스터 하우스》, 《메이즈러너》, 《로드워
크》, 《테메레르》, 《제인 스틸》, 《아크라 문서》, 《작은 아씨들》, 《물에 잠긴 세계》, 《하이
라이즈》, 《스트레인저》, 《개들의 섬》 등이 있다.

# 불멸의 킹 라오

초판 1쇄 인쇄 2025년 5월 15일
초판 1쇄 발행 2025년 5월 30일

지은이 | 바우히니 바라
옮긴이 | 공보경
발행인 | 강봉자, 김은경

펴낸곳 | (주)문학수첩
주소 | 경기도 파주시 회동길 503-1(문발동 633-4) 출판문화단지
전화 | 031-955-9088(마케팅부) 031-955-9530(편집부)
팩스 | 031-955-9066
등록 | 1991년 11월 27일 제16-482호

ISBN 979-11-7383-005-1  03840

*파본은 구매처에서 바꾸어 드립니다.